U0887238

浙江省重点建设教材

中国文学

（修订版）

主　编　张梦新
编　者　林家骊　张卫中
　　　　陈建新　张梦新

ZHEJIANG UNIVERSITY PRESS
浙江大学出版社

前　言

中华文化博大精深，源远流长。五千年漫长岁月中优秀的文学作品，更似璀璨群星，光彩夺目。它们生动地反映了中华民族各个历史时期的社会风貌，真实地折射出时代的精神；它们讴歌真善美，抨击假恶丑，展示了无数仁人志士的美好心灵和崇高人格，闪耀着中华民族勤劳勇敢、自强不息的精神，放射着聪明智慧和改革创新的光芒。孔子"朝闻道，夕死可矣"的追求真理的精神，孟子"民为贵，社稷次之，君为轻"的民本思想，屈原为祖国为理想"虽九死其犹未悔"的决心，杜甫"向来忧国泪"、"穷年忧黎元"的爱国爱民情操，陆游"位卑未敢忘忧国"、"一身报国有万死"的高尚品格，鲁迅"横眉冷对千夫指，俯首甘为孺子牛"的鲜明爱憎，无不教育了一代又一代的炎黄子孙，陶冶着人们的情操，激发中华儿女的民族精神和爱国主义，成为凝聚和激励全国各族人民的重要力量。宣传介绍中华文化的精粹，弘扬光大中华民族精神，这是我们编写这本《中国文学》的首要原因。

我们编写本书，也是为了当今时代的需要。进入21世纪，世界处于一个经济全球化的时代，一些西方发达国家，不仅把经济触角伸向全球，而且通过文化传播输出西方的思想文化和价值观念。随着国门的敞开，一些宣扬西方个人主义的道德伦理观、人生观和价值观的文化产品，也纷纷涌入我国，并不可避免地带来一些负面影响。文化是一个民族的灵魂，是民族的凝聚力和民族自信心的源泉。在中西思潮激荡、传统与现代并存的今天，我们惟有植根于自己的历史文化和优良传统，才能赢得现在与未来。作为高校教师和文化人，我们希望通过《中国文学》的传播，传承弘扬中华文化和中华民族的优良传统，让更多的中国人，特别是广大青年了解、热爱中华文化，继承、光大中华文化，以恢弘、多元的新思维观照五千年中华文明的瑰宝，古为今用，推陈出新，从而让五千年的中华文化能生生不息，代代相传，并在当今与未来的中西文化碰撞中再创辉煌。

而从高等教育来看，也是为了加强素质教育，弘扬人文精神，培养并提高学生综合能力的需要。《中国文学》既是一门专业课，也是一门人文基础课，对于培养高素质的人才具有十分重要的作用。在相当一段时间内，许多学校片面强调学习科技知识，而忽视人文精神的培养；应试教育又造成重考分、轻能力的弊端。"素质"是在人的先天生理基础上，经过后天教育和社会环境的影响，由知识的积淀和内化而形成的相对稳定的品质。人才素质，包括思想道德素质、文化素质、专业业务素质、身体心理素质等诸多方面，而思想道德素质是其灵魂。鉴于"中国文学"课的专业特点，我们觉得不仅应赋予学习者较为系统的中国文学知识，了解上下五千年间中国文学变化发展的轨迹，认识各个历史时期中重要的作家及其作品，从而提高自己的阅读能力、写作能力、鉴赏能力，而且更希望能促使广大读者道德情操的提高和健全人格的塑造。司马迁遭受宫刑，身陷囹圄，却发愤著述，写成《史记》这一巨著；苏轼屡遭贬谪打击，却仍直面人生，乐观旷达；林则徐因查禁鸦片被革职充军，想到的却是“苟利国家生死以，岂因祸福避趋之”……这一切，将无不有助于提高当代青年人，特别是大学生的文化品位、艺术修养、思想情感和价值取向，有助于我们学会怎么生活，怎样做人。

作为浙江省重点建设教材之一，本书从内容到体例均作了一些改革尝试。在内容上，全书选目从先秦的《诗经》、《尚书》，直到21世纪的当代。这绝不是将古代文学与现代文学的简单合并，而是为了重新构建上下五千年中国文学的一个完整统一的框架。王充曰：“夫知古不知今，谓之陆沉”；“夫知今不知古，谓之盲瞽”。(《论衡·谢短篇》)古今文学的融合，有益于我们对中华文化源流的认识和把握，更有助于我们在继承的基础上变革出新，使中华文化更好地与时俱进。本书所选篇目除具有较强的文学、美学特性外，还注意选了一些治国利民、民主法制意识较强，文化品位高，能启人思维、智慧和增强人格修养的篇章。为了突出全书的系统性，我们在各个历史时期的文学作品前，分列了《先秦文学概述》、《秦汉文学概述》、《魏晋南北朝文学概述》、《唐宋文学概述》、《元明清近代文学概述》、《现代文学概述》、《当代文学概述》，目的是使读者们能点面结合，既能微观地阅读鉴赏本书的每一名家名篇，又能较为宏观地了解各个时期文学的概况，以及某一作家、流派在中国文学史或所处时代的作用及地位。我们期望的，是奉献给大家一部较为系统、完整的中国文学史和历代文学作品的精粹。

在体例上，全书分为七个单元：一、先秦文学；二、秦汉文学(以上由张卫中教授撰写)；三、魏晋南北朝文学(由林家骊教授撰写)；四、唐宋文学；五、元明清近代文学(四、五单元由张梦新教授撰写)；六、现代文学；七、当代文学(六、七单元由陈建新副教授撰写)。

每篇分为四个部分：①作家作品介绍；②作品；③注释；④阅读提示。鉴于网络的普及，我们又在每一单元的最后附有“相关链接”(由孙福轩副教授提供)，为广大读者上互联网查询有关作家、作品的信息，提供一些方便。

本书在编写过程中，参阅了前人和同行们的诸多研究成果，一些注释也颇多借鉴采用，不及逐一标注，在此谨表谢忱。自2004年出版以来，本教材已先后印刷5次。这次又应浙大出版社的要求对全书进行了修订，调整了十几篇篇目。我们希望能继续得到专家、任课教师和广大读者的关心呵护，提出宝贵的意见和建议。作为浙江省重点建设教材，我们期望本教材能不断修订完善，成为高等院校学生和广大文学爱好者学习与欣赏中国文学名著的精品读本。

编　者

2010年5月修订于浙江大学人文学院

目　录

先秦文学概述

秦汉文学概述

魏晋南北朝文学概述

唐宋文学概述

元明清近代文学概述

现代文学概述

当代文学概述

先秦文学概述

“先秦”是指秦朝以前这一历史时期。先秦文学，是中国文学发生与发展阶段的文学，它揭开了源远流长的中国文学的辉煌一页，是中国文学的奠基石。

早在文字还没有产生的远古时代，就已经有了民间歌谣和神话传说等口头文学。现已发现商代留存的多种文字记载，保留下来的文献有甲骨卜辞和铜器铭文。西周至春秋，文献资料大大增多，文学有了飞跃的发展。在韵文方面，产生了我国第一部诗歌总集《诗经》；在散文方面，有《尚书·周书》、《周易》、《春秋》等。

《诗经》汇集了从西周初年至春秋中叶大约五百年间的诗歌三百零五篇，分为风、雅、颂三个部分。风是带有地方色彩的音乐，十五“国风”就是十五个地方的土风歌谣；雅是周王朝直接统治地区的音乐；颂是宗庙祭祀用的乐曲。《诗经》的内容十分丰富，反映的社会生活相当广泛，有的反映阶级压迫和剥削，有的反映战争和徭役，有的反映劳动生活，有的反映爱情和婚姻。此外，还有周民族史诗、政治讽刺诗、农事诗等。《诗经》在艺术上也具有自己的特色。前人把《诗经》的表现手法概括为赋、比、兴。朱熹解释说：“赋者，敷陈其事而直言之者也”；“比者，以彼物比此物也”；“兴者，先言他物以引起所咏之词也”。《诗经》在形式上，多重章叠句，保留了民歌的原始状态。

到了战国时期，文学创作空前繁荣。首先是散文得到蓬勃的发展，诸子散文与历史散文辉映一时。其次，在韵文方面，发展出诗歌的新形式“楚辞”，并出现了伟大的作家屈原。

散文在春秋后期到战国时代，兴起一个高潮，是与这一时期的社会遽变紧密相关的。在这新的时代中，无论政治、经济、社会组织，都发生了剧烈的变化。深刻的变革，牵动着社会的各个阶层。随着“学在官府”的局面被打破，文化的下移，士的阶层迅速崛起。这些来自不同阶级和阶层的士人，奔走游说，以干世主。他们代表各自的利益－有着不同的观点和主张，形成许多的派别，他们互相辩论，在思想领域里，形成百家争鸣的局面。诸子散文便是表述各家思想的说理文。其论著主要有《论语》、《墨子》、《孟子》、《庄子》、《荀子》、《韩非子》、《吕氏春秋》等，它们虽然意在说理，却很讲究修辞技巧，善用比喻。有的雄畅，有的谨严，有的淳厚，有的犀利，各具特色。其中《孟子》和《庄子》的散文文学意味最浓。《孟子》的文章议论风发，波澜壮阔，富有气势。《庄子》的文章想象丰富，辞采瑰丽，富有浪漫主义色彩。

与诸子散文的勃兴一样，这一时期的社会遽变，国与国的吞并，旧贵族的没落，新人物的兴起，种种兴亡盛衰，促进了人们历史观念的发展。这一时期出现了许多历史学家，史籍非常发达。其中文学性较高的史书有《左传》、《国语》、《战国策》。《左传》是编年体史书，长于记事，它在叙述事件、介绍人物方面大大增强了文学色彩。作者叙述复杂的历史事件，有条不紊，并常常带有曲折引人的故事性。作者还善于通过人物的言行，表现人物的性格，书中许多的应对辞令，脍炙人口。《国语》偏重记言，文学成就不如《左传》，但有些篇章刻画人物比较生动。《国语》的语言古朴简明，也有自己的特点。《战国策》是国别体史书，有较高的文学价值。书中有不少个性鲜明的人物形象，尤其注重语言的艺术，善用比喻、夸张、寓言等多种修辞手段，增强文章的表达效果。

先秦散文是我国散文史上的第一个高峰，后代的历史学家和文学家都向他们吸取营养、学习技巧。

《诗经》以后的三百年间，是理智思维发展的时代，诗歌的声音消沉了，直到战国后期，以屈原为代表的楚辞的出现，迎来了诗歌发展史上的又一个春天。

“楚辞”是战国后期产生于楚国的一种新诗体。它是在楚国民歌的基础上发展起来的，是楚国地方文化的产物。“楚辞”中大量运用楚地方言，具有浓厚的地方色彩。宋代黄伯思说：“盖屈、宋诸骚，皆书楚语，作楚声，纪楚地，名楚物，故可谓之楚辞。”伟大的爱国诗人屈原，运用这种诗歌形式，创作了《离骚》、《九歌》（十一篇）、《天问》、《九章》（九篇）等优秀的作品。《离骚》是屈原的代表作，是长篇的政治抒情诗。《九歌》是依据楚地神话故事和民间祭歌形式写成的一组抒情诗。《天问》，据王逸说，其篇名为“问天”之意。《九章》为九篇作品之总名，非一时一地之作，一般认为是西汉刘向编辑《楚辞》时所加。屈原的诗作，表现出对于祖国的真挚热爱，对于理想的执著追求。在艺术表现上，发展了《诗经》的比兴手法，“寄情于物，托物以讽”，同时大量吸取神话传说的题材，想象丰富，感情激越，富于浪漫主义色彩。《诗经》和《楚辞》，在文学史上并称“风骚”或“诗骚”，它们共同开创了我国古代诗歌现实主义和浪漫主义的优秀传统。

先秦文学的主要成就是诗歌和散文，它为中国文学的发展奠定了坚实的基础。先秦文学，无论思想内容还是艺术方法，都对后来的文学产生了深远的影响。

□诗　经

《诗经》是我国最早的诗歌总集，先秦时通称为“诗”或“诗三百”。汉武帝“罢黜百家，独尊儒术”，把《诗》立为“五经”之一，称为《诗经》。《诗经》收录了西周初年至春秋中叶大约五百年间的诗歌，共305篇，分为风、雅、颂三个部分。其中风包括十五国风，160篇；雅分为大雅、小雅，105篇；颂分为周颂、鲁颂、商颂，40篇。风、雅、颂都是古代音乐曲调的名称。宋代郑樵认为：“风土之音曰‘风’，朝廷之音曰‘雅’，宗庙之音曰‘颂’。”（《通志序》）

《诗经》的内容极为丰富。有周民族史诗、政治讽谕诗，还有优美的情歌、劳动歌谣，以及反饥饿、反奴役的呼号等。《诗经》中的民歌充分体现了“饥者歌其食，劳者歌其事”的现实主义精神。《诗经》的表现手法有“赋”、“比”、“兴”三类。《诗经》句式以四言为主，比较整齐，间有杂言，显得灵活自由。章法则多重章叠句，富有音乐性和节奏感。现存的《诗经》是秦汉人毛亨、毛苌所传，称为《毛诗》。东汉郑玄为之作笺，通称《毛诗郑笺》。

关　雎

关关雎鸠①，在河之洲②。窈窕淑女③，君子好逑④。

参差荇菜⑤，左右流之⑥。窈窕淑女，寤寐求之⑦。求之不得，寤寐思服⑧。悠哉悠哉⑨，辗转反侧⑩。

参差荇菜，左右采之。窈窕淑女，琴瑟友之⑪。参差荇菜，左右芼之⑫。窈窕淑女，钟鼓乐之⑬。

【注释】

①关关：象声词，鸟鸣声。此指雌雄和鸣。　雎（jū）鸠：一种水鸟，古书上说此鸟有固定的配偶。　②洲：水中陆地。　③窈窕（yǎo tiǎo）：美好貌。　淑：善。　④逑（qiú）：配偶。　⑤参差：长短不齐貌。　荇（xìng）菜：一种多年生水生草本，夏秋开黄花，嫩茎可食。　⑥流：求取。　⑦寤寐（wù mèi）：醒着和睡着。　⑧思服：思念。　服：与“思”同义。思服为重言。一说“思”为语助词。　⑨悠哉：忧思深长之状。　⑩辗转反侧：翻来覆去不能入睡。　⑪友：亲近。　⑫芼（mào）：择取。　⑬乐之：使之快乐。

【阅读提示】

这首诗是《诗经·国风》的第一篇，也是整部《诗经》的第一篇。《毛诗序》说此诗的主旨是歌颂“后妃之德”。实际上，这是一首反映青年男女追求真挚爱情的诗。

诗以兴句发端，引出君子对淑女的倾心仰慕和热情追求。作者善于抓住人物的典型动作，诸如“辗转反侧”、“琴瑟友之”、“钟鼓乐之”等，对人物的内心世界进行深入开掘，充分表现了君子对淑女的痴诚相爱。孔子说：“《关雎》乐而不淫，哀而不伤。”(《论语·八佾》)全诗着意抒写君子对淑女的爱慕与追求，确实是情深而不淫渎，热烈而不轻狂。成功地再现了上古社会青年男女幸福欢乐的爱情生活。

蒹葭

蒹葭苍苍①，白露为霜。所谓伊人②，在水一方③。溯洄从之④，道阻且长⑤；溯游从之⑥，宛在水中央。

蒹葭凄凄⑦，白露未晞⑧。所谓伊人，在水之湄⑨。溯洄从之，道阻且跻⑩；溯游从之，宛在水中坻⑪。

蒹葭采采⑫，白露未已。所谓伊人，在水之涘⑬。溯洄从之，道阻且右⑭；溯游从之，宛在水中沚⑮。

【注释】

①蒹葭(jiān jiā)：芦苇。　苍苍：茂盛的样子。　②伊人：这个人，指所爱的人。　③一方：那一边。比喻所在之远。　④溯(sù)：逆流而上。　洄：盘旋曲折的水道。　从：追寻。　⑤道阻且长：道路险阻而且漫长。　⑥溯游：顺流而下。游，通“流”。指直流的水道。　⑦凄凄：同“萋萋”。茂盛的样子。　⑧晞(xī)：干。　⑨湄(méi)：河岸、水滨。　⑩跻(jī)：上升，攀登。这里指地势渐高，需攀登而上。　⑪坻(chí)：水中高地。　⑫采采：众多的意思，与“苍苍”、“凄凄”义近。　⑬涘(sì)：水边。　⑭右：迂回曲折。　⑮沚(zhǐ)：水中小洲。

【阅读提示】

这是选自《诗经·秦风》中的一首怀人之作。诗中描写了一个热恋者对所爱之人苦苦追求而可望而不可即的惆怅之情。全诗三章都用“兴”法起笔，用秋景秋色烘托主人公的相思之情、失落之感。情景交融，委婉动人。整首诗还采用了《诗经》中常用的重章叠句的形式，反复咏叹，将主人公满腔的柔情渲染得淋漓尽致。

采　薇

采薇采薇[1]，薇亦作止[2]。曰归曰归[3]，岁亦莫止[4]。靡室靡家[5]，猃狁之故[6]。不遑启居[7]，猃狁之故。

采薇采薇，薇亦柔止[8]。曰归曰归，心亦忧止。忧心烈烈[9]，载饥载渴[10]。我戍未定，靡使归聘[11]。

采薇采薇，薇亦刚止[12]。曰归曰归，岁亦阳止[13]。王事靡盬[14]，不遑启处[15]。忧心孔疚[16]，我行不来[17]！

彼尔维何[18]？维常之华[19]。彼路斯何[20]？君子之车[21]。戎车既驾[22]，四牡业业[23]。岂敢定居？一月三捷[24]。

驾彼四牡，四牡骙骙[25]。君子所依[26]，小人所腓[27]。四牡翼翼[28]，象弭鱼服[29]。岂不日戒[30]，猃狁孔棘[31]。

昔我往矣[32]，杨柳依依[33]。今我来思[34]，雨雪霏霏[35]。行道迟迟[36]，载渴载饥。我心伤悲，莫知我哀！

【注释】

①薇：野生的豆科植物，苗可食，又名大巢菜。　②作：初生。　止：语尾助词，无实义。③曰归：说要回去。　曰：言、说。一说为语首助词，无实义。　④岁：年。　莫：是“暮”的本字。　⑤靡室靡家：没有家庭生活。　靡：无，没有。　⑥猃狁（xiǎn yǔn）：种族名，西周时称猃狁，春秋时称北狄，战国秦汉时称匈奴。　⑦不遑启居：指奔走不停，没有闲暇安定下来休息。　遑：闲暇。　启：跪坐。古人跪时两膝着地，腰部伸直，臀部离开脚跟。　居：安坐。仍两膝着地，但臀部紧贴脚跟。古人席地而坐，故有跪坐、安坐之别。这里“启居”连用，是安定下来的意思。　⑧柔：指薇的幼苗柔软鲜嫩。　⑨烈烈：炽烈。　⑩载饥载渴：又饥又渴。⑪“我戍”两句意谓我们防御猃狁，驻防的地点不能固定，也无法使人捎信回家去。　戍：驻守。　定：稳定。　聘：问候。　⑫刚：指薇苗已长成坚硬的茎。　⑬阳：指夏历十月，即今农历十月。现在，人们还称这个月为“小阳春”。　⑭王事：指周天子的事，这里指战争之事。盬（gǔ）：止息。　⑮启处：同“启居”。　⑯孔：非常，很。　疚：痛苦。　⑰来：归来，返回。　一说来：慰抚。　⑱尔：通“薾（ěr）”，花盛开的样子。　维何：是什么。　⑲常：“常棣（dì）”的简称。　华：同“花”。　⑳路：同“辂（lù）”，大车。　斯何：同“维何”。　㉑君子：指军中将帅。㉒戎车：兵车。　㉓牡：雄马。　业业：高大的样子。　㉔捷：接，交战。　㉕骙（kuí）骙：雄强，威武。　㉖依：乘。　㉗腓（féi）：隐蔽。古代车战时，主帅在车上指挥，步卒跟在车后，借车身以遮蔽身躯。　㉘翼翼：悠闲的样子。是说马训练有素，惯于行军作战。　㉙弭（mǐ）：指弓两端受弦的地方。　象弭：用象牙装饰的弓端。　服：通“箙（fú）”，箭袋。　鱼服：用鲨鱼皮做成的箭袋。　按：弭和箙均为主帅所有。　㉚日戒：每日警备。　㉛棘：通“亟”，紧急。㉜往：指出征。　㉝依依：柳条迎风披拂的样子。　㉞来：归来。　思：语助词。　㉟雨雪：下雪。雨作动词用，念“yù”。　霏霏：大雪纷飞的样子。　㊱迟迟：迟缓。

【阅读提示】

这是《诗经·小雅》中的一首描写戍卒生活的诗。既表现了戍卒积极作战、保家卫国的精神面貌，又写出了戍卒的思家之苦、战斗之苦、归途之苦，真实地再现了一位远征战士罢战归来，抚今追昔、痛定思痛的心情。

最后一段写归途中的复杂心情，感时伤事，情景交融，有很强的形象性，成为人们传诵的名句。

□尚　书

《尚书》即上古之书，是我国古代最早的一部历史文献集，主要保存了商、周两代的重要典诰。自汉以来，《尚书》有今古文之分。今文是秦始皇焚书后由汉初经师所保存、用当时通行的隶书抄写的，称为《今文尚书》，有29篇；古文是汉武帝末年，在孔子旧宅壁中发现的、用汉以前古文字书写的，称为《古文尚书》，比《今文尚书》多出16篇。后来今古文《尚书》都亡佚了。今存《尚书》58篇，除33篇为今古文《尚书》所共有，其余都是东晋人所伪造，不可信。《尚书》文字古奥，从中可见古代早期散文的某些特色。

无　逸①

周公曰②："呜呼③！君子，所其无逸④。先知稼穑之艰难⑤（乃逸⑥），则知小人之依⑦。相小人⑧：厥父母勤劳稼穑⑨，厥子乃弗知稼穑之艰难，乃逸，乃谚，既诞⑩。否则侮厥父母⑪，曰：'昔之人无闻知⑫！'"

周公曰："呜呼！我闻曰：昔在殷王中宗⑬，严恭寅畏⑭，天命自度⑮，治民祇惧⑯，不敢荒宁。肆中宗之享国⑰，七十有五年。其在高宗⑱，时旧劳于外⑲，爰暨小人⑳。作其即位㉑，乃或亮阴㉒，三年不言；其惟不言，言乃雍㉓。弗敢荒宁，嘉靖殷邦㉔。至于小大㉕，无时或怨。肆高宗之享国，五十有九年㉖。其在祖甲㉗，弗义惟王㉘，旧为小人㉙。作其即位，爰知小人之依，能保惠于庶民！弗敢侮鳏寡。肆祖甲之享国，三十有三年。自时厥后，立王㉚，生则逸。生则逸，弗闻小人之劳，惟湛乐之从㉛。自时厥后，亦罔或克寿㉜，或十年，或七八年，或五六年，或四三年。"

周公曰："呜呼！厥亦惟我周太王㉝、王季㉞，克自抑畏㉟。文王卑服㊱，即康功田功㊲。徽柔懿恭㊳，怀保小民，惠鲜鳏寡㊴。自朝至于日中，昃㊵，弗遑暇食㊶，用咸和万民㊷。文王弗敢盘于游田㊸，以庶邦惟正之共㊹。文王受命惟中身㊺，厥享国五十年。”

周公曰：“呜呼！继自今嗣王，则其无淫于观[46]、于逸、于游、于田，以万民惟正之共。无皇曰[47]：‘今日湛乐。’乃非民攸训[48]，非天攸若[49]。时人丕则有愆[50]。无若殷王受之迷乱[51]，酗于酒德哉[52]！”

周公曰：“呜呼！我闻曰：古之人犹胥训告[53]，胥保惠，胥教诲，民无或诪张为幻[54]。此厥弗听，人乃训之[55]。乃变乱先王之正刑[56]，至于小大。民否则厥心违怨，否则厥口诅祝[57]。”

周公曰：“呜呼！自殷王中宗，及高宗，及祖甲，及我周文王，兹四人迪哲[58]。厥或告之曰：‘小人怨汝詈汝[59]。’则皇自敬德[60]。厥愆[61]，曰：‘朕之愆[62]。’允若时[63]，弗啻弗敢含怒[64]。此厥不听，人乃或诪张为幻，曰‘小人怨汝詈汝’，则信之。则若时[65]，弗永念厥辟[66]，弗宽绰厥心[67]，乱罚无罪，杀无辜。怨有同，是丛于厥身[68]。”

周公曰：“呜呼！嗣王，其监于兹[69]！”

【注释】

①无逸：不要贪图逸乐。周公还政于成王后，恐成王耽于逸乐，荒废政事，乃作《无逸》以训诲。 ②周公：姓姬，名旦，武王之弟，封于周，故称周公。武王死时，成王尚幼，周公代摄朝政。 ③呜呼：表示郑重其事的发语词，下同。 ④君子：这里指当权者。 所：居官位。 ⑤稼穑(sè)：这里泛指农业劳动。 ⑥乃逸：二字系衍文。 ⑦小人：一般庶民，与“君子”相对。 依：隐，苦衷。 ⑧相：看。 ⑨厥：其，下同。 ⑩谚：即喭，强悍粗暴。 诞：放肆。 ⑪否则：即“丕则”，关联词，“乃至于”的意思。 ⑫昔之人：从前的人，指上了年纪的人。 无闻知：什么也不懂，指不知道享福。 ⑬中宗：殷王祖乙，殷王朝第七世贤主。一说为太戊，殷王朝第五世贤主。 ⑭严：严肃。 恭：外貌恭敬。 寅：内心恭敬。 畏：惶恐。 ⑮天命自度：自己权衡一下行为是否合于天命。 ⑯祗(zhī)惧：恭敬谨慎。 ⑰肆：所以，因此。 享国：指在帝位。 ⑱高宗：武丁，殷朝第十一代贤君。 ⑲时：是。 旧：久。 ⑳爰：于是，因此。 暨：与、同。 ㉑作：始。 ㉒或：有时。 亮阴：实在沉默。 ㉓雍：和顺得体。 ㉔嘉靖：安定。 ㉕小：小民。 大：指群臣。 ㉖九：当是“五”。 ㉗祖甲：武丁次子。殷朝第十二代贤君。 ㉘弗义惟王：认为自己继承王位不合理。马融说：“祖甲有兄祖庚，而祖甲贤，武丁欲立之。祖甲以王废长立少，不义，逃亡民间。故曰‘不义惟王，久为小人’也。武丁死，祖庚立；祖庚死，祖甲立。” ㉙旧为小人：久为小民。 ㉚立王：立为国王。 ㉛湛乐：放纵地享乐。 从：追求。 ㉜罔：同“无”。 克寿：能够长寿。 ㉝太王：周文王的祖父古公亶父。 ㉞王季：周文王的父亲季历。 ㉟抑畏：谦虚谨慎。 ㊱文王：姬昌，史称西伯。 卑服：服役于卑贱的事务。 ㊲即康功田功：成就他安定人民和开垦土地的事业。 即：成就。 功：事功。 康：居室。康功，指安居之事。 ㊳徽：善良。 柔：柔和。 懿：美好。 恭：谦敬。徽柔懿恭，合为四种美好德行。 ㊴鲜：段玉裁说是“于字之讹”。 ㊵昃(zè)：太阳偏西。 ㊶弗遑暇食：来不及吃饭。 ㊷用：以。 咸：普遍。 和：和谐。 ㊸盘：乐。 游：游乐。 田：同“畋”，打猎。 ㊹庶邦：所属的部族。 惟正之共：指恭于政事。 ㊺受

命：接受天命继承诸侯之位。 中身：中年。相传文王47岁即王位。 ㊻观：借用为“欢”。 ㊼无皇曰：不要比方着那样说。 皇：《汉石经》作“兄”，即“况”字。 ㊽攸：所。 训：教训。 ㊾若：顺。 ㊿丕则：于是。 愆：过失。 ⑤①受：商纣王。 ⑤②酗：酒醉发怒。 酒德：酒后之恶行。 ⑤③胥：互相。 ⑤④诪(zhōu)张：诳骗。 幻：互相诈惑。 ⑤⑤训：同“顺”，顺从仿效。 ⑤⑥正刑：政令法度。 正，同“政”。 ⑤⑦否则：见前⑪。 诅祝：诅咒。 ⑤⑧迪哲：明智。 ⑤⑨詈(lì)：骂。 ⑥⓪皇自敬德：指更加敬慎自己的德行。皇，更加。 ⑥①厥愆：指百姓的过失。 ⑥②朕：我，第一人称代词，后专用为皇帝的自称。 ⑥③允若时：诚若是。 ⑥④弗啻(chì)：不但。 ⑥⑤则若时：就像这样。 ⑥⑥永念：时常想着。 辟(bì)：君。 厥辟：其为君之道。 ⑥⑦宽绰：宽宏大量。 ⑥⑧同：聚合。 丛：丛集。 ⑥⑨嗣王：指成王。 监：同“鉴”，鉴戒。

【阅读提示】

这篇文章选自《尚书·周书》。相传周武王死后，儿子成王年幼，由武王的弟弟姬旦周公摄行治理天下，等到周王朝的天下已经巩固，周公便还政于成王。《无逸》便是周公归政时对成王的一番谆谆告诫。全文据题抒论，以史为鉴。文章深切地指出“无逸”必须“先知稼穑之艰难”，“知小人之依（痛苦）”，反复强调统治者要“保惠于庶民”、“怀保小民”、“咸和万民”，反对“变乱正刑”、“乱罚无罪，杀无辜”等等。这些思想与后来儒家提倡的“仁政”、“民贵君轻”的思想是一脉相承的，具有一定的进步性。文章发之由衷，情真意切。

□左　传

《左传》是古代编年体史书。书名原为《左氏春秋》，西汉末年刘歆认为《左传》是传《春秋》的，称为《春秋左氏传》，简称《左传》。相传《左传》的作者是春秋末年鲁国的左丘明。现代一般人都认为《左传》是战国初年的作品。

《左传》记录了从鲁隐公元年（公元前722年）到鲁哀公二十七年（公元前468年）共255年周王朝及诸侯各国的一些重大历史事件，比较真实地反映了当时的社会现实。《左传》虽然是一部历史著作，却也不乏文学价值，尤其长于记述外交辞令和描写战争，对后来史传文学的发展有重要影响。

郑伯克段于鄢[①]

初，郑武公娶于申[②]，曰武姜[③]。生庄公及共叔段[④]。庄公寤生[⑤]，惊姜氏，故名曰“寤生”，遂恶之。爱共叔段，欲立之。亟请于武公[⑥]，公弗许。及庄公即位，为之请制[⑦]。公曰：“制，岩邑也[⑧]，虢叔死焉[⑨]，他邑唯命。”请京[⑩]，使居之，谓之京城大叔。

祭仲曰⑪："都城过百雉⑫，国之害也。先王之制，大都不过参国之一⑬；中，五之一；小，九之一。今京不度，非制也⑭。君将不堪。"公曰："姜氏欲之，焉辟害⑮？"对曰："姜氏何厌之有⑯？不如早为之所⑰，无使滋蔓⑱，蔓难图也；蔓草犹不可除，况君之宠弟乎？"公曰："多行不义，必自毙，子姑待之。"

既而大叔命西鄙、北鄙贰于己⑲。公子吕曰⑳："国不堪贰，君将若之何？欲与大叔，臣请事之；若弗与，则请除之。无生民心。"公曰："无庸㉑，将自及。"大叔又收贰以为己邑，至于廪延㉒。子封曰："可矣！厚将得众。"公曰："不义不暱㉓，厚将崩。"

大叔完聚㉔，缮甲兵㉕，具卒乘㉖，将袭郑。夫人将启之。公闻其期，曰："可矣！"命子封帅车二百乘以伐京。京叛大叔段。段入于鄢。公伐诸鄢。五月辛丑㉗，大叔出奔共㉘。

书曰㉙："郑伯克段于鄢。"段不弟㉚，故不言弟；如二君，故曰克；称郑伯，讥失教也；谓之郑志㉛，不言出奔，难之也㉜。

遂置姜氏于城颍㉝，而誓之曰："不及黄泉，无相见也！"既而悔之。颍考叔为颍谷封人㉞，闻之，有献于公。公赐之食。食舍肉。公问之。对曰："小人有母，皆尝小人之食矣，未尝君之羹，请以遗之㉟。"公曰："尔有母遗，繄我独无㊱！"颍考叔曰："敢问何谓也？"公语之故，且告之悔。对曰："君何患焉？若阙地及泉㊲，隧而相见，其谁曰不然？"公从之。公入而赋："大隧之中，其乐也融融！"姜出而赋："大隧之外，其乐也洩洩㊳！"遂为母子如初。君子曰㊴："颍考叔，纯孝也。爱其母，施及庄公㊵。诗曰：'孝子不匮，永锡尔类㊶。'其是之谓乎？"

【注释】

①本篇选自《左传·隐公元年》。　鄢(yān)：地名，在今河南鄢陵。　②郑武公：姓姬，名掘突，"武"是谥号。　申：姜姓侯爵之国，在今河南南阳。　③武姜：武公妻姜氏。"武"是她丈夫的谥号，"姜"是她母家之姓。　④庄公：即郑伯。　共叔段：庄公之弟，名段。　⑤寤(wù)生：足先出的逆生。寤，同"牾"，逆也。　⑥亟(qì)：屡次。　⑦制：地名，一名虎牢，在今河南荥阳。　⑧岩邑：险要的城镇。　⑨虢(guó)叔：东虢国国君。　⑩京：郑邑名，在今河南荥阳东南。　⑪祭(zhài)仲：郑国大夫。　⑫雉(zhì)：古代度量名称。城墙长三丈、高一丈为一雉。　⑬都：这里指诸侯下属的城邑。　参：同"三"。　⑭不度：不合法度。　非制：不是先王的制度。　⑮焉：疑问代词，哪里。　辟：同"避"。　⑯厌：同"餍"，满足。　⑰早为之所：早给他安排一个合适的地方。　⑱滋蔓：滋长蔓延。　⑲鄙：边邑。　⑳公子吕：郑国大夫，字子封。　㉑庸：同"用"。　㉒廪延：郑邑，在今河南延津。　㉓暱(nì)：同"昵"，亲近。　㉔完：修治。　聚：集中。　㉕缮：修理。　甲：盔甲。　兵：武器。　㉖具：准备。　乘(shèng)：古时一车四马为一乘，车上有甲士三人，车后随步卒七十二人。　㉗五月辛丑：五月二十三日。　㉘共(gōng)：国名，在今河南辉县。　㉙书：指《春秋》。　㉚不弟：不守为弟之

道。 ㉛郑志:指郑庄公蓄意杀弟的意图。 ㉜难之:指难以下笔记录叔段奔共这件事。按《春秋》笔法凡记某人出奔,就表示某人犯了罪。《春秋》没有记载叔段出奔共,是因为庄公也有不是,不能单怪叔段。 ㉝置:安置,此处有放逐意。 城颍:郑地,在今河南临颍。 ㉞颍考叔:郑国大夫。 颍谷:郑边邑,在今河南登封。 封人:镇守边疆的地方长官。 ㉟遗(wèi):赠送。 ㊱繄(yī):句首语助词。 ㊲阙:同"掘"。 ㊳泄泄(yì yì):义同"融融",快乐的样子。 ㊴君子曰:《左传》中习用的发表评论的方式,或为作者自己之议论,或为作者取他人之言论。 ㊵施(yì):推广,扩大。 ㊶诗:指《诗经》。 "孝子"二句:见《诗经·大雅·既醉》。 匮(kuì):竭尽。 锡:同"赐"。

【阅读提示】

本文记叙了郑庄公与其弟共叔段之间的一场政治角逐。他们兄弟为了争权夺利,不惜兵戎相见、骨肉相残,反映了春秋时期统治阶级内部矛盾和斗争的异常激烈,同时也暴露了统治阶级的残酷和虚伪。文章故事曲折生动,人物个性鲜明。特别是对庄公阴险毒辣、老谋深算、假仁假义、故作姿态的性格作了深刻的揭露。另外对武姜的任性和昏聩,共叔段的贪婪和愚蠢也作了生动的刻画。文笔洗练、含蓄,充分体现了《左传》善于叙事的特色。

齐晋鞌之战

孙桓子还于新筑,不入,遂如晋乞师①。臧宣叔亦如晋乞师②。皆主郤献子③。晋侯许之七百乘。郤子曰:"此城濮之赋也④。有先君之明与先大夫之肃⑤,故捷。克于先大夫,无能为役⑥,请八百乘。"许之。郤克将中军,士燮佐上军,栾书将下军,韩厥为司马⑦,以救鲁、卫。臧宣叔逆晋师,且道之⑧。季文子帅师会之⑨。

及卫地,韩献子将斩人,郤献子驰,将救之。至,则既斩之矣。郤子使速以徇⑩,告其仆曰:"吾以分谤也。"

师从齐师于莘⑪。六月壬申⑫,师至于靡笄之下⑬。齐侯使请战,曰:"子以君师辱于敝邑,不腆敝赋,诘朝请见⑭。"对曰:"晋与鲁、卫,兄弟也,来告曰:'大国朝夕释憾于敝邑之地⑮。'寡君不忍,使群臣请于大国,无令舆师淹于君地⑯。能进不能退,君无所辱命⑰。"齐侯曰:"大夫之许,寡人之愿也;若其不许,亦将见也。"齐高固入晋师⑱,桀石以投人⑲,禽之而乘其车⑳,系桑本焉㉑,以徇齐垒㉒,曰:"欲勇者贾余余勇㉓!"

癸酉㉔,师陈于鞌㉕。邴夏御齐侯,逢丑父为右㉖。晋解张御郤克,郑丘缓为右。齐侯曰:"余姑翦灭此而朝食。"不介马而驰之㉗。郤克伤于矢,流血及屦,未绝鼓音,曰:"余病矣!"张侯曰㉘:"自始合㉙,而矢贯余手及肘,余折以御。左轮朱殷㉚,岂敢言病?吾子忍之。㉛"缓曰:"自始合,苟有险,余必下推车,子岂识之?

然子病矣！”张侯曰：“师之耳目，在吾旗鼓，进退从之。此车一人殿之[32]，可以集事[33]。若之何其以病败君之大事也？擐甲执兵[34]，固即死也[35]；病未及死，吾子勉之！”左并辔，右援枹而鼓[36]。马逸不能止[37]，师从之。齐师败绩。逐之，三周华不注[38]。

韩厥梦子舆谓己曰[39]：“旦辟左右[40]！”故中御而从齐侯。邴夏曰：“射其御者，君子也。”公曰：“谓之君子而射之，非礼也。”射其左，越于车下[41]。射其右，毙于车中。綦毋张丧车[42]，从韩厥曰：“请寓乘[43]！”从左右，皆肘之[44]，使立于后。韩厥俛，定其右[45]。逢丑父与公易位[46]。将及华泉[47]，骖絓于木而止[48]。丑父寝于辗中[49]，蛇出于其下，以肱击之，伤而匿之，故不能推车而及。韩厥执絷马前，再拜稽首，奉觞加璧以进[50]，曰：“寡君使群臣为鲁、卫请，曰：‘无令舆师陷入君地。’下臣不幸，属当戎行[51]，无所逃隐。且惧奔辟[52]而忝两君[53]。臣辱戎士，敢告不敏[54]，摄官承乏[55]。”丑父使公下，如华泉取饮。郑周父御佐车，宛茷为右[56]，载齐侯以免。韩厥献丑父，郤献子将戮之。呼曰：“自今无有代其君任患者，有一于此，将为戮乎？”郤子曰：“人不难以死免其君，我戮之，不祥。赦之，以劝事君者。”乃免之。

齐侯免，求丑父，三入三出[57]。每出，齐师以帅退。入于狄卒[58]，狄卒皆抽戈、楯冒之[59]。以入于卫师，卫师免之。遂自徐关入[60]。齐侯见保者[61]，曰：“勉之！齐师败矣！”辟女子[62]，女子曰：“君免乎？”曰：“免矣。”曰：“锐司徒免乎[63]？”曰：“免矣。”曰：“苟君与吾父免矣，可若何？”乃奔。齐侯以为有礼。既而问之，辟司徒之妻也。予之石窌[64]。

晋师从齐师，入自丘舆[65]，击马陉[66]。

齐侯使宾媚人赂以纪甗、玉磬与地[67]。不可，则听客之所为[68]。宾媚人致赂。晋人不可，曰：“必以萧同叔子为质，而使齐之封内尽东其亩[69]。”对曰：“萧同叔子非他，寡君之母也。若以匹敌，则亦晋君之母也。吾子布大命于诸侯，而曰必质其母以为信，其若王命何？且是以不孝令也。《诗》曰：‘孝子不匮，永锡尔类[70]。’若以不孝令于诸侯，其无乃非德类也乎？先王疆理天下[71]，物土之宜[72]，而布其利。故《诗》曰：‘我疆我理，南东其亩[73]。’今吾子疆理诸侯，而曰‘尽东其亩’而已，惟吾子戎车是利，无顾土宜，其无乃非先王之命也乎？反先王则不义，何以为盟主？其晋实有阙[74]。四王之王也[75]，树德而济同欲焉；五伯之霸也[76]，勤而抚之，以役王命。今吾子求合诸侯，以逞无疆之欲[77]。《诗》曰：‘布政优优，百禄是遒[78]。’子实不优，而弃百禄，诸侯何害焉？不然，寡君之命使臣，则有辞矣。曰：‘子以君师辱于敝邑，不腆敝赋，以犒从者。畏君之震[79]，师徒桡败[80]。吾子惠徼齐国之福[81]，不泯其社稷[82]，使继旧好，唯是先君之敝器、土地不敢爱[83]。子又不许，请收合余烬[84]，背城借一[85]。敝邑之幸[86]，亦云从也；况其不幸，敢不唯命是听？’”鲁、卫谏曰：“齐疾我矣[87]。其死亡者，皆亲暱也。子若不许，仇我必甚。唯子则又何求？子得其国宝，我亦得地，而纾于难[81]，其荣多矣。齐、晋亦唯天所授，岂必晋？”晋人许之，对曰：“群臣帅赋舆[82]，以为鲁、卫请。若苟有以藉口，而复于寡君，君之惠也。敢不唯命是听？”

【注释】

①孙桓子：孙良夫，卫臣。　新筑：卫邑，在今河北魏县南。　不入：指不入国都。这之前孙桓子等率师与齐军交战，失败，所以孙桓子不入国都，径至晋请求出兵。　②臧宣叔：鲁臣。③郤献子：郤克，晋臣，此时为晋中军帅，主持政事。宣公十七年郤克曾为齐顷公母所笑，发誓报仇，所以孙桓子、臧宣叔两人都投奔郤克。　④城濮之赋：指城濮之战所出兵车数目。⑤肃：敏捷。　⑥役：仆役。　⑦中军：晋设三军，分为中、上、下三军，主帅将中军。　司马：职掌军法。　⑧道：同“导”，为向导开路。　⑨季文子：鲁臣，曾执鲁政三十四年。　⑩徇：巡行示众。　⑪莘：卫邑，在今山东莘县北。　⑫壬申：十六日。　⑬靡笄(jī)：山名，即今山东济南市千佛山。　⑭诘朝：次日早晨。　⑮大国：指齐国。　敝邑：鲁、卫自称。　憾：不满、怨怒。　⑯舆：众。　淹：久留。　⑰君无所辱命：也即“无所辱君命”，实际上是答应齐侯的请战。　⑱高固：即高宣子，齐臣。　⑲桀：举。　⑳禽：通“擒”。　㉑本：树根。　㉒垒：军营壁垒。　㉓贾：买。　㉔癸酉：十七日。　㉕鞌(ān)：齐地，在今山东济南市西。　㉖邴夏：齐人，姓邴名夏。　逢(páng)丑父：齐臣。　右：车右。　㉗介：甲。不介马，指马不披甲。㉘张侯：即解张，张是其字，侯是其名。　㉙合：交战。　㉚殷：赤黑色。　㉛吾子：对称代词，表示亲密。　㉜殿：镇守。　㉝集：完成。　㉞擐(huàn)：穿着。　㉟即：就。　㊱枹(fú)：鼓槌。　㊲逸：奔逸。　㊳华不注：山名，在今山东济南市东北。　㊴子舆：韩厥的父亲。㊵辟：同“避”。　左右：指战车左右两侧。按古代军制，只有元帅或御者居中，韩厥为司马，应在车左。　㊶越：坠。　㊷綦毋(qí wú)张：晋国大夫，姓綦毋，名张。　㊸寓：寄。　㊹肘之：以肘推之。　㊺俛：同“俯”。　定其右：指稳住车右的尸体，不让其坠下。　㊻逢丑父与公易位：逢丑父与齐顷公互换位置。　㊼华泉：华不注山下之泉。　㊽骖：左右两旁之马。絓(guà)：碍。　㊾辗(zhàn)：栈车，竹木之车。　㊿絷：绊马绳。　稽首：磕头。　觞(shāng)：这里指盛有酒的酒杯。　[51]属：适。　戎行：指军旅之士。　[52]辟：同“避”。　[53]忝：辱。[54]敢：表敬副词，无义。　不敏：谦词，犹不才、无能。　[55]摄：代。　承乏：谦词，表示某事由于缺乏人手，只能由自己承当。　[56]郑周父：齐臣。　佐车：副车。　宛茷(fèi)：齐臣。[57]三入三出：指在敌军中三进三出。这里包括出入晋国的友军狄军、卫军。　[58]狄卒：狄没有车兵，只有徒兵，所以称之“狄卒”。　[59]楯：同“盾”。　冒：覆，保护。　[60]徐关：齐地，在今山东淄川镇西。　[61]保：城邑的守卫者。　[62]辟(bì)：使行人避开。　[63]锐：古代矛类兵器。锐司徒：可能是主管锐这种兵器的官。　[64]石窌(liù)：齐地，在今山东长清县东南。　[65]丘舆：齐邑，在今山东益都县西南。　[66]马陉：齐邑，在丘舆北，今山东益都县西南。　[67]宾媚人：即国佐，曾主齐国之政。　甗(yǎn)：古代一种炊具。纪甗可能是齐灭纪时所得之器。磬：古代一种敲击乐器。　[68]客：这里指晋。　[69]封内：境内。　尽东其亩：田垄全部东向。这对于晋往东向齐进军比较便利，所以晋以此作为媾和条件之一。　[70]“孝子”两句：引自《诗经·大雅·既醉》。　匮：竭尽。　锡：同“赐”。　[71]疆：划分经界。　理：分其地理。　[72]物：相，考察。　[73]“我疆”两句：引自《诗经·小雅·信南山》。　南东其亩：指田间道路或东西向，

或南北向。 ㉔阙：过失。 ㉕四王：指夏禹、商汤、周文王、周武王。一说指虞舜、夏禹、商汤、周武王(或文王)。 ㉖五伯：夏伯昆吾、商伯大彭、豕韦，周伯齐桓、晋文。 ㉗无疆：无止境。 ㉘"布政"两句：引自《诗经·商颂·长发》。 优优：和缓的样子。遒：聚。 "百禄是遒"为"遒百禄"倒装句。 ㉙震：威。 ㉚桡(náo)败：失败。 ㉛吾子：您。对于对方的相亲爱之称。 惠：表敬副词，无义。 徼(yāo)：求。 ㉜泯：灭。 ㉝爱：爱惜。 ㉞余烬：这里比喻残兵败将。 ㉟背城借一：在自己城下最后决一死战。 ㊱幸：指幸而取胜。 ㊲疾：怨恨。 ㊳纾：缓。 ㊴赋舆：兵车。

【阅读提示】

鞌之战选自《左传·成公二年》，是《左传》重点记叙的五大战役之一。这次战争之所以爆发，远因是此前郤克使齐，为妇女所笑，发誓报仇。近因是鲁、卫遭到齐国的攻击，请求晋国出兵相助。实际上这是晋国为了维持其盟主地位而进行的一次战争。《左传》记叙这次战争，情节曲折细致、生动逼真，尤其是正面描写战争一段，着墨不多，但战争的紧张激烈的气氛充分表现了出来。齐军以骄狂轻敌致败，晋军则以沉着顽强获胜，整个战争写得有声有色。作者还善于抓住典型细节刻画人物、烘托气氛，如齐侯的"不介马而驰之"，解张的"左并辔，右援枹而鼓"等等。此外，文中宾媚人的一段辞令也是从容不迫，恰到好处。面对晋人的无理要求，身为战败国的宾媚人却能做到义正词严，不卑不亢。他的言辞表面上很委婉，但婉曲中不乏冷峻；语气强硬，但强硬中又不失礼节，真是绵里藏针，软中有硬，充分显示了《左传》的行人辞令之美。

□国 语

《国语》成于战国初期，是分载周、鲁、齐、晋、郑、楚、吴、越八国史事的一部历史著作。与《左传》偏重记事不同，《国语》详于记言而略于记事。旧传《国语》与《左传》出于一人之手，其实无论体制、文风及内容，两书都不同。就是《国语》本身各篇文风也不甚统一，清人崔述《洙泗考信录》认为："周、鲁多平衍，晋、楚多尖颖，吴、越多恣放，即《国语》非一人之所为也。"

邵公谏厉王弭谤[①]

厉王虐，国人谤王。邵公告曰："民不堪命矣[②]。"王怒，得卫巫[③]，使监谤者。以告[④]，则杀之。国人莫敢言，道路以目[⑤]。

王喜，告邵公曰："吾能弭谤矣，乃不敢言。"

邵公曰："是障之也[⑥]。防民之口，甚于防川。川壅而溃[⑦]，伤人必多，民亦如之。是故为川者决之使导[⑧]，为民者宣之使言[⑨]。故天子听政，使公卿至于列士献诗[⑩]，瞽献曲[⑪]，史献书[⑫]，师箴[⑬]，瞍赋[⑭]，矇诵[⑮]，百工谏[⑯]，庶人传语[⑰]。近臣尽规[⑱]，亲戚补察[⑲]，瞽、史教诲[⑳]，耆、艾修之[㉑]，而后王斟酌焉。是以事行而不悖[㉒]。民之有口，犹土之有山川也，财用于是乎出；犹其有原隰衍沃也[㉓]，衣食于是乎生。口之宣言也[㉔]，善败于是乎兴[㉕]。行善而备败，其所以阜财用衣食者也[㉖]。夫民虑之于心而宣之于口，成而行之[㉗]，胡可壅也！若壅其口，其与能几何[㉘]？"

王不听，于是国人莫敢出言。三年，乃流王于彘[㉙]。

【注释】

①邵公：即邵穆公，名虎，周厉王的卿士。邵，一作"召"。　厉王：西周的第十代国君，姓姬，名胡，公元前878年即位，在位三十七年。　弭（mǐ）：阻止，消除。　谤：议论指责他人过失。　②命：指厉王暴虐的政令。　③卫巫：卫国的巫者。　④以告：以谤者告诉王，意即"检举"。　⑤道路以目：在路上相遇，彼此只能用眼色示意。　⑥障：防水堤，这里用作动词，堵塞的意思。　⑦壅：堵塞。　⑧为川者：治水的人。　决：排除障碍。　导：疏通。　⑨宣：开导。　⑩公卿：三公九卿，指朝廷中的高级官员。　列士：指上士、中士、下士。士是统治阶级中最低的一个阶层。　献诗：进献讽谏的诗。　⑪瞽（gǔ）：盲人，这里指乐师，古代乐师多由盲人充任。　曲：乐曲。　⑫史：史官。　书：指历史典籍。　⑬师：少师，是次于太师的乐官。箴（zhēn）：一种寓有劝诫意义的文辞。　⑭瞍（sǒu）：没有瞳仁的盲人。　赋：朗诵，有一定的音节腔调。　⑮矇（méng）：有瞳仁而看不见东西的盲人。　诵：指不配合乐曲的诵读。　⑯百工：百官。一说从事各种工艺的人。　⑰庶人：泛指平民。　传语：指庶人的意见可以通过官吏间接传达给周王。　⑱近臣：周王左右的臣子。　尽：同"进"，进献。　⑲亲戚：指与国王同宗的大臣。　补：弥补。　察：监察。　⑳瞽、史教诲：乐师、史官用歌曲、史籍对周王进行教诲。　㉑耆（qí）、艾（ài）：年高有德的人。六十岁的人叫"耆"，五十岁的人叫"艾"。　修：修饬，整理。　㉒悖：违背。　㉓其：指土地。　原：宽阔而平坦的土地。　隰（xí）：低下而潮湿的土地。　衍：低下而平坦的土地。　沃：有河流灌溉的土地。　㉔宣言：发表言论。　㉕善败：指政治的优劣得失。　兴：体现，显露。　㉖阜：丰富，增多。　㉗成：成熟。　行：有自然流露的意思。　㉘与：这里指亲附的人。　㉙流：流放，放逐。　彘（zhì）：晋地，在今山西省霍县境内。

【阅读提示】

本篇选自《国语·周语上》，记载邵穆公劝诫周厉王弭谤的主张。周厉王是西周末期的暴君，他的横征暴敛，激起国人的极度不满，终于在公元前841年发生了"国人暴动"。文章记叙了周厉王不听劝谏、自取灭亡的经过，提出了"防民之口，甚于防川"的著名论点。叙事简明，说理周详。特别是邵公规劝厉王一段，逻辑性强，论证有力，以"防川"作喻，自然贴切，生动形象。文章以邵公的谏辞为主，首尾略有记事，前后照应，体现了《国语》记言为主的特点。

□战国策

《战国策》，简称《国策》，其初又有《国事》、《短长》、《事语》、《长书》等名称。作者无考。西汉刘向对其整理编校，定名为《战国策》。全书十二策，分记东周、西周、秦、齐、楚、赵、魏、韩、燕、宋、卫、中山诸国之事。其时代上接春秋，下至秦并六国，约二百四十年(前460—前220)。

《战国策》主要记载战国时代谋臣策士纵横捭阖的外交活动及有关的谋议和说辞。文章长于说事，喜欢夸张渲染。文辞宏丽恣肆，铺张扬厉。善用大量的比喻、寓言，增强说服力。

冯谖客孟尝君①

齐人有冯谖者，贫乏不能自存。使人属孟尝君②，愿寄食门下。孟尝君曰："客何好？"曰："客无好也。"曰："客何能？"曰："客无能也。"孟尝君笑而受之，曰："诺。"

左右以君贱之也，食以草具③。居有顷，倚柱弹其剑，歌曰："长铗归来乎④！食无鱼。"左右以告。孟尝君曰："食之，比门下之客⑤。"居有顷，复弹其铗，歌曰："长铗归来乎！出无车。"左右皆笑之，以告。孟尝君曰："为之驾，比门下之车客。"于是乘其车，揭其剑⑥，过其友曰："孟尝君客我！"后有顷，复弹其剑铗，歌曰："长铗归来乎！无以为家。"左右皆恶之，以为贪而不知足。孟尝君问："冯公有亲乎？"对曰："有老母。"孟尝君使人给其食用，无使乏。于是冯谖不复歌。

后孟尝君出记⑦，问门下诸客："谁习计会⑧，能为文收责于薛者乎⑨？"冯谖署曰："能。"孟尝君怪之，曰："此谁也？"左右曰："乃歌夫'长铗归来'者也。"孟尝君笑曰："客果有能也，吾负之⑩，未尝见也。"请而见之，谢曰⑪："文倦于事，愦于忧⑫，而性懧愚⑬，沉于国家之事，开罪于先生。先生不羞⑭，乃有意欲为收责于薛乎？"冯谖曰："愿之。"于是约车治装⑮，载券契而行。辞曰："责毕收，以何市而反⑯？"孟尝君曰："视吾家所寡有者。"

驱而之薛，使吏召诸民当偿者悉来合券⑰。券遍合，起，矫命⑱以责赐诸民，因烧其券。民称万岁。

长驱到齐，晨而求见。孟尝君怪其疾也，衣冠而见之⑲，曰："责毕收乎？来何疾也！"曰："收毕矣。""以何市而反？"冯谖曰："君云'视吾家所寡有者'。臣窃计君宫中积珍宝，狗马实外厩，美人充下陈⑳。君家所寡有者，以义耳！窃以为君市义。"孟尝君曰："市义奈何？"曰："今君有区区之薛㉑，不拊爱子其民㉒，因而贾利之[23]。臣窃矫君命，以责赐诸民，因烧其券，民称万岁。乃臣所以为君市义也。"孟尝君不说[24]，曰："诺，先生休矣[25]。"

后期年，齐王谓孟尝君曰[26]："寡人不敢以先王之臣为臣[27]。"孟尝君就国于薛[28]。未至百里，民扶老携幼，迎君道中正日[29]。孟尝君顾谓冯谖："先生所为文市义者，乃今日见之。"冯谖曰："狡兔有三窟，仅得免其死耳。今君有一窟，未得高枕而卧也。请为君复凿二窟。"

孟尝君予车五十乘，金五百斤，西游于梁[30]。谓惠王曰："齐放其大臣孟尝君于诸侯[31]。诸侯先迎之者，富而兵强。"于是梁王虚上位[32]，以故相为上将军，遣使者黄金千斤，车百乘，往聘孟尝君。冯谖先驱[33]，诫孟尝君曰："千金，重币也；百乘，显使也。齐其闻之矣！"梁使三反，孟尝君固辞不往也。

齐王闻之，君臣恐惧，遣太傅赍黄金千斤[34]，文车二驷[35]，服剑一[36]，封书谢孟尝君曰："寡人不祥[37]，被于宗庙之祟[38]，沉于谄谀之臣，开罪于君！寡人不足为也，愿君顾先王之宗庙[39]，姑反国统万人乎！"冯谖诫孟尝君曰："愿请先王之祭器，立宗庙于薛[40]。"庙成，还报孟尝君曰："三窟已就，君姑高枕为乐矣。"

孟尝君为相数十年，无纤介之祸者[41]，冯谖之计也。

【注释】

①冯谖(xuān)：又作冯煖，音同。　孟尝君：名田文，为齐相，好士，门下食客常数千人，与魏信陵君、赵平原君、楚春申君齐名，称战国四公子。　②属(zhǔ)：通"嘱"，嘱托。　③食(sì)：给人吃。　草具：粗劣的食物。　④铗(jiá)：剑柄。长铗，指长剑。　来，语助词。⑤比：照。孟尝君门下食客分三等，上客食肉乘车，中客食鱼，下客食菜。此时冯谖为下客，故曰食无鱼。　⑥揭：举。　⑦记：文告，一说指账簿。　⑧习：熟悉。　计会：即会计。⑨责：同"债"。薛：孟尝君的领地，在今山东省枣庄市附近。　⑩负：亏待。　⑪谢：致歉。⑫愦(kuì)：昏乱。　⑬忙(nuò)：同"懦"。　⑭不羞：不以此为羞辱。　⑮约车治装：约期准备车子，并置办行装。　⑯市：买。　⑰合券：验对债券。古时债券，由借贷双方各持其半，作为凭证。验对债券时，合起来验看，必须两相符合。　⑱矫命：假托孟尝君的命令。　⑲衣冠而见之：穿戴整齐来见冯谖，以示敬重。　⑳下陈：犹堂下。　㉑区区：指面积不大。　㉒拊爱：即抚爱。　子其民：视民如子。　㉓贾(gǔ)利之：用商贾手段向人民谋利。　㉔说：同"悦"。　㉕休：息。　休矣：犹得了、算了。　㉖齐王：齐湣王。　㉗先王：指齐湣王已故的父亲齐宣王。　㉘就国：回到自己的封国去。　㉙正日：终日。　㉚梁：即魏国。魏国都城原在安邑，魏惠王九年(前 361 年)，迁都于大梁(今河南省开封市西北)，故魏国亦称梁国。㉛放：弃。　㉜虚上位：空出最高的职位。这里的"上位"指国相之位。　㉝先驱：先驱车返回。　㉞太傅：官名。　赍(jī)：携带。　㉟文车二驷：套四匹马的、绘有文采的车子两辆。驷：一车四马曰驷。　㊱服剑：佩剑。　㊲不祥：不善。　㊳被于宗庙之祟：遭到祖宗降下的灾祸。被：遭受。祟：鬼神带来的灾祸。　㊴顾：顾念。　㊵立宗庙于薛：孟尝君与齐王同族，在薛邑建立齐国先王的宗庙，日后齐王就不便夺邑毁庙，同时还会保护薛邑，使之不受他国侵扰。　㊶纤介：细微。介，同"芥"，小草。

【阅读提示】

本文选自《战国策·齐策》。文章着力记叙了策士冯谖为孟尝君收买民心、经营三窟的事迹，表现了冯谖作为政治谋士的远见卓识，同时也揭示了当时统治集团内部钩心斗角的世态。在写法上，作者采取欲扬先抑、欲露先隐的手法，让冯谖的才能逐步得到展现，给读者造成悬念，形成文章的曲折和波澜。文章故事性强，冯谖的形象丰满而生动，具有较强的艺术性。

苏秦始将连横①

苏秦始将连横，说秦惠王曰②："大王之国，西有巴、蜀、汉中之利③，北有胡貉、代马之用④，南有巫山、黔中之限⑤，东有肴、函之固⑥。田肥美，民殷富，战车万乘⑦，奋击百万⑧，沃野千里，蓄积饶多，地势形便，此所谓天府⑨，天下之雄国也。以大王之贤，士民之众，车骑之用，兵法之教，可以并诸侯，吞天下，称帝而治⑩。愿大王少留意，臣请奏其效⑪。"

秦王曰："寡人闻之：毛羽不丰满者，不可以高飞；文章不成者⑫，不可以诛罚；道德不厚者，不可以使民⑬；政教不顺者，不可以烦大臣⑭。今先生俨然不远千里而庭教之⑮，愿以异日⑯。"

苏秦曰："臣固疑大王之不能用也。昔者神农伐补遂⑰，黄帝伐涿鹿而禽蚩尤⑱，尧伐驩兜⑲，舜伐三苗⑳，禹伐共工㉑，汤伐有夏㉒，文王伐崇㉓，武王伐纣㉔，齐桓任战而伯天下㉕。由此观之，恶有不战者乎㉖？古者使车毂击驰㉗，言语相结，天下为一，约从连横，兵革不藏。文士并饰㉘，诸侯乱惑，万端俱起，不可胜理。科条既备㉙，民多伪态㉚，书策稠浊㉛，百姓不足，上下相愁，民无所聊㉜。明言章理㉝，兵甲愈起㉞，辩言伟服㉟，战攻不息。繁称文辞㊱，天下不治；舌弊耳聋，不见成功；行义约信，天下不亲。于是乃废文任武，厚养死士，缀甲厉兵㊲，效胜于战场。夫徒处而致利㊳，安坐而广地，虽古五帝、三王、五伯㊴，明主贤君，常欲坐而致之，其势不能，故以战续之。宽则两军相攻，迫则杖戟相橦㊵，然后可建大功。是故兵胜于外，义强于内；威立于上，民服于下。今欲并天下，凌万乘㊶，诎敌国㊷，制海内，子元元㊸，臣诸侯㊹，非兵不可。今之嗣主㊺，忽于至道，皆惛于教㊻，乱于治，迷于言，惑于语，沈于辩，溺于辞㊼。以此论之，王固不能行也。"

说秦王书十上而说不行㊽。黑貂之裘弊，黄金百斤尽，资用乏绝，去秦而归。羸縢履蹻㊾，负书担橐㊿，形容枯槁，面目犁黑[51]。状有归色[52]。归至家，妻不下纴[53]，嫂不为炊，父母不与言。苏秦喟叹曰："妻不以我为夫，嫂不以我为叔，父母不以我为子，是皆秦之罪也！"乃夜发书，陈箧数十[54]，得太公阴符之谋[55]，伏而诵之，简练以为揣摩[56]。读书欲睡，引锥自刺其股，血流至足[57]。曰："安有说人主不能出其金玉锦绣，取卿相之尊者乎？”期年[58]，揣摩成，曰：“此真可以说当世之君矣！”于是乃摩燕乌集阙[59]，见说赵王于华屋之下[60]，抵掌而谈[61]。赵王大悦，封为武安君[62]。受相印，革车百乘，锦绣千纯[63]，白璧百双，黄金万溢以随其后[64]，约从散横，以抑强秦。故苏秦相于赵而关不通[65]。当此之时，天下之大，万民之众，王侯之威，谋臣之权，皆欲决苏秦之策[66]。不费斗粮，未烦一兵，未战一士，未绝一弦，未折一矢，诸侯相亲，贤于兄弟[67]。夫贤人在而天下服，一人用而天下从，故曰：“式于政[68]，不式于勇；式于廊庙之内[69]，不式于四境之外。”当秦之隆[70]，黄金万溢为用，转毂连骑[71]，炫熿于道[72]，山东之国[73]，从风而服，使赵大重[74]。且夫苏秦，特穷巷掘门桑户棬枢之士耳[75]，伏轼撙衔[76]，横历天下[77]，廷说诸侯之王[78]，杜左右之口[79]，天下莫之能伉[80]。

将说楚王[81]，路过洛阳。父母闻之，清宫除道[82]，张乐设饮[83]，郊迎三十里。妻侧目而视[84]，倾耳而听；嫂虵行匍伏[85]，四拜自跪而谢[86]。苏秦曰：“嫂何前倨而后卑也[87]？”嫂曰：“以季子之位尊而多金[88]！”苏秦曰：“嗟乎！贫穷则父母不子，富贵则亲戚畏惧。人生世上，势位富贵，盖可忽乎哉[89]！”

【注释】

①选自《战国策·秦策一》。　苏秦（？—前284）：字季子，东周洛阳人。战国时著名纵横家。初主“连横”，后改主“合纵”，约赵、齐、燕、魏、韩五国联合攻秦。赵王封他为武安君。他为燕昭王作反间，到齐国去破坏齐、赵的关系，使齐国与燕国交好。后燕将乐毅率师伐齐，苏秦为燕反间暴露，被齐车裂而死。　②说（shuì）：劝说。　秦惠王：姓嬴，名驷，即惠文王（前337—前311在位）。秦自惠王始称王。　③巴：今四川东部、湖北西部一带。　蜀：今四川中、西部。　汉中：今陕西秦岭以南地区。上述三地区于惠王时先后并入秦国。　④胡貉（hé）：匈奴地区产的貉，形似狐，毛皮可制裘。　代马：代在今河北、山西北部，其地产良马。　⑤巫山：山名，在今四川巫山县东。　黔中：地名，在今湖南省沅陵县西。　限：屏障、险要。　⑥肴：同“殽（yáo）”，山名，在今河南省洛宁县西北。　函：函谷关，在今河南省灵宝县西南。　固：险固，易守难攻。　⑦万乘（shèng）：万辆。　⑧奋击：能奋力作战的武士。　⑨天府：天然的府库。　⑩称帝而治：战国时代，各国的最高统治者都称为王，诸王之强者自称帝号，表示有统一的企图。秦昭王与齐湣王曾相约称东帝、西帝。　⑪效：成效，功效。　⑫文章：这里指“法令制度”。　⑬使民：指使用百姓出战。　⑭烦：差遣。　⑮俨然：端庄正经的样子。　庭教：在大庭广众下指教。　⑯愿以异日：请待将来。　⑰神农：即炎帝，传说为农业和医药的发现者。　补遂：古国名。　⑱黄帝：姓公孙氏，名轩辕。是传说中华夏族的始祖。　涿鹿：在今河北省涿鹿县南。　禽：通“擒”。　蚩尤：传说为东方九黎族之首领。　⑲驩兜（huān dōu）：人名，传说为尧的司徒官。　⑳三苗：古族名，亦称苗、有苗，在今湖北武昌、湖南岳阳和江西九江一带。　㉑共工：古代部族。　㉒汤：又称成汤，商朝的建立者，原为夏朝诸侯。夏桀无道，汤兴兵灭夏，建立了商朝。　有：语助词，无义。　夏：夏朝。　㉓崇：殷代诸侯国名，在今陕西户县东。　㉔纣（zhòu）：商代最后的君主，暴虐残忍，为周武王所灭。　㉕任：用。　伯：同“霸”。　㉖恶（wū）：如何，哪里。　㉗使车毂（gǔ）击驰：使臣的车毂相互

碰撞。这里指各诸侯国的使者往来频繁。毂:车轮中心的圆木,中有圆孔以插车轴。㉘文士:辩士。饰:指修饰文辞,进行游说的工作。㉙科条:规章制度。㉚伪态:作假。㉛书策稠浊:文书政令繁多而混乱。㉜聊:依赖。㉝章理:显明的道理。章,同“彰”。㉞兵甲:这里指战争。㉟伟服:奇伟的服饰。㊱繁称文辞:称引繁富,言辞巧丽。㊲缀甲:用金属片连缀成铠甲。厉兵:磨利兵器。厉,同“砺”,磨刀石。㊳徒处:无所事事地坐着。㊴五帝:一般指黄帝、颛顼、帝喾、唐尧、虞舜。三王:指夏、商、周三代的开国君主禹、汤和文王、武王。五伯:春秋时代诸侯的五个霸主,指齐桓公、晋文公、楚庄王、吴王阖庐、越王勾践。㊵杖戟:拿着戟。戟,一种将戈、矛合成一体的武器。橦(chōng):冲刺。㊶凌万乘:凌驾于大国之上。万乘:指拥有万辆战车的大国。㊷诎(qū):同“屈”,使……屈服。㊸子元元:以百姓为子,即统治百姓。元元:指百姓。㊹臣诸侯:以诸侯为臣。㊺嗣主:新君。㊻惛(hūn):不明。㊼沈于辩两句:沉溺于巧辩的言辞之中。沈,同“沉”。㊽行:接受。㊾羸(léi):同“缧”,缠绕。縢(téng):绑腿布。蹻(jué):麻鞋,草鞋。㊿橐(tuó):包囊。51犁:通作“黧”(lí),黑色。52归:当作“愧”。53纴:纺织,这里代指织机。54陈:摆开。箧(qiè):指书箱。55太公:姜姓,吕氏,名望,又称吕尚,周代封于齐,为齐国的始祖。俗称姜太公、姜子牙。传说太公著有兵法《阴符经》。56简:选择。练:熟习。揣摩:反复研求。57血流至足:一作“血流至踵”。踵:脚后跟。58期(jī)年:满一年。59摩:接近。阙:宫室前两边的楼台。燕乌集:宫阙名。60华屋:华丽的殿堂。61抵掌:击掌。抵,当作“抵(zhǐ)”。62武安:地名,在今河北省武安县。63纯:匹,段。64溢:通“镒”,古代重量单位,二十两。一说为二十四两。65关不通:指六国与秦断绝往来。66决苏秦之策:由苏秦的策略所决定。67贤于:胜过。68式:用。69庙:君主祭祖之处,其旁为廊。此指朝廷。70当秦之隆:在苏秦尊贵得意之时。71转毂连骑:车轮飞转,骑马的随从接连不断。72炫熿(huáng):辉煌显耀。熿,同“煌”。73山东:崤山以东。74使赵大重:使赵国的地位大大提高。75掘门:同窟门,窑门。掘,与“窟”通。桑户:用桑树枝条编的门。棬(quān)枢:把树条圈起来作为门枢。76伏轼撙衔:伏在车前横木上,拉着马的勒头。77横历:横行,走遍。历,行。78廷说(shuì):在朝廷上劝说。79杜:堵塞。80伉(kàng):通“抗”,匹敌。81楚王:指楚威王,公元前339—公元前329年在位。82清宫除道:收拾房屋,打扫道路。83张乐(yuè)设饮:设置音乐,备办酒席。84侧目而视:斜着眼睛看,不敢正视。85虵:同“蛇”。匍伏:爬行。86谢:道歉。87倨:傲慢。88季子:古时嫂称小叔为季子。一说,季子,苏秦的字。89盖(hé):通“盍”,何,怎么。

【阅读提示】

苏秦是战国末期著名的纵横家,是许多策士效法的对象。本文通过记述苏秦在秦、赵的游说活动,特别是由失败到成功的经历,反映了战国时代策士们积极进取的精神,以及他们在政治上所发挥的相当的作用。另一方面也表现了策士朝秦暮楚、投机取巧、热衷名利的思想,以及当时炎凉的世态。文章结构完整,情节曲折,议论纵横,气势逼人。生动地塑造了一个能言善辩、渴求富贵的具有时代特征的典型形象。

燕昭王求士①

燕昭王收破燕后即位，卑身厚币②，以招贤者，欲将以报仇。故往见郭隗先生③，曰："齐因孤国之乱，而袭破燕。孤自知燕小力少，不足以报。然得贤士与共国④，以雪先王之耻⑤，孤之愿也。敢问以国报仇者奈何？"

郭隗先生对曰："帝者与师处⑥，王者与友处，霸者与臣处，亡国与役处⑦。诎指而事之⑧，北面而受学⑨，则百己者至⑩。先趋而后息⑪，先问而后嘿⑫，则什己者至。人趋己趋，则若己者至。冯几据杖⑬，眄视指使⑭，则斯役之人至⑮。若恣睢奋击⑯，呴籍叱咄⑰，则徒隶之人至矣⑱。此古服道致士之法也⑲。王诚博选国中之贤者，而朝其门下⑳。天下闻王朝其贤臣，天下之士必趋于燕矣。"

昭王曰："寡人将谁朝而可？"郭隗先生曰："臣闻古之君人，有以千金求千里马者，三年不能得。涓人言于君曰㉑：'请求之。'君遣之。三月得千里马，马已死，买其首五百金，反以报君。君大怒曰：'所求者生马，安事死马？而捐五百金㉒？'涓人对曰：'死马且买之五百金，况生马乎？天下必以王为能市马㉓，马今至矣。'于是不能期年㉔，千里之马至者三。今王诚欲致士，先从隗始。隗且见事㉕，况贤于隗者乎？岂远千里哉？"

于是昭王为隗筑宫而师之。乐毅自魏往㉖，邹衍自齐往㉗，剧辛自赵往㉘，士争凑燕㉙。燕王吊死问生㉚，与百姓同其甘苦。二十八年㉛，燕国殷富，士卒乐佚轻战㉜。于是遂以乐毅为上将军，与秦、楚、三晋合谋以伐齐。齐兵败，闵王出走于外㉝。燕兵独追北㉞，入至临淄㉟，尽取齐宝，烧其宫室宗庙。齐城之不下者，唯独莒、即墨㊱。

【注释】

①燕昭王：姬职，燕王哙的庶子。公元前311年至前279年在位。 ②卑身：降低自己的身份，形容态度谦恭。 ③郭隗(wěi)：燕国贤士。 ④与：参预。共国：共同治理国政。 ⑤先王：指燕王哙。齐章子伐燕，杀哙。 ⑥帝者：成就帝业的国君。 ⑦役：仆人。 ⑧诎指：同"屈旨"，枉屈己见，顺从别人的意向。事：侍奉。 ⑨北面而受学：让对方坐北面南，自己向北以受教。 ⑩百己：指百倍于自己。 ⑪先：先于人。 趋：疾走，这里指奔走效劳。 ⑫嘿：同"默"。 ⑬冯：通"凭"，依靠。 几：几案。 据：倚靠。 ⑭眄(miǎn)视：斜视。 ⑮斯役：仆役。 ⑯恣睢(suī)：暴虐。 奋击：蛮横打人。 ⑰呴(xǔ)籍：当作"跔(jū)藉"，意为跳跃践踏。 叱咄(chì duō)：大声呵斥。 ⑱徒隶：指奴隶。 ⑲服：侍奉。 道：指有道者，贤者。 致：招致。 ⑳朝：拜访。 ㉑涓人：即中涓，官名。 ㉒捐：捐失，白费。 ㉓市：买。 ㉔不能：不到，不足。期(jī)年：一年。 ㉕见事：被任用。 ㉖乐毅：魏名将乐羊之后。 ㉗邹衍：齐国著名的阴阳家。 ㉘剧辛：赵人。入燕后为昭王策划破齐之策。 ㉙凑：聚集。 ㉚吊死：吊念死者。问生：慰问生者。 ㉛二十八年：指燕昭王二十八年，公元

前 284 年。 ㉜乐佚：快乐安逸。佚，通“逸”。轻战：不怕打仗，指愿意为国家而战。 ㉝闵王：即齐闵（又作“湣”）王。 ㉞北：败走，这里指败逃者。 ㉟临淄：齐国都，在今山东省淄博市东北。 ㊱莒（jǔ）、即墨：都是齐国的城邑。莒在今山东省莒县附近，即墨在今山东省平度县东南。

【阅读提示】

本篇选自《战国策·燕策》。燕王哙末年，齐国乘燕国内乱大举入侵，燕都被攻破，燕王哙身死。在国家残破不堪的情况下，燕昭王登位。他发愤图强，决心报仇雪耻。于是他广招人才，礼贤下士，吊死问生，与百姓同甘共苦，经过 28 年的努力，终于取得了对齐国战争的胜利。本文描写了燕昭王励精图治、复兴国家的事迹，同时重点记叙了郭隗先生的两段言辞。前一段采用铺张排比的手法，后一段引用千金买马首的寓言，两段言辞有气势、有趣味、有说服力，充分体现了《战国策》谋臣策士论辩腾说的特点。

□老　子

《老子》，又名《道德经》，是先秦道家典籍。作者相传为老聃，楚国苦县人，与孔子同时而略早，曾任周王室的柱下史，掌管王室图籍。关于老子其人，近人多有争议。

《老子》一书约五千言，分上下篇。后人称上篇为《道经》，下篇为《德经》，合称《道德经》。不过，长沙马王堆出土的帛书《老子》，则《德经》在先，《道经》在后。

《老子》是一本道家的哲理书。它把“道”看作世界万物的本原，认为事物都在对立矛盾中互相依存、互相转化，具有朴素的辩证思想。《老子》一书形式上是语录体韵文，多排比对偶句式，语言精练，哲理名言迭出。古今注《老子》者多家，以魏王弼《老子注》最为通行。

天下皆知美之为美章

天下皆知美之为美，斯恶已①；皆知善之为善，斯不善已。故有无相生，难易相成，长短相形②，高下相倾③，音声相和④，前后相随。是以圣人处无为之事，行不言之教。万物作而不为始⑤，生而不有⑥，为而不恃⑦，功成不居。夫唯不居，是以不去⑧。

【注释】

①已：通“矣”。 ②形：表现。 ③倾：倾斜，依靠。 ④音：单音。 声：和声。 和：和谐。 ⑤不为始：不硬去创始。 ⑥不有：不据为己有。 ⑦恃：依赖、凭借。 ⑧不去：指功名不会失去。

【阅读提示】

这一章说美与恶、善与不善都是相比较而存在的。如果不对美与恶、善与不善进行划分，也就无所谓恶无所谓善了。有无、难易、长短、高下、前后等相对立的概念也都不是截然分离而是互相联系的。在老子看来，客观世界的这种对立统一关系，要求人们在现实中做到无为、不始、不有、不恃、不居，只有这样，才能做到真正的为，真正的有。因为有为则有不为，惟无为才能无不为。

其政闷闷章

其政闷闷①，其民淳淳②。其政察察③，其民缺缺④。祸兮，福之所倚；福兮，祸之所伏。谁知其极⑤？其无正⑥。正复为奇，善复为妖。人之迷⑦，其日固久！是以圣人方而不割⑧，廉而不刿⑨，直而不肆⑩，光而不耀⑪。

【注释】

①闷闷：宽宏清静。 ②淳淳：淳朴厚道。 ③察察：苛刻烦琐。 ④缺缺：狡诈。 ⑤极：指高深的天道。 ⑥正：单一纯正之道。一说“正”通“政”。 ⑦迷：迷惑。 ⑧割：割物伤人。 ⑨廉：物品的棱边。刿：戕伤。 ⑩肆：放纵。 ⑪耀：耀眼。

【阅读提示】

这一章把朴素的辩证法应用于政治方面，提倡无为政治、无为修养，主张为政宽宏清静，做人“方而不割”。因为祸福、正奇、善妖都是互相依存、互相转化的。

□论　语

《论语》记载了孔子及其部分弟子的言行，它是孔子死后由孔子的弟子及再传弟子辑录而成的。全书20篇，是研究孔子生活、思想的重要资料。

孔子（前551—前479），名丘，字仲尼，鲁国陬邑（今山东曲阜）人，儒家学派的创始者。他的思想核心是“仁”。他曾周游列国，宣传其“仁政”主张，不为当政者所用。晚年回到鲁国从事著述和讲学。相传他编订了“六经”，对古代文化的保存与传播有重要贡献。

《论语》为语录体散文，文字简朴，意蕴深刻，有许多至理名言，是儒家经典著作。

长沮桀溺耦而耕章

长沮、桀溺耦而耕[①]。孔子过之，使子路问津焉[②]。

长沮曰："夫执舆者为谁[③]？"子路曰："为孔丘。"曰："是鲁孔丘与[④]？"曰："是也。"曰："是知津矣！"

问于桀溺。桀溺曰："子为谁？"曰："为仲由。"曰："是鲁孔丘之徒与？"对曰："然。"曰："滔滔者[⑤]，天下皆是也。而谁以易之[⑥]？且而与其从辟人之士也[⑦]，岂若从辟世之士哉[⑧]？"耰而不辍[⑨]。

子路行以告，夫子怃然曰[⑩]："鸟兽不可与同群，吾非斯人之徒与而谁与[⑪]？天下有道，丘不与易也[⑫]。"

【注释】

①长沮(jù)、桀溺：两个隐士，其真实姓名已不清楚。　耦而耕：两人并耕。　②津：渡口。　③执舆：执辔(pèi)，拉着马的缰绳。　④与：同"欤"。　⑤滔滔：大水弥漫。这里比喻社会的纷乱。　⑥而：同"尔"，你。　以：与。　易：改变、变革。　⑦辟：同"避"。　人：指与孔子思想不合的人。孔子常常避开他们，所以桀溺称孔子为"辟人之士"。　⑧辟世之士：逃避现实的隐士，长沮、桀溺自指。　⑨耰(yōu)：农具名，用来捣碎土块，平整土地。这里用作动词，指播种后用耰来平土，掩盖种子。　辍：停止。　⑩怃(wǔ)然：怅然若失的样子。　⑪斯人：指世人。　⑫与：参与，从事。

【阅读提示】

这一章选自《论语·微子》。本章所记载的故事发生在孔子从楚国返回蔡国的路上。文章通过傲睨孤高的隐士对孔子的讥讽，表现了孔子心忧天下、积极进取的人生追求，反映了春秋时期知识阶层中入世与出世两种思想的斗争。本章重在记言，间有记事，有比较完整的故事情节。尤其是人物对话个性鲜明。细节描写，诸如"耰而不辍"、"夫子怃然"，也十分传神。

论　学（五则）

子曰[①]："学而时习之[②]，不亦说乎[③]？有朋自远方来，不亦乐乎？人不知而不愠[④]，不亦君子乎[⑤]？"（《学而》）

子曰："温故而知新[⑥]，可以为师矣。"（《为政》）

子曰："学而不思则罔[⑦]，思而不学则殆[⑧]。"（《为政》）

子曰："由[9]，诲女知之乎[10]！知之为知之，不知为不知，是知也[11]。"(《为政》)

子曰："默而识之[12]，学而不厌，诲人不倦，何有于我哉[13]？"(《述而》)

【注释】

①子：此指孔子。②习：实习、演习。③说：同"悦"。④愠(yùn)：恼怒，怨恨。⑤君子：此指有德者。⑥温故：温习旧知识。知新：有新体会、新发现。⑦罔(wǎng)：迷惘无所得。⑧殆：疑惑。⑨由：孔子的学生，姓仲，名由，字子路。⑩诲：教导。女：同"汝"，你。⑪知：通"智"。⑫识(zhì)：记住。⑬何有于我哉：这些事情对我来说哪些是做到的呢？

【阅读提示】

孔子是中国历史上第一位伟大的教育家，他在教学上有许多精辟的论述。这里所选的五章便是孔子这方面思想的体现。在学习方法上，孔子主张温故知新、学思结合。在教学态度上则强调学而不厌，诲人不倦；知之为知之，不知为不知。他的这些思想和言论在今天仍有借鉴意义。

□孙　子

《孙子》是春秋时期杰出的军事家孙武所著兵书，一名《孙子兵法》，共13篇。孙武，字长卿，齐国田完的后代，生卒年月不详，约与孔子同时。

《孙子》一书相当广泛地揭示了一般战争的客观规律，为古今中外军事家们所普遍关注。在写作上，该书按专题分篇论述，有中心，有层次，篇章比较完整，逻辑性强。同时大量运用排比句式、比喻手法，生动而富有气势。所以刘勰称"孙武兵经，辞如珠玉"(《文心雕龙·程器》)。

谋　攻

孙子曰：凡用兵之法，全国为上，破国次之[1]；全军为上，破军次之；全旅为上，破旅次之；全卒为上，破卒次之；全伍为上，破伍次之[2]。是故百战百胜，非善之善者也[3]；不战而屈人之兵，善之善者也。

故上兵伐谋[4]，其次伐交[5]，其次伐兵，其下攻城[6]。攻城之法，为不得已。修橹、轒辒[7]，具器械，三月而后成，距闉[8]，又三月而后已。将不胜其忿，而蚁附之[9]，杀士三分之一，而城不拔者[10]，此攻之灾也。故善用兵者，屈人之兵而非战也，拔人之城而非攻也，破人之国而非久也，必以全争于天下[11]，故兵不顿[12]，而利可全，此谋攻之法也。

故用兵之法，十则围之[13]，五则攻之，倍则分之[14]，敌则能战之[15]，少则能逃之[16]，不若则能避之。故小敌之坚，大敌之擒也[17]。

夫将者，国之辅也，辅周则国必强，辅隙则国必弱[18]。

故君之所以患于军者三：不知军之不可以进而谓之进[19]，不知军之不可以退而谓之退，是谓縻军[20]；不知三军之事，而同三军之政者[21]，则军士惑矣；不知三军之权[22]，而同三军之任[23]，则军士疑矣。三军既惑且疑，则诸侯之难至矣[24]，是谓乱军引胜[25]。

故知胜有五：知可以战与不可以战者胜，识众寡之用者胜[26]，上下同欲者胜[27]，以虞待不虞者胜[28]，将能而君不御者胜[29]。此五者，知胜之道也。

故曰：知彼知己，百战不殆[30]；不知彼而知己，一胜一负；不知彼，不知己，每战必殆。

【注释】

①全国为上，破国次之：使敌国完整地屈服为上策，用兵击破敌国是次一等的策略。②军、旅、卒、伍：古代军队编制。一万二千五百人为军，五百人为旅，一百人为卒，五人为伍。③善之善者：最好的战争指导，或最高明的用兵。 ④上兵伐谋：最好的用兵策略是识破敌人的计谋使之不能得逞。 ⑤伐交：在外交上战胜敌人。 ⑥其下攻城：最下策是攻打敌人的城堡。 ⑦修：制造。 橹：瞭望观察敌情的望楼。 轒辒(fén yūn)：古代一种掩护士卒攻城用的战车。 ⑧距闉(yīn)：在城外筑起高临敌城的土山。 ⑨“将不胜”句：指将帅愤怒不堪，驱使士卒像蝼蚁一般去爬敌人的城墙。 ⑩拔：攻下。 ⑪全：指全胜的计谋。 ⑫顿：通“钝”，挫伤，困顿、艰危。 ⑬十则围之：兵力十倍于敌人，就包围他们。 ⑭分：指分散敌人的兵力。 ⑮敌：敌我兵力相等。 ⑯逃：退却，逃避。 ⑰“小敌”、“大敌”句：意谓弱小的军队如果固执坚守，就会被强大的军队所俘虏。 ⑱周：指主将和国君之间亲密无间。 隙：指主将和国君之间意见不合，不和睦。 ⑲谓：命令。 ⑳縻(mí)：牵制、束缚。 ㉑同：参与，干涉。 政：军政事务。 ㉒权：权谋、机宜。 ㉓任：指挥。 ㉔诸侯之难：其他诸侯乘机来犯。 ㉕乱军引胜：扰乱军队，自取失败。 ㉖众：指大军。 寡：指小部队。 ㉗上下同欲：国内上下、军中上下有共同的利益。 ㉘虞：指有准备。 ㉙御：驾驭，即控制。㉚殆：危险。

【阅读提示】

《谋攻》是《孙子兵法》中有代表性的一篇。它阐述了关于临战前进攻的计谋问题。其中包括用兵的原则、战术的选择、战略指导关系、知胜的方法等等，最后提出“知彼知己，百战不殆”的著名作战原则，揭示了战争的一般规律。毛泽东在《论持久战》中称这一结论“是科学的真理”。

本篇大量使用排比、对比句式，文气充足，逻辑性强，语言简练、质朴而意义深刻，体现了《孙子》作为兵书与一般议论文的不同之处。

□墨　子

墨子(约前468—前376)，名翟，鲁国(今山东曲阜一带)人。相传做过宋国的大夫，他创立的墨家学派与孔子的儒家学派同为春秋末期的显学。《墨子》一书，《汉书·艺文志》著录71篇，今存53篇，大部分是墨子弟子和后期墨者之作。其中《尚贤》、《尚同》、《兼爱》、《非攻》、《节用》、《非乐》、《非命》、《天志》、《明鬼》等篇，体现了墨子的基本思想。《墨子》文章的特点是不注重文采修饰，善于推理，逻辑性强。

兼　爱(上)

圣人以治天下为事者也，必知乱之所自起，焉能治之[①]；不知乱之所自起，则不能治。譬之如医之攻人之疾者然[②]：必知疾之所自起，焉能攻之；不知疾之所自起，则弗能攻。治乱者何独不然[③]？必知乱之所自起，焉能治之；不知乱之所自起，则弗能治。圣人以治天下为事者也，不可不察乱之所自起。

当察乱何自起[④]，起不相爱。臣子之不孝君父，所谓乱也。子自爱，不爱父，故亏父而自利[⑤]；弟自爱，不爱兄，故亏兄而自利；臣自爱，不爱君，故亏君而自利，此所谓乱也。虽父之不慈子[⑥]，兄之不慈弟，君之不慈臣，此亦天下之所谓乱也。父自爱也，不爱子，故亏子而自利；兄自爱也，不爱弟，故亏弟而自利；君自爱也，不爱臣，故亏臣而自利。是何也？皆起不相爱。

虽至天下之为盗贼者亦然：盗爱其室[⑦]，不爱其异室[⑧]，故窃异室以利其室；贼爱其身，不爱人身，故贼人身以利其身[⑨]。此何也？皆起不相爱。

虽至大夫之相乱家[⑩]，诸侯之相攻国者亦然：大夫各爱其家，不爱异家，故乱异家以利其家；诸侯各爱其国，不爱异国，故攻异国以利其国。天下之乱物[⑪]，具此而已矣[⑫]。察此何自起？皆起不相爱。

若使天下兼相爱[⑬]，爱人若爱其身，犹有不孝者乎？视父兄与君若其身，恶施不孝[⑭]？犹有不慈者乎？视弟子与臣若其身，恶施不慈？故不孝不慈亡有[⑮]。犹有盗贼乎？故视人之室若其室[⑯]，谁窃？视人身若其身，谁贼？故盗贼亡有。犹有大夫之相乱家，诸侯之相攻国者乎？视人家若其家，谁乱？视人国若其国，谁攻？故大夫之相乱家，诸侯之相攻国者亡有。若使天下兼相爱，国与国不相攻，家与家不相乱，盗贼亡有，君臣父子皆能孝慈。若此，则天下治。

故圣人以治天下为事者，恶得不禁恶而劝爱[⑰]！故天下兼相爱则治，交相恶则乱。故子墨子曰[18],“不可以不劝爱人”者,此也。

【注释】

①焉:乃,才。 ②攻:治,此指治病。 ③治乱者:平治社会动乱的人。 ④当:借作“尝”,尝试。 ⑤亏:损害。下同。 ⑥虽:即使。 慈:爱。 ⑦室:家。 ⑧“其”字疑衍。异室:别家。 ⑨贼:残害。 ⑩相乱家:侵夺封邑。家:此指大夫之封邑。 ⑪乱物:乱事。⑫具:通“俱”。具此,俱尽于此。 ⑬兼相爱:全都相亲相爱。 ⑭恶(wū):何。 施:行。⑮亡:通“无”。 ⑯“故”字衍。 ⑰恶(wū)得不禁恶:前一个“恶”作“何”解,后一个“恶”作“仇恨”解。 ⑱子墨子:弟子、门生对老师墨子的尊称。

【阅读提示】

《兼爱》共有上、中、下三篇,本文为上篇。兼爱是墨子思想的核心。所谓兼爱就是要人们相亲相爱,爱人如爱己。文章先从反面立论,认为社会祸乱起因于人们不相爱,由此推导出惟有兼爱方可止乱致治的正面结论。这里墨子简单地把兼爱当做治世的良方,显然是一种不切实际的空想。但兼爱说所反映的墨家的平等意识,却是对儒家“爱有差等”观念的突破,包含有反抗贵族道德的进步意义。文章言辞朴实,推论自然,通俗易懂。大量铺排的句式、反诘的语气,增强了文章的气势和力量。

□列　子

《列子》相传是战国时郑人列御寇所作,其书早已散佚。今本《列子》八篇,已非《汉书·艺文志》著录的原书,大约是魏晋人的作品。其中保存了大量的寓言故事和神话传说。许多作品形象鲜明、寓意深刻,具有较高的思想意义和文学价值。今人杨伯峻《列子集释》是目前比较完备的注本。

薛谭学讴

薛谭学讴于秦青[1],未穷青之技[2],自谓尽之,遂辞归。秦青弗止,饯于郊衢[3],抚节悲歌[4],声振林木,响遏行云[5]。

薛谭乃谢[6],求反[7]。终身不敢言归。

【注释】

①薛谭、秦青:两人都是古代秦国的著名歌手。 讴:唱歌。 ②穷:尽。 ③饯:饯行,用酒食给人送行。 郊衢:城外的大路。 ④抚节:轻轻地打着节拍。 ⑤遏(è):阻止。

⑥谢:谢罪,道歉。　⑦反:通"返"。

【阅读提示】

这则寓言选自《列子·汤问》,说明学海无涯、艺无止境的道理,自以为是、浅尝辄止就不会有大的收获。这则小故事寥寥几笔就将薛谭、秦青两人的性格刻画得鲜明深刻,尤其是作者采用夸张的手法描写歌声的高亢嘹亮,极富想象力。

纪昌学射

甘蝇,古之善射者,彀弓而兽伏鸟下[①]。弟子名飞卫,学射于甘蝇,而巧过其师。纪昌者,又学射于飞卫。飞卫曰:"尔先学不瞬[②],而后可言射矣。"

纪昌归,偃卧其妻之机下[③],以目承牵挺[④]。二年之后,虽锥末倒眦而不瞬也[⑤]。以告飞卫。飞卫曰:"未也,亚学视而后可[⑥],视小如大,视微如著[⑦],而后告我。"

昌以牦悬虱于牖[⑧],南面而望之。旬日之间,浸大也[⑨];三年之后,如车轮焉。以睹余物,皆丘山也。乃以燕角之弧[⑩]、朔蓬之簳射之[⑪],贯虱之心[⑫],而悬不绝[⑬]。

以告飞卫,飞卫高蹈拊膺曰[⑭]:"汝得之矣。"

【注释】

①彀(gòu):拉弓。　②瞬(shùn):眨眼。　③偃卧:仰卧。　④牵挺:旧时用绳悬在织布机下的踏脚板,俗名"脚蹑子"。　⑤锥末:锥子尖。　倒:同"到"。　眦(zì):眼眶。　⑥亚:其次。　视:视力。　⑦微:隐微,不显著。　著:显著,明显。　⑧牦(máo):牛尾,这里指牛尾毛。　牖(yǒu):窗户。　⑨浸:渐渐。　⑩燕角之弧:用燕国出产的牛角做装饰的弓。　⑪朔蓬之簳:用楚地出产的蓬所做的箭杆。朔,是"荆"字之误,荆是楚国别名。簳(gǎn),箭杆。　⑫贯:穿过。　⑬悬:指用来吊虱子的牛尾毛。　绝:断。　⑭高蹈:跳起来。拊膺(yīng):拍胸脯。

【阅读提示】

这则寓言选自《列子·汤问》,着重记叙了纪昌学射苦练"不瞬"与"视"的两个情节,说明学习任何一门技术,只有循序渐进,苦练基本功才会有所成就。这则故事对飞卫着墨不多,但极富个性的人物语言却为我们再现了一位严师的形象。

□孟　子

孟子(前 372—前 289),名轲,字子舆,战国时邹(今山东邹县)人,是孔子之后儒家的主要代表。他提倡“仁政”、“王道”，曾以所学游说诸侯，终不见用，退而与弟子万章等作《孟子》七篇。《孟子》发展了《论语》的语录体而为对话体。通过对话把论题阐发得具体深入。《孟子》的文章以长于雄辩著称，文辞铺张扬厉，笔锋咄咄逼人，还善用比喻，语言流畅，寓意深刻，对后代的散文有较大的影响。

有为神农之言者许行章

有为神农之言者许行[①]，自楚之滕[②]，踵门而告文公曰[③]：“远方之人闻君行仁政，愿受一廛而为氓[④]。”文公与之处[⑤]。其徒数十人，皆衣褐[⑥]，捆屦、织席以为食[⑦]。

陈良之徒陈相与其弟辛[⑧]，负耒耜而自宋之滕[⑨]，曰：“闻君行圣人之政，是亦圣人也[⑩]，愿为圣人氓。”

陈相见许行而大悦，尽弃其学而学焉。

陈相见孟子，道许行之言[⑪]，曰：“滕君，则诚贤君也[⑫]；虽然[⑬]，未闻道也[⑭]。贤者与民并耕而食，饔飧而治[⑮]。今也滕有仓廪府库，则是厉民而以自养也[⑯]，恶得贤[⑰]？”

孟子曰：“许子必种粟而后食乎？”

曰：“然。”

“许子必织布而后衣乎？”

曰：“否，许子衣褐。”

“许子冠乎[⑱]？”

曰：“冠。”

曰：“奚冠[⑲]？”

曰：“冠素[⑳]。”

曰：“自织之与[㉑]？”

曰：“否，以粟易之[㉒]。”

曰：“许子奚为不自织？”

曰：“害于耕[㉓]。”

曰：“许子以釜甑爨[㉔]，以铁耕乎[㉕]？”

曰：“然。”

“自为之与？”

曰：“否，以粟易之。”

“以粟易械器者[㉖]，不为厉陶冶[㉗]；陶冶亦以其械器易粟者，岂为厉农夫哉？且许子何不为陶冶，舍皆取诸其宫中而用之[㉘]？何为纷纷然与百工交易[㉙]？何许子之不惮烦[㉚]？”

曰："百工之事，固不可耕且为也[31]。"

"然则治天下独可耕且为与[32]？有大人之事[33]，有小人之事[34]。且一人之身而百工之所为备，如必自为而后用之，是率天下而路也[35]。故曰：或劳心[36]，或劳力[37]。劳心者治人[38]，劳力者治于人[39]；治于人者食人[40]，治人者食于人，天下之通义也[41]。

"当尧之时，天下犹未平[42]，洪水横流，氾滥于天下，草木畅茂，禽兽繁殖，五谷不登[43]，禽兽偪人[44]，兽蹄鸟迹之道交于中国[45]。尧独忧之，举舜而敷治焉[46]。舜使益掌火[47]，益烈山泽而焚之[48]，禽兽逃匿。禹疏九河[49]，瀹济、漯而注诸海[50]，决汝、汉[51]，排淮、泗而注之江[52]，然后中国可得而食也[53]。当是时也，禹八年于外，三过其门而不入[54]，虽欲耕，得乎[55]？

"后稷教民稼穑[56]，树艺五谷[57]，五谷熟而民人育。人之有道也[58]，饱食、暖衣、逸居而无教，则近于禽兽。圣人有忧之[59]，使契为司徒[60]，教以人伦[61]：父子有亲[62]，君臣有义[63]，夫妇有别[64]，长幼有叙[65]，朋友有信[66]。放勋日劳之、来之[67]，匡之、直之[68]，辅之、翼之[69]，使自得之[70]，又从而振德之[71]。圣人之忧民如此，而暇耕乎？

"尧以不得舜为己忧，舜以不得禹、皋陶为己忧[72]，夫以百亩之不易为己忧者[73]，农夫也。分人以财谓之惠，教人以善谓之忠，为天下得人者谓之仁。是故以天下与人易，为天下得人难。孔子曰[74]：'大哉，尧之为君！惟天为大，惟尧则之[75]，荡荡乎民无能名焉[76]！君哉，舜也！巍巍乎有天下而不与焉[77]！'尧舜之治天下，岂无所用其心哉？亦不用于耕耳[78]。

"吾闻用夏变夷者[79]，未闻变于夷者也[80]。陈良，楚产也[81]，悦周公、仲尼之道[82]，北学于中国；北方之学者，未能或之先也[83]，彼所谓豪杰之士也。子之兄弟事之数十年，师死而遂倍之[84]。昔者，孔子没，三年之外[85]，门人治任将归[86]，入揖于子贡[87]，相向而哭[88]，皆失声，然后归。子贡反[89]，筑室于场[90]，独居三年，然后归。他日，子夏、子张、子游以有若似圣人[91]，欲以所事孔子事之[92]，强曾子[93]。曾子曰：'不可。江汉以濯之[94]，秋阳以暴之[95]，皓皓乎不可尚已[96]。'今也，南蛮鴃舌之人[97]，非先王之道[98]，子倍子之师而学之，亦异于曾子矣。吾闻'出于幽谷，迁于乔木'者[99]，未闻下乔木而入于幽谷者。《鲁颂》曰[100]：'戎狄是膺[101]，荆舒是惩[102]。'周公方且膺之[103]，子是之学[104]，亦为不善变矣。

"从许子之道，则市贾不贰[105]，国中无伪[106]；虽使五尺之童适市[107]，莫之或欺[108]。布帛长短同，则贾相若[109]；麻缕、丝絮轻重同[110]，则贾相若；五谷多寡同，则贾相若；屦大小同，则贾相若。"

曰："夫物之不齐[111]，物之情也[112]：或相倍蓰[113]，或相什百，或相千万。子比而同之[114]，是乱天下也。巨屦小屦同贾[115]，人岂为之哉！从许子之道，相率而为伪者也[116]，恶能治国家？"

【注释】

①为:研究。言:道,学说。 ②楚:楚国。 之:往,到。 滕:姬姓小国,在今山东滕县一带。 ③踵(zhǒng):用作动词,至,走到。 文公:滕文公,名宏。 ④廛(chán):一夫所居之地。 氓(méng):居住乡野之地的人。 ⑤处:处所,指田宅。 ⑥衣(yì):动词,穿。 褐(hè):粗布短衣,古代贫贱者所穿。 ⑦捆:敲打。打草鞋要一面编一面敲打,使之紧密。 屦(jù):草鞋。 以为食:以此谋生。 ⑧陈良:楚国的儒者。或以为即战国时期儒家八派之一的仲良氏。 ⑨耒耜(lěi sì):古代一种像犁的翻土农具。耜用于起土,耒是耜上的弯木柄。 ⑩是:这。 ⑪道:称道。 ⑫诚:确实。 ⑬虽然:虽然如此。 ⑭道:这里指治国之道。 ⑮饔飧(yōng sūn):熟食。早饭叫饔,晚饭叫飧。这里用作动词。 饔飧而治:是说贤君早晚两餐都自己做,同时兼理国事。 ⑯厉民:使人民受到损害,指盘剥百姓。 厉:病、害。 自养:供养自己。 ⑰恶(wū):怎么。 ⑱冠(guàn):动词,戴帽子。 ⑲奚冠:戴什么帽子? 奚:疑问代词,何。 ⑳素:生丝织的绢,不染色。 ㉑与:同"欤",疑问助词。 ㉒易:交换。 ㉓害:妨害,影响。 ㉔釜(fǔ):铁锅。 甑(zèng):瓦质炊具。 爨(cuàn):烧火做饭。 ㉕铁:这里指铁制成的农具。 ㉖械器:指釜、甑、农具等器物。 ㉗不为:不算是。 陶:指烧制陶器的人。 冶:锻冶铁器的人。 ㉘舍:同"啥",什么。 诸:之于。 宫中:家中。秦汉以前,贵贱皆可称宫。 ㉙何为:为何。 纷纷然:忙忙碌碌的样子。 百工:各种行业的工匠。 ㉚不惮(dàn)烦:不怕麻烦。 ㉛固:本来。 ㉜然则:那么。 独:偏偏。 ㉝大人:指统治者。 ㉞小人:指被统治者。 ㉟率:引导。 路:用作动词,奔走。 ㊱劳心:从事脑力劳动。 ㊲劳力:从事体力劳动。 ㊳治人:统治别人。 ㊴治于人:被别人统治。 ㊵食(sì):动词,拿东西给别人吃,奉养。 ㊶通义:普遍的原则和道理。 ㊷未平:没有治理好。 ㊸登:成熟。 ㊹偪:"逼"的异体字,威胁。 ㊺道:鸟兽行走形成的路。 交:交错。 中国:国中,人们生活的区域。 ㊻举:选拔。 敷治:遍治。 ㊼益:舜之臣。 掌:主管。 ㊽烈山泽:在大山和沼泽中燃起大火。 烈:用作动词,点燃。 ㊾疏:疏通,治理。 九河:相传是禹为了疏通黄河,在黄河下游开凿的九条支流,故道已多不可考。 ㊿瀹(yuè):疏导。 济:水名,源出今河南王屋山,流经山东入海。 漯(tà):水名,源出今山东朝城县境,宋代即湮没。 51决:开凿。 汝:水名,源出河南,东流入淮河。 汉:汉水,源出陕西,至湖北汉口汇入长江。 52排:排泄。 淮:淮河。 泗:泗水,源出山东,流至江苏注入淮河。 53可得而食:是说有可能种获谷物,以供食用。 54其门:自己的家门口。 55得乎:办得到吗? 56后稷(jì):名弃,尧时主管农事,相传为周的始祖。 稼穑(sè):种叫稼,收叫穑,统称农事。 57树艺:种植。 58有:与"为"同。 59有:音义同"又"。 60契(xiè):尧之臣,相传为商的祖先。 司徒:官名,掌管教化。 61人伦:人与人相处的秩序。 62亲:亲爱。 63义:礼义。 64别:区别。 65叙:次序。 66信:信用。 67放勋:本是称颂尧的话,意思是极大的功业,后来用作为尧的称号。 日:经常,每天。日原作"曰",据焦循《孟子正义》说改。 劳:慰劳。 来:安抚。 68匡:正。 69辅:帮助。 翼:保护。 70自得之:自得其性。保持并顺着自己的善性发展。 71振德之:救济他们,对他们施以恩德。 振:通"赈"。 德:施以恩惠。 72皋陶(gāo yáo):舜时的法官。 73易:治。 74"孔子曰"以下八句:见《论语·泰伯》,但文字与通行本有出入。 75则:效法。 76荡荡:广大无边的样子。

名:说出,用言语形容。 ⑰巍巍:高大的样子。 与(yù):参与,指参以私心。 ⑱亦:只不过。 ⑲夏:诸夏,指当时中原地区文化较发达的诸部族。 变:改变,同化。 夷:指四方边远地区尚未开化的诸部族。 ⑳变于夷:被夷同化。 ㉑楚产:出生在楚国的人。 ㉒悦:爱好,信仰。 ㉓未能或之先:没有人能超过他。 先:动词,超过。 ㉔倍:通"背",背叛。 ㉕三年之外:三年之后。 朱熹注:"古者为师心丧三年,若丧父而无服也。" ㉖治任:收拾行李。 ㉗揖:作揖。 子贡:孔子弟子,姓端木,名赐。 ㉘相向:相对。 ㉙反:同"返"。 ㉚场:墓前供祭祀用的坛场。 ㉛子夏:孔子弟子,姓卜名商,字子夏。 子张:孔子弟子,姓颛孙名师,字子张。 子游:孔子弟子,姓言名偃,字子游。 有若:孔子弟子,姓有名若。《礼记·檀弓》谓有若言论似孔子,《史记·仲尼弟子列传》则谓有若状貌似孔子。 ㉜欲以所事孔子事之:意思是想用侍奉孔子的礼节侍奉有若。 ㉝强:勉强。 曾子:孔子弟子,姓曾名参,字子舆。 ㉞江汉:指长江和汉水。 濯(zhuó):洗涤。 ㉟秋阳:秋天的太阳。周历的秋季,相当夏历(即今农历)的夏季,是阳光最强烈的季节。 暴(pù):通"曝",晒。 ㊱皓皓:光明,洁白。 尚:胜过。 ㊲南蛮:古代对南方少数民族的通称。这里指许行,许行是南方楚国人。 鴃(jué)舌:伯劳鸟的叫声。 鴃:伯劳鸟。这里孟子讥讽许行说话像鸟叫一样难听。 ㊳非:责难。 ㊴幽谷:幽深的山谷,比喻下流。 乔木:高大的树木,比喻高尚。此二句引自《诗经·小雅·伐木》。 ⑩⓪鲁颂曰以下两句:见《诗经·鲁颂·閟宫》。 ⑩①戎狄:西周时西边和北边的部族。 是:结构助词。 膺:击退。 ⑩②荆舒:西周时南边的部族。 荆:楚国。 舒:附属于楚的一个小国。 惩:制止,抵御。 ⑩③方且:将要。 ⑩④子是之学:即"子学是"。 是:此,指许行之学。 之:结构助词。 ⑩⑤贾:音义同"价"。 不贰:无二价。 ⑩⑥伪:欺骗,作假。 ⑩⑦五尺:相当现在三市尺多。周制一尺,当今市尺七寸。 适:往,到。 ⑩⑧莫之或欺:没有什么人欺骗他。 之:代词,作"欺"的宾语。 或:句中语气词。 ⑩⑨相若:相同。 ⑪⓪麻缕:麻线。 丝絮:丝绵。 ⑪①不齐:不同,不一致。 ⑪②情:自然情况,实际情况。 ⑪③倍:一倍。 蓰:五倍。下文的"什百","千万"都是指倍数。 ⑪④比:并列,等同。 ⑪⑤巨屦小屦:粗劣的鞋和精致的鞋。 ⑪⑥相率:互相沿袭,互相效法。 率:循。

【阅读提示】

本篇选自《孟子·滕文公上》,记录了孟子与农家学说的崇奉者陈相之间的一次辩论。孟子以社会分工的必然性和社会产品等价交换、商品质量决定商品价格等理论,批驳了陈相关于"君臣并耕"、"市价不贰"等虚幻的平均主义思想,有其积极意义。但孟子又从社会分工出发,将劳心和治人混为一谈,以证明剥削制度的合理性,几千年来被封建统治者奉为金科玉律,具有很大的欺骗性。在整个的论辩过程中,孟子居高临下,欲擒故纵,步步诘问,层层论证,一步步地将辩论引向深入,使陈相陷于自相矛盾之中,俯首就范。既循循善诱,又咄咄逼人;既广泛引证,又深入浅出。感情饱满,气势奔放,充分表现了孟子善辩的才能。

齐桓晋文之事章

齐宣王问曰[①]："齐桓、晋文之事，可得闻乎？"

孟子对曰："仲尼之徒，无道桓、文之事者，是以后世无传焉，臣未之闻也[②]。无以，则王乎[③]？"

曰："德何如则可以王矣？"

曰："保民而王，莫之能御也。"

曰："若寡人者，可以保民乎哉？"

曰："可。"

曰："何由知吾可也？"

曰："臣闻之胡龁曰[④]：'王坐于堂上，有牵牛而过堂下者，王见之，曰："牛何之[⑤]？"对曰："将以衅钟[⑥]。"王曰："舍之！吾不忍其觳觫[⑦]，若无罪而就死地。"对曰："然则废衅钟与？"曰："何可废也，以羊易之[⑧]。"'不识有诸[⑨]？"

曰："有之。"

曰："是心足以王矣！百姓皆以王为爱也[⑩]，臣固知王之不忍也。"

王曰："然，诚有百姓者。齐国虽褊小[⑪]，吾何爱一牛！即不忍其觳觫，若无罪而就死地，故以羊易之也。"

曰："王无异于百姓之以王为爱也[⑫]。以小易大，彼恶知之[⑬]？王若隐其无罪而就死地[⑭]，则牛羊何择焉？"

王笑曰："是诚何心哉？我非爱其财而易之以羊也，宜乎百姓之谓我爱也。"

曰："无伤也，是乃仁术也[⑮]，见牛未见羊也。君子之于禽兽也：见其生，不忍见其死；闻其声，不忍食其肉，是以君子远庖厨也[⑯]。"

王说曰[⑰]："《诗》云[⑱]：'他人有心，予忖度之[⑲]。'夫子之谓也[⑳]。夫我乃行之，反而求之[㉑]，不得吾心[㉒]；夫子言之，于我心有戚戚焉[㉓]。此心之所以合于王者何也？"

曰："有复于王者曰[㉔]：'吾力足以举百钧[㉕]，而不足以举一羽；明足以察秋毫之末[㉖]，而不见舆薪[㉗]。'则王许之乎[㉘]？"

曰："否！"

"今恩足以及禽兽，而功不至于百姓者[㉙]，独何与[㉚]？然则一羽之不举，为不用力焉；舆薪之不见，为不用明焉；百姓之不见保[㉛]，为不用恩焉。故王之不王[㉜]，不为也，非不能也。"

曰："不为者与不能者之形[㉝]，何以异[㉞]？"

曰："挟太山以超北海[㉟]，语人曰：'我不能。'是诚不能也。为长者折枝[㊱]，语人曰：'我不能。'是不为也，非不能也。故王之不王，非挟太山以超北海之类也；

王之不王，是折枝之类也。

“老吾老[37]，以及人之老；幼吾幼[38]，以及人之幼，天下可运于掌。《诗》云：‘刑于寡妻，至于兄弟，以御于家邦[39]。’言举斯心加诸彼而已[40]。故推恩足以保四海[41]，不推恩无以保妻子。古之人所以大过人者[42]，无他焉，善推其所为而已矣！今恩足以及禽兽，而功不至于百姓者，独何与？权[43]，然后知轻重；度[44]，然后知长短。物皆然，心为甚。王请度之！

“抑王兴甲兵[45]，危士臣，构怨于诸侯[46]，然后快于心与？”

王曰：“否，吾何快于是！将以求吾所大欲也。”

曰：“王之所大欲，可得闻与？”

王笑而不言。

曰：“为肥甘不足于口与[47]？轻暖不足于体与[48]？抑为采色不足视于目与[49]？声音不足听于耳与？便嬖不足使令于前与[50]？王之诸臣，皆足以供之，而王岂为是哉？”

曰：“否，吾不为是也。”

曰：“然则王之所大欲可知已[51]：欲辟土地，朝秦、楚[52]，莅中国而抚四夷也[53]。以若所为，求若所欲，犹缘木而求鱼也[54]？

王曰：“若是其甚与[55]？”

曰：“殆有甚焉[56]。缘木求鱼，虽不得鱼，无后灾；以若所为，求若所欲，尽心力而为之，后必有灾。”

曰：“可得闻与？”。

曰：“邹人与楚人战[57]，则王以为孰胜？”

曰：“楚人胜。”

曰：“然则小固不可以敌大，寡固不可以敌众，弱固尔可以敌强。海内之地，方千里者九[58]，齐集有其一[59]。以一服八，何以异于邹敌楚哉！盖亦反其本矣[60]！今王发政施仁，使天下仕者皆欲立于王之朝，耕者皆欲耕于王之野，商贾皆欲藏于王之市[61]，行旅皆欲出于王之涂[62]，天下之欲疾其君者[63]，皆欲赴诉于王[64]，其若是，孰能御之？”

王曰：“吾惛[65]，不能进于是矣[66]！愿夫子辅吾志，明以教我，我虽不敏，请尝试之！”

曰：“无恒产而有恒心者[67]，惟士为能。若民，则无恒产，因无恒心。苟无恒心，放辟邪侈[68]，无不为已。及陷于罪，然后从而刑之[69]，是罔民也[70]。焉有仁人在位，罔民而可为也！是故明君制民之产[71]；必使仰足以事父母，俯足以畜妻子[72]。乐岁终身饱，凶年免于死亡[73]；然后驱而之善，故民之从之也轻[74]。今也制民之产，仰不足以事父母，俯不足以畜妻子，乐岁终身苦，凶年不免于死亡。此惟救死而恐不赡[75]，奚暇治礼义哉！王欲行之，则盍反其本矣！五亩之宅，树之以桑，五十者可以衣帛矣⑯；鸡豚狗彘之畜⑰，无失其时，七十者可以食肉矣；百亩之田⑱，勿夺其时⑲，八口之家，可以无饥矣；谨庠序之教⑳，申之以孝悌之义㉑，颁白者不负戴于道路矣㉒。老者衣帛食肉，黎民不饥不寒，然而不王者，未之有也。”

【注释】

①齐宣王：姓田，名辟疆，齐威王的儿子，在位十八年。宣王时，齐国强大，想称霸诸侯，所以要孟子谈齐桓公、晋文公称霸之事。 ②未之闻：即“未闻之”。 ③以：同“已”。“无以”犹言“不得已”。 王(wàng)：称王天下。 ④胡龁(hé)：齐宣王的近臣。 ⑤之：动词，往，到……去。 ⑥衅钟：古代新钟铸成，宰杀牲口，取血涂抹孔隙设祭。 ⑦觳觫(hú sù)：恐惧战栗的样子。 ⑧易：替换。 ⑨识：知道。 诸：“之乎”的合音。 ⑩爱：吝啬。 ⑪褊(biǎn)：狭小。 ⑫异：动词，怪。 ⑬恶(wū)：何，哪里。 ⑭隐：哀怜。 ⑮仁术：行仁政的方法。 ⑯远：这里作动词，使它远离。 ⑰说：通“悦”。 ⑱《诗》：《诗经》。下面两句诗引自《诗经·小雅·巧言》。 ⑲忖度：揣想，推测。 ⑳夫子：指孟子。 ㉑求：考虑。 ㉒不得吾心：我心中不得其解。 ㉓戚戚：心中有所感动的样子。 ㉔复：报告。 ㉕钧：古代三十斤为一钧。 ㉖秋毫：秋天鸟兽新生的毛，很细。 末：尖端。 ㉗舆薪：一车木柴。 ㉘许：相信、同意。 ㉙功：功德。 ㉚独：偏。 何：指何种缘故。 ㉛不见保：不被爱护。 ㉜不王(wàng)：未称王于天下。 ㉝形：情形、情状。 ㉞何以异：根据什么进行分辨。 ㉟挟(xié)：夹在胳膊下面。 太山：即泰山。 超：跳过。 北海：即渤海。 ㊱折枝：按摩肢体。枝：同“肢”。一说“折枝”即折取树枝；一说“折枝”为弯腰行礼。 ㊲老吾老：第一个老字是动词，尊奉。 ㊳幼吾幼：第一个幼字是动词，爱抚。 ㊴刑：同“型”，这里用作动词，犹言示范。御：治。 这三句诗见《诗经·大雅·思齐》。 ㊵举：把。 ㊶推恩：推广恩德。 ㊷大过：远远超过。 ㊸权：秤锤。这里作动词，用秤称。 ㊹度(duò)：动词，量。 ㊺抑：还是。兴：发动。 甲兵：指代战争。 ㊻构怨：结怨。 ㊼肥甘：指肥美香甜的食品。 ㊽轻暖：指轻软保暖的衣服。 ㊾采色：彩色。 ㊿便嬖(pián bì)：国君左右受宠爱的人。 51已：同“矣”。 52朝：使动用法，使其朝觐。 53莅(lì)：临，这里作“统治”解。 中国：指当时的中原。抚：安抚。 四夷：指中原以外四方边远地区的少数民族。 54缘：攀援。 55是：此、这。 甚：严重、厉害。 56殆(dài)：恐怕，只怕。 有：同“又”。 57邹：当时小国，在今山东邹县一带。 楚：春秋和战国时的大国。 58方千里者九：九倍于方千里的土地。 59集：凑集、会集。齐集有其一，意谓齐国的土地，总加起来，也只有天下的九分之一。 60盖(hé)：同“盍”，“何不”的合音。 本：指治国的根本，也即下文所讲的“发政施仁”。 61藏：储存货物，这里引申为居住。 62涂：同“途”。 63疾：痛恨、憎恨。 64赴诉：前往申诉。 65惛(hūn)：糊涂，思想昏乱。 66进：达到、做到。 67恒产：固定的产业，如土地、房屋、山林之类。 恒心：持久不变之心，这里指安居守分的善心。 68放、侈：都指生活放纵。 辟、邪：都指行为不正。辟，同“僻”。 69刑：加刑，惩办。 70罔民：如同张开罗网捕捉鸟兽那样陷害百姓。 罔：同“网”，用网捕捉。 71制：规定。 72畜：同“蓄”，养活。 妻子：妻子和儿女。 73乐岁：丰年。 凶年：荒年。 74轻：容易。 75不赡(shàn)：不足，不及。 76五亩之宅：孟子认为，按古制每个有劳动力的男丁，可分得五亩供建造住宅的土地。五亩，合现在一亩二分多。 树：栽种。 衣(yì)：穿，名词用作动词。 77豚(tún)：小猪。 彘(zhì)：大

猪。 ⑱百亩之田：孟子认为，古代的井田制，每丁分耕百亩。 ⑲勿夺其时：不侵占他耕种的时间。 ⑳谨：重视。 庠(xiáng)序：古代学校名称，周代叫“庠”，殷代叫“序”。这里泛指学校。 ㉑申：反复教导。 孝：指孝顺父母。 悌(tì)：指尊敬兄长。 ㉒颁：同“斑”。 颁白者：指头发花白的老人。 负：背负。 戴：用头顶东西。

【阅读提示】

本文选自《孟子·梁惠王上》，记叙孟子和齐宣王的一次谈话，集中反映了孟子的政治主张。孟子否定了齐宣王要求“兴甲兵”、“辟土地”的“霸道”思想，提出了“保民而王”的“王道”观点。在整个谈话过程中，孟子始终掌握着谈话的主动权。他认为齐宣王有“不忍”之心，便可推恩于民以行仁政，从而称王天下。全篇围绕这个中心展开，层层突入，开合自如。文章描写齐宣王一旦行仁政之后的动人情景，一连用了五个感情色彩十分浓烈的排句，造成一种热烈的气氛和不可阻挡的气势，具有极大的鼓动力。反映出孟子文章气势充沛、感情强烈的特色。在论述过程中，孟子还使用了“以羊易牛”、“挟太山以超北海”等许多故事和比喻，将抽象的道理化为具体的形象，达到理明事晰的积极效果。

□庄　子

庄子(约前 369—前 286)，名周，战国时宋国蒙(今河南省商丘市东北)人，曾为漆园吏，是老子之后道家学派的代表人物。

《汉书·艺文志》著录《庄子》52 篇。今本《庄子》33 篇，《内篇》7，《外篇》15，《杂篇》11。一般认为《内篇》为庄子自著，《外篇》、《杂篇》为其后学所作。《庄子》一书想象丰富，言辞瑰丽，在先秦诸子散文中具有独特的风格。鲁迅在《汉文学史纲要》中说，《庄子》之书“大抵寓言，人物土地，皆空言无事实，而其文则汪洋捭阖，仪态万方，晚周诸子之作，莫能先也”。无论思想内容还是艺术风格，《庄子》一书都对后代文学产生了广泛的影响。

逍遥游[1](节选)

北冥有鱼[2]，其名为鲲[3]。鲲之大，不知其几千里也；化而为鸟，其名为鹏[4]。鹏之背，不知其几千里也；怒而飞[5]，其翼若垂天之云[6]。是鸟也，海运则将徙于南冥[7]；南冥者，天池也[8]。

《齐谐》者[9]，志怪者也[10]。《谐》之言曰：“鹏之徙于南冥也，水击三千里[11]，抟扶摇而上者九万里[12]，去以六月息者也[13]。”野马也[14]，尘埃也，生物之以息相吹也[15]。天之苍苍[16]，其正色邪[17]？其远而无所至极邪[18]？其视下也[19]，亦若是则已矣[20]。

且夫水之积也不厚，则其负大舟也无力。覆杯水于坳堂之上[21]，则芥为之舟[22]。置杯焉则胶[23]，水浅而舟大也。风之积也不厚，则其负大翼也无力。故九万里则风斯在下矣，而后乃今培风[24]；背负青天而莫之夭阏者[25]，而后乃今将图南[26]。

蜩与学鸠笑之曰[27]："我决起而飞[28]，枪榆枋[29]，时则不至[30]，而控于地而已矣[31]；奚以之九万里而南为[32]？"适莽苍者[33]，三飡而反[34]，腹犹果然[35]；适百里者，宿舂粮[36]；适千里者，三月聚粮。之二虫又何知[37]！

小知不及大知[38]，小年不及大年[39]。奚以知其然也[40]？朝菌不知晦朔[41]，蟪蛄不知春秋[42]，此小年也。楚之南有冥灵者[43]，以五百岁为春，五百岁为秋；上古有大椿者[44]，以八千岁为春，八千岁为秋，此大年也。而彭祖乃今以久特闻[45]，众人匹之[46]，不亦悲乎？

汤之问棘也是已[47]："穷发之北[48]，有冥海者，天池也。有鱼焉，其广数千里，未有知其修者[49]，其名为鲲。有鸟焉，其名为鹏，背若泰山，翼若垂天之云；抟扶摇羊角而上者九万里[50]，绝云气[51]，负青天，然后图南，且适南冥也[52]。斥鴳笑之曰[53]：'彼且奚适也？我腾跃而上，不过数仞而下[54]，翱翔蓬蒿之间，此亦飞之至也[55]。而彼且奚适也？'"——此小大之辩也[56]。

故夫知效一官[57]，行比一乡[58]，德合一君[59]，而征一国者[60]，其自视也亦若此矣[61]。而宋荣子犹然笑之[62]。且举世誉之而不加劝[63]，举世非之而不加沮[64]，定乎内外之分[65]，辨乎荣辱之境[66]，斯已矣[67]。彼其于世，未数数然也[68]。虽然，犹有未树也[69]。夫列子御风而行[70]，泠然善也[71]，旬有五日而后反[72]。彼于致福者[73]，未数数然也。此虽免乎行[74]，犹有所待者也[75]。若夫乘天地之正[76]，而御六气之辩[77]，以游无穷者[78]，彼且恶乎待哉[79]？故曰：至人无己[80]，神人无功[81]，圣人无名[82]。

【注释】

①《逍遥游》是《庄子·内篇》中的第一篇。本文节选前半篇。　②北冥：北海。冥，同"溟"。海水深黑为溟。　③鲲：本为鱼卵，这里借指大鱼。　④鹏：大鸟名。　⑤怒而飞：鼓翼奋飞。　⑥垂天：天边。垂，同"陲"。　⑦海运：大海波涛动荡。海动时必有大风，鹏即乘此风远飞南海。　徙（xǐ）：迁移。　⑧天池：天然形成的大海。　⑨《齐谐》：书名。　⑩志怪：记载怪异之事。　⑪水击：指鹏两翼拍击水面起飞。　⑫抟（tuán）：回旋上升。　扶摇：旋风。一种从地面上升的暴风。　⑬去以六月息者：大鹏飞往南海历六个月之久而止。　⑭野马：春天阳气发动，野外有雾气升腾，犹如奔驰的野马。　⑮以息相吹：指野马、尘埃都是凭着生物的气息吹拂而在空中游荡。息，气息。　⑯苍苍：深蓝色。　⑰其：指天。正色：真正的颜色，本色。　⑱无所至极：没有到尽头的地方。　⑲其：指鹏。视：俯视。　⑳若是：像这样。　已矣："罢了"的意思。　㉑覆：倒。　坳（āo）堂：堂上低洼之处。　㉒芥：小草。

㉓焉：于此。　胶：粘住。　㉔培：同“凭”。培风，乘风飞行。　㉕夭阏(è)：阻挫遏止。㉖图南：计划向南飞行。　㉗蜩(tiáo)：蝉。　学鸠：小鸟名。　㉘决：迅疾。　㉙枪：突过。榆：榆树。　枋(fāng)：檀树　㉚则：或。　㉛控：投，落下。　㉜奚以：哪里用得着。　为：疑问助词。　㉝适：去，往。　莽苍：郊野的颜色茫然不明，这里指郊野。　㉞飡：同“餐”。反：同“返”。　㉟果然：形容饱的样子。　㊱宿舂(chōng)粮：行前一夜就要捣米准备粮食。㊲之：这。　二虫：指蜩与学鸠。　㊳知：同“智”。　㊴年：指寿命。　㊵奚以：何以，根据什么。　然：这样，如此。　㊶朝菌：朝生暮死的菌类。　晦：黑夜。　朔：平明。　㊷蟪蛄(huì gū)：即寒蝉。寒蝉春生则夏死，夏生则秋死，活不到一年。　春秋：指一年。　㊸冥灵：大树名。一说为大龟名。　㊹大椿：乔木名。　㊺彭祖：传说中的长寿者。　乃今：如今。　久：长寿。　特闻：特别出名。　㊻匹：比。　㊼汤：商汤。棘，人名，相传是商汤的大夫。　㊽穷发：我国古代传说中的北极不毛之地。　㊾修：长度。　㊿羊角：旋风名，回旋而上，形似羊角，故名。　51绝：超越。　52且：将。　53斥鴳(yàn)：小雀。　54仞：八尺为仞。一说七尺。55飞之至：飞行的极致。　56辩：同“辨”，分辨。　57效：胜任。　一官：一项工作。　58行：行为。　比：适合。　一乡：一乡人的心愿。　59德：品德。　一君：一君之心。　60而征一国者：才能可以取信于一国之人。　而：读为“能”，才能。　征：征信，取信。　61此：指斥鴳。62宋荣子：即宋钘，战国时宋人，学说近墨家。　犹然：笑的样子。　63劝：勉励。　64沮(jǔ)：沮丧，泄气。　65定乎内外之分：对人对己能掌握分寸。　内：指内心的修养。　外：指待人接物。　66境：界限。　67斯已矣：如此而已。　68彼其于世，未数数然：这种人在世上是不常见的。　数数(shuò shuò)：频频，常常。　69未树：指未能树立至德。　70列子：名御寇，郑人。相传列子得风仙之道，能乘风而行。　御风：驾风。　71泠(líng)然：轻快的样子。72旬有五日：十五天。有，通“又”。　73致福：指得御风而行之福。　74免乎行：免于步行。75有所待者：有所依靠的东西，指风。　76若夫：至于。　乘天地之正：顺应天地万物的自然本性。　77六气：阴、阳、风、雨、晦、明。　辩：同“变”，变化。　78无穷者：指不受时间与空间限制的无边无际的宇宙。　79且：还。　80至人：修养最高的人。　无己：应顺自然，物我不分，忘掉自己。　81神人：修养达到神化境界的人。　无功：不求功，无意有功于人类。82圣人：修养成圣贤的人。　无名：无意于求名。

【阅读提示】

本文是《逍遥游》中的第一部分。所谓逍遥游，即毫无拘束地遨游，也就是庄子幻想中的绝对自由。庄子认为诸如大鹏与小雀之类虽有高下之分，但都是“有待”的，有环境、时间等条件的限制和依赖，只有无己、无功、无名的“至人”、“神人”和“圣人”才能摆脱一切束缚，做到“无待”，达到“逍遥游”的境界。庄子的这种“逍遥游”实际上是在现实生活中无法实现的理想人生，完全是精神上的一种自我解脱。在文中，作者这种追求绝对自由的思想境界是借助一系列的寓言和比喻进行表述的。整段文字比中有比，层出不穷。这些寓言和比喻，取材神奇，意从天来，显示了庄子丰富的想象力，使文章具有浓郁的浪漫主义色彩。

胠 箧

将为胠箧、探囊、发匮之盗而为守备[①]，则必摄缄縢[②]，固扃鐍[③]，此世俗之所谓知也[④]。然而巨盗至，则负匮、揭箧、担囊而趋[⑤]，惟恐缄縢、扃鐍之不固也。然则乡之所谓知者[⑥]，不乃为大盗积者也[⑦]？

故尝试论之，世俗之所谓知者，有不为大盗积者乎？所谓圣者，有不为大盗守者乎？何以知其然邪？昔者齐国邻邑相望[⑧]，鸡狗之音相闻，罔罟之所布[⑨]，耒耨之所刺[⑩]，方二千余里。阖四竟之内[⑪]，所以立宗庙社稷[⑫]，治邑屋州闾乡曲者[⑬]，曷尝不法圣人哉[⑭]！然而田成子一旦杀齐君而盗其国[⑮]，所盗者岂独其国邪？并与其圣知之法而盗之。故田成子有乎盗贼之名，而身处尧舜之安；小国不敢非，大国不敢诛，十二世有齐国[⑯]。则是不乃窃齐国并与其圣知之法，以守其盗贼之身乎？

尝试论之，世俗之所谓至知者，有不为大盗积者乎？所谓至圣者，有不为大盗守者乎？何以知其然邪？昔者龙逢斩[⑰]，比干剖[⑱]，苌弘胣[⑲]，子胥靡[⑳]，故四子之贤而身不免乎戮。故跖之徒问于跖曰[㉑]："盗亦有道乎？"跖曰："何适而无有道邪[㉒]？夫妄意室中之藏[㉓]，圣也；入先，勇也；出后，义也；知可否[㉔]，知也；分均，仁也。五者不备，而能成大盗者，天下未之有也。"由是观之，善人不得圣人之道不立，跖不得圣人之道不行；天下之善人少而不善人多，则圣人之利天下也少而害天下也多。故曰：唇竭则齿寒[㉕]，鲁酒薄而邯郸围[㉖]，圣人生而大盗起。掊击圣人[㉗]，纵舍盗贼[㉘]，而天下始治矣。

夫川竭而谷虚[㉙]，丘夷而渊实[㉚]。圣人已死，则大盗不起，天下平而无故矣[㉛]。圣人不死，大盗不止。虽重圣人而治天下[㉜]，则是重利盗跖也[㉝]。为之斗斛以量之[㉞]，则并与斗斛而窃之；为之权衡以称之[㉟]，则并与权衡而窃之；为之符玺以信之[㊱]，则并与符玺而窃之；为之仁义以矫之[㊲]，则并与仁义而窃之。何以知其然邪？彼窃钩者诛[㊳]，窃国者为诸侯，诸侯之门而仁义存焉[㊴]，则是非窃仁义圣知邪[㊵]？故逐于大盗[㊶]，揭诸侯[㊷]，窃仁义并斗斛、权衡、符玺之利者，虽有轩冕之赏弗能劝[㊸]，斧钺之威弗能禁[㊹]。此重利盗跖而使不可禁者，是乃圣人之过也。故曰[㊺]："鱼不可脱于渊[㊻]，国之利器不可以示人[㊼]。"彼圣人者[㊽]，天下之利器也，非所以明天下也[㊾]。

故绝圣弃知，大盗乃止；擿玉毁珠[㊿]，小盗不起；焚符破玺，而民朴鄙[51]；掊斗折衡[52]，而民不争；殚残天下之圣法[53]，而民始可与论议。擢乱六律[54]，铄绝竽瑟[55]，塞瞽旷之耳[56]，而天下始人含其聪矣[57]；灭文章[58]，散五采[59]，胶离朱之目[60]，而天下始人含其明矣[61]；毁绝钩绳[62]，而弃规矩[63]，攦工倕之指[64]，而天下始人有其巧矣[65]。故曰："大巧若拙[66]。"削曾、史之行[67]，钳杨、墨之口[68]，攘弃仁义[69]，而天下之德始玄同矣[70]。

彼人含其明，则天下不铄矣；人含其聪，则天下不累矣[71]；人含其知，则天下不惑矣；人含其德，则天下不僻矣[72]。彼曾、史、杨、墨、师旷、工倕、离朱，皆外立其德[73]，而以爚乱天下者也[74]，法之所无用也[75]。

子独不知至德之世乎？昔者容成氏、大庭氏、伯皇氏、中央氏、栗陆氏、骊畜氏、轩辕氏、赫胥氏、尊卢氏、祝融氏、伏羲氏、神农氏[76]，当是时也，民结绳而用之[77]，甘其食，美其服，乐其俗，安其居，邻国相望，鸡狗之音相闻，民至老死而不相往来。若此之时，则至治已。今遂至使民延颈举踵[78]，曰"某所有贤者[79]"，赢粮而趣之[80]，则内弃其亲[81]，而外去其主之事[82]。足迹接乎诸侯之境[83]，车轨结乎千里之外[84]，则是上好知之过也[85]。上诚好知而无道，则天下大乱矣。

何以知其然邪？夫弓弩、毕弋、机变之知多[86]，则鸟乱于上矣；钩饵、网罟、罾笱之知多[87]，则鱼乱于水矣；削格、罗落、罝罘之知多[88]，则兽乱于泽矣；知诈渐毒、颉滑坚白、解垢同异之变多[89]，则俗惑于辩矣。故天下每每大乱[90]，罪在于好知。故天下皆知求其所不知，而莫知求其所已知者；皆知非其所不善，而莫知非其所已善者，是以大乱。故上悖日月之明[91]，下烁山川之精[92]，中堕四时之施[93]，惴耎之虫[94]，肖翘之物[95]，莫不失其性。甚矣，夫好知之乱天下也！自三代以下者是已[96]。舍夫种种之民[97]，而悦夫役役之佞[98]；释夫恬淡无为[99]，而悦夫哼哼之意[100]。哼哼已乱天下矣！

【注释】

①胠(qū)：从旁边撬开。 箧(qiè)：箱子。 探囊：掏摸袋子。 发匮(guì)：即打开柜子。 匮：同"柜"。 ②摄：结，捆绑。 缄(jiān)、縢(téng)：都是绳子。 ③固扃(jiōng)鐍(jué)：指用锁锁牢。 扃：门窗箱柜上的闩、钩之类。 鐍：箱子上安锁的环状物。借指锁。 ④知：音义同"智"，智慧，聪明。 ⑤负：背，扛。 揭：举，担。 趋：快走。 ⑥乡(xiàng)：通"向"，先前。 ⑦不乃：无乃。 积：这里指准备。 也：同"耶"，疑问助词。 ⑧昔者：从前。齐国，周封太公姜尚于齐，传至齐简公，被大夫田常所杀，后来田氏取代姜氏。此指姜氏之齐。 ⑨罔罟(gǔ)之所布：鱼网所及之处，指水域。 罟：网的通称。 布：散布，及。 ⑩耒：犁。 耨(nòu)：锄头。 刺：插入，这里指耕地、锄地。 ⑪阖(hé)四竟之内：即整个国内。 阖：同"合"。 竟：同"境"。 ⑫宗庙：古代天子、诸侯祭祀祖先的地方。 社稷：古代天子、诸侯祭祀土神、谷神的地方。 ⑬治：规划，划分。 邑屋州闾(lǘ)乡：都是城乡划分地区的名称。《司马法》："六尺为步，步百为亩，亩百为夫，夫三为屋，屋三为井，井四为邑。"又："五家为比，五比为闾，五闾为族，五族为党，五党为州，五州为乡。" 乡曲：乡间一角之地。 ⑭曷(hé)：何。 法：用为意动词，以……为法。 ⑮田成子：即田常，亦称陈恒。公元前481年田常杀齐简公，立齐平公，田常自专国政。公元前386年田常曾孙田和放逐康公而自立为齐侯。 ⑯十二世：据《竹书纪年》，从田常至王建共十二世。俞樾以为"十二世"是"世世"之误。 ⑰龙逄(páng)：姓关，夏桀时贤臣，为桀所杀。 ⑱比干：殷之宗室太臣，纣王淫乱，比干进谏，被剖心而死。 ⑲苌(cháng)弘：周敬王时贤臣，被刑而死。 胣(chǐ)：车裂之刑。

⑳子胥：即伍子胥，因谏吴王夫差被杀，浮尸江流，使尸体糜烂。 靡（mí）：同“糜”。 ㉑跖（zhí）：人名，传统说法是古代大盗，亦称盗跖。 ㉒何适：何往，干什么。 ㉓夫（fú）：发语词。意：同“臆”，猜测。 ㉔知可否：能够判断是否可以盗窃。 ㉕竭：缺，亡。 ㉖“鲁酒”句：《淮南子》许慎注云：“楚会诸侯，鲁、赵俱献酒于楚王，鲁酒薄而赵酒厚。楚之主酒吏求酒于赵，赵不与。吏怒，乃以赵厚酒易鲁薄酒，奏之。楚王以赵酒薄，故围邯郸也。” 邯郸：赵国的国都。本句与上句意在说明，事物之间的因果关系，有些是当事者始料未及的。 ㉗掊（pǒu）击：打击，抨击。 ㉘纵舍：释放，不去治理。 ㉙竭：干涸。 谷：山中低地，本是受水之处。此言河川中的水如果干涸了，山谷也就空了。 ㉚丘夷而渊实：如果山丘被削平，那么山旁的深渊也就会被填满。 夷：平。 实：满。 ㉛故：事故。 ㉜重：尊重。 而：同“以”。 ㉝重：厚，加倍。 ㉞斗斛（hú）：都是计量体积的容器。十斗为一斛。 ㉟权：秤砣。 衡：秤杆。㊱符：凭据，以铜、木或竹制成，刻上文字或图案，分为两片，双方各执其一，两片相合即证明可信。 玺（xǐ）：印章。 信：取信。 ㊲矫：正。 ㊳钩：衣带钩，代指不值钱的东西。诛：责罚，这里有“制裁”的意思。 ㊴存焉：王引之说应作“焉存”，于是乎存在。 ㊵是：此。指窃国者。 ㊶逐：追随。 ㊷揭：举，引申为“居于其上”。 ㊸轩：古时大夫以上的人所乘的车。冕：古时大夫以上的人所戴的礼帽。这里轩冕借指官爵。弗（fú）：不。 劝：勉励。 ㊹斧钺（yuè）之威：酷刑的威吓。 钺：大斧。斧和钺都是古代杀人的刑具，这里泛指重刑。 ㊺故曰：所引语见《老子》第三十六章。 ㊻脱：离开。 ㊼国之利器：指圣人治国的方法。 示人：让人看。 ㊽圣人：指圣人制定的法制。 ㊾明：明示，公开。 ㊿擿（zhì）：同“掷”，抛弃。 51朴鄙：朴实无知。 52掊：击，击破。 折：断，毁坏。 53殚：尽，完全。 残：毁。54擢（zhuó）乱：搅乱。 擢：“搅”的假借字。 六律：音的高低分为十二类，十二类中又分阴阳。阳声的六音为六律，阴声的六音为六吕。十二个音用长短不同的竹管所发之声来审定。55铄（shuò）：销毁。 竽瑟：泛指乐器。 竽：管乐器的一种。 瑟：弦乐器的一种。 56瞽（gǔ）旷：即师旷，春秋时晋国的著名乐师，因是盲人，故称瞽旷。传说他善以耳审辨音律，以占吉凶。 57含：保藏、保全。 聪：听力。 58文章：泛指文采。 59五采：五色。 60胶：黏合。 离朱：又名离娄，古时视力最好的人。 61明：视力。 62钩：画曲线的工具。 绳：画直线的工具。 63而：王引之以为即“然”字，是“燃”的假借字。 规：画圆的工具。 矩：画方的工具。 64攦（lì）：折断。 工倕（chuí）：人名，相传为尧时的巧匠。 65巧：工艺技巧。66大巧若拙：语出《老子》，指真正有大智慧的人，不尚机巧，貌似愚拙。 67削：铲除。 曾：曾参，孔子弟子，以孝著称。 史：史鱼，春秋时卫灵公的臣子，以忠直著称。卫灵公亲信小人弥子瑕，疏远贤人蘧伯玉，史鱼自杀，以尸谏灵公。 68杨：杨朱。 墨：墨翟。杨，墨二人都是先秦时的思想家。善辩论。 69攘（rǎng）：排除。 70玄同：混同为一。 71累：忧患。72僻：邪恶不正。 73外立其德：炫耀自己的才能品德。 74爚（yuè）乱：迷乱、惑乱。 75法之所无用也：从大道的角度来看，这些都是没有用的。 法：指道家所谓的大道。 76容成氏等十二氏：都是传说中远古时期的帝王。 77结绳：远古时代没有文字，用在绳子上打结的办法来记事。 78延颈：伸长脖子。 举踵：抬起脚跟。 79某所：某个地方。 80赢：装足。趣：通“趋”，赶快跑去。 81内弃其亲：家中抛下自己的父母。 82外去其主之事：外面放弃了对国君的侍奉。 事：侍奉。 83接：连接。 84车轨：指车行的辙印。结：交。 85上：指君主。 知：同“智”。 86弩（nǔ）：用机关放射连珠箭的弓。 毕：带柄的网。 弋（yì）：尾

部带绳的箭。 机:弩上发箭的机关,又叫弩牙。 变:“磻(bō)”的假借字,用石做头的箭。 ⑰钩饵:钓钩与鱼饵。 罟(gǔ):网。 罾(zēng):渔网的一种,形如伞盖。 笱(gǒu):竹篾编成的捕鱼器具。 ⑱削格:用坚硬的竹或木做的一种捉野兽的器具。 罗落:罗络,罗网。 罝(jū)罘(fú):捕兔的网。 ⑲知诈渐毒:四字都是欺诈的意思。 颉(jié)滑:同“黠猾”:狡诈不正的言语。 坚白:指“离坚白”,是战国时名家公孙龙的诡辩论题之一,他把“坚白石”分析成坚、白、石三个孤立的概念,认为每一个概念,可以先物体而存在。 解垢:诡诈不真实的言论。 同异:指“合同异”,是战国时名家惠施的诡辩论题之一。他认为一切同异都是相对的,万物一体,浑然无别。 ⑳每每:梦梦,即昏昏,糊里糊涂。 ㉑悖(bèi):乱,这里指亏蚀。 ㉒烁:销毁。 精:精华。 ㉓堕:通“隳(huī)”,毁坏。 施:运行。 ㉔惴耎(zhuìruǎn):虫类蠕动的样子。 ㉕肖翘之物:指飞虫之类的生物。 ㉖三代:指夏,商,周。 ㉗舍:舍弃。 种种:纯朴样子。 ㉘役役:狡猾奸诈的样子。 佞:巧言谄媚的人。 ㉙释:放弃。 恬淡:清心寡欲。 ㉚啍(zhūn)啍:通“谆谆”,诲人不倦的样子。

【阅读提示】

本文选自《庄子·外篇》,一般认为是战国末期道家后学所作。文章旨在发挥道家“绝圣弃智”的思想,集中阐述圣智仁义都是为大盗服务的道理。作者一针见血地指出:“窃钩者诛,窃国者为诸侯”,把封建统治者强盗式的本质揭发无遗。这种对封建上层建筑深刻而大胆的批判,自有其积极的意义。不过作者要求回到蒙昧的原始社会,过一种“小国寡民”的生活,却是很偏激甚至是很荒谬的。文章从生活问题推论到社会政治问题,广泛地选取社会生活的事例作比喻和论据,并多用对偶、排比笔法,慷慨激烈,气势充沛。

□屈　原

屈原(约前340—前278),名平,字原,战国时楚人。出身宗室贵族,曾任左徒、三闾大夫等职。屈原在政治上主张任用贤能,修明法度,在外交上主张联齐抗秦。他的政治改革遭到楚国保守势力的反对,并因此而被谗见疏,屡遭放逐。最后鉴于国家政事日益混乱,自己的政治理想无法实现,自投汨罗江而死。屈原的作品,据《汉书·艺文志》和《楚辞章句》所记,共25篇,主要有《离骚》、《九歌》、《天问》、《九章》等。作品运用了大量的神话传说和奇妙的比喻,想象丰富,文辞绚烂,是古代浪漫主义诗歌的典范。

以屈原作品为代表的楚辞,是兴起于楚国的一种新诗体。宋黄伯思《校定楚辞序》说:“盖屈、宋诸骚,皆书楚语,作楚声,纪楚地,名楚物,故可谓之楚辞。”《楚辞》一书为西汉刘向所编,东汉王逸为之作注,名之曰《楚辞章句》。这就是现在所能见到的最早的《楚辞》注本。

离　骚[1]（节选）

帝高阳之苗裔兮[2]，朕皇考曰伯庸[3]。摄提贞于孟陬兮[4]，惟庚寅吾以降[5]。皇览揆余初度兮[6]，肇锡余以嘉名[7]：名余曰正则兮[8]，字余曰灵均[9]。

纷吾既有此内美兮[10]，又重之以修能[11]。扈江离与辟芷兮[12]，纫秋兰以为佩[13]。汩余若将不及兮[14]，恐年岁之不吾与[15]。朝搴阰之木兰兮[16]，夕揽洲之宿莽[17]。日月忽其不淹兮[18]，春与秋其代序[19]。惟草木之零落兮[20]，恐美人之迟暮[21]。不抚壮而弃秽兮[22]，何不改此度[23]？乘骐骥以驰骋兮[24]，来吾道夫先路[25]！

昔三后之纯粹兮[26]，固众芳之所在[27]。杂申椒与菌桂兮[28]，岂维纫夫蕙茝[29]？彼尧舜之耿介兮[30]，既遵道而得路[31]。何桀纣之猖披兮[32]，夫唯捷径以窘步[33]！惟夫党人之偷乐兮[34]，路幽昧以险隘[35]。岂余身之惮殃兮[36]，恐皇舆之败绩[37]。忽奔走以先后兮[38]，及前王之踵武[39]。荃不察余之中情兮[40]，反信谗而齌怒[41]。余固知謇謇之为患兮[42]，忍而不能舍也。指九天以为正兮[43]，夫唯灵修之故也[44]。曰黄昏以为期兮[45]，羌中道而改路[46]。初既与余成言兮[47]，后悔遁而有他[48]。余既不难夫离别兮[49]，伤灵修之数化[50]。

余既滋兰之九畹兮[51]，又树蕙之百亩。畦留夷与揭车兮[52]，杂杜衡与芳芷[53]。冀枝叶之峻茂兮[54]，愿俟时乎吾将刈[55]。虽萎绝其亦何伤兮[56]，哀众芳之芜秽[57]。

众皆竞进以贪婪兮[58]，凭不厌乎求索[59]。羌内恕己以量人兮[60]，各兴心而嫉妒[61]。忽驰骛以追逐兮[62]，非余心之所急。老冉冉其将至兮[63]，恐修名之不立[64]。朝饮木兰之坠露兮，夕餐秋菊之落英[65]。苟余情其信姱以练要兮[66]，长顑颔亦何伤[67]！揽木根以结茝兮[68]，贯薜荔之落蕊[69]。矫菌桂以纫蕙兮[70]，索胡绳之纚纚[71]。謇吾法夫前修兮[72]，非世俗之所服[73]。虽不周于今之人兮[74]，愿依彭咸之遗则[75]。

长太息以掩涕兮[76]，哀民生之多艰[77]。余虽好修姱以鞿羁兮[78]，謇朝谇而夕替[79]。既替余以蕙纕兮[80]，又申之以揽茝[81]。亦余心之所善兮[82]，虽九死其犹未悔。

怨灵修之浩荡兮[83]，终不察夫民心。众女嫉余之蛾眉兮[84]，谣诼谓余以善淫[85]。固时俗之工巧兮[86]，偭规矩而改错[87]。背绳墨以追曲兮[88]，竞周容以为度[89]。忳郁邑余侘傺兮[90]，吾独穷困乎此时也！宁溘死以流亡兮[91]，余不忍为此态也！

鸷鸟之不群兮[92]，自前世而固然。何方圆之能周兮[93]，夫孰异道而相安！屈心而抑志兮，忍尤而攘诟[94]。伏清白以死直兮[95]，固前圣之所厚[96]。

悔相道之不察兮[97]，延伫乎吾将反[98]。回朕车以复路兮，及行迷之未远。步余马于兰皋兮[99]，驰椒丘且焉止息[100]。进不入以离尤兮[101]，退将复修吾初服[102]。制芰荷以为衣兮[103]，集芙蓉以为裳。不吾知其亦已兮[104]，苟余情其信芳[105]。高余冠之岌岌兮[106]，长余佩之陆离[107]。芳与泽其杂糅兮[108]，唯昭质其犹未亏[109]。忽反顾以游目兮[110]，将往观乎四荒[111]。佩缤纷其繁饰兮[112]，芳菲菲其弥章[113]。民生各有所乐兮，余独好修以为常。虽体解吾犹未变兮[114]，岂余心之可惩[115]！

【注释】

①《离骚》的篇名，历来有多种解释。其中汉代人所作的两种解释比较通行：一种认为"离"通"罹"，当遭遇解释，"离骚"即遭遇忧患的意思；另一种认为"离"为"离别"，"离骚"即离别的忧愁。 ②高阳：上古帝王颛顼（zhuān xū）即位后用的称号。相传他是楚国国君的祖先。 苗裔（yì）：指后代。 兮（xī）：语气词。 ③朕：我。在秦始皇以前，一般人都可自称为朕，至秦始皇始为皇帝自称。 皇：美好、光辉的意思。 考：对亡父的尊称。 ④摄提："摄提格"的简称。古代历法把太岁在寅位的那一年称为"摄提格"，即指寅年。 贞：正，正当。 孟陬（zōu）：夏历正月，即寅月。 ⑤庚寅：庚寅日。 降：出生。 ⑥皇：指皇考。 览：观察。 揆（kuí）：估量。 初度：初生时的姿态。 ⑦肇（zhào）：开始。 锡：同"赐"，赏赐。 嘉名：美名。 ⑧正则：公正而有法则。按，屈原名平，"正则"阐述了名"平"之意。 ⑨灵均：好而平坦之地，含有"原"字之意。 ⑩纷：盛多的样子。 内美：内在的美好品质。 ⑪重（chóng）：加上。 修能：优秀的才能。 ⑫扈（hù）：楚方言，披的意思。 江离：香草名。 辟：同"僻"。 芷：香草名。 辟芷：长在幽僻之处的香芷。 ⑬纫：连缀。 秋兰：香草。 佩：古人佩带在身上的饰物。 ⑭汩（yù）：楚方言，水流很快的样子，这里形容时光飞逝。 ⑮不吾与："不与吾"的倒装，意思是不等待我。 ⑯搴（qiān）：楚方言，摘取。 阰（pí）：土坡。 木兰：香木名，这里指木兰的花。 ⑰揽：采摘。 洲：水中陆地。 宿莽：经冬不枯的草。 ⑱忽：迅疾的样子。 淹：滞留。 ⑲代序：时序更相替换。 ⑳惟：思。 ㉑迟暮：指衰老。 ㉒抚壮：抓紧壮盛之年。 秽：污浊的东西，比喻不好的行为。 ㉓度：法度。 ㉔骐骥（qíjì）：骏马，比喻贤能的人。 ㉕来：来吧，呼唤语。 道：同"导"，引导。 先路：前面的路。 ㉖三后：即三王，指夏禹、商汤、周武王。 纯粹：指德行完美无瑕。 ㉗众芳：比喻众多的贤臣。 在：犹聚集。 ㉘杂：聚集。 申椒：申地所产之椒。椒，木名，其果实称为花椒，是一种香物。 菌桂：香木名。 ㉙维：通"惟"，只，仅。 蕙：香草名。 茝（chǎi）：即白芷，香草。 ㉚耿介：光明正大。 ㉛道：正道。 ㉜桀纣：夏桀与商纣，是夏、商两个朝代的末代君主，都是暴君。 猖披：猖狂放肆。 ㉝捷径：邪出的小路。 窘步：困窘难以前行。 ㉞党人：结党营私的小人。 偷乐：苟且偷安，贪图享乐。 ㉟幽昧：昏暗。 ㊱惮：畏惧害怕。 殃：灾祸。 ㊲皇舆：国君所乘的车子，这里比喻国家。 败绩：本指军队大败，兵车倾覆，这里比喻国家倾危。 ㊳忽：急急忙忙的样子。 先后：指君王前后左右。 ㊴及：赶上。 前王：指"三后"和尧、舜。 踵武：遗迹。 ㊵荃（quán）：香草名，喻君主。 中情：内心。 ㊶齌（jī）：疾，暴。 ㊷謇（jiǎn）謇：忠直进言的样子。 ㊸正：通"证"。 ㊹灵修：聪明俊美，这里指楚王。 ㊺黄昏：古代结婚迎亲的时辰。 ㊻羌：楚方言，发语词。一说这两句为后人所加，当是衍文。 ㊼成言：约定。 ㊽悔遁：翻悔。 他：指别的主意。 ㊾难：惮，怕。 ㊿数（shuò）化：屡次变化，反复无常。 [51]滋：种植。 畹（wǎn）：十二亩为一畹。 [52]畦（qí）：田垄，这里用作动词，按垄种植。 留夷、揭车：都是香草名。 [53]杂：错杂栽种。 杜衡：香草名。 芳芷：即白芷。 [54]冀：希望。 峻茂：高大茂盛。 [55]俟：等待。 刈（yì）：

收割。 ⑯萎绝:枯萎零落。 ⑰芜秽:荒芜污秽,比喻人才变质。 ⑱众:指众小人。 竞进:竞相求进,追逐私利。 ⑲凭:楚方言,满的意思。 厌:饱。 求索:求取。 ⑳内:内心。 恕:宽恕。 量:揣度。 ㉑兴心:生心。兴心而嫉妒,犹言生妒忌之心。 ㉒驰骛(wù):狂奔乱跑。 追逐:指追求私利。 ㉓冉冉:渐渐。 ㉔修名:美名。 立:树立。 ㉕落:坠落。 英:花。一说落,作"始"讲。 ㉖余情:我的内心。 信:确实。 姱(kuā):美好。 练要:精诚专一。 ㉗颇颔(kǎn hàn):面黄肌瘦的样子。 ㉘揽:持。 木根:香木的根。 结:编结。 ㉙贯:贯串。 薜荔(bìlì):香草名。 ⑰矫:举。 ⑰索:作动词用,搓绳。 纚(shǐ)纚:相连属的样子,形容绳索的美好。 ⑰謇:犹謇謇,忠贞的样子。一说是楚方言,发语词。 法:效法。 前修:前代贤人。 ⑰服:用。 ⑰周:合。 ⑰彭咸:传说是殷代的贤臣,因谏其君不听,投水而死。 遗则:留下的法则,即榜样。 ⑰太息:叹息。 ⑰民生:人民的生计。一说民生即人生。 ⑰修姱:高洁美好。 鞿(jī):马缰绳。 羁(jī):马络头。鞿羁,比喻自我约束,不放纵。 ⑰谇(suì):进谏。 替:废弃。 ⑳纕(xiāng):佩带。 以:因为。 ㉑申:重申。以上两句说:君王废弃我是因为我佩戴芳蕙(比喻志行忠贞),然而我又重持芳茝以自我修饰(表示志行坚定不移)。 ㉒善:爱好。 ㉓浩荡:无所思虑的样子。 ㉔众女:指谗害诗人的众小人。 蛾眉:眉如蚕蛾般细而弯,形容美好的样子。 ㉕谣诼(zhuó):造谣毁谤。 淫:淫邪。 ㉖工巧:善于取巧作伪。 ㉗偭(miǎn):违背。 错:同"措",措施。 ㉘绳墨:木工用以画直线的工具,这里比喻正道。 追曲:追随邪曲。 ㉙周容:苟合求容。 度:常规。 ⑩忳(tún):忧愁的样子。 郁邑:愁思郁结。 侘傺(chà chì):怅然失意的样子。 ⑪溘(kè):突然。 以:或者。 流亡:放逐出亡。一说指随流水而永远消逝。 ⑫鸷(zhì)鸟:鹰隼(sǔn)之类的猛禽。 不群:不与凡鸟同群。 ⑬何:如何。 能周:能够相合。 ⑭尤:罪过。 忍尤:指忍受别人加给自己的罪责。 攘(rǎng):读为"让",容让(见戴震《屈原赋注》)。 诟:辱骂。攘诟,容忍别人的诟骂。 ⑮伏:同"服",持服。 死直:守正直之道而死。 ⑯厚:看重,称道。 ⑰相(xiàng):观看。 察:明审,清楚。 ⑱延:长久。 伫(zhù):站立。 反:同"返"。 ⑲步:慢步。 兰皋:长着兰草的水边高地。 ⑩驰:疾驰。 椒丘:长着椒树的山丘。 且:暂且。 焉:于此。 止息:休息。 ⑩进:指进身于君前。 不入:不被容纳。 离:同"罹(lí)",遭。 ⑩初服:当初未进仕时的服饰,比喻原来的志趣。 ⑩制:裁制。 芰(jì):菱。 荷:荷叶。 ⑩不吾知:即"不知吾"的倒装。 已:止,罢了。 ⑩信:确实。 ⑩岌岌(jí):高耸的样子。 ⑩佩:玉佩。 陆离:曼长的样子。一说为参差众多的样子。 ⑩芳:香草。 泽:污垢。 ⑩昭质:光明洁白的品质。 亏:亏损。 ⑩游目:放眼远望。 ⑩四荒:四方边远之地。 ⑩缤纷:盛多的样子。 繁饰:繁华的装饰。 ⑩菲菲:芳香勃勃的样子。 弥:更加。 章:同"彰",显著。 ⑩体解:肢解,古代一种酷刑。 ⑩惩:戒惧。

【阅读提示】

《离骚》是中国古代文学中著名的长篇抒情诗,是诗人屈原人格、志向的体现,也是诗人艺术风格的代表。鲁迅先生称其为"逸响伟辞,卓绝一世"(《汉文学史纲要》)。本文节录的是《离骚》的第一部分,是诗人对过去经历的回顾和总结。在这里诗人叙述了自己的身世、德才和理想,以及群邪蔽贤、壮怀难伸的遭遇。

诗人表示，尽管环境恶劣，但清白的操守和报国的理想始终不会改变，体现出诗人对理想的执著，以及宁死不屈的品格。在艺术上，诗人大量地采用浪漫主义的表现手法，将神话传说、历史人物、自然现象糅合在一起，构成一个完美的艺术境界。诗人还广泛地运用比兴手法，使全诗显得生动形象，丰富多彩。作为抒情诗，《离骚》大大突破了《诗经》中基本定型的“短章复沓”的形式，全诗篇幅宏伟，气象万千。它的出现，标志着文学史上诗歌创作进入了新的时代。

湘夫人①

帝子降兮北渚②，目眇眇兮愁予③。袅袅兮秋风④，洞庭波兮木叶下⑤。

白薠兮骋望⑥，与佳期兮夕张⑦。鸟何萃兮蘋中⑧，罾何为兮木上⑨？

沅有茝兮醴有兰⑩，思公子兮未敢言⑪。荒忽兮远望⑫，观流水兮潺湲⑬。

麋何食兮庭中⑭？蛟何为兮水裔⑮？朝驰余马兮江皋，夕济兮西澨⑯。闻佳人兮召予，将腾驾兮偕逝⑰。

筑室兮水中，葺之兮荷盖⑱。荪壁兮紫坛⑲，播芳椒兮成堂⑳。桂栋兮兰橑㉑，辛夷楣兮药房㉒。罔薜荔兮为帷㉓，擗蕙櫋兮既张㉔。白玉兮为镇㉕，疏石兰兮为芳㉖。芷葺兮荷屋，缭之兮杜衡㉗。合百草兮实庭㉘，建芳馨兮庑门㉙。九嶷缤兮并迎㉚，灵之来兮如云㉛。

捐余袂兮江中㉜，遗余褋兮醴浦㉝。搴汀洲兮杜若㉞，将以遗兮远者㉟。时不可兮骤得㊱，聊逍遥兮容与㊲！

【注释】

①湘夫人：湘水之神。相传帝尧之女娥皇、女英为舜二妃，舜巡视南方，死在苍梧之野。二妃闻之，自投湘水而死，遂为湘水之神。　②帝子：即湘夫人，为帝尧的女儿，故称帝子。③眇眇（miǎo）：望而不见的样子。　愁予：使我忧愁。　④袅袅：微风吹拂的样子。　⑤波：这里用作动词，微波泛动。　⑥白薠（fán）：草名，多生长于湖泽之间。　骋望：纵目远望。⑦佳：佳人。　期：约定。　张：陈设布置。　⑧萃：聚集。　蘋（pín）：水草名。　⑨罾（zēng）：渔网。　⑩沅：沅江，在湖南省。　醴：同“澧”，澧水，在湖南省。　⑪公子：犹帝子，湘夫人。⑫荒忽：通“恍惚”，渺茫隐约状。　⑬潺湲（chán yuán）：水流不断的样子。　⑭麋（mí）：兽名，似鹿而大。　⑮水裔（yì）：水边。　⑯济：渡过。澨（shì）：水边。　⑰腾驾：驾着马车奔腾飞驰。　偕逝：同往。　⑱葺（qì）：覆盖。　盖：指屋顶。　⑲荪（sūn）：香草。荪壁，以荪草饰壁。　紫坛：用紫贝装饰中庭。紫，紫贝。坛，中庭。　⑳播：布。　芳椒：花椒。　㉑桂栋：用桂木做房梁。兰橑（lǎo）：木兰做屋椽。　㉒辛夷：香木名。　楣：门上横梁。　药：白芷。药房，用白芷装饰卧房。　㉓罔：同“网”，编结。　帷：帷帐。　㉔擗（pì）：析开。櫋（mián）：屋檐木。　㉕镇：镇压坐席之物。　㉖疏：分布。　石兰：香草名。　㉗缭：绕，束。杜衡：香草名。　㉘合：会聚。　实：充实。　㉙馨：指散布很远的香气。　庑（wǔ）：廊。

㉚九嶷(yí):山名,在今湖南省宁远县东南。传说舜葬在此山。这里指九嶷山神。 缤:缤纷,形容神灵众多。 ㉛灵:神。 如云:形容众多。 ㉜袂(mèi):衣袖。 ㉝遗:丢下。 褋(dié):外衣。 醴浦:澧水之滨。 ㉞汀(tīng)洲:水中平地。 杜若:香草名。 ㉟遗(wèi):赠送。 远者:指湘夫人。 ㊱时:指会面的时机、机会。 骤得:屡得。 ㊲容与:悠闲的样子。

【阅读提示】

湘君、湘夫人是楚人心目中的湘水配偶神。本篇是诗人依据楚俗祭神的歌词写成的。写湘君对湘夫人的思念、失望,由失望而引起幻觉,最后是欲绝而不忍绝的矛盾心情。全篇沉浸在悲怨缠绵的思绪之中,表达了对纯洁爱情的赞颂和对幸福生活的向往。作为祭神的乐歌,诗人将神与人的特点同时赋予湘君与湘夫人,使得神具有人的情感,同时似人而又非人,飘飘忽忽,令人神往。另外,诗中自然景物写得非常优美,诗人寓情于景,情景交融,极富艺术感染力。

橘 颂

后皇嘉树[①],橘徕服兮[②]。受命不迁[③],生南国兮[④]。深固难徙[⑤],更壹志兮[⑥]。绿叶素荣[⑦],纷其可喜兮[⑧]。曾枝剡棘[⑨],圆果抟兮[⑩]。青黄杂糅,文章烂兮[⑪]。精色内白[⑫],类可任兮[⑬]。纷缊宜修[⑭],姱而不丑兮[⑮]。

嗟尔幼志[⑯],有以异兮。独立不迁,岂不可喜兮?深固难徙,廓其无求兮[⑰]。苏世独立[⑱],横而不流兮[⑲]。闭心自慎[⑳],终不失过兮[㉑]。秉德无私[㉒],参天地兮[㉓]。愿岁并谢,与长友兮[㉔]。淑离不淫[㉕],梗其有理兮[㉖]。年岁虽少,可师长兮[㉗]。行比伯夷[㉘],置以为像兮[㉙]。

【注释】

①后:后土。 皇:皇天。 嘉:美好。 ②徕:同"来"。 服:习,适应。 ③受命:指禀性,天性。 不迁:不能移植。传说橘树只长在南方,一过淮河就变为枳(zhǐ)。 ④南国:指南方。 ⑤深固:根深蒂固。 难徙(xǐ):难以迁移。 ⑥壹志:意志专一。 ⑦素荣:白花。荣,本指草类开的花,这里泛指花。 ⑧纷:缤纷繁盛。 ⑨曾(céng):同"层",重重叠叠。剡(yǎn):尖利。 棘:刺。 ⑩抟(tuán):圆圆的。 ⑪文章:纹理色彩,指橘子的皮色。烂:很有光彩的样子。 ⑫精色内白:指橘子的内瓤色泽精洁。 ⑬类可任:像一个可负重任的人物。类,似。 ⑭纷缊(yùn):茂盛,充沛饱满。 宜修:修饰得体,恰到好处。 ⑮姱(kuā):美好。 不丑:指出类拔萃,与众不同。丑,类、比。 ⑯尔:你,指橘树。 ⑰廓(kuò):空阔广大,这里指心胸宽广。 求:企求。 ⑱苏世独立:清醒地独立于世上。⑲横:横渡。 不流:不随波逐流。 ⑳闭心:犹守志。自慎:处身谨慎。 ㉑失过:有过失,犯错误。 ㉒秉德:坚持好的品德。 ㉓参:参立,比列。古人认为天地之德最崇高,而橘之

美德可比列其间。 ㉔并谢：指自己的年岁与橘树的年岁一起过去。 与长友：愿与橘树长期做朋友。 ㉕淑：善，指品质。 离：通“丽”，美丽，指外貌。 ㉖梗：骾直，强硬。 理：纹理，喻指法度。 ㉗可师长：可以作为师长。 ㉘行：品行。 伯夷：殷商末年孤竹君的长子，他和弟弟叔齐反对周武王灭殷，殷亡后，他们耻食周粟，饿死于首阳山。 ㉙置：立。 像：榜样。

【阅读提示】

本篇题为“橘颂”，就是对橘树的赞颂。作者将橘树拟人化，通过对橘树的生动描摹，赞美了橘树所具有的高贵品质。诸如“深固难徙，更壹志兮”，“苏世独立，横而不流”，“秉德无私”等等。诗人表示要把橘树作为榜样来学习效法。其实，橘树的这些品格正是诗人高尚人格的生动写照。这首诗通篇用比兴手法写成，构思巧妙，立意高远，是后世托物咏志的辞赋诗词的一个范例。

□荀　子

荀子（约前313—前238），名况，当时人尊称为荀卿，战国后期赵国人。他曾游历过齐、秦、楚诸国。在楚国，荀子被春申君召任为兰陵令。晚年定居兰陵。荀子多方面批判继承了先秦各家的学说，建立了较为完整的唯物主义世界观、认识论和逻辑方法的体系，是先秦时代著名的政治家和思想家。今存《荀子》32篇，基本上都是独立的专题散文。《荀子》文章以善于说理见长，议论风发，结构严谨，笔力深厚。不少地方运用对偶式句法，已开骈偶先河。

天　论

天行有常①：不为尧存②，不为桀亡③。应之以治则吉④，应之以乱则凶⑤。强本而节用⑥，则天不能贫；养备而动时⑦，则天不能病⑧；修道而不贰⑨，则天不能祸。故水旱不能使之饥，寒暑不能使之疾，祆怪不能使之凶⑩。本荒而用侈⑪，则天不能使之富；养略而动罕⑫，则天不能使之全；倍道而妄行⑬，则天不能使之吉。故水旱未至而饥，寒暑未薄而疾⑭，祆怪未至而凶。受时与治世同⑮，而殃祸与治世异，不可以怨天，其道然也。故明于天人之分⑯，则可谓至人矣⑰。

不为而成，不求而得，夫是之谓天职⑱。如是者，虽深⑲，其人不加虑焉⑳；虽大，不加能焉㉑；虽精，不加察焉㉒。夫是之谓不与天争职。天有其时㉓，地有其财，人有其治，夫是之谓能参㉔。舍其所以参㉕，而愿其所参㉖，则惑矣！

列星随旋，日月递炤㉗，四时代御㉘，阴阳大化㉙，风雨博施㉚。万物各得其和以生[31]，各得其养以成[32]，不见其事而见其功，夫是之谓神。皆知其所以成，莫知其无形[33]，夫是之谓天。唯圣人为不求知天。

天职既立，天功既成，形具而神生[34]，好恶、喜怒、哀乐臧焉[35]，夫是之谓天情[36]。耳、目、鼻、口、形，能各有接而不相能也[37]，夫是之谓天官[38]。心居中虚[39]，以治五官[40]，夫是之谓天君。财非其类[41]，以养其类，夫是之谓天养。顺其类者谓之福，逆其类者谓之祸，夫是之谓天政。暗其天君[42]，乱其天官[43]，弃其天养[44]，逆其天政[45]，背其天情[46]，以丧天功，夫是之谓大凶。圣人清其天君，正其天官，备其天养，顺其天政，养其天情，以全其天功[47]。如是，则知其所为，知其所不为矣，则天地官而万物役矣[48]。其行曲治[49]，其养曲适[50]，其生不伤，夫是之谓知天。

故大巧在所不为[51]，大智在所不虑[52]。所志于天者[53]，已其见象之可以期者矣[54]；所志于地者，已其见宜之可以息者矣[55]；所志于四时者，已其见数之可以事者矣[56]；所志于阴阳者，已其见和之可以治者矣。官人守天而自为守道也[57]。

治乱，天邪？曰：日月、星辰、瑞历[58]，是禹、桀之所同也；禹以治，桀以乱；治乱非天也。时邪？曰：繁启蕃长于春夏[59]，畜积收臧于秋冬[60]，是又禹、桀之所同也；禹以治，桀以乱；治乱非时也。地邪？曰：得地则生，失地则死，是又禹、桀之所同也；禹以治，桀以乱；治乱非地也。《诗》曰[61]："天作高山[62]，大王荒之[63]；彼作矣[64]，文王康之[65]。"此之谓也。

天不为人之恶寒也辍冬[66]，地不为人之恶辽远也辍广，君子不为小人之匈匈也辍行[67]。天有常道矣，地有常数矣，君子有常体矣[68]。君子道其常[69]，而小人计其功[70]。《诗》曰[71]："礼义之不愆[72]，何恤人之言兮[73]？"此之谓也。

楚王后车千乘[74]，非知也[75]；君子啜菽饮水[76]，非愚也；是节然也[77]。若夫心意修，德行厚，知虑明，生于今而志乎古，则是其在我者也。故君子敬其在己者[78]，而不慕其在天者[79]；小人错其在己者[80]，而慕其在天者。君子敬其在己者，而不慕其在天者，是以日进也；小人错其在己者，而慕其在天者，是以日退也。故君子之所以日进，与小人之所以日退，一也[81]。君子小人之所以相悬者，在此耳[82]。

星队[83]，木鸣[84]，国人皆恐。曰：是何也？曰：无何也！是天地之变、阴阳之化、物之罕至者也。怪之，可也；而畏之，非也。夫日月之有蚀，风雨之不时，怪星之党见[85]，是无世而不常有之[86]。上明而政平，则是虽并世起[87]，无伤也；上闇而政险[88]，则是虽无一至者，无益也。夫星之队、木之鸣，是天地之变，阴阳之化，物之罕至者也。怪之，可也；而畏之，非也。

物之已至者，人袄则可畏也[89]：楛耕伤稼[90]，耘耨失岁，政险失民，田秽稼恶[91]，籴贵民饥[92]，道路有死人，夫是之谓人袄。政令不明，举错不时[93]，本事不理[94]，夫是之谓人袄。礼义不修，内外无别，男女淫乱，父子相疑，上下乖离，寇难并至[95]，夫是之谓人袄。袄是生于乱。三者错[96]，无安国。其说甚尔[97]，其菑甚惨[98]。勉力不时[99]，则牛马相生，六畜作袄[100]。可怪也，而不可畏也。传曰[101]："万物之怪，书不说[102]”。无用之辩，不急之察，弃而不治。若夫君臣之义，父子之亲，夫妇之别，则日切瑳而不舍也[103]。

雩而雨[104]，何也？曰：无何也，犹不雩而雨也。日月食而救之[105]，天旱而雩，卜筮然后决大事，非以为得求也[106]，以文之也[107]。故君子以为文，而百姓以为神。以为文则吉，以为神则凶也。

在天者莫明于日月，在地者莫明于水火，在物者莫明于珠玉，在人者莫明于礼义。故日月不高，则光晖不赫[108]；水火不积，则晖润不博；珠玉不睹乎外[109]，则王公不以为宝；礼义不加于国家，则功名不白[110]。故人之命在天，国之命在礼。君人者，隆礼、尊贤而王，重法、爱民而霸，好利、多诈而危，权谋、倾覆、幽险而尽亡矣！

大天而思之[111]，孰与物畜而制之[112]？从天而颂之[113]，孰与制天命而用之？望时而待之，孰与应时而使之？因物而多之，孰与骋能而化之[114]？思物而物之[115]，孰与理物而勿失之也[116]？愿于物之所以生，孰与有物之所以成[117]？故错人而思天[118]，则失万物之情[119]……

【注释】

①天行：指大自然的运行。　常：规律。　②尧：传说中的古代圣君。　③桀：夏朝最后一个君主，以残暴著称。　④应：适应。　治：指合理的行为。　⑤乱：指不合理的行为。　⑥本：农业生产。　⑦养：物质生活资料。　备：周备，充足。　动时：行动适合时宜。　⑧病：害，指对人类有所损害。　⑨修：循。　道：自然规律。　贰：王念孙说应为“贰”，差错的意思。　⑩袄：同“妖”，指自然的灾异现象。　⑪荒：荒废。　用侈：用度奢侈。　⑫略：残缺不全。　动罕：不肯多劳动。　⑬倍：通“背”。　⑭薄：逼近，侵犯。　⑮受时：指人类所接受的天时。　⑯分(fèn)：职责。　⑰至人：圣人。　⑱天职：大自然的职责。　⑲深：与下面的“大”、“精”，皆指天道。　⑳虑：思考。　㉑能：致力。　㉒察：体察。　㉓时：指四时的自然顺序和变化。　㉔参：并列。　㉕舍：舍弃。　所以参：用来并列的东西，指人事方面的努力。　㉖愿：希望。　所参：被并列的东西，指天、地。　㉗炤：同“照”。　㉘代：交替。　御：驾驭，控制。　㉙阴阳：阴阳二气。　大化：指变化生成万物。　㉚博施：普遍地给予。　㉛和：阴阳调和。　㉜养：指风雨的滋润养育。　㉝形：形迹。　㉞神：精神，指人的意识。　㉟臧：同“藏”。　㊱天情：人所具有的天性。　㊲能各有接：指耳感知声，目感知色，鼻感知臭(xiù，气味)，口感知味，形感知寒热痛痒。　接：接受，感知。　不相能：不相替代。　㊳天官：生理上自然形成的器官。　㊴中虚：躯体中间的空处。　㊵治：统治。　㊶财：通“裁”，裁制、利用。　其类：指人类。　㊷暗其天君：指思想受到蒙蔽，昏乱糊涂。　㊸乱其天官：指纵情于声色饮食，淫乐过度。　㊹弃其天养：指不能搞好生产，浪费生活资料。　㊺逆其天政：指不能治理好臣民。　㊻背其天情：指喜乐无常，爱憎无度。　㊼全：成全，实现。　㊽官：尽其职责。　役：服役，效劳。　㊾行：行事。　曲：全。　治：合理。　㊿适：适宜。　51不为：指不与天争职。　52不虑：指不求知天，即致力于人事，不夺天功。　53志：知，了解。　54已：止，不超过。　见：同“现”，表现，体现。　象：征象。　期：预测，观察。　55宜：适宜，

指适合农作物生长的条件。 息：繁殖，指种植庄稼。 ㊻数：历数，农业季节性规律。 事：从事，指安排农事。 ㊼官人：任人，指委任专门负责的人。 ㊽瑞历：历象。“历”是指记载天文历数的书籍，历书是吉祥之书，所以称“瑞历”。 ㊾繁：多。 启：萌芽。 蕃：茂盛。 长：成长。 ⑥⓪畜：同“蓄”，积蓄。 臧：同“藏”。 ⑥①《诗》曰：见《诗经·周颂·天作》。 ⑥②作：生。 高山：指岐山。 ⑥③大（tài）王：指古公亶父，周文王的祖父。 荒：开垦。 ⑥④彼：指大王。 作：创基立业，开垦。 ⑥⑤康：安居。 ⑥⑥辍：中断，废止。 ⑥⑦匈匈：喧哗声。 ⑥⑧体：体统，规矩。 ⑥⑨道：遵行。 常：常道。 ⑦⓪计其功：计较眼前小利。 ⑦①《诗》曰：此是佚诗。 ⑦②愆（qiān）：差错。 ⑦③恤：忧，顾虑。 ⑦④后车：护卫国君的车队。 ⑦⑤知：同“智”。 ⑦⑥啜（chuò）：吃。 菽：豆类，泛指粗粮。 ⑦⑦节然：偶然。 ⑦⑧敬：严肃对待。 ⑦⑨慕：羡慕，指望。 ⑧⓪错：置，舍弃。 ⑧①一：指道理相同。 ⑧②县：悬殊，差距。 ⑧③队：同“坠”。 ⑧④木鸣：树木燥裂作响。 ⑧⑤党：同“傥”，偶然。 ⑧⑥常：通“尝”。 ⑧⑦并世起：指星坠木鸣同时出现。 ⑧⑧闇：同“暗”，昏昧。 政险：政令残暴、凶险。 ⑧⑨人袄：犹言人祸。袄：同“妖”。 ⑨⓪楛（kǔ）：粗劣，草率。 ⑨①秽：荒芜。 恶：坏。 ⑨②籴（dí）：买进粮食。 ⑨③错：同“措”。 不时：不合时宜。 ⑨④本事：农桑之事。 理：治理。 ⑨⑤寇：外患。 难：内乱。 ⑨⑥错：交错。 ⑨⑦说：说法，解释。 尔：通“迩”，浅近。 ⑨⑧菑（zāi）：同“灾”。 ⑨⑨勉力不时：役使人民没有时限。 ⑩⓪六畜：指马、牛、羊、鸡、狗、猪。 ⑩①传：古书的通称。 ⑩②书：指六经。 ⑩③瑳：同“磋”。 ⑩④雩（yú）：求雨的祈祷。 雨：下雨。 ⑩⑤食：同“蚀”。 救：祈祷求救。 ⑩⑥得求：因求而得。 ⑩⑦文：文饰，掩饰。 ⑩⑧赫：显赫，强烈。 ⑩⑨睹：当作“睹（dǔ）”，显耀。 ⑪⓪白：明显，昭然。 ⑪①大天：以天为大，尊天。 思：思慕。 ⑪②孰与：何如。 物畜：把天当做物来看待。 ⑪③从：顺从。 ⑪④骋能：发挥能力。 化：发展，变化。 ⑪⑤物之：役使万物。 ⑪⑥理物：治理万物。 ⑪⑦有：佑，帮助。 ⑪⑧错：舍弃。 ⑪⑨情：情理。此下原文还有两节，都与上文论天的内容无关，疑自他篇窜入，此予节删。

【阅读提示】

《天论》是诸子哲理散文中具有唯物主义思想的光辉作品。它阐明天道只是自然现象而不是有神在主宰，人类不应该迷信天道鬼神，真正决定社会治乱与人间祸福的是“人”而不是“天”，所以必须“明于天人之分”。作者认为人类可以而且应该“制天命而用之”。这种人定胜天的思想，相对于孔子的畏天命与老庄的任自然，更具有积极意义。

荀子的文章虽然没有孟子的雄辩，没有庄子的汪洋恣肆，但文笔谨严，说理精密，也可与孟轲、庄周鼎足而立。本文便以大量的事实从正面、反面、侧面淋漓尽致地来说明自己的观点，用明确的概念、下定义的方法来进行周密地论证，有很强的逻辑力量。设问、对比、排比的运用，也增强了文章的气势和节奏感。

□韩　非

韩非（前280—前233），出身韩国贵族，与李斯同为荀子的学生，是先秦法家学说的集大成者。当时韩国国力衰弱，韩非屡谏韩王而不用，乃著书十余万言说明治国之道。秦始皇读其书，十分钦佩，发兵攻打韩国以求韩非。韩非奉使入秦后，为李斯、姚贾所陷害，冤死狱中。韩非的著作集《韩非子》55篇，为法家的重要著作。文章说理精密，笔锋犀利，文字峭刻，尤其对寓言故事的运用已经进入自如的境地。其《说林》、《内储说》、《外储说》等篇，积聚了众多的寓言。

说　难①

凡说之难，非吾知之有以说之之难也②，又非吾辩之能明吾意之难也③，又非吾敢横失而能尽之难也④。凡说之难，在知所说之心⑤，可以吾说当之⑥。所说出于为名高者也⑦，而说之以厚利，则见下节而遇卑贱⑧，必弃远矣⑨。所说出于厚利者也，而说之以名高，则见无心而远事情⑩，必不收矣⑪。所说阴为厚利而显为名高者也⑫，而说之以名高，则阳收其身而实疏之⑬；说之以厚利，则阴用其言，显弃其身矣。此不可不察也。

夫事以密成⑭，语以泄败⑮。未必其身泄之也⑯，而语及所匿之事⑰，如此者身危。彼显有所出事⑱，而乃以成他故⑲，说者不徒知所出而已矣⑳，又知其所以为，如此者身危。规异事而当㉑，知者揣之外而得之㉒，事泄于外，必以为己也㉓，如此者身危。周泽未渥也㉔，而语极知㉕，说行而有功，则德忘㉖；说不行而有败，则见疑，如此者身危。贵人有过端㉗，而说者明言礼义以挑其恶㉘，如此者身危。贵人或得计而欲自以为功㉙，说者与知焉㉚，如此者身危。强以其所不能为㉛，止以其所不能已，如此者身危。故与之论大人㉜，则以为间己矣㉝；与之论细人㉞，则以为卖重㉟。论其所爱，则以为借资㊱；论其所憎，则以为尝己也㊲。径省其说㊳，则以为不智而拙之㊴；米盐博辩㊵，则以为多而久之㊶。略事陈意，则曰怯懦而不尽㊷；虑事广肆㊸，则曰草野而倨侮㊹。此说之难，不可不知也。

凡说之务㊺，在知饰所说之所矜而灭其所耻㊻。彼有私急也㊼，必以公义示而强之㊽。其意有下也㊾，然而不能已㊿，说者因为之饰其美而少其不为也[51]。其心有高也，而实不能及，说者为之举其过而见其恶[52]，而多其不行也[53]。有欲矜以智能，则为之举异事之同类者，多为之地[54]，使之资说于我[55]，而佯不知也[56]，以资其智[57]。欲内相存之言[58]，则必以美名明之，而微见其合于私利也[59]；欲陈危害之事，则显其毁诽，而微见其合于私患也[60]。誉异人与同行者[61]，规异事与同计者[62]。有与同污者[63]，则必以大饰其无伤也[64]；有与同败者[65]，则必以明饰其无失也[66]。彼自多其力[67]，则毋以其难概之也[68]；自勇其断[69]，则无以其谪怒之[70]；自智其计，则毋以其败穷之[71]。大意无所拂悟[72]，辞言无所系縻[73]，然后极骋智辩焉[74]。此道所得[75]，亲近不疑而得尽辞也。伊尹为宰[76]，百里奚为虏[77]，皆所以干其上也[78]。此二人者，皆圣人也，然犹不能无役身以进[79]，如此其污也[80]！今以吾言为宰虏[81]，而可以听用而振世[82]，此非能士之所耻也[83]。夫旷日离久[84]，而周泽既渥，深计而不疑，引争而不罪，则明割利害以致其功[85]，直指是非以饰其身[86]，以此相持[87]，此说之成也。

昔者郑武公欲伐胡[88]，故先以其女妻胡君以娱其意[89]，因问于群臣："吾欲用兵，谁可伐者？"大夫关其思对曰："胡可伐。"武公怒而戮之，曰："胡，兄弟之国也。子言伐之，何也？"胡君闻之，以郑为亲己，遂不备郑[90]。郑人袭胡，取之。宋有富人[91]，天雨墙坏。其子曰："不筑，必将有盗。"其邻人之父亦云[92]。暮而果大亡其财[93]。其家甚智其子[94]，而疑邻人之父。此二人说者皆当矣[95]，厚者为戮[96]，薄者见疑[97]，则非知之难也，处知则难也[98]。故绕朝之言当矣[99]，其为圣人于晋[100]，而为戮于秦也。此不可不察。

昔者弥子瑕有宠于卫君[101]。卫国之法：窃驾君车者罪刖[102]。弥子瑕母病，人间往夜告弥子[103]，弥子矫驾君车以出[104]。君闻而贤之，曰："孝哉！为母之故，忘其刖罪。"异日，与君游于果园，食桃而甘，不尽，以其半啖君[105]。君曰："爱我哉！忘其口味，以啖寡人。"及弥子色衰爱弛[106]，得罪于君，君曰："是固尝矫驾吾车[107]，又尝啖我以余桃。"故弥子之行未变于初也，而以前之所以见贤，而后获罪者，爱憎之变也。故有爱于主，则智当而加亲[108]；有憎于主，则智不当，见罪而加疏。故谏说谈论之士，不可不察爱憎之主而后说焉。

夫龙之为虫也[109]，柔可狎而骑也[110]，然其喉下有逆鳞径尺[111]，若人有婴之者[112]，则必杀人。人主亦有逆鳞，说者能无婴人主之逆鳞，则几矣[113]。

【注释】

①说(shuì)：游说，进说。　②知：音义同"智"。"知之"的"之"是结构助词，与下句"辩之"语法相同。"有以说之"的"之"是代词，指君主。　③辩：辩才。　明：阐明。　④横失(yì)：同"横佚"，纵情恣意。　尽之：指充分表达自己的意见。　⑤所说：进说的对象，指君主。　⑥以：用，拿。　当：适应，迎合。　⑦出于为名高：想博取高名。　为：为了，追求。　⑧见下节：被认为志节低下。　遇卑贱：受到卑贱的待遇。　遇：待遇。　⑨必弃远矣：一定被遗弃与疏远了。　⑩见无心：被认为没有头脑。　远事情：脱离实际。　⑪收：接受，录用。　⑫阴：暗地里，内心。　显：公开，表面上。　⑬阳：表面上。　疏：疏远。　⑭夫(fú)：句首语气词。　密：保密。　⑮泄：泄密。　⑯身：指进说者本人。　⑰匿(nì)：隐藏。　⑱彼：指君主。　有所出事：指做出某件事。　⑲他故：其他事情。　⑳徒：仅，只。　㉑规：规划，谋划。异事：特殊的事，不寻常的事。　当：适当，指符合君主心意。　㉒知：通"智"。　揣：猜度。　㉓必以为己也：君主一定以为是进说者自己泄露的。　㉔周：亲密。　泽：恩惠。　渥(wò)：深厚。　周泽未渥：犹言交情尚浅。　㉕极知：尽其所知。　语极知：指讲出极为知心的话。　㉖德：功德，功劳。　㉗贵人：尊贵之人，指君主。　过端：过失，错误。　㉘挑：挑明，张扬。　㉙或：有时。　得计：计事得宜。　㉚与知焉：参与、了解这件事。　㉛强：勉强。　其：指君主。　㉜之：指君主。　论：议论。　大人：在位的大臣。　㉝间(jiàn)：离间。　己：指君主

自己。 ㉞细人：小人，地位低下的人。 ㉟卖重：出卖国君用人的权力。 重：权。 ㊱借资：借君所爱，以为己助。 ㊲尝：试探。 ㊳径省其说：指说话直截了当、简明扼要。 径：直接。 省：简略。 ㊴拙之：以之为笨拙。 ㊵米盐：指琐碎小事，这里比喻具体详细。 博：广泛。 ㊶多而久之：意谓语言繁琐，厌其久长。 ㊷怯懦：胆小怕事。 ㊸肆：放肆，不受拘束。 ㊹草野：粗野。 倨侮：傲慢。 ㊺务：急务，要领。 ㊻饰：粉饰，美化。 矜：自美，自得。 灭：掩盖。 此连上句意谓：大凡说者的要务，在于懂得怎样来美化被说者自己得意的方面，而掩盖他认为可耻的方面。 ㊼私急：私人的急事。 ㊽强：劝勉，鼓励。 ㊾其意有下：指其心中有卑劣的念头。 ㊿不能已：不能抑制自己。 (51)饰其美：把他卑下的念头加以粉饰。 少：责怪，不满。 (52)过：缺点，错误。 见：通"现"，昭示。 (53)多：称赞。 (54)地：根据，依据。 (55)资：借取。 (56)佯(yáng)：装。 (57)以资其智：来帮助他自逞才智。 (58)内：通"纳"，献纳。 相存：相安共处，与下句"危害"相对。 (59)微见：稍加暗示。 见：通"现"，显示。 (60)显：明言。 毁诽：毁谤，指舆论的不满。 (61)誉：赞誉。 异人：他人。 同行：指与君主行为相同。 (62)规：规划，策划。 异事：他事。 此连上句谓：赞美与君主有同样行为的其他人（以间接地赞美君主，而又不露阿谀逢迎之迹），筹划与君主打算相同的其他事（以间接地帮助君主，而又不犯扬己之嫌，不掠君主之美）。 (63)同污：同样污行。 (64)大饰：大力掩饰。 无伤：无害，不要紧。 (65)败：败迹。 (66)明饰：明确地粉饰。 失：过失。 (67)多：夸耀。 (68)毋(wú)：不要。 概：古代量米粟时刮平斗斛(hú)用的木板，这里引申为压平、压抑。 (69)断：决断。 (70)谪：通"谪(zhé)"，过失，过错。 (71)败：失策，失算。 穷之：使他困窘。 穷：困窘，难堪。 (72)大意：大旨，主旨。 拂悟：违逆，抵触。 悟：通"忤(wǔ)"。 (73)系縻(mí)：摩擦，抵触。 (74)极骋智辩：充分地施展自己的智慧和辩才。 (75)此道：这种途径方法。 (76)伊尹：名挚，是商汤妻陪嫁的奴隶，他为了接近商汤，设法当上汤的厨师，借机陈述治国之道，后被商汤任用为相。 宰：庖人，厨夫。 (77)百里奚：春秋时虞国大夫，后沦为晋国的奴隶。晋献公嫁女到秦国，把他作为陪嫁小臣。他在途中外逃，被楚国人抓住。秦穆公用五张黑羊皮把他赎了去，后来成为秦穆公的宰相。 虏：奴隶。 (78)所以：用来。 干其上：求得君主的任用。 干：求。 (79)犹：尚且。 役身：身执贱役。 (80)如此其污：即"其污如此"。 污：辱。 (81)言：虚词，无义。 宰虏：卑贱的代语。 (82)振世：救世。 (83)能士：智能之士。 (84)旷日离久：这里指说者与国君相处，经历了很长时间。 离：经历。 (85)割：剖析。 (86)饰：通"饬(chì)"，整治，端正。 饰其身：正其身。 其：指君主。 (87)相持：相待。 (88)郑武公：名掘突，春秋初期郑国国君。 胡：春秋时一个小国，在今安徽阜阳市。 (89)故：故意。 妻(qì)：嫁给。 (90)备：防备。 (91)宋：春秋时诸侯国名。 (92)父：对老年人的尊称。 (93)亡：失。 (94)甚智其子：认为他的儿子很聪明。 (95)此二人：指关其思与邻人之父。 (96)厚：重。 (97)薄：轻。 (98)处知：处置其所知的。 (99)绕朝：春秋时秦国大夫。晋大夫士会逃往秦国，晋国担心秦国用士会，便设计诱骗士会回国，被绕朝识破，他劝秦康公不要放士会回去，康公不听。士会回国后，用反间计，说绕朝与之同谋，康公便杀了绕朝。 (100)为圣人于晋：被晋国看作有识见的圣人。 (101)弥子瑕：春秋时卫灵公的宠臣。 (102)窃：私自。 刖(yuè)：古代一种把脚砍掉的酷刑。 罪刖：施以砍脚的刑罚。 (103)间往：抄近路去。 弥子：即弥子瑕。 (104)矫：假借（君命）。 (105)啖(dàn)：吃，给人吃。 (106)及：等到。 弛：疏淡，减弱。 (107)是：此，这人，指弥子瑕。 固：原先。 尝：曾经。 (108)智当：指智谋合乎国君心意。

加：更加。⑩⑨龙之为虫：龙作为一种动物来说。虫：泛指动物。⑪⑩柔：和顺，驯服。狎（xiá）：亲昵，戏弄。⑪⑪逆鳞：倒生着的鳞甲。径尺：直径一尺。⑪⑫婴：通"撄"，触。⑪⑬几：近，谓近于善谏。

【阅读提示】

战国时期，政治斗争十分激烈，谋臣策士到处奔走游说，他们都想得到君主的支持来推行自己的政治主张。生活在战国后期的韩非也曾数次进说韩王而没有成功，因此他对进说的甘苦有深切的了解。《说难》这篇文章便专门论述了游说君主之难和游说君主之术。这里集中了古今众多说客的惨痛教训，也饱含着作者欲求有为却不得韩王信用的悲愤。文章认为游说的关键在于对君主心理的揣摩与洞察，宣扬投其所好、曲意逢迎，甚至为达目的，不择手段。这种进身之术当然是不足为训的，但也反映了当时法术之士的积极进取精神。文章将心理分析运用到"游说"的主体和客体，分析细密，结构严谨，是韩非的代表作之一。

【相关链接】

诗经：http://www.shijingzhai.com/

http://www.guxiang.com/shici/shijing

http://www.guoxue.com/jinbu/13jing/shijin.htm

孔子：http://www.chinakongzi.net/2550/gb/

楚辞：http://www.guxiang.com/shici/chuci/index1.htm

诗经全文检索：http://cls.admin.yzu.edu.tw/NPB/home.htm

诸子百家：http://www.guoxue.com/zibu/zibu-zhuziml.htm

诸子百家研究：http://www.confucius2000.com/zhuzibaijia/

原道网：http://www.yuandao.com/

中国神话志怪小说选：http://www.chinavista.com/experience/story/b5story.html

秦汉文学概述

秦汉文学是先秦文学的继承和发展。秦代立国的时间不过十几年，而且实行文化专制政策，焚书坑儒，所以文学上几无成就可言。遗留下来的只有几处歌颂秦皇功德的刻石铭文。习惯上把完成于秦统一之前的《吕氏春秋》以及李斯的《谏逐客书》当作秦代文学的代表以填补空白。秦汉文学，重点是两汉文学。

两汉前后共历四百余年，是我国封建社会重要的历史时期。这时疆土进一步扩大，各民族进一步融合，特别是在武帝时代，达到了全盛时期，经济繁荣，文化发达。在文学史上，两汉文学也开创了新的局面。散文方面，产生了《史记》、《汉书》这样伟大的著作；诗歌方面，有乐府诗和文人五言诗。除了散文和诗歌外，还增加了一种新的文学体裁——辞赋。

汉赋是汉代文学的重要形式，在汉代的几百年间，产生了很多的赋家。赋用作文体的名称，最早见于战国后期荀子的《赋》篇。汉赋是直承荀卿赋并吸收楚辞的某些形式要素形成的。汉初的赋家，主要追随《楚辞》，这时的赋被称为骚体赋。贾谊的《吊屈原赋》、《鹏鸟赋》和淮南小山的《招隐士》是这一时期赋的优秀代表。稍后枚乘的《七发》表现了向汉代散体大赋的过渡。至汉武帝时代，散体大赋开始定型，献赋诵赋风气大盛。这时的赋完全摆脱了楚辞体句式，使用散文化的对句，韵文中夹杂散文。章法上多采用问难对答的形式。内容上极力摹写各类事物，表现出一种典雅堂皇、肃穆凝重的风格。司马相如的《子虚赋》、《上林赋》，扬雄的《甘泉赋》、《羽猎赋》，班固的《两都赋》等，是其中的代表作品。东汉中后期，由于政治黑暗，社会矛盾加剧，许多文人不满现实，因而出现了抒情咏物的小赋。著名的有张衡的《归田赋》、赵壹的《刺世嫉邪赋》等。汉赋虽然被后世尊为一代文学之盛，但真正代表汉代文学最高成就的并不是汉赋，而是散文中的《史记》和诗歌中的乐府诗及文人五言诗。

两汉的散文，保持和发展了先秦散文的繁荣局面。汉初，战国百家争鸣的余风尚存，一些作家能够关注现实，直抒政见，写出一些优秀的政论文。贾谊和晁错是其中的代表作家。西汉后期至东汉，散文有趋于骈偶的倾向，但桓宽、王符、仲长统的政论文，仍能继承贾谊、晁错的传统，指讦时政，文风朴实。代表两汉散文最高成就的，是司马迁的《史记》。《史记》是我国第一部纪传体通史，它不仅是一部无与伦比的史学著作，也是传记文学的里程碑。作者以高超的技巧，刻画出各色人物的多种多样的性格和面貌。历史人物形象生动，姿态如生，又不违背历史的真实。作者善于驾驭纷繁的史料，组织生动引人的情节。在语言运用上也有极大的创造，作者善于用符合人物身份的口语表现人物的神情态度。在叙事和记言中还常引用民谣、谚语和俗语，使文章更富于表现力。《史记》把古代散文推向了一个新的高峰，成为后代散文家学习的典范。鲁迅称《史记》是“史家之绝唱，无韵之离骚”，对《史记》的史学和文学成就给予了充分的肯定。除《史记》外，汉代还有一部历史巨著《汉书》，东汉班固著，是我国第一部纪传体断代史。《汉书》是官修史书，思想比较正统。总的来说，叙事不如《史记》生动，但简练整饬，详赡严密，也有自己的特点。《汉书》中的列传，有许多优秀的篇章，在描写人物上，有很高的成就。《汉书》与《史记》齐名，世称“史汉”。

两汉的诗歌，虽然在数量上不及散文与辞赋，但在文学史上的地位，却十分重要。依据作者的不同，可分为乐府民歌和文人五言诗两类。

“乐府”本是古代掌管音乐的官署的名称，早在秦及汉初已经存在。至汉武帝时代，乐府一方面为文人创作的诗歌谱曲演奏，一方面采集民间歌辞。魏晋以后，把乐府保留下来的歌诗称为“乐府”或“乐府诗”。这样“乐府”由官署的名称发展成诗体名称。据《汉书·艺文志》著录篇目，仅西汉采自各地的民歌就有一百三十八首。今天能看到的两汉民歌，约四十首，大多是东汉的作品。收集乐府最完整的是宋代郭茂倩编的《乐府诗集》，分为十二类，汉乐府民歌主要保存在“相和歌辞”、“鼓吹曲辞”、“杂曲歌辞”三类中。汉乐府诗包括文人创作和民歌。文人创作大都是粉饰太平的颂歌；乐府民歌则继承了《诗经》民歌的现实主义传统，多方面地反映了汉代的社会生活。其中有反对战争与徭役的诗，反映劳动和爱情婚姻生活的诗等等。汉乐府民歌中出现较多的是叙事诗，而且达到较高的水平，标志着我国叙事诗的渐趋成熟和完善。乐府民歌以五言为主，也有四言、杂言，打破了《诗经》以来的四言格式，开启了五言诗的时代。

五言诗在汉代形成和发展起来，成为我国古代诗歌的主要形式之一。五言诗首先出现在民歌中，然后才影响文人的写作。东汉末年的《古诗十九首》，是文人五言诗成熟的标志。《古诗十九首》最早见于梁代萧统的《文选》，是一些无名作家的作品，都是完整的五言。它们产生的时代大约在东汉后期的桓、灵之际，作者当是中下层文人。这些诗主要抒写了游子思妇、离别相思的感情以及士子游宦不成、彷徨失意的苦闷，表现了浓厚的感伤情绪。是东汉末叶动乱时代人民思想情感的真实体现，有一定的历史认识意义。《古诗十九首》的思想价值虽不高，但艺术成就却很突出。这些诗的抒情技巧达到很高的水平，往往融情入景，情景交融。作者善于运用比兴、象征、白描等各种手法，委婉细致地深入到人物的内心世界。再加之语言浅近自然又异常精练，艺术形象便格外鲜明生动。历来批评家都给予很高的评价，刘勰誉之为“五言之冠冕”。

□礼　记

《礼记》，相传为西汉戴圣所编，共49篇，儒家经典之一。它是由孔子的再传弟子直至秦汉间的儒者著述的，内容十分庞杂，主要是儒家礼制、礼仪的记载和论述，其中涉及秦汉以前的社会组织、生活习俗、道德规范等情况，为研究古史提供了宝贵的资料。《礼记》中的一些议论文，结构严整，气势沛然，一些叙事小品简洁生动，意味隽永，对后代文学有一定的影响。

学　记(节选)

玉不琢，不成器；人不学，不知道[1]。是故古之王者，建国君民[2]，教学为先。

虽有嘉肴，弗食，不知其旨也[3]；虽有至道[4]，弗学，不知其善也。是故学然后知不足，教然后知困[5]。知不足，然后能自反也[6]；知困，然后能自强也[7]。故曰：教学相长也[8]。

大学之法[9]，禁于未发之谓豫[10]；当其可之谓时[11]；不陵节而施之谓孙[12]；相观而善之谓摩[13]。此四者，教之所由兴也。发然后禁，则扞格而不胜[14]；时过然后学，则勤苦而难成；杂施而不孙[15]，则坏乱而不修[16]；独学而无友，则孤陋而寡闻；燕朋逆其师[17]；燕辟废其学[18]。此六者，教之所由废也。君子既知教之所由兴，又知教之所由废，然后可以为人师也。故君子之教喻也[19]，道而弗牵[20]，强而弗抑[21]，开而弗达[22]。道而弗牵则和，强而弗抑则易，开而弗达则思。和、易以思，可谓善喻矣。

学者有四失[23]，教者必知之。人之学也，或失则多[24]，或失则寡[25]，或失则易[26]，或失则止[27]。此四者，心之莫同也[28]。知其心，然后能救其失也。教也者，长善而救其失者也[29]。

凡学之道，严师为难[30]。师严然后道尊，道尊然后民知敬学。是故君之所不臣于其臣者二[31]：当其为尸[32]，则弗臣也；当其为师，则弗臣也。大学之礼，虽诏于天子[33]，无北面[34]，所以尊师也。

善学者，师逸而功倍，又从而庸之[35]；不善学者，师勤而功半，又从而怨之。善问者，如攻坚木[36]，先其易者，后其节目[37]，及其久也，相说以解[38]；不善问者，反此。善待问者，如撞钟。叩之以小者则小鸣，叩之以大者则大鸣，待其从容，然后尽其声[39]；不善答问者，反此。此皆进学之道也。

【注释】

①道:泛指人生、社会、自然的一切道理。 ②君民:统治百姓。 ③旨:美味。 ④至道:深远的道。 ⑤知困:知道自己有迷惑不解之处。 ⑥自反:指求之于自己。 ⑦自强:自己发愤图强。 ⑧相长:互相促进。 ⑨大学:即太学,古时最高的学府。 ⑩豫:同“预”,预防。 ⑪可:可以。 时:合乎时宜。 ⑫陵:通“凌”,超越。 节:指学习深浅的次序。 施:施行。 孙:通“逊”,顺。 ⑬相观而善:指观察别人的长处而于己有益。 摩:互相切磋,观摩。 ⑭扞(hàn)格:抵触抗拒。 不胜:指教育不能起作用。 ⑮不孙:即不逊,不合乎顺序。 ⑯修:修治。 ⑰燕朋:私亵之友。 ⑱燕辟:私亵之谈。 ⑲喻:晓谕,启发诱导。 ⑳道:引导。 牵:强迫。 ㉑强:激勉。 抑:阻止。 ㉒开:开始。 达:和盘托出。 ㉓失:过失。 ㉔多:贪多而不能融会贯通。 ㉕寡:指知识面狭窄。 ㉖易:把学习看得很容易而不求甚解。 ㉗止:畏难而止,不求进步。 ㉘莫同:不同。 ㉙长善:发扬优点。 ㉚严:尊敬。 ㉛不臣于其臣:不以对待臣下的态度对待臣下。 ㉜尸:祭主,古代祭祀时代表死者受祭的人。 ㉝诏于天子:对天子讲授。 ㉞无北面:不必面北行君臣之礼。 ㉟庸:归功。 ㊱攻:砍伐。 ㊲节目:树木枝干交接之处为节,纹理纠结不顺的部分为目。 ㊳说:读为“脱”,脱落。 ㊴尽其声:余音悠扬而尽,这里比喻待问者尽发其旨意。

【阅读提示】

《学记》是儒家学派教育思想的理论总结,是较早的体系完整的教育文献之一。它记载了古代学校教人传道授业的次序,探讨了教学得失兴废的缘由,对古代学校教育的诸多方面都有所论及。本篇节选的这部分,主要论述了学习的重要性,教学的方法、得失等。作者在论述的时候,往往采用对比的手法,一正一反,论述充分有力。文章还较多地采用比喻论证的方法,诸如“琢玉”、“撞钟”等等,以日常生活的事例说明抽象的道理,形象具体,浅显易懂。

苛政猛于虎①

孔子过泰山侧。有妇人哭于墓者而哀。夫子式而听之②,使子路问之曰③:“子之哭也,壹似重有忧者④?”而曰⑤:“然。昔者吾舅死于虎⑥,吾夫又死焉⑦,今吾子又死焉。”夫子曰:“何为不去也⑧?”曰:“无苛政⑨。”夫子曰:“小子识之⑩:苛政猛于虎也!”

【注释】

①选自《礼记·檀弓下》,标题为后人所加。 ②夫子:老师,这里指孔子。 式:同“轼”,车前横木,这里用作动词,扶轼。 ③子路:孔子弟子,姓仲,名由,字子路。 ④壹:的确,实在。 重有忧:几件伤心事连在一起。 重(chóng),重叠。 ⑤而:乃,就。 ⑥舅:丈夫的父亲。 ⑦焉:犹言“于此”,这里指“于虎”。 ⑧去:离开。 ⑨苛政:暴虐的政治。 ⑩小子:年轻人,这里是孔子对弟子的称呼。 识(zhì):记住。

【阅读提示】

本篇用一则简单的故事揭示了“苛政猛于虎”这样一个极其严峻的主题。作者在这里采用了生动的类比手法，通过虎患与苛政之间血淋淋的类比，巧妙地取物喻理，出奇制胜。本篇故事短小，却有情节，有人物，还有深刻的议论，前人评说：“文不满百字，而其中有山，有墓；有哭者，有听者；有虎之猛，有苛政之更猛。无数景物，无数情态，洵简练之至。”（余诚《重订古文释义新编》卷三）

□吕氏春秋

《吕氏春秋》为吕不韦门下宾客编著。吕不韦（？—前235），战国末年卫国濮阳（今河南濮阳西北）人。原为阳翟（今河南禹县）大商人，在赵都邯郸遇见入质于赵的秦公子异人（后改名子楚），认为“奇货可居”。因入秦游说华阳夫人，立异人为太子。庄襄王（子楚，即异人）继位，任为相国，封文信侯。庄襄王卒，秦王政年幼即位，继任相国，称为“仲父”。秦王嬴政亲政后，他被免职，出居河南封地，不久又被迁往蜀都，忧惧自杀。他门下曾有宾客三千，他使宾客汇合先秦各派学说，“兼儒墨，合名法”，编著《吕氏春秋》，分八览、六论、十二纪，共20余万言，又称《吕览》。《汉书·艺文志》杂家有《吕氏春秋》26篇，今存文章大都篇幅不长，善用寓言故事来说理，颇为生动。

去　私①

晋平公问于祁黄羊曰②：“南阳无令③，其谁可而为之？”祁黄羊对曰：“解狐可④。”平公曰：“解狐非子之仇邪？”对曰：“君问可，非问臣之仇也。”平公曰：“善。”遂用之，国人称善焉。居有间，平公又问祁黄羊曰：“国无尉⑤，其谁可而为之？”对曰：“午可⑥。”平公曰：“午非子之子邪⑦？”对曰：“君问可，非问臣之子也。”平公曰：“善。”又遂用之，国人称善焉。孔子闻之曰：“善哉，祁黄羊之论也！外举不避仇，内举不避子，祁黄羊可谓公矣。”

墨者有巨子腹䵍⑧，居秦。其子杀人。秦惠王曰⑨：“先生之年长矣，非有它子也，寡人已令吏弗诛矣。先生之以此听寡人也⑩。”腹䵍对曰：“墨者之法曰：‘杀人者死，伤人者刑。’此所以禁杀伤人也。夫禁杀伤人者，天下之大义也。王虽为之赐而令吏弗诛，腹䵍不可不行墨子之法。”不许惠王⑪，而遂杀之。子，人之所私也⑫；忍所私以行大义⑬，巨子可谓公矣。

【注释】

①节选自《吕氏春秋·孟春纪》。 ②晋平公:春秋时晋国国君,前577—前532年在位。祁黄羊:晋国大夫,名奚,字黄羊。 ③南阳:在今河南获嘉。 令:县令。 ④解(xiè)狐:人名,祁黄羊的仇人。 ⑤尉:管理军事的官吏。 ⑥午:人名,祁黄羊之子祁午。 ⑦子之子:您的儿子。 ⑧墨:墨家。 巨子:墨家首领之称。 腹䵍(tūn):人名,姓腹名䵍。 ⑨秦惠王:战国时秦国国君,前338—前311年在位。 ⑩以此:在这件事上。 ⑪不许惠王:不得秦惠王的允许。 ⑫所私:所偏爱的。 ⑬忍:忍舍。

【阅读提示】

本文节选两则历史故事,主旨是倡导公而不私、光明磊落的精神。在这两则历史故事之前,作者有一段话泛论"去私"的道理,说:"天无私覆也,地无私载也,日月无私烛也,四时无私行也。行其德,而万物得遂长焉。"天、地、日、月、四时没有偏私,天下万物得以滋长。在议论之后接着记叙三个范例以表明人世间的去私行为,一个是尧、舜禅让,另外就是本文所述的两则故事。本篇的故事一则说祁黄羊"外举不避仇,内举不避子",以公为依;一则说腹䵍"忍所私以行大义",以法为据。这些都是提倡公而不私的高尚情操。文章语言富有感情,简短生动,形象鲜明。

□李 斯

李斯(? —前208),战国时楚上蔡(今河南上蔡县西)人,与韩非同为荀卿的弟子。后入秦,帮助秦始皇统一中国。秦统一后,他任丞相,为秦始皇定郡县制,下禁书令,以小篆为标准统一文字。始皇死后,参与赵高拥立二世的活动,后被赵高以谋反罪诬害,腰斩于咸阳。作品除了《谏逐客书》外,尚有《苍颉篇》(今佚,有辑本),还作过几篇歌颂秦始皇统一六国的刻石铭文。

谏逐客书

臣闻吏议逐客①,窃以为过矣②! 昔缪公求士③,西取由余于戎④,东得百里奚于宛⑤,迎蹇叔于宋⑥,来丕豹、公孙支于晋⑦。此五子者,不产于秦,而缪公使之,并国二十,遂霸西戎。孝公用商鞅之法⑧,移风易俗,民以殷盛,国以富强,百姓乐用⑨,诸侯亲服⑩,获楚、魏之师⑪,举地千里⑫,至今治强⑬。惠王用张仪之计⑭,拔三川之地⑮,西并巴、蜀,北收上郡,南取汉中⑯,包九夷⑰,制鄢、郢⑱,东据成皋之险⑲,割膏腴之壤⑳,遂散六国之从㉑,使之西面事秦,功施到今㉒。昭王得范雎[23],废穰侯,逐华阳,强公室,杜私门[24],蚕食诸侯,使秦成帝业。此四君者,皆以客之功。由此观之,客何负于秦哉[25]!向使四君却客而不内[26],疏士而不用[27],是使国无富利之实,而秦无强大之名也。

今陛下致昆山之玉[28],有随、和之宝[29],垂明月之珠[30],服太阿之剑[31],乘纤离之马[32],建翠凤之旗[33],树灵鼍之鼓[34]:此数宝者,秦不生一焉,而陛下说之[35],何也?必秦国之所生然后可,则是夜光之璧,不饰朝廷;犀象之器[36],不为玩好[37];郑、卫之女[38],不充后宫;而骏良駃騠[39],不实外厩;江南金锡不为用,西蜀丹青不为采[40]。所以饰后宫、充下陈、娱心意、说耳目者[41],必出于秦然后可,则是宛珠之簪、傅玑之珥、阿缟之衣、锦绣之饰不进于前[42];而随俗雅化、佳冶窈窕赵女不立于侧也[43]。夫击瓮叩缶[44],弹筝搏髀[45],而歌呼呜呜快耳目者[46],真秦之声也。郑、卫、桑间,韶、虞、武、象者,异国之乐也[47]。今弃击瓮叩缶而就郑、卫[48],退弹筝而取韶、虞,若是者何也?快意当前,适观而已矣[49]。今取人则不然:不问可否,不论曲直[50],非秦者去,为客者逐。然则是所重者,在乎色、乐、珠、玉,而所轻者,在乎人民也。此非所以跨海内、制诸侯之术也[51]。

臣闻地广者粟多,国大者人众,兵强则士勇。是以太山不让土壤[52],故能成其大;河海不择细流,故能就其深;王者不却众庶,故能明其德[53]。是以地无四方,民无异国,四时充美,鬼神降福:此五帝三王之所以无敌也[54]。今乃弃黔首以资敌国[55],却宾客以业诸侯[56],使天下之士退而不敢西向,裹足不入秦,此所谓藉寇兵而赍盗粮者也[57]。

夫物不产于秦,可宝者多;士不产于秦,而愿忠者众。今逐客以资敌国,损民以益仇[58],内自虚而外树怨于诸侯,求国无危,不可得也。

【注释】

①客:客卿,秦称从其他诸侯国入秦做官的人。 ②窃:私下,表示自谦。 过:错误。 ③缪(mù)公:秦穆公(前659—前621年在位),春秋五霸之一。缪,同"穆"。 ④由余:祖先本是晋人,后流亡至戎。穆公设法招他归秦。后秦用由余之计伐戎,开地千里,称霸西戎。戎:当时对西部少数民族的统称。 ⑤百里奚:原为虞国大夫,晋灭虞,把他作为晋献公女儿的陪嫁奴仆送给秦国。百里奚中途逃脱,至楚国宛地,被楚人所执。穆公听说他有才能,以五张黑色公羊皮赎回,任他为相。宛(yuān),楚地,今河南省南阳市。 ⑥蹇(jiǎn)叔:百里奚的好友,原住在宋国,因百里奚推荐,秦穆公使人用厚币迎蹇叔,任用为上大夫。 ⑦丕豹:晋国大夫丕郑之子。丕郑被杀后,丕豹逃至秦国,秦穆公任他为大将。 公孙支:先游于晋,后归秦,为秦谋臣。 ⑧孝公:秦孝公(前361—前338年在位)。 商鞅:姓公孙名鞅,卫国人,又称卫鞅。孝公时入秦,帮助孝公变法,使秦国富强。后来秦孝公以商於之地(今陕西省商县)封鞅,故又称商鞅、商君。 ⑨乐用:乐于被使用,即乐于为国家效力。 ⑩亲服:归附听命。 ⑪获楚、魏之师:秦孝公二十二年(前340),商鞅率秦军大败魏军,魏国割河西之地求和,魏惠王迁都大梁(今河南开封)。同年,又南攻楚国,打败楚军。 ⑫举地:攻占土地。 ⑬治强:

政治安定，国家强盛。 ⑭惠王：秦惠文王（前337－前311年在位），孝公之子，也称秦惠王。张仪：魏国人，惠王用为相，后为秦筹划“连横”的计策，破坏六国的“合纵”，六国因此被秦各个击破。 ⑮拔：攻取。 三川之地：本属韩国，在今河南省西北部，因境内有黄河、洛水、伊水，故称三川。秦攻占后，设三川郡。 ⑯上郡：本魏地，在今陕西省西北部。公元前328年，魏国以上郡十五县献给秦国求和。 汉中：本楚地，在今陕西省南部。公元前312年，秦大破楚军，取得楚汉中土地六百里，置汉中郡。 ⑰包：兼并，并吞。 九夷：泛指当时楚国境内的少数民族。 ⑱制：控制。 鄢（yān）：楚地，今湖北宜城一带。 郢（yǐng）：楚都，今湖北省江陵县。 ⑲成皋：又名虎牢，古代著名的军事要塞，在今河南省荥（xíng）阳县境内。 ⑳膏腴之壤：肥沃的土地。 ㉑六国之从：指韩、赵、魏、齐、燕、楚六国联合抗秦的“合纵”策略。从，同“纵”。 ㉒施（yì）：延续。 ㉓昭王：秦昭襄王（前306—前251年在位），惠文王之子。范雎（jū）：魏国人，因受魏相迫害，逃到秦国，昭王任用为秦相。范雎用“远交近攻”的策略，逐步征服邻国。 ㉔穰（rǎng）侯、华阳：均为秦昭王母宣太后弟，曾在朝专权。范雎说昭王，把两人驱逐出关。 强公室：增强和巩固了王室的权力。 杜私门：指限制贵族豪门的权力。 ㉕负：辜负，对不起。 ㉖却：拒绝。 内：同“纳”，接纳。 ㉗疏士：疏远外来之士。 ㉘致：求得，收罗。 昆山之玉：昆仑山北麓的和阗（今新疆和田），以产美玉著名，人称“和阗玉”或“昆山玉”。 ㉙随、和之宝：指隋侯珠与和氏璧。随，同“隋”，西周春秋时的小国。相传隋侯以药敷治一条受伤的大蛇，后蛇衔明珠以报，故称“隋侯珠”。和，卞和，春秋时楚人，曾于山中得一璞玉，献给楚厉王，厉王以为是石头，砍掉了卞和的左脚。武王接位，卞和再献璞玉，武王砍掉了他的右脚。后来文王接位，卞和抱着璞玉在荆山下痛哭，文王派玉匠琢璞，果得美玉，遂称为“和氏璧”。后来秦始皇把它刻为传国玉玺（xǐ）。 ㉚垂：挂着。明月之珠：夜光珠。 ㉛服：佩带。 太阿：宝剑名。相传为春秋时吴国名匠干将和越国名匠欧冶子合铸。 ㉜纤离：骏马名。 ㉝翠凤之旗：用翠凤羽毛装饰的旗子。 ㉞鼍（tuó）：鳄鱼类，产长江下游，今称扬子鳄。其皮制成的鼓，声音洪亮。 ㉟说：同“悦”。 ㊱犀：犀牛角。 象：象牙。 ㊲玩好：珍贵的玩物。 ㊳郑、卫之女：古人认为郑、卫之地多美女。 ㊴骏良：好马。駃騠（jué tí）：良马名。 ㊵丹青：红色和青色颜料。 采：彩饰。 ㊶下陈：指宫殿的台阶下面，是歌舞的地方。 ㊷宛珠之簪：嵌有宛地所产珠的簪子。 傅：同“附”。 玑（jī）：不圆的珠。珥（ěr）：耳饰。 阿缟（gǎo）：齐国东阿（今山东东阿）出产的白色的绢。 ㊸随俗雅化：随着流行的式样打扮自己。 佳冶：美好艳丽。 窈窕：体态优美。 赵女：古代赵国以出美女著名。 ㊹瓮（wèng）、缶（fǒu）：盛水的陶制瓦罐。 ㊺搏髀（bì）：拍着大腿打拍子。 ㊻呜呜：秦地乐歌声。 ㊼郑、卫、桑间：指郑、卫之音，以悦耳著称。桑间是卫国地名，在濮水（今河南省境）之滨，是当时男女欢会歌唱的地方。这里泛指郑、卫一带的民间音乐。韶、虞、武、象：韶、虞，相传为舜时乐曲。武、象是周代的乐名。 ㊽就：取用，接近。 ㊾适观：适于观赏。 ㊿曲直：是非。 51跨：凌驾，比喻统一。 52太山：即泰山，在今山东省。 让：辞让。 53明其德：显示他的德行。 54五帝三王：这里泛指古代著名帝王。 55黔首：秦国统治者称百姓为黔首。 资：资助。 56业诸侯：使诸侯成就功业。 57藉：同“借”。 兵：武器。赍（jī）：给与。 58损民以益仇：减少本国的人口增加敌人的力量。

【阅读提示】

本文是李斯给秦王的一篇奏章，见于《史记·李斯列传》和《昭明文选》。当时韩国派一名水工入秦，帮助秦国开渠，借以消耗其人力物力，牵制其向韩国用兵。此事被秦国发觉，宗室贵族便建议秦王下令驱逐一切客卿，秦王下了逐客之令。李斯也在被逐之列，于是作此文进谏，反对逐客。

文章一开始便旗帜鲜明地指出逐客是错误的，总提全篇主旨。紧接着从历史事实、秦王当前爱好、一般常理等不同方面加以论证，水到渠成地得出令人信服的结论。全文气势充沛，既申之以理，又动之以情；既有严密的逻辑论证，又有酣畅淋漓的铺陈排比。纵横捭阖，正反对比。文字优美，比喻贴切，具有极强的说服力。秦王读了李斯的这篇奏章，终于取消了逐客之令。

□贾　谊

贾谊(前220—前168)，洛阳(今河南洛阳)人，是汉初著名的政论家、辞赋家。18岁时就很有才名，20多岁被文帝任为博士、太中大夫。力主改革政治，因被权贵中伤，出为长沙王太傅。四年后，又被召为梁怀王太傅。这期间，他曾几次上疏，陈述政事，未被重用。终于郁郁而死，年仅33岁。贾谊的政论文如《过秦论》、《陈政事疏》、《论积贮疏》等，内容充实，见识卓远。辞赋以《鹏鸟赋》、《吊屈原赋》最有名。有《新书》十卷，后人又辑《贾长沙集》。

鹏鸟赋 并序

谊为长沙王傅三年，有鹏飞入谊舍，止于坐隅①。鹏似鸮，不祥鸟也②。谊既以谪居长沙，长沙卑湿；谊自伤悼，以为寿不得长，乃为赋自广③。其辞曰：

单阏之岁兮④，四月孟夏⑤；庚子日斜兮⑥，鹏集予舍。止于坐隅兮，貌甚闲暇⑦。异物来萃兮⑧，私怪其故。发书占之兮⑨，谶言其度⑩，曰："野鸟入室兮，主人将去⑪。"请问于鹏兮："予去何之⑫？吉乎告我，凶言其灾。淹速之度兮⑬，语予其期⑭。"

鹏乃叹息，举首奋翼；口不能言，请对以臆⑮："万物变化兮，固无休息。斡流而迁兮，或推而还⑯。形气转续兮⑰，变化而嬗⑱。沕穆无穷兮⑲，胡可胜言！祸兮福所倚，福兮祸所伏⑳；忧喜聚门兮㉑，吉凶同域㉒。彼吴强大兮，夫差以败；越栖会稽兮㉓，勾践霸世。斯游遂成兮㉔，卒被五刑㉕；傅说胥靡兮，乃相武丁㉖。夫祸之与福兮，何异纠纆㉗；命不可说兮㉘，孰知其极！水激则旱兮㉙，矢激则远；万物回薄兮㉚，振荡相转㉛。云蒸雨降兮，纠错相纷㉜；大钧播物兮㉝，坱圠无垠㉞。天不可预虑兮，道不可预谋；迟速有命兮，焉识其时！

"且夫天地为炉兮，造化为工㉟；阴阳为炭兮，万物为铜㊱。合散消息兮，安有常则㊲？千变万化兮，未始有极㊳。忽然为人兮，何足控抟㊴；化为异物兮㊵，又何足患！小智自私兮㊶，贱彼贵我；达人大观兮㊷，物无不可㊸。贪夫殉财兮，烈士殉名；夸者死权兮㊹，品庶每生㊺。怵迫之徒兮㊻，或趋西东；大人不曲兮㊼，亿变齐同㊽。愚士系俗兮㊾，窘若囚拘；至人遗物兮㊿，独与道俱(51)。众人惑惑兮(52)，好恶积亿(53)，真人恬漠兮(54)，独与道息(55)。释智遗形兮(56)，超然自丧(57)；寥廓忽荒兮(58)，与道翱翔。乘流则逝兮，得坻则止(59)；纵躯委命兮(60)，不私与己(61)。其生兮若浮(62)，其死兮若休(63)；澹乎若深渊之静(64)，泛乎若不系之舟(65)。不以生故自宝兮(66)，养空而浮(67)；德人无累(68)，知命不忧(69)。细故蒂芥(70)，何足以疑！"

【注释】

①坐隅：座位的一角。 ②鹏(fú)：猫头鹰。长沙古俗，以为此鸟入室，主其家要死人。 ③自广：自我宽解。 ④单阏(chán yān)：太岁在卯曰单阏。这年是汉文帝六年，丁卯年。 ⑤孟夏：初夏。 ⑥庚子：四月里的一天。日斜：太阳西斜时。 ⑦闲暇：从容不惊的样子。 ⑧异物：怪物，指鹏鸟。 萃：止。 ⑨发：打开。书：指占卜之书。 ⑩谶(chèn)：预示吉凶的话。 度：数，吉凶的定数。 ⑪去：死的委婉说法。 ⑫之：往。 ⑬淹速：迟速，指死生之迟速。 ⑭语予其期：告诉我死生的期限。 ⑮对以臆：以胸中的臆想来答对。 ⑯斡(wò)流：运转。 迁、推：推移变化。 ⑰形气：指有形的和无形的物质。 转续：转化连续。 ⑱而蟺(shàn)：如蝉的蜕化。而，如。 ⑲沕(wù)穆：精微深远的样子。 ⑳倚：因。 伏：藏。这两句见老子《道德经》。 ㉑聚门：聚集在一门之内。 ㉒同域：同在一个地域。 ㉓栖：居住。 ㉔斯：李斯。 游：游说。 ㉕五刑：这里指腰斩。 ㉖傅说(yuè)：原为囚徒，殷高宗武丁知其贤，拔用为相。 胥靡：古代一种刑罚，用绳索把罪人系在一起，使服劳役。胥，相。靡，系。 ㉗"夫祸"句谓祸福互相依附，如同绳索绞合在一起。 纠：两股线拧成的绳索。 纆(mò)：用三股线拧成的绳索。 ㉘说：解说。 ㉙旱：通"悍"，迅猛。 ㉚回薄：往返相迫，指万物间相互作用。 ㉛振：同"震"。 ㉜纠错：纠缠错杂。 纷：纷乱。 ㉝大钧：造化。 播物：指运转造物。 ㉞坱圠(yǎng yà)：无边际的样子。 ㉟工：冶炼匠。 ㊱万物为铜：万物由阴阳铸化而成，所以将万物比喻为铜。 ㊲消息：消灭生息。 ㊳未始有极：未尝有终极。 ㊴忽然：偶然。 控抟(tuán)：引持抚玩，这里有贪恋珍惜之意。 ㊵异物：他物，指死亡。 ㊶小智：见识短浅者。㊷达人：通达的人。 大观：心胸开朗，所见远大。 ㊸可：适宜。 ㊹夸者：贪求虚名的人。 死权：死于权势。 ㊺品庶：众庶，一般人。 每：贪。 ㊻怵(chù)：指为利所诱。 迫：指为贫贱所迫。 ㊼大人：指与天地合德的伟人。 曲：被物欲所屈。 ㊽亿变：千变万化。 齐同：等同。 ㊾系俗：为俗累所牵系。 ㊿至人：指有至德之人。 遗物：遗弃物累。 (51)道：指老庄一派的大道。 (52)惑惑：迷乱之甚。 (53)积亿：亿同"臆"，指胸中盘算甚多。 (54)真人：指得天地之道的人。 (55)息：生息，存

在。 ⑯释智：放弃智虑。 遗形：遗弃形体。 ⑰自丧：自忘其身。 ⑱忽荒：同“恍惚”。 ⑲坻(chí)：水中小洲。以上两句说，人生进止，随顺自然。 ⑳纵躯委命：把身躯完全交付给命运安排。 ㉑不私与己：不把此身当作一己之私去珍爱。 ㉒浮：暂寄。 ㉓休：休息。 ㉔澹(dàn)：安静。 ㉕泛：浮游。 ㉖自宝：宝贵自己。 ㉗养空而浮：涵养空虚之性而与世沉浮。 ㉘累：外物牵累。 ㉙知命：知天命。 ㉚细故：琐碎小事。 蒂芥：即芥蒂，极小之物。

【阅读提示】

本文是贾谊谪居长沙三年后所作，是一篇发挥道家人生观的哲理赋。文章先交代作赋的缘由，紧接着便假托鵩鸟的回答，从自然变化、历史事实等方面说明祸福相依、命不可说的道理。再通过达人、至人、真人与世俗之人的对比，进一步阐明世人的烦忧皆出于对身心的自贵，若能释智遗形、纵躯委命，则忧无从出。文章内容主要是发议论，述哲理，以老庄顺天安命的思想自我宽慰。在旷达的背后也蕴含了作者深沉的哀痛，抒发了作者怀才不遇的抑郁不平情绪。文章构思奇巧，创人鸟问答一格。

□淮南子

《淮南子》是汉代淮南王刘安与门客集体编著。《汉书·刘安传》称刘安为人好书鼓琴，曾“招致宾客方术之士数千人，作为《内书》21 篇，《外书》甚众，又有《中篇》8 卷，言神仙黄白之术”。《外书》、《中篇》已佚，《内篇》21 卷，即今存《淮南子》。《汉书·艺文志》列其为杂家，其中保存了不少古代神话传说和史料，如女娲补天、后羿射日、嫦娥奔月、夏禹治水等，或仅见于本书，或可与他书参证，常为研究者所引用。《淮南子》本名《鸿烈》，经西汉刘向校定后称《淮南》，《隋书·经籍志》始称《淮南子》。

塞翁失马[①]

近塞上之人[②]，有善术者[③]。马无故亡而入胡[④]，人皆吊之[⑤]。其父曰：“此何遽不为福乎[⑥]？”居数月，其马将胡骏马而归[⑦]。人皆贺之。其父曰：“此何遽不能为祸乎？”家富良马，其子好骑，堕而折其髀[⑧]。人皆吊之。其父曰：“此何遽不为福乎？”居一年，胡人大入塞，丁壮者引弦而战[⑨]，近塞之人，死者十九[⑩]。此独以跛之故，父子相保。

【注释】

①节选自《淮南子·人间训》，题目为编者所加。 ②塞（sài）：边界，边境。 ③善术：通晓道术。 ④胡：我国古代西北部民族的统称。 亡：逃跑。 ⑤吊：慰问。 ⑥遽：骤然，很快。 ⑦将（jiàng）：带领。 ⑧髀（bì）：大腿。 ⑨丁壮：指壮年男子。引弦：拉开弓弦。指拿起弓矢兵器。 ⑩十九：十分之九。

【阅读提示】

这则寓言故事，原为阐发老庄道家哲学思想服务。《老子》五十八章说："祸兮福之所倚，福兮祸之所伏。"老子祸福倚伏的哲学观在这则寓言故事中得到了生动的体现。我们平时所说的"塞翁失马，焉知非福"的成语也就出自于此。这则小故事蕴含了深刻的辩证法思想。它告诉人们，祸福是可以互相转化的，在一定条件下，坏事可以变成好事。文章巧妙地运用比喻、反复等修辞手法，把深奥抽象的哲理通过具体生动的故事表达出来，言简意赅，含而不露。

□司马迁

司马迁（前145—？），字子长，夏阳（今陕西韩城）人。父司马谈，武帝时任太史令。司马迁10岁随父到长安。20岁开始漫游，踪迹几遍全国。武帝元封三年（前108），司马迁继任太史令，有机会博览政府所藏大量书籍。太初元年（前104），开始撰写《史记》。天汉二年（前99），为了替投降匈奴的李陵辩解，触怒武帝，下狱，受腐刑。太始元年（前96）被赦，出任中书令。他忍辱含垢，发愤著述，终于在征和初年（前92）左右，基本完成《史记》，不久即去世。

《史记》是我国第一部纪传体通史，记载上自传说中的黄帝，下至汉武帝时代三千多年的历史，共130篇，52万余字。包括"本纪"十二，"世家"三十，"列传"七十，"表"十，"书"八。司马迁自称写作《史记》的目的是"欲以究天人之际，通古今之变，成一家之言"。《史记》的思想性、艺术性都很高。它不仅是一部历史巨著，也是一部伟大的传记文学作品，两千年来一直被视为散文的典范。

管晏列传

管仲夷吾者[①]，颍上人也[②]。少时常与鲍叔牙游[③]，鲍叔知其贤。管仲贫困，常欺鲍叔，鲍叔终善遇之[④]，不以为言。已而鲍叔事齐公子小白[⑤]，管仲事公子纠[⑥]。及小白立，为桓公，公子纠死，管仲囚焉[⑦]。鲍叔遂进管仲[⑧]。管仲既用，任政于齐[⑨]，齐桓公以霸，九合诸侯[⑩]，一匡天下[⑪]，管仲之谋也。

管仲曰："吾始困时，尝与鲍叔贾，分财利多自与，鲍叔不以我为贪，知我贫也。吾尝为鲍叔谋事而更穷困[12]，鲍叔不以我为愚，知时有利不利也。吾尝三仕三见逐于君，鲍叔不以我为不肖[13]，知我不遭时也。吾尝三战三走[14]，鲍叔不以我为怯，知我有老母也。公子纠败，召忽死之，吾幽囚受辱，鲍叔不以我为无耻，知我不羞小节而耻功名不显于天下也。生我者父母，知我者鲍子也。"

鲍叔既进管仲，以身下之。子孙世禄于齐[15]，有封邑者十余世，常为名大夫。天下不多管仲之贤而多鲍叔能知人也[16]。

管仲既任政相齐，以区区之齐在海滨，通货积财，富国强兵，与俗同好恶[17]。故其称曰："仓廪实而知礼节[18]，衣食足而知荣辱，上服度则六亲固[19]。四维不张[20]，国乃灭亡。下令如流水之原[21]，令顺民心。"故论卑而易行。俗之所欲，因而予之；俗之所否，因而去之。

其为政也，善因祸而为福，转败而为功。贵轻重，慎权衡。桓公实怒少姬，南袭蔡[22]，管仲因而伐楚，责包茅不入贡于周室[23]。桓公实北征山戎[24]，而管仲因而令燕修召公之政[25]。于柯之会[26]，桓公欲背曹沫之约，管仲因而信之，诸侯由是归齐。故曰："知与之为取，政之宝也。"

管仲富拟于公室[27]，有三归[28]，反坫[29]，齐人不以为侈。管仲卒，齐国遵其政，常强于诸侯。后百余年而有晏子焉[30]。

晏平仲婴者[31]，莱之夷维人也[32]。事齐灵公、庄公、景公[33]，以节俭力行重于齐。既相齐，食不重肉[34]，妾不衣帛。其在朝，君语及之，即危言[35]；语不及之，即危行。国有道，即顺命[36]；无道，即衡命[37]。以此三世显名于诸侯。

越石父贤，在缧绁中[38]。晏子出，遭之涂[39]，解左骖赎之[40]，载归。弗谢[41]，入闺[42]。久之[43]，越石父请绝[44]。晏子戄然[45]，摄衣冠谢曰[46]："婴虽不仁，免子于厄[47]，何子求绝之速也？"石父曰："不然。吾闻君子诎于不知己而信于知己者[48]。方吾在缧绁中，彼不知我也，夫子既已感寤而赎我[49]，是知己；知己而无礼，固不如在缧绁之中。"晏子于是延入为上客。

晏子为齐相，出，其御之妻从门间而窥其夫。其夫为相御，拥大盖[50]，策驷马，意气扬扬，甚自得也。既而归，其妻请去[51]。夫问其故。妻曰："晏子长不满六尺，身相齐国，名显诸侯。今者妾观其出，志念深矣，常有以自下者[52]。今子长八尺，乃为人仆御，然子之意自以为足，妾是以求去也。"其后夫自抑损。晏子怪而问之，御以实对。晏子荐以为大夫。

太史公曰：吾读管氏《牧民》、《山高》、《乘马》、《轻重》、《九府》及《晏子春秋》[53]，详哉其言之也。既见其著书，欲观其行事，故次其传[54]。至其书，世多有之，是以不论，论其轶事。

管仲，世所谓贤臣，然孔子小之[55]。岂以为周道衰微，桓公既贤，而不勉之至王，乃称霸哉？语曰"将顺其美[56]，匡救其恶，故上下能相亲也"，岂管仲之谓乎？

方晏子伏庄公尸哭之[57]，成礼然后去，岂所谓“见义不为无勇”者邪[58]？至其谏说，犯君之颜，此所谓“进思尽忠，退思补过”者哉[59]！假令晏子而在，余虽为之执鞭，所忻慕焉[60]！

【注释】

①管仲夷吾：姓管字仲名夷吾，春秋初期著名的政治家。 ②颍上：在今安徽颍上县南。③常：同“尝”，曾经。 鲍叔牙：姓鲍，字叔牙，齐国大夫。 ④遇：对，对待。 ⑤公子小白：即后日的齐桓公，姓姜，名小白，齐襄公之弟。在位四十三年，是春秋时期第一个霸主。⑥公子纠：公子小白的同父异母兄弟。 ⑦公子纠死，管仲囚焉：齐襄公无道，鲍叔牙奉公子小白出奔莒国，管仲、召忽奉公子纠出奔鲁国。襄公被杀后，公子小白与公子纠皆欲回国争位。结果小白先回国，取得政权，称齐桓公。桓公使鲁国杀公子纠，把管仲、召忽送回齐国。召忽自杀，管仲坐囚车返齐。事见《左传》庄公八年、九年及《史记·齐世家》。 ⑧进：引进，推荐。 ⑨任政：指为相。 ⑩九合：多次会合。 ⑪匡：正。 ⑫更穷困：处境更不利，指事情越办越糟。 ⑬不肖：不才。 ⑭走：败逃。 ⑮世禄：世世享受俸禄。 ⑯多：称道，赞颂。⑰与俗同好恶：指顺适百姓的思想愿望、风俗习惯。 ⑱仓廪：泛指仓库。实：满。 ⑲服：行事。 度：指符合礼度。 六亲：指父、母、兄、弟、妻、子。 ⑳四维：指礼、义、廉、耻。㉑原：同“源”。 ㉒桓公实怒少姬，南袭蔡：桓公曾与少姬乘游船，少姬故意让船左右摇晃，桓公害怕，让少姬停止，少姬不停。桓公非常生气，就把她送回娘家蔡国，但并未正式断绝关系，而蔡人却让少姬改嫁了。桓公大怒，于是欲南下袭击蔡国。少姬：齐桓公夫人，蔡国人。㉓包茅：一种可供滤酒的细茅草，楚国特产。 ㉔山戎：亦称“北戎”，在今河北迁安一带。当时常为燕、齐、郑诸国之患。 ㉕召公：又称召康公，姓姬，名奭，为燕国始封之君。 ㉖柯之会：鲁庄公十二年(前682)齐鲁之君在柯(今山东阳谷县东)举行盟会，鲁将曹沫以匕首劫持齐桓公，迫使齐桓公答应退还侵占的鲁国土地。过后齐桓公欲背约，管仲认为不可，桓公从管仲之言，终与鲁国土地以示信。 ㉗拟：比，相等。 ㉘三归：按郭嵩焘《释三归》云：“是所谓……市租之常例之归之公者也。”其他解释颇多。 ㉙反坫(diàn)：反爵之坫。坫即放置酒杯的土台，在两楹之间。互相敬酒后，把空爵反置在坫上，为周代诸侯宴会之礼。 ㉚“后百余年”句：这句话是“合传”连缀法，史公屡用。 ㉛晏平仲婴：姓晏名婴，字平仲。继承父(晏桓子)职，为齐国相，是春秋时期著名政治家。 ㉜莱：古地区名，在今山东黄县东南。夷维：古邑名，在今山东高密。 ㉝齐灵公：名环，在位二十八年(前581—前554)。 齐庄公：名光，在位六年(前553—前548)。 齐景公：名杵臼，在位五十八年(前547—前490)。 ㉞食不重肉：饭桌上没有第二个肉菜。 ㉟危言：言语正直。危，正直。 ㊱顺命：服从命令。㊲衡命：对命令进行权衡，可行即行。 ㊳缧绁(léi xiè)：捆绑犯人的绳索。 ㊴涂：同“途”。㊵左骖：左边的骖马。古代四马驾一车，中间的两匹叫服马，两边的两匹叫骖马。 ㊶谢：告，打招呼。 ㊷闺：宫中的小门，这里指内室。 ㊸久之：这里指过了一会儿。 ㊹绝：离开，告辞。 ㊺戄(jué)然：吃惊的样子。 ㊻摄：整理。摄衣冠表示严肃郑重，对人恭敬的意思。㊼厄：困窘。这里指缧绁。 ㊽诎：同“屈”。信：同“伸”。 ㊾寤：同“悟”。感寤，觉察。㊿拥：抱持，这里指紧靠着。 大盖：高贵车子上的大篷伞。 51去：离开。 52自下：自谦。53《牧民》、《山高》、《乘马》、《轻重》、《九府》：皆《管子》篇名。《管子》，后人托名管仲作，大概是

战国及以后的人杂采齐国官书，汇合道、法以至兵、农诸家而编成的一部总集。《晏子春秋》：后人托名晏子作，实为战国时人根据晏子的事迹和传说编写而成。 ⑭次：排列，编写。⑮小：看不起，不看重。《论语·八佾》："子曰：'管仲之器小哉！'"器，指器量。 ⑯"将顺其美"三句：见《孝经·事君》。将，读为"奖"，鼓励。 ⑰"晏子伏庄公尸哭之"二句：见《左传·襄公二十五年》或《史记·齐世家》。齐庄公入崔杼家，与崔杼妻私通，被崔抒所杀，晏婴入崔家，头枕在齐庄公尸体的大腿上号哭，成礼而后离去。有人劝崔杼杀晏婴，崔杼未敢。 ⑱"见义不为无勇"句：见《论语·为政》。 ⑲"进思尽忠"二句：见《孝经·事君》。 ⑳忻慕：欣喜，羡慕。忻，同"欣"。

【阅读提示】

本文是管仲、晏婴两位政治家的合传。管、晏是春秋时第一流人物，功业显赫。但在传记中，作者对他们的生平事业，只以轻描淡写之笔出之。于管仲，只概写其为相才略；于晏子，只点明其立身行事的原则。而文章大半则在叙写他们个人阅历琐事。管子一传，强调管仲对鲍叔的知己之感；晏子一传，则突出晏婴不拘一格赏拔人才的做法。寥寥轶事，也可见两位政治家的风貌。文章写管、鲍之交，可谓慷慨淋漓，可歌可泣；写晏子与越石父的患难相知，也是真切动人，表现了作者对知己的欣羡，字里行间凝集着作者对个人身世的无限感慨。

李将军列传（节选）

李将军广者，陇西成纪人也[1]。其先曰李信，秦时为将，逐得燕太子丹者也[2]。故槐里[3]，徙成纪。广家世世受射[4]。孝文帝十四年，匈奴大入萧关[5]，而广以良家子从军击胡[6]，用善骑射，杀首虏多[7]，为汉中郎[8]。广从弟李蔡亦为郎，皆为武骑常侍，秩八百石[9]。尝从行[10]，有所冲陷折关[11]，及格猛兽[12]，而文帝曰："惜乎，子不遇时！如令子当高帝时，万户侯岂足道哉[13]！"及孝景初立，广为陇西都尉[14]，徙为骑郎将[15]。吴、楚军时[16]，广为骁骑都尉[17]，从太尉亚夫击吴、楚军[18]，取旗[19]，显功名昌邑下[20]。以梁王授广将军印，还，赏不行[21]。徙为上谷太守[22]。匈奴日以合战[23]，典属国公孙昆邪为上泣曰[24]："李广才气，天下无双，自负其能，数与虏敌战，恐亡之[25]。"于是，乃徙为上郡太守[26]。后广转为边郡太守，徙上郡。尝为陇西、北地、雁门、代郡、云中太守，皆以力战为名。

匈奴大入上郡，天子使中贵人从广勒习兵击匈奴[27]。中贵人将骑数十纵[28]，见匈奴三人，与战。三人还射，伤中贵人，杀其骑且尽。中贵人走广[29]。广曰："是必射雕者也[30]。"广乃遂从百骑往驰三人。三人亡马步行[31]，行数十里。广令其骑张左右翼，而广身自射彼三人者，杀其二人，生得一人，果匈奴射雕者也。已缚之，上马，望匈奴有数千骑，见广，以为诱骑，皆惊，上山陈[32]。广之百骑皆大恐，欲驰还走。广曰："吾去大军数十里，今如此以百骑走，匈奴追射，我立尽。今我留，匈奴必以我为大军诱之[33]，必不敢击我。”广令诸骑曰：“前！”前，未到匈奴陈二里所，止。令曰：“皆下马解鞍！”其骑曰：“虏多且近，即有急，奈何？”广曰：“彼虏以我为走.今皆解鞍以示不走，用坚其意。”于是胡骑遂不敢击。有白马将出护其兵[34]，李广上马与十余骑奔，射杀胡白马将，而复还至其骑中，解鞍，令士皆纵马卧[35]。是时会暮，胡兵终怪之，不敢击。夜半时，胡兵亦以为汉有伏军于旁，欲夜取之，胡皆引兵而去。平旦[36]，李广乃归其大军。大军不知广所之，故弗从[37]。

居久之，孝景崩，武帝立。左右以为广名将也，于是广以上郡太守为未央卫尉[38]，而程不识亦为长乐卫尉[39]。程不识故与李广俱以边太守将军屯[40]。及出击胡，而广行无部伍行陈[41]，就善水草屯[42]，舍止[43]，人人自便，不击刁斗以自卫[44]，莫府省约文书籍事[45]，然亦远斥候[46]，未尝遇害。程不识正部曲行伍营陈[47]，击刁斗，士吏治军簿至明[48]，军不得休息，然亦未尝遇害。不识曰：“李广军极简易，然虏卒犯之，无以禁也[49]，而其士卒亦佚乐[50]，咸乐为之死。我军虽烦扰，然虏亦不得犯我。”是时汉边郡李广、程不识皆为名将，然匈奴畏李广之略[51]，士卒亦多乐从李广而苦程不识。程不识孝景时以数直谏为太中大夫[52]。为人廉，谨于文法[53]。

后，汉以马邑城诱单于[54]，使大军伏马邑旁谷，而广为骁骑将军，领属护军将军[55]。是时单于觉之，去，汉军皆无功。其后四岁，广以卫尉为将军，出雁门击匈奴[56]。匈奴兵多，破败广军，生得广[57]。单于素闻广贤，令曰：“得李广必生致之[58]！”胡骑得广，广时伤病，置广两马间，络而盛卧广[59]。行十余里，广佯死，睨其旁有一胡儿骑善马，广暂腾而上胡儿马[60]。因推堕儿，取其弓，鞭马南驰数十里，复得其余军，因引而入塞[61]。匈奴捕者，骑数百追之，广行取胡儿弓[62]，射杀追骑，以故得脱。于是至汉。汉下广吏[63]，吏当广所失亡多[64]，为虏所生得，当斩。赎为庶人[65]。

顷之[66]，家居数岁。广家与故颍阴侯孙屏野居蓝田南山中射猎[67]。尝夜从一骑出，从人田间饮。还至霸陵亭[68]，霸陵尉醉，呵止广。广骑曰：“故李将军。”尉曰：“今将军尚不得夜行，何乃故也[69]！”止广宿亭下。居无何[70]，匈奴入，杀辽西太守[71]，败韩将军[72]，韩将军后徙右北平[73]。于是天子乃召拜广为右北平太守。广即请霸陵尉与俱，至军而斩之。广居右北平，匈奴闻之，号曰“汉之飞将军”，避之数岁，不敢入右北平。

广出猎，见草中石，以为虎而射之，中石没镞[74]，视之石也。因复更射之，终不能复入石矣。广所居郡闻有虎，尝自射之，及居右北平，射虎，虎腾伤广，广亦竟射杀之。

广廉，得赏赐辄分其麾下[75]，饮食与士共之。终广之身，为二千石四十余年[76]，家无余财，终不言家产事。广为人长，猿臂[77]，其善射亦天性也。虽其子孙他人学者，莫能及广。广讷口少言[78]，与人居则画地为军陈，射阔狭以饮[79]。专以射为戏，竟死[80]。广之将兵，乏绝之处[81]，见水，士卒不尽饮，广不近水；士卒不尽食，广不尝食。宽缓不苛，士以此爱乐为用[82]。其射，见敌急，非在数十步之内，度不中不发，发即应弦而倒。用此[83]，其将兵数困辱，其射猛兽亦为所伤云。

居顷之，石建卒[84]，于是上召广代建为郎中令。元朔六年，广复为后将军，从大将军军出定襄[85]，击匈奴。诸将多中首虏率[86]，以功为侯者，而广军无功。后二岁，广以郎中令将四千骑出右北平，博望侯张骞将万骑与广俱[87]，异道[88]。行可数百里[89]，匈奴左贤王将四万骑围广[90]。广军士皆恐，广乃使其子敢往驰之[91]。敢独与数十骑驰，直贯胡骑，出其左右而还。告广曰："胡虏易与耳[92]。"军士乃安。广为圜陈外向[93]，胡急击之，矢下如雨。汉兵死者过半，汉矢且尽。广乃令士持满毋发[94]，而广身自以大黄射其裨将[95]，杀数人，胡虏益解[96]。会日暮，吏士皆无人色，而广意气自如，益治军[97]。军中自是服其勇也。明日，复力战，而博望侯军亦至，匈奴军乃解去。汉军罢[98]，弗能追。

是时广军几没[99]，罢归。汉法，博望侯留迟后期[100]，当死，赎为庶人。广军功自如[101]，无赏。

初，广之从弟李蔡与广俱事孝文帝。景帝时，蔡积功劳至二千石。孝武帝时，至代相[102]。以元朔五年为轻车将军，从大将军击右贤王，有功，中率，封为乐安侯[103]。元狩二年中，代公孙弘为丞相[104]。蔡为人在下中[105]，名声出广下甚远；然广不得爵邑，官不过九卿[106]，而蔡为列侯，位至三公。诸广之军吏及士卒或取封侯。广尝与望气王朔燕语曰[107]："自汉击匈奴，而广未尝不在其中。而诸部校尉以下，才能不及中人，然以击胡军功取侯者数十人；而广不为后人，然无尺寸之功以得封邑者，何也？岂吾相不当侯邪[108]？且固命也？"朔曰："将军自念，岂尝有所恨乎[109]？"广曰："吾尝为陇西守，羌尝反[110]，吾诱而降，降者八百余人，吾诈而同日杀之。至今大恨独此耳。"朔曰："祸莫大于杀已降，此乃将军所以不得侯者也。"

后二岁，大将军、骠骑将军大出击匈奴[111]，广数自请行[112]，天子以为老，弗许；良久，乃许之，以为前将军。是岁，元狩四年也。

广既从大将军青击匈奴，既出塞，青捕虏知单于所居，乃自以精兵走之[113]，而令广并于右将军军[114]，出东道[115]。东道少回远[116]，而大军行，水草少，其势不屯行[117]。广自请曰："臣部为前将军，今大将军乃徙令臣出东道；且臣结发而与匈奴战，今乃一得当单于[118]，臣愿居前，先死单于[119]。"大将军青亦阴受上诫[120]，以为李广老，数奇[121]，毋令当单于，恐不得所欲。而是时公孙敖新失侯[122]，为中将军，从大将军，大将军亦欲使敖与俱当单于，故徙前将军广。广时知之，固自辞于大将军[123]。大将军不听，令长史封书与广之莫府，曰："急诣部[124]，如书[125]！"广不谢大将军而起行[126]，意甚愠怒而就部，引兵与右将军食其合军出东道。军亡导[127]，或失道[128]，后大将军[129]。大将军与单于接战，单于遁走，弗能得而还。南绝幕[130]，遇前将军、右将军。广已见大将军，还入军。大将军使长史持糒醪遗广[131]，因问广、食其失道状——青欲上书报天子军曲折[132]。广未对，大将军使长史急责广之幕府对簿[133]。广曰："诸校尉无罪，乃我自失道。吾今自上簿[134]。"至莫府，广谓其麾下曰："广结发与匈奴大小七十余战，今幸从大将军出接单于兵，而大将军又徙广部，行回远，而又迷失道，岂非天哉！且广年六十余矣，终不能复对刀笔之吏[135]。"遂引刀自刭[136]。广军士大夫一军皆哭。百姓闻之，知与不知，无老壮皆为垂涕。而右将军独下吏，当死，赎为庶人。

…………

太史公曰：《传》曰[137]："其身正，不令而行；其身不正，虽令不从。"其李将军之谓也？余睹李将军，悛悛如鄙人[138]，口不能道辞[139]。及死之日，天下知与不知，皆为尽哀。彼其忠实心诚信于士大夫也[140]。谚曰："桃李不言，下自成蹊[141]。"此言虽小，可以谕[142]大也。

【注释】

①陇西：汉郡名，在今甘肃省东部。　成纪：汉县名，在今甘肃省秦安县北。　②先：祖先。　李信：战国末期秦将。当时燕太子丹曾派荆轲刺秦王，事败。秦发兵击燕，秦将李信追太子丹，燕王斩太子丹头献李信。　逐得：追获。　③故槐里：原籍槐里(今陕西省兴平县东南)。　④受：传授，学习。　⑤萧关：在今甘肃省环县西北，为当时关中四关之一。　⑥良家子：好人家的子弟。当时医、巫、商贾、百工都不能列入良家。汉代从军的人有两种：一种是"良家子"，一种是罪犯。　⑦用：因为。　杀首虏：斩杀敌人首级和俘获。　⑧中郎：汉宫廷中官名，也称"郎"，掌管侍卫皇宫等。　⑨武骑常侍：皇帝侍从官，郎官的补加官衔。　秩：俸禄等级。汉官俸禄之制共十五等，最高万石，最低一百石。秩八百石，指年俸米八百石。⑩尝从行：曾经跟从文帝出行。　⑪折关：抵抗、防御。　⑫格：斗，搏击。　⑬万户侯：封邑万户的侯爵。　⑭陇西都尉：即陇西郡尉，景帝时改为都尉，掌管该郡武事。　⑮骑郎将：统率骑郎(骑马护从皇帝车驾的郎官)的将领。　⑯吴、楚军时：对吴、楚用兵之时。景帝三年(前154)，吴、楚等七个封国联合举兵叛乱。　⑰骁骑都尉：统帅骁骑的都尉。骁骑是骑兵的一种，犹今之"轻骑兵"。　⑱太尉亚夫：周亚夫，征讨吴、楚七国之乱的主帅，时任太尉。⑲取旗：夺取敌人的军旗。　⑳昌邑：在今山东省金乡县西北。　㉑赏不行：不获朝廷赏赐。㉒上谷：秦郡名，在今河北省西北部及中部一部分地方。　㉓日以合战：每天来和李广交战。　㉔典属国：主管向汉称臣的外族事务的官。公孙昆(hùn)邪(yé)：人名，姓公孙，名昆邪。　上：指汉景帝。　㉕亡之：失掉他。　㉖上郡：在今陕西省北部及内蒙古自治区部分地区。　㉗中贵人：宫中贵人，指皇帝宠幸的太监。　勒：受约束。　习兵：习军事，随军习练。㉘将：率领。　纵：纵马驰骋。　㉙走广：逃奔到李广处。　㉚雕：鸟名，飞翔迅猛，非善射者不能得。　㉛亡马：失马。　㉜陈：通"阵"，这里指布置阵地。　㉝为大军诱之：诱敌给自己大军伏击。　㉞白马将：骑白马的胡将。　㉟纵马：把马放开。　㊱平旦：天刚亮时。㊲从：跟从接应。　㊳未央卫尉：未央宫(皇帝所居)禁卫军的长官。　㊴长乐卫尉：长乐宫(太后所居)禁卫军的长官。　㊵故：从前。　以边太守：以边郡太守的身份。　将军屯：掌管

军队驻防的事。 ㊶部伍行(háng)陈:部队的编制和军队的行列阵势。 ㊷善水草:好的水草。 屯:驻扎。 ㊸舍止:留居,留宿。 ㊹刁斗:铜锅,行军时白天用作炊具,夜间敲着它巡更。 ㊺莫府:将帅驻扎的大帐幕,引申为将帅的办事处。 莫:通"幕"。 省约文书籍事:简化文书簿籍等事项。 ㊻远斥候:远远地布置哨兵。 ㊼正部曲行伍营陈:使部队的编制、排列阵势都合乎规定。正,整齐划一。部曲,古时军队编制有部,部下分曲。 ㊽治军簿至明:办理军事文书直到天亮。 ㊾卒:同"猝",突然。 禁:制服。 ㊿佚乐:安逸快乐。佚,同"逸"。 (51)略:策略,计谋。 (52)太中大夫:掌论议的官。 (53)谨于文法:严格执行文书法令。 (54)马邑:在今山西省朔县。武帝元光二年(前 133),汉朝用马邑人聂壹之谋引诱单于。聂壹假称愿给单于做内应。单于相信了他,带十万骑兵进攻马邑。 (55)骁骑、护军:都是将军的头衔。 领属护军将军:指李广受护军将军的指挥。当时韩安国为护军将军,是主将。(56)雁门:关名,在今山西省代县北部。 (57)生得:活捉。 (58)生致之:活的送来。 (59)这句是说把李广放在用绳结成的网里躺着,搭在两马之间。 络:用绳结成的网。 盛:放。(60)暂腾而上:突然间一跃而上。 (61)入塞:进入雁门关。 (62)行取:边行边取。 (63)下广吏:把李广交给执法官审判。 (64)当(dàng):判决。 (65)赎:纳金赎罪。 (66)顷之:不久。 (67)故颍阴侯孙:已故的颍阴侯灌婴之孙,名强。 屏野:退隐田野。 蓝田南山:在今陕西省蓝田县终南山。 (68)霸陵:汉文帝的坟墓,其地因设霸陵县,由县尉兼任霸陵驿亭亭长,故称霸陵尉。霸陵在今陕西省长安县东。 亭:驿亭。 (69)故:旧任。 (70)居无何:过了不久。 (71)辽西:郡名,在今河北省东北部、内蒙古自治区昭乌达盟和辽宁省西部。 (72)韩将军:指韩安国,时驻守渔阳(今北京市密云县西南)。 (73)右北平:郡名,今河北省蓟县以东及辽宁省部分地区。 (74)没镞(mò zú):箭头陷入石内。镞,箭头。 (75)麾(huī)下:部下。 (76)为二千石:任俸禄为二千石级的官职。 (77)猿臂:比喻两臂像猿臂那样长而灵活。古代传说,有通臂猿,其两臂可通过肩部而自由伸缩。 (78)讷(nè)口:口才笨拙。 (79)射阔狭以饮:指在地上画出宽窄不同的行列,以射中或宽或窄的行列来判定胜负,以此决定由谁饮酒。 (80)竟死:一直到死。 (81)乏绝之处:指粮食缺乏、水源断绝的地方。 (82)爱乐为用:爱戴李广而乐于为他所用。 (83)用此:因此。 (84)石建:武帝时任郎中令,统领郎官。 (85)大将军:指卫青,武帝卫后同母弟。 定襄:汉郡名,在今山西省石玉县以北及内蒙古自治区西南部。 (86)中(zhòng):符合。 首虏率:指根据杀敌和虏获敌军数量而规定的封赏标准,写入军中律令里。 (87)张骞:汉中人,武帝初为郎,应募出使西域,因功封博望侯(博望在今河南省南阳县东北六十里)。(88)异道:不同路,分路进兵。 (89)可:大约。 (90)左贤王:匈奴单于下置左右贤王,左贤王居东方,广出右北平,恰在左贤王军管区内。 (91)往驰之:驰往匈奴队伍中。 (92)易与:容易对付。 (93)圜陈外向:把部队排成圆形,面向外。 (94)持满毋发:张满弓弦,留箭不发。 (95)大黄:弓弩名,体大色黄,是当时射程最远的大号弓弩。 裨将:副将。 (96)解:通"懈"。 (97)益治军:愈益注意整理队伍。 (98)罢:通"疲"。 (99)几没:几乎全军覆没。 (100)留迟后期:行军迟延,未能如期赶到。 (101)军功自如:谓李广军伤亡多,但杀敌亦多,功过相当。 (102)代相:代国(在今河北省蔚县东北及山西省北部)的相。 (103)乐安:汉县名,在今山东省博兴县北。(104)公孙弘:字季,元朔中为丞相。元狩二年(前 121),公孙弘死,李蔡代他为丞相。 (105)下中:指才干在下等里的中等。当时以九品(上上、上中、上下、中上、中中、中下、下上、下中、下下)论人,下中为第八等。 (106)九卿:朝廷大臣,位在三公之下。 (107)望气:望人面色或天象来预测吉凶,这里指望气者。燕语:私下交谈。 ⑩⑧相:骨相。 ⑩⑨有所恨:有遗憾的事。 ⑪⓪羌(qiāng):当时居住在陇西一带的少数民族。 ⑪①大将军:指卫青。 骠骑将军:官位仅次于大将军。这里指霍去病(卫青姐姐的儿子)。 ⑪②数(shuò):多次 ⑪③走之:追逐单于。⑪④右将军:指赵食其(yì jī)。 ⑪⑤出东道:从东路出兵。 ⑪⑥少回远:稍迂回绕远。 ⑪⑦屯行:群聚而行。 ⑪⑧当:遇到。 ⑪⑨先死单于:先与单于拼一死战。 ⑫⓪阴受上诫:暗中得到武帝的告诫。 ⑫①数奇(jī):命数(命运)不好。 ⑫②公孙敖:义渠人,与卫青友好,曾三次从卫青击匈奴有功,封合骑侯。元狩二年,率兵击匈奴,由于与骠骑将军霍去病约会,不能如期,当斩,赎为庶人,所以说"新失侯"。 ⑫③固:坚决。 辞:辞免,指拒绝徙并右将军军。 ⑫④急诣部:意思是要李广迅速到右将军军中去。 ⑫⑤如书:按文书命令执行。 ⑫⑥谢:辞谢,告别。⑫⑦亡导:没有向导。亡,同"无"。 ⑫⑧或:同"惑"。 ⑫⑨后大将军:落在大将军的后面。⑬⓪南绝幕:横渡沙漠南归。幕,通"漠"。 ⑬①糒(bèi):干粮。 醪(láo):浊酒。 ⑬②军曲折:军情的曲折。 ⑬③对簿:受审问时,就文书对质。 ⑬④上簿:即对簿。 ⑬⑤刀笔之吏:掌管文书的官吏。 ⑬⑥自刭(jǐng):自杀。 ⑬⑦《传》:此指《论语》。以下四句,见《论语·子路》。⑬⑧悛(xún)悛:通"恂恂",诚谨的样子。 鄙人:乡野之人。 ⑬⑨道辞:犹说话。 ⑭⓪信于士大夫:被士大夫信任。 ⑭①蹊(xī):小路。 ⑭②谕:通"喻"。

【阅读提示】

本文着力描写了西汉名将李广艰难曲折的一生,歌颂了他英勇善战、抗击匈奴的光辉战绩,对他生不得封侯、死不得善终的不幸遭遇寄予了深厚的同情。在写作上,首先,作者善于选材。李广一生经历了文、景、武三朝,自结发与匈奴作战,大小七十余战,而作者只着重选择了三次最危急、最惊险的战役,就突出了李广超凡的智慧、惊人的胆识以及勇于当敌、坚贞卓绝的品格。其次,作者巧妙地运用对比的手法。通过与程不识的对比,说明李广治军的特点;通过与李蔡的对比,说明朝廷用人的不公。作者还将一些细节描写,诸如射石没镞、家无余财、宽待士卒等穿插其中,使李广的形象显得丰满而生动。

孙子吴起列传(节选)

孙子武者[①],齐人也。以兵法见于吴王阖庐[②]。阖庐曰:"子之十三篇[③],吾尽观之矣,可以小试勒兵乎[④]?"对曰:"可。"阖庐曰:"可试以妇人乎?"曰:"可。"于是许之,出宫中美女,得百八十人。孙子分为二队,以王之宠姬二人各为队长,皆令持戟。令之曰:"汝知而心与左右手背乎[⑤]?"妇人曰:"知之。"孙子曰:"前,则视心;左,视左手;右,视右手;后,即视背。"妇人曰:"诺。"约束既布[⑥],乃设铁钺[⑦],即三令五申之。于是鼓之右,妇人大笑。孙子曰:"约束不明,申令不熟,将之罪也。"复三令五申而鼓之左,妇人复大笑。孙子曰:"约束不明,申令不熟,将之罪也;既已明而不如法者[⑧],吏士之罪也。"乃欲斩左右队长。吴王从台上观,见且斩爱姬，大骇。趣使使下令曰[⑨]："寡人已知将军能用兵矣。寡人非此二姬，食不甘味，愿勿斩也。"孙子曰："臣既已受命为将，将在军，君命有所不受。"遂斩队长二人以徇[⑩]。用其次为队长，于是复鼓之。妇人左右前后跪起，皆中规矩绳墨[⑪]，无敢出声。于是孙子使使报王曰："兵既整齐，王可试下观之，唯王所欲用之，虽赴水火犹可也。"吴王曰："将军罢休就舍[⑫]，寡人不愿下观。"孙子曰："王徒好其言，不能用其实。"于是阖庐知孙子能用兵，卒以为将。西破强楚，入郢[⑬]，北威齐、晋，显名诸侯，孙子与有力焉。

孙武既死，后百余岁有孙膑[⑭]。膑生阿、鄄之间[⑮]。膑亦孙武之后世子孙也。孙膑尝与庞涓俱学兵法。庞涓既事魏，得为惠王将军[⑯]，而自以为能不及孙膑，乃阴使召孙膑。膑至，庞涓恐其贤于己，疾之，则以法刑断其两足而黥之[⑰]，欲隐勿见[⑱]。

齐使者如梁[⑲]，孙膑以刑徒阴见，说齐使。齐使以为奇，窃载与之齐。齐将田忌善而客待之。忌数与齐诸公子驰逐重射[⑳]。孙子见其马足不甚相远[㉑]，马有上、中、下辈[㉒]。于是孙子谓田忌曰："君弟重射[㉓]，臣能令君胜。"田忌信然之[㉔]，与王及诸公子逐射千金。及临质[㉕]，孙子曰："今以君之下驷与彼上驷，取君上驷与彼中驷，取君中驷与彼下驷。"既驰三辈毕[㉖]，而田忌一不胜而再胜[㉗]，卒得王千金。于是忌进孙子于威王[㉘]。威王问兵法，遂以为师。

其后魏伐赵，赵急，请救于齐。齐威王欲将孙膑，膑辞谢曰："刑余之人不可。"于是乃以田忌为将，而孙子为师[㉙]，居辎车中[㉚]，坐为计谋。田忌欲引兵之赵，孙子曰："夫解杂乱纷纠者不控卷[㉛]，救斗者不搏撠[㉜]，批亢捣虚[㉝]，形格势禁[㉞]，则自为解耳。今梁、赵相攻，轻兵锐卒必竭于外，老弱罢于内[㉟]。君不若引兵疾走大梁，据其街路[㊱]，冲其方虚[㊲]，彼必释赵而自救。是我一举解赵之围而收獘于魏也[㊳]。"田忌从之，魏果去邯郸[㊴]，与齐战于桂陵[㊵]，大破梁军。

后十三岁，魏与赵攻韩，韩告急于齐。齐使田忌将而往，直走大梁。魏将庞涓闻之，去韩而归，齐军既已过而西矣[㊶]。孙子谓田忌曰："彼三晋之兵[㊷]，素悍勇而轻齐，齐号为怯，善战者因其势而利导之。兵法，百里而趣利者蹶上将[㊸]，五十里而趣利者军半至。使齐军入魏地为十万灶，明日为五万灶，又明日为三万灶。"庞涓行三日，大喜，曰："我固知齐军怯，入吾地三日，士卒亡者过半矣。"乃弃其步军，与其轻锐倍日并行逐之[㊹]。孙子度其行，暮当至马陵[㊺]。马陵道狭而旁多阻隘，可伏兵，乃斫大树白而书之曰"庞涓死于此树之下"。于是令齐军善射者万弩，夹道而伏，期曰"暮见火举而俱发"。庞涓果夜至斫木下，见白书，乃钻火烛之[㊻]。读其书未毕，齐军万弩俱发，魏军大乱相失。庞涓自知智穷兵败，乃自刭，曰："遂成竖子之名！"齐因乘胜尽破其军，虏魏太子申以归。孙膑以此名显天下，世传其兵法[㊼]。

……

太史公曰：世俗所称师旅[48]，皆道《孙子》十三篇、吴起《兵法》，世多有，故弗论，论其行事所施设者。语曰："能行之者未必能言，能言之者未必能行。"孙子筹策庞涓明矣[49]，然不能蚤救患于被刑[50]。

【注释】

①孙子武：即孙武。子是古代对男子的尊称。 ②阖(hé)庐：一作阖闾，春秋末期吴国君，名光，在位十九年(前514—前496)，后被越王勾践打败。 ③十三篇：据《汉书·艺文志》载，《孙子兵法》为八十二篇，图九卷，今本《孙子》以曹操作注的最有名，计十三篇。 ④勒：统率。这里是操练的意思。 ⑤而：你，你的。 心：指胸口。 背：指后背。 ⑥约束：命令，这里指上述的前后左右各项规定。 布：宣布。 ⑦铁钺：同"斧钺"，古代军中用以惩治违令者的刑具。 ⑧如：依照，遵从。 ⑨趣：同"促"，急忙。 ⑩徇：示众。 ⑪中：符合。 规矩绳墨：这里指号令、章程。 ⑫就舍：回客舍。 ⑬西破强楚，入郢：事在鲁定公四年，吴王阖庐九年(前506)。 郢：楚国国都，在今湖北省江陵西北。 ⑭孙膑：因受过膑刑(剔去膝盖骨)，世便以"膑"字名之。 ⑮阿(ē)：齐邑，在今山东省阳谷东北。 鄄(juàn)：卫邑，在今山东省鄄城北。 ⑯惠王：战国中期魏国国君，在位五十二年(前370—前319)。 ⑰黥(qíng)：即墨刑，在犯人脸上刺字，再涂上墨。 ⑱见：同"现"。 ⑲梁：即大梁，在今河南省开封市，是魏国的都城。时人也称魏国为梁。 ⑳驰逐：赛马。 重射：下大笔赌注。射，猜押。 ㉑马足：马的足力。 ㉒上、中、下辈：指上、中、下三等。 ㉓弟：通"第"，只管，尽管。 ㉔信然：二字同义，皆"相信"、"同意"的意思。 ㉕临质：临到比赛的时候。 质：对，对抗。 ㉖辈：次。 ㉗再：两次。 ㉘威王：战国中期齐国国君，在位三十六年(前378—前343)。 ㉙师：军师。 ㉚辎(zī)车：一种有帷盖的车子。 ㉛控卷：握紧拳头。 卷：同"拳"。 ㉜救斗：劝解斗殴。 撠：击。 ㉝批亢捣虚：避实击虚。 批：避开。 亢：充实。 ㉞形格势禁：犹言形势急转，形势发生了变化。 格：阻。 禁：止。 ㉟罢：同"疲"。 ㊱街路：交通要道。 ㊲方虚：正好空虚的地方。 ㊳收獘：收服疲弊之敌。 ㊴邯郸：赵国都，在今河北邯郸。 ㊵桂陵：魏地，故址在今河南长垣县西北，一说在今山东菏泽县东北。齐魏桂陵之战发生在公元前353年。 ㊶过而西：过了齐境而西入魏境。 ㊷三晋之兵：指魏军。因魏与韩、赵皆分晋而建国，故称"三晋"。 ㊸趣：同"趋"，奔赴。 蹶：挫。蹶上将，即损失上将。 ㊹倍日并行：两日的路程并一日赶，昼夜兼程的意思。 ㊺马陵：魏地，在今河南范县。齐魏马陵之战发生在公元前341年。 ㊻钻火：古人钻木取火，这里指点火。 烛：照。 ㊼世传其兵法：《孙膑兵法》原已失传，1972年在山东临沂银雀山汉墓中重新发现，经编订为三十篇，于1975年公开出版。 ㊽师旅：军队的编制名称，这里指行兵打仗的谋略。 ㊾筹策庞涓：谓筹谋划策破杀庞涓。 ㊿蚤：通"早"。

【阅读提示】

这是一篇合传，传主孙武、孙膑、吴起是春秋战国时期三位著名的军事家，且都有军事著作传世，故司马迁把他们放在一起作传(吴起列传部分这里未选录)。文章以兵法为线索，记叙了三位军事家杰出的军事才能。写孙武以兵法见吴王，卒斩二姬，为名将，赞扬了他不畏权贵、执法如山的品格；写孙膑以兵法为齐威王师，通过齐魏桂陵之役、马陵之役，表现了他善于分析敌我形势，灵活运用战略战术的卓越军事才能。作品还特别记叙了孙膑的悲惨遭遇，情节曲折跌宕。篇末论赞，语多感慨，表现了作者的赞赏与惋惜之情。

□刘　向

刘向（前79—前8；一说前77—前6），字子政，本名更生，是我国历史上著名的校雠学家，也是汉代优秀的文学家。汉成帝时受诏与步兵校尉任宏、太史令尹咸等整理五经秘书、诸子诗赋等，由刘向总其成，前后近20年。官终中垒校尉，后世称刘中垒。刘向的文章保存下来的是一些奏疏和校雠古书的“叙录”等。另外，刘向还撰有《新序》、《说苑》和《列女传》。前两种分类纂辑先秦至汉代史事，后者则专门记录有通才卓识、奇迹异行的女子的事迹。

刘向在典校古籍时，撰有《别录》，他的儿子刘歆以《别录》为基础撰成《七略》，这是中国最早的目录学著作，原书已不存。明人张溥辑有《刘子政集》。

晏子谏杀烛雏①

景公好弋②，使烛雏主鸟而亡之③，景公怒而欲杀之，晏子曰④：“烛雏有罪，请数之以其罪⑤，乃杀之。”景公曰：“可。”于是乃召烛雏数之景公前，曰：“汝为吾君主鸟而亡之，是一罪也；使吾君以鸟之故杀人，是二罪也；使诸侯闻之，以吾君重鸟而轻士，是三罪也。”数烛雏罪已毕，请杀之。景公曰：“止。”勿杀而谢之⑥。

【注释】

①本文节选自《说苑·正谏》，题目为后人所加。　②景公：春秋时齐国国君，立于鲁襄公二十六年（前547），卒于哀公五年（前490），在位58年。　弋（yì）：用带绳子的箭射。这里泛指射猎。　③烛雏：齐国大臣。　主：掌管。　④晏子：晏婴，字平仲。　⑤数：一一列举。⑥谢：释放。

【阅读提示】

晏子是春秋时期著名的政治家，他节俭力行，后人曾专门采集其行事及谏诤之言，为《晏子春秋》。本篇记载了晏子进谏景公的一个小片断，从中也可见晏子的政治才干。在这个小故事中，景公因为烛雏“主鸟而亡之”，便欲杀烛雏，晏子没有去正面指责景公的不是，却反过来一一列举烛雏的罪状。表面上，晏子在数落烛雏，其实却句句针对景公，从一个侧面昭示了景公行为的错误。这样既保全了景公的脸面，又说明了事理，使景公终于醒悟。文章写得曲折生动，耐人寻味。

□班　固

班固(32—92)，字孟坚，扶风安陵(今陕西咸阳东北)人。其父班彪曾续补《史记》而作《史记后传》。班彪死后，班固进一步搜集史料，续写父书。有人告发他私改国史，被捕入狱。其弟班超求见明帝，说明原委。明帝见到他的原稿，也很赞赏，因命班固为兰台令史，奉诏撰写《汉书》。在建初七年(82)，《汉书》基本完成。永元四年(92)，班固因大将军窦宪擅权案受牵连被捕，死于狱中。《汉书》所缺的"八表"及"天文志"，班固死后由妹班昭和马续继续写成。

《汉书》是我国第一部纪传体断代史，起汉高祖元年(前206)，迄王莽地皇四年(23)，包括整个西汉一代的历史。全书分十二帝纪、八表、十志、七十列传，共100篇。其体例基本依照《史记》，略有变动，如改"书"为"志"，取消"世家"并入"列传"等等。其内容也多有承袭《史记》之处，但增补了不少史料，保存了丰富的古代文献，在史学上有相当高的地位。因此历来《史》、《汉》并称。

苏武传①(节选)

武，字子卿。少以父任，兄弟并为郎②。稍迁至栘中厩监③。时汉连伐胡，数通使相窥观④。匈奴留汉使郭吉、路充国等前后十余辈⑤。匈奴使来，汉亦留之，以相当⑥。天汉元年⑦，且鞮侯单于初立⑧，恐汉袭之，乃曰："汉天子，我丈人行也⑨。"尽归汉使路充国等⑩。武帝嘉其义，乃遣武以中郎将使持节送匈奴使留在汉者⑪，因厚赂单于⑫，答其善意。武与副中郎将张胜及假吏常惠等⑬，募士、斥候百余人俱⑭。

既至匈奴，置币遗单于⑮。单于益骄，非汉所望也。方欲发使送武等，会缑王与长水虞常等谋反匈奴中⑯。缑王者，昆邪王姊子也⑰，与昆邪王俱降汉，后随浞野侯没胡中⑱。及卫律所将降者⑲，阴相与谋劫单于母阏氏归汉⑳。会武等至匈奴。虞常在汉时，素与副张胜相知，私候胜曰㉑："闻汉天子甚怨卫律，常能为汉伏弩射杀之。吾母与弟在汉，幸蒙其赏赐㉒。"张胜许之，以货物与常。

后月余，单于出猎，独阏氏、子弟在。虞常等七十余人欲发㉓，其一人夜亡㉔，告之㉕。单于子弟发兵与战，缑王等皆死，虞常生得㉖。单于使卫律治其事㉗。张胜闻之，恐前语发㉘，以状语武㉙。武曰："事如此，此必及我㉚。见犯乃死㉛，重负国㉜。"欲自杀。胜、惠共止之。虞常果引张胜㉝。单于怒，召诸贵人议㉞，欲杀汉使者。左伊秩訾曰[35]:"即谋单于,何以复加[36]? 宜皆降之。"单于使卫律召武受辞[37]。武谓惠等:"屈节辱命,虽生,何面目以归汉!"引佩刀自刺[38]。卫律惊,自抱持武,驰召医。凿地为坎[39],置煴火[40],覆武其上,蹈其背以出血[41]。武气绝,半日复息[42]。惠等哭,舆归营[43]。单于壮其节,朝夕遣人候问武,而收系张胜[44]。

武益愈。单于使使晓武会论虞常[45],欲因此时降武。剑斩虞常已,律曰:"汉使张胜谋杀单于近臣[46],当死。单于募降者赦罪[47]。"举剑欲击之,胜请降。律谓武曰:"副有罪,当相坐[48]。"武曰:"本无谋,又非亲属,何谓相坐?"复举剑拟之[49],武不动。律曰:"苏君,律前负汉归匈奴,幸蒙大恩,赐号称王,拥众数万,马畜弥山[50],富贵如此。苏君今日降,明日复然。空以身膏草野[51],谁复知之?"武不应。律曰:"君因我降[52],与君为兄弟。今不听吾计,后虽欲复见我,尚可得乎?"武骂律曰:"女为人臣子,不顾恩义,畔主背亲[53],为降虏于蛮夷,何以女为见[54]? 且单于信女,使决人死生,不平心持正,反欲斗两主[55],观祸败。南越杀汉使者,屠为九郡[56];宛王杀汉使者,头县北阙[57];朝鲜杀汉使者,即时诛灭[58]。独匈奴未耳。若知我不降明[59],欲令两国相攻,匈奴之祸,从我始矣。"律知武终不可胁,白单于。单于愈益欲降之,乃幽武置大窖中[60],绝不饮食[61]。天雨雪[62],武卧啮雪,与旃毛并咽之[63],数日不死。匈奴以为神,乃徙武北海上无人处[64],使牧羝[65],羝乳乃得归[66]。别其官属常惠等[67],各置他所。

武既至海上,廪食不至[68],掘野鼠去草实而食之[69]。杖汉节牧羊[70],卧起操持,节旄尽落。积五六年,单于弟於靬王弋射海上[71]。武能网纺缴[72],檠弓弩[73],於靬王爱之,给其衣食。三岁余,王病,赐武马畜、服匿、穹庐[74]。王死后,人众徙去[75]。其冬,丁令盗武牛羊[76],武复穷厄[77]。

初,武与李陵俱为侍中[78]。武使匈奴明年,陵降,不敢求武[79]。久之,单于使陵至海上,为武置酒设乐。因谓武曰:"单于闻陵与子卿素厚[80],故使陵来说足下,虚心欲相待。终不得归汉,空自苦亡人之地[81],信义安所见乎? 前长君为奉车[82],从至雍棫阳宫[83],扶辇下除[84],触柱折辕[85],劾大不敬[86],伏剑自刎,赐钱二百万以葬。孺卿从祠河东后土[87],宦骑与黄门驸马争船[88],推堕驸马河中溺死。宦骑亡,诏使孺卿逐捕,不得,惶恐饮药而死[89]。来时,大夫人已不幸[90],陵送葬至阳陵[91]。子卿妇年少,闻已更嫁矣。独有女弟二人[92],两女一男[93],今复十余年,存亡不可知。人生如朝露,何久自苦如此! 陵始降时,忽忽如狂[94],自痛负汉,加以老母系保宫[95]。子卿不欲降,何以过陵[96]! 且陛下春秋高[97],法令亡常[98],大臣亡罪夷灭者数十家[99],安危不可知,子卿尚复谁为乎! 愿听陵计,勿复有云[100]。"武曰:"武父子亡功德,皆为陛下所成就[101],位列将[102],爵通侯[103],兄弟亲近[104],常愿肝脑涂地[105]。今得杀身自效[106],虽蒙斧钺汤镬[107],诚甘乐之[108]。臣事君,犹子事父也。子为父死,亡所恨。愿勿复再言!"

陵与武饮数日,复曰:"子卿壹听陵言[109]。"武曰:"自分已死久矣[110]! 王必欲降武[111]，请毕今日之欢，效死于前。”陵见其至诚，喟然叹曰：“嗟乎，义士！陵与卫律之罪，上通于天。”因泣下沾衿，与武决去[112]。陵恶自赐武[113]，使其妻赐武牛羊数十头。

后陵复至北海上，语武：“区脱捕得云中生口[114]，言太守以下吏民皆白服[115]，曰上崩。”武闻之，南向号哭，呕血，旦夕临[116]，数月。

昭帝即位[117]，数年，匈奴与汉和亲[118]。汉求武等，匈奴诡言武死。后汉使复至匈奴，常惠请其守者与俱[119]，得夜见汉使，具自陈道[120]。教使者谓单于，言：“天子射上林中[121]，得雁，足有系帛书，言武等在某泽中。”使者大喜，如惠语以让单于[122]。单于视左右而惊，谢汉使曰[123]：“武等实在。”

于是李陵置酒贺武曰：“今足下还归，扬名于匈奴，功显于汉室。虽古竹帛所载[124]，丹青所画[125]，何以过子卿！陵虽驽怯[126]，令汉且贯陵罪[127]，全其老母[128]，使得奋大辱之积志[129]，庶几乎曹柯之盟[130]，此陵宿昔之所不忘也[131]。收族陵家[132]，为世大戮[133]，陵尚复何顾乎[134]？已矣，令子卿知吾心耳！异域之人，壹别长绝[135]！”陵起舞，歌曰：“径万里兮度沙幕[136]，为君将兮奋匈奴[137]。路穷绝兮矢刃摧[138]，士众灭兮名已隤[139]。老母已死，虽欲报恩将安归！”陵泣下数行，因与武决。单于召会武官属[140]，前以降及物故[141]，凡随武还者九人。

武以始元六年春至京师[142]。诏武奉一大牢谒武帝园庙[143]。拜为典属国[144]，秩中二千石[145]。赐钱二百万，公田二顷，宅一区[146]。常惠、徐圣、赵终根皆拜为中郎[147]，赐帛各二百匹。其余六人老，归家，赐钱人十万，复终身[148]。常惠后至右将军，封列侯，自有传。武留匈奴凡十九岁，始以强壮出，及还，须发尽白。

【注释】

①本文节选自《汉书·李广苏建传》。苏武传附在其父苏建传后，因此，开头不再写苏武的姓。 ②以父任：因父亲职位关系而任官。 郎：官名，为皇帝近侍。汉制，凡二千石以上官员，其子弟得以父荫为郎。 ③稍迁：逐渐升迁。 栘(yí)：指汉宫廷中的移园。 厩(jiù)：马棚。 ④数(shuò)通使：屡次互派使者。 相窥观：互相窥探对方情况。 ⑤留：此处为扣留之意。 辈：批。 ⑥以相当：以相抵偿。当，抵偿。 ⑦天汉：汉武帝年号(前100—前97)。 ⑧且鞮(jū tí)侯：单(chán)于的名字。单于，匈奴称其君主为单于。 ⑨丈人：家长。 行(háng)：辈。 ⑩归：送还。 ⑪中郎将：官名。 节：使者所持的信物，用竹做节杆，上缀牦牛尾，共三层，又称“旄节”。 ⑫赂：馈送。 ⑬假吏：本非吏而临时充当吏者。 常惠：太原人，随苏武出使匈奴，后与苏武同时归国，拜光禄大夫。 ⑭士：士卒。 斥候：军中侦察人员，此处指在路上担任侦察工作者。 俱：同行。 ⑮置币：摆列礼物。 遗(wèi)：赠送。 ⑯会：适逢。 缑(gōu)王：匈奴的一个亲王。 长水：水名，在今陕西省蓝田县西北。汉派遣“胡骑”(归化的胡人所组成的骑兵)屯聚于此。虞常当为长水的“胡骑”，后降匈奴。 ⑰昆邪(hún yé)王：匈奴的一个亲王，居于匈奴西部，武帝元狩二年(前121)降汉。 ⑱浞(zhuó)野侯：是汉将赵破奴的封号。太初元年(前104)，匈奴左大都尉欲杀单于降汉，武帝于太初二年

遣赵破奴统兵前往接应，事被单于发觉，破奴被俘，其军皆没于匈奴。当时缑王隶属破奴军，亦投降匈奴。 ⑲卫律：生长于汉，与协律都尉李延年友善，被延年推荐，出使匈奴。卫律从匈奴回来，李延年因罪全家被杀，卫律怕受牵连，便逃降匈奴，被单于封为丁零王。当时虞常属卫律统辖。 将：率领。 ⑳阏氏(yān zhī)：匈奴对皇后的称号。 ㉑私候：私下拜访。㉒幸蒙：希望得到。 其：指汉廷。 ㉓发：发动，指起事。 ㉔亡：逃走。 ㉕告之：告发此事。 ㉖生得：活捉。 ㉗治：审理。 ㉘发：泄露。 ㉙状：情况。 语：告诉。 ㉚及：连及，牵连。 ㉛见犯：被凌辱。 乃：才。 ㉜重(zhòng)：更加，加重。 负：辜负，对不起。㉝引：牵引，这里指供出。 ㉞贵人：指匈奴的贵族。 ㉟左伊秩訾(zī)：匈奴王号。匈奴王号有左右之分。 ㊱复加：指加重处分。 ㊲受辞：受审，取口供。 ㊳引：抽出，拔出。㊴坎：坑。 ㊵煴(yūn)火：没有火苗的微火。 ㊶蹈：通"搯(tāo)"，轻轻拍打。 ㊷息：呼吸。㊸舆：此处作动词用，以车载送。 ㊹收系：逮捕监禁。 ㊺使使：派遣使者。 会论：共同判决罪犯。 ㊻近臣：亲近之臣，此处是卫律自称。 ㊼募：招求。 ㊽相坐：相连坐，相连治罪。古代法律，凡犯谋反等大罪者，其亲属等因此连同治罪，称为连坐。 ㊾拟：比划，做出要砍杀的样子。 ㊿弥山：满山。 51膏：肥沃，滋润，这里作动词用。 52因：依靠。 53畔：通"叛"。 54何以女为见：即"何以见女为"，意思是见你干什么。 55斗两主：使单于和汉天子相争斗。 56"南越"二句：汉武帝元鼎五年(前112)，南越王相吕嘉杀死南越王、王太后及汉使者，武帝遣将讨之，次年，南越降，以南越之地置九郡。 屠：犹"夷"，平定。 57宛王：大宛国王。大宛，西域国名。汉武帝太初元年(前104)，汉遣车令往大宛求良马，大宛不与，汉使者骂宛王。其国中贵人令其东边之郁成王攻杀汉使。武帝遣李广利率兵征大宛。太初三年，大宛诸贵族杀死国王毋寡，献马出降。 县：通"悬"。 北阙：指汉宫的北阙。58"朝鲜"二句：汉武帝元封二年(前109)，汉遣使涉河说降朝鲜王右渠，为右渠所杀。武帝乃命杨仆、荀彘等往讨之。次年，朝鲜尼溪相参杀右渠降汉。 59若：你。 60幽：囚禁。 窖(jiào)：收藏粮食、物品的地穴。 61绝不饮食(yìn sì)：断绝供应，不给吃的喝的。 饮食：用为使动词。 62雨(yù)：下，作动词用。 63啮(niè)：咬。 旃(zhān)：通"毡"。 64北海：当时在匈奴北境，即今西伯利亚的贝加尔湖。 65羝(dī)：公羊。 66乳：生育，此指生小羊。67别：分开，隔离。 68廪(lǐn)食：指匈奴当局所应供给的粮食。 69去：通"弆(jǔ)"，藏。70杖汉节：拄着代表汉朝的节。 71於靬(wū qián)王：且鞮侯单于的弟弟。 弋(yì)射：射猎。弋，用绳系在箭上射。 72网纺缴(zhuó)：据《太平御览》卷四八六所引，"网"上有"结"字。结网，编结打猎所用的网。缴，箭的尾部所系的丝绳。 73檠(qíng)：矫正弓弩的工具。这里作动词用，"矫正"的意思。 74服匿：盛酒酪的瓦器。 穹庐：大型的圆顶帐篷。 75人众：指於靬王部下。 徙去：迁离。 76丁令：即"丁零"，匈奴族的别支。当时卫律为丁零王，盗武牛羊者当是卫律指使。 77穷厄：穷困。 78李陵：汉代名将李广的孙子，字少卿。武帝时率兵五千与匈奴作战，寡不敌众，又无援兵，力竭而降。 侍中：宫廷内掌管皇帝乘舆服物的官。 79求：求见。 80素厚：一向交谊深厚。 81空自：白白地，徒然。 亡：通"无"。82长君：指苏武长兄苏嘉。 奉车：官名，即"奉车都尉"，皇帝出行时，负责车马的侍从官。83雍：汉代县名，在今陕西省凤翔县南。 棫(yù)阳宫：秦时宫名，在雍地。 84辇(niǎn)：皇帝乘坐的车。 除：殿阶。 85辕：与车轴相连伸向前面作驾车用的两条长木。 86劾(hé)：弹劾。 大不敬：不敬皇帝的罪名，依法当斩。 87孺卿：苏武弟苏贤之字。 祠：祭祀。

河东:郡名,在今山西夏县北。 后土:土地神。 ⑱宦骑:充当骑从的宦官。 黄门驸马:驸马都尉属下的官名。驸马,即"副马",本指皇帝副车所用之马,后指驾驭副马之官。 ⑲饮药:犹言服毒。 ⑳大夫人:指苏武的母亲;大,通"太"。 不幸:死的讳称。 ㉑阳陵:汉景帝陵,后为县,在今陕西省咸阳市东。苏氏墓地当在阳陵。 ㉒女弟:妹妹。 ㉓两女一男:指苏武的两个女儿、一个儿子。 ㉔忽忽:迷惘恍惚、神情不定的样子。 狂:精神失常。 ㉕系:拘禁。 保宫:汉代囚禁犯罪大臣及眷属的地方,又名"居室"。 ㉖过:超过。 ㉗春秋高:年纪大了。 ㉘亡:通"无"。亡常,无一定。 ㉙夷灭:杀灭。 ⑩勿复有云:不要再说什么了。 ⑩成就:用作动词,提拔、栽培的意思。 ⑩位列将:指父苏建为右将军。 ⑩爵通侯:指父苏建封平陵侯。爵,爵号。通侯,汉爵位中最高一级。 ⑩亲近:指为皇帝近臣。 ⑩肝脑涂地:形容惨死,这里指不惜牺牲一切。 ⑩效:献出,尽力,这里指效忠于国家。 ⑩蒙斧钺汤镬:指被处以极刑。蒙,受到。斧钺汤镬(huò),都是古代刑具。 ⑩甘乐:甘心乐意。 ⑩壹:一定要。 ⑩自分(fèn):自己料定。 ⑪王:指李陵。匈奴封陵为右校王。 ⑫决:同"诀",分别。 ⑬恶(wù):羞愧。 ⑭区(ōu)脱:本指边界部落,此处指匈奴与汉交界地区。 云中:郡名,在今内蒙河套东部一带。 生口:俘虏。 ⑮白服:白色丧服。 ⑯临:哭。专用于哭奠死者。 ⑰昭帝:汉武帝的小儿子,名弗陵,公元前87年即位,公元前83年与匈奴议和。 ⑱和亲:本指与外族结为婚姻,这里指达成和议。 ⑲请其守者与俱:请求看守他的人一起去见汉使。 ⑳具:完全、详细。 陈道:陈述。 ㉑上林:汉苑名,故址在今陕西省长安县西。 ㉒让:责备。 ㉓谢:指表示歉意地告诉。 ㉔竹帛:指史籍。 ㉕丹青:指图画。 丹青所画:指古代丹青所画的杰出人物。 ㉖驽怯:无能和胆怯。 ㉗令:假使。 贳(shì):宽恕。 ㉘全其老母:谓不杀陵之老母。全,保全。 ㉙奋:奋起,奋发。 积志:蓄积已久的志向。 ㉚曹柯之盟:指曹沫劫齐桓公之事。曹沫,春秋时鲁国将领,齐军伐鲁,曹沫三战皆败,鲁庄公献遂邑之地以求和,与齐盟于柯。曹沫于盟时执匕首劫齐桓公,迫使桓公归还所侵之地。柯,春秋时齐邑,故址在今山东省阳谷县东北。 ㉛宿昔:以前。 ㉜收:收捕。 族:灭族。 ㉝大戮:大耻辱。 ㉞顾:留恋。 ㉟壹别长绝:这一次分别就要永久隔绝了。 ㊱径:行经,穿过。 度:同"渡"。 幕:通"漠"。 ㊲奋:奋击。 ㊳矢刃摧:指兵器都被损坏。 ㊴隤:同"颓",败坏。 ㊵会:聚集。 召会:召集。 ㊶物故:死亡。 ㊷始元:汉昭帝年号。始元六年,即公元前81年。 ㊸奉:呈献。 大牢:用一牛、一豕、一羊为祭品。 园:陵寝,帝、后的葬所。 ㊹典属国:官名,掌管少数民族事务。 ㊺中二千石:汉代二千石的官秩分三等,"中二千石"为最高。 ㊻区:所。 ㊼常惠、徐圣、赵终根:均为随苏武出使的属吏。 中郎:官名,掌管宿卫侍值等。 ㊽复:免除徭役。

【阅读提示】

本文记叙了苏武出使匈奴,被扣留十九年,历尽千辛万苦,终于回到汉廷的经历。通过苏武所受种种迫害和北海牧羊等许多情节的生动描写,刻画出苏武这一忠于国家和民族的英雄形象,歌颂了苏武富贵不能淫、威武不能屈的高尚节操。文中还着重叙写了卫律、李陵这两个不同类型的投降人物,通过人物的对比描写,更加突出了苏武高尚的民族气节。"苏武牧羊"的故事长期在民间广为流传,可见人民群众对这一人物形象的景仰和爱戴。当然,对于苏武来说,忠于自己的民族和国家与忠于国君是等同的，他所表现的民族气节不可避免地有其历史局限性。

杨王孙传[①]

杨王孙者，孝武时人也[②]。学黄老之术[③]，家业千金，厚自奉养生，亡所不致[④]。及病且终[⑤]，先令其子，曰："吾欲裸葬[⑥]，以反吾真[⑦]，必亡易吾意。死则为布囊盛尸，入地七尺。既下，从足引脱其囊，以身亲土[⑧]。"其子欲默而不从，重废父命[⑨]；欲从之，心又不忍。乃往见王孙友人祁侯[⑩]。

祁侯与王孙书曰："王孙苦疾，仆迫从上祠雍[⑪]，未得诣前。愿存精神，省思虑，进医药，厚自持。窃闻王孙先令裸葬，令死者亡知则已，若其有知，是戮尸地下，将裸见先人，窃为王孙不取也。且《孝经》曰：'为之棺椁衣裳。'[⑫]是亦圣人之遗制，何必区区独守所闻？愿王孙察焉。"

王孙报曰："盖闻古之圣王，缘人情不忍其亲[⑬]，故为制礼；今则越之[⑭]，吾是以裸葬，将以矫世也[⑮]。夫厚葬诚亡益于死者，而俗人竞以相高，靡财单币[⑯]，腐之地下。或乃今日入而明日发[⑰]，此真与暴骸于中野何异？且夫死者，终生之化，而物之归者也。归者得至[⑱]，化者得变，是物各反其真也。反真冥冥[⑲]，亡形亡声，乃合道情[⑳]。夫饰外以华众[㉑]，厚葬以鬲真[㉒]，使归者不得至，化者不得变，是使物各失其所也。且吾闻之：精神者，天之有也；形骸者，地之有也[㉓]。精神离形，各归其真，故谓之鬼；鬼之为言，归也。其尸块然独处[㉔]，岂有知哉？裹以币帛，鬲以棺椁，支体络束[㉕]；口含玉石，欲化不得，郁为枯腊[㉖]，千载之后，棺椁朽腐，乃得归土，就其真宅[㉗]。繇是言之[㉘]，焉用久客[㉙]！昔帝尧之葬也，窾木为匮[㉚]，葛藟为缄[㉛]，其穿下不乱泉，上不泄殠[㉜]。故圣王生易尚[㉝]，死易葬也。不加功于亡用，不损财于亡谓[㉞]。今费财厚葬，留归鬲至，死者不知，生者不得，是谓重惑[㉟]。於戏[㊱]！吾不为也。"

祁侯曰："善。"遂裸葬。

……

赞曰：昔仲尼称不得中行，则思狂狷[㊲]。观杨王孙之志，贤于秦始皇远矣[㊳]。

【注释】

①本文节选自《汉书·杨胡朱梅云传》。该篇是杨王孙、胡建、朱云、梅福、云敞五人的合传，今节选其一。此五人或狂放不羁，或不畏权贵，或豪侠正直，都是敢于同恶势力和坏风俗斗争的人。 ②孝武：汉武帝刘彻，在位五十四年（前141—前87）。 ③黄老：黄帝、老子，道家之祖。 黄老之术：道家学术。 ④厚自奉：自己的日常供养很优厚。 亡：同"无"，下同。致：得到。 ⑤且：将。 ⑥裸葬：不穿衣不用棺而葬。 ⑦反：同"返"。 真：道家术语，

本原，本性，这里指人的自然形态。 ⑧亲：直接接触。 ⑨重：难。 ⑩祁侯：缯贺之孙，名它。 ⑪上：皇上。 雍：地名，在今陕西凤翔境，秦汉君主常于此祭祀五帝。 ⑫句见《孝经·丧亲》。 棺椁(guǒ)：古代棺木有两重，内曰棺，外曰椁。 衣衾：衣服和覆盖尸体的单被。 ⑬缘：因为。 ⑭越之：指超越古人的礼制而厚葬奢靡。 ⑮矫世：矫正世风。 ⑯单：同"殚"，尽。 币：钱币。 ⑰发：发掘。 ⑱至：终点。 ⑲冥冥：无知觉的样子。 ⑳合道情：合乎自然万物的情理。 ㉑华众：同"哗众"，在众人面前夸饰。 ㉒鬲：同"隔"。 ㉓"精神者"四句：见《淮南子·精神训》和《列子·天瑞篇》。 ㉔块然：孤立无知觉的样子。 ㉕支体：同"肢体"。 络束：束缚。 ㉖郁：郁滞。腊(xī)：干肉。 ㉗真宅：真正的家宅，指与泥土俱化。 ㉘繇：同"由"。 ㉙久客：指长久不归真宅。 ㉚窾(kuǎn)：挖空。 匵(dú)：同"椟"，小木棺。 ㉛葛藟(lěi)：葛藤。 缄：约束捆扎。 ㉜殠(chòu)：腐气。 ㉝尚：尊奉。 ㉞亡谓：没有意义。 ㉟重惑：大惑。 ㊱於戏：即"呜呼"。 ㊲《论语·子路篇》："子曰：'不得中行而与之，必也狂狷乎？狂者进取，狷者有所不为也。'"中行：指言行合乎中庸的人。 与：交往。 狂：激进的人。 狷(juàn)：清介自守，不肯同流合污的人。 ㊳秦始皇：生前营造陵墓，工程极为浩大，葬敛又穷奢极侈，详见《史记·秦始皇本纪》。

【阅读提示】

《汉书》的思想内容，正统观念比较浓厚，进步性不及《史记》，但有些篇章也肯定与歌颂了一些敢于反抗传统的狷介正直之士。《杨王孙传》就正面赞扬了杨王孙不与世风妥协的品质。他利用道家返璞归真的理论，坚持裸葬，虽然行为激进，不易为一般人所接受，但他最终还是说服了家人和朋友。作者对他反对厚葬的主张是赞赏的，这实际上也是对汉代王公贵族崇尚厚葬的委婉批评。本篇主要以祁侯与王孙的来往书信组成，行文简洁，结构谨严，保持了《汉书》一贯的写作风格。

□汉乐府

乐府本是秦汉时设立的掌管音乐的机构。当时的乐府，一方面为文人创作的诗歌制谱配乐并演奏，一方面采集民间歌辞。魏晋以后，人们将乐府所唱的诗也称乐府，于是"乐府"便由官署的名称，一变而为诗体的名称。作为诗体名称，乐府又有广义和狭义的不同。狭义的乐府指汉以来入乐的诗，包括文人制作的和采自民间的。广义的乐府包括那些并未入乐，而袭用乐府旧题或模拟乐府体裁的作品。宋、元时甚至把与音乐有关的词、曲也包括在内。现存的两汉乐府民歌总共三四十首，大多收在宋人郭茂倩所编的《乐府诗集》中。

汉乐府民歌继承了《诗经》民歌的现实主义传统，多方面地反映了汉代的社会生活。

陌上桑

日出东南隅①,照我秦氏楼②。秦氏有好女③,自名为罗敷④。罗敷憙蚕桑⑤,采桑城南隅。青丝为笼系⑥,桂枝为笼钩⑦。头上倭堕髻⑧,耳中明月珠。缃绮为下裙⑨,紫绮为上襦⑩。行者见罗敷,下担捋髭须⑪。少年见罗敷,脱帽著帩头⑫。耕者忘其犁,锄者忘其锄。来归相怒怨,但坐观罗敷⑬。

使君从南来⑭,五马立踟蹰⑮。使君遣吏往,问是谁家姝⑯?"秦氏有好女,自名为罗敷。""罗敷年几何?""二十尚不足,十五颇有余。"使君谢罗敷⑰:"宁可共载不⑱?"罗敷前置辞:"使君一何愚⑲!使君自有妇,罗敷自有夫。"

"东方千余骑,夫婿居上头⑳。何用识夫婿㉑?白马从骊驹㉒;青丝系马尾,黄金络马头㉓;腰中鹿卢剑㉔,可直千万余㉕。十五府小史㉖,二十朝大夫㉗,三十侍中郎㉘,四十专城居㉙。为人洁白皙㉚,鬑鬑颇有须㉛。盈盈公府步㉜,冉冉府中趋㉝。坐中数千人㉞,皆言夫婿殊㉟。"

【注释】

①东南隅(yú):东南方。 ②我:"我们"的省称,这句用的是作者的口吻。 ③好女:美女。 ④罗敷:古代美女名,汉代女子常取以为名。 ⑤憙:同"喜"。一本作"善"。 ⑥青丝:青色的丝绳。 笼:篮子。 系:系在篮子上的绳。 ⑦桂枝:桂树的枝条。 钩:篮子上的提环。 ⑧倭堕髻:又称"堕马髻",发髻偏在一边,似堕非堕,是当时时髦的发式。 ⑨缃:浅黄色。 绮:有花纹的绫。 ⑩襦:短袄。 ⑪下担:放下担子。 捋(lǚ):抚摩。 髭(zī):嘴唇上的胡子。 须:下巴上的胡子。 ⑫著(zhuó):露出。 帩(qiào)头:古代男子束发的纱巾。 ⑬但:只。 坐:因为。 ⑭使君:汉代对太守、刺史的称呼。 ⑮五马:汉代太守驾车用五匹马。 踟蹰(chí chú):徘徊不前。 ⑯姝(shū):美女。 ⑰谢:问,告。 ⑱宁可:岂可,可不可以。 ⑲一何:犹"何其",怎么这样。 ⑳上头:前列。 ㉑何用:是"用何"的倒语,意即"根据什么"。 ㉒从:跟从。 骊(lí)驹:纯黑色的小马。 ㉓络:缠绕,笼罩,这里作马笼头。 ㉔鹿卢:同"辘轳",井上汲水用的滑轮。鹿卢剑,指剑首用玉作成辘轳形。 ㉕直:通"值"。 ㉖府小史:太守府中地位卑下的小官吏。 ㉗朝大夫:朝廷中的大夫。 ㉘侍中郎:皇帝的侍从官。按汉代的官制,侍中郎为加官,是在原官上特加的荣衔。 ㉙专城居:治理一城的长官,如太守、刺史之类的官。 ㉚皙(xī):皮肤白。 ㉛鬑鬑(lián):须发修长的样子。 ㉜盈盈:步伐轻盈舒缓的样子。 公府步:官步。 ㉝冉冉:从容状。 趋:走。古礼,尊贵者行迟,卑贱者行速。 ㉞坐:通"座"。 ㉟殊:优秀出众。

【阅读提示】

本篇通过一个采桑女子严词拒绝太守调戏的故事,赞美了女主人公的坚贞和智慧,揭露了当时上层社会人们的荒淫和无耻。诗人用正面铺叙、侧面烘托和渲染以及夸张等艺术手法，成功地塑造了采桑女罗敷这个美丽坚贞、敢于斗争而又善于斗争的妇女形象。全诗充满了喜剧气氛。诗中写罗敷美貌一节，在艺术上别具一格。诗人没有太多的笔墨正面描写罗敷的美貌，而着重刻画了见到罗敷的人的神态、举止的失常。这种侧面烘托更耐人寻味，罗敷之美不言自明，同时给读者留下了想象的空间。

饮马长城窟行

青青河畔草，绵绵思远道①。远道不可思②，宿昔梦见之③。梦见在我傍，忽觉在他乡④。他乡各异县，展转不相见⑤。枯桑知天风，海水知天寒。入门各自媚⑥，谁肯相为言⑦！

客从远方来，遗我双鲤鱼⑧。呼儿烹鲤鱼⑨，中有尺素书⑩。长跪读素书⑪，书中竟何如？上言加餐食，下言长相忆。

【注释】

① 绵绵：连绵不断之貌。这里义含双关，看到细密绵延的野草而引起缠绵不断的思念。远道：犹言"远方"。 ② 不可思：是无可奈何的反语。人在远方，想也是白想。 ③ 宿昔：昨夜。 ④ 觉：醒。 ⑤ 展转：同"辗转"，不定。 ⑥ 媚：爱悦。 ⑦ 言：问讯。 ⑧ 双鲤鱼：指信函。古人寄信藏于木函中，函用刻为鱼形的两块木板制成，一底一盖，所以称之为"双鲤鱼"。 ⑨ 烹鲤鱼：指打开信函。 ⑩ 尺素书：指书信。 ⑪长跪：伸直了腰跪着，以示恭敬。古人平日席地而坐，坐时两膝着地，坐在脚后跟上，犹如今日之跪。

【阅读提示】

这是一首闺妇思夫的诗。上半阕写闺妇因丈夫久出不归，日夜想念，由"思"而入梦，梦醒而生悲的孤凄之情。思妇的相思之苦，犹如"枯桑"、"海水"一样，埋在心里，只有她自己经受煎熬，别人难以体会。尤其是他人的团聚，更增加了自己的离别之苦。诗的下半阕写闺妇接读丈夫来信的复杂心情。一方面是惊喜的，而另一方面，丈夫在信中示关怀、表相思，也意味着丈夫归期的渺茫，这又不能不使闺妇极度地失望。这首诗写的是一般的相思之情，却写得缠绵婉转，细腻深沉，由浅而深地揭示出思妇复杂而微妙的内心世界。

□古诗十九首

《古诗十九首》是汉代无名氏作品，原非一时一人所作，梁代萧统因各篇风格相近，将它们合在一起，收入《昭明文选》，题为《古诗十九首》，后世遂沿用这一名称。这十九首诗，作者均不可考，大概可推知为东汉末期的作品，内容大多写夫妇、朋友间的离愁别绪和士子彷徨失意的消极情绪，是早期文人五言诗的重要作品。这些诗艺术成就较高，钟嵘《诗品》评说"天衣无缝，一字千金"，历来被奉为五言诗的一种典范。

行行重行行①

行行重行行，与君生别离②。相去万余里，各在天一涯③。道路阻且长④，会面安可知？胡马依北风⑤，越鸟巢南枝⑥。相去日已远⑦，衣带日已缓⑧。浮云蔽白日⑨，游子不顾反⑩。思君令人老，岁月忽已晚⑪。弃捐勿复道⑫，努力加餐饭。

【注释】

①本篇是《古诗十九首》的第一首。　重行行：行而不止。　②生别离：活生生地分离。　③天一涯：天的一方。　④阻：艰险。　⑤胡马：北方所产的马。　依：依恋。　⑥越鸟：南方的鸟。　巢：这里用作动词，筑巢。这句说，南方的鸟北飞后仍然在朝南的树枝上筑巢。以上两句暗示禽兽尚有依恋故土之情，何况是人。　⑦已：同"以"，语中助词。　远：久。　⑧缓：宽松。　⑨浮云蔽白日：比喻游子在外为人所惑。　⑩顾：念。　⑪这句说，时光很快，不知不觉又是岁暮了。　⑫捐：弃。　道：谈说。

【阅读提示】

这首诗写一个女子对远行异乡的丈夫的思念。全诗通过路远聚难、岁月易逝的感慨，倾吐自己相思之苦，表达对丈夫久别不归的浓重的怨情。诗中用胡马、越鸟作比，深深责怪丈夫尚不如马鸟有情，同时说明自己怀有深情。也正是因为情笃思深，才会有"浮云蔽白日，游子不顾反"的猜疑。无论是相思、不满还是猜疑，都表达了思妇的一往情深。诗的结尾表面上写思妇的豁达，实际上写出了思妇的一种无可奈何的痛楚。这首诗用浅近无华的语句，委曲尽致地表达了一个思妇的幽思愁怨之情，感情强烈，扣人心弦。

明月何皎皎①

明月何皎皎，照我罗床帏②。忧愁不能寐，揽衣起徘徊③。客行虽云乐，不如早旋归④。出户独彷徨⑤，愁思当告谁。引领还入房⑥，泪下沾裳衣。

【注释】

①本篇是《古诗十九首》的第十九首。　②罗床帏：罗绮做成的床帐。　③揽：取。揽衣，

犹言“披衣”、“穿衣”。 ④旋归:回归,归家。 ⑤彷徨:徘徊。 ⑥引领:伸长脖子,“抬头仰望”的意思。

【阅读提示】

这首诗有人说是游子久客思归的诗,有人解为女子闺中望夫的诗,两说都可以通。但从全诗的情调看,作思妇解的诗更恰当。诗的开头写月夜思夫,愁苦难眠,次写出户徘徊,忧愁难解,最后写回到房中,独自下泪。全诗除“客行”二句是设为妇劝夫归之语,其余都是思妇自抒情怀。主人公一切细微变化都与其周围环境相适应,不愧是写情妙笔。

□赵 壹

赵壹,生卒年不详,字元叔,汉阳西县(今甘肃天水西南)人,生活在东汉末顺帝至灵帝年间。他出身寒门,为人耿介高傲,狂放不羁,多次因触犯当权者而险些丧生。灵帝光和元年(178)为计吏入京,受到司徒袁逢和河南尹羊涉的器重,一时名动京师。公府屡次征召,皆不就,终老于家中。所著以《刺世嫉邪赋》最为有名。

刺世嫉邪赋

伊五帝之不同礼①,三王亦又不同乐②。数极自然变化③,非是故相反驳④。德政不能救世溷乱⑤,赏罚岂足惩时清浊?春秋时祸败之始⑥,战国愈复增其荼毒⑦。秦汉无以相逾越,乃更加其怨酷⑧。宁计生民之命⑨,唯利己而自足⑩。

于兹迄今⑪,情伪万方⑫。佞谄日炽⑬,刚克消亡⑭。舐痔结驷⑮,正色徒行⑯。妪媀名势⑰,抚拍豪强⑱。偃蹇反俗⑲,立致咎殃⑳。捷慑逐物㉑,日富月昌。浑然同惑,孰温孰凉㉒?邪夫显进㉓,直士幽藏㉔。

原斯瘼之攸兴㉕,实执政之匪贤㉖。女谒掩其视听兮㉗,近习秉其威权㉘。所好则钻皮出其毛羽,所恶则洗垢求其瘢痕。虽欲竭诚而尽忠,路绝险而靡缘㉙。九重既不可启㉚,又群吠之狺狺㉛。安危亡于旦夕㉜,肆嗜欲于目前㉝。奚异涉海之失柂㉞,积薪而待燃。荣纳由于闪榆㉟,孰知辨其蚩妍㊱!故法禁屈挠于势族㊲,恩泽不逮于单门㊳。宁饥寒于尧舜之荒岁兮,不饱暖于当今之丰年。乘理虽死而非亡㊴,违义虽生而匪存㊵。

有秦客者㊶,乃为诗曰:“河清不可俟,人命不可延。顺风激靡草㊷,富贵者称贤㊸。文籍虽满腹㊹,不如一囊钱。伊优北堂上㊺,抗脏倚门边㊻。”鲁生闻此辞,系而作歌曰[47]:"势家多所宜[48],咳唾自成珠。被褐怀金玉[49],兰蕙化为刍[50]。贤者虽独悟[51],所困在群愚[52]。且各守尔分[53],勿复空驰驱。哀哉复哀哉,此是命矣夫!"

【注释】

①伊:发语词。 五帝:《史记》以黄帝、颛顼、帝喾、尧、舜为五帝。 ②三王:指夏、商、周三代开国之君,即夏禹、商汤、周文王和周武王。 ③数:指社会、自然发展的定数、气数。 极:极限。这句说,气数到了极限自然要有变化。 ④非是:指"非"与"是"。 故:犹说"本来是"。 驳:同"驳"。反驳,排斥。 ⑤溷(hùn)乱:浊乱。 ⑥时:通"是"。 ⑦荼(tú)毒:比喻苦难。荼,苦菜。 ⑧怨酷:怨恨惨痛。 ⑨宁计:哪里考虑。 生民:即人民。 ⑩自足:满足自己的欲望。 ⑪兹:此,指春秋时代。 ⑫情伪:弊病。 万方:形形色色,极言弊病之多。 ⑬佞:巧媚善辩。 谄:奉承拍马。 ⑭刚克:刚强正直的品德。 ⑮舐(shì)痔结驷:见《庄子·列御寇》。宋人曹商出使秦国,因讨好秦王,得车一百辆,回来向庄子夸耀。庄子说:"秦王有病,召医,破痈溃痤者,得车一乘,舐痔者得车五乘,所治愈下,得车愈多,子岂治其痔邪?何得车之多也?"舐,舔。痔,痔疮。驷,四匹马拉的车。 ⑯正色:指正直的人。 徒行:步行,即没有车子。 ⑰妪媀(yù qǔ):伛偻,屈背。这里指卑躬屈节。 ⑱抚拍:亲昵献媚的样子。 ⑲偃蹇(jiǎn):高傲。 反俗:与世俗风气背道而驰,即不同流合污。 ⑳致:招致。 咎殃:罪过,灾祸。 ㉑捷慑:急切而恐落后的样子。 逐物:追逐名利权势。 ㉒浑然同惑:好坏混同一体,是非不明。 温凉:指是非好坏。 ㉓邪夫:奸邪的小人。 显进:显耀、高升。 ㉔幽藏:隐退、埋没。 ㉕原:探究,考察。 瘼(mò):病,这里指弊病。 攸(yōu):所。 ㉖匪:同"非",不。 ㉗女谒:指宫中得宠弄权的嫔妃。 掩:蒙蔽。 ㉘近习:指皇帝左右的近臣。 秉:把持、掌握。 ㉙靡缘:无路可以攀循。靡,无。 ㉚九重:指君门。 ㉛狺(yín):狗吠声。这里指小人的诽谤。 ㉜安危句:是说国家危亡就在早晚之间,而统治者犹以为安。 ㉝肆:放纵。 ㉞奚:何。 柂:同"舵"。 ㉟荣纳:受宠幸而被采纳。 闪榆(yú):邪佞的样子。 ㊱蚩妍(chī yán):丑恶和美好。 ㊲法禁:法律禁令。 屈挠:屈服,被阻挠。 ㊳恩泽:指皇帝所给的恩惠。 逮:及。 单门:无权无势的寒门细族。 ㊴乘理:依顺正理。 虽死而非亡:虽死犹生。 ㊵违义:违背正义。 匪存:不存在。 ㊶秦客:与下文的鲁生,都是假托的人物。 ㊷激:疾吹。 靡草:细弱的草。这句比喻没有骨气的人随风倾倒。 ㊸称贤:被推称为贤人。 ㊹文籍:文章书籍,指学问。 ㊺伊优:卑屈逢迎的样子,指献媚小人。 北堂:坐北朝南的厅堂,富贵者所居。 ㊻抗脏:高亢刚直的样子,指正直君子。 ㊼系:连续,接着。 ㊽势家:有权势的豪门贵族。 ㊾被:披,穿着。 褐:粗布衣。 金玉:比喻才德。 ㊿兰蕙:香草。 刍:喂牲畜的干草。 [51]独悟:独自醒悟。 [52]所困在群愚:被一群愚蠢的人所困。 [53]尔分:你的本分。

【阅读提示】

本文选自《后汉书·文苑列传》,是一篇富有批判现实意义的作品。全文以犀利的语言,愤激的情绪,尖锐地揭露和抨击了东汉末年贤愚不分、黑白颠倒的社会现实,并大胆地指出这一切不合理的根源就在于"执政之匪贤"。可谓见解深刻、击中要害。但文中也流露了一些消极情绪。本文抒情意味浓厚,感情强烈,加之大量运用排比和对偶句式,增强了文章的气势和感染力。在辞赋风格上,变典丽为平易,变含蓄为显露,没有辞藻堆砌,语言朴实,比喻生动。结尾用秦客、鲁生的五言诗形式,打破了一般赋“乱辞”的常例,别具一格。

【相关链接】

秦汉散文概述:http://www.hxfy5000.com/2009/0620/2OMDAwMDAxMDM2OA-2.html

司马迁研究:http://www.simaqian.net/

史记:http://www.guoxue.com/wenxian/wxshi/shibu.htm

汉书:http://www.guoxue.com/shibu/24shi/hansu/hsuml.htm

淮南子:http://www.guoxue.com/zibu/huainanzi/hnzml.htm

中国辞赋网:http://zhcfw.tc168.net/

古典诗库:http://www.shigeku.org/shiku/gs/index.htm

魏晋南北朝文学概述

魏晋南北朝从汉末大乱到隋代统一，历时约四百年。这一时期，我国社会处于长期分裂和动荡不安的状态，情况复杂，文学也发生了许多变化。

诗歌是此期的重要文学样式。汉末的社会动乱和思想的活跃，使建安诗坛大放异彩。以曹操、曹丕、曹植和孔融、王粲、刘桢、陈琳、阮瑀、徐幹、应玚等"建安七子"为代表，诗人们描写社会动乱的现实，抒发建功立业的抱负，形成了"慷慨悲凉"的时代风格。这就是后世称道的"建安风骨"。久已沉寂的四言诗在曹操手里出现中兴景象，五言诗的创作更是繁荣，成为我国古典诗歌的主要形式之一。曹丕的《燕歌行》开创了七言的新诗体，曹植则是这一时期杰出的代表。

魏末，司马氏集团为了篡夺曹氏政权，用残酷的杀戮排除异己。恐怖险恶的社会现实影响了文学。正始时期，文人崇尚老庄，高谈玄理，遗落世事。政治和哲学思想的变化，引起诗风的演变。建安诗人希望建功立业的积极进取精神，在这一时期的代表作家阮籍、嵇康的作品中已不复存在。他们对黑暗政治满怀愤恨，但为了免遭不测，诗中往往多用比喻象征。阮籍的五言《咏怀诗》八十二首，以隐晦曲折的手法，抒写了他嗟生忧时的思想感情。

西晋太康中，有三张（张载、张协、张亢）、二陆（陆机、陆云）、二潘（潘岳、潘尼）、一左（左思）为代表的一批作家。其中陆机在当时最负盛名，但他的诗内容不甚充实，重在艺术形式方面的探索。左思则独树一帜，他的《咏史》八首借歌咏古代史事，抒写当时寒门失意之士的怨愤，情调高亢，笔力矫健，被钟嵘《诗品》称之为"左思风力"。太康之后，永嘉之际的著名诗人则有刘琨和郭璞。

东晋时期，士大夫崇尚清谈，以老庄哲理入诗的玄言诗流行一时。东晋末年，出现了杰出诗人陶渊明。他的诗可分为田园诗和咏怀诗两类。他以朴素而又富有情趣的笔墨，多方面地描写田园风光，抒写真切感受，后人称他为"田园诗人"，诗风平淡自然，在当时独树一帜；其咏怀诗，继承了阮籍和左思的传统，表现了对社会现实的不能忘怀和对污浊世俗的不满。

晋宋之际，山水诗兴起，玄言诗告退。谢灵运是我国诗史上第一个精细刻画山水景物的诗人。他的诗追求对偶工整，刻意雕琢。与谢灵运同时代的著名诗人有颜延之与鲍照，人称“永嘉三雄”。鲍照诗继承和发扬汉乐府反映现实的优良传统，抒写怀才不遇的内心愤懑，批判门阀制度的不合理，具有深广的社会内容，感情奔放，笔力雄健，具有独特风格。

齐永明年间，著名诗人沈约、王融、谢朓等，根据四声和双声叠韵来研究诗句中的声、韵、调的配合，追求新变，形成了被人称为“永明体”的新体诗，反映出诗歌从比较自由到讲究格律的趋势。“永明体”诗人谢朓的山水诗，吸取谢灵运状物精细的长处，又克服了其情景游离的缺点，表现出情景交融、清新流丽、音律调谐的优点与特长。

梁陈时代诗风每况愈下。梁简文帝提倡新体，好作艳诗，宫廷诗人庾肩吾、徐摛等人朝夕献诗，披之管弦，于是产生了所谓宫体诗。宫体诗词藻浮华，风格柔弱。在宫体诗泛滥之时，有一些诗人的诗歌写得较好。如吴均的诗“清拔有古气”，何逊、阴铿的山水诗也清新不俗。

北朝文人多事模仿，很少创造。由南入北的庾信却是集南北文学之大成的作家。他前期出入于梁朝宫廷，多奉和、应制和流连光景之作，风格浮艳。后期被迫做了北朝的官，生活和思想发生了巨大变化，作品多表达对故国的思念和屈身为宦的无奈。

东晋、南北朝也是乐府民歌发达的时期。南朝民歌中的《吴声歌曲》、《西曲歌》产生在建业（今南京）为中心的江南地区和荆州（今湖北江陵）一带，几乎全是情歌，体制短小，多用双关隐语，语言清新自然，情调宛转缠绵。北朝民歌风格则与南朝民歌迥异。北朝民歌题材较南朝民歌广泛，诸如战争、尚武、羁旅、人民的贫寒等内容，都有所反映，语言质朴，风格直率豪放。

魏晋南北朝是古代散文发展的重要阶段。在审美领域，因为人性的觉醒，导致新的审美观的产生，并由此影响到文风的转变。建安时期的散文，开始摆脱汉代散文引经据典的风气，改变其板滞凝重的面目，有“清峻、通脱、华美、壮大”的特点。如曹操的文章清峻简约，曹丕、曹植的散文富有抒情性，语言渐趋华美，孔融、陈琳、阮瑀的文章文气充沛，辞采壮丽，颇具战国纵横家之遗风。

魏末，受司马氏集团大肆杀戮的影响，士大夫为全身避祸崇尚清谈，行为放达，文风趋向玄远。而嵇康、阮籍的作品激烈批判现实，不仅有深刻的思想内容，而且在艺术上使气骋辞，以情披文。嵇康的《与山巨源绝交书》、阮籍的《大人先生传》可为代表。

西晋时期，文学创作日益丰富，作家们越来越注意文学作品的形式和写作技巧。东晋散文受风流名士清谈和隐逸之风的影响，一般清新流畅、自然朴素，大都着意于真实性情的流露。《〈兰亭集〉序》情旨高妙，风格清淡，为后世所称道。陶渊明的散文和辞赋同他的诗歌一样，语言平淡自然，感情真挚动人，境界淡泊高远，是作者人格和志趣的生动写照。

南北朝时期，散文逐渐被骈文所取代。文章骈化的趋向早在东汉便已开始。经过魏晋，到齐梁时期，出现了成熟的骈文。文人在用事、对偶、辞藻上下工夫，不少骈文内容贫乏。但是，孔稚珪的《北山移文》中，对“身在江湖之上，心存魏阙之下”的假隐士作了辛辣的讽刺。此外，描写山水景物的短小书札，如吴均的《与宋元思书》等，文辞清丽，细致传神，为人们所称道。

北朝郦道元的《水经注》不仅有高度的科学价值，同时有高度的文学价值。作者以简洁隽永的笔墨，描绘出一幅幅山川景物的鲜明图画，这对后代山水散文的发展有深远的影响。杨衒之的《洛阳伽蓝记》则真实地记录了洛阳佛寺的兴衰，同时也记载了许多类似志怪小说的神话和传说。此外，颜之推的《颜氏家训》语言质朴，风格平易亲切。

魏晋南北朝赋的题材范围有了很大的扩展，鸿篇巨制的赋减少，形式短小的赋成为主体，同时抒情成分也加强了。优秀作品有曹植《洛神赋》、王粲《登楼赋》、向秀《思旧赋》以及陶渊明《归去来兮辞》等。南北朝时期盛极一时的骈文极大地影响了辞赋的写作，使赋家更讲究形式技巧的完美，形成了骈赋。如鲍照的《芜城赋》，江淹的《别赋》、《恨赋》；特别是庾信，集南北文学之精华，其所作《哀江南赋》、《小园赋》等，既有深刻的思想内容，又表现出高度的艺术技巧。

魏晋南北朝又是我国小说发展的重要时期。道教、佛教的广泛传布，侈谈鬼神、称道灵异的社会风气，孕育并产生了众多的志怪小说。其中以干宝的《搜神记》最为有名。同时，汉末以来盛行的士大夫的清谈和品评人物之风，也为轶事小说的编纂和创作提供了丰富的素材。刘义庆的《世说新语》便是这类小说的代表。此书笔墨简约、冷峻，往往寥寥数语就能勾勒出人物的鲜明形象和精神面貌，对后世的笔记小说影响深远。

魏晋南北朝的文学理论批评，有崇高的地位。曹丕的《典论·论文》，指出了文体的区分，提出了“文气论”，探讨了作家个性与文章风格的关系。陆机的《文赋》是文学创作的专论，提出的“诗缘情而绮靡”，对诗歌向抒情化的发展有重要作用。《文赋》还描述了作家的创作过程，总结了创作经验，对文学创作有指导意义。刘勰的《文心雕龙》和钟嵘的《诗品》是这个时期出现的两部文学理论批评巨著。《文心雕龙》体大思精，由总论、文体论、创作论、批评论组成，对文学作了系统的论述。钟嵘的《诗品》是五言诗的专论，提倡“风力”与“丹采”的结合，要求有“滋味”，强调语言和音调的自然，反对用典和人为的声律。《文心雕龙》和《诗品》对后代的文学理论批评产生了深远的影响。

□曹 操

曹操(155—220),字孟德,沛国谯(今安徽亳县)人。年二十举孝廉,征拜为议郎。因参加镇压黄巾起义,迁为济南相。后起兵讨董卓,迎献帝(刘协)迁都许昌,后击灭袁术、袁绍,成为北方的实际统治者。他采取抑制豪强、推行屯田、督促开垦荒田等一系列有利于恢复生产的政策,促进了经济的发展,再加上大力招揽人才的开明政治措施,终于统一了北方。位至丞相及大将军,封魏王。曹丕称帝,追尊为武帝。他的诗歌受乐府民歌的影响很深,但富于创造性,往往以旧调旧题来表现新的内容,有的反映当时社会的动乱,有的抒写个人的政治抱负和理想不能实现的苦闷,气魄雄伟,情感深沉,情调苍凉悲壮,是建安文学新局面的开创者。有《魏武帝集》。

短歌行①

对酒当歌,人生几何?譬如朝露②,去日苦多③。慨当以慷④,忧思难忘。何以解忧?唯有杜康⑤。青青子衿⑥,悠悠我心⑦。但为君故,沉吟至今⑧。呦呦鹿鸣⑨,食野之苹⑩。我有嘉宾,鼓瑟吹笙⑪。明明如月,何时可辍⑫?忧从中来⑬,不可断绝。越陌度阡⑭,枉用相存⑮。契阔谈宴⑯,心念旧恩⑰。月明星稀,乌鹊南飞。绕树三匝,何枝可依⑱?山不厌高,水不厌深。周公吐哺,天下归心⑲。

【注释】

①短歌行,《乐府·相和歌·平调曲》的乐曲名,因其声调短促,故名。多为宴会上唱的乐曲。 ②朝露:早晨的露水。 ③去日:过去了的日子。 苦多:恨多。 ④慨当以慷:应当慷慨高歌的意思。以,同“而”。 ⑤ 杜康:相传是我国最早发明酿酒技术的人。这里用以代指酒。 ⑥衿:衣领。青衿是周代学子的服装,这里指代学子。 ⑦悠悠:形容思念的深沉和久长。以上两句是《诗经·郑风·子衿》篇成句,用以表示对贤才的思念。 ⑧沉吟:低声吟咏,指低吟《子衿》诗。 ⑨呦呦:鹿鸣声。 ⑩苹:艾蒿。 ⑪鼓:弹奏。 瑟、笙:乐器名。以上四句是《诗经·小雅·鹿鸣》篇成句,本是欢宴宾客的诗,作者这里表示自己期待贤才的热诚。⑫辍:停止。一作“掇”,拾取。 ⑬中:内心。 ⑭陌、阡:田间的道路。南北叫阡,东西叫陌。⑮枉:枉驾,屈驾。 用:以。 存:问候。 ⑯契阔:聚散,这里是久别重逢的意思。⑰旧恩:旧日的情谊。 ⑱匝:周,圈。 三匝:三周。“月明星稀”四句喻乱世中人才无处依托。 ⑲“周公”两句说周公废寝忘食,接纳天下贤才,辅佐成王治理天下。《韩诗外传》说他“一沐三捉发,一饭三吐哺,犹恐失天下之士”。哺,口中咀嚼的食物。一饭三吐哺,指吃顿饭多次停顿下来。

【阅读提示】

曹操的《短歌行》共两首，这是第一首。这首诗抒写了时光易逝、功业未就的苦闷和作者要求招纳贤才帮助建功立业的急切心情。清张玉穀评此诗曰："此叹时光易逝、欲得贤才以早建王业之诗。"(《古诗赏析》卷八)全诗分三段，首段感叹人生短促，调子比较低沉；中间一段引用《诗经》中的成句，写自己对贤才的思慕和渴求，调子不再低沉；最后一段写贤才无处依托，自己要像周公那样虚心接纳贤才，使天下归心，直抒胸臆，慷慨激昂。全诗感情充沛，格调由低沉逐渐高昂，体现了曹操悲凉、沉雄的诗风。

步出夏门行①

东临碣石②，以观沧海③。水何澹澹④，山岛竦峙⑤。树木丛生，百草丰茂。秋风萧瑟，洪波涌起⑥。日月之行，若出其中；星汉粲烂⑦，若出其里。幸甚至哉，歌以咏志⑧。

【注释】

①《步出夏门行》又名《陇西行》，属汉乐府《相和歌辞·瑟调曲》。"夏门"原是洛阳北面西头的城门，汉代称夏门，魏晋称大夏门。曹操此诗，从内容看，与题意了无关系，可见只是借古题写时事。 ② 碣石：山名，在今河北省乐亭县西南。当时的碣石山已沉陷海中。一说即是河北省昌黎县西北的碣石山。 ③沧海：大海。沧，通"苍"，深蓝色。 ④澹澹：水波动荡的样子。 ⑤竦：同"耸"。竦峙，高高地挺立。 ⑥洪波：大波。 ⑦汉：河汉，即银河。 ⑧"幸甚"两句，是合乐时加上去的，与正文内容没有关系。

【阅读提示】

曹操的《步出夏门行》诗开头有"艳"辞(序曲)，下分《观沧海》、《冬十月》、《土不同》、《龟虽寿》四解(章)。当作于建安十二年(207)北征乌桓，得胜回师途中。《观沧海》是第一章。作者登山望海，描写了碣石山下深秋的海景，意境空阔，气势雄浑。尤其是"日月之行"四句，勾勒了大海吞吐日月、包蕴万千的景象，境界场面极其雄伟壮丽。全诗通过写景抒发作者的壮志宏图，表现了作者豪迈乐观的进取精神，本诗也是我国诗史上第一首比较完整的写景诗。

□王　粲

王粲(177—217)，字仲宣，山阳高平(今山东省邹县西南)人，"建安七子"之一。西京扰乱，他避难荆州，依刘表，未被重用；后归曹操，为丞相掾，赐爵关内侯。由于他亲历乱离，目睹当时社会的动乱，感受较深，因此，其部分作品现实性颇为强烈。他的诗赋注重锻字炼句，风格清丽，在“建安七子”中成就最高。后人将他和曹植相比，合称“曹王”。有《王侍中集》。

七哀诗①

西京乱无象②，豺虎方遘患③。复弃中国去④，委身适荆蛮⑤。亲戚对我悲，朋友相追攀⑥。出门无所见，白骨蔽平原。路有饥妇人，抱子弃草间。顾闻号泣声，挥涕独不还：“未知身死处，何能两相完⑦？”驱马弃之去，不忍听此言。南登霸陵岸⑧，回首望长安。悟彼《下泉》人⑨，喟然伤心肝⑩。

【注释】

①七哀，六臣注《文选》吕向说：“七哀谓痛而哀，义而哀，感而哀，怨而哀，耳目闻见而哀，叹而哀，鼻酸而哀也。”显然是望文生义。《七哀》是乐府歌辞，今人余冠英说：“所以名为七哀，也许有音乐上的关系，晋乐于《怨诗行》用这篇诗（指曹植《七哀》）为歌辞，就分为七解。”较有道理，可以参考。 ②西京：指长安，西汉时的国都。东汉建都在洛阳。董卓之乱后，汉献帝被董卓由洛阳迁到了长安。长安在洛阳之西，故称西京。 ③豺虎：指董卓部将李傕、郭汜等人。 遘患：造成灾难。遘，通“构”。 ④中国：指中原地区。 ⑤荆蛮：指荆州。古代中原地区的人称南方的民族曰蛮，荆州在南方，故曰荆蛮。荆州当时未遭战乱，荆州刺史刘表又与王氏是世交，所以王粲去投奔他。 ⑥追攀：追逐拉扯，表示依依不舍。 ⑦完：保全。以上两句是那个弃子的妇人所说的话。 ⑧霸陵：汉文帝刘恒的陵墓，在长安东。 岸：高坡、高冈。 ⑨《下泉》：《诗经·曹风》篇名。《下泉》人，指《下泉》一诗的作者。《毛诗序》说：“《下泉》，思治也。”这里作者借以追思汉文帝。汉文帝时期，社会秩序比较稳定，经济发展较快。⑩喟然：叹息的样子。

【阅读提示】

王粲《七哀诗》现存三首，不是一时之作，本篇是第一首。汉献帝初平三年（192），董卓的部将李傕、郭汜等在长安作乱，大肆烧杀抢掠。这首诗是诗人离开长安往荆州避难时所作。诗中记叙了作者在乱离中所见所闻的悲惨景象，及由此而生的沉重悲哀之感。作品选材典型，发语凄恻，通过“白骨蔽平原”的概括描写和饥妇弃子这一触目惊心的细节刻画，深刻地揭示了当时军阀混战给人民带来的深重灾难。“南登霸陵岸”以下四句则表达了作者在乱世中渴求汉文帝这样的贤明君主的急切心情。清方东树说：“‘南登霸陵岸’二句，思治，以下转换振起，沉痛悲凉，寄哀终古。”（《昭昧詹言》卷二）指出了此诗结尾的艺术效果。这首诗和曹操的乐府诗一样体现了以旧题写时事的精神。

□诸葛亮

诸葛亮(181—234),字孔明,琅玡阳都(今山东沂南)人。早年随叔父避难荆州,后隐居隆中。公元207年应刘备请托而出山,帮助刘备联吴抗曹,西取益州,建立蜀汉政权,与魏、吴形成三国鼎立的局面。刘备称帝,拜为丞相。刘备死后,受遗诏辅佐后主刘禅。前后六次出师北伐曹魏,卒于军中。谥号忠武。有《诸葛丞相集》。

前出师表[1]

臣亮言[2]:先帝创业未半而中道崩殂[3]。今天下三分[4],益州疲弊[5],此诚危急存亡之秋也[6]。然侍卫之臣不懈于内,忠志之士忘身于外者,盖追先帝之殊遇,欲报之于陛下也[7]。诚宜开张圣听[8],以光先帝遗德[9],恢弘志士之气[10],不宜妄自菲薄[11],引喻失义[12],以塞忠谏之路也[13]。

宫中府中[14],俱为一体[15];陟罚臧否,不宜异同[16];若有作奸犯科及为忠善者[17],宜付有司论其刑赏[18],以昭陛下平明之理[19];不宜偏私,使内外异法也[20]。

侍中、侍郎郭攸之、费祎、董允等[21],此皆良实,志虑忠纯[22],是以先帝简拔以遗陛下[23]。愚以为宫中之事,事无大小,悉以咨之,然后施行,必能裨补阙漏,有所广益[24]。将军向宠[25],性行淑均[26],晓畅军事[27],试用于昔日[28],先帝称之曰能,是以众议举宠为督[29]。愚以为营中之事[30],悉以咨之,必能使行阵和睦,优劣得所[31]。亲贤臣,远小人,此先汉所以兴隆也[32];亲小人,远贤臣,此后汉所以倾颓也[33]。先帝在时,每与臣论此事,未尝不叹息痛恨于桓、灵也[34]。侍中、尚书、长史、参军,此悉贞良死节之臣,愿陛下亲之信之,则汉室之隆,可计日而待也[35]。

臣本布衣[36],躬耕于南阳[37],苟全性命于乱世,不求闻达于诸侯。先帝不以臣卑鄙[38],猥自枉屈[39],三顾臣于草庐之中,咨臣以当世之事,由是感激,遂许先帝以驱驰[40]。后值倾覆,受任于败军之际,奉命于危难之间,尔来二十有一年矣[41]。先帝知臣谨慎,故临崩寄臣以大事也[42]。受命以来,夙夜忧叹[43],恐托付不效,以伤先帝之明,故五月渡泸,深入不毛[44]。今南方已定,兵甲已足,当奖率三军[45],北定中原[46],庶竭驽钝[47],攘除奸凶[48],兴复汉室,还于旧都[49]。此臣所以报先帝而忠陛下之职分也。至于斟酌损益,进尽忠言,则攸之、祎、允之任也[50]。

愿陛下托臣以讨贼兴复之效,不效[51],则治臣之罪,以告先帝之灵。若无兴德之言[52],则责攸之、祎、允等之慢[53],以章其咎[54]。陛下亦宜自课[55],以咨诹善道[56],察纳雅言[57],深追先帝遗诏[58]。臣不胜受恩感激。今当远离,临表涕零,不知所言[59]。

【注释】

①此文最早见于《三国志·蜀志·诸葛亮传》,原无篇名,梁昭明太子萧统《文选》著录此文,首称《出师表》。此表作后一年,即建兴六年(228 年),诸葛亮出兵散关,围陈仓,征前又作一表,故后人又称此文为《前出师表》,以示区别。 ②此三字为《三国志·蜀志·诸葛亮传》中所无,根据胡克家刻本《文选》校补。 ③先帝:指刘备。 中道:犹中途、半途。 崩殂(cú):死亡,古时皇帝死称崩。刘备原为汉室后裔,依靠镇压黄巾军起家,转战南北,天下三归其一。公元 221 年,自称皇帝,建号章武,三年后死去,未能完成统一天下的愿望,故言"创业未半","中道崩殂"。 ④三分:指魏、蜀、吴三国鼎立的局面。 ⑤益州:当时的中国版图分为十二州,益州为蜀国所在地,大致包括今天四川及陕西、云南、贵州等省的部分地区。 疲(pí)弊:一作疲敝,意为困乏。 ⑥秋:犹言紧要时刻。 李善注:"岁以秋为功毕,故以喻时之要也。" ⑦内:内廷,宫廷之中。 外:与内廷相对,泛指执政机构。 忘身:舍生忘死。 追:追念。 殊遇:特殊的恩遇。这四句话委婉而尖锐,追先帝之遇而报之陛下,其言外之意就是说刘禅现在还没有服众的德业和威望。内外大臣之所以戮力勤国,仰仗的是刘备的遗泽,自然地引出了下文对刘禅的劝诫。 ⑧诚:确实。 圣听:圣明的听闻。此句勉励刘禅要广泛地听取群臣的意见。 ⑨光:发扬光大。 ⑩恢弘:作动词用,意为发扬扩大。 ⑪妄自菲薄:过分地看轻自己。菲薄,鄙薄,菲也是薄的意思。 ⑫引喻失义:称引譬喻不合道理。 ⑬路:指言路。 ⑭宫中府中:宫,皇宫,府,丞相府。宫中指皇帝禁宫中的侍臣,府中指丞相府中执行政令的官员。据《三国志·蜀志·诸葛亮传》,建兴元年(223 年),诸葛亮被封为武乡侯,开府治事。《华阳国志》记为建兴二年。 ⑮一体:指宫中,府中的官员,虽各司其职,但同属皇朝政权,乃是一个运行良好的整体。 ⑯陟(zhì):提升。 罚:惩罚。 臧(zāng):善。 否(pǐ):恶。此二句言奖罚善恶,无论是宫中,府中,都应该一视同仁,不能有厚薄之分。《三国志·蜀志·董允传》:"后主渐长大,爱宦人黄皓。皓便僻佞慧,欲自容入。"刘禅宠幸宦官,此时可能已稍露端倪,诸葛亮以下诸语当是针对这一现象,有为而发。 ⑰奸:奸恶。 科:律条。 犯科:触犯律条。 ⑱有司:古代设官分职,各事都有专门的负责官员,故称有司。 ⑲昭:昭显。 平明:平准英明。 ⑳内外:承上文,分别指宫中,府中。 这一段,从刘备死后蜀国危急的形势说起,嘱咐刘禅要继承和发展先主刘备尊贤纳谏的优良作风,顾全大局,秉公执法,赏罚分明,不能偏私左右亲信。 ㉑侍中、侍郎:均为官职名,侍郎即黄门侍郎。 郭攸(yōu)之:字演长,南阳人,当时为侍中,《三国志·蜀志》无传,李善《文选》注引《楚国先贤传》称其"以器业知名"。 费祎(yī):字文伟,江夏鄳人。刘备时为太子舍人,刘禅即位,为黄门侍郎,后迁为侍中,素为诸葛亮所器重,为蜀汉一代名臣,《三国志·蜀志》有传。 董允:字休昭,南郡枝江人,曾为太子舍人,黄门侍郎,《三国志·蜀志》有传。 ㉒良实:忠良笃实。 志虑忠纯:志趣思想忠诚纯洁。 ㉓简拔:选拔。 遗(wèi):赠送、给予。 ㉔愚:诸葛亮自称。 悉:全部。 咨:询问,商量。 裨(bì):增益。这六句嘱咐刘禅要大力依靠郭攸之等人。禁宫中的大小事务,都要先向他们咨询,商量,然后才能实施。这样一定能查漏补缺,得到更多的好处。 ㉕向宠:字巨违,襄阳宜城人,刘备时为牙门将。关羽被孙权所杀,刘备发兵攻吴,大败而归,唯有向宠的部队损伤很少。刘禅即位后,封为都亭侯,后为中部督。传附见《三国志·蜀志·向朗传》。 ㉖性行淑均:性情品德善良平正。淑,善。均,平。 ㉗晓畅:精通。 ㉘试用于昔

日：据《三国志·蜀志·向朗传》记载，章武二年（222年），刘备在秭归一带为东吴所败，独向宠之营损伤甚少，“试用于昔日”当指此事。 ㉙督：指中部督。 ㉚营中：军队之中。 ㉛行（háng）阵：队伍行列。 优劣：并指将士才能与兵力强弱。 这十句，嘱咐刘禅将军向宠在刘备时就显示出卓越的军事才能，因此，凡是军队中的事务，都要和他商量，这样就能使军队和睦，将士、兵力无论优劣，都能各得其所，发挥最大作用。 ㉜先汉：指西汉。 所以：……的原因。 ㉝后汉：指东汉，尤指东汉末年诸帝。 ㉞桓、灵：桓指东汉桓帝刘志，任用宦官单超，废弃朝政，大兴党锢之祸；灵指东汉灵帝刘宏，宠任宦官曹节等，再兴党祸，杀陈蕃、李膺等名士。 ㉟侍中：即前面提到的郭攸之、费祎、董允等三人。 尚书：官职名，此处指陈震。震字孝起，南阳人，建兴三年拜尚书，诸葛亮称其：“忠纯之性，老而益笃。”《三国志·蜀志》有传。长（zhǎng）史：官职名，此处指张裔。裔字君嗣，蜀郡成都人，当时以射声校尉领留府长史。《三国志·蜀志》有传。 参军：官职名，此处当指蒋琬。琬字公琰，零陵湘乡人，当时任参军，诸葛亮常称道之，密表后主说：“臣若不幸，后事宜以付琬。”《三国志·蜀志》有传。 贞：正。亮：忠直。 汉室：蜀自认为继汉朝之正统，故称。这五句言郭、费、董、陈、张等人皆为忠贞死节之臣，刘禅若能亲信并重用他们，那么蜀汉的兴隆将指日可待。 ㊱布衣：平民。古代平民的衣服，除老年人可用丝外，都用麻类原料制成，因此，布衣就成了平民的代称。 ㊲躬：亲。南阳：地名，今湖北省襄阳县，诸葛亮曾避乱隐居此处。《三国志·蜀志·诸葛亮传》裴松之注引《汉晋春秋》：“亮家于南阳之邓县，在襄阳城西二十里，号曰隆中。” ㊳卑鄙：地位卑下，识见鄙陋，谦词，与今义不同。 ㊴猥（wěi）：犹言曲，有降低身份的意思，一说为发声词。 枉屈：枉驾屈就。 ㊵驱驰：奔走效力。《三国志·蜀志·诸葛亮传》载：“徐庶谓显著曰：‘此人（指诸葛亮）可就见，不可屈致也。将军宜枉驾顾之。’由是先主遂诣亮，凡三往乃见。” 这四句就是回忆当年刘备三顾茅庐，礼请出山之事。 ㊶汉献帝建安十三年（208年），刘备在当阳长坂为曹操大军所败，退至夏口，遣诸葛亮出使东吴，说动孙权，联合抗曹，并于赤壁之战中大破曹军，奠定了魏、蜀、吴三足鼎立之势。从建安十三年兵败于当阳，到建兴五年作此表，刚好整二十年，而诸葛亮与刘备相识于兵败前一年，故此处称“尔来二十有一年”。 ㊷章武三年，刘备伐吴兵败，在白帝城托孤于诸葛亮，嘱咐他辅佐刘禅，复兴汉室。 ㊸夙（sù）：清晨。夜：深夜。《诗经·卫风·氓》：“夙兴夜寐，靡有朝矣。” ㊹泸：泸水，今雅砻江下游和金沙江会合雅砻江以后一段，史载泸水地方湿热，多瘴气，三四月就很少有人渡河，五月间连呼吸都很困难，五月渡泸，谓军士不畏艰苦。毛：指五谷或其他农作物，不毛即未经开发的地方。建兴元年（223年），南中诸郡（今云南省）境内少数民族统治者发生变乱。建兴三年，诸葛亮亲率大军南征，恩威并施，平定南方，扫除了北伐的后顾之忧。著名的“七擒孟获”的故事就发生在这一战役中。 ㊺奖率：激励、率领。 三军：古代诸侯国的军队分上、中、下三军，三军即全军。 ㊻南征之事在建兴三年秋即胜利结束。建兴三年秋至五年，诸葛亮依据蜀地丰富的物资，练兵讲武，准备北伐。 ㊼庶（shù）：庶几，差不多。 驽（nú）：劣马。 钝：刀锋不利。驽钝比喻自己才能低劣，谦词。 ㊽攘（rǎng）：铲除；奸凶，指曹魏政权。 ㊾旧都：指东汉都城洛阳，当时为曹魏的京都。 ㊿斟酌：权衡事务的得失。 损：减少。 益：增多。 这一段，诸葛亮怀着感激的衷肠回忆了蜀汉建国的历史，认为在众将士和自己的不懈努力下，铲除曹魏，一统天下的时机已经到来。希望能够一展宏图，兴复汉室，只有这样，才能报答刘备的知遇之恩，才算忠于刘禅委派给他的重任。 (51)兴复之效：指兴复汉室的重任。 不效：意为没有效果，不能成功。 ㊾本句六字及下句“则”字原缺，根据胡克家刻本《文选》李善注引《蜀志》校补。 ㊿慢：怠慢。 (54)彰：明。 咎(jiù)：过失。 (55)自课：自我约束。 (56)咨诹(zōu)：询问。 善道：善良之道。 (57)雅：正。 雅言即正言。 (58)据《三国志·蜀志·先主传》，刘备临终前曾对刘禅说：“勿以恶小而为之，勿以善小而不为。惟贤惟德，能服于人。”深追先帝遗诏，当指此言。 (59)临：对。 此段紧承上一段，谆谆告诫刘禅要勤于自律，咨诹善道，察纳雅言，耳提面命，深绍古者贤相之风。

【阅读提示】

蜀汉建兴五年(227年)，诸葛亮率师北伐，临征前写下此表。鉴于后主刘禅年轻无能，不晓政事。诸葛亮在表中一方面劝勉刘禅开张圣听，严明赏罚，向他举荐人才来管理“宫中”、“营中”之事，阐明亲贤远佞的道理。一方面深情地表达了自己对蜀汉的忠诚和北定中原的坚定信念。言辞恳切周详，为历代文人所推崇。刘勰在《文心雕龙》中将它与孔融的《荐祢衡表》相提并论，说“至于文举(孔融，字文举)之荐祢衡，气扬采飞；孔明之辞后主，志尽文畅。虽华实异旨，并一时之英也。”陆游在《书愤》中写道：“出师一表真名世，千载谁堪伯仲间？”文天祥的《正气歌》亦云：“或为出师表，鬼神泣壮烈。”此表感人之深，影响至远，于斯可见。

诫子书①

夫君子之行，静以修身，俭以养德。非澹泊无以明志②，非宁静无以致远。夫学须静也，才须学也。非学无以广才，非志无以成学。淫慢则不能励精③，险躁则不能治性④。年与时驰，意与日去，遂成枯落⑤，多不接世，悲守穷庐，将复何及？

【注释】

①这是诸葛亮写的一篇警戒自己子女的家书。 诫：警戒。 ②澹：同淡。 ③淫慢：放纵怠慢。 励精：精益求精。 ④险躁：草率、急躁。 治：控制、培养。 治性：陶冶性情。 ⑤枯落：枯萎凋落，比喻衰老。

【阅读提示】

这篇“诫子书”，不过八十六个字，却谈到了立志、为学等人生重大问题。作者认为，学可以广才，志可以成学。在这里，作者特别强调“澹泊”、“宁静”，反对“淫慢”、“险躁”，指出为学须宁静，明志须淡泊。只有淡泊宁静才能达到高远的人生境界。诸葛亮的这些见解是很深刻的，至今仍对我们有启发意义。文中“静以修身，俭以养德”，“澹泊明志”，“宁静致远”，“非学无以广才，非志无以成学”等语句，都为后人所称道。

□曹　丕

曹丕(187—226),字子桓,沛国谯(今安徽省亳县)人,曹操次子。他初为五官中郎将,曹操死后,嗣位为丞相、魏王;公元220年,迫汉献帝禅位,建立魏王朝,谥文帝。他的诗学习民歌的各种体裁,形式多样,语言明白自然,但作品很少接触当时动乱的社会现实。他的《燕歌行》是现存文人作品中较早的完整的七言诗,《典论·论文》是一篇开文学批评风气的重要论文。有《魏文帝集》。

燕歌行①

秋风萧瑟天气凉,草木摇落露为霜,群燕辞归雁南翔②。念君客游思断肠③,慊慊思归恋故乡④,何为淹留寄他方⑤?贱妾茕茕守空房⑥,忧来思君不敢忘,不觉泪下沾衣裳。援琴鸣弦发清商⑦,短歌微吟不能长。明月皎皎照我床,星汉西流夜未央⑧。牵牛织女遥相望,尔独何辜限河梁⑨?

【注释】

①燕歌行,《乐府·相和歌辞·平调曲》的乐曲名。朱乾《乐府正义》说:"《燕歌行》与《齐讴行》、《吴趋行》、《会吟行》俱以各地声音为主。后世声音失传,于是但赋风土。而燕自汉末魏初辽东面为慕荣所居,地远势偏,征戍不绝,故为此者往往作离别之辞。与《齐讴行》又自不同,庾信所谓'燕歌远别,悲不自胜'者也。"可见这一乐府诗意大多写离别。　②雁:《乐府诗集》作"鹄"。　③思断肠:《乐府诗集》作"多思肠"。　④慊慊:空虚之感。　⑤何为:《乐府诗集》作"君何"。　淹留:久留。　⑥茕茕:孤独貌。　⑦援:取。　清商:乐曲名。　⑧星汉西流:银河转向西,表示夜已很深。　夜未央:夜已深而未尽之时。　⑨尔:指银河两边的牵牛、织女星。　辜:罪。　河梁:河上的桥,这里即指银河。限河梁,是说为银河所隔,不能会面。

【阅读提示】

曹丕《燕歌行》共两首,这是第一首,也是最有名的一首。写一女子在秋夜里怀念远方作客的丈夫。"秋风"三句描绘深秋的景象,由秋风萧瑟、草木摇落、群燕大雁南归而引起联想。"念君"三句写丈夫不回,表现了少妇思夫的浓烈和深切的感情。"贱妾"三句写少妇对丈夫的思念,情意绵绵,淋漓尽致。"援琴"二句再度表达了少妇对丈夫的细腻感情。"明月"以下四句借慨叹牛郎织女不能相会,以表达自己夫妇不能团聚的哀伤。此诗以疑问句结尾,含蓄蕴藉,意味深长。本诗写景、抒情有机地结合在一起,情景交融,开千古妙境,又语言清丽,情致委婉,音节和谐,缠绵悱恻,凄婉动人。本诗是中国文学史上第一首完整的七言诗,在诗歌发展史上有重要地位。

典论·论文[①]

文人相轻[②],自古而然。傅毅之于班固[③],伯仲之间耳[④],而固小之[⑤],与弟超书曰[⑥]:"武仲以能属文为兰台令史[⑦],下笔不能自休[⑧]。"夫人善于自见,而文非一体,鲜能备善[⑨],是以各以所长,相轻所短。里语曰[⑩]:"家有弊帚,享之千金[⑪]。"斯不自见之患也。

今之文人,鲁国孔融文举[⑫],广陵陈琳孔璋[⑬],山阳王粲仲宣[⑭],北海徐幹伟长[⑮]、陈留阮瑀元瑜[⑯],汝南应玚德琏[⑰]、东平刘桢公幹[⑱]。斯七子者[⑲],于学无所遗,于辞无所假[⑳],咸以自骋骥騄于千里[㉑],仰齐足而并驰[㉒],以此相服[㉓],亦良难矣！盖君子审己以度人,故能免于斯累而作论文[㉔]。

王粲长于辞赋,徐幹时有齐气[㉕],然粲之匹也。如粲之《初征》、《登楼》、《槐赋》、《征思》,幹之《玄猿》、《漏卮》、《圆扇》、《橘赋》,虽张、蔡不过也[㉖]。然于他文[㉗],未能称是。琳、瑀之章表书记[㉘],今之隽也[㉙]。应玚和而不壮[㉚];刘桢壮而不密[㉛]。孔融体气高妙[㉜],有过人者,然不能持论[㉝],理不胜辞[㉞],以至乎杂以嘲戏[㉟]。及其所善,扬、班俦也[㊱]。

常人贵远贱近,向声背实[㊲],又患暗于自见[㊳],谓己为贤。

夫文本同而末异[㊴],盖奏议宜雅,书论宜理[㊵],铭诔尚实[㊶],诗赋欲丽[㊷]。此四科不同,故能之者偏也;唯通才能备其体。

文以气为主,气之清浊有体,不可力强而致。譬诸音乐,曲度虽均[㊸],节奏同检[㊹],至于引气不齐[㊺],巧拙有素[㊻],虽在父兄,不能以移子弟。

盖文章,经国之大业[㊼],不朽之盛事[㊽]。年寿有时而尽,荣乐止乎其身,二者必至之常期,未若文章之无穷。是以古之作者,寄身于翰墨[㊾],见意于篇籍[㊿],不假良史之辞,不托飞驰之势[51],而声名自传于后。故西伯幽而演《易》[52],周旦显而制《礼》[53],不以隐约而弗务[54],不以康乐而加思[55]。夫然则古人贱尺璧而重寸阴[56],惧乎时之过已。而人多不强力[57],贫贱则慑于饥寒[58],富贵则流于逸乐,遂营目前之务,而遗千载之功。日月逝于上,体貌衰于下,忽然与万物迁化[59],斯志士之大痛也。融等已逝,唯幹著论成一家言[60]。

【注释】

①《典论》一书,是曹丕做太子时精心结撰的著作。《三国志·魏书·文帝传》:"帝初好文学,以著述为务,自所勒成垂百篇。"裴松之注引《魏书》载丕《与王朗书》自称:"生有七尺之形,死唯一棺之土,唯立德扬名,可以不朽,其次莫如篇籍。疫疠数起,士人凋落,余独何人,能全其寿？故论撰所著《典论》、诗赋,盖百余篇。"原书已在宋代亡佚,清人严可均辑其佚文入《全三国文》。《论文》是《典论》里的一篇。 ②相轻:相互轻视。 ③傅毅:字武仲,扶风茂陵(今

陕西兴平县东北)人,东汉初年文学家。 ④伯仲:兄弟的排行,长为伯,次为仲。伯仲之间,形容彼此无几。 ⑤小之:看不起他(傅毅)。 ⑥超:班固的弟弟班超,字仲升,曾出使西域。⑦属文:写文章。 兰台令史:兰台本为汉代宫廷藏书处,设御史中丞掌管,后置兰台令史,掌书奏。 ⑧不能自休:不知休止。 ⑨鲜:少。 ⑩里语:俗语,谚语。里,同“俚”。 ⑪享:当。 ⑫鲁国:指古鲁地,今山东曲阜。 孔融:字文举,汉献帝时为北海相(类似太守),后被曹操所杀。 ⑬广陵:今江苏扬州。 陈琳:字孔璋,原属袁绍,后归降曹操;当时军国书檄,多由其撰稿。 ⑭山阳:今山东邹县。 王粲:字仲宣,汉末避乱荆州,依附刘表,不被重用,后归曹操。 ⑮北海:今山东昌乐县境。 徐幹:字伟长,归于曹操,为五官将,以文学著名。⑯陈留:今河南省开封市。 阮瑀:字元瑜,曾受学于蔡邕,后归曹操;当时军国书檄,多是他和陈琳所作。 ⑰汝南:今河南汝南。 应玚:字德琏,归于曹操,为五官将,以文学著名。⑱东平:今山东东平。 刘桢:字公幹,善于辞令。 ⑲斯七子者:这七个人。“建安七子”之称始见于此。 ⑳假:假借,依傍。于辞无所假,指文辞能创新,无所因袭。 ㉑骥騄:良马名,均为周穆王八骏之一。 ㉒仰:仗持。 齐足:古代田猎,要求马的四足力能一致以疾驰。㉓相服:互相推服。 ㉔累:弊病。 ㉕齐气:古代齐国地方习俗文体舒缓。这里指徐幹文章气势比较舒缓。 ㉖张、蔡:东汉文学家张衡和蔡邕,擅长辞赋。 ㉗他文:其他体裁的文章。㉘章表书记:古代四种文体。《文心雕龙·章表》:“汉定礼仪,则有四品:一曰章,二曰奏,三曰表,四曰议。章以谢恩,奏以按劾,表以陈情,议以执异。”书记,谓一般公文和应用文。㉙隽:同“俊”,才华出众。 ㉚和而不壮:平和而不壮健。 ㉛壮而不密:壮健而不细密。㉜体气:才情气质。 ㉝持论:立论,议论。 ㉞理不胜辞:道理不能胜过文辞,指文辞美好,而短于说理。 ㉟嘲戏:嘲笑戏谑。 ㊱扬、班:汉代文学家扬雄和班固。 俦:齐名,并列。㊲向声背实:崇尚虚名,不重实际。 ㊳暗于自见:缺乏自知之明。 ㊴本:根本,指一切文章的共同规律。 末:指不同文体的表现技巧和方法。 ㊵理:道理透彻。 ㊶铭诔:均为哀悼死者、赞扬其德行的文体。 ㊷丽:辞采华美。 ㊸均:同。 ㊹检:法度。㊺引气:行腔运气。 ㊻素:素质,指人的天赋。 ㊼经国:治国。 ㊽不朽之盛事:《左传》记鲁国叔孙豹论古人有三不朽:“太上有立德,其次有立功,其次有立言,虽久不废,此之谓不朽。” ㊾翰墨:笔墨,文章。 ㊿见:表现。 51飞驰:飞黄腾达,驰骋仕途。 52西伯:西方诸侯之长,指周文王。 幽:囚。史载文王被纣囚于羑里,因而推演《易》象以作卦辞。 53周旦:周公旦。 显:显达。 54隐约:穷困。 55加:移。加思,指转移著述的念头。 56璧:玉的通称。 57强力:努力。 58慑:害怕。 59与万物迁化:指死亡。迁化,迁移变化。60“唯幹”二句:曹丕《与吴质书》说徐幹“著《中论》二十篇,成一家一言,辞义典雅,足传于后,此子为不朽矣”。

【阅读提示】

这是我国文学批评史上最早的一篇文学批评专论。在中古文学史上关于文学批评的几个问题:文学的价值问题,作者的个性与作品的风格问题,文体问题,文学的批评态度问题,本文都已涉及。文中批评了自古以来文人相轻的恶习,指出“文非一体,鲜能备善”。作者对建安七子的文学创作进行具体的分析,指出他们的创作各有特色,各有短长,开创了品评作家流派及其作品的风气。进而作者又提出“夫文本同而末异”、“文以气为主”的著名见解。他认为文章的体式有四科八类，有“雅”、“理”、“实”、“丽”不同的风格。作家的气质、才能对文学创作也有着深刻的影响。论文的最后提出文章是“经国之大业，不朽之盛事”的观点，对文学的社会意义给予了高度的评价。曹丕的这些意见对后世文学发展都有一定的推动作用。文章直抒己见，论述条理分明，富有逻辑力量。

□曹　植

曹植(192—232)，字子建，曹操第三子，曹丕同母弟，沛国谯(今安徽省亳县)人。封陈王，谥曰思，故世称陈思王。他在年轻时就很有文学才华，曹操颇为宠爱，一度欲立为世子。及曹丕、曹睿相继称帝，备受猜忌压迫，郁郁而死。他前期的作品大都描写在邺城的安逸生活和建功立业的政治抱负；后期作品则充满愤激情绪，往往通过比兴寄托的方法来抒发受到压抑的不平之感和要求个人自由解脱的心情。他的诗歌艺术成就较高，《诗品》说他“骨气奇高，词采华茂”，对五言诗的发展起了很大的推动作用。辞赋以《洛神赋》最为著名。有《曹子建集》。

洛神赋[①]

黄初三年[②]，余朝京师[③]，还济洛川[④]。古人有言，斯水之神[⑤]，名曰宓妃[⑥]。感宋玉对楚王说神女之事[⑦]，遂作斯赋，其辞曰：

余从京域[⑧]，言归东藩[⑨]。背伊阙[⑩]，越轘辕[⑪]，经通谷[⑫]，陵景山[⑬]。日既西倾，车殆马烦[⑭]。尔乃税驾乎蘅皋[⑮]，秣驷乎芝田[⑯]，容与乎阳林[⑰]，流眄乎洛川[⑱]。于是精移神骇[⑲]，忽焉思散[⑳]。俯则未察，仰以殊观[㉑]。睹一丽人，于岩之畔。

乃援御者而告之曰[㉒]：“尔有觌于彼者乎[㉓]？彼何人斯？若此之艳也！”御者对曰：“臣闻河洛之神，名曰宓妃。然则君王之所见也，无乃是乎[㉔]？其状若何，臣愿闻之。”

余告之曰：其形也，翩若惊鸿[㉕]，婉若游龙[㉖]，荣曜秋菊[㉗]，华茂春松[㉘]。仿佛兮若轻云之蔽月[㉙]，飘飖兮若流风之回雪[㉚]。远而望之，皎若太阳升朝霞[㉛]。迫而察之[㉜]，灼若芙渠出渌波[㉝]。秾纤得衷[㉞]，修短合度[㉟]。肩若削成，腰如约素[㊱]。延颈秀项[㊲]，皓质呈露[㊳]，芳泽无加[㊴]，铅华弗御[㊵]。云髻峨峨[㊶]，修眉联娟[㊷]。丹唇外朗[㊸]，皓齿内鲜[㊹]。明眸善睐[㊺]，辅靥承权[㊻]。瓌姿艳逸[㊼]，仪静体闲[㊽]。柔情绰态[㊾]，媚于语言。奇服旷世[㊿]，骨像应图[51]。披罗衣之璀粲兮[52]，珥瑶碧之华琚[53]。戴金翠之首饰，缀明珠以耀躯。践远游之文履[54]，曳雾绡之轻裾[55]。微幽兰之芳蔼兮[56]，步踟蹰于山隅[57]。于是忽焉纵体[58]，以遨以嬉。左倚采旄[59]，右荫桂旗[60]。攘皓腕于神浒兮[61],采湍濑之玄芝[62]。

余情悦其淑美兮,心振荡而不怡[63]。无良媒以接欢兮[64],托微波而通辞[65]。愿诚素之先达兮[66],解玉佩以要之[67]。嗟佳人之信修兮[68],羌习礼而明诗[69]。抗琼珶以和予兮[70],指潜渊而为期[71]。执眷眷之款实兮[72],惧斯灵之我欺[73]。感交甫之弃言兮[74],怅犹豫而狐疑。收和颜而静志兮[75],申礼防以自持[76]。

于是洛灵感焉,徙倚彷徨[77]。神光离合[78],乍阴乍阳[79]。竦轻躯以鹤立,若将飞而未翔。践椒途之郁烈[80],步蘅薄而流芳[81]。超长吟以永慕兮[82],声哀厉而弥长。

尔乃众灵杂遝[83],命俦啸侣[84]。或戏清流,或翔神渚[85]。或采明珠,或拾翠羽[86]。从南湘之二妃[87],携汉滨之游女[88]。叹匏瓜之无匹兮[89],咏牵牛之独处[90]。扬轻袿之猗靡兮[91],翳修袖以延伫[92]。体迅飞凫[93],飘忽若神。凌波微步[94],罗袜生尘。动无常则[95],若危若安。进止难期[96],若往若还。转眄流精[97],光润玉颜。含辞未吐,气若幽兰。华容婀娜[98],令我忘餐。

于是屏翳收风[99],川后静波[100]。冯夷鸣鼓[101],女娲清歌[102]。腾文鱼以警乘[103],鸣玉鸾以偕逝[104]。六龙俨其齐首[105],载云车之容裔[106]。鲸鲵踊而夹毂[107],水禽翔而为卫。于是越北沚[108],过南冈,纡素领[109],回清阳[110],动朱唇以徐言,陈交接之大纲[111]。恨人神之道殊兮,怨盛年之莫当[112]。抗罗袂以掩涕兮[113],泪流襟之浪浪[114]。悼良会之永绝兮,哀一逝而异乡。无微情以效爱兮[115],献江南之明珰[116]。虽潜处于太阴[117],长寄心于君王。忽不悟其所舍[118],怅神宵而蔽光[119]。

于是背下陵高[120],足往神留。遗情想像,顾望怀愁。冀灵体之复形[121],御轻舟而上溯。浮长川而忘反[122],思绵绵而增慕。夜耿耿而不寐[123],沾繁霜而至曙。命仆夫而就驾,吾将归乎东路。揽骓辔以抗策[124],怅盘桓而不能去[125]。

【注释】

①洛神:即洛水的女神洛嫔,李善在《文选》注中引如淳说,谓系古帝宓(fú)羲氏之女,称宓妃,因渡水淹死,成为女神。宓妃之名,亦见于《离骚》。 ②黄初:魏文帝曹丕年号。黄初三年系公元 222 年。 ③朝京师:到京师洛阳朝拜文帝。 ④济:渡。 洛川:即洛水,源出今陕西省,流经今河南省。 ⑤斯水:此水,指洛水。 ⑥宓妃:传说宓羲氏之女,溺洛水而死,遂为洛水之神。 ⑦“感宋玉”句:宋玉有《高唐赋》、《神女赋》,均记载与楚襄王对答梦遇巫山神女之事。 ⑧京域:京师地区,指魏都洛阳。 ⑨东藩:东方藩国。当时曹植被立为鄄城(今山东省鄄城县)王,鄄城在洛阳东北,故曰东藩。 ⑩背:背向,此指离开。 伊阙:山名,又称阙塞山、龙门山,在洛阳南面。 ⑪轘辕:山名,在今河南省偃师县东南。《元和志》说:“道路险阻,凡十二曲,将去复还,故曰轘辕。” ⑫通谷:山谷名,在洛阳城南。 ⑬陵:登。景山:山名,在今河南省偃师县。 ⑭殆:通“怠”,倦怠。 烦:疲乏。 ⑮尔乃:于是就。税驾:停车。税,放置。 蘅:杜蘅,香草名。 皋:水边高地。 ⑯秣(mò):饲。 驷:一车四马,这里指驾车的马。 芝田:种有芝草的田。 ⑰容与:从容悠闲的样子。 阳林:地

名。 ⑱流眄(miǎn):纵目四望。 ⑲精移神骇:神思恍惚。骇,散。 ⑳忽焉:忽然。 思散:思绪散乱。 ㉑以:同“而”。 殊观:所见异常。 ㉒援:拉,扯。 御者:车夫。 ㉓觌(dí):见。 ㉔无乃:莫非就是。 是:指洛神。 ㉕翩:鸟疾飞,这里指摇曳飘忽的样子。 ㉖婉:曲折貌。 ㉗曜:明亮,鲜明。 ㉘华茂:华美茂盛。 ㉙仿佛:若隐若现的样子。 ㉚飘飖:飘动不定。 流风:飘风,回风。 回:旋转。 ㉛皎:白而有光。 ㉜迫,靠近。 ㉝灼:鲜明貌。 渌(lù):水清貌。 ㉞秾(nóng):花木茂盛貌,这里指人体丰盈。 纤:细,指人体细小。 衷:中。 ㉟修:长。 ㊱约:缠束。 素:精白的丝织品。 ㊲延:长。 秀:秀美。 ㊳皓质:洁白的皮肤。 ㊴芳泽:润肤油脂。 ㊵铅华:铅粉,用作化妆品。 ㊶云髻:像乌云似的发髻。 峨峨:高耸貌。 ㊷修眉:细长的眉毛。 联娟:微微弯曲状。 ㊸朗:明亮。 ㊹鲜:鲜明洁美。 ㊺明眸:明亮的眼珠。 睐(lài):顾盼。 ㊻辅:通“酺”,面颊。 靥(yè):酒窝。 权:颧骨。 ㊼瓌姿:瑰丽的姿态。瓌,同“瑰”。 艳逸:美丽洒脱。 ㊽仪:仪态,容止。 闲:娴雅。㊾绰:宽缓。 ㊿奇服旷世:美丽的衣服举世无有。 51骨像:骨格相貌。 应图:与图画相应。 52璀粲:明净貌。 53珥:本为耳饰,这里作“佩戴”解。 瑶:美玉。 碧:碧玉。 琚:美玉名。 54践:踏,这里指脚下穿的。 远游:履名。 文履:有纹饰的鞋。 55雾绡(xiāo):轻薄如雾般的生丝织品。 裾:衣前襟,这里指裙边。 56微:香气微通。 芳蔼:香气。 57踟蹰:徘徊。 山隅:山角。 58纵体:体态轻举状。 59采旄:彩色的旗帜。采,同“彩”。旄,原为旗杆上用牦牛尾做的饰品,这里指旗。 60桂旗:用桂枝做竿的旗。 61攘:举起。 皓腕:雪白的手腕。 浒:水边。 62湍濑:急流。 玄芝:黑色的芝草。 63“心振荡”句:意谓心口忐忑不安,怕她不愿接受,故为不乐。怡,喜悦。 64接欢:通接欢情,指互通情愫。 65通辞:犹沟通言辞。66素:通“愫”,真情。先达:先于别人而传达给洛神。 67要(yāo):同“邀”。 68信:确实。 修:美好。 69羌:发语词。 70抗:举。琼珶(dì):美玉。 和:应答,应和。 71潜渊:深渊,为洛神所居住。 72执:怀着。 款实:诚实的心意。 73斯灵:此神,指洛神。 我欺:欺我。 74交甫:指郑交甫。李善注引《韩诗内传》说,郑交甫在汉水旁遇二女子,赠交甫玉佩,交甫将玉佩放在怀里,走了十步,发现玉佩不见了,回看二女,也已不见。 弃言:背弃誓言。 75静志:镇定情志。 76申:施展。 礼防:礼仪的防线。 77徙倚:低徊。 78神光:洛神的光彩。 79乍阴乍阳:忽明忽暗。 80椒涂:涂着花椒泥的道路。 郁烈:香气浓烈。 81蘅:杜蘅,香草名。 薄:草木丛生的地方。 流芳:香气浮动。 82超:惆怅。 永慕:长久地思念。 83杂遝(tā):众多貌。 84命俦啸侣:呼朋唤侣。命、啸,均是呼叫的意思。 85渚:小洲。 86翠羽:翠鸟的羽毛,可用以为饰物。 87南湘之二妃:湘水之神。据刘向《列女传》记载,相传舜南巡,死于苍梧,他的二妃娥皇、女英往寻,自投湘水,遂为湘水之神。 88汉滨:汉水之滨。游女:汉水的女神。 89匏瓜:星名,又名天鸡,孤独地在河鼓星东,故曰“无匹”。 90牵牛:星名。古代神话,牵牛、织女二星为夫妇,终年隔天河相对,只有每年七月七日夜间才得一会,故称“独处”。 91袿(guī):妇女上衣。 猗(yī)靡:随风飘动的样子。 92翳(yì):遮蔽,这里指遮住阳光。 延伫:久久地站立。 93凫:水鸟名,也叫水鸭。 94凌波微步:指在水波上细步行走。 95常则:固定的规则。 96难期:难以预测。 97转眄流精:转目顾盼之间流露光彩。 98华容:即花容。 99屏翳:传说中的风神。 100川后:河水之神,即河伯。 101冯(píng)夷:河伯名。 102女娲:古代神话中的女皇,相传笙簧是她发明的。 103腾:升。

文鱼:一种能飞的鱼。 警乘:为车乘警卫。 ⑭銮:做成鸾鸟形状的车铃。 ⑮俨:矜持庄重的样子。 齐首:指齐头并进。 ⑯云车:神仙所乘之车。《文选》刘良注:"神以云为车而驭龙也。" 容裔:高低起伏状。 ⑰鲸鲵:鲸鱼。雄为鲸,雌为鲵。 踊:跳跃。 毂(gǔ):车轮中心承轴的圆木,这里指车。 ⑱沚:水中小洲。 ⑲纡:回。 素领:白皙的颈项。 ⑩清阳:清秀的眉目。 ⑪陈:陈述。 交接之大纲:指交际往来的纲要。 ⑫莫当:不能相配。⑬抗:举起。 罗袂:罗袖。 ⑭浪浪:泪流不止的样子。 ⑮效爱:致相爱之意。 ⑯珰(dāng):耳珠。 ⑰太阴:众神居住的幽深之地。 ⑱不悟:不觉得。 舍:止。 ⑲宵:暗冥。一说通"消"。 蔽光:隐去光彩。 ⑳陵高:登高。 ㉑冀:希望。 复形:复出原形。 ㉒长川:指洛水。 反:同"返"。 ㉓耿耿:心绪不宁的样子。 ㉔骓(fēi):在车辕外拉边套的马。 辔:马缰绳。 抗策:举起马鞭。 ㉕盘桓:犹徘徊。

【阅读提示】

这是一篇著名的抒情小赋。旧说曹植作《洛神赋》是纪念他与已故甄后(曹丕妻)的一段隐秘的恋情,这种说法并无事实依据。其实,曹植在赋序中说得明白,他在渡洛水时,"感宋玉对楚王说神女之事,遂作斯赋"。作者借助神话传说中关于宓妃的题材,展开美丽的想象,描写了一个动人的人神相恋的悲剧故事。全篇想象丰富,词采华茂,尤其是对洛神的描摹,虚实相济,多方取譬,将洛神写得艳丽惊人而又飘忽超脱,风姿绰约而又纯洁多情。篇中写人神之间的恋情,也是真情流露,深挚感人,充满了浓郁的抒情意味,摆脱了汉赋那种堆砌奇字而缺少真情的弊病。作者在曹丕称帝后,深受猜忌和压抑,本篇或寄托了他不得遇合、衷情不能相通的苦闷。

赠白马王彪 并序[①]

[原序]黄初四年五月[②],白马王、任城王与余俱朝京师,会节气[③]。到洛阳[④],任城王薨[⑤]。至七月,与白马王还国[⑥]。后有司以二王归藩[⑦],道路宜异宿止。意毒恨之[⑧]。盖以大别在数日[⑨],是用自剖,与王辞焉。愤而成篇[⑩]。

谒帝承明庐[⑪],逝将归旧疆[⑫]。清晨发皇邑,日夕过首阳[⑬]。伊洛广且深[⑭],欲济川无梁。泛舟越洪涛,怨彼东路长[⑮]。顾瞻恋城阙,引领情内伤[⑯]。

太谷何寥廓[⑰],山树郁苍苍。霖雨泥我途[⑱],流潦浩纵横[⑲]。中逵绝无轨[⑳],改辙登高冈[㉑]。修坂造云日[㉒],我马玄以黄[㉓]。

玄黄犹能进,我思郁以纡[㉔]。郁纡将何念[㉕]?亲爱在离居[㉖]。本图相与偕,中更不克俱。鸱枭鸣衡扼[㉗],豺狼当路衢[㉘]。苍蝇间白黑[㉙],谗巧令亲疏。欲还绝无蹊[㉚],揽辔止踟蹰[㉛]。

踟蹰亦何留?相思无终极。秋风发微凉,寒蝉鸣我侧。原野何萧条,白日忽西匿。归鸟赴乔林㉜，翩翩厉羽翼㉝。孤兽走索群，衔草不遑食㉞。感物伤我怀，抚心掌太息㉟。

太息将何为？天命与我违。奈何念同生㊱，一往形不归㊲。孤魂翔故域㊳，灵柩寄京师㊴。存者忽复过，亡没身自衰㊵。人生处一世，去若朝露晞㊶。年在桑榆间㊷，影响不能追㊸。自顾非金石㊹，咄唶令心悲㊺。

心悲动我神，弃置莫复陈。丈夫志四海，万里犹比邻㊻。恩爱苟不亏㊼，在远分日亲㊽。何必同衾帱㊾，然后展殷勤。忧思成疾疢㊿，无乃儿女仁(51)！——仓卒骨肉情(52)，能不怀苦辛？

苦辛何虑思？天命信可疑(53)。虚无求列仙(54)，松子久吾欺(55)。变故在斯须(56)，百年谁能持(57)？离别永无会，执手将何时？王其爱玉体，俱享黄发期(58)。收泪即长路(59)，援笔从此辞(60)。

【注释】

①据《文选》李善注，本集原作《于圈城作》，全诗共分七章，前有序。诗写曹植和白马王曹彪在回封地途中被迫分手的怨愤情绪，反映了统治阶级的内部矛盾。诗中的感情悲愤而又沉痛，是曹植后期的代表作品之一。　②黄初：魏文帝（曹丕）年号。黄初四年是公元 223 年。　③白马王两句：白马王曹彪，曹植的异母弟。任城王曹彰，曹植的同母兄。会节气，参加迎气之礼而朝会。魏有朝四节的制度，这年立秋是六月二十四日，依旧制要在立秋前十八天迎气，所以曹植等人在五月到京师。　④到洛阳：原作"日不阳"，据胡克家《文选考异》校改。⑤薨（hōng）：诸侯死曰薨。据《世说新语》记载，任城王是被曹丕毒死的。　⑥国：封国，封地。⑦有司：政府官吏。此处指监国使者灌均。藩，古时建立诸侯是为了藩卫中央，所以称诸侯封地为藩国。原作"蕃"，据四部丛刊影印宋刊本六臣注《文选》校改。　⑧毒恨：痛恨。　⑨大别：永别。　⑩原无此序，据胡刻《文选》李善注校补。　⑪谒：进见。　承明庐，《三国志·魏书·文帝纪》裴注："是时帝居北宫，以建始殿朝群臣，门曰承明，陈思王植诗曰'谒帝承明庐'是也。"　⑫逝：发语词。旧疆，指鄄城（在山东省菏泽市）。曹植是时为鄄城王。　⑬日夕：天晚的时候。　首阳：山名。在洛阳东北。　⑭伊洛：两水名。伊水源出河南乐川县，到偃师县入洛水。洛水源出陕西省华山，到河南巩县入黄河。　⑮东路：鄄城在洛阳之东，所以称回鄄城的路为东路。　⑯引领：伸长脖子。　⑰太谷：谷名。在洛阳东南五十里。　寥廓：高远空阔之状。　⑱霖雨：三日以上的雨为霖。　泥：滞。这句说，霖雨使我行程耽搁。　⑲流潦：大雨涨水曰潦。　⑳逵：路。　轨：犹车路。　㉑改辙：犹改道。　辙：车迹。　㉒修坂：很长的山坡。　造：至。造云日，形容其高。　㉓玄黄：病。《诗经·周南·卷耳》："我马玄黄。"本章写因遇霖雨路上前进时的困难情况。　㉔郁：愁。　纡：屈。心之郁结曰纡。　㉕何念：原作"难进"，据胡克家《文选考异》校改。　㉖亲爱：亲爱的人。指白马王。　㉗鸱枭（chī xiāo）：猫头鹰。古人认为它是恶鸟，此处用来比喻阴险凶恶的小人。衡扼，车辕前端的横木和扼马颈的曲木。扼，原作"枙"，据胡刻《文选》校改。　㉘豺狼：喻小人。　衢：四达之道。　㉙苍蝇句：《诗经·小雅·青蝇》："营营青蝇止于樊。"　郑玄笺："蝇之为虫，污白使黑，污黑使白，喻佞人变乱善恶也。"这里也是比喻小人颠倒黑白。　㉚蹊：道路。　㉛辔：马缰绳。　踟蹰：徘

徊不前。 ㉜乔林:高林。 ㉝厉:振。 ㉞不遑:不暇。 ㉟太息:叹息。 ㊱同生:同胞兄弟,指任城王曹彰。 ㊲往:死亡。 ㊳故域:指任城。 ㊴柩:置有尸体的棺木。 ㊵这两句意思说,活着的人一下子就要过去,死去的人身体由衰败而毁灭。刘履《选诗补注》以为"存者"和"亡没"位置应互调,言死者已矣,存者也难久保。 ㊶晞:干。早晨的露水很容易干,用它来形容人生的短暂。 ㊷桑榆:太阳到了桑榆之间就是说天将晚,故常借以比喻人的晚年。㊸这句意思说,已经过去的岁月,像影子和回声那样,逝去以后就无法追回。 ㊹顾:念。非金石,不能像金石那样坚硬持久。 ㊺咄唶:惊叹声。 ㊻比邻:近邻。 ㊼恩爱:原作"爱恩",据胡刻《文选》校改。 苟,若:倘使。 ㊽分:情分,情意。 日亲:日益亲密。 ㊾衾:大被。 帱:帐子。 ㊿疾疢(chèn):疾病。 (51)无乃:岂非。儿女仁,指小儿女的脆弱感情。(52)仓卒:匆忙之间。指他与白马王就要在片刻之间分手。 (53)信:诚,的确。 (54)虚无:指求仙之事虚无不可靠。 列仙:诸仙。 (55)松子:赤松子,古代传说中的仙人名。 吾欺:欺我。(56)斯须:须臾之间。这句是说人生在顷刻之间就可能发生灾变。 (57)百年:指长命百岁。持,保持。 (58)黄发:长寿的象征。因为人年老后头发由白变黄。 (59)即:就,登。 (60)援:取,这句说援笔写诗赠白马王,从此告辞。

【阅读提示】

《赠白马王彪》最早见于《魏氏春秋》。《三国志·魏书·陈思王传》裴松之注引《魏氏春秋》说:"是时待遇诸国法峻。任城王暴薨,诸王既怀友于之痛。植及白马王彪还国,欲同路东归,以叙隔阔之思,而监国使者不听。植发愤告离而作此诗。"这段记载,说明了此诗的创作背景。曹植后期在封地受到严密监视,不许和亲戚来往,并常常被改换封地,更没有参预政事的机会。这种难堪的处境使他非常悲愤。虽然这首诗中的大部分章节抒写了兄弟之间的离合之悲和生死之感,但并非全为与曹彪分别而发。特别在第三章中,诗人的感情尤其激愤,透过对谗巧之徒的怒斥,不难体会到诗人对曹丕的怨愤。这首诗是曹植后期的代表作之一。全诗共七章。章与章之间用首尾相接的辘轳体(顶针)形式加以蝉联,把诗人激愤而又悲痛的心情,层次分明、酣畅淋漓地抒发出来。这首诗的感情旋律,时而激扬,时而低沉,辗转相承。感情的表达,或借景抒情,或直抒胸臆,或比兴寄托。富于变化的表达方式,增强了艺术感染力。

□阮　籍

阮籍(210—263),字嗣宗,陈留尉氏(今河南省尉氏县)人。"竹林七贤"之一。曾为步兵校尉,故世称阮步兵。他生活在魏晋易代之际,统治阶级内部斗争复杂尖锐,因此纵酒谈玄,不问世事以避祸。对司马氏政权表面取敷衍态度,实际却是消极反抗。他长于五言诗,代表作有《咏怀诗》82首,作品内容对当时的虚伪礼法进行了猛烈的抨击，抒写了自己抱负无法施展的苦闷心情，也流露了人生无常、全身远害的消极情绪。有《阮步兵集》。

咏怀诗①

夜中不能寐，起坐弹鸣琴。薄帷鉴明月②，清风吹我衿。孤鸿号外野③，翔鸟鸣北林④。徘徊将何见？忧思独伤心。

【注释】

①《咏怀诗》共82首，是阮籍平生诗作的总题，不是一时所作。内容大多写对现状不满和无法解脱的矛盾苦闷心情，情绪愤激，但也带有不少消极的成分。在表现手法上往往以求仙访道、香草美人作比喻，辞旨比较隐晦。 ②帷：帐幔。 鉴：照。这句说，月光照着薄薄的帷帐。 ③孤鸿：离群之雁。 号：哀鸣。 ④北林：北边的树林。 《诗经·秦风·晨风》："鴥彼晨风(鸟名)，郁彼北林。未见君子，忧心钦钦。"后世文人在使用"北林"一词时，往往寓有心神忧郁之意。

【阅读提示】

这首诗是《咏怀诗》的第一首，抒写了作者夜深不能寐的苦闷心情。作者在诗中长叹："忧思独伤心。"诗人为什么会伤心？诗中始终未曾说破，读者只能从冷月清风、旷野孤鸿、深夜不眠的直观形象中去领悟、去感受。诗歌采用动静相形的手法，以人、物的活动衬托夜的死寂、夜的深重，这茫茫的夜色正象征着诗人心灵上承受着的重压，言近旨远，寄托幽深，耐人寻味。阮籍五言《咏怀诗》82首，是千古杰作，对中国古代五言诗的发展作出了贡献。刘勰说："阮旨遥深。"(《文心雕龙·明诗》)钟嵘说："厥旨渊放，归趣难求。"(《诗品》上)李善说："文多隐避，百代之下，难以情测。"(《文选》卷二三)都说明阮籍诗隐晦难解，这是由于特定的时代和险恶的政治环境及诗人的独特遭遇造成的。

□嵇　康

嵇康(223—262)，字叔夜，谯国铚(今安徽省宿县)人。"竹林七贤"之一。曾为中散大夫，故世称嵇中散。他是曹魏宗室的女婿，由于拒绝与司马氏合作，抨击当代的虚伪礼法和趋炎附势之士，为司马昭所杀。他在文学方面的成就主要是散文，作品见解精辟新颖，笔锋犀利。诗歌大部分是四言，风格比较清峻，但往往带有浓厚的消极思想。有《嵇中散集》。

与山巨源绝交书[1]

康白[2]：足下昔称吾于颍川[3]，吾常谓之知言，然经怪此意尚未熟悉于足下[4]，何从便得之也。前年从河东还[5]，显宗、阿都说足下议以吾自代[6]，事虽不行[7]，知足下故不知之[8]。足下傍通[9]，多可而少怪，吾直性狭中[10]，多所不堪，偶与足下相知耳。间闻足下迁[11]，惕然不喜[12]，恐足下羞庖人之独割，引尸祝以自助[13]，手荐鸾刀[14]，漫之羶腥[15]，故具为足下陈其可否。

吾昔读书，得并介之人[16]，或谓无之，今乃信其真有耳。性有所不堪，真不可强；今空语同知有达人无所不堪[17]，外不殊俗[18]，而内不失正，与一世同其波流，而悔吝不生耳[19]。老子、庄周，吾之师也，亲居贱职[20]；柳下惠、东方朔，达人也，安乎卑位[21]，吾岂敢短之哉[22]！又仲尼兼爱，不羞执鞭[23]；子文无欲卿相，而三登令尹[24]，是乃君子思济物之意也[25]。所谓达则兼善而不渝[26]，穷则自得而无闷[27]。以此观之，故尧、舜之君世[28]，许由之岩栖[29]，子房之佐汉[30]，接舆之行歌[31]，其揆一也[32]。仰瞻数君，可谓能遂其志者也[33]。故君子百行，殊途而同致，循性而动[34]，各附所安[35]。故有处朝廷而不出，入山林而不返之论[36]。且延陵高子臧之风[37]，长卿慕相如之节[38]，志气所托，不可夺也。吾每读尚子平、台孝威传[39]，慨然慕之，想其为人。加少孤露[40]，母兄见骄[41]，不涉经学。性复疏懒，筋驽肉缓[42]，头面常一月十五日不洗；不大闷痒，不能沐也[43]。每常小便，而忍不起，令胞中略转乃起耳[44]。又纵逸来久，情意傲散[45]，简与礼相背[46]，懒与慢相成[47]，而为侪类见宽[48]，不攻其过。又读庄、老，重增其放，故使荣进之心日颓，任实之情转笃[49]。此犹禽鹿少见驯育[50]，则服从教制[51]；长而见羁[52]，则狂顾顿缨[53]，赴蹈汤火，虽饰以金镳[54]，飨以嘉肴，愈思长林而志在丰草也。

阮嗣宗口不论人过[55]，吾每师之而未能及；至性过人[56]，与物无伤[57]，唯饮酒过差耳[58]。至为礼法之士所绳，疾之如雠，幸赖大将军保持之耳[59]。吾不如嗣宗之资，而有慢驰之阙[60]，又不识人情，闇于机宜[61]，无万石之慎[62]，而有好尽之累[63]。久与事接，疵衅日兴[64]，虽欲无患，其可得乎！又人伦有礼，朝廷有法，自惟至熟[65]，有必不堪者七，甚不可者二：卧喜晚起，而当关呼之不置[66]，一不堪也。抱琴行吟，弋钓草野[67]，而吏卒守之，不得妄动，二不堪也。危坐一时[68]，痹不得摇[69]，性复多虱[70]，把搔无已，而当裹以章服[71]，揖拜上官，三不堪也。素不便书[72]，又不喜作书，而人间多事，堆案盈机[73]，不相酬答，则犯教伤义，欲自勉强，则不能久，四不堪也。不喜吊丧，而人道以此为重[74]，已为未见恕者作怨，至欲见中伤者。虽瞿然自责[75]，然性不可化，欲降心顺俗[76]，则诡故不情[77]，亦终不能获无咎无誉如此[78]，五不堪也。不喜俗人，而当与之共事，或宾客盈坐，鸣声聒耳[79]，嚣尘臭处[80]，千变百伎[81]，在人目前，六不堪也。心不耐烦，而官事鞅掌[82]，机务缠其心[83]，世故烦其虑[84]，七不堪也。又每非汤武而薄周孔[85]，在人间不止[86]，此事会显[87]，世教所不容[88]，此甚不可一也。刚肠疾恶，轻肆直言[89]，遇事便发，此甚不可二也。以促中小心之性[90]，统此九患，不有外难，当有内病，宁可久处人间邪？又闻道士遗言，饵术黄精[91]，令人久寿，意甚信之；游山泽，观鱼鸟，心甚乐之；一行作吏[92]，此事便废，安能舍其所乐而从其所惧哉！

夫人之相知，贵识其天性，因而济之[93]。禹不逼伯成子高[94]，全其节也；仲尼不假盖于子夏[95]，护其短也；近诸葛孔明不逼元直以入蜀[96]；华子鱼不强幼安以卿相[97]，此可谓能相终始，真相知者也。足下见直木不可以为轮[98]，曲木不可以为桷[99]，盖不欲枉其天才[100]，令得其所也。故四民有业[101]，各以得志为乐，唯达者为能通之[102]，此足下度内耳[103]。不可自见好章甫，强越人以文冕也[104]；己嗜臭腐，养鸳鸰以死鼠也[105]。吾顷学养生之术[106]，方外荣华[107]，去滋味[108]，游心于寂寞[109]，以无为为贵。纵无九患[110]，尚不顾足下所好者。又有心闷疾，顷转增笃[111]，私意自试[112]，不能堪其所不乐。自卜已审[113]，若道尽途穷则已耳，足下无事冤之[114]，令转于沟壑也[115]。吾新失母兄之欢[116]，意常凄切。女年十三，男年八岁，未及成人，况复多病。顾此悢悢[117]，如何可言！今但愿守陋巷，教养子孙，时与亲旧叙离阔[118]，陈说平生，浊酒一杯，弹琴一曲，志愿毕矣。足下若嬲之不置[119]，不过欲为官得人，以益时用耳。足下旧知吾潦倒粗疏[120]，不切事情[121]，自惟亦皆不如今日之贤能也。若以俗人皆喜荣华，独能离之，以此为快，此最近之，可得言耳[122]。然使长才广度，无所不淹[123]，而能不营[124]，乃可贵耳。若吾多病困，欲离事自全，以保余年，此真所乏耳[125]。岂可见黄门而称贞哉[126]！若趣欲共登王涂[127]，期于相致[128]，时为欢益[129]，一旦迫之，必发狂疾，自非重怨[130]，不至于此也。野人有快炙背而美芹子者，欲献之至尊[131]，虽有区区之意，亦已疏矣[132]。愿足下勿似之。其意如此。既以解足下[133]，并以为别[134]。嵇康白。

【注释】

①山巨源，名涛，字巨源，与嵇康同是“竹林七贤”中的人物，四十岁以后出仕，依附司马氏，他由选曹郎迁官大将军从事中郎（一说迁散骑常侍）时，欲荐举嵇康代其原职，康作书拒绝，提出七不堪、二甚不可来表示自己不愿做官的坚决意志。书中流露了不满司马昭阴谋篡魏的情绪，因此招致司马氏的厌恶，成为以后被杀的一个重要原因。　②白：陈述。　③称：指称说嵇康不愿出仕。　颍川：地名，在今河南省许昌县东。这里指代山涛叔父山嵚，他曾任颍川太守。　④经：常。　此意：指嵇康不愿出仕之意。　⑤河东：黄河流经山西西境，在河以东的地区称河东。嵇康与一些魏宗室曾一度避居于此。　⑥显宗：公孙崇，字显宗，曾为尚书郎。　阿都：吕安，字仲悌，小名阿都，与嵇康为至交。时山涛正任选曹郎，曾想请嵇康代替自己的职务。　⑦不行：未果。　⑧故：原来。　⑨傍通：善于应变。　⑩狭中：指心胸狭窄。⑪间：近来。　迁：升官。　⑫惕然：恐惧的样子。　⑬庖人：厨子。　尸祝：祭祀时读祝辞的人。《庄子·逍遥游》：“庖人虽不治庖，尸祝不越樽俎而代之矣。”嵇康这里引用越俎代庖

这个典故,说明山涛推荐自己代其原职是不恰当的。 ⑭荐:举。 鸾刀:祭祀时割牺牲用的环上有铃的刀。 ⑮漫:玷污。 ⑯并介之人:指既能兼济天下又耿介孤直的人。并,兼济天下。介,耿介孤直。 ⑰"今空语"句:现在空谈彼此都知道有一种通达的人,没有什么是忍受不了的。 ⑱外不殊俗:外表上与世俗无异。 ⑲悔吝:悔恨。 ⑳老子:姓李名耳,为周朝的柱下史、守藏史。 庄周:即庄子,任宋国蒙县漆园吏。二人职位都很低。 ㉑柳下惠:姓展名获,字禽,春秋时鲁国人。居柳下,卒谥惠,故曰柳下惠。曾为鲁士师(典狱官),三次被罢职,有人劝他离开鲁国,投奔它国,他回答说:"直道而事人,焉往而不三黜?枉道而事人,何必去父母之邦!"(《论语·微子》)孟子说他"不卑小官,遗佚而不怨,厄穷而不悯"(《孟子·公孙丑》)。东方朔:汉武帝时名士,任侍郎,不得重用,曾"著论设客难己,用位卑以自慰谕"。这二人的职位都较低下。 ㉒短:轻视。 ㉓兼爱:博爱,孔子有"泛爱众"的话。 执鞭:替人当赶车的侍从。《论语·述而》:"子曰:富而可求也,虽执鞭之士,吾亦为之。" ㉔子文:春秋时楚人,姓斗,名穀於菟。 三登令尹:《论语·公冶长》:"令尹子文,三仕为令尹,无喜色;三已之,无愠色。" 令尹:春秋时楚国官名,楚国执政的上卿。 ㉕济物:济世。 ㉖达:显达。 渝:改变。 ㉗穷:指仕途阻塞。 无闷:无忧虑。 ㉘君世:统治国家,犹言做君王。 ㉙许由:尧时的隐士。据《吕氏春秋·求人》记载,尧想让位给他,他便逃到箕山去隐居。 岩栖:隐居山林。 ㉚子房:张良,字子房,曾辅佐刘邦建立西汉王朝。 ㉛接舆:春秋时楚国的隐士。孔子游宦到楚国,接舆唱着讥讽孔子的歌走过孔子的车前。 ㉜揆:原则,道理。这句说,以上这些人的处世之道是一致的,都是顺乎本性。 ㉝遂:顺。 ㉞循性而动:依本性而行事。 ㉟附:归,得。 ㊱"故有"二句:《韩诗外传》五:"朝廷之士为禄,故入而不出;山林之士为名,故往而不返。" ㊲延陵:指吴公子季札。季札居延陵(今江苏省武进县),人称延陵季子。 高:崇尚。 子臧之风:子臧的风节。子臧,曹国公子,又名欣时。曹宣公死后,曹人欲立子臧为国君,子臧离国出走。吴国诸樊要立季札,季札引子臧为例,拒不接受。 ㊳长卿:司马相如,字长卿,西汉著名辞赋家。他小名犬子,后来因仰慕战国时赵国的蔺相如,遂改名相如。 ㊴尚子平:东汉人,曾做过县里的小官,后弃官回家,上山打柴卖。事见《文选》李善注引《英雄记》。《后汉书·逸民传》作"向子平",记他于儿女婚姻事毕后,肆意游五岳名山,不知所终。 台孝威:名佟,字孝威,东汉人,隐居武安山,凿穴为居,采药为业。事见《后汉书·逸民传》。 ㊵孤露:幼年丧父,无人庇护。 加少:《文选》作"少加"。 ㊶母兄见骄:为母兄所宠爱而骄纵。 母兄:指嵇喜。一说:"母兄"指母与兄。 ㊷筋驽肉缓:筋骨迟钝,肌肉松弛。 ㊸不能:不耐,不愿。能,通"耐"。 ㊹胞:原为胎衣,这里指膀胱。 ㊺傲散:孤傲散漫。 ㊻简:简略,指举止随便。 背:违背。 ㊼慢:怠慢。 ㊽侪类:同辈。 ㊾荣进:做官求荣。 颓:低落,减弱。 任实:指放任本性。 转笃:加强。 ㊿禽:古代对鸟兽的通称。 驯育:驯服养育。 (51)教制:管教约制。 (52)见:被。 羁:束缚。 (53)狂顾:疯狂地四处张望。 顿缨:挣脱绳索。 (54)镳(biāo):马衔。 (55)阮嗣宗:阮籍,字嗣宗。《晋书》本传说他不拘礼法,但言谈玄远,口不褒贬人物。 (56)至性过人:阮籍天性纯厚超过一般人。 (57)与物无伤:待人接物,无相害之心。 (58)过差:犹过度。一说,过差谓过失。 (59)绳,作动词用,纠人之失曰"绳"。何曾曾在司马昭面前说阮籍任性放荡,败礼伤教,宜投之边远之地,以洁王道。司马昭说,他素来病弱,应当宽恕。事见《晋阳秋》及《晋书·阮籍传》。 大将军:指司马昭。 (60)慢弛之阙:傲慢懒散的缺点。阙,同"缺"。 (61)阇于机宜:不晓事理。 (62)万石:西汉石奋,与四个儿子皆官秩二千石，合共万石，号称"万石君"。一家以谨小慎微著称。 ⑥③好尽：尽情直言，不知忌讳。 累：过失。 ⑥④疵：缺点。 衅：嫌隙，事端。 ⑥⑤惟：思，考虑。 至熟：精详，很成熟。 ⑥⑥当关：守门的人。 不置：不放。 ⑥⑦弋(yì)：用带着绳子的箭射鸟。 ⑥⑧危坐：端坐。 ⑥⑨痹(bì)：麻痹。 ⑦⓪性：身体。 ⑦①章服：指官服。 ⑦②不便：不习。 书：书札。 ⑦③机：同"几"，案桌。 ⑦④人道：指世俗人情。 ⑦⑤瞿然：惊恐的样子。 ⑦⑥降心：压抑自己的心志。 ⑦⑦诡故：违背本性。 不情：不合常情。 ⑦⑧咎：怪罪。 ⑦⑨聒(guō)：噪耳。 ⑧⓪嚣尘：喧杂多尘。 ⑧①百伎：各种手段，各种花招。 ⑧②鞅掌：事务烦忙的样子。 ⑧③机务：政务。 ⑧④世故：世俗人情之类。 ⑧⑤非：责难。 汤武：商汤和周武王。 薄：轻视。 周孔：周公和孔子。 ⑧⑥人间：和隐居相对而言，指世俗官场。 ⑧⑦会显：将会显扬出去，为众人所知。 ⑧⑧世教：正统礼教。 ⑧⑨轻肆：轻率放肆。 ⑨⓪促中小心：指内心偏窄。 ⑨①饵：服食。 术(zhú)、黄精：都是药名，传说久服可以轻身延年。 ⑨②一行：一当。 ⑨③济：成全。 ⑨④伯成子高：传说尧时立为诸侯。尧让位给舜，舜又传位给禹时，伯成子高辞去诸侯，隐居耕种。禹为了成就他的名节，也不逼迫他出仕。事见《庄子·天地篇》。 ⑨⑤假：借。盖：雨具。 子夏：孔子弟子卜商，字子夏。据《孔子家语·致思》记载，孔子要出门，眼看天将下雨而无雨具。门人说，卜商有，孔子说，卜商为人吝啬，不该叫他为难。 ⑨⑥元直：徐庶字元直与诸葛亮同事刘备，后其母为曹操所获，他就辞别刘备而归曹操。事见《三国志·蜀书·诸葛亮传》。 ⑨⑦华子鱼：华歆：字子鱼，魏文帝时拜相。 幼安：管宁：字幼安。华歆曾向魏文帝推荐过管宁，管宁固辞不受，华歆也不勉强他。事见《三国志·魏书·管宁传》。 ⑨⑧轮：车轮。⑨⑨桷(jué)：方形的椽子。 ⑩⓪枉：曲。 天才：此指本性。 ⑩① 四民：指士、农、工、商。⑩②达者：通达的人。 通：了解。 ⑩③ 度内：识度以内的事，谓能想得到。 ⑩④章甫：殷朝的冠名。 越人：指古越地(今浙闽一带)居民。《庄子·逍遥游》记载："宋人资(贩卖)章甫而适诸越，越人断发文身，无所用之。" 文冕：饰有文彩的华冠。 ⑩⑤"已嗜"二句：《庄子·秋水》："南方有鸟，其名为鹓雏，……非梧桐不止，非练实不食，非醴泉不饮。于是鸱得腐鼠鹓雏过之，仰而视之曰：'吓！'"鹓雏，凤凰一类的鸟。 ⑩⑥顷：近来。 ⑩⑦方：正。 外荣华：以荣华为身外之事。 外：疏远，作动词用。 ⑩⑧滋味：美味。 ⑩⑨寂寞：安静。 ⑪⓪九患：指七不堪和二甚不可。 ⑪①增笃：加重。 ⑪②自试：自己设想。 ⑪③卜：考虑。 审：明确。 ⑪④无事：不要。 冤：犹委屈。 ⑪⑤ 转于沟壑：辗转于山沟河谷之间，指遭遇苦难而死。⑪⑥新失母兄之欢：指母亲兄长刚死。 ⑪⑦悢(liàng)悢：悲伤。 ⑪⑧叙离阔：叙说离别之情。⑪⑨嬲(niǎo)：纠缠。 不置：不放。 ⑫⓪旧知：早知。 潦倒粗疏：犹放任散慢的意思。 ⑫①不切事情：不懂世事人情。 ⑫②可得言耳：可以这样说了。 ⑫③淹：贯通。 ⑫④不营：不谋求。⑫⑤真：的确，或作天性解。 乏：欠缺，这里指没有长才广度。 ⑫⑥黄门：即宦官。 称贞：称赞其有贞节。此句谓宦官不淫乱，不是他们能守贞节，而是失去生理条件，故不可以见黄门面称赞其贞节。 ⑫⑦趣(cù)：急。 王涂：即王途，仕途。涂，通"途"。 ⑫⑧期：希望。 致：招致。⑫⑨ 欢益：欢悦。 ⑬⓪自：若。 ⑬①"野人"二句：说乡下有以晒太阳为快活，以芹菜为美味的人，打算把这些献给君王。事见《列子·杨朱篇》。 ⑬②区区：微小而诚恳之意。 疏：迂远，不合实际。 ⑬③解：解释，晓谕。 ⑬④别：这里实际上表示绝交。

【阅读提示】

嵇康是魏晋之交活跃于文坛的"竹林七贤"之一,与阮籍齐名。阮籍工于诗,嵇康长于文。《与山巨源绝交书》是一篇有浓厚的文学意味和大胆的反抗思想的散文。文中说:"人伦有礼,朝廷有法,自惟至熟,有必不堪者七,甚不可者二。"他的"必不堪者七",是表示蔑视虚伪礼教,"甚不可者二"更是公然对抗朝廷法制,所谓"每非汤武而薄周孔",正是公开揭穿司马氏争夺政权的阴谋。这实际上是向司马氏集团表示决绝,是对标榜名教、高谈汤武、一心阴谋夺权的司马氏的有力嘲讽。也正因为这篇书信,司马氏终于杀害了他。他把山涛荐他做官比作是"羞庖人之独割,引尸祝以自助,手荐鸾刀,漫之羶腥",极尽辛辣讽刺之能事。并表示如果司马氏要强迫他做官,他就会像野性难驯的麋鹿,"狂顾顿缨,赴蹈汤火"。文章居高临下,气势恣肆,旁征博引,挥写随心。语言尖锐锋利、泼辣洒脱。嬉笑怒骂,皆成文章。生动地展现了作者愤世嫉俗、桀骜不驯的特征,是其思想和人格的体现。

□左　思

左思,字太冲,西晋齐国临淄(今山东省淄博市)人。生卒年不详。与陆机、潘岳等同时。博学能文,征为秘书郎。后齐王司马冏命为记室督,辞疾不就。他出身寒门,不喜交游,仕进不得意,因此对当时门阀士族把持政权的现实感到非常不满。在一部分诗作中反映了这种不合理现象,同时也表现了他蔑视权贵的反抗情绪。诗的风格雄浑,语言遒劲,高出于当时其他诗人。又曾以十年时间写成《三都赋》,豪贵之家,竞相传抄,一时洛阳为之纸贵。有《左太冲集》。

咏史(二首)①

其　一

弱冠弄柔翰②,卓荦观群书③。著论准《过秦》④,作赋拟《子虚》⑤。边城苦鸣镝⑥,羽檄飞京都⑦。虽非甲胄士⑧,畴昔览穰苴⑨。长啸激清风,志若无东吴。铅刀贵一割⑩,梦想骋良图。左眄澄江湘⑪,右盼定羌胡⑫。功成不受爵,长揖归田庐。

【注释】

①《咏史》诗共八首，大都通过对古人古事的歌咏来抒写自己的怀抱，题名咏史，实际是咏怀。这一首是写自己愿意为国立功和功成不受爵的抱负。 ②弱冠：古时男子二十岁成人而行冠礼，其时身体尚弱未壮，故称弱冠。后世亦有将二十岁上下的称为弱冠。 柔翰：毛笔。弄柔翰，即从事写作的意思。 ③卓荦(luò)：超然特异。 ④准《过秦》：以《过秦论》作为准则。《过秦论》是汉代贾谊的作品。 ⑤《子虚》：赋名，汉代司马相如所作。 ⑥鸣镝：响箭。苦鸣镝，为鸣镝所苦。这句用来指敌人的侵扰。 ⑦羽檄：檄是征召的文书，上插羽毛，表示紧急。 ⑧甲胄(zhòu)士：武士。胄，头盔。 ⑨畴昔：往日。 穰(rǎng)苴(jū)：春秋时齐景公之将田穰苴，官至大司马，善治军。其后齐威王使大夫整理古司马兵法，附穰苴于其中，号为《司马穰苴兵法》。这里穰苴泛指兵法。 ⑩铅刀：铅刀是难于割东西的，一割之后就难于再用。这里用来比喻自己才能的低下。但虽然如此，自己还是想为国出力，像铅刀之以一割为贵。 ⑪眄(miǎn)：斜视。 澄江湘：指平定东吴。澄，澄清。当时长江下游及湘水流域大部分属吴国。 ⑫羌胡：当时西北方的少数民族。晋代西北方羌族常侵扰内地。

【阅读提示】

这首诗写自己的才能和愿望。开头“弱冠弄柔翰”四句，写自己的博学能文，接下来“边城苦鸣镝”四句，写自己兼通军事，应该为国效力。再接下来“长啸激清风”四句，写自己的志气和愿望。最后四句表现了诗人既渴望建功立业，又不贪恋富贵的精神。

本诗的特点是志气豪迈，情感昂扬。刘熙载《艺概·诗概》说：“左太冲《咏史》似论体。”但是诗人的议论是以形象的形式表现出来的，并不使人感到枯燥乏味。恰恰相反，诗中生动的形象和丰富的感情具有强烈的感染力量。

其　二①

郁郁涧底松②，离离山上苗③。以彼径寸茎④，荫此百尺条⑤。世胄蹑高位⑥，英俊沉下僚⑦。地势使之然，由来非一朝。金张籍旧业⑧，七叶珥汉貂⑨。冯公岂不伟⑩，白首不见招⑪。

【注释】

①本篇写由于门第的限制，有才能而出身寒微的人只能屈居下位，而世族子弟却依靠父兄世业窃居高位。 ②郁郁：枝叶茂密的样子。 涧：两山之间。 ③离离：分披繁茂的样子。 山上苗：初生的草木。 ④径寸茎：直径仅一寸的茎干。指山上苗。 ⑤荫：遮蔽。此：指涧底松。 条：树枝，这里指树木。 ⑥世胄(zhòu)：世家子弟。 蹑(niè)：登。 ⑦下僚：低下的官职。 ⑧金张：指金日(mì)磾(dí)和张汤两家族。金日磾家自汉武帝到汉平帝，七代为内侍。(见《汉书·金日磾传》)张汤家自汉宣帝以后，有十余人为侍中、中常侍。 (见《汉书·张汤传》) 籍：同“藉”，依靠。 旧业：先人的遗业。 ⑨七叶：七世。 珥：佩戴。 汉貂(diāo)：汉代侍中、中常侍等官帽上插貂鼠尾为饰。《汉书·金日磾传赞》：“七世内侍，何其

盛也。"戴逵《释疑论》:"张汤酷吏,七世珥貂。" ⑩冯公:冯唐,生于汉文帝时,武帝时仍居郎官小职。 伟:奇异,出众。 ⑪招:征召重用。

【阅读提示】

这首诗用"涧底松"和"山上苗"两个鲜明对立的形象作比,说明有才能而出身寒微的人只能屈居下位,而世族子弟却能凭借父兄的余荫窃居高位,表现了作者对当时"上品无寒门,下品无世族"的门阀制度的不满。诗歌通体运用对比,由自然现象的不平,写到社会现象的不平,最后引史事证之,说明这种不平由来已久。全诗激荡着一股郁郁不平之气。结尾以冯公的经历反问,显得沉痛有力。

□刘 琨

刘琨(271—318),字越石,中山魏昌(今河北省无极县)人。晋怀帝时出任并州刺史,愍帝时拜大将军,都督并、冀、幽三州诸军事,长期捍卫北方边疆,与刘聪、石勒作战。后为石勒所败,投奔幽州鲜卑部落酋长段匹磾,卒以嫌隙为段所杀害。由于他长期参加反抗少数民族统治者侵扰的斗争,在作品中流露了效忠祖国、抗敌御侮的豪迈气概和英雄末路的悲凉感情。诗的风格刚健清新,慷慨激昂。有《刘中山集》。

重赠卢谌①

握中有悬璧②,本自荆山璆③。惟彼太公望,昔在渭滨叟④。邓生何感激,千里来相求⑤。白登幸曲逆⑥,鸿门赖留侯⑦。重耳任五贤⑧,小白相射钩⑨。苟能隆二伯,安问党与仇⑩?中夜抚枕叹,想与数子游⑪。吾衰久矣乎,何其不梦周⑫?谁云圣达节,知命故不忧⑬?宣尼悲获麟,西狩涕孔丘⑭。功业未及建,夕阳忽西流⑮,时哉不我与,去乎若云浮⑯。朱实陨劲风,繁英落素秋⑰。狭路倾华盖,骇驷摧双辀⑱。何意百炼刚,化为绕指柔⑲!

【注释】

①卢谌:字子谅,范阳人。曾为刘琨的主簿,是刘琨的僚属,后为鲜卑部落酋长段匹磾别驾。与刘琨有诗赠答。诗题"重赠",说明此前已有诗赠卢。本篇抒写自己为国出力的志愿和事业经受挫折、抱负无法施展的悲哀。诗中也隐含激励卢谌的意思。 ②悬璧:用悬黎(美玉名)做成的璧。 ③荆山璆(qiú):春秋时楚人卞和曾在荆山(在今湖北省漳县西)得璞玉,世称和氏璧。璆,美玉。这两句用璆璧比喻卢谌才质之美。 ④惟:思。 太公望:即姜尚。尚年老钓于渭水之滨,周文王姬昌出猎遇到他,谈得很投契,大喜:"吾太公望子久矣",因号"太

公望”。(见《史记·齐太公世家》)叟:老翁。 ⑤邓生:指东汉邓禹。 感激:感动奋发。 千里来相求:邓禹曾不远千里从南阳出发,北渡黄河,到邺城投奔刘秀。(见《后汉书·邓禹传》) ⑥白登:山名,在今山西省大同市东。 曲逆:指陈平,陈平封曲逆侯。汉高祖刘邦曾被匈奴围困在白登山上,七日不得食,幸赖陈平出奇计乃得脱险。(见《史记·陈丞相世家》) ⑦鸿门:地名,在今陕西省临潼县东。 留侯:指张良。张良被封留侯。项羽在鸿门宴请刘邦,项羽的谋士范增使项庄舞剑,图谋刺杀刘邦,幸赖张良事先结交项伯,使项庄不得下手,刘邦得以脱险。(见《史记·项羽本纪》) ⑧重耳:春秋时晋文公名。他逃亡在外十九年,有贤士赵衰、狐偃、贾佗、先轸、魏犨等五人辅助他,帮他复国定霸。(见《史记·晋世家》) ⑨小白:春秋时齐桓公小名。 射钩:指射钩者管仲。管仲初事小白之兄公子纠,公子纠和小白争夺君位,管仲用箭射中小白的衣带钩,后来小白即君位,不记前嫌,任管仲为相,终成一代霸主。 ⑩隆:兴盛。 伯:同“霸”。 党:指五贤,他们原是重耳未即位时的旧属。 仇:指管仲,他于小白有射钩之仇。 ⑪中夜:半夜。 数子:指太公望以下至管仲诸人。 ⑫吾衰两句:《论语·述而》:“子曰:‘甚矣吾衰也,久矣吾不复梦见周公。’”这里化用孔子的话慨叹自己年老力衰,不能建立功业。 ⑬达节:指不仅能保持节操,而且有较通达的认识。 《左传》成公十五年:“圣达节,次守节,下失节。” 知命:《周易·系辞》:“乐天知命故不忧。”这两句说,谁能说圣人因为达节知命而没有忧愁呢? ⑭宣尼:即孔子。汉平帝追谥孔子为褒成宣尼公。 获麟:获得麒麟。 狩:冬猎。《春秋公羊传》记载,鲁哀公十四年冬在鲁国西面狩猎,获得麒麟,孔子听到此事,认为此兽非时而出,因而“反袂拭面,涕沾袍”,叹气说:“吾道穷矣!”这两句说明孔子也有切身之忧。 ⑮夕阳忽西流:指时光消逝,自己年岁已老。 ⑯与:待。 ⑰朱实:红色的果实。 陨(yǔn):落。 英:花。 素秋:秋季。古代五行说,以金配秋,其色白,故称“素秋”。 ⑱华盖:华丽的车盖,这里指大车。 骇驷:受惊的马。 辀:车辕。这两句说,由于路狭而翻了车子,因为马受惊而折断了车辕。比喻时势艰危,自己事业受到挫折。 ⑲何意两句:感叹自己经历失败变得无能为力,好像经过百炼的坚刚之物变成可以绕指的柔软之物一般。

【阅读提示】

本诗可分前后两个部分。诗的前半部分,作者一连用了六个典故,列举姜尚等人辅佐贤王的事迹,表现自己扶助晋室、恢复故国的强烈愿望。诗的后半部分表现诗人壮志未酬的伤感和内心的不平。诗歌采用以实带虚的笔法,既直陈胸臆,又暗中照应着“赠卢”,在吐露心曲的同时隐含对友人的激励,劝勉友人追步先贤,为国立功。责己劝人,寓意深长。全诗慷慨悲凉,感人肺腑。诗人一腔忠愤,溢于言表。结尾“何意百炼刚,化为绕指柔”,是一个失败的壮士无可奈何的哀鸣,将英雄末路的百般感慨表达得感人至深,成为千古名句。

□王羲之

王羲之(303—361),字逸少,会稽(今浙江绍兴)人,祖籍琅玡(今山东临沂)。

士族出身,曾任晋右军将军、会稽内史等,世称“王右军”。他是我国历史上著名的书法家,有“书圣”之称。在文学上也有较深的造诣,但文名为书名所掩,不大为人所重。有《王右军集》。

《兰亭集》序[①]

永和九年[②],岁在癸丑[③],暮春之初,会于会稽山阴之兰亭[④],修禊事也[⑤]。群贤毕至,少长咸集。此地有崇山峻岭,茂林修竹,又有清流激湍[⑥],映带左右,引以为流觞曲水[⑦],列坐其次[⑧],虽无丝竹管弦之盛[⑨],一觞一咏[⑩],亦足以畅叙幽情。是日也,天朗气清,惠风和畅[⑪]。仰观宇宙之大,俯察品类之盛[⑫],所以游目骋怀[⑬],足以极视听之娱[⑭],信可乐也[⑮]。

夫人之相与[⑯],俯仰一世[⑰]。或取诸怀抱,晤言一室之内[⑱];或因寄所托,放浪形骸之外[⑲]。虽趣舍万殊[⑳],静躁不同[㉑],当其欣于所遇[㉒],暂得于己,快然自足,曾不知老之将至[㉓]。及其所之既倦[㉔],情随事迁,感慨系之矣[㉕]。向之所欣,俯仰之间,已为陈迹,犹不能不以之兴怀[㉖];况修短随化[㉗],终期于尽[㉘]。古人云:“死生亦大矣[㉙]。”岂不痛哉!

每览昔人兴感之由[㉚],若合一契[㉛],未尝不临文嗟悼[㉜],不能喻之于怀[㉝]。固知一死生为虚诞[㉞],齐彭殇为妄作[㉟]。后之视今,亦犹今之视昔,悲夫!故列叙时人[㊱],录其所述。虽世殊事异,所以兴怀,其致一也[㊲]。后之览者,亦将有感于斯文。

【注释】

①东晋穆帝永和九年(353)三月三日,王羲之与当时的名士谢安、孙绰等41人在兰亭聚会,临流赋诗,各抒怀抱。事后这些诗汇编成集。《〈兰亭集〉序》就是王羲之为这个诗集写的序。　②永和:东晋穆帝年号。　③癸丑:古人用天干地支纪年,永和九年属癸丑。　④会稽:郡名,包括今浙江北部、江苏东南部一带。　山阴:县名,在今浙江绍兴。　兰亭:在绍兴境内。　⑤修禊:古代的一种风俗,在三月初三,人们欢聚水滨洗濯,说是可以消除不祥。⑥激湍:流势急猛的水。　⑦流觞:把盛酒的杯子放在水上,让它随着水流漂浮,杯子流到谁面前谁就取杯饮酒。　曲水:回环的水溪。　⑧列坐其次:在曲水旁边依次就座。次,处所,地方。　⑨丝、弦:指琴瑟一类弦乐器。　竹、管:指箫笛一类管乐器。这里丝竹管弦是泛指音乐。　⑩一觞一咏:指饮酒和赋诗。　⑪惠风:和风。　⑫品类:物类,指万物。　⑬游目骋怀:放眼浏览,任情欣赏。　⑭极:尽。　⑮信:诚,实在。　⑯相与:相处。　⑰俯仰:低头抬头之间,形容时间短暂。　⑱晤言:对面交谈。　⑲因寄所托:随着爱好,寄托情怀。　放浪形骸:指摆脱一切礼法的拘束。放浪,放纵。形骸,指身体。　⑳趣舍:取舍,指爱好。　万殊:千差万别。　㉑静躁:指性情的安静和急躁。　㉒欣于所遇:对所接触的情事感到高兴。㉓曾:竟,简直。　㉔所之既倦:对于原来向往的东西已经厌倦。之,作动词用,有追求、获取

的意思。 ㉕系：附着。 ㉖以之兴怀：因它引起心中的感触。 ㉗修短随化：人的寿命的长短听凭造化决定。修长。化，造化，指天。 ㉘终期于尽：最后总归有穷尽的一日，指死亡。期，期限。 ㉙死生亦大矣：《庄子·德充符》篇中假托孔子的话。 ㉚由：原因，缘由。 ㉛契：符契。古代符契，剖字之后，剖为两半，双方各执一半收存以作凭证。 ㉜临文：面对前人的文章。 ㉝喻：明白，知道。 怀：内心。 ㉞一死生：将生死等同看待。一，齐。 ㉟彭：指彭祖，古代传说中的长寿者，活到八百岁。 殇（shāng）：未成年夭折者。“一死生，齐彭殇”是庄子的观点，见《庄子·齐物论》。 ㊱列叙：逐一记叙。 时人：指当时参加兰亭集会的人。 ㊲致：情趣。

【阅读提示】

永和九年的兰亭聚会，尽风物之美、人物之盛、吟咏之雅，称得上是东晋一代的风流盛会。王羲之这篇记叙兰亭宴会的文章，文思幽怨，辞采清亮，且有后人摹写的行书法帖流传于世，书家奉为至宝，其引人瞩目，也就不足为奇了。在这篇序中，作者记叙了当时宴集的盛况，并且即事抒情，对人事聚散无常、年寿不永发出深沉的喟叹，情绪比较消沉。但作者在文中明确地指斥“一死生”、“齐彭殇”的论调为“虚诞”、“妄作”，这在崇尚老庄思想的东晋时代还是比较可贵的。文章感情色彩十分浓厚。前面的叙事情景交融，充满诗情画意；后面的感慨和议论，思绪深沉，低徊曲折。文笔清新疏朗，情韵绵邈，不带魏晋以来的俳偶习气。

□陶渊明

陶渊明（365—427），字元亮，一说名潜，字渊明，浔阳柴桑（今江西九江市）人。早年曾任江州祭酒、镇军参军、彭泽令等职，后因厌恶官场污浊，遂退隐农村，卒后朋友私谥“靖节”。由于接近农民和参加一些农活，对农村生活有所体验，他很多描写农村日常生活的诗歌，表现了农村的美好风光、诗人的闲适生活和心情，以及他不愿与黑暗现实同流合污的高尚情操，内容真切，感情深厚，人称“田园诗”。另外也写了一些表示政治理想和关心政局的诗，说明他对政治始终没有忘怀。诗歌的风格质朴自然而形象鲜明，对后世影响很大。有《陶渊明集》。

归去来兮辞 并序[①]

余家贫，耕植不足以自给。幼稚盈室，瓶无储粟。生生所资[②]，未见其术。亲故多劝余为长吏，脱然有怀[③]，求之靡途[④]。会有四方之事[⑤]，诸侯以惠爱为德[⑥]，家叔以余贫苦，遂见用于小邑[⑦]。于时风波未静[⑧]，心惮远役[⑨]。彭泽去家百里[⑩]，公田之利[⑪]，足以为酒，故便求之。

及少日[⑫],眷然有归欤之情。何则?质性自然,非矫励所得[⑬]。饥冻虽切,违己交病[⑭]。尝从人事[⑮],皆口腹自役[⑯]。于是怅然慷慨,深愧平生之志。犹望一稔[⑰],当敛裳宵逝[⑱]。寻程氏妹丧于武昌[⑲],情在骏奔[⑳],自免去职。仲秋至冬,在官八十余日。因事顺心,命篇曰《归去来兮》。乙巳岁十一月也[㉑]。

归去来兮,田园将芜胡不归!既自以心为形役,奚惆怅而独悲?悟已往之不谏[㉒],知来者之可追。实迷途其未远,觉今是而昨非。舟遥遥以轻飏,风飘飘而吹衣。问征夫以前路,恨晨光之熹微。

乃瞻衡宇[㉓],载欣载奔[㉔]。僮仆欢迎,稚子候门。三径就荒[㉕],松菊犹存。携幼入室,有酒盈樽。引壶觞以自酌,眄庭柯以怡颜[㉖]。倚南窗以寄傲[㉗],审容膝之易安[㉘]。园日涉以成趣,门虽设而常关。策扶老以流憩[㉙],时矫首而遐观。云无心以出岫[㉚],鸟倦飞而知还。景翳翳以将入[㉛],抚孤松而盘桓。归去来兮,请息交以绝游。世与我而相遗,复驾言兮焉求[㉜]?悦亲戚之情话,乐琴书以消忧。农人告余以春及,将有事于西畴[㉝]。或命巾车[㉞],或棹孤舟。既窈窕以寻壑[㉟],亦崎岖而经丘。木欣欣以向荣,泉涓涓而始流。善万物之得时,感吾生之行休[㊱]。

已矣乎!寓形宇内复几时[㊲],曷不委心任去留!胡为乎遑遑欲何之?富贵非吾愿,帝乡不可期[㊳]。怀良辰以孤往[㊴],或植杖而耘耔[㊵]。登东皋以舒啸[㊶],临清流而赋诗。聊乘化以归尽[㊷],乐夫天命复奚疑!

【注释】

①归去来,即归去,“来”是语助词。辞,文体名,一种抒情小赋。本篇是陶渊明辞去彭泽令后初归家时所作,写归家时的愉快心情和隐居的乐趣。 ②生生:犹维持生活。 ③脱然有怀:很高兴有所考虑。脱然,犹豁然。怀,念头、想法。 ④靡途:没有门路。 ⑤会有四方之事:恰逢奉使之事,语出《论语·子路》:“使于四方。”这里指陶渊明为建威参军时自江陵出使京都(建康)事。 ⑥诸侯:指刘裕。刘裕时为车骑将军,都督军政大事。 ⑦见用于小邑:指被考虑用于小城做官。 ⑧风波未静:指当时刘裕起兵勤王,讨伐桓玄的战事。 ⑨心惮远役:心里害怕到远处做官。 ⑩彭泽:县名。在今江西省湖口东。 ⑪公田之利:指俸禄。 ⑫少日:不多几日。 ⑬矫励:勉强。 ⑭违己交病:违反自己的本性,精神和肉体都很痛苦。 ⑮人事:官场中的应酬交往。 ⑯口腹自役:为了混饭吃而役使自己。 ⑰一稔:谷物一熟,指一年。 ⑱敛裳宵逝:谓收拾行李连夜离去。 ⑲程氏妹:陶渊明嫁到程家的妹妹。 武昌:今武汉市。 ⑳骏奔:乘马急奔。 ㉑乙巳岁:此为晋安帝义熙元年(405)。 ㉒不谏:不可纠正。 ㉓衡宇:指用横木为门的简陋房屋,为隐者所居。这里指陶的旧宅。 ㉔载欣载奔:且欣且奔。 ㉕三径:借指隐士的田园。 语出《三辅决录》卷一:汉代“蒋诩归乡时,荆棘塞门,舍中有三径,不出,唯求仲、羊仲从之游”。“三径就荒”,是说隐者的田园已经荒凉了。 ㉖眄(miǎn):看,闲看。 ㉗寄傲:寄托高尚的情志。 ㉘容膝:斗室之居。仅可容膝的房间。 ㉙扶老:此指手杖。 ㉚岫:指山峦。 ㉛景:日影。 翳翳:昏暗的样子。 ㉜驾言:指代出

游。驾，驾车。言，语助词。　语出《诗经·邶风·泉水》："驾言出游。"　㉝有事：有农耕之事。畴：田亩。　㉞巾车：有帷幕的车子。　㉟窈窕：曲折幽深貌。此处引申为"辗转"之意。㊱行休：行将结束。　㊲寓形：寄寓形体，指生存。　㊳帝乡：天帝所居之处，指神仙境界。㊴孤往：独自出游。　㊵植杖：把手杖插在地上。　㊶皋：水边高地。　㊷化：造化。

【阅读提示】

《归去来兮辞》是陶渊明决心归隐的"宣言书"。他从29岁出仕，到写这篇文章时已过去十年，得到的感受是"悟已往之不谏，知来者之可追。实迷途其未远，觉今是而昨非"，大彻大悟，在东晋末年的黑暗社会中只有归耕农田了。这首辞语言浅显畅达，情致恬淡旷远，代表了陶渊明质性自然的个性和返璞归真的风格。

庚戌岁九月中于西田获早稻①

人生归有道，衣食固其端②。孰是都不营，而以求自安③？开春理常业④，岁功聊可观。晨出肆微勤⑤，日入负耒还。山中饶霜露⑥，风气亦先寒⑦。田家岂不苦？弗获辞此难。四体诚乃疲⑧，庶无异患干。⑨盥濯息檐下，斗酒散襟颜⑩。遥遥沮溺心⑪，千载乃相关⑫。但愿长如此，躬耕非所叹。

【注释】

①本篇写庚戌岁秋收时的愉快心情和表示愿意长期躬耕的志趣。庚戌，晋安帝义熙六年(410)。　②这两句是说，人生归趣有常道而以衣食为其首。　③"孰是"两句：孰，何。是，此，指衣食。营，经营。这两句说，何能不营衣食而得自安。　④常业：指农务。　⑤肆：致力。　微勤：犹言轻微的劳动。　⑥饶：多。　⑦风气：气候。　⑧四体：两手和两足。⑨异患：意外之祸。　干：相犯。　⑩散襟颜：开襟开颜，谓心神畅快。　⑪沮溺：长沮、桀溺，春秋时楚国两个隐居躬耕、不愿出仕的人。　⑫相关：相通。

【阅读提示】

这首诗是体现陶渊明躬耕思想的重要诗篇。该年陶渊明46岁，是他弃彭泽令归田躬耕的第六年。

此诗夹叙夹议，通过收稻之叙说，抒发躬耕之情怀。语言平淡是一如其故，意蕴则无限深远。陶渊明自幼爱好"六经"，敬仰孔子。孔子教导士人以天下有道为己任，积极入世。陶渊明选择长沮、桀溺式的人生道路，这意味着与孔子产生一定的疏离。

此诗更重要的意义在于，陶渊明经过劳动的体验和深沉的省思，产生了新思想：农业生产乃是衣食之源，人尽管应以道为终极关怀，但是对于农业生产仍然义不容辞。尤其处在一个自己所无法改变的乱世，只有弃官归田躬耕自资，才能保全人格独立自由。而且，躬耕纵然辛苦，可是，乐亦自在其中。这份喜乐，是体验到自由与劳动之价值的双重喜乐。

读《山海经》[①]

精卫衔微木，将以填沧海[②]。刑天舞干戚，猛志故常在[③]。同物既无虑[④]，化去不复悔[⑤]。徒设在昔心[⑥]，良辰讵可待[⑦]！

【注释】

①本篇原为《读〈山海经〉》第十。《山海经》十八卷，多述古代海内外山川异物和神话传说。 ②精卫两句：传说炎帝的小女名女娃，溺死于东海，死后化为精卫鸟，常衔木石以填东海。见《山海经·北山经》。 ③"刑天"两句：刑天，兽名。传说刑天与帝争权，帝断其头，乃以乳为目，以脐为口，挥干戚而舞。见《山海经·海外西经》。 干：盾。 戚：大斧。 ④同物：同乎异物。 ⑤化去：指死亡。这句连上句的意思是：女娃和刑天，溺死或断首化为异物以后，既没有任何顾虑，也不悔恨既往，仍保持原来的壮志，继续斗争。 ⑥昔心：以往的壮志。 ⑦良辰：指实现壮志的时候。 讵：岂。

【阅读提示】

这首诗表现了陶渊明不忘怀政治的一面。陶渊明一生酷爱自由，反抗精神是陶诗的重要主题，这首诗歌颂精卫、刑天的"猛志故常在"，正是此精神的体现。末二句他又忍不住慨叹自己壮志已往，时光消逝，而"良辰"不可再得，将此精神悲剧化，使得全诗显得倍加深沉。

□干　宝

干宝，字令升，新蔡（今河南省新蔡县）人。生卒年不详。在东晋初年做过著作郎、始安太守、司徒右长史、散骑常侍等官。除《搜神记》外，著有《晋纪》20卷，当时称为"良史"。《搜神记》，为志怪小说集，二十卷。今本由后人缀辑增益而成，非原来面目。所记多为神怪灵异之事。书中保存了不少优秀的神话传说和民间故事，描写很细致，是六朝志怪小说的代表作品。

搜神记·三王墓[①]

楚干将莫邪为楚王作剑，三年乃成。王怒，欲杀之。剑有雌雄。其妻重身当产[②]。夫语妻曰："吾为王作剑，三年乃成。王怒，往必杀我。汝若生子是男，大[3]，告之曰：'出户望南山，松生石上，剑在其背。'"于是即将雌剑往见楚王[4]。王大怒，使相之[5]。剑有二，一雄一雌，雌来雄不来。王怒，即杀之。

莫邪子名赤，比后壮[6]，乃问其母曰："吾父所在？"母曰："汝父为楚王作剑，三年乃成。王怒，杀之。去时嘱我：'语汝子，出户，望南山，松生石上，剑在其背。'"于是子出户南望，不见有山，但睹堂前松柱下石低之上[7]。即以斧破其背，得剑，日夜思欲报楚王[8]。

王梦见一儿眉间广尺[9]，言欲报雠。王即购之千金[10]。儿闻之亡去[11]，入山行歌[12]。客有逢者，谓："子年少，何哭之甚悲耶？"曰："吾干将莫邪子也，楚王杀吾父，吾欲报之。"客曰："闻王购子头千金。将子头与剑来，为子报之。"儿曰："幸甚！"即自刎，两手捧头及剑奉之，立僵。客曰："不负子也。"于是尸乃仆[13]。

客持头往见楚王，王大喜。客曰："此乃勇士头也，当于汤镬煮之[14]。"王如其言煮头，三日三夕不烂。头踔出汤中[15]，踬目大怒[16]。客曰："此儿头不烂，愿王自往临视之，是必烂也。"王即临之。客以剑拟王[17]，王头随堕汤中；客亦自拟己头，头复堕汤中。三首俱烂，不可识别。乃分其汤肉葬之。故通名三王墓。今在汝南北宜春县界[18]。

【注释】

①本篇叙述干将莫邪的儿子赤为父报仇的故事。干将莫邪是古代著名的铸剑者，姓干将，名莫邪。 一说干将、莫邪是两人：干将是夫，莫邪是妻。 ②重（chóng）身：双身，即怀孕。 ③大：长大成人。 ④将：携带。 ⑤相：察看。 ⑥比：及至、等到。 ⑦低：疑应作"砥"。石砥，即石基。"之上"疑衍文。 ⑧报楚王：向楚王报仇。 ⑨广尺：宽若尺余，是夸张的说法。 ⑩购之千金：悬赏千金捉拿他。 ⑪亡去：逃走。 ⑫行歌：边走边泣唱。 ⑬仆：倒下。 ⑭镬（huò）：形似鼎而无足，秦汉时用作刑具。 ⑮踔（chuō）出：跃出。 ⑯踬：疑应为瞋。 瞋目：张大眼睛。 ⑰拟：对准。 ⑱汝南：古代郡名。 北宜春县：在今河南省汝南县西南，西汉时名宜春，东汉时改名北宜春。

【阅读提示】

楚王将为其铸剑的干将处死，反映了楚王的残暴。干将莫邪的儿子赤长大后决心报仇，表现出人民对统治者的刻骨仇恨和报仇雪恨的坚强意志。故事还写了甘愿为别人牺牲自己的山中行客，他路见不平，拔刀相助，表现出了高尚的品格。

□谢灵运

谢灵运（385—433），陈郡阳夏（今河南省太康县附近）人。东晋名将谢玄之孙，袭封康乐公，故世称谢康乐。曾任永嘉太守、侍中、临川内史等职。喜欢遨游山水，每出游，随从之人数百。后因反抗刘宋王朝被杀。他是第一个大力摹写山水的作家，描写自然景物非常细致，革除了东晋诗坛玄言诗弥漫的风气。有《谢康乐集》。

登池上楼①

潜虬媚幽姿②，飞鸿响远音。薄霄愧云浮③，栖川怍渊沉④。进德智所拙⑤，退耕力不任⑥。徇禄反穷海⑦，卧痾对空林⑧。衾枕昧节候⑨，褰开暂窥临⑩。倾耳聆波澜，举目眺岖嵚⑪。初景革绪风⑫，新阳改故阴⑬。池塘生春草，园柳变鸣禽。祁祁伤豳歌⑭，萋萋感楚吟⑮。索居易永久⑯，离群难处心⑰。持操岂独古，无闷征在今⑱。

【注释】

①本篇谢灵运写久病初起时登楼所见，同时也表现了不得志的感伤情绪。池，指谢公池，在今浙江省永嘉县西北三里积谷山东面。 ②潜虬(qiú)：有角的小龙。 ③薄霄：迫近云霄。薄，通"迫"。 ④怍：惭愧。 ⑤进德：提高德行。 ⑥退耕：归隐务农。 ⑦徇：追求。穷海：不毛的海边，指浙江永嘉一带。 ⑧痾(ē)：病。 ⑨节候：季节。 ⑩褰(qiān)开：揭开。 ⑪岖嵚(qū qīn)：崎岖险峻的高山。 ⑫初景：初春的景色。 绪风：冬天的余风。⑬初阳：初春的阳光。 故阴：去冬的寒天。 ⑭祁祁：众多貌。 豳歌：指《诗经·豳风·七月》篇。 ⑮萋萋：繁盛貌。 楚吟：指《楚辞·招隐士》。 ⑯索居：散居。 ⑰离群：指离开友人。 ⑱无闷：无烦闷。 征：征验。

【阅读提示】

谢灵运作为东晋名将谢玄之孙、爵位继承人，又聪颖过人，自命不凡，在政治上有很大的雄心，甚得武帝欢心的武帝次子刘义真曾对他有过宰相之许。然而宋武帝刘裕死后，少帝刘义符即位，大臣徐羡之等人把持朝政，把谢灵运逐出京城，迁为偏僻的永嘉郡(今浙江温州)太守。这对谢灵运来说，是首次在政治上遭受重大打击。本诗即是作者在永嘉太守任上所作。诗中描绘出早春景色，也刻画出穷海之滨、高山峻岭的画面。处在这种环境中，作者登上池上楼吟诗寻句，发泄其官场失意的牢骚，流露出向往隐居生活的意向。本诗景物描写生动，"池塘生春草，园柳变鸣禽"，是其中的名句。

□刘义庆

刘义庆(403—444)，彭城(今江苏省徐州市)人。刘宋宗室，袭封临川王，曾任南兖州刺史、都督、加开府仪同三司。性喜文学,门下招聚了不少才学之士。除《世说新语》外,还编有《幽明录》等。《世说新语》,乃笔记小说集,本名《世说新书》,简称《世说》。有梁刘孝标注。全书分德行、言语、政事、文学等36门。记载汉末到东晋士族的轶事和言谈,比较全面地反映了这个时期士族的放诞生活和清谈风气。在中国小说中自成一体,后代仿作很多。由于作者用清谈家的观点来品评人物,所以书中存在着一些消极因素;但也有不少批判黑暗、讽刺奢淫、表彰善良的记述。全书语言精练,善于通过一言一行刻画人物肖像和精神面貌,意味隽永。刘孝标所作的注释引书达四百余种,现多失传,故资料价值很高。

世说新语(三则)

华歆王朗[①]

华歆、王朗俱乘船避难,有一人欲依附,歆辄难之[②]。朗曰:"幸尚宽,何为不可?"后贼追至,王欲舍所携人。歆曰:"本所以疑[③],正为此耳[④]。既已纳其自托[⑤],宁可以急相弃邪?"遂携拯如初。世以此定华、王之优劣。

【注释】

①汉末魏晋时代,士大夫阶层中品评人物之风甚盛。本篇通过在患难中对待别人的态度,评判了华歆、王朗品质的优劣。华歆(157—231),字子鱼,高唐(今山东禹城县西南)人,汉桓帝时为尚书令,入魏后官至太尉。王朗(? —228),字景兴,东海剡(今山东剡城县)人,汉末为会稽太守,入魏后官至司徒。 ②辄:即时。这句说,华歆即时迟疑为难。 ③疑:迟疑不决。这句说,当初所以犹豫。 ④这句说,正是因为考虑到会出现当前这样形势紧急而难以照顾别人的情况。 ⑤纳其自托:接受他的请托。

【阅读提示】

《世说新语》作者刘义庆擅长使用对比的手法,以表明其对人物、事件的评价:华歆在这则故事中表现出不在危急关头抛弃同行之人的品质,自比王朗高出一等。在《世说新语》中,作者用笔简练,惜墨如金之精,点铁成金之妙亦可在这则小故事中见出;在将华歆与王朗的言行进行对比后,作者只以"世以此定华、王之优劣"作结,不加评判,点到为止。因为此时,华、王之优劣已不言而喻,若再多说,即成蛇足。

王子猷居山阴[①]

王子猷居山阴,夜大雪,眠觉,开室,命酌酒,四望皎然[②]。因起彷徨,咏左思

《招隐诗》[3],忽忆戴安道[4]。时戴在剡[5],即便夜乘小船就之。经宿方至[6],造门不前而返[7]。人问其故。王曰:“吾本乘兴而行,兴尽而返,何必见戴?”

【注释】

①王子猷:王徽之的字,王羲之的儿子。山阴,今浙江省绍兴市。 ②皎然:洁白光明貌。 ③左思:西晋著名诗人。他的《招隐诗》是描写田园乐趣的诗。 ④戴安道:戴逵的字。逵,谯国(今安徽省北部)人,学问广博,善属文,音乐、书、画等方面也很有修养,隐居不仕。 ⑤剡:今浙江省嵊州。 ⑥这句说,经过一宿的功夫才到达。 ⑦造:到,至。这句说,到了门口不进去就回头了。

【阅读提示】

本篇写王子猷日常生活都以兴之所至为根据,这种放荡任性的行动,是当时士族知识分子所崇尚的。

郗　超[1]

郗超与谢玄不善[2]。苻坚将问晋鼎[3],既已狼噬梁、岐[4],又虎视淮阴矣[5]。于时朝议遣玄北讨,人间颇有异同之论。唯超曰:“是必济事!吾昔尝与共在桓宣武府[6],见使才皆尽,虽履屐之间亦得其任[7]。以此推之,容必能立勋。”元功既举[8],时人咸叹超之先觉,又重其不以爱憎匿善[9]。

【注释】

①本篇选自“识鉴”门。 郗超:字景兴,高平金乡(今属山东)人。曾为桓温参军、司徒左长史,深得桓温信任。 ②谢玄:字幼度,阳夏(今河南太康)人。为建武将军,曾率师北伐,大破苻坚百万之众于淝水。 ③苻坚:字永固,略阳临渭(今甘肃秦安)人,为前秦主。晋孝武帝太元八年(383),率兵大举侵晋,与谢玄等战于淝水,大败。 鼎:古时为九鼎为传国重器,得天下者才能占有,此指国家政权。 ④梁:州名,今陕西西南部及四川北部一带地区。 岐:山名,在今陕西西部。 ⑤淮阴:县名,故城在今江苏淮阴。 ⑥桓宣武:即桓温。 ⑦履屐(jī):鞋子。 ⑧元功:大功。 ⑨重:推重。

【阅读提示】

本篇通过郗超赞同委任谢玄北伐一事,充分表现他知人善任,以及在国难当头时,能以大局为重,举才荐能,不计个人恩怨的高尚情操。本文情节虽然简单,但故事完整,结构紧凑。作者善于选择典型事例刻画人物,不加议论而褒贬自明,文笔精练。

□鲍　照

鲍照(414—466),字明远,东海(今江苏省涟水县北)人。出身贫寒,曾做过宋临海王刘子顼的前军参军,故世称鲍参军。后子顼作乱,照为乱兵所杀。他在当时受到门阀制度的压抑,一生很不得意,作品中充满了怀才不遇的愤懑不平之感,表现了寒门对士族大地主政治的不满。有的作品还揭示了当时社会中的不合理现象,对被压迫者表示同情。他擅长写作七言歌行,善于吸收民歌的菁华,情感充沛,语言劲健,形象鲜明,对后世有一定的影响。有《鲍参军集》。

拟行路难(二首)①

其　一②

泻水置平地,各自东西南北流③。人生亦有命,安能行欢复坐愁!酌酒以自宽,举杯断绝歌路难④。心非木石岂无感,吞声踯躅不敢言⑤。

【注释】

①乐府《杂曲歌辞》篇名。《乐府解题》说:"《行路难》备言世路艰难及离别悲伤之意。"原为民间歌谣,晋人袁山松曾修改其歌辞与音乐,所作已不存。鲍照《拟行路难》十八首,运用杂言歌行体,抒写怀抱,为乐府中名作。　②本篇原列第四,对自己怀才不遇表现了强烈的愤慨不平情绪。　③这句以水的四处分流比喻人生命运各殊。　④断绝:指歌声因举杯而断绝。　⑤吞声:声将发而又止。　踯躅:即踟蹰,停步不前的样子。

【阅读提示】

作为咏叹人生苦闷的抒情组诗,《拟行路难》十八首在叙述角度上有两个不同的类型。一是作者自己出面直抒胸臆;一是作者自己不露面,假借诗中特定人物角色来抒发情感。本篇属前一类型,着重表现诗人在门阀制度压抑下怀才不遇的愤懑与不平。诗歌开首二句以泻水于地起兴,以水流方向的不一来喻指人生穷达的各殊。次二句承接上文,既然人的贵贱穷达好似水流一样,那又何必长吁短叹不已呢?再往下,写饮酒以自我宽慰。最后用"吞声踯躅不敢言"来收结全诗,硬是将已经爆发出来的巨大悲慨重又吞咽下去。这首诗把诗人内心怨愤难平、起伏跌宕的情绪,淋漓尽致地作了表达。

本诗采用了长短相间的杂言体,前六句运用了五、七言句式的交错,后二句又改用七言长调，起到了很好的抒情效果。

其　二[①]

对案不能食[②]，拔剑击柱长叹息。丈夫生世会几时[③]，安能蹀躞垂羽翼[④]？弃置罢官去，还家自休息。朝出与亲辞，暮还在亲侧。弄儿床前戏，看妇机中织。自古圣贤尽贫贱，何况我辈孤且直[⑤]！

【注释】

①本诗原列第六，表现了诗人怀才不遇和被压抑的激愤心情，以及对当时不合理社会的强烈不满。　②案：放食器的小几。此处指酒食。　③会：当。一作“能”。　④蹀躞（dié xiè）：小步走路的样子。　垂羽翼：比喻失意丧气的形状。　⑤孤且直：孤寒而又正直。

【阅读提示】

鲍照素怀壮志，终因出身寒微，以致一生坎坷。他痛感门阀制度对人才的摧残，内心压抑着满腔的怨愤。本篇既是他怨愤的宣泄，又是对士族社会的猛烈抨击。全诗感情跌宕起伏。首起六句，偏于激愤，怒不可遏；中间“朝出”以下四句，平缓舒展；篇末两句又一反跌，照应篇首，把不平之情推向高潮，大有古今同慨之感。

□江　淹

江淹（444—505），字文通，济阳考城（今河南省兰考县）人。出身贫寒，沉静好学，历仕宋、齐、梁三朝，官至金紫光禄大夫。诗歌风格幽深奇丽，长于拟古。又长抒情小赋，尤以《恨赋》、《别赋》为著。有《江文通集》。

别　赋[①]

黯然销魂者，唯别而已矣！况秦吴兮绝国[②]，复燕宋兮千里[③]；或春苔兮始生，乍秋风兮暂起[④]。是以行子肠断[⑤]，百感凄恻。风萧萧而异响，云漫漫而奇色。舟凝滞于水滨，车逶迟于山侧，棹容与而讵前[⑥]，马寒鸣而不息。掩金觞而谁御[⑦]，横玉柱而沾轼[⑧]。居人愁卧，恍若有亡[⑨]。日下壁而沈彩[⑩]，月上轩而飞光。见红兰之受露[⑪]，望青楸之离霜[⑫]。巡曾楹而空掩[⑬]，抚锦幕而虚凉。知离梦之踯躅[⑭]，意别魂之飞扬[⑮]。

故别虽一绪，事乃万族[⑯]：

至若龙马银鞍[17],朱轩绣轴[18],帐饮东都[19],送客金谷[20]。琴羽张兮箫鼓陈[21],燕赵歌兮伤美人[22];珠与玉兮艳暮秋,罗与绮兮娇上春[23]。惊驷马之仰秣,耸渊鱼之赤鳞[24]。造分手而衔涕[25],感寂漠而伤神。

乃有剑客惭恩[26],少年报士[27],韩国赵厕[28],吴宫燕市[29],割慈忍爱,离邦去里[30],沥泣共诀,抆血相视[31]。驱征马而不顾,见行尘之时起。方衔感于一剑[32],非买价于泉里[33]。金石震而色变[34],骨肉悲而心死[35]。

或乃边郡未和,负羽从军[36]。辽水无极[37],雁山参云[38]。闺中风暖,陌上草薰[39]。日出天而耀景[40],露下地而腾文[41]。镜朱尘之照烂[42],袭青气之烟煴[43]。攀桃李兮不忍别,送爱子兮沾罗裙。

至如一赴绝国,讵相见期[44]。视乔木兮故里,决北梁兮永辞[45]。左右兮魂动,亲宾兮泪滋。可班荆兮赠恨[46],惟樽酒兮叙悲。值秋雁兮飞日,当白露兮下时。怨复怨兮远山曲,去复去兮长河湄[47]。

又若君居淄右[48],妾家河阳[49],同琼佩之晨照,共金炉之夕香,君结绶兮千里[50],惜瑶草之徒芳[51]。惭幽闺之琴瑟,晦高台之流黄[52]。春宫闷此青苔色[53],秋帐含兹明月光[54],夏簟清兮昼不暮[55],冬釭凝兮夜何长[56]!织锦曲兮泣已尽[57],回文诗兮影独伤[58]。

傥有华阴上士[59],服食还山[60]。术既妙而犹学,道已寂而未传[61]。守丹灶而不顾,炼金鼎而方坚[62]。驾鹤上汉[63],骖鸾腾天[64]。暂游万里,少别千年。惟世间兮重别,谢主人兮依然[65]。

下有芍药之诗[66],佳人之歌[67]。桑中卫女[68],上宫陈娥[69]。春草碧色,春水渌波,送君南浦[70],伤如之何!至乃秋露如珠,秋月如珪[71],明月白露,光阴往来,与子之别,思心徘徊。

是以别方不定,别理千名,有别必怨,有怨必盈,使人意夺神骇,心折骨惊。虽渊云之墨妙[72],严乐之笔精[73],金闺之诸彦[74],兰台之群英[75],赋有凌云之称[76],辩有雕龙之声[77],谁能摹暂离之状,写永诀之情者乎!

【注释】

①本篇通过对各种不同类型人物离情别绪的描写,刻画了他们各自的心理状态和不同特色。 ②秦吴:秦国在陕西一带,吴国在江浙一带,两者隔离绝远,故称“绝国”。 ③燕宋:燕国在今河北一带,宋国在今河南东部一带。 ④乍:忽然。 ⑤行子:出行之人。 ⑥棹:船桨,这里指代船。 容与:徘徊不前的样子。 讵:岂。讵前,即不前进。 ⑦掩:倒扣。御:进用。 ⑧玉柱:用玉做的琴瑟一类的弦柱。 轼:车前的横木。这两句说,断肠的行人终于覆杯舍瑟挥泪登车而去。 ⑨怳:怳惚失意。 亡:失。 ⑩沈:同沉。 彩:日辉。⑪红兰:紫红色的兰草。 ⑫青楸:青绿色的楸树。 ⑬曾:通“层”。 楹:指一排一排房屋。⑭踯躅:行而不进的样子。 ⑮飞扬:飞动不安。 ⑯万族:万类。 ⑰龙马:高头大马。古马八尺称龙马。 ⑱轴:指车。 ⑲帐饮东都:见《汉书·疏广传》载,西汉疏广、疏受告老回

乡，公卿大夫为其饯行于长安东都门外。 ⑳送客金谷：晋石崇《金谷诗序》云："余有别庐在河内县金谷涧中，时征西将军祭酒王诩当还长安，余与众贤共送涧中。"金谷，即金谷园，在河内金谷涧中。 ㉑琴羽：琴中发出的羽声。 羽：古代五音之一。羽声慷慨。 ㉒燕赵歌：燕赵之歌。燕赵之歌多慷慨。 美人：指伴唱的妇女。 ㉓"珠与玉"、"罗与绮"两句：这两句描写美人妆饰华丽，戴的珠与玉艳丽于深秋，穿的罗与绮娇妖于早春。 ㉔"惊驷马"、"耸渊鱼"二句：这两句本于《韩诗外传》："昔伯牙鼓琴而渊鱼出所，瓠巴鼓瑟而六马仰秣。"这里表示音乐美妙动听，马和鱼都深受感动。 ㉕造：至。 ㉖惭恩：感恩。 ㉗报士：报恩之士。 ㉘韩国：指聂政刺杀侠累事。韩国严遂与韩相侠累(又称韩傀)因争权结怨，严遂以百金结交刺客聂政，聂感其意而刺杀侠累后自杀。 赵厕：指豫让谋刺赵襄子事。豫让事晋智伯，智伯非常敬重他。后智伯为赵襄子所灭，豫让遂变换姓名，入赵襄子宫中，躲进厕所，欲伺机刺襄子。没有成功，被捕后索赵襄子衣服，拔剑击衣后自杀。 ㉙吴宫：指专诸刺杀吴王僚事。吴公子光谋夺吴国王位，乃使专诸置匕首于鱼腹中，于公子光所设宴席中刺杀吴王僚。僚被杀，专诸亦为吴王手下所杀。 燕市：指荆轲为燕太子丹刺秦王事。以上聂政等四人事均见《史记·刺客列传》。 ㉚邦：国家。 里：家乡。 ㉛抆(wèn)：试。 ㉜本句指心里铭记知遇之恩，决心以一剑行刺来效命。 ㉝本句说不是为了追求声名于黄泉地下。 ㉞本句指荆轲和秦舞阳在殿中见秦王时，钟鼓并发，舞阳大恐，面如死灰。金石，指钟磬一类乐器。 ㉟本句指聂政既杀侠累后，即自杀。韩取聂政尸体暴于市，下令能识其人者与千金。久之莫能识。其姊荣悲弟身死而名不扬，即于尸旁宣布聂政姓名，然后自杀。见《史记·刺客列传》。 骨肉：亲人。 ㊱羽：箭。 ㊲辽水：在今辽宁省西部。 ㊳雁山：当指雁门山，在今山西省原平县西北。 ㊴薰：香。 ㊵耀景：指天空阳光闪烁。 ㊶文：同"纹"，指地面山川田野的图案。 ㊷朱尘：红尘。 ㊸青气：春天郊野之气。 烟煴：同"氤氲"。 ㊹讵相见期：岂有相见之期。 ㊺决：同"诀"。 ㊻班荆：折荆铺地而坐。 ㊼湄：水边。 ㊽淄：淄水，在今山东省境内。 ㊾河阳：泛指黄河北岸。水北、山南曰阳。 ㊿绶：系印章的带子。 结绶：指做官。 (51)瑶草：香草。妇女自喻。 (52)流黄：一种精细的丝织品。这句话说，爱人离别以后，织布也没有心思，因此流黄上面蒙上了一层晦暗的灰尘。 (53)宫：这里指妇女的居室。 闷：关闭。 (54)帐：床帐。 (55)簟(diàn)：席子。 (56)釭(gāng)：油灯。 (57)织锦曲：苻秦时秦川刺史窦韬被徙沙漠，与妻苏蕙别。苏氏思之，织锦为回文诗以寄赠。事见《晋书·列女传》。 (58)回文诗：为古代一种文体。其文从正反两分读之意义皆通。苏氏的回文诗则正反、横直、旁斜皆可诵读。 (59)华阴上士：华阴，华阴山，即，即华山，在今陕西省渭南县南。上士，指求仙之士。 (60)服食：服食丹药。 还山：四部丛刊宋刻《江文通文集》作"还仙"。 (61)寂：安静。这里指达到了很高境界。 (62)方坚：正聚精会神。 (63)汉：天汉，即银河。 (64)骖：乘，驾御。 (65)谢：辞别。 依然：依依不舍。 (66)芍药之诗：《诗经·郑风·溱洧》："维士与女，伊其相谑，赠之以芍药。" (67)佳人之歌：汉李延年歌："北方有佳人，绝世而独立。" (68)"桑中"句：《诗经·鄘风·桑中》："期我乎桑中，要我乎上宫，送我乎淇之上矣。"《鄘风》乃卫地民歌，故称桑中女子为卫女。 (69)上宫：卫地名 陈娥：指卫女。 (70)浦：水边。 (71)珪：上尖下方的瑞玉。 (72)渊云：王褒、扬雄。褒字子渊，雄字子云，都是西汉著名辞赋家。 (73)严乐：严安、徐乐。两人都曾上书汉武帝言时务，深得武帝赞赏。 (74)金闺：指汉代金马门。汉武帝使学士待诏金马门以备顾问。 彦：有才之士。 (75)兰台：东汉朝廷藏书的地方，设兰台令史，管典校图籍和治理文件。　英：杰出人才。　⑯凌云之称：指司马相如。《汉书·司马相如传》说司马相如奏《大人赋》，武帝大悦，飘飘有凌云之气。　⑰雕龙之声：指驺衍。《史记·孟子荀卿列传》说，战国齐人驺衍“采驺衍之术以纪文”。裴骃《集解》引刘向《别录》：“驺衍修衍之文，饰若雕镂龙文，故曰雕龙。”

【阅读提示】

江淹是南朝最优秀的骈文作家之一，他的代表作《恨赋》和《别赋》是两篇主题和题材很新颖别致的骈赋。它们既非专事体物图貌，也不完全是写志抒情，而是把诗歌中咏史和代言的传统引入辞赋之中。《别赋》写从军边塞的壮士、感恩报主的剑客、服食求仙的道士、陌中桑上的情人等不同身份的人们“黯然销魂”的离别，取材构思又与乐府的代言体相似。《别赋》有很高的艺术技巧，善于通过环境描绘突出人物的心理感受，具有浓厚的抒情气氛。作品或刻画临别的衔涕伤神，或描写别后的四季相思；或慷慨悲歌，或缠绵往复。写得参差错落，丰富多彩。文辞富丽高华，熔铸《诗经》、楚辞、乐府、古诗的词语句法，能做到浑成无迹，言约意丰，音韵既铿锵优美，句法又错综变化，而且善于在篇中插入富有诗意的白描，使全文映照生姿。

□谢　朓

谢朓(464—499)，字玄晖，陈郡阳夏(今河南省太康县附近)人。曾任宣城太守、尚书吏部郎等职。后为萧遥光诬陷，下狱死。他是南朝著名诗人，以善于写作风景诗见长，风格自然秀逸，五言小诗富有民歌风味。有《谢宣城集》。

之宣城郡出新林浦向板桥①

江路西南永②，归流东北骛③。天际识归舟④，云中辨江树。旅思倦摇摇⑤，孤游昔已屡。既欢怀禄情⑥，复协沧州趣⑦。嚣尘自兹隔⑧，赏心于此遇。虽无玄豹姿，终隐南山雾⑨。

【注释】

①本篇是作者从建康赴宣城任太守时途中所作，表现了远离京城可以全身远害的思想。宣城：古郡名，今安徽省宣城县。　新林浦、板桥：均为地名，都在南京市西南面。　《水经注·江水》：“江水经三山，又湘浦出焉。水上南北结浮桥度水，故曰板桥浦。江又北经新林浦。”　②永：长。　③骛(wù)：奔驰。　④归舟：指归向金陵的船。　⑤摇摇：心情恍惚的样子。　⑥怀禄情：出仕做官的意念。　⑦本句意为又和隐居的意趣相协调。　沧州：沧州为幽僻之

地，隐者所居。　⑧嚣尘：尘世。　兹：此。　⑨“玄豹”两句：语出《列女传·贤明》，说玄豹有姿质，隐于南山之雾。这里的意思是说，自己虽然没有玄豹的姿质，但现在远离京都，像玄豹之隐于南山雾中，可以幽栖远害。

【阅读提示】

齐明帝建武二年(495)春天，谢朓出任宣城太守，从金陵出发，逆大江西行。前一年，南京在一年内换了三个皇帝，三次改元，其中之一即是谢朓之旧主新安王。对于时局之变，谢朓的前程虽未受影响，但实质上谢朓不能不心有余悸，故第二年出任宣城太守时，虽远离京城，但庆幸能离开政治旋涡。本诗是作者从建业(南京)出发赴宣城太守任职途中所作。先写江行所见的美丽远景，后写出仕外郡亦是可喜的心情，表露了他幽栖避世的思想。本诗写景生动，刻画传神，意境新颖，语言明净清丽。

晚登三山还望京邑①

灞涘望长安②，河阳视京县③。白日丽飞甍④，参差皆可见⑤。余霞散成绮⑥，澄江静如练⑦。喧鸟覆春洲⑧，杂英满芳甸⑨。去矣方滞淫⑩，怀哉罢欢宴。佳期怅何许⑪，泪下如流霰⑫。有情知望乡，谁能鬒不变⑬？

【注释】

①本篇写登山远望和因此引起的乡国之思。“三山”，因上有三峰，南北相连而得名，在今南京市西南长江南岸。京邑，指金陵，即建康。　②“灞涘”句：汉末王粲因避乱离开长安时曾有“南登灞陵岸，回首望长安”的诗句。涘，岸。　③“河阳”句：晋代潘岳在河阳做官时曾有“引领望京室，南路在伐柯”的诗句。以上两句是以古人的望京比自己的望京。　④丽：作动词用。指日光照耀京都建筑，色彩绚烂。　甍(méng)：屋脊。飞甍，形容屋脊两檐如飞翼。⑤参差：上下不齐之貌。　⑥绮：有花纹的丝织品。　⑦澄江：清澈的江水。　练：白色的熟绢。　⑧覆：覆盖。形容鸟之多。　⑨芳甸：芬芳的郊野。　⑩这句说，要离开这里了，但还是依恋不舍，姑且少作停留。滞淫，淹留。　⑪佳期：指还乡国(京都)之期。　怅：恨。　何许：哪里。　⑫霰：小冰粒，俗称雪子。⑬鬒(zhěn)：黑发。变，指变白。这句说，谁能不忧伤得黑发变白呢？

【阅读提示】

本篇写登山远望和因此所引起的思念故乡之情。从诗中看，诗人早就想辞归故乡，但本诗并未透露是什么原因使他勉强地滞留在外。从句首化用王粲《七哀诗》和潘岳《河阳县作》诗句看，王粲是在董卓之乱后离开长安的，潘岳是在想到自己“依水类浮萍，寄松似悬萝”而西望京都的，因此，诗人的思乡似乎由于仕途上的忧虑所致。全诗写景优美，感情忧伤而委婉。诗中“余霞散成绮，澄江静如练”是千古名句。

□沈　约

沈约(441—513)，字休文，吴兴武康(今浙江省德清县)人。幼孤贫，笃志好学，博览群书。历仕宋、齐、梁三代，官至尚书令，封建昌县侯。卒谥隐。他提倡“四声八病”之说，和谢朓、王融等讲求诗歌音律的和谐，形成了新体诗，时号“永明体”。对以后律诗、绝句形式的确立产生很大的影响。有《沈隐侯集》。

别范安成①

生平少年日，分手易前期②；及尔同衰暮，非复别离时③。勿言一樽酒，明日难重持④。梦中不识路⑤，何以慰相思？

【注释】

①本篇写与友人别离时的深厚感情。范安成，名岫，字懋宾，南齐时曾为建威将军、安成内史。　②易前期：把来日重新相见看作是很轻易的事情。易作动词用。　③这两句意思说，及至彼此年老的时候，已非如年轻时之相别，因来日无多，恐别后不复能相会。　④这两句意思说，不要说眼前这一樽送别酒微薄，明日分别以后恐亦不易再得了。　⑤梦中句：战国时张敏和高惠两人为友，别后张敏屡次于梦中寻访高惠，都半途迷路而回。(见《韩非子》)

【阅读提示】

这是一首离别诗，据史传记载，沈约与范岫有相当深厚的交谊。二人均幼年丧父，身世相同，心性相通。刘宋时，二人共同受到安西将军蔡兴宗的礼遇，沈约为参军兼记室，范岫为主簿。入齐后，又同游于竟陵王萧子良门下，同在文惠太子的东宫以文才见引。永明末，文惠太子薨，竟陵王萧子良在争夺帝位斗争中失败，郁林王萧昭业继位，萧鸾掌握了朝廷实权。萧子良西邸学士纷纷出京，沈约出任东阳太守，范岫出为安成内史，故有两位老朋友的分别。诗中流露出前途未卜之感，感情真挚。本诗艺术上也很有特色：一是用典平易；二是用字平易；三是讲求韵律。齐梁诗中的佳作。

□郦道元

郦道元(？—527)，字善长，范阳涿县(今河北省涿县)人。仕北魏至安南将军、御史中尉等职，后以谗出为关右大使，时雍州刺史萧宝夤谋反，疑道元奉使袭己，遣将杀之。道元性好学，历览群书，撰《水经注》四十卷。《水经》是一部记载全国水道的地理书，旧传汉桑钦作。经清代学者考证，大概是三国时人所作。原书非常简单，郦道元就力之所及，收集了有关全国水道的记载，以及他自己游历各地、跋涉山川的见闻，为《水经》作注释，对《水经》中的记载加以详细阐明和补充，引书达四百多种。《水经注》叙述了两岸各地的地理古迹、神话传说和风俗习惯，对各地秀丽的山川作了生动的描绘，文笔简洁精美，对后代游记文学有很大的影响。

水经注·江水·三峡①

自三峡七百里中，两岸连山，略无阙处。重岩叠嶂，隐天蔽日，自非停午夜分②，不见曦月③。至于夏水襄陵④，沿溯阻绝⑤。或王命急宣⑥，有时朝发白帝⑦，暮到江陵⑧，其间千二百里，虽乘奔御风⑨，不以疾也⑩。春冬之时，则素湍绿潭⑪，回清倒影⑫。绝𪩘多生怪柏⑬，悬泉瀑布，飞漱其间⑭，清荣峻茂⑮，良多趣味⑯。每至晴初霜旦⑰，林寒涧肃，常有高猿长啸，属引凄异⑱，空谷传响，哀转久绝。故渔者歌曰："巴东三峡巫峡长，猿鸣三声泪沾裳！"

……江水又东，径狼尾滩而历人滩⑲。[袁山松曰⑳："二滩相去二里。人滩水至峻峭，南岸有青石，夏没冬出。其石嵚崟㉑，数十步中悉作人面形，或大或小，其分明者须发皆具，因名曰人滩也。"]

江水又东，径黄牛山下，有滩名曰黄牛滩。[南岸重岭叠起，最外高崖间有石，色如人负刀牵牛，人黑牛黄，成就分明㉒。既人迹所绝，莫得究焉。此岩既高，加以江湍纡回㉓，虽途径信宿㉔，犹望见此物。故行者谣曰："朝发黄牛，暮宿黄牛，三朝三暮，黄牛如故。"言水路纡深，回望如一矣。]

江水又东，径西陵峡。《宜都记》㉕曰："自黄牛滩东入西陵界至峡口百许里，山水纡曲，而两岸高山重障，非日中夜半，不见日月。绝壁或千许丈，其石彩色形容，多所像类㉖。林木高茂，略尽冬春㉗。猿鸣至清，山谷传响，泠泠不绝㉘。所谓三峡，此其一也。山松言：常闻峡中水疾，书记及口传悉以临惧相戒㉙，曾无称有山水之美也㉚。及余来践跻此境㉛，既至欣然，始信耳闻之不如亲见矣。其叠崿秀峰㉜，奇构异形，固难以辞叙。林木萧森㉝，离离蔚蔚㉞，乃在霞气之表㉟。仰瞩俯映，弥习弥佳[36]，流连信宿，不觉忘返。目所履历[37]，未尝有也。既自欣得此奇观，山水有灵，亦当惊知己于千古矣[38]。”

【注释】

①本篇主要描写三峡中的巫峡，写出了它在不同季节的各种景色和雄伟面貌。 三峡：指长江上游的瞿塘峡、巫峡、西陵峡。此篇为节录。近有学者提出，此篇文章系郦道元引自盛弘之《荆州记》。 ②停午：中午。 夜分：半夜。 ③曦：日光。曦月，日月。 ④夏水襄陵：指夏天大水弥漫，凌驾于高陵之上。 语本《尚书·尧典》："汤汤洪水方割，荡荡怀山襄陵。" ⑤沿溯(sù)：顺流而下和逆水而上。 ⑥或：有时。 王命：朝廷的文告。 ⑦白帝：白帝城，在今重庆市奉节县内。 ⑧江陵：今湖北江陵县。 ⑨奔：指马。 ⑩以：据赵一清《水经注刊误》当作"似"。 ⑪素湍：白色的急流。 绿潭：绿色的深潭。 ⑫回清倒影：清光物影倒映水中。 ⑬巘(yǎn)：山峰。 ⑭漱：喷射状。 ⑮清荣峻茂：均形容瀑布形状。 ⑯良：甚。 ⑰晴初霜旦：云气初晴和霜降的早晨。 ⑱属引凄异：指猿鸣之声连续延长，凄凉异常。 属：连续。 引：延长。 ⑲历：经历。 ⑳"袁山松曰"以下本作小字，现以[ ]号加以分别。下仿此。袁山松东晋时人，博学能文，官吴郡太守。此语本于袁山松《宜都山川记》，或作《宜都记》。 ㉑嵚崟(qīn yín)：高峻貌。 ㉒成就：指人和牛的形状、色泽。 ㉓江湍：长江的急流。 ㉔信宿：再宿言"信"。指两夜。 ㉕《宜都记》：或指袁山松之《宜都山川记》。 ㉖类：类似。 ㉗略尽：历尽。 ㉘泠泠：声音清越。 ㉙书记：指书本记载。 临惧：亲临而恐惧。 ㉚称：说及。 ㉛践跻：登临。 ㉜崿(è)：山崖。 ㉝萧森：树木高大竦立之状。 ㉞离离蔚蔚：繁荣茂盛之状。 ㉟乃在霞气之表：谓树木都在烟霞云雾之上。 ㊱弥习弥佳：越接近越美丽。 ㊲目所履历：眼睛看到的。 ㊳本句意思说，千古以来山水之神乃逢此探索幽胜之人，亦当惊喜以为知己。

【阅读提示】

郦道元描写峡谷，总是紧扣山势的陡峭和水流的湍急两个特征，本篇也是如此。本篇主要描写三峡中的巫峡。先总写三峡风光，所谓"七百里中，两岸连山，略无阙处"，以及春冬景色，"则素湍绿潭，回清倒影"。然后从西往东，依次描写。本篇用词精练，笔调清丽，语言流畅，妙语传神。文章采用骈散结合的句型，突破六朝时讲究骈偶的靡丽文风，给人以清新明朗的感觉。

□杨衒之

杨衒之(杨或作阳)，北平(今河北省遵化县)人。生卒年不详。仕北魏为抚军府司马、期城太守等职。东魏孝静帝武定五年(547)，因行役到洛阳，有感于北魏统治阶层崇信佛教，大兴寺院，损害百姓，作《洛阳伽蓝记》，历叙洛阳佛寺兴废经过，兼及有关风俗景物、人物故事。全书语言洁净明快，描写细致生动，与《水经注》同为北朝散文中的优秀作品。“伽蓝”是梵语“僧伽蓝”的简略，佛寺的意思。

洛阳伽蓝记·洛阳大市[1]

出西阳门外四里御道南[2]，有洛阳大市，周回八里。市东南有皇女台[3]，汉大将军梁冀所造[4]，犹高五丈余。景明中[5]，比丘道恒立灵仙寺于其上[6]。台西有河阳县[7]，台东有侍中侯刚宅[8]。市西北有土山鱼池，亦冀之所造。即《汉书》所谓“采土筑山，十里九坂，以象二崤”者[9]。

市东有通商、达货二里[10]，里内之人尽皆工巧屠贩为生，资财巨万。有刘宝者，最为富室。州郡都会之处皆立一宅，各养马十疋[11]。至于盐粟贵贱，市价高下，所在一例[12]。舟车所通，足迹所履，莫不商贩焉[13]。是以海内之货，咸萃其庭[14]，产匹铜山[15]，家藏金穴[16]。宅宇逾制[17]，楼观出云[18]，服饰拟于王者[19]。

市南有调音、乐律二里，里内之人，丝竹讴歌，天下妙伎出焉。有田僧超者，善吹笳，能为《壮士歌》[20]、《项羽吟》[21]，征西将军崔延伯甚爱之[22]。正光末[23]，高平失据[24]，虎吏充斥[25]，贼帅万俟丑奴寇暴泾岐之间[26]，朝廷为之旰食[27]，诏延伯总步骑五万讨之。延伯出师于洛阳城西张方桥，即汉之夕阳亭也。时公卿祖道[28]，车骑成列，延伯危冠长剑耀武于前，僧超吹壮士笛曲于后，闻之者懦夫成勇，剑客思奋。延伯胆略不群，威名早著，为国展力，二十余年，攻无全城，战无横阵[29]，是以朝廷倾心送之。延伯每临阵，常令僧超为壮士声，甲胄之士莫不踊跃。延伯单马入阵，旁若无人，勇冠三军，威振戎竖[30]。二年之间，献捷相继。丑奴募善射者射僧超亡，延伯悲惜哀恸，左右谓伯牙之失钟子期不能过也[31]。后延伯为流矢所中，卒于军中。于是五万之师，一时溃散。

市西有延酤、治觞二里，里内之人多酝酒为业。河东人刘白堕善能酿酒。季夏六月，时暑赫晞[32]，以罂贮酒[33]，暴于日中[34]，经一旬，其酒味不动[35]。饮之香美，醉而经月不醒。京师朝贵多出郡登藩[36]，远相饷馈，逾于千里[37]。以其远至，号曰“鹤觞”，亦名“骑驴酒”。永熙年中[38]，南青州刺史毛鸿宾赍酒之藩[39]，路逢贼盗，饮之即醉，皆被擒获，因此复名“擒奸酒”。游侠语曰：“不畏张弓拔刀，唯畏白堕春醪。”

市北有慈孝、奉终二里，里内之人以卖棺椁为业，赁辆车为事[40]。有挽歌孙岩[41]，娶妻三年，妻不脱衣而卧。岩因怪之，伺其睡，阴解其衣，有毛长三尺，似野狐尾，岩惧而出之。妻临去，将刀截岩发而走。邻人逐之，变成一狐，追之不得。其后京邑被截发者，一百三十余人。初变成妇人，衣服靓妆[42]，行于道路，人见而悦近之，皆被截发。当时有妇人着彩衣者，人皆指为狐魅。熙平二年四月有此[43]，至秋乃止。

别有阜财、金肆二里，富人在焉。凡此十里，多诸工商货殖之民㊹。千金比屋㊺，层楼对出，重门启扇，阁道交通，迭相临望。金银锦绣，奴婢缇衣㊻；五味八珍，仆隶毕口㊼。神龟年中㊽，以工商上僭㊾，议不听衣金银锦绣㊿。虽立此制，竟不施行。

【注释】

①本文节录自《洛阳伽蓝记》卷四“法云寺”条，写洛阳大市东、南、西、北四市的工商业繁盛情况和富人的奢侈生活。题名为编者所加。 ②西阳门：洛阳正西门。 ③市东南：原作“市南”，校云：“逸史本作东南。”今据改。 皇女台：《水经注·谷水》中应劭曰：东汉“明帝永平五年，长安迎取飞廉并铜马，置上西门外平乐观。” 又言：“皇女稚殇埋于台侧，故复名之曰皇女台。” ④梁冀：东汉顺帝梁皇后之兄，拜大将军，骄横奢侈无所不为，专朝政近二十年。后为东汉桓帝诛杀。 ⑤景明：北魏宣武帝（元恪）年号。 ⑥比丘：募化僧人，后来作僧人通称。道恒，不详。 ⑦河阳县：河南孟县境，为洛阳外围重镇。 ⑧侍中：汉代为侍从皇帝左右、出入宫廷、备应对顾问的官。晋、南北朝时代是门下省的长官。 侯刚：字乾之，上谷（今河北怀来东南）人，历任武卫将军、卫尉卿、侍中等职。 ⑨《汉书》句见《后汉书·梁冀传》。坂：斜坡。 二崤：崤山，在今河南省洛宁县北，有东、西二崤，故称。 ⑩市东：原作市东南，据范祥雍《洛阳伽蓝记校注》改。 ⑪疋：即“匹”。 ⑫所在一例：指各地价格都一样。⑬商贩：用为动词，往来买卖贩运。 ⑭萃：聚集。 ⑮匹：比；相当。 铜山：汉文帝曾将四川岩道县的铜山赐予邓通，并准许他私自铸钱。于是邓通钱币遍于天下。 ⑯金穴：东汉郭况为汉光武郭皇后弟，官大鸿胪。帝数幸其第，赏赐大量金钱缣帛，京师称况家为金穴。⑰逾制：超过国家按照居住者身份所制定的房屋建筑的制度。 ⑱出云：高出云外。 ⑲拟：比拟。这句话说刘宝的服饰可与王侯相比。 ⑳《壮士歌》：疑即《陇上歌》。西晋末年，陈安据秦州，自号秦州刺史。后为前刘赵曜所围攻，败死。当地人民作《陇上歌》来哀悼他。㉑《项羽吟》：疑即《拔山歌》，项羽被刘邦困于垓下时所作。 ㉒崔延伯：北魏征西将军，博陵人。英勇善战，屡建战功。后讨万俟丑奴，战死。 ㉓正光：北魏孝明帝年号。 ㉔高平：在今宁夏固原县。 ㉕虎吏：暴虐之吏。 ㉖万俟（mò qí）丑奴：高平镇人，原为胡琛部将。北魏孝庄帝（元子攸）建义元年（528），自称天子，不到两年被擒。 泾：泾州。故治在今甘肃泾川县北。 岐：岐州。故治雍，在今陕西凤翔县南。 ㉗旰（gàn）：日晚。旰食，指过了吃饭时间而进食，形容忧劳而不及按时进食。 ㉘祖道：饯行。古时出行时祭路神谓之“祖”。㉙横阵：横列之阵，指没有人能对抗的意思。 ㉚戎竖：泛指敌人的蔑称。 ㉛伯牙之失钟子期：俞伯牙、钟子期都是春秋时人。伯牙善鼓琴，意在高山或流水，钟子期能听而知之。子期死，伯牙以世无知音，终身不复鼓琴。 ㉜赫晞：炎盛。指气候炎热。 ㉝罂（yīng）：盛酒的瓦具。 ㉞暴：同“曝”。 ㉟不动：不变。 ㊱出郡登藩：出外当官。 ㊲逾：超越。㊳永熙：北魏孝武帝（元修）年号。 ㊴南青州：今山东沂水县。 毛鸿宾：北地三原人。北魏孝明帝时为北雍州刺史，转为南雍州刺史。后镇潼关，为高欢所擒，忧恚而卒。 赍酒之藩：携酒去任所。 ㊵輀（ér）车：灵柩之车。 ㊶挽歌：丧歌。此指以唱丧歌为业的人。 ㊷靓妆：用脂粉妆饰。 ㊸熙平：北魏孝明帝（元诩）年号。熙平二年即公元 517 年。 ㊹诸：各种。 ㊺比屋：屋宇比邻。这里指有千金财产的人家一户挨着一户。 ㊻缇（tí）衣：用赤黄色

绸缎做成的衣服。 ㊼毕口：都可以尝到。 ㊽神龟：北魏孝明帝(元诩)年号。 ㊾上僭：超越制度。 ㊿不听：不准、不让。

【阅读提示】

洛阳佛寺如林，然而并非尽是出世之地。《洛阳大市》所展现的浓郁的世情画面，是《洛阳伽蓝记》中少见的动人篇幅。市东一段记通商、达货二里多富商，以一刘宝，写出商人们的经商之道和富有程度。市南一段记调音、乐律二里多乐伎，以一田僧超写出乐伎的卓绝才艺。市西一段记延酤、治觞二里之人多善酿酒者，举出刘白堕之酒及有关传闻，写出其酒之美醇。市北一段记慈孝、奉终二里之人操丧事为生，另又记阜财、金肆二里，富人在焉。叙述地址清楚，特点明确，人物具体，中间插叙的历史故事生动形象。全文有概括介绍，也有细节描绘，笔法灵活，繁简得体，极好地记述了古代洛阳大市的工商业状况。

□庾　信

庾信(513—581)，字子山，南阳新野(今河南省新野县)人。他早年出入于梁朝宫廷，善作宫体诗，风格华艳。梁元帝时出使西魏，梁亡后被强留在北方，因有很高的文学修养，先后得到西魏和北周的优待，官至骠骑大将军、开府仪同三司。他虽居高位，内心却颇矛盾，在作品中表现出浓厚的乡关之思和羁宦北国的悲愤感情。风格也变得苍劲沉郁，和前期有显著的不同。他的作品时有用典堆砌和隐晦的缺点，但总的说来，其艺术成就集六朝之大成，对唐代诗赋的发展产生颇大影响。有《庾子山集》。

寄王琳①

玉关道路远②，金陵信使疏③。独下千行泪，开君万里书。

【注释】

①本篇写对故国之思念以及他与王琳之间的深厚友谊。 王琳：字子珩，为梁朝大将。江陵被围时，王琳由广州率兵赴援，未至而江陵陷落。后移军东下，欲讨伐代梁的陈霸先，兵败被杀。 ②玉关：玉门关，在今甘肃省敦煌县西玉门，此处指长安。因当时长安已为异朝所据，庾信身在长安，犹如在玉门关那么遥远。 ③金陵：今南京市，南朝京都所在地。这句诗说，因为“路远”，疏于听到故国的信息。

【阅读提示】

王琳在梁元帝时镇守岭南，江陵被围时，元帝令王琳赴援，任其为湘州刺史，王琳军至长沙，西魏已陷江陵，元帝被杀。陈霸先开头立元帝子敬帝为傀儡皇帝，三年后篡梁称帝；庾信则在梁元帝时奉使出使西魏，梁亡后被西魏、北周强留北方。在南北音信断绝的情况下，庾信忽然收到王琳万里之外的来信，心中的激动是可以想见了。全诗简短深沉，动人心肺。

重别周尚书[①]

阳关万里道[②]，不见一人归。唯有河边雁，秋来南向飞。

【注释】

①《重别周尚书》共有二首，这是第一首，写自己被留北方的凄凉心情和对故国的忆念。周尚书：名弘正，字思行，入陈，官至尚书右仆射，曾奉使北周。南归时，庾信以诗赠别。

②阳关：关名，西汉置，在甘肃敦煌西南，因在玉门关之南，故名。阳关和玉门关，同为当时对西域交通的门户，这里借代作者当时所在的长安。

【阅读提示】

这是一首因送别而引起故国之思的诗。作者对周弘正南归表示欣羡，对自己羁留在万里之外的北魏，暗表沉痛。全诗四句，简短深沉。巧妙之处，在于诗中所展示的眼前景物，虽是简笔勾勒，却景界寥廓，含意深邃，尤其是那高飞的大雁，既是对周弘正特殊身份的贴切比喻，又寄托着诗人的羡慕之情，而它在万里阳关大道衬托下，又升华为自由的象征。

□颜之推

颜之推(531—约590以后)，字介，琅玡临沂(今山东省临沂市)人，北齐文学家。初仕梁元帝为散骑侍郎，后投奔北齐，为黄门侍郎、太原太守。齐亡入周，为御史上士。后入隋，于隋开皇中，太子召为学士，以疾卒。当时魏晋玄学盛行，崇尚清谈。颜之推出身名流，自幼厕身上流，但对此却十分不满。他以儒家传统思想为本，主张务实，反对空谈。为文讲求实用，不尚用典，通俗晓畅。有《颜氏家训》存世。

颜氏家训·涉务[①]

士君子之处世，贵能有益于物耳[②]，不徒高谈虚论，左琴右书，以费人君禄位也[3]。

国之用材，大较不过六事[4]：一则朝廷之臣[5]，取其鉴达治体[6]，经纶博雅[7]；二则文史之臣[8]，取其著述宪章[9]，不忘前古；三则军旅之臣，取其断决有谋，强干习事[10]；四则藩屏之臣[11]，取其明练风俗[12]，清白爱民；五则使命之臣[13]，取其识变从宜[14]，不辱君命；六则兴造之臣[15]，取其程功节费[16]，开略有术[17]，此则皆勤学守行者所能辨也[18]。人性有长短[19]，岂责具美于六途哉[20]？但当皆晓指趣[21]，能守一职，便无愧耳。

吾见世中文学之士[22]，品藻古今[23]，若指诸掌[24]，及有试用，多无所堪[25]。居承平之世[26]，不知有丧乱之祸；处庙堂之下[27]，不知有战陈之急[28]；保俸禄之资，不知有耕稼之苦；肆吏民之上[29]，不知有劳役之勤，故难可以应世经务也[30]。晋朝南渡[31]，优借士族[32]；故江南冠带[33]，有才干者，擢为令仆已下[34]，尚书郎中书舍人已上[35]，典掌机要[36]。其余文义之士[37]，多迂诞浮华[38]，不涉世务；纤微过失，又惜行捶楚[39]，所以处于清高[40]，盖护其短也[41]。至于台阁令史[42]，主书监帅[43]，诸王签省[44]，并晓习吏用[45]，济办时须[46]，纵有小人之态，皆可鞭杖肃督[47]，故多见委使[48]，盖用其长也。人每不自量，举世怨梁武帝父子爱小人而疏士大夫[49]，此亦眼不能见其睫耳[50]。

梁世士大夫，皆尚褒衣博带[51]，大冠高履[52]，出则车舆，入则扶侍，郊郭之内[53]，无乘马者。周弘正为宣城王所爱[54]，给一果下马[55]，常服御之[56]，举朝以为放达[57]。至乃尚书郎乘马，则纠劾之[58]。及侯景之乱[59]，肤脆骨柔，不堪行步，体羸气弱[60]，不耐寒暑，坐死仓猝者[61]，往往而然[62]。建康令王复性既儒雅，未尝乘骑，见马嘶歕陆梁[63]，莫不震慑，乃谓人曰[64]："正是虎，何故名为马乎？"其风俗至此。

古人欲知稼穑之艰难[65]，斯盖贵谷务本之道也[66]。夫食为民天[67]，民非食不生矣，三日不粒[68]，父子不能相存[69]。耕种之，茠锄之[70]，刈获之[71]，载积之，打拂之[72]，簸扬之[73]，凡几涉手[74]，而入仓廪[75]，安可轻农事而贵末业哉[76]？江南朝士，因晋中兴[77]，南渡江，卒为羁旅[78]，至今八九世，未有力田[79]，悉资俸禄而食耳[80]。假令有者[81]，皆信僮仆为之[82]，未尝目观起一坺土[83]，耘一株苗；不知几月当下[84]，几月当收，安识世间余务乎[85]？故治官则不了[86]，营家则不办[87]，皆优闲之过也[88]。

【注释】

①选自《颜氏家训》，原列第十一，是一篇评论当时风尚的文章。 涉：即经，有接触和从事的意思。 务：实际事务。涉务就是从事实际事务而不尚空谈的意思。 ②物：除自己以外的一切人和一切事物。 ③费：耗费。 ④大较：大略，大抵。 ⑤则：是。 朝廷之臣：指主持国政的卿相大臣。 ⑥鉴达：明白通达。 治体：治国之体。 ⑦经纶：原指治丝，这里比喻治国的谋略。 博雅：博大而雅正，指这些卿相大臣应该品学兼优。 ⑧文史之臣：指起草诏令和修撰国史的中书、秘书、太史和太学博士等官员。 ⑨著述宪章：语出《礼记·中庸》：

"仲尼祖述尧舜,宪章文武。"意思是说要效法圣人的行为,合乎传统的典章制度。著述,即祖述,开始实行。宪,法。章,明。 ⑩习事:熟悉军事。 ⑪藩屏之臣:指地方官。因地方官的职责是护卫朝廷,就像篱笆和屏障起遮蔽作用一样。 ⑫明练风俗:熟悉风土人情。 ⑬使命之臣:指到外国或属地从事交际活动的官员。 ⑭识变从宜:了解、掌握形势的变化,予以恰当的处置。 ⑮兴造之臣:指主管土木建筑的官员。 ⑯程功:估量工程的效率和进度。程,估量。功,工作效率。 节费:节约经费开支。 ⑰开略:筹画。 ⑱守行:保持操行。 ⑲人性:人的天资与才能。 ⑳责:要求。 具:全。 六涂:六个方面。 ㉑指趣:宗旨和要领。指,同"旨"。 ㉒文学之士:指一般的知识分子。 ㉓品藻:品评、鉴别。 ㉔指诸掌:了如指掌。 ㉕所堪:能胜任的工作。 ㉖承平:太平时久,没有大的社会动荡。 ㉗庙堂之下:指不在朝廷做官。 ㉘陈:通"阵"。 ㉙肆:居,盘踞。 ㉚应世经务:适应社会,处理事务。 ㉛晋朝南渡:指西晋灭亡后,晋王司马睿在建康称帝,建立东晋王朝的史实。 ㉜优借:优待。借,通"藉",宽待。 ㉝冠带:士大夫的服饰,借指士族。 ㉞令仆:尚书令与仆射,掌握朝政大权的尚书台的正副职官。 ㉟尚书郎:尚书省的属官,主持文书的起草。 中书舍人:中书省的属官,掌机密文件的草拟和呈奏表章一类事务,权力甚重。 ㊱典掌机要:管理机密要事。 ㊲文义之士:指闲散的文职官员。 ㊳迂诞:言行迂腐荒诞,不合事理。 ㊴惜行捶楚:指对犯错误者舍不得责罚。 ㊵所以:表示原因。 ㊶护:掩盖,掩饰。 ㊷台阁:指中枢机构如尚书省。 令史:职位次于尚书郎的主管文书的属吏。 ㊸主书:掌管文书的官员。 监帅:一种地位较低的官员。 ㊹诸王:诸藩王。 签:典签。原为处理文书的小吏,宋齐两朝时佐藩王出镇,名为典领文书,实是监视诸王。因其职多由皇帝亲信担任,故权势甚大,有"签帅"之称。 省:省事,藩王的属官,两垒相对,往来传通言语的官员。 ㊺吏用:用为官吏。 ㊻时须:当时应该处理好的事情。 济:完成,处理好。 ㊼鞭杖肃督:用鞭杖严厉地监督。 ㊽委使:委用。 ㊾梁武帝父子:指梁武帝萧衍和梁简文帝萧纲。 ㊿眼不能见其睫:语出《韩非子·喻老》:"杜子谏楚庄王曰:'臣患王之智如目也,能见百步之外,而不能自见其睫。'"喻没有自知之明,明于见人而暗于知己。 (51)褒:大,宽大。 博:广,宽阔。 (52)高履:高齿屐。 (53)郊郭:郊野和外城。 (54)周弘正:字思行,梁人,崇尚清谈。元帝时为左户尚书,梁亡,仕于陈。 宣城王:梁简文帝萧纲之子萧大器,封于宣城。 (55)果下马:据《三国志·魏书·东夷传》注:"果下马,高三尺,乘之可于果树下行,故谓之果下。"这是一种很矮小的马。 (56)服御:乘骑。 (57)放达:行为不检点,率性而为。 (58)纠:同"纠"。纠劾,检举、揭发。 (59)侯景之乱:侯景原为北朝魏国附梁的降官,武帝太清二年(548)举兵叛变,攻陷建康。梁武帝萧衍被围台城饿死,景即自立称为汉帝,到处烧杀掳掠,史称"侯景之乱"。 (60)羸(léi):瘦弱。 (61)坐死仓猝:在突然事变中坐以待毙。 (62)往往:处处。 (63)陆梁:指马狂奔疾跳貌。 (64)乃:竟。 (65)稼穑:种植和收获,泛指农事。 (66)本:指农业。古人把农业作为国家的根本。 (67)食为民天:即民以食为天。指吃饭是老百姓最要紧的事。《汉书·郦食其传》:"王者以民为天,而民以食为天。" (68)不粒:不吃饭。 (69)相存:相互保全对方。 (70)茠(hāo):同"薅",除草。 (71)刈(yì):收割。 (72)打拂:以连枷击禾,指脱粒。 (73)簸扬:用簸箕扬去糠皮和尘土。 (74)涉手:经手。 (75)仓廪:粮库。仓,谷仓。廪,米仓。 (76)末业:指经商,与家事相对。 (77)中兴:由衰落而兴盛。 (78)羁旅:寄居之客。 (79)力田:致力于务农。田,农事。 (80)资:借助,依靠。 (81)假令有者:指假令有务农的人。 (82)信:听任,信赖。

⑧③起坺(bō)一土：用犁铧耕起一垄土块。坺，土垄。 ⑧④下：下种。 ⑧⑤余务：其他事务。 ⑧⑥了：明了。不了，即做不好，不能胜任。 ⑧⑦不好：办不好。 ⑧⑧优闲：优游闲散。

【阅读提示】

魏晋以降，崇尚老庄，玄学盛行，儒、道、释三位一体，空谈成风。颜之推这篇文章在统治阶级和士族知识分子一片空谈之声中，出而抨击时弊，指明空谈不仅误国而且误身，强调为人处世应该重视务实。文章先从正面立论，指出："国之用材，大较不过六事"，"能守一职，便无愧耳"；继而提出："吾见世中文学之士，品藻古今，若指诸掌，及有试用，多无所堪"。再以生动的实例举出空谈之弊。文章最后强调，务实的第一步是务本——重视农业。"食为民天"，《汉书·郦食其传》这句话("民以食为天")被文章奉为经典。这篇文章既有议论文的逻辑性，又有书信体的亲切感。语言通畅，而气韵生动，串以隐含讽刺意味的小故事，读来意味深刻隽永。

□南北朝乐府民歌

南朝乐府民歌的艺术特色是温柔婉转，情致缠绵。北朝乐府民歌的艺术特色是质朴刚健，感情奔放。比较而言，北朝乐府民歌在反映社会现实方面的价值比南朝乐府民歌为高。但南朝乐府民歌抒情性强，情味浓郁，表现手法多样，对唐诗有显著影响。南朝乐府民歌存500多首，北朝乐府民歌存70多首，均收录于宋代郭茂倩所编《乐府诗集》。

南朝乐府

子夜歌[①](二首)

其　一

始欲识郎时，两心望如一。理丝入残机[②]，何悟不成匹[③]。

其　二

今夕已欢别，合会在何时？明灯照空局[④]，悠然未有期[⑤]！

【注释】

①《子夜歌》开始相传是晋代一个名叫子夜的女子所创作，《乐府诗集》把它归入《清商曲·

吴声歌曲》类。“吴声歌曲”是产生在吴地的一些歌曲的总名，其中包含很多曲调。《子夜歌》现存四十二首，都是男女恋歌。 ②残机：破残的织机。“丝”，谐情思的“思”。 ③匹：双关语，以织丝不能成匹，隐喻情人不能匹配。 ④空局：空的棋局。 ⑤未有期：即“未有棋”，语意双关，暗承上句之“空局”。

【阅读提示】

上述两首是抒写女主人公渴望与所爱之人成亲和再次相会之情。艺术上有两个特点：一是诗句清新自然，感情缠绵，所谓“歌谣数百种，子夜最可怜。慷慨吐清音，明转出天然”(《大子夜歌》)；二是善于运用双关语，既增加了表情的委婉含蓄，也显示了民歌作者的丰富想象力。

读曲歌(二首)[①]

其 一

怜欢敢唤名[②]，念欢不呼字。连唤欢复欢，两誓不相弃。

其 二

打杀长鸣鸡，弹去乌臼鸟[③]。愿得连冥不复曙[④]，一年都一晓[⑤]。

【注释】

①《读曲歌》也属于《吴声歌曲》，《读曲》一作《独曲》，意即徒歌，歌唱时不配音乐。《乐府诗集》载八十九首，在现存“吴声”各曲中数量最多，内容都写男女情爱。 ②敢唤名：岂敢叫你的名字。 ③乌臼鸟：候鸟名，又名黎雀，在天黎明时就啼唤。 ④冥：黑夜。 曙：天亮。 ⑤都，犹“凡”。这句是说，但愿一年只天亮一次。

【阅读提示】

六朝乐府常常有些情痴之语，然而其间自有一种真朴之气，使人读之不禁意为之动，情为之感，这两首《读曲歌》便是其中两例。这两首歌辞都极简短，都只有寥寥四句，用女子口吻，一叙其誓言，一述其心愿，都写出少女执著的痴情。

北朝乐府

陇头歌辞[①](三首)

其 一

陇头流水[②]，流离山下。念吾一身，飘然旷野。

其 二

朝发欣城③,暮宿陇头。寒不能语,舌卷入喉④。

其 三

陇头流水,鸣声幽咽。遥望秦川⑤,心肝断绝。

【注释】

①《陇头歌辞》为《梁鼓角横吹曲》之一。《乐府诗集》载三首,是写游子漂流在外的痛苦心情。 ②陇头:陇山顶。陇山,在今陕西陇县西北。 ③欣城:地名。 ④舌卷入喉:冻得舌头卷上去,形容严寒。 ⑤秦川:今陕西中部,诗中流浪人的故乡。

【阅读提示】

上述三首北朝乐府民歌,抒写人民在长期战乱中所受的苦难。其一抒写诗人望着陇头山下的流水,联想到自身飘零孤独之苦;其二回想一天的行役,天寒地冻,苦不堪言;其三是听到陇头流水呜咽,遥望故乡秦川,想到生还故乡已无指望,哪能不"心肝断绝"?

诗歌悲怨慷慨,令人泣下。

【相关链接】

魏晋南北朝概述:http://www.confucianism.com.cn/html/wenxue/1125668.html

汉魏诗歌鉴赏:http://www.guoxue.com/art/ss000/sgm1001.htm

汉魏诗词鉴赏:http://www.reeds.com.cn/viewthread.php? tid = 7350

建安七子:http://baike.baidu.com/view/3161.htm? fr = a1a0-1-1

陶渊明:http://www.ccnt.com/literature/wenxue/shiren/taoyuanming.htm

陶渊明全集:http://www.shigeku.org/xlib/lingshidao/gushi/taoyuanming.htm

世说新语:http://www.tianyabook.com/gudian/xinyul.htm

台湾古典汉诗全文检索 http://cls.admin.yzu.edu.tw/cp

中国诗歌网:http://www.poetry-cn.com/

唐宋文学概述

唐朝(618—907)是我国历史上统一强大、繁荣昌盛的时代,也是古代文化空前繁荣的时代。整个文坛百花齐放,万紫千红,无论是诗歌、散文还是小说,都取得了巨大成就。

诗歌,是唐代对中国文学最重大的贡献。唐代是我国诗歌的黄金时代,仅清代彭定求所编《全唐诗》,就收录了唐代2200多位诗人的诗作48900余首。唐诗不仅作品多,作家多,价值高,成就高,出现了李白、杜甫、王维、白居易等诗坛巨星,而且形式多,流派多,体裁完备,内容广泛。从创作方法到艺术技巧,从理论到创作,几乎全面总结并发展了前代诗歌的优良传统。即以诗歌形式而言,除继续运用五言、七言、杂言、古体诗和歌行体之外,又变化乐府诗为新乐府;而且还创造出一种新的诗歌体裁——近体诗(格律诗)。唐诗多姿多彩的风格和娴熟精深的技巧,成为宋元明清各代诗人的榜样;而唐代诗人那种爱国忧民、批判现实的精神,更是光照千秋,教育和激励后人。

唐诗一般分初、盛、中、晚四个时期。

初唐王勃、杨炯、卢照邻、骆宾王被誉为"初唐四杰"。闻一多先生说"他们都年少而才高,官小而名大,行为都相当浪漫,遭遇尤其悲惨",称这是"唐诗开创期中负起了时代使命的四位作家"。四杰的诗歌在内容上突破了宫体诗的范围,现实意义增强;在形式上既继承了六朝诗歌语言的精美工致、色彩的鲜明艳丽和音律的和婉协调,又注意扫除其浮华堆砌、"骨气都尽、刚健不闻"之弊。四杰对于发展乐府歌行,促进律诗的成熟定型也都很有贡献。而此期的陈子昂更是从理论与创作上表现了创造革新精神,为端正初唐诗风作出贡献。他奋力扫荡齐梁诗风,高举"复古"大旗,大力提倡"汉魏风骨"和"兴寄";在创作上也积极实践革新主张,开唐诗一代之风,被称为初唐文学革新的旗手。

盛唐诗坛更是群星璀璨。王维、孟浩然等为代表的山水田园诗派;高適、岑参、王昌龄等为代表的边塞诗派,争相辉映。更有李白、杜甫两大超级巨星光芒万丈。李白诗充满积极浪漫主义色彩,总体风格飘逸豪放;而杜甫诗最大特点是现实主义,主要风格是沉郁顿挫。

中唐初期诗坛，元结、顾况等继承杜甫的现实主义传统；刘长卿、韦应物等主要继承山水诗派；李益、卢纶等则继承边塞诗派。至贞元以后，更是出现了唐诗的第二次高潮。韩愈、孟郊等人偏重艺术技巧，风格奇奥险僻；白居易、元稹、王建等人则关注现实，创作新乐府，风格较为平易通俗。白居易提倡“文章合为时而著，歌诗合为事而作”，其五十篇“新乐府”，即“为君、为臣、为民、为物、为事而作，不为文而作也”(《新乐府》)。其长篇叙事诗《长恨歌》、《琵琶行》尤为脍炙人口。中唐优秀诗人，还有并称“刘柳”的刘禹锡、柳宗元，以及风格奇崛幽峭、瑰丽凄清的浪漫主义诗人李贺等。

晚唐诗人，首推杜牧和李商隐。杜牧长于七绝，或写景，或咏史，角度新颖，往往以小见大。李商隐工于七律，格律严谨，诗风婉曲典雅；其《无题》诗，大都含蓄而多比兴，诗意隐晦朦胧。皮日休、聂夷中、杜荀鹤等，则继承新乐府诗派，成为晚唐现实主义诗人的代表。

散文方面最可称道者，就是韩愈、柳宗元倡导的古文运动。韩、柳提倡效法先秦两汉那种散句单行、朴素自然的散文，反对六朝以后盛行的骈文。他们提倡“文道合一”、“文以明道”；主张在继承前代散文优良传统的基础上革新文体，创立新的文学语言。其标准有二：词必己出，“惟陈言之务去”；“文从字顺”，即文字流畅通顺，合乎语法规范。韩愈散文雄奇奔放，柳宗元散文雄深雅健，均被后人视为圭臬。

唐代文学中的奇葩还有唐传奇、变文和词。“唐传奇”是在魏晋志怪、轶事小说等基础上发展起来的唐人文言短篇小说，如《李娃传》、《霍小玉传》、《莺莺传》等，不仅影响了后世的小说，也给后世的散文和戏剧以巨大影响。“变文”是寺院僧侣向听众作通俗宣传的一种文体，一般运用说唱形式宣传佛经故事。“词”，则大约是中唐以后流行起来的新诗体。这些，都对宋代及其以后的文学产生深远而广泛的影响。

宋代(960—1279)是我国文学史上又一繁荣时期，与唐代一起被称为“盛唐隆宋”。宋代文学风气之盛，文学样式之众，作家之巨，作品之多，均引人瞩目。

诗歌至唐代，达到鼎盛。而宋诗却能另辟蹊径，在唐诗之后，又竖立起一座光彩夺目的艺术丰碑。一般来说，“唐诗多以丰神情韵擅长，宋诗多以筋骨思理见胜”(钱锺书《谈艺录》)；或曰：唐诗主情，较开朗俊健；宋诗主理，较深幽沉郁。宋诗较唐诗有三个特点：散文化，多议论，学究气。严羽评江西诗派是“以文字为诗，以才学为诗，以议论为诗”(《沧浪诗话》)，也正说出了宋诗的基本特点。北宋诗人中最具代表性的作家是人称“苏黄”的苏轼和黄庭坚。苏轼“诗以奇趣为宗，反常合道为趣”，充分体现其艺术创新精神。苏轼留存的2700余首诗，大多真实反映了他丰实的阅历才学和情趣，以及对社会与人生的真切感受，说理抒情，富有哲理。黄庭坚诗宗杜甫，认为“诗词高胜，要从学问中来”，主张“点铁成金”、

“夺胎换骨”。他作诗喜欢炼字炼句，押险韵，用僻典，形成一种生新瘦硬的诗风。黄庭坚开创了“江西诗派”。南宋吕本中作《江西诗社宗派图》，列举二十五人的诗皆学江西人黄庭坚，“江西诗派”因此得名。

南宋陆游、杨万里、范成大、尤袤，称“中兴四大诗人”，而成就最高者为陆游。陆游留存的9300余首诗作始终洋溢着强烈的爱国主义激情，体现了南宋军民面临深重的民族危机而英勇奋斗的时代精神。杨万里的诗新鲜活泼，富于幽默诙谐和丰富新颖的想象，人称“诚斋体”（“诚斋”为其号）。范成大的诗将白居易等新乐府精神融入田园诗，集田园诗之大成。

词是宋人对中国文学的标志性贡献。宋初词坛基本继承晚唐五代婉丽浮靡的词风，代表作家有晏殊、晏几道父子等。至柳永，开始大量制作慢词长调，使慢词发展成与小令并峙，有创调之功。其词多用赋体，长于铺叙，反映市民生活与羁旅行役；音乐上多采用“市井新声”，雅俗共赏。

而至苏轼，词的风格、面貌更是大变。苏轼对词的改革发展，贡献主要有四：一是提高词品，把词家的“缘情”与诗人的“言志”很好结合；二是扩大词境，极大拓展了词的题材，深化了内容；三是革新词风，一扫词坛柔靡纤弱之气，开创了豪放词风；四是推进词律，把许多乐曲创新为词调。东坡词富于浪漫的幻想精神、雄深博大的艺术意境和乐观旷达的人生态度，为南宋爱国词派导夫先路。

苏轼以后的秦观、周邦彦均为婉约派大词人。周邦彦的词声律严整，宜于歌唱，艳丽典雅，被称为“词林正宗”。影响所及，开南宋姜白石、吴文英、张炎一派。南北宋之交的李清照，是宋代也是我国最杰出的女词人，她的词以“靖康之难”为界，前期词多写闺情离愁；而后期词融入了国难家仇，感时伤乱，悼亡忆旧，情调婉转而悲凉。李词自然清新，工于造语，长于白描，擅创意出新，且注重音律，被称为“易安体”。

南宋时民族矛盾空前尖锐，涌现出辛弃疾等一批爱国词人。辛弃疾的词抒发强烈的爱国思想和战斗激情，表达对南宋苟安局面的强烈反感和对投降的愤慨，叙写英雄失志、壮志难酬的悲愤，能刚能柔，能豪能婉，既雄奇豪壮，又苍凉沉郁，成为词之集大成者。《四库全书总目提要》称辛词“异军突起，能于剪红刻翠之外屹然别立一宗”；南宋著名词人刘克庄甚至赞其“横绝六合，扫空万古，自有苍生以来所无”（《辛稼轩集序》）。以辛弃疾为首，另有陈亮、刘过、刘克庄、张孝祥、陆游等形成辛派词人，词风以豪放为主，充满爱国激情。

宋代散文是古代散文的又一重要发展阶段。宋初，杨亿、刘筠、钱惟演等为代表的西昆体曾盛行文坛。至欧阳修，领导了宋代的古文运动，成为北宋诗文革新的领袖。他为文推崇韩柳，认为文学当有益国计民生，应“明道”、“致用”，强调“道”（内容）对于文的决定作用，所写散文明白晓畅、清新自然、委婉多姿。

欧阳修的门生曾巩与王安石，为文均深受欧阳修影响。曾巩散文词严而理正，以古雅平正见称；而王安石的散文则风格峭拔，笔力雄健，尤其是议论文，气雄词峻，颇能体现其作为“中国十一世纪时的改革家”（列宁语）的高远识见及坚定信念。

苏洵、苏轼、苏辙父子仨，被称为“三苏”。三苏之文各有特色：苏洵文简劲质朴，颇有战国纵横家风范；苏辙文汪洋淡泊，深醇温粹；而苏轼文则气势磅礴，挥洒自如，文理自然，姿态横生，成就最高。

上述欧阳修、王安石、曾巩及三苏为宋代散文六大家，与韩愈、柳宗元一起，被明代人合称为“唐宋八大家”，推崇备至。而《岳阳楼记》的作者范仲淹和《资治通鉴》的主编司马光，亦为散文名家。周敦颐、程颢、程颐、朱熹等理学家，也各有一些名篇。

宋代文学堪称中国文学史上的一个转折点，这不仅是因为上述宋代诗文名家辈出，成就极高，令明清文人相形见绌，无法超越，而且也因为宋代小说、戏剧的成就辉煌，为中国文学进一步向通俗化发展开辟了新路。

我国古代小说发展到宋代，出现了一种新的文学体裁——话本。“说话”艺人讲故事所用的底本，称“话本”。宋话本一般分为四种：小说、讲史、说经、合生。据《醉翁谈录》等记载，话本作品当时有一百四十余种，但现存仅四五十种，如《新编五代史平话》、《大宋宣和遗事》等。宋话本有承前启后的作用，对明代《三国演义》、《水浒传》等长篇小说的产生有很大影响，故鲁迅称话本的出现，“实在是中国小说史的一大变迁”，从此以后，白话小说成为中国小说的主流。

宋代戏曲杂剧随着城市经济的繁荣也有很大发展。元杂剧就是在宋代杂剧和说唱艺术“诸宫调”的基础上发展起来的。董解元的《西厢记诸宫调》是今存宋金时期最优秀、最完整的作品。元明清三代，戏剧、小说成就卓著，占据了文坛主导地位。这种历史性的转变，正是在宋代开始的。

□骆宾王

骆宾王（约638—?），婺州义乌（今浙江义乌）人，“初唐四杰”之一。初为道王元庆府下属，中年从军西域，又曾宦游蜀中，几度厕身戎幕，多作“边塞诗”。入朝为御史台属，因事坐罪，贬临海县丞，郁郁不得志。时徐敬业在扬州起兵反武则天，以骆为艺文令，作《代李敬业传檄天下文》。敬业兵败，骆不知所终。有《骆临海集》。

代李敬业传檄天下文①

伪临朝武氏者②,人非温顺,地实寒微③。昔充太宗下陈④,尝以更衣入侍⑤。洎乎晚节⑥,秽乱春宫⑦。密隐先帝之私⑧,阴图后庭之嬖⑨。入门见嫉,蛾眉不肯让人⑩;掩袖工谗⑪,狐媚偏能惑主⑫。践元后于翚翟⑬,陷吾君于聚麀⑭。加以虺蜴为心⑮,豺狼成性,近狎邪僻⑯,残害忠良⑰,杀姊屠兄⑱,弑君鸩母⑲。神人之所共疾,天地之所不容。犹复包藏祸心,窥窃神器⑳。君之爱子㉑,幽之于别宫㉒;贼之宗盟㉓,委之以重任。呜呼!霍子孟之不作㉔,朱虚侯之已亡㉕。燕啄皇孙㉖,知汉祚之将尽;龙漦帝后㉗,识夏庭之遽衰㉘。

敬业皇唐旧臣,公侯冢子㉙。奉先君之成业,荷本朝之厚恩。宋微子之兴悲㉚,良有以也㉛;桓君山之流涕㉜,岂徒然哉!是用气愤风云㉝,志安社稷。因天下之失望,顺宇内之推心㉞,爰举义旗,誓清妖孽。南连百越㉟,北尽三河㊱,铁骑成群,玉轴相接㊲。海陵红粟㊳,仓储之积靡穷;江浦黄旗㊴,匡复之功何远。班声动而北风起㊵,剑气冲而南斗平㊶。喑呜则山岳崩颓,叱咤则风云变色。以此制敌,何敌不摧;以此攻城,何城不克!

公等或家传汉爵㊷,或地协周亲㊸,或膺重寄于爪牙㊹,或受顾命于宣室㊺。言犹在耳,忠岂忘心?一抔之土未干㊻,六尺之孤安在㊼!傥能转祸为福,送往事居㊽,共立勤王之勋,无废旧君之命,凡诸爵赏,同指山河㊾。若其眷恋穷城,徘徊歧路,坐昧先几之兆,必贻后至之诛。请看今日之域中㊿,竟是谁家之天下!

移檄州郡,咸使知闻。

【注释】

①本文又题作《为徐敬业讨武曌(zhào)檄》。但武则天自称武曌是684年以后的事,疑题目为后人所改。李敬业即徐敬业。徐敬业的祖父是开国功臣英国公徐勣,徐勣因功赐姓李,乃及于敬业。李敬业官太仆少卿、眉州刺史,贬为柳州司马,郁郁不得志。光宅元年(684)七月,李聚兵七万于扬州,自称大都督,起兵反武则天。九月,由李敬业任命的艺文令骆宾王作此文。不久,李兵败。 檄:古代通告一类军事文书,用于征讨事务等。 ②伪临朝:事指武则天。武则天原为唐太宗的"才人",即妃嫔,太宗死后,削发为尼。高宗即位后,又私纳入宫,得宠进为"昭仪",又晋封为皇后。高宗死,中宗李显继位,旋被武氏废为庐陵王,改立睿宗李旦继位。李旦幼弱,武氏临朝执政,事见《新唐书·后妃传》。 伪:表示武氏的地位不合法,不予承认的意思。 ③地:指出身门第。 ④下陈:指宫中地位低下的妃嫔。 ⑤更衣:原指在宴会中更换衣服,也用为上厕所的婉称。此指武则天趁太宗上厕所时进宠得幸。 ⑥洎(jì):到,及。 ⑦春宫:太子所居的东宫。此指武氏与太子李治(高宗)淫乱的地方。 ⑧"密隐"句:指掩盖先帝李世民(太宗)以其为妃嫔的私情。 ⑨嬖:后宫的宠幸。 ⑩蛾眉:亦作"娥眉"。女子的秀眉,借指女性。此处指武氏。 ⑪掩袖:指代武氏。 工谗:善于进谗。

⑫狐媚：指代武氏。此句指武则天迷惑高宗废黜王皇后，而武则天立为皇后。事见《新唐书·后妃传》。 ⑬翚翟(huī dí)：雉鸡和山鸡。原指古代皇后礼服上绣的雉鸡和山鸡纹饰。这里指代皇后之位。 ⑭聚麀(yōu)：为两只雄鹿所共有的一只雌鹿。此指武氏。 ⑮虺(huǐ)：毒蛇之一种。 ⑯邪僻：坏人。指许敬宗、李义府等人。 ⑰忠良：指长孙无忌、上官仪、褚遂良等人。 ⑱姊、兄：泛称。武则天被立为皇后以后，兄武元庆、元爽被流配而死于边远州郡；侄子惟良、怀远及甥女贺兰氏均被她杀害。事见《旧唐书·外戚传》。 ⑲君、母：君，指高宗。母，指武则天之母杨氏。但史书并无武则天谋害高宗及杨氏的记载。这里所说，可能出于传闻，也可能是故意诬加之罪。 ⑳神器：帝位。 ㉑爱子：指高宗子李旦。中宗李显废为庐陵王，改立睿宗李旦。 ㉒幽：囚禁。李旦被立为皇帝，年幼孤弱，实为囚禁。见《新唐书·后妃传》。 ㉓贼之宗盟：指拥立武则天的家族和同党，如武承嗣、武三思等人。 ㉔"霍子孟"句：汉昭帝时大将军、大司马霍光，字子孟。昭帝死，昌邑王刘贺嗣位，荒淫无道，霍光废之，改立宣帝，汉朝基业重新得到稳定。事见《汉书·霍光传》。不作：不起而发作。这句慨叹朝臣之中，没有像霍光那样的大臣，能够扭转唐朝危亡的国运。 ㉕朱虚侯：即刘章，为汉高祖之孙、齐悼惠王刘肥的次子，封朱虚侯。高祖死，汉室大权旁落吕姓之手。吕后死，吕禄、吕产阴谋推翻汉朝。这时刘章与丞相陈平、太尉周勃等起而尽诛诸吕，迎立文帝刘恒即位，使汉政权得以延续。事见《汉书·高五王传》。此句慨叹李唐宗室没有像朱虚侯这样挺身而出的人。
㉖燕啄皇孙：汉成帝时，有"燕飞来，啄皇孙"的民谣。后来赵飞燕为成帝的皇后，应了"燕啄皇孙"的民谣。赵飞燕因自己无子，暗中杀死一些皇子。事见《汉书·五行志》。这里借喻武则天自己没有皇子，先后废掉、害死皇子李忠、李弘、李贤等事。 ㉗龙漦(lí)帝后：传说夏朝末期，有二神龙降于庭，帝用木盒封存二龙所留下的漦(唾沫)。至周厉王末年，开启木盒而龙漦流出，化为黑鼋，进入后宫，遂使一宫女怀孕而生褒姒。褒姒被立为周幽王的王后之后，废太子，西周灭亡。事见《史记·周本纪》。 ㉘夏庭：夏朝宫廷。此处喻指唐朝。 ㉙冢子：嫡长子。指李敬业。 ㉚宋微子：微子名启，殷的宗室，纣王的庶兄，封于宋，故称宋微子。殷亡后，微子朝周，路过殷都的废墟，内心兴起悲伤，作《麦秀歌》。这句意为李敬业也像宋微子一样为唐朝颓败而悲伤。 ㉛良：甚、很。 ㉜桓君山：即桓谭，字君山，东汉光武帝时任给事中，因上疏反对图谶，被贬谪外地，郁郁而死。这句意为李敬业也像桓谭一样忠于皇朝，被贬谪外地，而为国家命运流泪。 ㉝气愤风云：指立意兴兵发难。 ㉞推心：指推心置腹。 ㉟百越：泛指江南沿海一带，古百越之地。 ㊱三河：河东、河南、河内地区。泛指北方中原一带，古为帝王建都之地。 ㊲轴：轴通舳，指船。 ㊳海陵红粟：汉代吴王刘濞置仓储粟于海陵(今江苏省泰州)。因吃不光，陈年的粟变红，故称红粟。《文选》左思《吴都赋》有句："观海陵之仓，则红粟流衍。" ㊴江浦黄旗：语见《三国志·吴志·孙权传》，裴松之注引《吴书》："陈化……使魏。魏文帝因酒酣嘲问曰：'吴魏峙立，谁将平一海内者乎？'化对曰：'……旧说，紫盖黄旗，运在东南。'"这里改紫盖为江浦，突出长江沿岸。 ㊵班声：军马声。《左传》襄公十八年："有班马之声，齐师其遁。" ㊶剑气：指剑器的光芒。 南斗：天上星宿，是吴地星空的分野。 ㊷汉爵：汉代的爵位，这里指唐朝。 ㊸地：出身门第。 周亲：至亲。 ㊹"或膺重"句：指节制一方的将帅肩受皇帝寄以重任为爪牙。《诗经·小雅·祈父》："祈父，予王之爪牙。" ㊺顾命：皇帝临死时的遗命。 宣室：汉未央宫正殿室名。这里借用为唐朝宫室。 ㊻一抔之土：指皇帝陵墓。 未干：指唐高宗刚死不久。 ㊼六尺之孤：指无父而嗣位的新君。高宗死，太子中宗

李显即位，旋被废为庐陵王，软禁于房州。 ㊽送往事居：送走死去的皇帝高宗，为活着的中宗服务。 ㊾同指山河：指山河为誓。 ㊿域中：国中。

【阅读提示】

这是一篇用骈体写的檄文。首段声讨武则天的罪行，谓罪不容诛；第二段申述起兵的正义性，夸说声威之壮，志在必胜；第三段号召各方面起来响应，晓之以大义，动之以刑赏。作者以封建正统观念和君臣大义作为贯串全文的依据，写得理足词充，气势宏盛。骈体文的形式，有符合汉语构词、声韵规律的一面。此文即充分体现了骈体在音节、韵律方面的特长，用词明确、决断，文句抑扬顿挫，铿锵有力。据《新唐书》本传记载，武则天读到此文，开始时“但嘻笑”，读至下文，也不得不被骆的文才所折服。

□王　勃

王勃(649或650—675或676)，字子安，绛州龙门(今山西河津)人。“初唐四杰”之一。王勃才华早露，少年即对策高第，14岁授朝散郎。乾封(666)初，沛王李贤召为王府侍读，因戏作《檄英王鸡》被逐。咸亨三年(672)补虢州参军，又因擅杀官奴当诛，遇赦除名。上元二年或三年(675或676)，南下探父(其父时受累贬为交趾令)，渡海溺水而死。有《王子安集》。

滕王阁序 并诗①

豫章故郡，洪都新府②。星分翼轸，地接衡庐③。襟三江而带五湖④，控蛮荆而引瓯越⑤。物华天宝，龙光射牛斗之墟⑥；人杰地灵，徐孺下陈蕃之榻⑦。雄州雾列⑧，俊采星驰⑨。台隍枕夷夏之交⑩，宾主尽东南之美。都督阎公之雅望，棨戟遥临⑪；宇文新州之懿范，襜帷暂驻⑫。十旬休假⑬，胜友如云；千里逢迎，高朋满座。腾蛟起凤，孟学士之词宗⑭；紫电青霜，王将军之武库⑮。家君作宰⑯，路出名区⑰；童子何知⑱，躬逢胜饯。

时维九月，序属三秋⑲。潦水尽而寒潭清⑳，烟光凝而暮山紫。俨骖騑于上路㉑，访风景于崇阿㉒。临帝子之长洲㉓，得仙人之旧馆㉔。层台耸翠，上出重霄；飞阁翔丹㉕，下临无地㉖。鹤汀凫渚㉗，穷岛屿之萦回㉘；桂殿兰宫㉙，列冈峦之体势㉚。披绣闼㉛，俯雕甍㉜，山原旷其盈视㉝，川泽纡其骇瞩㉞。闾阎扑地㉟，钟鸣鼎食之家㊱；舸舰弥津㊲，青雀黄龙之舳㊳。云销雨霁，彩彻区明㊴。落霞与孤鹜齐飞㊵，秋水共长天一色。渔舟唱晚，响穷彭蠡之滨㊶；雁阵惊寒，声断衡阳之浦[42]。

遥襟甫畅[43]，逸兴遄飞[44]。爽籁发而清风生[45]，纤歌凝而白云遏[46]。睢园绿竹，气凌彭泽之樽[47]；邺水朱华，光照临川之笔[48]。四美具，二难并[49]。穷睇眄于中天，极娱游于暇日。天高地迥，觉宇宙之无穷；兴尽悲来，识盈虚之有数[50]。望长安于日下[51]，指吴会于云间[52]。地势极而南溟深[53]，天柱高而北辰远[54]。关山难越，谁悲失路之人？萍水相逢，尽是他乡之客。怀帝阍而不见，奉宣室以何年[55]？嗟乎！时运不齐，命运多舛[56]。冯唐易老，李广难封[57]。屈贾谊于长沙，非无圣主；窜梁鸿于海曲[58]，岂乏明时？所赖君子见机，达人知命。老当益壮，宁移白首之心；穷且益坚，不坠青云之志。酌贪泉而觉爽[59]，处涸辙而相欢[60]。北海虽赊，扶摇可接[61]；东隅已逝，桑榆非晚[62]。孟尝高洁[63]，空余报国之情；阮籍猖狂，岂效穷途之哭[64]！

勃，三尺微命[65]，一介书生。无路请缨，等终军之弱冠[66]；有怀投笔，慕宗悫之长风[67]。舍簪笏于百龄，奉晨昏于万里[68]。非谢家之宝树，接孟氏之芳邻[69]。他日趋庭，叨陪鲤对[70]；今晨捧袂，喜托龙门[71]。杨意不逢，抚凌云而自惜[72]；钟期既遇，奏流水以何惭[73]！

呜呼！胜地不常，盛筵难再，兰亭已矣，梓泽丘墟[74]。临别赠言，幸承恩于伟饯；登高作赋，是所望于群公。敢竭鄙诚，恭疏短引[75]；一言均赋[76]，四韵俱成。请洒潘江，各倾陆海云尔[77]。

滕王高阁临江渚，佩玉鸣鸾罢歌舞[78]。画栋朝飞南浦云[79]，珠帘暮卷西山雨[80]。闲云潭影日悠悠，物换星移几度秋[81]。阁中帝子今何在[82]？槛外长江空自流！

【注释】

①《滕王阁序》，全称为《秋日登洪府滕王阁饯别序》。滕王阁在江西南昌，为唐高祖第二十二子滕王李元婴任洪州都督时所建，故名。公元675或676年，王勃前往交趾省亲，途经南昌，参加了都督阎公在阁上举行的盛宴，当场成篇。 ②豫章：今南昌。汉置豫章郡，唐改洪州府，故云。 ③翼轸：二星座名。分野在楚，洪州古属楚地。 衡庐：即衡山和庐山。④三江、五湖：说法不一，此当指鄱阳湖所分之三江，与太湖东之古五湖。 ⑤蛮荆：古楚地。瓯越：浙江一带。 ⑥龙光：宝剑的光彩。剑化为龙，宝光射天。事见《晋书·张华传》。 牛斗：二星宿名。 墟：所在地。 ⑦徐孺：徐穉，字孺子，东汉南昌高士。豫章太守陈蕃不交宾客，独对徐穉设榻以待。 ⑧雄州：宏大的州府。 雾列：在云雾中排列，形容洪州城郭屋舍繁华。 ⑨俊采：俊才。 ⑩台隍：城楼和无水的护城河。这里指豫章城。 夷：指古楚地。夏：中原地区 ⑪棨戟：装套的戟。指代前驱卫士。 ⑫宇文新州：复姓宇文的新州刺史，与下文的孟学士、王将军都是当时座中宾客。 懿：美。 襜帷：车上的帷幔。此指马车。⑬十旬：十日一旬。唐制官吏每旬一休沐。意谓滕王阁宴集，适逢十天一旬的例假。 ⑭腾蛟起凤：形容孟学士的文才之盛。 孟学士：不详。 词宗：文坛宗主。 ⑮紫电青霜：二宝

剑名。这里赞颂在座的王将军。　武库：此指韬略。　王将军：不详。　⑯家君：家父。宰：县令。时王勃父王福畴在交趾（今越南河内附近）做宰，作者前往探亲。　⑰名区：犹胜地。指洪州。　⑱童子：晚辈。王勃自指。　⑲序：时序。　三秋：指秋季第三个月，即九月。⑳潦水：雨后积水。　㉑俨：整肃的样子。　骖骓：车驾的左马叫骖，右马叫骓。　上路：高路。　㉒崇阿：高丘。　㉓帝子：指滕王李元婴。　长洲：指阁前的沙洲。　㉔仙人：已故之人，指李元婴。　旧馆：指滕王阁。　㉕飞阁：四檐如翼曰飞阁。　翔丹：指红漆流光。㉖无地：阁高不见地面。　㉗鹤汀：鹤栖沙岸。　凫渚：水鸭聚于江洲。　㉘穷：极尽。句意为岛屿极尽曲折之致。　㉙桂殿兰宫：指滕王阁尽材质之美。桂、兰，均是芳香树木。　㉚本句意为冈峦阵列、高低蜿蜒之势。　㉛披绣闼：打开华丽的门扇。　㉜雕甍：雕画的屋脊。㉝盈视：满目。　㉞纡：曲折。　骇瞩：举目所见，皆可惊异。　㉟闾阎扑地：宅第遍地。㊱钟鸣鼎食之家：鸣钟列鼎而食的富贵人家。　㊲“舸舰”句：意谓大船挤满渡口。　㊳青雀黄龙：指船的各种形状。　舳（zhú）：船尾持舵处，这里指代船。　㊴彩彻：彩霞洒遍。　区明：天空明净。　㊵鹜：野鸭。　㊶彭蠡：鄱阳湖。　㊷衡阳之浦：泛指湖南衡阳一带水边。㊸遥襟：远怀。　甫：开始。　㊹逸兴：兴致横溢。　遄（chuán）：急速。　㊺爽籁发：箫管齐作。　㊻纤歌：清细的歌声。　㊼睢园绿竹：借汉梁孝王菟园竹林的胜景形容滕王阁。　彭泽：指陶渊明，他曾做彭泽令。这两句是说，滕王阁的宴集，胜过隐士陶渊明的独斟。　㊽邺：在今河北临漳县，曹操为魏王时定都于此。　朱华：荷花。曹植《公宴诗》有句：“朱华冒绿池。”　临川：指谢灵运，他曾做过临川内史。这两句暗用曹植、谢灵运来比拟与宴的文士。㊾四美：指良辰、美景、赏心、乐事。　二难：指贤主与嘉宾难得相逢。　㊿盈虚之有数：指万物兴衰都有运数。　51“日下”句：意谓远谪南行，北望京师，如在天上。　52吴会：指吴郡与会稽郡，今江苏、浙江一带。　53地势：大地之势。　南溟：南海。　54天柱：古代神话中支天之柱。　北辰：北极、北斗星。　55帝阍：天帝之门。　宣室：汉文帝曾于宣室召见贾谊。56齐：通“济”。　舛（chuǎn）：错乱，不顺。　57冯唐：汉冯唐年九十余才被荐，已不能任职。李广：汉武帝时名将，终身未被封侯。　58窜：隐匿。　海曲：指齐鲁之地。　梁鸿：字伯鸾，汉章帝时扶风平陵人，不仕乱世，更名姓逃官至齐鲁间隐居。　59贪泉：广州石门有贪泉，饮则心贪。但晋朝廉吏吴隐之饮此泉后操守愈严。见《晋书·吴隐之传》。　60涸辙：语出《庄子》，谓鱼在干枯缺水的车辙中。比喻困境。　61赊：远。　扶摇：旋风。　62东隅：东方日出处。　桑榆：二星名，指西方日入处。借喻人生岁月。　63孟尝：后汉孟尝曾为合浦太守，性高洁。　64阮籍：“竹林七贤”之一，性狂放不羁，驾车出门，任马行走，每至穷途，痛哭而返。65微命：微贱之人。　66终军：西汉济南人，曾请缨缚南越王。　67投笔：用东汉班超投笔从戎故事。　宗悫（què）：南朝宋南阳人，年少有大志，曾说：“愿乘长风破万里浪。”　68簪：冠簪。　笏（hù）：手板。簪笏，指代官职。　晨昏：人之子早晚应向父母请安。　69谢家之宝树：指谢玄。《世说新语·言语》载：谢安问子侄辈为什么人们总希望子弟有出息。侄子谢玄答道：“譬如芝兰玉树，欲使其生于庭阶耳。”　孟氏芳邻：指孟母三迁择邻故事。　70鲤对：指孔子之子孔鲤谨受父教故事。　71捧袂：对尊长拱手示敬。　龙门：后汉李膺身正名重，士一被接谈，身价倍增，称为“登龙门”。　72杨意：西汉人杨得意任狗监，曾荐司马相如于汉武帝。凌云：借指文才。武帝读司马相如《大人赋》后，“飘飘然有凌云之气”。　73钟期：钟子期，春秋时人，善听琴，是琴师伯牙的知音。　74兰亭：晋王羲之曾与友人在绍兴兰亭宴集。　梓泽：晋石崇金谷园的别名。 ⑮疏短引：写作短序。 ⑯一言：限用同韵一字。 均赋：大家都来写赋。 ⑰潘江、陆海：指才士潘岳与陆机。钟嵘《诗品》："余常言陆才如海，潘才如江。" ⑱玉：玉饰。 鸾：鸾铃。指滕王阁的妆饰。 ⑲南浦：南昌西南旧有南浦亭。 ⑳西山：在南昌市外。 ㉑星移：古人以星历纪年，故以星移指岁月迁移。 ㉒阁中帝子：指滕王李元婴。

【阅读提示】

这是一篇骈体文。首叙阁饯之盛，中述阁上观感，末陈作序缘起。江山钟灵毓秀，故先以地理之胜引出宾主之儒雅，盛宴之不俗。接着写远近上下景物之富丽，如诗如画。由景生情，发为感慨：观宇宙之无穷而倍觉人生之短暂，叹世路之险恶而前程实难卜，这都是千秋同慨。末尾自叙有才无路与幸逢盛筵的忧喜交加的心境。全篇抒情、摹景、叙事、议论交织一体，且用典繁多而文思缜密，秀句警语层见迭出，声韵铿锵，文采焕发，气度恢弘，情韵悠远，确实达到了汉语美文的极致。

□张若虚

张若虚（生卒年不详），扬州（今属江苏）人。唐中宗神龙（705—707）中，与诗人贺知章、张旭、包融驰名京师，号为"吴中四士"。唐玄宗开元年间尚在世。曾任兖州兵曹。《全唐诗》仅录其诗两首。

春江花月夜[1]

春江潮水连海平，海上明月共潮生。滟滟随波千万里[2]，何处春江无月明！江流宛转绕芳甸，月照花林皆似霰[3]；空里流霜不觉飞，汀上白沙看不见[4]。江天一色无纤尘，皎皎空中孤月轮。江畔何人初见月？江月何年初照人？人生代代无穷已，江月年年只相似；不知江月待何人，但见长江送流水。白云一片去悠悠，青枫浦上不胜愁[5]。谁家今夜扁舟子[6]？何处相思明月楼？可怜楼上月徘徊，应照离人妆镜台。玉户帘中卷不去，捣衣砧上拂还来[7]。此时相望不相闻，愿逐月华流照君[8]。鸿雁长飞光不度，鱼龙潜跃水成文[9]。昨夜闲潭梦落花[10]，可怜春半不还家。江水流春去欲尽，江潭落月复西斜。斜月沉沉藏海雾，碣石潇湘无限路[11]。不知乘月几人归，落月摇情满江树。

【注释】

①春江花月夜：乐府旧题，属《清商曲辞·吴声歌曲》之一。后改制成宫廷乐曲。 ②滟滟(yàn)：此指水面上月光动荡闪烁的样子。 ③芳甸：长满花草的原野。 霰(xiàn)：雪珠，此处形容月照花林。 ④汀：指江边沙滩。 ⑤悠悠：遥远。 青枫浦：原在湖南浏阳县浏水，此泛指遥远的水边。 ⑥扁舟子：指飘荡江湖的游子。 ⑦"玉户"二句意思是：把帘子上的月光卷上卷下卷不去，把砧上的月光拂上拂下也拂不走。意指思妇无法摆脱月光，排遣离愁别绪。 ⑧月华：月光。 ⑨文：通"纹"，指水波荡漾成纹。 ⑩闲潭：幽静的江潭。 ⑪碣石：地名，在今河北省。 潇湘：潇水和湘水，二水在湖南零陵汇合后流入洞庭湖。

【阅读提示】

这是一首被前人评为"以孤篇压倒全唐"的名作。全诗以"春江花月夜"五字为背景，写游子思妇的离愁，表现对美好事物的向往，同时交织着对宇宙和人生哲理的探索。诗中虽有伤感但并不颓废，初步涤除了宫体诗浮华艳丽的脂粉气。诗人以不同凡响的艺术构思，以写"月"为重点，从月升至月落，角度多变，亦虚亦实，构成完整的艺术形象，境界开阔，含蕴深邃。语言清丽流畅，斑斓多彩；用韵则四句一转，平仄交替，宛转回荡，自有一种既朦胧又浓郁的诗美。

□陈子昂

陈子昂(约659—700)，字伯玉，梓州射洪(今四川射洪县)人。唐睿宗文明元年(684)中进士，任右拾遗等职。先随军至居延海、张掖河一带，后随军北征契丹。在朝十余年，敢于直言陈事，屡不得用。圣历元年(698)因父老辞官还乡，遭权臣武三思(武则天之侄)指使射洪县令罗织罪名，冤死狱中。陈子昂提倡"汉魏风骨"，主张"风雅"、"兴寄"，反对齐梁"绮靡颓废"的诗风。其诗质朴刚健，明朗豪放，对唐诗的健康发展有积极意义。有《陈子昂集》。

登幽州台歌①

前不见古人，后不见来者②。念天地之悠悠，独怆然而涕下！

【注释】

①幽州：郡名，治所在今北京西南大兴县，古名蓟，是古代燕国的国都。幽州台，又称蓟北楼。 ②两句中的"古人"、"来者"，意指贤者。

【阅读提示】

武则天万岁通天元年(696),陈子昂随武攸宜的军队北征契丹,以右拾遗随军参谋之职向武攸宜进谏献计,武不采纳。陈子昂因登蓟北楼,遥想燕昭王招贤纳士之事,抒发自己从军失意、报国无门、抑郁悲愤的感慨。诗人以悲壮苍凉、刚健质朴的诗句,从空间上以辽阔的视野转化为历史漫长、天地悠悠的想象。词意激昂,风格高峻,给人以无穷的遐思。

□孟浩然

孟浩然(689—740),名不详,字浩然,以字行,襄州襄阳(今湖北襄樊)人。早年隐居襄阳鹿门山。40岁方到长安应试,不第,归而漫游吴越,极山水之盛,布衣而终。与王维交谊甚笃,诗风相近,后人将他与王维并称山水诗人。诗以五古、五言为主,意境清远,一扫初唐那种浮华习气,有恬淡清纯之妙。李白、杜甫都很尊崇他的人格与诗句。后人辑有《孟浩然集》。

宿建德江①

移舟泊烟渚②,日暮客愁新。野旷天低树,江清月近人。

【注释】

①建德江:新安江流经建德县境内,又称建德江。 ②烟渚:傍晚烟霭笼罩的江中小洲。

【阅读提示】

此诗写羁旅愁思,却全从诗人对新安江傍晚景色的独特感受中写出。暮秋傍晚,旷野之中,唯有清江中的月亮与诗人作伴,诗人孤寂的愁思和对故乡的怀念,在清远的意境中表现得极其自然。全诗情景相生,思与境谐;淡中有味,含而不露。清沈德潜评:“下半写景,而客愁自见。”

□王　维

王维(701—761),字摩诘,祖籍太原祁(今山西祁县)人,随父迁家蒲州(今山西永济)。举进士,擢为右拾遗。安史之乱中,他为叛军所俘,被迫任伪职。后来仍列朝官,终尚书右丞。他长期居住陕南辋川,过着半官半隐生活,常能识大自然渊默空灵的妙谛。善绘画，精音律。其诗设色清丽，语句谐美。苏轼赞扬他“诗中有画，画中有诗”。有《王右丞集笺注》。

渭川田家

斜光照墟落①，穷巷牛羊归②。野老念牧童，倚杖候荆扉③。雉雊麦苗秀④，蚕眠桑叶稀。田夫荷锄立，相见语依依⑤。即此羡闲逸，怅然吟式微⑥。

【注释】

①墟落：村庄。　②穷巷：隐僻的里巷。　③荆扉：柴门。　④雉雊（gòu）：野鸡叫。秀：抽穗、开花。　⑤依依：恋恋不舍的样子。　⑥式微：《诗经·邶风·式微》：“式微，式微，胡不归！”　式：发语词。　微：借为“黴（méi）”，黑也。此处意为想归隐田园的心情。

【阅读提示】

这是一首五言古体诗。王维用简淡自然的笔触，勾画出一幅春末夏初时农村傍晚的暮归图：夕阳斜照，牛羊归来。一位老汉倚杖柴门，迎候归来的牧童。农夫们荷锄而归，相见时亲切絮语。诗人正是以这一宁静恬美的闲逸之景，反衬出官场的黑暗腐朽与危机四伏，巧妙地折射出自己政治失意的苦闷孤寂，以及急欲归隐田园的心情。

此诗继承并发扬了陶渊明开创的田园诗，“清水出芙蓉，天然去雕饰”。自然清新、朴素恬淡，但诗意隽永，令人回味。诗歌纯用白描手法，但寓情于景，情景交融，富有诗情画意。

□李　白

李白（701—762），字太白，号青莲居士，绵州昌隆（今四川江油）人。天宝初，召为供奉翰林。为权贵所谗，不到两年被迫辞官离京，长期过着漫游生活。安史乱起，因参加永王李璘幕府受牵累，下狱浔阳；出狱后又被流放夜郎，幸途中遇赦东归。晚年漂泊江南，病死于当涂。李白性格豪迈，对当时政治腐败深恶痛绝。其诗多强烈抨击封建权贵，深切关怀时局安危，热爱祖国山河，同情下层人民，抒发美好理想之作，风格雄健奔放，想象丰富奇特，夸张大胆惊人，语言清新俊逸，被称为“诗仙”。他是屈原之后又一个伟大的浪漫主义诗人。“李杜文章在，光焰万丈长。”（韩愈《调张籍》）他们对后代有着极为深远的影响。今存诗九百多首，有《李太白集》。

宣州谢朓楼饯别校书叔云①

弃我去者，昨日之日不可留；
乱我心者，今日之日多烦忧。
长风万里送秋雁，对此可以酣高楼。
蓬莱文章建安骨②，中间小谢又清发③。
俱怀逸兴壮思飞，欲上青天揽明月。
抽刀断水水更流，举杯消愁愁更愁。
人生在世不称意，明朝散发弄扁舟④。

【注释】

①此诗系天宝末李白在宣州(今安徽宣城)饯别秘书省校书郎李云所作。 谢朓楼：南齐著名诗人谢朓任宣城太守时修建，又称谢公楼。诗题一作《陪侍御叔华登楼歌》。李华于天宝年间曾官监察御史，唐人亦称监察御史为侍御。 ②《后汉书·窦章传》："是时学者称东观为老氏藏室，道家蓬莱山。" 李贤注："言东观经籍多也。蓬莱，海中神山，为仙府，幽经秘录并皆在焉。"此以蓬莱借指唐代的秘书省，而李云时任秘书省校书郎，故以"蓬莱文章"称李云之文。 建安骨：即建安风骨。建安诗人之诗大都反映社会动乱现实和百姓苦难，情调慷慨悲凉，语言刚健有力，"志深而笔长"，"梗概而多气"(刘勰《文心雕龙·时序》)。此句赞美李云博览群书，其文章深得建安风骨。 ③小谢：谢朓，以区别于南朝刘宋时的诗人谢灵运(年长谢朓79岁)。此处李白以小谢诗风的清新秀发自比。 ④散发：脱去簪缨，不受羁拘。此句化用春秋时范蠡"乘扁舟浮于江湖"的典故，表达了避世隐居之意。

【阅读提示】

此诗发端突兀跌宕，直抒胸中烦忧。那无数个"弃我去者"的"昨日"和"乱我心者"的"今日"，表现了诗人目睹天宝以来污浊政治现实日趋腐败以及个人遭遇日趋困窘而产生的无奈、烦闷和郁愤。两句破空而下，极为形象地展现出内心郁闷之深广、忧愤之强烈和心绪之烦乱。而三、四句却笔势陡转，描摹出长空万里秋雁高飞的壮美境界，令人神气顿爽，一扫烦忧，产生酣饮高楼之兴。五、六两句照应诗题，赞美李云文风的刚健，也以小谢清新秀发之诗风自比。七、八两句写主客的豪情逸兴，青天揽月之壮语，凸显李白志向的高远以及对崇高理想的追求。但后两句却又从理想返回现实，"抽刀断水"和"举杯消愁"，表现了诗人欲摆脱痛苦愁闷的强烈欲望。但李白的理想在当时黑暗现实下是不可能实现的，因此诗人最后只得以"明朝散发弄扁舟"作为归宿。这虽然不免是逃避现实，但真实反映了李白追求自由的鲜明个性。

整首诗逸兴壮思，俊逸豪放。思想感情的跌宕起伏，与艺术结构的开阖腾挪和谐统一，真实地表现出李白卓然不群的阔大胸襟、豪爽不羁的磊落个性以及超凡入圣的奇思雄才。《唐宋诗醇》评之曰："遥情飚竖，逸兴云飞，杜甫所谓'飘然思不群'者，此矣。千载而下，犹见酒间岸异之状，真仙才也！"

登金陵凤凰台①

凤凰台上凤凰游，凤去台空江自流。吴宫花草埋幽径②，晋代衣冠成古丘③。三山半落青天外，二水中分白鹭洲④。总为浮云能蔽日，长安不见使人愁。

【注释】

①金陵：今南京市。凤凰台：原在南京城外。相传南朝宋文帝元嘉年间有凤凰集于此，因筑台山上，名曰凤凰台。　②吴：三国时东吴。　③晋代：指东晋时代。东晋建都金陵。　④三山：金陵西南长江岸，有三座山，故名三山。　白鹭洲：亦在城西，横卧在长江中的沙洲。

【阅读提示】

这首七律由登金陵凤凰台写起，吊古伤今，触景生情。吴宫花草和晋代衣冠均成古迹，只有城西南的三山和白鹭洲还默然俱在。诗歌由人世变迁到江山胜景，表达出作者无限感慨。"总为浮云能蔽日，长安不见使人愁"，这末两句使人联想到诗人在京受小人排挤而被迫远离长安的忧愁。

《瀛奎律髓》曰："太白此诗与崔颢《黄鹤楼》相似，格律气势未易甲乙。"《唐诗品汇》引范德机语云："登临诗首尾好，结更悲壮，七言律之可法者也。"

附：李白传

李白，字太白，兴圣皇帝九世孙。其先隋末以罪徙西域，神龙初，遁还，客巴西。白之生，母梦长庚星，因以命之。十岁通诗书，既长，隐岷山。州举有道，不应。苏颋为益州长史，见白异之，曰："是子天才英特，少益以学，可比相如。"然喜纵横术，击剑为任侠，轻财重施。更客任城，与孔巢父、韩准、裴政、张叔明、陶沔居徂徕山，日沈饮，号"竹溪六逸"。

天宝初，南入会稽，与吴筠善，筠被召，故白亦至长安。往见贺知章，知章见其文，叹曰："子，谪仙人也！"言于玄宗，召见金銮殿，论当世事，奏颂一篇。帝赐食，亲为调羹，有诏供奉翰林。白犹与饮徒醉于市。帝坐沉香子亭，意有所感，欲得白为乐章；召入，而白已醉，左右以水颒面，稍解，援笔成文，婉丽精切，无留思。帝爱其才，数宴见。白尝侍帝，醉，使高力士脱靴。力士素贵，耻之，擿其诗以激杨贵妃，帝欲官白，妃辄沮止。白自知不为亲近所容，益骜放不自修，与知章、李适之、汝阳王琎、崔宗之、苏晋、张旭、焦遂为"酒八仙人"。恳求还山，帝赐金放还。白浮游四方，尝乘月与崔宗之自采石至金陵，着宫锦袍坐舟中，旁若无人。

安禄山反，转侧宿松、匡庐间，永王璘辟为府僚佐。璘起兵，逃还彭泽；璘败，当诛。初，白游并州，见郭子仪，奇之。子仪尝犯法，白为救免。至是子仪请解官以赎，有诏长流夜郎。会赦，还寻阳，坐事下狱。时宋若思将吴兵三千赴河南，道寻阳，释囚辟为参谋，未几辞职。李阳冰为当涂令，白依之。代宗立，以左拾遗召，而白已卒，年六十余。

白晚好黄老，度牛渚矶至姑熟，悦谢家青山，欲终焉。及卒，葬东麓。元和末，宣歙观察使范传正祭其冢，禁樵采。访后裔，惟二孙女嫁为民妻，进止仍有风范，因泣曰："先祖志在青山，顷葬东麓，非本意。"传正为改葬，立二碑焉。告二女，将改妻士族，辞以孤穷失身，命也，不愿更嫁。传正嘉叹，复其夫徭役。

文宗时，诏以白歌诗、裴旻剑舞、张旭草书为"三绝"。

（录自宋·欧阳修、宋祁撰《新唐书·列传·文艺中》本传）

□高　适

高適（约702—765），字达夫，一字仲武，德州蓨（今河北景县）人。早年家贫，客游梁、宋间。后荐举有道科，任封丘尉。不久参河西节度使幕府为哥舒翰掌书记。安史乱起，迁侍御史，升谏议大夫，出任淮南、西川节度使等，官终散骑常侍，世称高常侍。封渤海县侯。高適以边塞诗最为著名，与岑参并称。其诗音响嘹亮，雄健奔放，激昂慷慨。有《高常侍集》。

燕歌行 并序[1]

开元二十六年，客有从御史大夫张公出塞而还者[2]，作《燕歌行》以示適。感征戍之事，因而和焉。

汉家烟尘在东北[3]，汉将辞家破残贼。男儿本自重横行[4]，天子非常赐颜色[5]。摐金伐鼓下榆关[6]，旌旆逶迤碣石间。校尉羽书飞瀚海[7]，单于猎火照狼山[8]。山川萧条极边土，胡骑凭陵杂风雨[9]。战士军前半死生，美人帐下犹歌舞。大漠穷秋塞草腓[10]，孤城落日斗兵稀。身当恩遇常轻敌，力尽关山未解围。铁衣远戍辛勤久，玉箸应啼别离后[11]。少妇城南欲断肠，征人蓟北空回首[12]。边庭飘飖那可度，绝域苍茫更何有[13]！杀气三时作阵云[14]，寒声一夜传刁斗[15]。相看白刃血纷纷，死节从来岂顾勋[16]。君不见沙场征战苦，至今犹忆李将军[17]。

【注释】

①燕(yān)歌行:乐府属《相和歌辞·平调曲》,内容多写征戍之事。 ②张公:即张守珪。开元二十一年(733)以后,为幽州长史、营州都督、河北节度副大使,反击契丹在边境的骚扰有功。开元二十六年,因隐匿部下的败绩,谎报军情,被贬为括州刺史。 ③汉家:指唐朝,此以汉喻唐。以下汉将皆指唐将。 ④横行:所向无敌的意思。 ⑤赐颜色:天子恩赐朝见,赏面子。 ⑥摐(chuāng)金:击钲。古代行军中用来节制步伐。摐,又通"撞"。 伐鼓:击鼓。榆关:今河北省山海关。 ⑦羽书:指军中紧急文书。 瀚海:沙漠。此指边疆。 ⑧狼山:即狼居胥山,在今内蒙古自治区克什克腾旗西北。 ⑨凭陵:逼压。 ⑩穷秋:秋末。 腓:病、枯萎。 ⑪玉箸:比喻思妇的眼泪,此处借指思妇。 ⑫蓟北:指蓟县以北地区,泛指东北边地。 ⑬绝域:僻远之处。 ⑭三时:指晨、午、晚,即整日。 ⑮刁斗:古时军中值夜巡更所用铜锅,亦用以烧饭。 ⑯死节:指为国牺牲。 ⑰李将军:指西汉名将李广。

【阅读提示】

唐玄宗开元二十六年,契丹骚扰边境,辅国大将军张守珪掩饰败绩,谎报军功而遭贬。此诗即以此为背景,通过一次战斗全过程的描写,讽刺、抨击将帅的骄奢淫逸、腐败无能和不恤士卒,赞扬战士誓死报国的精神,并表现其饱受长期戍边征战之苦和征人思妇两地相思之情。在艺术手法上,诗人将"面"上的铺叙和"点"上的刻画有机结合,最后点出题旨。全诗的对比手法也很成功,如"战士军前半死生,美人帐下犹歌舞"等句,深刻揭示了军中的苦乐不均。全诗韵脚的转换随内容的变化而不同,诗情、画意和韵律和谐统一,音节嘹亮,气势浑雄,激越深沉,是唐代边塞诗中的名篇。

□杜　甫

杜甫(712—770),字子美,祖籍襄阳(今湖北襄樊),生于河南巩县。举进士不第,到各地壮游。天宝五年(746)到长安,过了十年寄食人下的屈辱困守生活。安禄山军陷长安,杜甫逃奔凤翔谒见肃宗,被任为左拾遗,寻出为华州司功参军。乾元二年(759)杜甫弃官入蜀,至成都筑草堂于浣花溪畔;后一度在剑南节度使严武幕中任参谋、检校工部员外郎;大历三年(768)出川,在岳州、潭州、衡州一带漂泊;大历五年病死湘水舟中。杜甫的诗表现了唐代由盛转衰的历史过程,上悯国难,下痛民艰,题材广泛,极为深刻,被称为"诗史"。他是我国古代最负盛誉的现实主义诗人,被后人誉为"诗圣"。杜诗以古体诗、律诗见长,风格多样,而以沉郁顿挫为主。有《杜工部集》。

石壕吏

暮投石壕村，有吏夜捉人。老翁逾墙走，老妇出门看。吏呼一何怒[①]！妇啼一何苦！听妇前致词："三男邺城戍，一男附书至：二男新战死[②]。存者且偷生，死者长已矣。室中更无人，惟有乳下孙[③]。有孙母未去，出入无完裙[④]。老妪力虽衰，请从吏夜归。急应河阳役，犹得备晨炊[⑤]。"夜久语声绝，如闻泣幽咽。天明登前途[⑥]，独与老翁别[⑦]。

【注释】

①"吏呼"句：因老翁逾墙逃去，这家无人可捉去当壮丁，所以吏怒呼索人。 ②这三句是说：三个儿子都在前线邺城当兵，一个儿子写信来，说其他两个兄弟都战死了。 ③乳下孙：吃奶的小孩子。 ④"有孙"两句：意为家里还有个儿媳妇，但不能出来接待吏人，因为无裙子可穿，难以见客。 ⑤"急应"句：河阳，在黄河北岸，洛阳对面，即孟津，今河南孟县。 役：指在安史之乱中，唐军败于邺城，郭子仪退守河阳，捉去兵丁使役都集中在那里。本句说，老妇愿跟吏去，为唐军败兵残卒准备早饭。 ⑥前途：指赶路往前走。 ⑦"独与"句：暗示老妇已被捉走。

【阅读提示】

唐肃宗乾元二年(759)春，郭子仪等率60万大军包围安庆，败于邺城，退居河阳。唐军为补充兵力，强行抓人当兵。杜甫此时从洛阳赶回华州任所，以途中见闻写成"三吏"、"三别"。《石壕吏》是"三吏"之一。全诗通过对"有吏夜捉人"的场景描写，以小见大，揭露官吏的横暴，反映人民的疾苦。全诗最突出的特点是精练，寓强烈的主观感情于客观朴实的叙事之中，描写、抒情、议论都用极简洁的笔法具体而形象地表现出来。

登 高

风急天高猿啸哀，渚清沙白鸟飞回。无边落木萧萧下，不尽长江滚滚来。万里悲秋常作客，百年多病独登台。艰难苦恨繁霜鬓[①]，潦倒新停浊酒杯[②]。

【注释】

①"艰难"句：意思是说，时局艰难，自己年龄已老，功业无成。 ②"潦倒"句：时杜甫因病戒酒，故云"新停"。

【阅读提示】

这首诗是杜甫大历二年(767)秋天在夔州时所写。全诗通过登高所望夔州特定秋江景色,倾诉了自己长年漂泊、老病孤愁的复杂感情。诗歌慷慨激越,动人心弦,八句全对(其中首联为当句对),一气流转,给人均齐对称的美感而不见斧凿之痕,体现了杜甫沉郁顿挫的诗风和严谨的格律。诗人把家愁与国愁紧密交织,个人命运与国家命运休戚相关,更让人感到这位人民诗人的伟大。杨伦盛赞此诗为"杜集七言律诗第一"(《杜诗镜铨》)。明代胡应麟更称之为:"此当为古今七言律第一,不必为唐人七言律第一也。"

附:杜甫传

甫,字子美,少贫不自振,客吴越、齐赵间。李邕奇其材,先往见之。举进士不中第,困长安。天宝十三载,玄宗朝献太清宫,飨庙及郊,甫奏赋三篇。帝奇之,使待制集贤院,命宰相试文章,擢河西尉,不拜,改右卫率府胄曹参军。数上赋颂,因高自称道,且言:"先臣恕、预以来,承儒守官十一世,迨审言,以文章显中宗时。臣赖绪业,自七岁属辞,且四十年,然衣不盖体,常寄食于人,窃恐转死沟壑,伏惟天子哀怜之。若令执先臣故事,拔泥涂之久辱,则臣之述作虽不足鼓吹六经,至沉郁顿挫,随时敏给,扬雄,枚皋可企及也。有臣如此,陛下其忍弃之?"

会禄山乱,天子入蜀,甫避走三川。肃宗立,自鄜州羸服欲奔行在,为贼所得。至德二年,亡走凤翔。上谒,拜右拾遗。……甫家寓鄜,弥年艰窭,孺弱至饿死,因许甫自往省视。从还京师,出为华州司功参军。关辅饥,辄弃官去,客秦州,负薪采橡栗自给。流落剑南,结庐成都西郭。召补京兆功曹参军,不至。会严武节度剑南东、西川,往依焉。武再帅剑南,表为参谋,检校工部员外郎。武以世旧,待甫甚善,亲入其家。甫见之,或时不巾,而性褊躁傲诞,尝醉登武床,瞪视曰:"严挺之乃有此儿!"武亦暴猛,外若不为忤,中衔之。一日欲杀甫及梓州刺史章彝,集吏于门。武将出,冠钩于帘三,左右白其母,奔救得止,独杀彝。武卒,崔旰等乱,甫往来梓、夔间。

大历中,出瞿唐,下江陵,泝沅、湘以登衡山,因客耒阳。游岳祠,大水遽至,涉旬不得食,县令具舟迎之,乃得还。令尝馈牛炙白酒,大醉,一昔卒,年五十九。

甫旷放不自检,好论天下大事,高而不切。少与李白齐名,时号"李杜"。尝从白及高适过汴州,酒酣登吹台,慷慨怀古,人莫测也。数尝寇乱,挺节无所污,为歌诗,伤时桡弱,情不忘君,人怜其忠云。

(节选自宋·欧阳修、宋祁撰《新唐书·列传·文艺上》本传)

□岑　参

岑参(715—770),原籍南阳(今属河南),迁居江陵(今属湖北)。中进士,授右率府兵曹参军。曾两次到西北边陲,在高仙芝、封常清的幕府中度过六七年边塞生活。安史乱起,岑参东归勤王。于任右补阙时,因“频上封帝,指述权佞”,改为起居舍人。再贬为虢州长史。晚年升为嘉州刺史,世称岑嘉州。其诗气势雄健,风格明快,是盛唐著名边塞诗人。有《岑嘉州集》。

走马川行奉送封大夫出师西征[①]

君不见走马川,雪海边,平沙莽莽黄入天[②]。轮台九月风夜吼[③],一川碎石大如斗,随风满地石乱走。匈奴草黄马正肥,金山西见烟尘飞[④],汉家大将西出师[⑤]。将军金甲夜不脱,半夜军行戈相拨,风头如刀面如割。马毛带雪汗气蒸,五花连钱旋作冰[⑥],幕中草檄砚水凝[⑦]。虏骑闻之应胆慑,料知短兵不敢接,车师西门伫献捷[⑧]。

【注释】

①走马川:即且(jū)末河,又名左末河,均音译,即今新疆维吾尔自治区之车尔成河。行:古代诗体之一。　封大夫:即封常清,天宝十三年(754)受命为北庭都护、西伊节度、瀚海军使,摄御史大夫,军轮台,出师西征播仙。播仙城即左末城。　②黄入天:形容黄沙滚滚直入云天。　③轮台:唐所置县,即今新疆维吾尔自治区轮台县,时为北庭都护府治。　④金山:即阿尔泰山,此处泛指塞外山脉。　⑤汉家大将:指封常清。　⑥五花、连钱:指花色斑驳的名贵马。这里承上句说马汗立刻凝成冰。　⑦草檄:起草撰写征讨敌人的檄文。　⑧车师:指汉置车师国,即今新疆维吾尔自治区吐鲁番县,时为安西都护府所在地。　伫:等待。

【阅读提示】

天宝十年(751)四月,安西都护府所辖属的部落勾结大食国(古阿拉伯帝国),欲攻安西四镇。天宝十三年(754)封常清受命西征,并奏调岑参为安西北庭都护节度判官,留守轮台。这首诗即为封常清壮行而作。诗篇开头以黄沙弥天、风吼石走的景色描写,渲染出征途的险恶;继以草黄马肥、烟尘翻飞的描绘,点出西征时深秋的季节;再以金甲不脱、刀戈相拨的具体点染,刻画军队夜行的艰苦;末尾借虏骑胆慑、唐军献捷的抒写,表达出出征健儿的必胜信念。全诗结构严谨,苍劲有力,充满战斗豪情。用韵三句一转,这种奇句的形式打破了惯常的平衡,与诗歌惊险的内容相一致。

□韩　愈

韩愈(768—824),字退之,河内河阳(今河南孟县)人。祖籍昌黎(今辽宁义县),世称韩昌黎。中进士,德宗贞元十九年(803)任监察御史。因上疏请求减免徭役租税,被贬为阳山令。宪宗元和十二年(817),随宰相裴度讨伐淮西吴元济有功,升刑部侍郎。元和十四年(819)因谏迎佛骨,被贬为潮州刺史。移袁州,不久回朝,历官国子祭酒、兵部侍郎、吏部侍郎、京兆尹等显职。韩愈反对六朝以来的浮靡文风,反对骈文,提倡古文,强调文道合一,言之有物,与柳宗元同是中唐古文运动的倡导者。其散文气势雄健,纵横捭阖,奇偶交错,巧譬善喻,有很高的成就。他的诗构思奇特,光怪陆离,自成一格。有《昌黎先生集》。

张中丞传后叙[①]

元和二年四月十三日夜[②],愈与吴郡张籍阅家中旧书[③],得李翰所为《张巡传》[④]。翰以文章自名,为此传颇详密。然尚恨有阙者:不为许远立传[⑤],又不载雷万春事首尾[⑥]。

远虽材若不及巡者,开门纳巡,位本在巡上,授之柄而处其下,无所疑忌,竟与巡俱守死,成功名。城陷而虏,与巡死先后异耳[⑦]。两家子弟材智下,不能通知二父志[⑧],以为巡死而远就虏,疑畏死而辞服于贼[⑨]。远诚畏死,何苦守尺寸之地,食其所爱之肉[⑩],以与贼抗而不降乎?当其围守时,外无蚍蜉蚁子之援,所欲忠者,国与主耳。而贼语以国亡主灭[⑪],远见救援不至,而贼来益众,必以其言为信。外无待而犹死守,人相食且尽,虽愚人亦能数日而知死处矣[⑫]。远之不畏死亦明矣!乌有城坏其徒俱死,独蒙愧耻求活?虽至愚者不忍为,呜呼!而谓远之贤而为之邪?

说者又谓远与巡分城而守[⑬],城之陷,自远所分始,以此诟远[⑭]。此又与儿童之见无异。人之将死,其脏腑必有先受其病者;引绳而绝之,其绝必有处[⑮]。观者见其然,从而尤之[⑯],其亦不达于理矣。小人之好议论,不乐成人之美如是哉[⑰]!如巡、远之所成就,如此卓卓[⑱],犹不得免,其他则又何说!

当二公之初守也,宁能知人之卒不救,弃城而逆遁[⑲]?苟此不能守,虽避之他处何益?及其无救而且穷也,将其创残饿羸之余[⑳],虽欲去,必不达。二公之贤,其讲之精矣[㉑]!守一城,捍天下,以千百就尽之卒,战百万日滋之师,蔽遮江淮,沮遏其势,天下之不亡,其谁之功也?当是时,弃城而图存者,不可一二数[㉒];擅强兵坐而观者,相环也[㉓]。不追议此,而责二公以死守,亦见其自比于逆乱[㉔],

设淫辞而助之攻也[25]。

愈尝从事于汴、徐二府[26]，屡道于两府间，亲祭于其所谓双庙者[27]。其老人往往说巡、远时事，云：南霁云之乞救于贺兰也[28]，贺兰嫉巡、远之声威功绩出己上，不肯出师救。爱霁云之勇且壮，不听其语，强留之，具食与乐，延霁云坐[29]。霁云慷慨语曰："云来时，睢阳之人不食月余日矣，云虽欲独食，义不忍；虽食，且不下咽。"因拔所佩刀断一指，血淋漓，以示贺兰。一座大惊，皆感激为云泣下。云知贺兰终无为云出师意，即驰去。将出城，抽矢射佛寺浮图[30]，矢着其上砖半箭，曰："吾归破贼，必灭贺兰，此矢所以志也[31]。"——愈贞元中过泗州[32]，船上人犹指以相语。——城陷，贼以刃胁降巡，巡不屈，即牵去，将斩之；又降霁云，云未应。巡呼云曰："南八[33]，男儿死耳，不可为不义屈。"云笑曰："欲将以有为也，公有言，云敢不死！"即不屈。

张籍曰："有于嵩者，少依于巡；及巡起事[34]，嵩常在围中[35]。籍大历中于和州乌江县见嵩[36]，嵩时年六十余矣。以巡初尝得临涣县尉[37]，好学，无所不读。籍时尚小，粗问巡、远事，不能细也。云巡长七尺余，须髯若神。尝见嵩读《汉书》，谓嵩曰：'何为久读此？'嵩曰：'未熟也。'巡曰：'吾于书读不过三遍，终身不忘也。'因诵嵩所读书，尽卷不错一字。嵩惊，以为巡偶熟此卷，因乱抽他帙以试[38]，无不尽然。嵩又取架上诸书，试以问巡，巡应口诵无疑。嵩从巡久，亦不见巡常读书也。为文章，操纸笔立书，未尝起草。初守睢阳时，士卒仅万人，城中居人户，亦且数万，巡因一见问姓名，其后无不识者。巡怒，须髯辄张。及城陷，贼缚巡等数十人坐，且将戮。巡起旋[39]，其众见巡起，或起或泣。巡曰：'汝勿怖，死，命也。'众泣，不能仰视。巡就戮时，颜色不乱，阳阳如平常[40]。远宽厚长者，貌如其心，与巡同年生，月日后于巡，呼巡为兄，死时年四十九。"嵩贞元初死于亳、宋间[41]，或传嵩有田在亳、宋间，武人夺而有之，嵩将诣州讼理[42]，为所杀。嵩无子，张籍云。

【注释】

①张中丞：即张巡（709—757），邓州南阳（今河南南阳）人，开元末进士，在守睢阳时，诏拜御史中丞，故称张中丞。　②元和二年：公元807年。元和是唐宪宗的年号。　③张籍：字文昌，原籍吴郡，寄居和州。　④李翰：赞皇（今河北赞皇）人，张巡的好友。他写的《张巡传》原文已佚。　⑤许远（709—758）：盐官（今浙江海宁）人，字令威，睢阳太守。安禄山部将尹子奇攻睢阳，他向张巡告急，张巡带三千兵与他共同守城，城破被俘，次年遇害。　⑥雷万春：张巡部下勇将。据说，有一次他在城上与敌将对话，脸上被射六箭，犹兀立不动，敌人怀疑他是木偶。睢阳城破时，与张巡一起遇难。一说，此处"雷万春"三字，当是"南霁云"之误。　⑦睢阳城破时，张巡、许远等被俘，敌人先杀张巡、南霁云等36人，因许远是睢阳太守，被解往洛阳邀功，许远在途中不屈而死。　⑧通知：通晓。　⑨辞服：请降。　⑩食其所爱之肉：睢阳被围久，粮尽，先吃树叶、纸张、皮革，后吃马、雀、鼠，最后食人。张巡杀爱妾，许远杀童奴，给士兵当粮食。　⑪国亡主灭：指潼关失守，长安陷落，唐玄宗逃到西蜀。　⑫数（shǔ）：计算。

⑬说者：发议论的人。 分城而守：张巡和许远各守睢阳城的一方，张守东北，许守西南，敌人是从许远所守的西南面攻入睢阳的。 ⑭诟（gòu）：诽谤。 ⑮处：处所。 ⑯尤：指责。 ⑰不乐成人之美：《论语·颜渊篇》："子曰：'君子成人之美，不成人之恶，小人反是。'" ⑱卓卓：卓越，突出。 ⑲逆遁：预先逃遁。 ⑳将：统率。 创残：受伤残废的人。 饿羸（léi）：饥饿瘦弱的人。 ㉑讲之精：考虑得很周密。讲，谋划。 ㉒一二数：一二个人。当时贪生怕死、弃城逃窜的人不少，如谯郡太守杨万石、雍丘县令令狐潮先后降贼，山南东道节度使鲁灵弃南阳逃襄阳，灵昌太守许叔冀奔彭城等都是。 ㉓相环也：四周都是。当时闾丘晓、尚衡、贺兰进明都拥有强大军队，驻在睢阳周围。 ㉔自比于逆乱：把自己跟叛逆作乱的人等同起来。 ㉕设淫辞：制造夸大失实的言词。 ㉖从事：唐时通称幕僚为从事，这里作动词用，任职的意思。 汴、徐二府：今河南开封和江苏徐州。韩愈曾在这两地做过节度使幕府里的推官。 ㉗双庙：张巡、许远死后，肃宗追赠巡为扬州大都督，远为荆州大都督，在睢阳立庙，称作双庙。 ㉘南霁云：张巡的部将，魏州顿丘（今河南清丰）人。 贺兰：指贺兰进明，时任河南节度使，张巡派南霁云突围出去向他求救，他却不肯出兵。 ㉙延：请。 ㉚浮图：亦作"浮屠"，佛塔。 ㉛志：标记。 ㉜贞元：唐德宗年号（785—805）。 泗州：唐属河南道，州治在临淮，即贺兰进明屯兵处。 ㉝南八：南霁云排行第八，故称。 ㉞起事：起兵讨伐安、史叛军。 ㉟围中：围城之中，指睢阳。 ㊱大历：唐代宗年号（766—779）。 和州乌江县：今安徽和县东北乌江镇。 ㊲于嵩居张巡幕中，参加睢阳守卫；张巡殉难后，朝廷推恩封赏，于嵩也叙功得官。 临涣县：今安徽宿县。 ㊳帙（zhì）：书套。这里指书。 ㊴旋：盘旋，指环顾四周。 ㊵阳阳：安详的样子。 ㊶亳（bó）：亳州，今安徽亳县。 宋：宋州，即睢阳，今河南商丘。 ㊷诣州讼理：到州府告状。

【阅读提示】

唐肃宗至德二年（757），安史叛军围困睢阳，张巡和许远合兵共守危城，在内无粮草、外无援军的情况下，奋战数月，牵制住大量敌军，保卫了江淮地区。睢阳失守后，两人都壮烈牺牲。当时的一些文武官员，为了替叛乱活动张目，制造流言，诋毁张巡、许远。张巡的友人李翰，在睢阳曾亲见战守事迹，撰写了《张中丞传》上呈肃宗，以伸张正义。50年后，即唐宪宗元和二年，韩愈读了李翰的文章，深有感慨，又写了《张中丞传后叙》。此文题名"后叙"，兼含后作及列于文章之后的序言两层意思。它弥补了李翰"不为许远立传"的缺陷，全面系统地批驳了"小人"之言，歌颂了张巡、许远"守一城，捍天下"的功绩。文章有生动的记叙、愤激的议论，寄托着韩愈要求平定割据、统一唐王朝的爱国之情。

□刘禹锡

刘禹锡（772—842），字梦得，洛阳人，祖籍中山（今河北定县）。举进士，历任渭南县主簿，迁监察御史、屯田员外郎。刘禹锡与王叔文、王伾、柳宗元同为永贞革新的核心人物。革新失败后被贬为朗州司马，后任连州、夔州等地刺史，太子宾客，官终检校礼部尚书。文学成就以诗歌为最，生前与白居易齐名。他的诗内容繁丰，富有现实意义。语言精练含蓄，风格清新自然。有《刘梦得集》。

竹枝词(二首)[1]

其　一

山桃红花满上头[2]，蜀江春水拍山流。花红易衰似郎意，水流无限似侬愁[3]。

其　二

杨柳青青江水平，闻郎江上唱歌声[4]。东边日出西边雨，道是无晴还有晴[5]。

【注释】

①《竹枝词》是巴渝(今重庆一带)民歌的一种。刘禹锡贬官朗州、夔州期间，仿屈原作《九歌》的精神，仿照民歌体写了十一首《竹枝词》，这里选两首。　②上头：指山头。　③侬：我。　④唱歌：一作“踏歌”。　⑤晴：与“情”谐音双关，“无晴”、“有晴”即“无情”、“有情”。

【阅读提示】

这里举的两首诗，从题材、形象、表现手法到语言，都具有浓重的民歌风味。第一首写一个痴情女子在爱情失意后发生的愁怨，比喻新颖贴切，形象生动，意境鲜明。第二首写一个女子听到男子的歌声后产生的乍喜乍疑的心情。诗中采用了南朝乐府民歌中的谐音双关手法，自然清新，宛转悠扬。《竹枝词》的创作使刘禹锡在唐诗中占据了独特的席位。

□白居易

白居易(772—846)，字乐天，号香山居士。祖籍太原，后迁居下邽(今陕西渭南)。举进士。历任盩厔(今陕西周至)县尉、翰林学士、左拾遗等职。敢于进言直谏，为权贵所恶，于元和十年(815)被贬为江州司马。复晋升，先后任忠州、杭州、苏州刺史，多为当地百姓做好事，深得人心。官至刑部尚书。他是杜甫之后又一杰出的现实主义诗人，强调文学的社会作用，主张“文章合为时而著，歌诗合为事而作”。其所作诗、词、乐府内容丰富，风格多样，语言通俗，对后代有广泛影响。有《白氏长庆集》。

长恨歌[1]

汉皇重色思倾国[2]，御宇多年求不得[3]。杨家有女初长成[4]，养在深闺人未识。天生丽质难自弃，一朝选在君王侧。回眸一笑百媚生[5]，六宫粉黛无颜色[6]。春寒赐浴华清池[7]，温泉水滑洗凝脂[8]。侍儿扶起娇无力，始是新承恩泽时[9]。云鬓花颜金步摇[10]，芙蓉帐暖度春宵。春宵苦短日高起[11]，从此君王不早朝。承欢侍宴无闲暇[12]，春从春游夜专夜[13]。后宫佳丽三千人，三千宠爱在一身。金屋妆成娇侍夜[14]，玉楼宴罢醉和春[15]。姊妹弟兄皆列土[16]，可怜光彩生门户[17]。遂令天下父母心，不重生男重生女[18]。骊宫高处入青云[19]，仙乐风飘处处闻[20]。缓歌慢舞凝丝竹[21]，尽日君王看不足。渔阳鼙鼓动地来[22]，惊破《霓裳羽衣曲》[23]。九重城阙烟尘生[24]，千乘万骑西南行。翠华摇摇行复止[25]，西出都门百余里[26]。六军不发无奈何[27]，宛转蛾眉马前死[28]。花钿委地无人收[29]，翠翘金雀玉搔头[30]。君王掩面救不得[31]，回看血泪相和流。黄埃散漫风萧索，云栈萦纡登剑阁[32]。峨嵋山下少人行[33]，旌旗无光日色薄。蜀江水碧蜀山青，圣主朝朝暮暮情[34]。行宫见月伤心色[35]，夜雨闻铃肠断声[36]。天旋日转回龙驭[37]，到此踌躇不能去[38]。马嵬坡下泥土中，不见玉颜空死处[39]。君臣相顾尽沾衣，东望都门信马归[40]。归来池苑皆依旧，太液芙蓉未央柳[41]。芙蓉如面柳如眉，对此如何不泪垂？春风桃李花开日，秋雨梧桐叶落时。西宫南苑多秋草[42]，宫叶满阶红不扫。梨园弟子白发新[43]，椒房阿监青娥老[44]。夕殿萤飞思悄然[45]，孤灯挑尽未成眠[46]。迟迟钟鼓初长夜[47]，耿耿星河欲曙天[48]。鸳鸯瓦冷霜华重[49]，翡翠衾寒谁与共[50]？悠悠生死别经年，魂魄不曾来入梦。临邛道士鸿都客[51]，能以精诚致魂魄[52]。为感君王展转思，遂教方士殷勤觅[53]。排空驭气奔如电[54]，升天入地求之遍。上穷碧落下黄泉[55]，两处茫茫皆不见。忽闻海上有仙山，山在虚无缥缈间。楼阁玲珑五云起[56]，其中绰约多仙子。中有一人字太真[57]，雪肤花貌参差是[58]。金阙西厢叩玉扃[59]，转教小玉报双成[60]。闻道汉家天子使，九华帐里梦魂惊[61]。揽衣推枕起徘徊，珠箔银屏迤逦开[62]。云鬓半偏新睡觉，花冠不整下堂来。风吹仙袂飘飖举，犹似霓裳羽衣舞。玉容寂寞泪阑干[63]，梨花一枝春带雨。含情凝睇谢君王[64]，一别音容两渺茫。昭阳殿里恩爱绝[65]，蓬莱宫中日月长[66]。回头下望人寰处[67]，不见长安见尘雾。惟将旧物表深情，钿合金钗寄将去[68]。钗留一股合一扇，钗擘黄金合分钿[69]。但令心似金钿坚，天上人间会相见。临别殷勤重寄词，词中有誓两心知。七月七日长生殿[70]，夜半无人私语时。在天愿作比翼鸟[71]，在地愿为连理枝[72]。天长地久有时尽，此恨绵绵无绝期！

【注释】

①本诗为白居易三十五岁时所作。当时,陈鸿也写了一篇《长恨歌传》。歌和传都以玄宗与杨玉环的爱情故事为题材,因是悲惨结局,故以“长恨”名篇。 ②汉皇:指汉武帝,这里借指唐玄宗李隆基。唐朝人写本朝皇帝事,不便直说,往往借汉代唐。 倾国:指容颜绝美的女子。《汉书·外戚传》说,李延年曾对汉武帝唱了一首歌,赞美自己妹子李夫人的美貌:“北方有佳人,绝世而独立;一顾倾人城,再顾倾人国”。“倾国倾城”,后来就成为美女的代称。 ③御宇:统治天下。 ④杨家有女:指杨玉环,蒲州永乐(今山西芮城)人,幼时养在叔父杨玄珪家。开元二十三年(735),册封为寿王(李隆基子)妃。二十八年,李隆基为了夺取她,先度她为女道士,住太真宫,改名太真。天宝四年(745),册封为贵妃。 ⑤回眸:回视。 ⑥六宫:古代后妃们住的地方。 粉黛:美女的代称。 ⑦华清池:华清宫内温泉浴池名,旧址在今陕西临潼骊山。 ⑧凝脂:形容洁白柔嫩的皮肉。 ⑨新承恩泽:最初受到皇帝的宠爱。 ⑩云鬓:妇女的秀发。 花颜:像花一样的容貌。 金步摇:妇女插在发髻上的一种首饰,用金丝串珍珠而成。因它随步摇晃生姿,故称。 ⑪苦:恨。 ⑫承欢:承受欢宠。 ⑬夜专夜:夜夜得到专宠。 ⑭金屋:华美的房屋。《汉武故事》说,武帝幼时,他的姑妈问他要不要娶妻,并指着自己的女儿阿娇问他:“你看她好不好?”武帝回答:“若得阿娇,要让她住金屋里。”这里指杨贵妃的住所。 ⑮醉和春:醉意里含着春情。 ⑯列土:最高封建统治者把部分土地分封给贵族。这里指得到封爵。列,同裂,意为裂土分封。 ⑰可怜:值得爱慕。 ⑱当时有民谣云:“生女勿悲酸,生男勿喜欢”;“男不封侯女作妃,看女却为门上楣”。 ⑲骊宫:骊山华清宫。 ⑳仙乐:美妙的音乐声。 ㉑丝竹:本指乐器,此指音乐。 凝:乐器徐徐发出声乐来。“徐引声谓之凝。”(《文选》李善注) ㉒渔阳:郡名,今河北蓟县。当时属平卢、范阳、河东三镇节度使安禄山管辖。 鼙(pí)鼓:军用战鼓。渔阳鼙鼓,指安史之乱。 ㉓《霓裳羽衣曲》:相传此曲来自西域,曾经李隆基亲自改编润色。 ㉔九重:皇帝住的地方有九道门,故称九重。㉕翠华:指皇帝仪仗队的旗子,用翠鸟羽毛作装饰。 ㉖都门:京城长安的延秋门,是禁苑的西门。 ㉗六军:《周礼》说,天子有“六军”,后世泛称皇帝的军队为六军。 ㉘宛转:形容杨贵妃缢死时痛苦的样子。 蛾眉:美女的代称,这里指杨贵妃。 ㉙花钿:首饰。 ㉚翠翘、金雀、玉搔头:都是首饰名。 ㉛掩面:遮脸不忍看的样子。 ㉜云栈:高入云霄的栈道。剑阁:一名剑门关,在今四川剑阁县北。 ㉝峨嵋山:即峨眉山,在今四川峨眉县境内。这里是泛指蜀道。 ㉞圣主:指李隆基。 ㉟行宫:皇帝出行在外居住的宫室。 ㊱闻铃:行宫檐挂铜铃,风吹铃摇作声。 ㊲天旋日转:指安禄山叛乱被挫败,政局转变。 回龙驭:肃宗至德二年(757)九月,郭子仪收复长安。十二月,唐玄宗返京。此指玄宗返京。 ㊳此:指马嵬坡,在今陕西兴平县,杨贵妃死处。 ㊴空死处:不见尸骨,只知人死的地方。 ㊵信马:听凭马随意走。 ㊶太液:即太液池,在汉朝大明宫内。 未央:汉朝未央宫。二者都是借汉说唐。 ㊷西宫南苑:西宫指“西内”,为太极宫。南苑指“南内”,为兴庆宫。玄宗返京后先住兴庆宫,后迁居太极宫。 ㊸梨园弟子:唐玄宗时梨园歌舞艺人称梨园弟子。 ㊹椒房:后妃住的宫殿,用花椒和泥涂壁,取其香味,故称。 阿监:宫中的女官。青娥:年轻的宫女。 ㊺悄然:愁闷不语的样子。 ㊻灯挑尽:指夜已很深。 ㊼钟鼓:报更点的钟鼓声。 初长夜:秋天的夜。因入秋后,夜逐渐变长,故名。 ㊽耿耿:明亮的样子。 ㊾鸳鸯瓦:一俯一仰成对的瓦。 霜华:即霜花。 ㊿翡翠衾:织着翡翠鸟花纹的被子。 51临邛(qióng):今四川邛

峡市。 鸿都:东汉时京都洛阳有鸿都门,这里借指长安。 ㊾致:招来。 ㊿殷勤觅:专心一意地去寻找。 ⑤④排空驭气:腾云驾雾。 ⑤⑤碧落:指天上。 黄泉:指地下。 ⑤⑥五云:五彩的祥云。 ⑤⑦太真:见注④。 ⑤⑧参差(cēn cī):仿佛。 ⑤⑨金阙:黄金建造的宫城楼。扃(jiōng):此指门。 ⑥⓪小玉:传说中吴王夫差的小女名。 双成:董双成,传说中西王母的侍女。此处借指仙境中杨玉环的婢女。 ⑥①九华帐:华美的帷帐。 ⑥②箔:帘子。 迤逦:曲折连绵。这里指连续。 ⑥③泪阑干:泪水纵横的样子。 ⑥④凝睇(dì):注视。 ⑥⑤昭阳殿:汉朝后宫的内殿,是当年汉成帝皇后赵飞燕所住的宫殿名。这里借以反映杨玉环生前所居处。 ⑥⑥蓬莱:传说东海里的三神山之一。蓬莱宫,泛指仙宫。 ⑥⑦人寰:人间世界。 ⑥⑧钿合:镶金的首饰盒子。 ⑥⑨钗擘(bò)黄金:把金钗分成两股。 合分钿:把钿盒分成两半。 ⑦⓪长生殿:唐朝华清宫里的一座殿堂。 ⑦①比翼鸟:雌雄并翅齐飞的鸟。 ⑦②连理枝:两棵树上的枝条长得连接在一起。比喻男女爱情牢固。

【阅读提示】

全诗记叙了唐玄宗和杨贵妃的爱情悲剧,通过他们悲欢聚散、生死不渝的爱情经历的描绘,在一定程度上反映了复杂的社会矛盾,既揭露了唐玄宗荒淫无度的帝王生活,又塑造了形于外、诚于中的杨贵妃的艺术形象,寄寓了作者对李、杨遭遇的同情。全诗以"长恨"为主线,前写因,后写果,情节曲折离奇,人物形象鲜明,使现实主义与浪漫主义手法融为一体。在语言音节上,则发挥了乐府歌行的特点,显得流畅匀称,优美自然,便于理解和歌唱。当时号为"元和体",又称为"千字律诗"。《长恨歌》对后世文学创作影响颇大,元、清剧作家多次据此敷衍成剧。

□柳宗元

柳宗元(773—819),字子厚,河东(今山西永济)人,世称柳河东。中进士,为监察御史里行。公元805年唐顺宗即位,王叔文等执政,柳宗元任礼部员外郎,积极参加当时的政治改革。半年后宪宗即位,改革失败,柳宗元被贬为永州司马,十年后为柳州刺史。宪宗元和十四年病死柳州,终年47岁,又称柳柳州。柳宗元的政治思想基本上是儒家的民本思想。他认为官吏应是人民的仆役,而非人民是官吏的仆役。在文学创作上,他和韩愈共同倡导古文运动,并称"韩柳"。他的许多散文长于议论,在思想上、艺术上都有杰出成就。而其山水游记尤佳,立意清新,多为后世所称颂。有《柳河东集》。

种树郭橐驼传

郭橐驼[①],不知始何名。病瘘[②],隆然伏行[③],有类橐驼者,故乡人号之"驼"。

驼闻之曰:“甚善,名我固当。”因舍其名,亦自谓“橐驼”云。其乡曰丰乐乡,在长安西。驼业种树,凡长安豪富人为观游及卖果者④,皆争迎取养⑤。视驼所种树,或移徙,无不活,且硕茂,早实以蕃⑥。他植者虽窥伺效慕,莫能如也。

有问之,对曰:“橐驼非能使木寿且孳也⑦,能顺木之天以致其性焉尔⑧。凡植木之性,其本欲舒⑨,其培欲平⑩,其土欲故⑪,其筑欲密⑫。既然已,勿动勿虑,去不复顾。其莳也若子⑬,其置也若弃⑭,则其天者全而其性得矣。故吾不害其长而已,非有能硕茂之也;不抑耗其实而已⑮,非有能早而蕃之也。他植者则不然,根拳而土易⑯,其培之也,若不过焉则不及。苟有能反是者,则又爱之太殷⑰,忧之太勤,旦视而暮抚,已去而复顾。甚者爪其肤以验其生枯⑱,摇其本以观其疏密,而木之性日以离矣⑲。虽曰爱之,其实害之;虽曰忧之,其实仇之,故不我若也。吾又何能为哉!”

问者曰:“以子之道,移之官理⑳,可乎?”驼曰:“我知种树而已,官理,非吾业也。然吾居乡,见长人者好烦其令㉑,若甚怜焉,而卒以祸。旦暮吏来而呼曰:‘官命促尔耕,勖尔植㉒,督尔获㉓。早缫而绪㉔,早织而缕㉕,字而幼孩㉖,遂而鸡豚㉗。’鸣鼓而聚之,击木而召之㉘。吾小人辍飧饔以劳吏者且不得暇㉙,又何以蕃吾生而安吾性耶?故病且怠㉚。若是,则与吾业者,其亦有类乎?”

问者嘻曰:“不亦善夫!吾问养树,得养人术。”传其事,以为官戒也。

【注释】

①橐(tuó)驼:骆驼。 ②瘘(lǚ):背脊弯曲。 ③隆然:高起的样子。 ④为观游:供观赏游玩。 ⑤争迎取养:争着欢迎他并想雇佣他。 ⑥早实:早结果实。 蕃:繁多。 ⑦寿:活得长久。 孳(zī):滋生得快。 ⑧天:自然,指天性。 致其性:得到它的本性。 ⑨本:树根。 舒:伸展。 ⑩培:培土。 ⑪故:旧,指原来培植树苗的土。 ⑫筑:捣土。 密:结实。 ⑬莳(shì):移栽。 若子:像爱护子女一样。 ⑭置:放置,放下。 ⑮抑:抑制。 耗:损耗。 ⑯拳:拳曲,不舒展。 易:换,指用新土更换旧土。 ⑰殷:深厚。 ⑱爪其肤:用指甲剥开树皮。 ⑲离:丧失,损失。 ⑳官理:即官治,做官治民。 ㉑长(zhǎng)人者:做官的人。 ㉒勖(xù):勉励。 ㉓督:督促。 获:收获庄稼。 ㉔缫(sāo):煮茧抽丝。 而:通“尔”,你。 绪:丝头。 ㉕缕:线。 ㉖字:养,抚育。 ㉗遂:成长,喂大。 ㉘击木:敲打木梆。 ㉙辍:停止。 飧(sūn):晚餐。 饔(yōng):早餐。 ㉚病且怠:困苦且疲惫。

【阅读提示】

这是一篇借传立说的文章。文中所写的郭橐驼,不一定实有其人。作者通过郭橐驼能顺应树木自然生长的天性,故栽培的树木无不成活,借以讽刺“长人者好烦其令”的弊政,作为当官者戒。文章用平常事物为喻,以种树类比养民,通过浅显明白的对话和对比的方法,来说明深刻的道理,笔调活泼生动。

□李　贺

李贺(790—816),字长吉,河南昌谷(今河南宜阳)人。他是唐朝宗室一个没落的“王孙”,因父讳不能应试,仅做了执掌祭祀的九品小官奉礼郎。不久辞官归故里,病逝时年仅 27 岁。李贺是中唐最有个性的诗人,其诗想象奇特,构思新颖,语言瑰丽,色彩浓重,自成一种奇崛幽峭、秾丽凄清的浪漫主义风格,寄寓着他的“哀愤孤激之思”。有《李长吉歌诗》。

李凭箜篌引①

吴丝蜀桐张高秋②,空山凝云颓不流③。江娥啼竹素女愁④,李凭中国弹箜篌⑤。昆山玉碎凤凰叫⑥,芙蓉泣露香兰笑⑦。十二门前融冷光⑧,二十三弦动紫皇⑨。女娲炼石补天处⑩,石破天惊逗秋雨。梦入神山教神妪⑪,老鱼跳波瘦蛟舞⑫。吴质不眠倚桂树⑬,露脚斜飞湿寒兔⑭。

【注释】

①李凭:当时以弹箜篌著名的梨园弟子。　箜篌引:乐府《相和歌辞·相和六引》旧题。箜篌,弦乐器之一,形状不一,从“二十三弦”句,知李凭所弹的是竖箜篌。　②吴丝蜀桐:吴郡蚕丝,蜀地桐木,都是制造乐器的良材。　张高秋:在秋高气爽时节弹奏。　③颓:颓然。　④江娥:即湘娥,相传舜妃娥皇、女英在舜死后泪洒斑竹,死后化为湘水之神。　素女:神话中的霜神。　《史记·封禅书》:“太帝使素女鼓五十弦瑟,悲,帝禁不止。”可见素女又是善于伤感的琴师。　⑤中国:国中,此指都城长安。　⑥昆山:指昆仑山。　玉碎、凤凰叫:形容乐声清亮。　⑦芙蓉泣、香兰笑:形容乐声时而低沉,时而轻快。　⑧十二门:长安城南北东西四面各三门,共十二门。　⑨二十三弦:箜篌弦数。　紫皇:天神,这里指天上的玉皇,也指人间的皇帝。　⑩“女娲”句:《淮南子·览冥训》:“女娲炼五色石以补苍天。”　⑪神妪:《搜神记》卷四:“永嘉中,有神见兖州,自称樊道基。有妪号成夫人。夫人好音乐,能弹箜篌。闻人弦歌,辄便起舞。”　神妪,疑用此典。　⑫“老鱼”句:语出《列子·汤问》:“瓠巴鼓琴而鸟舞鱼跃。”　⑬吴质:即吴刚。　⑭寒兔:指月轮。

【阅读提示】

本诗写李凭弹箜篌的技艺精妙绝伦,曲调之美,感染力之强,竟然惊动仙界。诗中驰骋想象,构思奇特,运用神话传说和众多意象,创造出奇灵瑰丽的诗境和奇妙的艺术世界。这种境界是那样神奇、幽僻与凄清,以致清人方扶南所谓“李足以泣鬼”,实不为过。

□杜　牧

杜牧(803—853),字牧之,号樊川,京兆万年(今陕西西安)人。他是宰相杜佑之孙,举进士后,先在江西、宣歙、淮南诸使幕府为幕僚,后内迁监察御史,出为黄州、池州等地刺史,官终中书舍人。杜牧以济世之才自负,注《孙子》等,提出削平藩镇等主张。任地方官时,也颇有值得称道之举。在文学上他提出"以意为主"、"不务奇丽"的主张,对于反对晚唐浮艳文风起过积极作用。他的诗一部分描写寄情声色、颓废放浪的生活,但也有不少揭露黑暗现实的作品。有《樊川集》。

赤　壁①

折戟沉沙铁未销,自将磨洗认前朝②。东风不与周郎便,铜雀春深锁二乔③。

【注释】

①赤壁:在今湖北嘉鱼东北长江南岸,东汉末年时周瑜破曹操处。本诗是杜牧官黄州刺史时所作。黄州赤壁并非孙、曹大战的赤壁,诗人不过借地名相同吊古咏史,抒发感慨而已。　②将:拿起。　认前朝:指认识前朝时的遗物。　③这两句的意思说,如果不是当年东南风给予周瑜火烧曹军的方便,那么拒曹之战不仅不能胜利,就连大乔和小乔两位吴中美人也要作为曹操的俘虏被锁在铜雀台里了。　东风:指赤壁火烧战船事。　周郎:指周瑜。　铜雀:即铜雀台,位于邺城(今河北临漳县),曹操建为游宴歌舞之所。　二乔:即大乔、小乔姊妹,为吴中美女,分别嫁给孙策和周瑜。

【阅读提示】

这首诗是杜牧为黄州刺史时所作。本诗前两句不写大江峭壁,不写昔日的大战,只借一件折戟兴起对三国时代的人物和事迹的慨叹。后两句以假想的情形和结局评论历史,意在反衬和突出赤壁之战的重大意义。作者强调"东风"的作用,意谓像周瑜这样雄才大略的英雄,也需借助东风之力,从而巧妙抒发了诗人自负知兵、怀才不遇的不平之气。全诗角度新,立意新,于景意事情外,别有一种思致,体现了杜牧绝句的艺术特色。

□李商隐

李商隐(813—858),字义山,号玉谿生,原籍怀州河内(今河南沁阳)。举进士。曾任弘农县尉、秘书郎等职。他生活于唐王朝日趋没落的时代,统治阶级内部朋党之争十分激烈。李商隐怀有为唐王朝建功立业的志向,却无法施展抱负,长期过着清贫无为的幕僚生活,潦倒至死。他的诗作大多抒发失意的苦闷,不乏针砭时弊之作。善用典故,构思精巧。不少爱情诗篇缠绵悱恻,情真意切,历来为人们所喜爱。有《李义山诗集》。

无　题①

相见时难别亦难,东风无力百花残。春蚕到死丝方尽,蜡炬成灰泪始干。晓镜但愁云鬓改,夜吟应觉月光寒。蓬山此去无多路②,青鸟殷勤为探看③。

【注释】

①李商隐把一些不便标题的诗作,都标以《无题》。《无题》诗有十余首,非一时之作。这类诗作,诗意比较隐晦。　②蓬山:蓬莱山,传说中的海上仙山。此指对方居处。　③青鸟:传说中为西王母当信使的神鸟。

【阅读提示】

这是一首以爱情为题材的抒情诗。全诗以"别"字为通篇主眼,抒发爱情生活中的失意和离别后的相思。"春蚕到死丝方尽,蜡炬成灰泪始干"一联,用象征手法表现真诚的情思,千百年来为人们所传诵。

□温庭筠

温庭筠(约 812—约 870),本名岐,字飞卿,太原祁(今山西祁县)人。他才思敏捷,却屡试不第,48 岁才得授隋县尉,后任方城尉,官至国子监助教。喜讽刺权贵,多触忌讳;又不受约束,纵酒放浪,故不为时俗所重,一生坎坷,终生潦倒。诗和李商隐齐名,时称"温李"。他长于作词,是"花间派"的先导。他的词题材狭窄,但文采绚烂,含蓄多情。温词 60 多首,收入后蜀赵崇祚编的《花间集》;诗有清顾嗣立重为校注的《温飞卿集笺注》。

菩萨蛮

小山重叠金明灭①,鬓云欲度香腮雪②。懒起画蛾眉③,弄妆梳洗迟。
照花前后镜,花面交相映。新帖绣罗襦④,双双金鹧鸪⑤。

【注释】

①“小山”句：小山，雕绘有小山之景的屏风。金明灭，早晨的阳光照在屏风上，或明或暗。一说，小山指眉额；金，画眉作金色。 ②“鬓云”句：鬓云，比喻乱发。度，这里有飞动的意思。香腮雪，散发着芳香而又洁白如雪的面颊。 ③蛾眉：喻指女子的秀眉。 ④帖：同“贴”。 ⑤金鹧鸪：用金箔贴成的鹧鸪的图案。

【阅读提示】

全词写闺怨。上片从屋中景物起笔，写女子起床、梳妆、穿衣的慵懒之情态。下片写她照镜、穿衣和顾影自怜，并用“双鹧鸪”点出女主人公空房寂寞的怨情。整首词层次清晰，章法严密，全部是动作和服饰组成的无声的画面，从中透出女子的孤寂和哀怨。着色秾丽而心境黯淡，表现了温词笔法富丽精工、造境曲折深婉的特色。

□罗 隐

罗隐(833—909)，原名横，字昭谏，号江东生，新登(今浙江富阳)人。罗隐生当晚唐乱世，出身孤寒，曾“十上不中第”，浪迹天下。他于晚年(55岁)回归故里，投靠吴越王钱缪，任钱塘令等。唐亡，表授吴越国给事中。所作诗文“以讥刺为主”(《唐才子传》)，对封建社会的黑暗现实多所揭露批判。他的杂文小品成就较高，笔锋犀利，思想深刻，“几乎全部是抗争和愤激之谈”(鲁迅《小品文的危机》)。有《罗隐集》。

英雄之言①

物之所以有韬晦者②，防乎盗也③。故人亦然。

夫盗亦人也，冠履焉，衣服焉；其所以异者，退逊之心，正廉之节，不常其性耳④。

视玉帛而取之者，则曰，牵于寒饿⑤；视家国而取之者，则曰，救彼涂炭⑥。牵我寒饿者，无得而言矣⑦；救彼涂炭者，则宜以百姓心为心。而西刘则曰⑧：“居宜如是⑨！”楚籍则曰⑩：“可取而代！”⑪意彼未必无退逊之心⑫、正廉之节，盖以视其靡曼骄崇⑬，然后生其谋耳。

为英雄者犹若是，况常人乎？是以峻宇逸游⑭，不为人所窥者，鲜也⑮。

【注释】

①英雄：指历史上被人视为"英雄"的统治者。 ②本句意为动物之所以要收敛锋芒、隐藏踪迹，是为了防御敌人。 物：指动物。 韬晦：收敛锋芒，隐身踪迹。 ③盗：指敌对的动物或人。 ④不常其性：不能始终保持其品性。 ⑤牵：牵迫。 ⑥涂炭：困苦。 ⑦得：通"德"。 ⑧西刘：指西汉刘邦。 ⑨居宜如是：《史记·高祖本纪》："高祖常繇咸阳，纵观，观秦皇帝，喟然太息曰：'嗟乎！大丈夫当如此也！'" ⑩楚籍：西楚项羽，名籍，故称"楚籍"。 ⑪可取而代：《史记·项羽本纪》："秦始皇帝游会稽，渡浙江，(项)梁与(项)籍俱观。 籍曰：'彼可取而代也！'" ⑫意：猜想。 ⑬靡曼骄崇：豪奢而有气派。 ⑭峻宇逸游：高大的屋宇，逍遥的巡游。 ⑮鲜：少。

【阅读提示】

本文选自《谗书》。《谗书》是罗隐对唐代乃至整个历史而作的"抗争和愤激之谈"。这篇文章以刘邦、项羽之类"英雄"所说的话，通过简练的笔触，一针见血地揭露了自称"救彼涂炭"者的虚伪本质，见解独特，发人深省。结尾由"英雄"而论及常人，指出罗隐所在的唐末以救民涂炭为号召的那些互相厮杀的"英雄"们，亦是如此。文章虽短，含义无穷！

□陆龟蒙

陆龟蒙(？—约881)，字鲁望，吴郡(今江苏苏州)人。举进士不第，曾为湖州、苏州从事。退而隐居松江甫里，自号江湖散人、甫里先生。诗文与皮日休齐名，并称"皮陆"。尤长小品文，多愤世嫉俗之作。他的小品文独抒新意，辛辣犀利，富有深刻的批判精神。有《笠泽丛书》和《甫里集》。

野庙碑 并诗

碑者，悲也。古者悬而窆用木[①]，后人书之，以表其功德，因留之不忍去，碑之名由是而得。自秦、汉以降，生而有功德政事者，亦碑之[②]；而又易之以石，失其称矣[③]。余之碑野庙也[④]，非有政事功德可纪，直悲夫甿竭其力[⑤]，以奉无名之土木而已矣[⑥]！

瓯越间好事鬼[⑦]，山椒水滨多淫祀[⑧]，其庙貌有雄而毅、黝而硕者[⑨]，则曰将军；有温而愿、皙而少者[⑩]，则曰某郎；有媪而尊严者，则曰姥；有妇容而艳者，则曰姑。其居处，则敞之以庭堂，峻之以陛级[⑪]；左右老木，攒植森拱，萝茑翳于上[⑫]，枭鸮室其间；车马徒隶，丛杂怪状；甿作之，甿怖之。走畏恐后，大者椎牛，次者击豕，小不下犬鸡。鱼菽之荐，牲酒之奠，缺于家可也，缺于神不可也。一日懈怠，祸亦随作。耄孺畜牧栗栗然⑬。疾病死丧，甿不曰适丁其时耶⑭；而自惑其生，悉归之于神。

虽然，若以古言之，则戾⑮；以今言之，则庶乎神之不足过也⑯。何者？岂不以生能御大灾、捍大患；其死也则血食于生人⑰，无名之土木，不当与御灾捍患者为比：是戾于古也明矣！今之雄毅而硕者有之，温愿而少者有之。升阶级，坐堂筵，耳弦匏⑱，口粱肉，载车马，拥徒隶者，皆是也。解民之悬⑲，清民之暍⑳，未尝贮于胸中㉑。民之当奉者，一日懈怠，则发悍吏，肆淫刑㉒，驱之以就事。较神之祸福，孰为轻重哉？平居无事，指为贤良；一旦有大夫之忧，当报国之日，则佪挠脆怯㉓，颠踬窜踣㉔，乞为囚虏之不暇。此乃缨弁言语之土木㉕，又何责其真土木邪？故曰：以今言之，则庶乎神之不足过也。

既而为诗，以纪其末：

土木其形，窃吾民之酒牲，固无以名；土木其智，窃吾君之禄位，如何可仪㉖！禄位颀颀㉗，酒牲甚微；神之飨也，孰云其非？视吾之碑，知斯文之孔悲㉘！

【注释】

①窆(biǎn)：下棺落葬。 ②碑之：给他立碑。碑作动词。 ③称：本义。本来死后立碑，碑以木为；秦汉以后刻石为碑，并用来称颂活着的人，故言"失其称"。 ④野庙：无名的庙宇。 ⑤甿(méng)：农民。 ⑥土木：指神灵塑像。 ⑦瓯越：指浙江东南一带。 ⑧山椒：山顶。 淫祀：不合祀典的滥祀。 ⑨庙貌：特指神像。 ⑩愿：谨善。 ⑪陛级：台阶。 ⑫萝茑：应为茑萝。 ⑬耄孺：老小。 畜牧：指饲养畜禽供祭祀用。 ⑭丁：当逢。 ⑮戾：乖戾，不合事理。 ⑯神之不足过：不该过责那些神灵偶像。 ⑰血食：以牲祭神。 生人：活着的人。 ⑱弦匏：乐器。此指音乐。 ⑲解民之悬：解除百姓倒悬之苦。典出《孟子》。 ⑳清民之暍(yē)：使中暑昏迷的百姓喝清醒。暍，中暑。 ㉑贮：存放。一本作"怵"。怵，惕怵，指日夜挂怀的意思。 ㉒淫刑：酷刑。 ㉓佪挠脆怯：懦弱屈服和脆弱胆怯。 ㉔颠踬：倾倒仆伏。 窜踣：逃窜仆倒。四字互文，意为狼狈逃窜，颠沛仆伏。 ㉕缨弁言语之土木：衣锦冠带、能说话的土人木偶。缨，冠带。弁，头冠。缨弁指代官吏的服饰。 ㉖仪：仪法，典范。 ㉗颀(qí)颀：美好而多。 ㉘孔：甚、很。

【阅读提示】

碑文是记述体之一，本文独以议论出之。文章开头不见笔锋所向，态度也比较平和，可是从"今之雄毅而硕者"句开始，矛头直指当朝，一笔骂倒。附诗又以妙语为之，讽刺的仿佛是无名土木，实则是大骂"缨弁言语"的当权官吏；而"视吾之碑，知斯文之孔悲"一句，又表现了作者对人民的深切同情。构思奇特，立意新颖，辛辣犀利又耐人寻味，是本文的艺术特色。

□李　煜

李煜(937—978),字重光,为南唐皇帝,世称李后主。在位十五年,偏安江南,纵情享乐,不理国政。公元975年,南唐为北宋所灭,李煜做了俘虏,被封为"违命侯"。在宋都过了两年多的软禁屈辱生活,终被宋太宗派人毒死。李煜通晓音律,工诗文,尤长于词。他的词作可以国破被俘为分界线,前期词作多表现荒淫、奢靡的帝王生活,后期词作则转为哀怨凄楚之音,内容有所开拓。这些词不事雕饰,直抒胸臆,语言清新朴素,生动洗炼,真挚自然,凄婉动人。有《南唐二主词》,是李煜和其父亲李璟的词集。

乌夜啼①

无言独上西楼,月如钩。寂寞梧桐深院,锁清秋。　　剪不断,理还乱,是离愁②;别是一般滋味,在心头。

【注释】

①《乌夜啼》本为六朝乐府旧题,传为宋临川王刘义庆所作。后为词调,一名《相见欢》。②离愁:指离国之愁。

【阅读提示】

这首词的上片写环境,极力写出钩月、梧桐、深院和作者的无言、寂寞的无名感受。下片写到实处,写亡国以后的愁苦在折磨着他。黄昇《唐宋诸贤绝妙词选》卷一题注称:"此词最凄惋,所谓'亡国之音哀以思'。"

浪淘沙

帘外雨潺潺①,春意阑珊②。罗衾不耐五更寒③。梦里不知身是客④,一晌贪欢⑤。　　独自莫凭阑,无限江山。别时容易见时难。流水落花春去也,天上人间。

【注释】

①潺(chán)潺:流水声。这里指雨声。　②阑珊:衰残。　③罗衾(qīn):绸被子。　④身是客:指自身远离故国做了囚虏。　⑤一晌(shǎng):一会儿。　贪欢:指贪恋梦境中的欢乐。

【阅读提示】

李煜入宋后，受封"违命侯"，实同禁囚，因此对过去的帝王生活无限惋惜，留恋不已。此词寓故国之思于惜春伤春之中，以梦里的"一晌贪欢"反衬当前"身是客"的凄凉处境；以"流水落花"象征往日的欢乐已一去不返。词用白描的手法、晓畅的语言，把无限悲苦的内心世界具体而形象地展现出来。结尾两句，余音袅袅，情致凄切。而"天上"、"人间"，更是直接道出了今与昔的巨大反差。

□范仲淹

范仲淹(989—1052)，字希文，苏州吴县(今属江苏)人。宋真宗大中祥符八年(1015)举进士，后为谏官，知开封府。仁宗庆历元年(1041)，以龙图阁直学士身份，与韩琦并为陕西经略安抚副使，抵抗西夏骚扰有功，升枢密院副使，参知政事。他提出十项政治改革方案，为守旧派所阻，请求外任，知邠州、邓州、睦州、青州等地，均有善政，是一个关心国计民生的政治家。为文主张"应干风化"，也擅长词赋。有《范文正公集》。

严先生祠堂记①

先生，光武之故人也。相尚以道②。及帝握《赤符》③，乘六龙④，得圣人之时⑤。臣妾亿兆⑥，天下孰加焉⑦，惟先生以节高之⑧。既而动星象⑨，归江湖，得圣人之清⑩。泥涂轩冕⑪，天下孰加焉，惟光武以礼下之。

在《蛊》之上九⑫，众方有为⑬，而独"不事王侯，高尚其事⑭"，先生以之⑮。在《屯》之初九⑯，阳德方亨⑰，而能"以贵下贱，大得民也"⑱，光武以之。盖先生之心，出乎日月之上；光武之量，包乎天地之外。微先生不能成光武之大⑲，微光武岂能遂先生之高哉⑳？而使贪夫廉，懦夫立㉑，是大有功于名教也。

仲淹来守是邦㉒，始构堂而奠焉㉓。乃复为其后者四家㉔，以奉祠事。又从而歌曰：云山苍苍，江水泱泱㉕。先生之风㉖，山高水长。

【注释】

①严先生：严光，东汉余姚(今浙江余姚)人，一名遵，字子陵。年轻时与汉武帝刘秀一同游学。刘秀即位，他改名隐居。刘秀派人找到他，授谏议大夫，他不接受，隐居富春山。今浙江桐庐富春江边有严子陵钓鱼台。此为范仲淹写的严子陵祠堂记。 ②相尚以道：指刘秀与严光在少年共学时以道义互相推许。 ③赤符：即《赤伏符》，是用隐语记录征兆的谶文。公元25年，刘秀到鄗(今河北高邑)，儒生强华自关中奉《赤符》来见。符上谶文说："刘秀发兵捕

不道，四夷云集龙斗野，四七之际火为主。”于是刘秀即皇帝位。见《后汉书·光武纪》。 ④六龙：指《周易》乾卦的六爻。《周易·乾》：“时乘六龙以御天。” ⑤得圣人之时：语出《孟子·万章下》：“孔子，圣之时者也。”谓孔子是能顺应形势变化而变化的人。这里说刘秀也应顺应时势，建立新帝国。 ⑥臣妾：泛指被统治的人民。 ⑦加：超过。 ⑧以节高之：以气节相高于光武帝。 ⑨动星象：古代为了证明封建统治的合理性，常把天象与人事相附会。严光与刘秀共卧，严的脚放在刘秀腹上，第二天太史报告说：“客星犯帝座甚急。”意即触动了天上的星象。见《后汉书·严光传》。 ⑩得圣人之清：语出《孟子·万章下》：“伯夷，圣之清者也。”谓严光和让国而又不食周粟的伯夷一样，都是清高的圣人。 ⑪泥涂轩冕：把官爵视为粪土。 轩冕：权贵们的坐车和服饰。 ⑫《蛊》：《周易》的卦名。 上九：指该卦第六爻中的阳爻。 ⑬众方有为：《蛊》卦之前五爻的爻辞，都是指消除祸害，整治积弊，故称五爻为“众方有为”。 ⑭此为上九爻文。 文曰：“不事王侯，高尚其事。” ⑮以之：这样做。之，指代所引《周易》的话。 ⑯《屯》：《周易》的卦名。 “初九”：指该卦第一爻中的阳爻。 ⑰阳德方亨：意为阳爻之德开始亨通。 ⑱“以贵下贱，大得民也”：原为《屯》卦“初九”的《象传》，解释该爻是乾阳尊贵之体，却能居下位，谦卑自处，故能大得百姓的拥护。 ⑲微：无，不是。 ⑳遂：完成。 ㉑立：自立，引申为勇敢。 ㉒是邦：指睦州，治所在今建德县。时范仲淹任睦州刺史。 ㉓构：建筑。 ㉔复：免除徭役。 后：后裔。 ㉕泱泱：水深广的样子。 ㉖风：品德。

【阅读提示】

范仲淹在睦州任职时，特为严光修了一座祠堂，且写了此记。作者颂扬了严光不图名，不贪利，视王侯如粪土的高风亮节；也赞扬了光武帝不忘故旧、以礼待友的气度，目的都是为了针砭时弊。虚写光武帝而实写严子陵，以虚衬实，相得益彰，文章以歌词作结，以富春江的山水称扬严光的风节，含意不尽。

□柳　永

柳永(987? —1053?)，初名三变，字耆卿，福建崇安(一作乐安)人。他屡试不第，仕途坎坷，放浪不羁，风流倜傥。晚年中进士，历任余杭令、盐场大使，终于屯田员外郎，世称柳屯田。他的词多写市井生活和羁旅行役，特点是善用俗语填词，并工于铺叙手法，融写景、叙事、抒情为一体。他在词史上的主要贡献是最先大量创作慢词长调，并把慢词发展成与小令并峙的成熟的文学样式。有《乐章集》。

望海潮①

东南形胜，三吴都会②，钱塘自古繁华。烟柳画桥，风帘翠幕，参差十万人家。云树绕堤沙[3],怒涛卷霜雪,天堑无涯。市列珠玑,户盈罗绮,竞豪奢。
重湖叠巘清嘉[4],有三秋桂子[5],十里荷花。羌管弄晴,菱歌泛夜,嬉嬉钓叟莲娃。
千骑拥高牙[6],乘醉听箫鼓,吟赏烟霞。异日图将好景[7],归去凤池夸[8]。

【注释】

①望海潮:词牌名,首见于柳永词中。 ②三吴:吴兴郡、吴郡、会稽郡合称三吴。 ③堤:指钱塘江堤。 ④叠巘:重叠的山峰。 清嘉:清秀美丽。 ⑤三秋桂子:杭州多桂树,传说灵隐寺丹桂每到中秋之夜,常有桂子坠落。 ⑥骑:一人一马谓之骑。 牙:牙旗。《鹤林玉露》云这位"千骑拥高牙"的高官乃时任两浙转运使的孙何。 ⑦图:描绘。 ⑧凤池:凤凰池,唐宋时中书省所在地。

【阅读提示】

这首词生动地描绘了杭州的繁华、钱塘江潮的壮观和西湖的秀美景色。无论是写市容的奢华、江潮的壮观、西湖的秀丽,还是叙州郡长官游赏之乐,都抓住了典型事物,用赋体一一铺叙,有声有色,声情并茂,可称为用词体写的杭州赋。加之语言通俗活泼,当时就广为传诵。据宋代罗大经《鹤林玉露》云:"此词流播,金主亮闻歌,欣然有慕于'三秋桂子,十里荷花',遂起投鞭渡江之志。"说明当时柳永的词作已远播北方的金国。

□欧阳修

欧阳修(1007—1072),字永叔,号醉翁,晚年又号六一居士,北宋吉州永丰(今江西永丰)人。举进士,任西京(即今河南洛阳)留守推官。为谏官,正直敢言,要求改革政治,参与范仲淹发起的"庆历新政"。失败后出为滁州、扬州、颍州等地刺史,后历官翰林学士、枢密副使、参知政事、刑部尚书、兵部尚书等,政治上渐趋保守,晚年反对王安石变法。他是北宋文坛革新运动领袖,文宗韩愈,反对宋初浮靡的时文,倡导言之有物的古文。他所作多议论世事,切中时弊。其以文章负一代盛名,文笔纡徐委婉,平易晓畅,说理透彻;在诗、词、赋等方面,都有极高成就。他的成就,及积极提携后进,对宋代文学的进一步发展,产生了巨大影响。有《六一诗话》、《欧阳文忠公集》等。

踏莎行[1]

候馆梅残[2],溪桥柳细,草薰风暖摇征辔。离愁渐远渐无穷,迢迢不断如春水。　　寸寸柔肠，盈盈粉泪[3]，楼高莫近危栏倚[4]。平芜尽处是春山[5]，行人更在春山外。

【注释】

①踏莎(suō)行：词调名，北宋始见。又名《柳长春》、《喜朝天》等。　②候馆：迎候、接待宾客的馆舍。　③盈盈：泪水充满眼眶之状。　④危栏：高楼上的栏杆。　⑤平芜：平坦地向前伸展的草地。

【阅读提示】

景祐初年，范仲淹以言事被贬，欧阳修因援助范仲淹，也被贬于夷陵。本词当写于此时。词中看似写闺中别情，实为抒己之离恨。上片写远行之人在早春时离家远去，下片写闺中人在家中的惆怅苦闷。

秋声赋

欧阳子方夜读书，闻有声自西南来者，悚然而听之[1]，曰："异哉！"初淅沥以萧飒[2]，忽奔腾而砰湃[3]，如波涛夜惊，风雨骤至。其触于物也，鏦鏦铮铮[4]，金铁皆鸣；又如赴敌之兵，衔枚疾走[5]，不闻号令，但闻人马之行声。余谓童子："此何声也？汝出视之！"童子曰："星月皎洁，明河在天[6]，四无人声，声在树间。"余曰："噫嘻悲哉！此秋声也，胡为而来哉？盖夫秋之为状也：其色惨淡[7]，烟霏云敛[8]；其容清明，天高日晶；其气慄冽[9]，砭人肌骨[10]；其意萧条，山川寂寥。故其为声也，凄凄切切，呼号愤发。丰草绿缛而争茂[11]，佳木葱茏而可悦；草拂之而色变，木遭之而叶脱；其所以摧败零落者，乃其一气之馀烈。夫秋，刑官也[12]，于时为阴[13]；又兵象也[14]，于行用金[15]；是谓天地之义气[16]，常以肃杀而为心。天之于物，春生秋实。故其在乐也，商声主西方之音[17]，夷则为七月之律[18]。商，伤也，物既老而悲伤；夷，戮也，物过盛而当杀[19]。

"嗟乎！草木无情，有时飘零。人为动物，惟物之灵。百忧感其心，万事劳其形。有动于中，必摇其精。而况思其力之所不及，忧其智之所不能。宜其渥然丹者为槁木[20]，黟然黑者为星星[21]。奈何以非金石之质，欲与草木而争荣？念谁为之戕贼[22]，亦何恨乎秋声！"

童子莫对，垂头而睡。但闻四壁虫声唧唧，如助余之叹息。

【注释】

①悚然：惊惧的样子。　②淅沥：象声词，雨声。　萧飒：风声。　③砰湃：波涛声。　④鏦鏦铮铮：金属撞击声。　⑤衔枚：古时行军，为防止说话，令士兵口衔枚。枚，形如箸，两

头有带,可系衣领上。 ⑥明河:指银河。 ⑦惨淡:阴暗无色。 ⑧霏:飞。 ⑨慄冽:即凛冽。 ⑩砭:古代用于治病的石针,这里用作动词,刺。 ⑪缛:稠密,繁茂。 ⑫刑官:即司寇,掌管刑法、狱讼。 ⑬于时为阴:古人以阴阳配四季,春夏为阳,秋冬为阴。 ⑭兵象:战争之象。古代打仗多在秋天,故云。 ⑮于行用金:行,指五行,即金、木、水、火、土。古人以金配秋,故称秋天为金秋。 ⑯天地之义气:《礼记·乡饮酒义》说:天地严凝之气,始于西南方,到西北方时是极盛的顶点,这是"天地之义气"。 ⑰商声主西方之音:商声为古代五音之一。秋天为商声。西方是秋天的方位。 ⑱夷则:古代十二律之一。以十二律分别与十二月相配,七月为夷则。 ⑲杀(shài):减少、削减。 ⑳渥然丹者:指红润的脸色。 ㉑黟(yī)然:乌黑的样子。 星星:头发斑白。 ㉒戕贼:残害,摧残。

【阅读提示】

这篇赋是作者53岁时所作。前半部分极力渲染秋的凄厉、肃杀的气氛;后半部分则一反前人悲秋的老调,表达了"念谁为之戕贼,亦何恨乎秋声"这一健康的情调和积极的精神。本文叙事、描写、抒情、议论融为一体。层叠的比喻,绘声绘色的描写,新颖的角度,变化的句式,给人以强烈的艺术感染力,是宋代文赋中的名篇。

□司马光

司马光(1019—1086),字君实,陕州夏县(今属山西)涑水乡人,世称涑水先生。仁宗宝元元年(1038)进士。累官天章阁待制兼侍讲、知谏院、龙图阁直学士、翰林兼侍读学士,历仕仁、英、神宗三朝。因反对王安石变法,离开朝廷,居洛阳十五年,专力主编《资治通鉴》。哲宗即位,高太后听政,受召为宰相,起用旧党,尽废新法。当政八月卒,谥文正,赠太师,追封温国公。他精通史学,为文记叙周详,议论精当,词句简洁明畅。著述甚丰,有《司马文正公集》等。

进《资治通鉴》表

臣光言:先奉敕编集历代君臣事迹①,又奉圣旨赐名《资治通鉴》,今已了毕者。伏念臣性识愚鲁②,学术荒疏,凡百事为,皆出人下,独于前史,粗尝尽心,自幼至老,嗜之不厌。每患迁、固以来③,文字繁多,自布衣之士④,读之不遍;况于人主,日有万几⑤,何暇周览?臣常不自揆⑥,欲删削冗长,举撮机要⑦,专取关国家兴衰,系生民休戚⑧,善可为法,恶可为戒者,为编年一书,使先后有伦⑨,精粗不杂。私家力薄,无由可成。伏遇英宗皇帝,资睿智之性⑩,敷文明之治⑪,思历览古事,用恢张大猷⑫,爰诏下臣⑬,俾之编集⑭。臣夙昔所愿⑮,一朝获伸,踊跃奉承⑯,惟惧不称⑰。

先帝仍命自选辟官属⑱,于崇文院置局,许借龙图、天章阁、三馆、秘阁书籍⑲,赐以御书笔墨缯帛⑳,及御前钱,以供果饵,以内臣为承受㉑。眷遇之荣㉒,近臣莫及。不幸书未进御,先帝违弃群臣㉓。陛下绍膺大统㉔,钦承先志㉕,宠以冠序㉖,锡之嘉名㉗,每开经筵㉘,常令进读。臣虽顽愚,荷两朝知待如此其厚,陨身丧元㉙,未足报塞㉚,苟智力所及㉛,岂敢有遗?会差知永兴军㉜,以衰疾不任治剧㉝,乞就冗官㉞。陛下俯从所欲,曲赐容养,差判西京留司御史台㉟,及提举嵩山崇福宫㊱。前后六任,仍听以书局自随,给之禄秩㊲,不责职业。臣既无他事,得以研精极虑,穷竭所有;日力不足,继之以夜;遍阅旧史,旁采小说;简牍盈积,浩如烟海;抉擿幽隐㊳,校计毫厘㊴。上起战国,下终五代,凡一千三百六十二年,修成二百九十四卷。又略举事目,年经国纬㊵,以备检寻,为《目录》三十卷。又参考群书,评其同异,俾归一途,为《考异》三十卷:合三百五十四卷。自治平㊶开局,迨今始成㊷,岁月淹久㊸,其间牴牾㊹,不敢自保,罪负之重,固无所逃。

重念臣违离阙庭㊺,十有五年,虽身处于外,区区之心,朝夕寤寐,何尝不在陛下之左右。顾以驽蹇㊻,无施而可㊼,是以专事铅椠㊽,用酬大恩㊾,庶竭涓尘㊿,少裨海岳[51]。臣今筋骸癯瘁[52],目视昏近,齿牙无几,神识衰耗,目前所为,旋踵遗忘[53],臣之精力,尽于此书。伏望陛下宽其妄作之诛,察其愿忠之意,以清闲之燕[54],时赐省览,监前世之兴衰,考当今之得失,嘉善矜恶[55],取是舍非,足以懋稽古之盛德[56],跻无前之至治[57],俾四海群生,咸蒙其福,则臣虽委骨九泉[58],志愿永毕矣。

【注释】

①敕:帝王的诏书、命令。 ②伏:趴着。这是旧时下对上表示敬意的用语。 ③迁、固:《史记》作者司马迁和《汉书》作者班固。 ④布衣之士:指没有官职的知识分子。 ⑤万几:指皇帝所治理的事务很多。 ⑥自揆:自己估量。 ⑦举撮机要:把重要的内容汇聚起来。 ⑧系:涉及。 ⑨伦:次序。 ⑩睿智之性:英明智慧的品性。 ⑪敷:施行。 ⑫恢张:施展。 大猷:鸿图壮志。 ⑬爰:于是。 ⑭俾:使。 ⑮夙昔:平素。 ⑯奉承:遵行圣旨。 ⑰不称:不称职。 ⑱选辟:选拔聘请。 ⑲龙图、天章阁、三馆、秘阁:收藏图书、编修国史的机关。龙图,阁名。三馆,史馆、集贤院、昭文馆。秘阁,皇宫中收藏图书的地方。 ⑳御:皇帝用的。 缯:丝织品,这里代指纸张。 ㉑内臣:太监。 承受:专职官员。 ㉒眷遇:关怀、待遇。 ㉓违弃群臣:指皇帝逝世。 ㉔绍膺大统:继承皇位。 ㉕钦:封建时代尊敬皇帝的称谓。 ㉖宠以冠序:宠幸地写了序言放在卷首。 ㉗锡:赐。 ㉘经筵:宋朝为皇帝讲解经史特设的讲席。 ㉙陨身丧元:指死亡。㉚报塞:报答。 ㉛苟:只要。 ㉜知永兴军:任永兴军(现在陕西西安)的地方长官。 ㉝治剧:政务繁忙。 ㉞冗官:不负实际职务的挂名官员。 ㉟差判:改任。 留司御史台:西京的监察机关。 ㊱提举:宋朝对于某些领薪无职的官僚,往往给以提举某某宫(道观)的名义。 ㊲禄秩:官俸。 ㊳抉擿幽隐:发掘隐蔽罕

见的史料。 ㊴校计毫厘：考证一点一滴史实的真伪。 ㊵年经国纬：这里是说《目录》以年表的形式，分国编排。 ㊶治平：宋英宗（赵曙）的年号（1064—1067）。 ㊷迨：到。 ㊸淹久：长远。 ㊹牴牾：矛盾。 ㊺违离阙庭：离开朝廷。 ㊻驽蹇：愚笨。 ㊼无施而可：没有什么可以作为了。 ㊽专事铅椠：借指书写。铅，粉笔，用来修改错字。椠，书写用的木板。 ㊾酬：报答。 ㊿庶竭涓尘：庶几竭尽我微薄的力量。 (51)少裨海岳：稍稍有助于像大海高山一般的建国大业。 (52)癯：瘦。 (53)旋踵：转身。 (54)燕：休息。 (55)矜恶：警惕坏人坏事。 (56)懋：勉励。 稽：考查。 (57)跻：攀登。 无前之至治：史无前例的清明的政治。 (58)委骨九泉：埋身于地下。

【阅读提示】

《资治通鉴》是一部上接《左传》、从战国到五代十六个王朝的编年史，是一部重要的历史著作。司马光是这部巨著的主编。从宋英宗治平三年（1066）奉命编纂，直到神宗元丰七年（1084）书成，前后达19年之久。这篇奏表就是当年十二月随书送给宋神宗的。他首先说明编纂的目的是为了帮助“人主”便于“周览”历史，取得统治经验；其次叙述编纂过程；最后希望神宗从这部书中取得历史教训，鉴戒得失，开创清明的政治局面。这篇文章虽然受着表状体裁的束缚，不能驰骋情怀，但笔端还是流露出作者对《资治通鉴》的深厚感情，文笔也很流畅。

□王安石

王安石（1021—1086），字介甫，号半山，抚州临川（今江西临川）人。举进士，曾任鄞县令、常州刺史。神宗时先官参知政事，后两度任宰相。他执政后积极变法革新，但遭到守旧派激烈反对，最后被迫辞职，退居金陵，潜心学术。曾封荆国公，世称王荆公。为文主张“以适用为本”，“务为有补于世”。他一生写了不少反映人民疾苦和社会问题的作品，诗、词、散文都有很高成就。风格峭拔，笔力雄健，结构严谨，文辞精练。有《临川集》。

祭欧阳文忠公文[①]

夫事有人力之可致[②]，犹不可期[③]，况乎天理之溟漠[④]，又安可得而推[⑤]？惟公生有闻于当时[⑥]，死有传于后世，苟能如此足矣，而亦又何悲？

如公器质之深厚[⑦]，智识之高远，而辅学术之精微[⑧]，故充于文章，见于议论，豪健俊伟，怪巧瑰琦。其积于中者，浩如江河之停蓄[⑨]；其发于外者，烂如日星之光辉。其清音幽韵[⑩]，凄如飘风急雨之骤至；其雄辞闳辩，快如轻车骏马之奔驰。世之学者，无问乎识与不识，而读其文，则其人可知。

呜呼！自公仕宦四十年，上下往复[11]，感世路之崎岖。虽屯邅困踬[12]，窜斥流离[13]，而终不可掩者，以其公议之是非[14]。既压复起[15]，遂显于世，果敢之气，刚正之节，至晚而不衰。

方仁宗皇帝临朝之末年，顾念后事，谓如公者，可寄以社稷之安危。及夫发谋决策，从容指顾，立定大计[16]，谓千载而一时[17]。

功名成就，不居而去[18]，其出处进退[19]，又庶乎英魄灵气，不随异物腐散，而长在乎箕山之侧与颍水之湄[20]。

然天下之无贤不肖，且犹为涕泣而歔欷；而况朝士大夫，平昔游从，又予心之所向慕而瞻依[21]？呜呼！盛衰兴废之理，自古如此，而临风想望，不能忘情者，念公之不可复见，而其谁与归[22]？

【注释】

①本文选自《临川先生文集》卷八六。欧阳修死后谥“文忠”。　②致：做到。　③期：期望成功。　④溟漠：幽暗不清。　⑤推：推知。　⑥有闻：享有声望。　⑦器质：器量品质。　⑧辅：辅助。此指兼有。　⑨停蓄：积蓄。指知识广博，道德深厚。　⑩清音幽韵：音调清越，韵致幽雅。　⑪上下往复：指升官降职和贬官外放、复职上调。　⑫屯邅（zhūn zhān）困踬（zhì）：处境困难，遭到挫折。　⑬窜斥：被排斥放逐。　⑭此句意为因为是非自有公论。　⑮压：压制，指贬谪。　起：起用，指复职。　⑯指顾：手指目视。　立定大计：指欧阳修曾先后两次上疏，请立赵曙为皇子和即位为英宗之事。　⑰此句指一时间建立了功垂千年的功绩。　⑱不居而去：不居功却辞职。欧阳修自英宗治平三年（1066）起多次上表辞官，熙宁四年（1071）以观文殿学士，太子少师致仕（退休），居于颍州西湖。　⑲出处进退：做官或隐退。　⑳箕山：在河南登封县东南。　颍水：源于登封县西的颍谷，经颍州入淮河。据皇甫谧《高士传》，尧让天下于许由，许由遁耕于颍水之阳，箕山之下。后人因称箕山颍水为高士隐居之地。欧阳修晚年退居颍州，死后葬于新郑，其地靠近箕山颍水。　㉑瞻依：瞻仰依傍。　㉒其谁与归：将归附谁呢？指以谁为榜样。

【阅读提示】

欧阳修是北宋诗文革新运动的领袖，好“奖引后进，如恐不及，赏识之下，率为闻人”（《宋史·欧阳修传》）。王安石年轻时也曾得到欧阳修的奖掖，他的这篇祭文真切表达了对欧阳修“向慕而瞻依”的情怀。

文章开篇先借事之不可期和“天理”之难推，表达了对一代名公欧阳修去世的悲痛惋惜之情；转而称欧阳修“生有闻于当时，死有传于后世”，虽死犹荣，而又何悲。

接着从四个方面精要地颂扬了欧阳修：一是“器质之深厚，智识之高远，学术之精微”，文章之“豪健俊伟，怪巧瑰琦”；二是至晚而不衰的“果敢之气，刚正之节”；三是保社稷之安危，立定大计；四是功成名就，却不居而去。

最后作者赞美欧阳修的英魄灵气长存于箕山颍水，以“念公之不可复见，而其谁与归”的无限惋惜与敬仰之情作结。

作为祭文，王安石对身为政治家和文学家的一代名臣欧阳修作了深刻全面的评价，尤其是对其传于后世的丰功伟绩、高尚品质风节与学识文章作了高度的颂扬，不但表现出对欧阳修的敬仰及对其去世的悲痛，也体现了作者自身的高超识见和襟怀。全文一气奔驰，不可控抑，用词精炼，讲究排偶，比喻精妙，情深意长，无愧“欧阳公祭文当以此为第一”(明·茅坤《唐宋八大家文钞》评语)之誉。

□苏　轼

苏轼(1037—1101)，字子瞻，号东坡居士，眉州眉山(今四川眉山)人。父苏洵，弟苏辙，皆文坛名士，世称“三苏”。宋仁宗嘉祐二年(1057)进士。由于他对新旧两党都不阿附，既不“惟荆(荆国公王安石)是师”，也不“惟温(温国公司马光)是随”，这就造成了深受双方打击，屡遭贬谪，甚至被捕入狱的终生悲剧，直至63岁高龄还远徙琼州(今海南岛)。宋徽宗即位，遇赦北返，次年病死于常州。他先后在杭州、密州、徐州等地任地方官，兴利除弊，卓有政绩。苏轼又是一位多才多艺的文学艺术大师，诗、词、赋、散文、书法、绘画均有很高造诣。他的散文笔势纵横，善于腾挪变化；他的诗奔放灵动，逸态横生；他的词豪迈劲拔，逸兴遄飞。其诗文的独特风格，对后世影响颇深。有《苏东坡集》。

江城子①

密州出猎②

老夫聊发少年狂，左牵黄，右擎苍③，锦帽貂裘④，千骑卷平岗⑤。为报倾城随太守⑥，亲射虎，看孙郎⑦。　酒酣胸胆尚开张⑧；鬓微霜，又何妨！持节云中，何日遣冯唐⑨？会挽雕弓如满月⑩，西北望，射天狼⑪。

【注释】

①江城子：词调名。又名《江神子》、《水晶帘》等。唐五代词多为单调，至宋发展为双调。②密州出猎：据傅傒《东坡纪年录》载：“乙卯(1075)冬，祭常山回，与同官习射放鹰作。”由是知此词作于苏轼知密州的次年。密州，治所在山东诸城，以境内密水为名。　③“左牵黄”二句：左手牵黄狗，右手举苍鹰。　④锦帽貂裘：为汉羽林军所服，这里指随从将士的服装。⑤“千骑”句：谓兵马极众，有席卷平原山峦之势。　⑥“为报”句：极言随往观猎人之多。太守

是自指,但宋朝时为知州,不叫太守。 ⑦“亲射虎”二句:《三国志·吴志·孙权传》:“二十三年十月,权将如吴,亲乘马射虎于庱亭。马为虎所伤。权投以双戟,虎却废。”此以孙权事喻自己亲自参加射猎。 ⑧“酒酣”句:谓畅饮极欢之后,更加激发了豪情壮志。尚,更加的意思。 ⑨“持节”二句:谓朝廷何日派遣冯唐去云中赦免魏尚的罪呢?此句本《史记·冯唐列传》:汉文帝时,魏尚为云中太守(地在今内蒙古自治区托克托县及山西省西北一部分)。一次匈奴犯境,魏尚亲自率兵阻击,所杀甚众。因报功的文书上所载杀敌数字与实际不符(多报6人),被削职。后冯唐代为辩白,文帝即派冯唐带着传达命令的符节前往云中赦免魏尚的罪,仍令其担任云中太守。苏轼这时也是相当于太守,在政治上不甚得意,故以魏尚自许,希望得到朝廷的信任。 ⑩“会挽雕弓”句:会,会当,定将。雕弓,弓背上雕有花纹,称雕弓。 ⑪天狼:星名,一称犬星,旧说主侵掠。此以喻指侵犯北宋的辽国与西夏。此句语本屈原《九歌·东君》:“举长矢兮射天狼。”

【阅读提示】

这首词写苏轼知密州时围猎的盛况。上片写“老夫聊发少年狂”,带领大队人马,浩浩荡荡,有声有色,颇为壮观。下片承前续写,气概尤为豪迈。但词作落笔在内心的感慨:当时他贬官在外,又远离北辽西夏的前线,极其希望朝廷能予以信任,使他能报效祖国,保卫边疆。所谓“会挽雕弓如满月,西北望,射天狼”,正是这种爱国主义精神的表现。

答谢民师书①

近奉违②,亟辱问讯③,具审起居佳胜④,感慰深矣。某受性刚简⑤,学迂材下,坐废累年⑥,不敢复齿缙绅⑦。自还海北⑧,见平生亲旧,惘然如隔世人,况与左右无一日之雅⑨,而敢求交乎?数赐见临⑩,倾盖如故⑪,幸甚过望,不可言也。

所示书教及诗赋杂文⑫,观之熟矣。大略如行云流水,初无定质⑬,但常行于所当行,常止于所不可不止,文理自然⑭,姿态横生。孔子曰:“言之不文,行而不远⑮。”又曰:“辞达而已矣⑯。”夫言止于达意,即疑若不文,是大不然。求物之妙⑰,如系风捕景⑱,能使是物了然于心者,盖千万人而不一遇也。而况能使了然于口与手者乎?是之谓辞达。辞至于能达,则文不可胜用矣⑲。扬雄好为艰深之辞,以文浅易之说⑳,若正言之㉑,则人人知之矣。此正所谓雕虫篆刻者㉒。其《太玄》、《法言》㉓,皆是类也。而独悔于赋,何哉?终身雕篆,而独变其音节,便谓之经,可乎?屈原作《离骚经》㉔,盖风雅之再变者㉕,虽与日月争光可也。可以其似赋而谓之雕虫乎?使贾谊见孔子㉖,升堂有余矣,而乃以赋鄙之,至与司马相如同科,雄之陋如此比者甚众㉗,可与知者道,难与俗人言也;因论文偶及之耳。欧阳文忠公言文章如精金美玉㉘,市有定价,非人所能以口舌定贵贱也。纷纷多言,岂能有益于左右,愧悚不已!

所须惠力法雨堂两字㉙,轼本不善作大字,强作终不佳;又舟中局迫难写㉚,未能如教。然轼方过临江㉛,当往游焉。或僧有所欲记录,当为作数句留院中,慰左右念亲之意㉜。今日至峡山寺㉝,少留即去。愈远,惟万万以时自爱。

【注释】

①本文选自《经进东坡文集事略》卷四六。 谢民师:名举廉,新淦(今江西新干县)人。宋神宗元丰八年(1085)进士,工于诗。 ②奉违:犹言离别。 奉:敬词。 违:违离。 ③亟(qì):屡次。 辱:委屈,谦词。 ④具审:备知。 ⑤受性:秉性。 刚简:个性刚强,待人简慢。 ⑥坐废:因而受贬谪。 ⑦此句言不敢再居于士大夫之列。 齿:并列。 ⑧还海北:指宋哲宗元符三年(1100)苏轼遇赦,从海南岛贬所渡南海北还。 ⑨此句意为况且我与您没有一天交往。 左右:本指左右待从之人,此处是对谢民师的尊称。 无一日之雅:语出《汉书·谷永传》。 颜师古注:“雅,素也。……言非宿素之交。” ⑩见临:来访。 ⑪倾盖如故:犹“一见如故”。 邹阳《狱中上书自明》引古语曰:“白头如新,倾盖如故。” 倾盖:指朋友路上相遇,停车交谈,两车车篷稍稍倾斜。 ⑫书教:来信。 ⑬定质:固定的形状。 ⑭文理:文章的结构、脉络。 ⑮二句见《左传》襄公二十五年:“仲尼曰:‘志有之,言以足志,文以足言。不言,谁知其志? 言之无文,行而不远。’”这两句是说语言没有文采,便不能传播得很远。 ⑯此句语出《论语·卫灵公》,意为言辞能把意思表达清楚就行了。 ⑰求物之妙:探求事物的奥妙。 ⑱系风捕景:犹“捕风捉影”,比喻事之难为。 ⑲不可胜用:用不完。 ⑳文:文饰。 ㉑正言之:直截了当地说。 ㉒雕虫篆刻:指雕琢字句的小技。扬雄《法言·吾子》云:“或问:‘吾子少而好赋?’曰:‘然,童子雕虫篆刻。’俄而曰:‘壮夫不为也。’” ㉓《太玄》、《法言》:扬雄著作名。 ㉔《离骚经》:即《离骚》,汉代王逸尊之为经。 ㉕风雅之再变:《诗经》中一些诗抒写忧怨,汉朝人称之为“变风”、“变雅”。此处苏轼以《离骚》比附风雅,故云“再变”。 ㉖“使贾谊”四句:《论语·先进》:“由也升堂矣,未入于室也。” 堂:厅堂;室:内室。进门、升堂到入室,比喻学问修养由浅而深的不同程度。 扬雄:《法言·吾子》:“如孔子之门用赋也,则贾谊升堂,相如入室矣;如其不用何!”贾谊与司马相如,皆为汉代著名辞赋家。扬雄认为贾谊赋的成就不如司马相如。苏轼此处不同意扬雄意见,认为贾谊的人品学问即使在孔门也属高等;而扬雄只把贾谊视为辞赋家,把他与司马相如等同,这是不对的。 同科:同类。 ㉗比:类。 ㉘欧阳修《苏氏文集序》:“斯文,金玉也,弃掷埋没粪土,不能销蚀。” ㉙惠力:寺名。 法雨堂:惠力寺殿堂名。谢民师曾请苏轼题写“法雨”为匾额。 ㉚局迫:局促。 ㉛临江:今江西清江县。 ㉜念亲:思念亲人。可能谢民师曾在寺中为他父母祈福,故此向苏轼求字以谢寺僧。 ㉝峡山寺:注家多以为即广东清远县东峡山上的广庆寺,从本文看似当在江西。

【阅读提示】

本文是一封书信,也是一篇评论作家和谈文章写作的散文。文中评谢民师之诗赋杂文“大略如行云流水,初无定质,但常行于所当行,常止于所不可不止,文理自然,姿态横生”,也正是苏轼对自己文章的看法。因此,这段文字正可谓代表了苏轼对于散文创作的基本主张：文章当随意而行，自然平易，而不应艰涩雕琢。苏轼的这一观点对于宋代及后世散文的健康发展有着重大的影响。本篇首段陈述交往，次段论文，末段述事寄情，首尾简略而中间详细。叙述时笔触灵云活泼，清新自然；议论时条分缕析，发微阐妙。尤其是“行云流水”，“系风捕影”、“精金美玉”等比喻的妙用，把原本枯燥的说理化为生动直观的形象，体现了作者的睿智和富于理趣。

□苏　辙

苏辙（1039—1112），字子由，号栾城，眉州眉山（今四川眉山）人。与兄苏轼同于1057年中进士。政治上，他反对王安石新法。官至尚书右丞、门下侍郎。后新政得势，贬知汝州、袁州等地。晚年隐居颍川（今河南许昌），自号颍滨遗老。文章“汪洋淡泊，深醇温粹”。与父苏洵、兄苏轼齐名，并称“三苏”。有《栾城集》。

上枢密韩太尉书①

太尉执事②：辙生好为文，思之至深。以为文者气之所形③，然文不可以学而能，气可以养而致。孟子曰：“我善养吾浩然之气④。”今观其文章，宽厚宏博，充乎天地之间，称其气之小大⑤。太史公行天下⑥，周览四海名山大川，与燕、赵间豪俊交游⑦，故其文疏荡⑧，颇有奇气。此二子者，岂尝执笔学为如此之文哉？其气充乎其中而溢乎其貌，动乎其言而见乎其文，而不自知也。

辙生十有九年矣。其居家所与游者，不过其邻里乡党之人；所见不过数百里之间，无高山大野可登览以自广。百氏之书⑨，虽无所不读，然皆古人之陈迹，不足以激发其志气。恐遂汩没⑩，故决然舍去，求天下奇闻壮观，以知天地之广大。过秦、汉之故都，恣观终南、嵩、华之高⑪，北顾黄河之奔流，慨然想见古之豪杰。至京师，仰观天子宫阙之壮，与仓廪府库城池苑囿之富且大也，而后知天下之巨丽。见翰林欧阳公⑫，听其议论之宏辩，观其容貌之秀伟，与其门人贤士大夫游，而后知天下之文章聚乎此也。太尉以才略冠天下，天下之所恃以无忧，四夷之所惮以不敢发⑬，入则周公、召公⑭，出则方叔、召虎⑮。而辙也未之见焉。

且夫人之学也，不志其大，虽多而何为？辙之来也，于山见终南、嵩、华之高，于水见黄河之大且深，于人见欧阳公，而犹以为未见太尉也。故愿得观贤人之光耀⑯，闻一言以自壮，然后可以尽天下之大观，而无憾者矣。

辙年少，未能通习吏事⑰。向之来，非有取于斗升之禄⑱。偶然得之，非其所乐。然幸得赐归待选⑲，使得优游数年之间⑳，将以益治其文，且学为政。太尉苟以为可教而辱教之㉑，又幸矣！

【注释】

①枢密:枢密使,执掌全国兵权,职位等同唐朝太尉。韩太尉,名韩琦,字稚圭,安阳(今河南安阳)人。北宋名臣,官至宰相。 ②执事:旧时信函中尊敬对方的称谓。 ③"文者"句:谓文是由气形成,气为文先,有其气必有其文。 ④"我善养"句:语出《孟子·公孙丑上》:"我知言,我善养吾浩然之气。"又曰:"……其为气也,至大至刚,以直养而无害,则塞于天地之间。……" 浩然:盛大流行之貌。 ⑤称(chèn):相当,配合。本句谓孟子的文章和他的浩然之气相称。 ⑥太史公:司马迁曾任太史令,故称太史公。 ⑦"与燕、赵"句:燕、赵本战国之国,在今河北、山西一带。此谓燕、赵多豪士,太史公与之交往,文章多慷慨悲壮之气。 ⑧疏荡:疏散而跌宕,意即洒脱而不受拘束。 ⑨百氏:诸子百家。 ⑩汩(gǔ)没:埋没,沉沦。 ⑪恣观:任情观览。 终南、嵩、华:都是北方著名大山。 ⑫翰林欧阳公:指欧阳修,曾任翰林学士。 ⑬"四夷"句:宋仁宗康定元年至庆历三年(1040—1043),韩琦与范仲淹经略陕西,阻止西夏赵元昊的进犯。当时民间有"军中有一韩,西贼闻之心胆寒;军中有一范,西贼闻之惊破胆"的谚语(见《宋史纪事本末》卷三〇)。韩琦镇守并州(治所在今山西太原市)时,收回契丹占领的土地,募集弓箭手居住边疆,对边防也起了一定的稳定作用。 发:指侵扰。 ⑭周公、召公:周公姓姬名旦,召公姓姬名奭,均为辅佐周成王的大臣。 ⑮方叔、召虎:周宣王时的大臣。方叔征伐荆蛮、猃狁有功,召虎曾奉命讨平淮夷。 ⑯光耀:丰采。 ⑰吏事:官务。 ⑱斗升之禄:微薄的俸禄。 ⑲待选:等待朝廷的选拔。 ⑳优游:从容有闲暇。 ㉑辱教之:谦逊的说法,意谓不以教导我为耻辱而教导我。

【阅读提示】

这是作者19岁中进士后写给枢密使韩琦的一封信,本意是希望得到韩琦的接见和提携,但作者却偏从自己"生好为文",而"文者气之所形,然文不可以学而能,气可以养而致"落笔,行文构思,独辟蹊径,不同于一般的求见书信。

文章首以孟子、太史公为例,说明胸襟修养、生活经历和文章风格有着必然的联系,极言养气充足,发为言语,表现成文的独到见解。再由增广阅历可以养气,切入题旨,提出谒见太尉以求教的要求。用笔委婉曲折,层层深入,跌宕有致,可谓其意愈明而其情愈深,充分体现了苏辙为文婉转而明畅、汪洋而淡泊的特色。文章强调了实践活动和艺术修养对于作文的重要关系,赋予了"养气说"新的内涵。

□黄庭坚

黄庭坚(1045—1105),字鲁直,号山谷,又号涪翁,洪州分宁(今江西修水)人。举进士,以校书郎为《神宗实录》检讨官,迁著作佐郎。后以修实录不实获罪,贬为涪州别驾。徽宗即位,受命内迁,又因遭权贵排挤,被除名羁管宜州(今广西宜山),死于贬所。他出于苏轼门下,位居"苏门四学士"之首,以诗负盛名,为“江西诗派”宗祖。作诗取法杜甫，特别在形式格律上用功夫。有《山谷集》。

寄黄幾复[1]

我居北海君南海[2]，寄雁传书谢不能。桃李春风一杯酒，江湖夜雨十年灯[3]。持家但有四立壁[4]，治病不蕲三折肱[5]。想得读书头已白，隔溪猿哭瘴溪藤[6]。

【注释】

①黄幾复：名介，黄庭坚少年时代的朋友，同年进士，此时知四会县（今属广东）。 ②北海、南海：此为泛指。比喻天各一方，两相隔绝。 ③江湖夜雨：化用李商隐《夜雨寄北》诗意，表示双方因外放远离而相互思念的凄苦心情。 ④立壁：四面环立的墙壁。喻贫穷。 ⑤三折肱：多次折断手臂。 ⑥瘴溪：旧传广东一带多瘴气，故名。

【阅读提示】

这首七律作于宋神宗元丰八年（1085）。当时，作者正外放在德州德平镇做小官，他的朋友黄幾复外放在广州四会任县令。全诗通过对朋友的深情怀念，反映出诗人立身行事的人生态度，透露出对历年外放生涯的不满。全诗感情淳厚沉郁，多用典故，立意、用字、造句力戒平庸，有兀傲奇崛之响，代表了黄庭坚七律“生新瘦硬”的特色。其中颔联全用名词，上联追忆当年同榜进士及第琼林欢宴的情景，下联倾诉别离之后漂泊江湖但相互思念至深的情怀，为宋诗中的名联。

□秦　观

秦观（1049—1100），字太虚、少游，号邗沟居士，人称淮海先生。扬州高邮（今江苏高邮）人。举进士。曾任秘书省正字，兼国史院编修官等职。因政治上倾向于旧党，被目为元祐党人，先被贬为杭州通判，后几经贬谪至雷州。徽宗即位后赦还，中途病死于藤州。诗、词、文皆工，是“苏门四学士”之一，最为苏轼所赏识。词多写男女情爱，也有感伤身世之作，情韵兼胜，艺术性很高，北宋以后长期被视为词坛第一流正宗婉约派作家。有《淮海集》。

踏莎行

雾失楼台，月迷津渡[1]。桃源望断无寻处[2]。可堪孤馆闭春寒，杜鹃声里斜阳暮③。　　驿寄梅花，鱼传尺素④。砌成此恨无重数⑤。郴江幸自绕郴山，为谁流下潇湘去⑥？

【注释】

①首两句言大雾弥漫遮住了楼台，月色朦胧掩没了渡口。虽是写景，也是词人被谗的写照。　②桃源：桃花源，晋代陶渊明《桃花源记》中的人间仙境，此指自己向往的美好处所。③杜鹃鸣声凄厉，易惹离人乡愁；况值日暮斜阳，更使人倍感离愁。　④驿：驿站。此句用刘宋时陆凯《赠范晔诗》："折梅逢驿使，寄与陇头人。江南无所有，聊寄一枝春"诗意。　尺素：书信。　汉乐府《饮马长城窟行》云："客从远方来，遗我双鲤鱼。呼儿烹鲤鱼，中有尺素书。"⑤砌：堆砌。　⑥幸自：本自。　为谁：为什么。

【阅读提示】

此词系秦观贬谪湖南郴州时所作。上片通过雾遮楼台、月迷津渡、杜鹃斜阳、孤馆春寒等凄清迷濛的景色，抒写了词人被谗遭贬孤苦寂寞的情怀。下片先写远方亲友寄赠礼物与书信，却反而更添自己心头的离恨；继而发出心灵的呐喊：彬江本来绕彬山而流，现在为什么要流向湘江，而不能相伴相守，消除我的孤寂和离愁呢？全词寓意蕴藉，词境凄婉，情景交融。《冷斋诗话》云苏轼特别爱结尾二句，自书于扇曰："少游已矣，虽万人何续！"

□周邦彦

周邦彦（1056—1121），字美成，号清真居士，钱塘（今浙江杭州）人。少时疏隽不够检点，不为州里推重，而能博涉百家之书。宋神宗元丰初年，游京师，献《汴都赋》万余言。为神宗所赏，自太学诸生擢升为太学正，尽力于辞章。后为庐州教授、溧水知县，还京为国子主簿。哲宗时，除秘书省正字，历校书郎等职，曾知河中府。徽宗时，由地方官入拜秘书监，进徽猷阁待制，提举大晟府（中央音乐机关）。未几，知顺昌府，徙处州，卒。周邦彦精通音律，能自度曲，常能变化六朝小赋和唐诗的语言、意境入词，而能出以新意。所作以羁旅闲愁、离别相思等题材为多。长于铺叙，善于琢句，言情委婉，状物工巧，语言秾丽，风格典雅，格律精审，上承温庭筠、柳永之风，下开吴文英、史达祖一派，时誉甚高。有《片玉集》（又名《清真集》）。

蝶恋花

早行

月皎惊乌栖不定，更漏将残[①]，轳辘牵金井[②]。唤起两眸清炯炯[③]，泪花落枕红绵冷[④]。　　执手霜风吹鬓影，去意徊徨[⑤]，别语愁难听。楼上栏干横斗柄[⑥]，露寒人远鸡相应。

【注释】

①更漏将残：谓天将明。古时用铜壶贮水滴漏以计时。　②轳辘：一种用手柄摇转汲水的装置。　金井：井栏上有雕饰的井。　③此句言妻子叫醒丈夫，准备出行。　炯炯：犹言耿耿，不寐貌。　《楚辞·哀时命》："夜炯炯而不寐兮，怀隐忧而历兹。"　王逸注："言己中心愁怛，目为炯炯而不能眠。"　④红绵：指木棉枕芯。　⑤徊徨：徬徨不安貌。　栏干：横斜貌。斗柄：北斗七星中四星像斗，三星如柄，故称之。

【阅读提示】

这首词题为"早行"，乃早起送别之作。上片写未行前已闻乌惊漏残和早起汲水声；而双眸炯炯，泪湿红绵，更说明离愁在心，夜不能寐。下片通过霜风寒露，去意徬徨，叙写离别时的凄楚悲愁。全词用赋体，情景如画，尤其是末句写伊人远去而惟鸡鸣相应，极有神韵。

□李清照

李清照（1084—约1151），号易安居士。她学识渊博，才华出众，工诗善文，尤以词著称，是中国文学史上杰出的女作家，也是宋代最负盛名的女词人。她的词作，前期多写少女闺阁生活，格调明快热情，艺术上有较高的成就。后期由于随宋室南迁，夫死家亡，茕茕独处，故所作多悲叹身世，情调感伤，社会内容比前深刻。词多用白描手法，作品富有生活气息。论词强调协律，崇尚典雅。词风婉约，世称"易安体"。有《漱玉词》。今人辑有《李清照集》。

声声慢[①]

寻寻觅觅[②]，冷冷清清，凄凄惨惨戚戚[③]。乍暖还寒时候，最难将息[④]。三杯两盏淡酒，怎敌他、晚来风急！雁过也，正伤心，却是旧时相识。　满地黄花堆积，憔悴损[⑤]，如今有谁堪摘？守着窗儿，独自怎生得黑[⑥]！梧桐更兼细雨，到黄昏、点点滴滴。这次第[⑦]，怎一个愁字了得！

【注释】

①声声慢：词调名，首见于北宋。　毛先舒《填词名解》卷三："词以'慢'名者，慢曲也。拖音袅娜，不欲辄尽。"此词为李清照晚年所作名篇之一。　②寻寻觅觅：四顾张望，若有所失。③戚戚：忧愁悲伤的样子。　④将息：有调养休息。　⑤憔悴损：指菊花枯萎凋损的样子。⑥怎生：怎样。　⑦次第：犹言情形、景况。

【阅读提示】

这首词是李清照后期的名作，抒发了词人暮年飘泊独处难以自遣的孤苦凄惨心境。虽寥寥97个字，却通过层层铺叙，把情感活动和自然景物、心理细节相融合，生动概括了词人南渡以后的生活情状和精神面貌。其中叠字的巧妙运用，尤为创新出奇。

□岳　飞

岳飞（1103—1142），字鹏举，相州汤阴（今属河南汤阴）人。少负气节，家贫力学，尤好兵法。宣和四年（1122）应募，任秉义郎。南宋初，上书高宗反对南迁，被革职。后随宗泽守汴京，任统制，宗泽曾称其"古良将不能过"。泽死，从杜充南下。建炎三年（1129）以来，屡破金兵，收复建康（今江苏南京）。曾奉命镇压江西及洞庭湖农民起义。后驻军鄂州（今湖北武昌），联络太行义军，屡建议大举北进。绍兴九年（1139），上表反对议和。次年，大败兀术于河南，收复郑州、洛阳等地，两河义军纷起响应，但被高宗、秦桧下令退兵，被迫回临安，兵权被解，任枢密副使。不久被诬谋反，下狱，以"莫须有"的罪名与养子岳云、部将张宪同被杀害。孝宗即位，诏复官职，以礼改葬，谥武穆。宁宗时追封鄂王。有《岳武穆遗文》。

满江红[①]

怒发冲冠，凭栏处，潇潇雨歇。抬望眼，仰天长啸，壮怀激烈。三十功名尘与土[②]，八千里路云和月[③]。莫等闲、白了少年头，空悲切。　靖康耻[④]，犹未雪；臣子恨，何时灭？驾长车、踏破贺兰山缺[⑤]。壮志饥餐胡虏肉[⑥]，笑谈渴饮匈奴血[⑦]。待从头、收拾旧山河，朝天阙[⑧]。

【注释】

①满江红:词调名。关于此词的作者,有专家怀疑非岳飞,但它久已被认定为有强烈爱国思想的名作,并广为流传。 ②“三十功名”句:意谓虽年过三十,但所建之功业还如同尘土般微不足道,没有价值。 ③“八千里路”句:意谓转战八千里,披星戴月,但远征而无功。 ④靖康耻:指靖康二年金兵破汴京,北宋灭亡之耻。 ⑤长车:兵车。 缺:指险隘的关口。 ⑥胡虏:对女真侵略者的蔑称。 ⑦匈奴:泛指古代北方少数民族,长期以来他们南下侵扰华夏人民。 ⑧朝天阙:朝见皇帝。天阙,指帝王的宫阙,这里代指皇帝。

【阅读提示】

这首词反映了汉民族坚决反对民族压迫的历史感情。上片词人表其壮怀,虽屡建奇功,但中原未复,故仍以珍惜年华自勉。下片抒其抱负:雪国耻,捣敌巢,收回故土,兴复旧京。词中痛愤国耻,渴望功业,情辞并茂,慷慨激烈,有巨大感染力。

论　马①

骥不称其力,称其德也。臣有二马,故常奇之。日啗刍豆至数斗②,饮泉一斛③,然非精洁则宁饿死不受。介胄而驰④,其初若不甚疾,比行百余里,始振鬣长鸣⑤,奋迅示骏。自午至酉⑥,犹可二百里;褫鞍甲而不息不汗⑦,若无事然。此其为马,受大而不苟取,力裕而不求逞,致远之材也。值复襄阳,平杨么⑧,不幸相继以死⑨。今所乘者不然。日所受不过数升,而秣不择粟⑩,饮不择泉,揽辔未安,踊跃疾驱,甫百里,力竭汗喘,殆欲毙然。此其为马,寡取易盈,好逞易穷,驽钝之材也⑪。

【注释】

①本文选自岳珂撰《金佗稡编》卷七。《宋史》卷三六五所载文字略有差异。 ②啗(dàn):啖的异体字,吃。 刍:草料。 ③斛(hú):古时以十斗为一斛。 ④介胄:披甲戴盔。⑤鬣(liè):马颈上的长毛。 ⑥午:十一时至十三时。 酉:十七时至十九时。 ⑦褫(chǐ):脱去。 不息:此指不剧烈喘息。 ⑧绍兴四年(1134),岳飞率军收复襄阳。事见《宋史·岳飞传》。杨么,名太,龙阳(今湖南汉寿)人。绍兴三年夏,被推为洞庭湖地区农民起义军总首领,称大圣天王,有众二十余万。绍兴五年,被岳飞所破。 ⑨不幸:原作“不事”,据《宋史》改。 ⑩秣(mò):饲料。 ⑪驽钝:才短力弱。

【阅读提示】

作为民族英雄的岳飞,不仅是抗金名将,也是罕见的“文武全器”(《宋史·本传》),不仅诗词慷慨激越,其散文也铿锵有力。这篇短文看似论马,实则论人。

“骥不称其力，称其德也”提出了鉴别好马的标准：不能只看它一时的力，还要看它的内在素质。骏马食非精洁则宁饿死不受，能日行千里却不急躁逞能；而驽马则华而不实，好逞能却不能致远。文章简洁明快，通过两种马的生动对比，给人深刻的启示。《宋史》记载这段文字系绍兴七年(1137)春正月岳飞入觐宋高宗时所述，当为岳飞以马喻人，巧妙劝喻高宗应仔细识别人才，不要为表象所惑。

□陆　游

陆游(1125—1210)，字务观，晚号放翁，越州山阴(今浙江绍兴)人，南宋杰出的爱国诗人。陆游生当民族矛盾尖锐、国势危迫的南宋时期，其一生壮志是“扫胡尘”、“靖国难”，但屡受投降派的排挤、打击，不受重用。中年曾一度在陕南军幕中供职，晚年才任严州知州。后改任朝议大夫、礼部郎中。最后被奸佞弹劾，罢官归田。但他恢复神州的信念，至死不渝。一生写作勤奋，以诗著称。诗歌题材广阔，突出反映了当时的民族矛盾，抒发抗敌御侮的激情，表达了广大人民恢复中原的愿望。诗风激昂悲壮，雄浑奔放。语言明朗流畅，平中有奇，自成风格。有《渭南文集》、《剑南诗稿》等。

关山月①

和戎诏下十五年②，将军不战空临边③。朱门沉沉按歌舞④，厩马肥死弓断弦。戍楼刁斗催落月⑤，三十从军今白发。笛里谁知壮士心⑥，沙头空照征人骨。中原干戈古亦闻，岂有逆胡传子孙⑦！遗民忍死望恢复⑧，几处今宵垂泪痕。

【注释】

①关山月：乐府旧题，属《横吹曲辞·鼓角横吹曲》，内容多写戍边。　②“和戎”句：南宋孝宗于隆兴元年(1163)下诏，以与金议和等事交朝臣商议，次年与金议和。自隆兴元年至陆游作此诗时，正好十五年。　③临边：到边境。　④朱门：指豪门贵族。　沉沉：形容屋宇深邃。按：打拍子。　⑤戍楼：边地用以守望、警戒的岗楼。　⑥“笛里”句：王昌龄《从军行》中有“更吹羌笛关山月”句。这里意谓由于隆兴和议的制约，宋军不得反击，戍边战士用笛子吹奏《关山月》曲调时，这种报国无路的心情，无人理解。　⑦逆胡传子孙：指金自建国至北宋灭亡，已传五世。　⑧遗民：指金统治下的中原人民。

【阅读提示】

这首诗宋孝宗淳熙四年(1177)所作，陆游时年53岁(古代以虚龄计年)，在成都范成大幕府任议官。作者以乐府旧题写时事，强烈抨击了南宋朝廷丧权辱国的"和戎"政策和投降派的罪恶，表达了作者与广大军民坚决抗金收复中原的愿望。诗歌将沉湎歌舞的将军，与壮志难酬的战士、期盼恢复的遗民统一在"关山同一照"的月下，对比鲜明，显示了作者巧妙的构思和匠心。全诗每四句一层，层次分明，有叙述，有议论，语句凝炼，格调悲凉，表现出高昂的爱国精神，有着强烈的感染力。

卜算子①

咏　梅

驿外断桥边②，寂寞开无主③。已是黄昏独自愁，更著风和雨④。无意苦争春，一任群芳妒⑤。零落成泥碾作尘，只有香如故。

【注释】

①卜算子：词调名，又名《百尺楼》、《眉峰碧》等。　②驿：驿站。　③无主：无人过问。④更著：又遭受。　⑤群芳：百花。这里比喻朝廷中掌权的投降派。

【阅读提示】

陆游一生最爱梅花，咏梅诗词有一百六十多首。此词为作者咏物言志之作，以梅花象征自己的孤傲高洁和经得起挫折的劲节。作者咏梅，取神而不取貌。上片写梅的处境：孤独、寂寞、黄昏、风雨，这正是作者坚持抗金主张，却备受朝廷中投降派排挤、打击的写照。下片深入一层，写梅的品质，揭示梅的真性，借此自况，表明作者坚强不屈的性格和坚持真理、至死不渝的精神。

□范成大

范成大(1126—1193)，字致能，号石湖居士，吴郡(今江苏苏州)人，绍兴年间进士。曾于乾道六年(1170)使金，不辱使命而归。历任中书舍人、四川制置使、参知政事。57岁时因病退隐于苏州石湖。其诗屹然自立一宗，与尤袤、杨万里、陆游齐名，号称南宋四大家。所作爱国诗篇和关心人民疾苦的作品，都有较高成就。田园诗则独创一格，影响较大。有《石湖居士诗集》、《石湖词》。

后催租行①

老父田荒秋雨里②，旧时高岸今江水。佣耕犹自抱长饥，的知无力输租米③。

自从乡官新上来，黄纸放尽白纸催。卖衣得钱都纳却，病骨虽寒聊免缚。去年衣尽到家口，大女临岐两分首[4]。今年次女已行媒[5]，亦复驱将换升㪷[6]。室中更有第三女，明年不怕催租苦[7]。

【注释】

①作者尚有《催租行》之作。自注云："效王建。"（唐王建有《田家行》诗，言输租之事）此诗乃《催租行》姊妹篇。　行：古诗的一种体裁。　②老父：老翁。　③的知：确知。　④临岐：到了岔路口。岐，通"歧"，岔路。　首：一作"手"。　⑤已行媒：已派媒人下聘礼。　⑥㪷：同"斗"。　⑦"室中"两句是愤激之反语。

【阅读提示】

这首诗通过一个老农被天灾人祸逼得只好典衣、卖女的悲惨现实，谴责了地方官吏的残暴贪婪，表达了诗人对人民疾苦的深切同情。通篇叙事，用白描手法，基本上不写景、不议论，但因代"老父"立言，故感染力仍很强。"黄纸放尽白纸催"一句，则受白居易《杜陵叟》"十家租税九家毕，虚受吾君蠲免恩"之影响。

□辛弃疾

辛弃疾（1140—1207），字幼安，号稼轩，历城（今山东济南）人。他22岁前，是在金统治区度过的。22岁时，组织两千多人参加耿京领导的农民起义军，为掌书记。23岁南渡，先后任建康府通判及湖北、湖南安抚使等职。由于南宋投降派的排斥打击，辛弃疾被免职退居上饶、铅山前后达20年之久。64岁时，朝廷准备北伐，起用他任浙东安抚使，又调镇江知府。在这期间，他积极从事北伐准备工作，但不久又遭排斥，回铅山家中，忧愤而死。辛弃疾是南宋伟大的爱国词人，他发展了苏轼开创的豪放词，与苏轼并称"苏辛"。词风以豪放沉郁为主，兼有明快、婉约、清新之特点。有四卷本《稼轩词》及十二卷本《稼轩长短句》两种。今人邓广铭有《稼轩词编年笺注》。

水龙吟[1]

登建康赏心亭[2]

楚天千里清秋[3]，水随天去秋无际。遥岑远目[4]，献愁供恨，玉簪螺髻[5]。落日楼头，断鸿声里[6]，江南游子[7]，把吴钩看了[8]，栏干拍遍[9]，无人会，登临意。休说鲈鱼堪鲙，尽西风，季鹰归未[10]？求田问舍，怕应羞见，刘郎才气[11]。可惜流年，忧愁风雨，树犹如此[12]！倩何人、唤取红巾翠袖，揾英雄泪[13]？

【注释】

①水龙吟：词牌名。又名《龙吟曲》等。 ②建康：今南京。 赏心亭：在建康下水门城上，下临秦淮河，当时的一个名胜，今废。 ③楚天：长江中下游，春秋时属楚国，故称楚天。④遥岑远目：极目眺望远山。岑，小而高的山岭。 ⑤献愁供恨：意即山峦使我产生愁恨；以拟人法写山。 玉簪螺髻：形容山的形状有的像碧玉簪，有的像青螺髻。 ⑥落日：象征国势衰颓。 断鸿：失群离散的雁，兼自比身世漂泊。 ⑦江南游子：作者自称。 ⑧吴钩：古代吴地人所制的刀，弯形如钩，故名。 ⑨栏杆拍遍：古诗文常以此表示怀想世事，心中慷慨不平。 ⑩"休说鲈鱼"三句：晋人张翰字季鹰，在洛阳做官，见秋风起，因思吴中莼菜羹、鲈鱼脍，遂弃官回家。见《世说新语·识鉴篇》。 ⑪"求田问舍"三句：三国时，许汜对刘备说，陈元龙很无礼貌，他自己睡大床，却让我这个客人睡下床。 刘备对许说：现在天下大乱，正希望你忧国忘家，你却问求田舍，没有大志，元龙实在不屑与你谈话；若是我，我会自己睡到百尺楼上，让你睡到地下，岂只上床下床之别而已。见《三国志·魏志·陈登传》。刘郎，即刘备。⑫树犹如此：东晋时桓温北征，路过金城，见前种柳树皆已十围，"慨然曰：'木犹如此，人何以堪！'攀枝折条，泫然流泪"（见《世说新语·言语》）。意即光阴易过，人生易老。 ⑬倩：央求。揾：揩拭。

【阅读提示】

辛弃疾三年漫游，从吴地到楚地，乾道三年（1167），他28岁那年秋天，又回到金陵。想到抗金复土的壮志难酬，登上赏心亭，一腔怨愤，写成这首广为传诵的名篇。全词意境慷慨悲壮，而又深曲含蓄。在艺术结构上，上片写登临眺望所见景象及自己抑塞郁愤的情感，用"无人会，登临意"六字过片。下片即承上借用三个典故申述"登临意"。先从反面排除，然后正面慨叹，遣词藏而不露，三次说法语气各不相同，但又都表现了"无人会"的情景，结句给人的感慨也是无尽的。

摸鱼儿[1]

淳熙己亥[2]，自湖北漕移湖南[3]，同官王正之置酒小山亭[4]，为赋。

更能消[5]、几番风雨，匆匆春又归去。惜春长、怕花开早，何况落红无数。春且住！见说道[6]、天涯芳草无归路。怨春不语[7]。算只有殷勤，画檐蛛网，尽日惹飞絮。 长门事[8]，准拟佳期又误[9]，蛾眉曾有人妒[10]。千金纵买相如赋[11]，脉脉此情谁诉？君莫舞，君不见、玉环飞燕皆尘土[12]！闲愁最苦[13]。休去倚危栏，斜阳正在，烟柳断肠处[14]。

【注释】

①摸鱼儿：一名《摸鱼子》，唐玄宗时教坊曲名，后用为词调。 ②淳熙己亥：宋孝宗淳熙六年(1179)。 ③“自湖北漕”句：谓从湖北转运副使，调任湖南转运副使。宋代称转运使等为漕官。 ④王正之：王正己，字正之，四明人，当时亦为湖北漕官。 小山亭：在湖北漕署官衙内。 ⑤更能消：如何再经受得起。 ⑥见说：听说。 ⑦怨春不语：用欧阳修《蝶恋花》“门掩黄昏、无计留春住。泪眼问花花不语”词意。 ⑧长门事：长门，汉宫名。陈皇后失宠，被汉武帝弃置于长门宫。这里借后妃的失宠自比政治上的失意。 ⑨准拟佳期：约定了的好日子。也是借喻。 ⑩“蛾眉”句：屈原《离骚》：“众女嫉余之蛾眉兮，谣诼谓余以善淫。”这里借陈皇后见妒受谗，指抗金忠义之士遭投降派怀疑、中伤。 ⑪“千金”句：陈皇后被弃于长门宫，曾以黄金百斤请司马相如作《长门赋》诉说自己的怨愁，感动汉武帝，重新得宠。 ⑫玉环飞燕：杨贵妃，小字玉环，为唐玄宗所宠，安史乱起，被迫自缢于马嵬坡。赵飞燕，为汉成帝所宠，成帝死后，被废自杀。她们生前都善于歌舞，这里“君莫舞”即是正告投降派别因一时受宠而得意。 ⑬闲愁：无端的愁绪。辛词中常用来指对国势时局的忧愁。 ⑭“休去”两句：犹李煜《浪淘沙》词“独自莫凭栏”语意，作者自言。斜阳、烟柳，国衰时危的象征。

【阅读提示】

辛弃疾在湖北转运副使任上度过半年，写此词时被调为湖南转运副使。虽说不是降职，却依旧不能与安抚使那样的封疆大吏相比，他的心情是苦闷的，写出来的词自然满怀怨恨。这首词以一个蛾眉见妒的失宠美人，惋惜年华易逝，青春将老，感叹自己遭到冷落弃置，而无处倾诉满怀愁绪的形式，来寄托自己政治上的怨恨愤慨。在艺术手法上，这首词直接继承了《楚辞》中以“香草美人”比喻忠贞的寄托手法，汲取了词史上婉约和豪放两大词派的所长，将其熔铸为一炉，创造了貌似哀怨悱恻，实为慷慨悲凉的独特的艺术风格。

□姜　夔

姜夔(1155？—1221？)，字尧章，号白石道人，饶州鄱阳(今江西波阳)人。少随父宦游，往来沔、鄂凡20年，父死，流寓湘、鄂，诗人萧德藻赏其才，以侄女妻之，携之同寓湖州(今浙江湖州)，因与苕溪白石洞天为邻，故以之为号。往来苏、杭间，与名人多有交游，范成大、杨万里对其诗文人品多有称赞。姜夔长于音律，宋宁宗庆元三年(1197)进《大乐议》及《琴瑟考古图》于朝，时嫉其能，不获尽所议。中年以后，依张俊之孙张鉴10年；鉴卒，旅食浙东、嘉兴、金陵间，以布衣终。通音律外，又精赏鉴，工翰墨。为诗初学黄庭坚，而自拔于宋人之外。所为《诗说》，多精至之论。尤以词著称，能自度曲，今存有旁谱之词17首。为词格调甚高，清空峭拔，对南宋风雅词派甚有影响，被清初浙西词派奉为圭臬。著书可考者12种。有词集《白石道人歌曲》。

齐天乐[1]

丙辰岁[2]，与张功父会饮张达可之堂[3]，闻屋壁间蟋蟀有声。功父约予同赋，以授歌者。功父先成，辞甚美[4]。予徘徊茉莉花间，仰见秋月，顿起幽思，寻亦得此。蟋蟀，中都呼为促织[5]，善斗，好事者或以三四十万钱致之，镂象牙为楼观以贮之。

庾郎先自吟愁赋[6]，凄凄更闻私语。露湿铜铺[7]，苔侵石井，都是曾听伊处。哀音似诉。正思妇无眠，起寻机杼。曲曲屏山，夜凉独自甚情绪。　西窗又吹暗雨。为谁频断续，相和砧杵[8]？候馆迎秋，离宫吊月，别有伤心无数。豳诗漫与[9]。笑篱落呼灯，世间儿女。写入琴丝，一声声更苦[10]。

【注释】

①齐天乐：词牌名，又名《五福降中天》、《如此江山》、《台城路》等。　②丙辰：宋宁宗庆元二年（1196）。　③张功父：即张镃，南宋名将张俊之曾孙。工于词，有《南湖集》、《玉照堂词》等。　④指张镃所作《满庭芳·促织儿》。　⑤中都：指汴京，今河南开封市。　⑥庾郎：北周庾信。曾作《愁赋》，中有句云："谁知一寸心，乃有万斛愁。"　⑦铜铺：铜制的衔门环的底座。此指大门。　⑧砧杵：捶衣石和木槌。　⑨豳（bīn）诗：《诗·豳风·七月》曰："七月在野，八月在宇，九月在户，十月蟋蟀入我床下。"　漫与：随意而写。　⑩作者自注："宣政间有士大夫制《蟋蟀吟》。"宣和、政和，均为宋徽宗朝年号。两句言将蟋蟀声谱入琴曲，更觉凄苦哀怨。

【阅读提示】

这首词上片先以庾信吟《愁赋》和凄凄私语比拟蟋蟀鸣声。这在无眠的思妇听来，更似如泣如诉的哀鸣，令她夜起纺织遣愁怀（这正与蟋蟀又名"促织"相契合），并任思绪秋夜神驰。下片继写暗雨砧杵，客舍行宫，让蟋蟀声深入到四面八方、千家万户，鸣响在无数伤心人的耳畔与心头。而"笑篱落呼灯，世间儿女"两句，"以无知儿女之乐，反衬出有心人之苦，最为入妙"（陈廷焯《白雨斋词话》），这使得本来就幽怨的琴音，变得"一声声更苦"。

姜夔这首咏物词不同于一般咏物词的写景状物，描绘蟋蟀之形，而是富有创新地另辟蹊径，传神地摹写了蟋蟀之鸣声，以引起思妇离人的共鸣和遐想，极有艺术感染力。

□元好问

元好问(1190—1257),字裕之,号遗山,太原秀容(今山西忻县)人。系出北朝魏代鲜卑贵族拓跋氏。曾从郝天挺习经学诗。金宣宗兴定五年(1221)进士及第,哀宗正大元年(1224)中博学宏词科,充国史院编修,历任镇平、内乡、南阳县令,官至尚书省掾、左司都事。金亡后不仕,著述甚丰,编有金诗总集《中州集》等。诗、词、文、散曲、小说均有所创作,以诗的成就最高。其诗反映了金元之际的社会现实和人民的苦难,有较强的现实内容。他的词也为金代之冠。著有《元遗山先生全集》。

迈陂塘[1]

乙丑岁赴试并州[2],道逢捕雁者云:今旦获一雁,杀之矣。其脱网者悲鸣不能去,竟自投于地而死。予因买得之,葬之汾水之上,累石为识[3],号曰雁丘[4]。时同行者多为赋诗,予亦有雁丘辞,旧所作无宫商[5],今改定之。

问世间[6]、情是何物?直教生死相许[7]。天南地北双飞客,老翅几回寒暑?欢乐趣,离别苦。就中更有痴儿女[8]。君应有语,渺万里层云,千山暮景,只影为谁去? 横汾路[9],寂寞当年箫鼓,荒烟依旧平楚[10]。招魂楚些何嗟及,山鬼自啼风雨[11]。天也妒,未信与、莺儿燕子俱黄土。千秋万古,为留待骚人,狂歌痛饮,来访雁丘处。

【注释】

①迈陂(bēi)塘:词调名,即《摸鱼儿》。 ②乙丑岁:金章宗泰和五年(1205)乙丑。 并州:今山西太原。 ③识(zhì):标志。 ④雁丘:即在今山西阳曲县。 ⑤无宫商:谓不合音律。 ⑥问世间:一本作"恨人间"。 ⑦直:竟。 许:报答。此句谓以生命来报答。 ⑧就中:于此,在这里面。 ⑨横汾路:汉武帝巡幸河东汾阴时曾作《秋风辞》,有"箫鼓鸣兮发棹歌,欢乐极兮哀情多"之句,唐代诗人李峤《汾阴行》亦云:"不见只今汾水上,只有年年秋雁飞。" ⑩平楚:平林,远方的树木。 ⑪招魂、山鬼:均为《楚辞》中篇名。 楚些(suō):即指《楚辞》,《招魂》中多以"些"字置于句尾,故云。

【阅读提示】

此词通过咏大雁之殉情,颂扬了生死不渝的坚贞爱情。起势突兀,发兴无端。情之为物,无形无体,人可同生,雁可同死,真可超越生死之限。"痴儿女"句以雁拟人,以孤雁之内心独白口吻,见婉转百结的情愫。下片由雁之死联想到雁所经行的横汾路,当年箫鼓盛况,如今却寂寞荒凉。词人借《楚辞》为雁招魂,以寄吊雁之哀思,"未信"以下数句,笔力极其雄浑奔放。此词或以为乃元好问借雁丘以抒亡国后之黍离麦秀之悲,并无确证。或借雁以自伤,或即事而咏其情,均无不可,不必过求深隐。至于词心之情辞绵至,"一往而深,读之令人低徊欲绝"(清许昂霄《词综偶评》),词语之浑雅博大,炼句之工和用事之切,均可见出词人才气之绝迈一世。

□文天祥

文天祥(1236—1283),字履善,又字宋瑞,号文山,庐陵(今江西吉安)人。宋宝祐年间进士,历任湖南提刑、知赣州。恭帝德祐元年(1275),元兵长驱南下,文天祥于家乡起兵抗元。次年,临安被围,任右丞相兼枢密使,奉命往敌营议和,因坚决抗争被拘,解往北方。中途脱逃,转战于赣、闽等地。兵败被俘,坚贞不屈,就义于大都(今北京)。其诗前期受江湖派影响,后期融入爱国激情,写得慷慨悲壮,感人至深。也善词,仅存数首。有《文山先生全集》。

金陵驿①

草合离宫转夕晖②,孤云飘泊复何依!山河风景元无异③,城郭人民半已非④。满地芦花和我老⑤,旧家燕子傍谁飞⑥?从今别却江南路,化作啼鹃带血归。

【注释】

①金陵:即今江苏南京。驿是驿站,接待过往公差。此时文天祥被俘,正在被押解大都途中。 ②离宫:行宫。 ③元:原。 ④城郭:城里城外。 ⑤和:相伴。 ⑥旧家燕子:刘禹锡《金陵五题·乌衣巷》诗:"旧时王谢堂前燕,飞入寻常百姓家。"

【阅读提示】

这首七律是文天祥被俘押赴元京大都,途经金陵时所作。抒写国破家亡之痛,感情深沉真挚;结句表明此行志在必死,定要化作啼血杜鹃回归江南,饱含着生死不渝的爱国深情。读之感人至深。

【相关链接】

唐代研究:http://www.guoxue.com/tdyj/index.htm

初盛唐诗:http://www.zhongguowenxue.fudan.edu.cn/greattang2.htm

http://www.ndcnc.gov.cn/gdsc/fzyl/yl-ts.htm

全唐诗全文检索:http://cls.admin.yzu.edu.tw/QTS/HOME.HTM

宋诗全文检索:http://cls.admin.yzu.edu.tw/QSS/HOME.HTM

唐宋词全文检索:http://cls.admin.yzu.edu.tw/TST/HOME.HTM

李白:http://www.chinalibai.com/

中国杜甫网:http://www.chinadufu.org/

白居易文化网:http://www.baijuyi.cn/

元明清近代文学概述

王国维云:“唐之诗,宋之词,元之曲,皆所谓一代之文学,而后世莫能继焉者也。”(《宋元戏曲考·序》)元曲是元杂剧和散曲的合称。元杂剧是在继承前代宋杂剧、金院本和诸宫调的基础上发展起来的戏剧样式,前期以大都(今北京)为中心。关汉卿是元杂剧的奠基人和最重要的作家,写有杂剧60多种,歌颂人民的反抗斗争,揭露社会的黑暗腐朽。如在其代表作《窦娥冤》中,通过窦娥这一光彩照人的艺术典型及其含冤屈死的悲惨遭遇,对当时种种黑暗现实和封建社会的吃人本质作了高度典型化的艺术描述,反映了被压迫受侮辱的下层人民的觉醒和反抗。王实甫的《西厢记》则反对封建礼教和封建婚姻,讴歌了青年男女对爱情自由的大胆追求,表达了“愿普天下有情的都成了眷属”的鲜明主题。此外,白朴、马致远、纪君祥等也是前期的重要作家。元杂剧后期的中心由大都转移到杭州,较著名的作家有郑光祖、乔吉等。

散曲是以当时流行的曲调清唱的一种抒情韵文,包括小令和套数。小令是独立的支曲,套数是由两支以上同一宫调的曲子按照一定规则连缀而成的组曲。前期散曲作家主要有关汉卿、马致远、白朴等;后期主要有张可久、乔吉、睢景臣、张养浩等。

元代戏剧除杂剧外,在南方还有唱南曲的戏文,即“南戏”,以高明《琵琶记》最为著名。

明代是传统诗文相对衰微,而小说、戏曲等俗文学繁荣昌盛的时期。明初,在长期流传的三国、水浒史料和民间传说、平话、戏曲等基础上,又集前人智慧和创作之大成,罗贯中写出了中国长篇章回小说的开山之作《三国演义》,施耐庵则写出了《水浒传》。这两部章回巨著,为长篇小说的创作开启了新纪元。中叶以后,又出现了以浪漫主义为特色的杰出长篇神魔小说《西游记》和第一部文人独创的,以描写家庭生活为题材的长篇世情小说《金瓶梅》。以上四部长篇小说,被誉为明代“四大奇书”。其余较有名的长篇小说,还有《新列国志》、《北宋志传》、《封神演义》、《西游补》等。

而小说创作成就的另一重要标志,是文人模拟话本小说而创作的“拟话本”

的大量出现和编刊发行。“拟话本”以冯梦龙的“三言”(《喻世明言》、《警世通言》、《醒世恒言》)和凌濛初的“二拍”(《初刻拍案惊奇》、《二刻拍案惊奇》)为代表。“三言二拍”继承发展了宋元话本,代表了明代白话短篇小说的新成就。

在戏曲方面,明传奇继元杂剧之后兴起,涌现出许多优秀的以唱南曲为主的传奇作品,如《宝剑记》、《鸣凤记》、《浣纱记》等。并出现了以沈璟为代表的“吴江派”和以汤显祖为代表的“临川派”。江西临川人汤显祖是明代最杰出的戏剧家,他的四部优秀传奇《紫钗记》、《南柯记》、《邯郸记》、《牡丹亭》合称“临川四梦”。其中《牡丹亭》尤为才情横溢的浪漫主义杰作,是继《西厢记》以后又一部主张婚姻自主、个性解放,反对封建礼教的优秀剧作。杜丽娘因情而死,又因情而生,在这一追求美满爱情,大胆冲破封建礼教束缚的封建叛逆者身上,体现了明代反对封建传统、提倡个性解放的时代精神。

明代杂剧,成就不如传奇。但后期徐渭的《四声猿》(包含《渔阳弄》、《雌木兰》、《女状元》、《翠乡梦》四个短剧)成就较高,颇能体现作者狂放不羁的个性与叛逆精神。

明代的诗文创作,前期主要有宋濂、刘基、高启、方孝孺等。他们由元入明,对社会矛盾认识较深刻,所写诗文大都内容充实,颇显生气。至永乐、成化年间,由宰辅权臣倡导的“台阁体”充斥文坛,内容空虚,点缀升平,多应制应酬之作。

至中叶弘治、嘉靖年间,以李梦阳、何景明为首的“前七子”,与以李攀龙、王世贞为首的“后七子”,先后举起“复古”大旗,提出“文必秦汉,诗必盛唐”。前后七子对打击台阁体起了一定积极作用,但他们崇古非今,盲目学古拟古,走上了食古不化的形式主义道路。以王慎中、唐顺之、茅坤、归有光等为代表的“唐宋派”则主张在肯定先秦两汉散文优良传统的同时,又应学习唐宋文章法度,形成自己面目。“唐宋派”对于纠正前后七子一味拟古的形式主义和奠定韩柳等唐宋八大家散文的地位颇有贡献。其中以归有光成就最高。

明代后期,以湖北公安人袁宗道、袁宏道、袁中道兄弟为代表的“公安派”继续反对前后七子的拟古主义。他们受李贽“童心说”影响较大,为文主张“独抒性灵,不拘格套”的“性灵说”。“公安派”散文成就较高,特别是袁宏道,在散文创作和理论上都颇有建树。而晚明张岱的小品,“有不平,有讽刺,有攻击,有破坏”(鲁迅《小品文的危机》),在山容水态、世情民俗的描绘中寄寓了国破家亡的深沉感慨,文笔秀丽,情味悠长。此期徐弘祖的《徐霞客游记》,既有重大科学价值,又是一部文辞优美的日记体游记散文集。

明末阶级矛盾、民族矛盾尖锐化,以张溥、张采为首的“复社”和以陈子龙为首的“几社”作家,在抗清复明的斗争中创作了不少佳作。夏完淳、张煌言等,也留下了一些爱国主义的名篇。

明崇祯十七年(1644)三月,明王朝覆亡。同年四月,清兵入关。清初的顾炎武、黄宗羲、王夫之，既是大思想家，又是著名学者和文学家。顾炎武的《日知录》、《亭林文集》，黄宗羲的《明儒学案》、《明夷待访录》，王夫之的《船山遗书》等，均是对中国文化和思想界产生重大影响的重要作品。散文方面，侯方域、魏禧、汪琬被称为“国初三家”（见《清史稿》）。桐城派则是清中叶最著名的散文流派。因该派主要作家方苞、刘大櫆、姚鼐都是安徽桐城人，故名之。这三人被称为“桐城三祖”。方苞提倡“义法说”，刘大櫆提倡“神气说”，姚鼐则主张义理、考据、辞章三者兼顾，“神理气味”与“格律声色”相统一。而以阳湖人恽敬和张惠言为代表的“阳湖派”，堪称桐城派的一个支流。他们主张取法六经，兼收百家，以纠桐城文章空疏之弊；为文多吸收六朝文之长，于散行中时时间以骈语。故前人有桐城派得于法，为儒者之文，阳湖派长于才，为策士之文的评论。清代廖燕、郑燮、袁枚等文，也各有千秋。而骈文家则以汪中成就最高。

一般认为清诗成就较为衰落。清初遗民诗人主要有顾炎武、屈大均、吴嘉纪等；明臣仕清诗人中，钱谦益、吴伟业较为知名。王士祯创“神韵说”，沈德潜倡“格调说”，“乾隆三大家”袁枚、赵翼、蒋士铨中的袁枚则提倡“性灵说”。另外，乾隆朝时黄景仁之诗能兼容唐诗众家之长，多写穷愁不遇、寂寞凄怆之情，愤世嫉俗之作。

清词成就超过诗歌，作家多，词派多，被称为词的中兴。清初词主要有“阳羡词派”创始人陈维崧、“浙西词派”创始人朱彝尊与纳兰性德三家。清人称“（朱）竹垞以学胜，（陈）迦陵以才胜，（纳兰）容若以情胜”（见谢章铤《赌棋山庄词话》）。清后期词以张惠言、周济为首的“常州词派”为代表，强调比兴寄托。

小说在清代文坛占有盟主地位。无论是内容上对封建社会揭露批评的深度，还是表现技巧的纯熟、形式的多样，均超过前代，达到新的高峰。蒲松龄的《聊斋志异》是优秀的文言短篇小说集，被誉为中国“短篇小说之王”；吴敬梓的《儒林外史》，是讽刺文学巨著；而曹雪芹的《红楼梦》，则代表了我国古代小说的最高成就。

李玉是清初第一个致力于戏剧创作者，相传写有60多个剧本。其代表作是与朱皠等合作的传奇《清忠谱》，这是我国戏剧史上第一部“事俱按实”创作的历史剧。这种通过戏剧反映社会、干预现实的创作态度，以及对于把戏剧从才子佳人的模式中解脱出来，该剧均有创新之功。李渔，则是清代著名的剧作家和戏剧理论家。传世剧本18种，其中《比目鱼》、《风筝误》、《凤求凰》等十种爱情喜剧合称《笠翁十种曲》。其《闲情偶寄》一书的“词曲部”和“演习部”之中，记载了李渔关于戏曲创作和表演方面的理论。清代戏剧的代表作，当推洪昇的《长生殿》和孔尚任的《桃花扇》这两部传奇。洪昇是钱塘人，孔尚任是山东曲阜人，人称“南洪北孔”。

自1840年鸦片战争至1919年五四运动的中国近代文学，反对帝国主义、封建主义乃是其主流。近代文学一般分为三个阶段：

（一）资产阶级启蒙时期诗文。龚自珍是这一时期首开近代文学风气并影响最深远的作家。他以诗文为武器，对政治黑暗、风气败坏、人才受压的社会现实作了深刻揭露和批判，表现了改革的决心和对未来的向往。此期的林则徐、魏源、张维屏等，也写了不少反对帝国主义侵略的爱国诗篇。

（二）资产阶级改良主义运动时期诗文。中日甲午战争的失败，彻底暴露了清王朝的腐朽无能。为救亡图存，资产阶级发动了一场声势浩大的改良主义运动，为适应政治上的需要，相继提出"诗界革命"、"文体革命"、"小说界革命"等口号。黄遵宪被称为"诗界革命"的旗帜。康有为、梁启超作为资产阶级改良运动的代表人物，创作了许多诗文。梁启超倡导的"新文体"，思想内容新颖，形式平易，语言畅达，纵笔所至，笔锋常带情感，对于读者别有一种魔力。此期有两位著名翻译家严复和林纾。诗坛则出现了以陈三立、陈衍为代表的"宋诗派"和以王闿运为代表的"汉魏六朝诗派"。

（三）资产阶级民主革命时期诗文。此期散文以章炳麟和《革命军》的作者邹容为代表。诗歌以鉴湖女侠秋瑾和柳亚子等"南社"诗人为代表。

另外，戊戌变法后"谴责小说"大量出现，它们暴露社会黑暗，揭露腐败政治，大多反映资产阶级改良主义政治的要求。虽命意在于匡世，似与讽刺小说同伦，但词气浮露，笔无藏锋。李宝嘉的《官场现形记》、吴沃尧的《二十年目睹之怪现状》、刘鹗的《老残游记》、曾朴的《孽海花》，合称"四大谴责小说"。

□关汉卿

关汉卿，号已斋叟，元代大都（今北京）人，我国古代伟大的戏剧家，元杂剧奠基人。约生于13世纪初，卒于13世纪末，在《录鬼簿》"前辈已死名公才人有所编传奇行于世者"中，名列第一。所作杂剧60余种，现存《窦娥冤》、《救风尘》、《望江亭》、《拜月亭》、《单刀会》、《西蜀梦》等18种，大多深刻反映民族矛盾与阶级矛盾，揭露当时政治的腐败黑暗，表现人民的苦难与斗争。对于妇女的社会地位和命运，也有生动反映。关汉卿又是杰出的散曲作家，今存套曲14篇、小令57首。他与白朴、马致远、郑光祖一起，被誉为"元曲四大家"。1958年，被世界和平理事会列为"世界文化名人"。

关大王独赴单刀会[①]

（鲁肃上[②]，云）欢来不似今朝，喜来那逢今日。小官鲁子敬是也。我使黄文持书去请关公[3]，欣喜许今日赴会。荆襄地合归还俺江东[4]。英雄甲士已暗藏壁衣之后[5]。令江上相候，见舡到便来报我知道[6]。（正末关公引周仓上，云）周仓，将到哪里也？（周云）来到大江中流也。（正云）看了这大江，是一派好水也呵！（唱）

【双调新水令】大江东去浪千叠，引着这数十人，驾着这小舟一叶，又不比九重龙凤阙，可正是千丈虎狼穴。大丈夫心烈，我觑这单刀会似赛村社[7]。

（云）好一派江景也呵！（唱）

【驻马听】水涌山叠，年少周郎何处也[8]？不觉的灰飞烟灭！可怜黄盖转伤嗟[9]，破曹的樯橹一时绝。鏖兵的江水由然热[10]。好教我情惨切！（云）这也不是江水，（唱）二十年流不尽的英雄血！

（云）却早来到也，报伏去[11]。（卒报科，做相见科）（鲁云）江下小会，酒非洞里之长春[12]，乐乃尘中之菲艺[13]，猥劳君侯屈高就下[14]，降尊临卑，实乃鲁肃之万幸也。（正云）量某有何德能，着大夫置酒张筵？既请必至。（鲁云）黄文，将酒来。二公子满饮一杯。（正云）大夫饮此杯。（把盏科）（正云）想古今，咱这人过日月好疾也呵。（鲁云）过日月是好疾也。光阴似骏马加鞭，浮世似落花流水。（正唱）

【胡十八】想古今立勋业，那里也舜五人[15]，汉三杰[16]，两朝相隔数年别。不付能见者[17]，却又早老也！开怀的饮数杯。（云）将酒来！（唱）尽心儿待醉一夜。（把盏科）

（正云）你知以德报德，以直报怨么[18]？（鲁云）既然将军言以德报德，以直报怨，借物不还者为之怨。想君侯文武全才，通练兵书，习《春秋》、《左传》，济拔颠危[19]，匡扶社稷，可不谓之仁乎？待玄德如骨肉，觑曹操若仇雠，可不谓之义乎？辞曹归汉，挂印封金[20]，可不谓之礼乎？坐服于禁[21]，水淹七军，可不谓之智乎？且将军仁义礼智俱足，惜乎止少个信字[22]，欠缺未完。再若得全个信字，无出君侯之右也。（正云）我怎生失信？（鲁云）非将军失信，皆因令兄玄德公失信。（正云）我哥哥怎生失信来？（鲁云）想昔日玄德公败于当阳之上，身无所归，因鲁肃之故，屯军三江夏口[23]；鲁肃又与孔明同见我主公，即日兴师拜将，破曹兵于赤壁之间。江东所费巨万，又折了首将黄盖。因将军贤昆玉无尺寸地[24]，暂借荆州，以为养军之资。数年不还。今日鲁肃低情曲意，暂取荆州，以为救民之急；待仓廪丰盈，然后再献于将军掌领。鲁肃不敢自专，君侯台鉴不错[25]。（正云）你请我吃筵席来，那是索荆州来？（鲁云）没、没、没，我则这般道：孙刘结亲，以为唇齿，两国正好和谐。（正唱）

【庆东原】你把我真心儿待，将筵席设，你这般攀今揽古，分甚枝叶？我根前使不着你之乎者也、诗云子曰，早该豁口截舌[26]！有意说孙、刘，你休目下翻成吴、越[27]。

(鲁云)将军原来傲物轻信[28]。(正云)我怎么傲物轻信?(鲁云)当日孔明亲言,破曹之后,荆州即还江东。鲁肃亲为代保。不思旧日之恩,今日恩变为仇,犹自说以德报德,以直报怨。圣人道:"信近于义,言可复也[29]。"去食去兵,不可去信[30]。"大车无輗,小车无軏,其何以行之哉[31]?"今将军全无仁义之心,枉作英雄之辈。荆州久借不还,却不道"人无信不立"!(正云)鲁子敬,你听的这剑界么[32]?(鲁云)剑界怎么?(正云)我这剑界,头一遭诛了文醜[33],第二遭斩了蔡阳[34]。鲁肃呵,莫不第三遭到你也?(鲁云)没、没,我则这般道来。(正云)这荆州是谁的?(鲁云)这荆州是俺的。(正云)你不知,听我说。(唱)

【沉醉东风】想着俺汉高皇图王霸业[35],汉光武秉正除邪[36],汉献帝将董卓诛,汉皇叔把温侯灭[37]:俺哥哥合情受汉家基业。则你这东吴国的孙权,和俺刘家却是甚枝叶?请你个不克己先生自说[38]。

(鲁云)那里甚么响?(正云)这剑界二次也。(鲁云)却怎么说?(正云)这剑按天地之灵,金火之精,阴阳之气,日月之形;藏之则鬼神遁迹,出之则魑魅潜踪;喜则恋鞘沉沉而不动,怒则跃匣铮铮而有声。今朝席上,倘有争锋,恐君不信,拔剑施呈。吾当摄剑,鲁肃休惊。这剑,果有神威不可当,庙堂之器岂寻常[39];今朝索取荆州事,一剑先交鲁肃亡!(唱)

【雁儿落】则为你三寸不烂舌,恼犯我三尺无情铁。这剑,饥餐上将头,渴饮仇人血。

【得胜令】则是条龙向鞘中蛰[40],虎在坐间踅[41]。今日故友每才相见,休着俺弟兄每相间别[42]。鲁子敬听者:你心内休乔怯[43];畅好是随邪[44],吾当酒醉也。

(鲁云)臧宫动乐。(臧宫上,云)天有五星,地攒五岳[45],人有五德,乐按五音。五星者:金、木、水、火、土。五岳者:常、恒、泰、华、嵩。五德者:温、良、恭、俭、让。五音者:宫、商、角、徵、羽。(甲士拥上科)(鲁云)埋伏了者!(正击案,怒云)有埋伏也无埋伏?(鲁云)并无埋伏。(正云)若有埋伏,一剑挥之两断。(做击案科)(鲁云)你击碎菱花[46]。(正云)我特来破镜[47]。(唱)

【搅筝琶】却怎生闹炒炒军兵列,休把我拦当者。(云)当着我的,呵呵!(唱)我着他剑下身亡,目前流血。便有那张仪口、蒯通舌[48],休那里躲闪藏遮。好生的送我到船上者,我和你慢慢的相别。

(鲁云)你去了,倒是一场伶俐[49]。(黄文云)将军,有埋伏哩!(鲁云)迟了我的也。(关平领众将上,云)请父亲上舡,孩儿每来迎接哩。(正云)鲁肃,休惜殿后[50]。(唱)

【离亭宴带歇拍煞】我则见紫袍银带公人列,晚天凉风冷芦花谢。我心中喜悦。昏惨惨晚霞收,冷飕飕江风起,急飐飐帆招惹[51]。承管待,承管待,多承谢,多承谢。唤梢公慢者[52],缆解开岸边龙,舡分开波中浪,棹搅碎江心月。正欢娱有甚进退,且谈笑不分明夜。说与你两件事,先生记者[53]:百忙里趁不了老兄心[54],急且里倒不了俺汉家节[55]。

【注释】

①关汉卿杂剧《关大王独赴单刀会》原本共四折,本文选自第四折。"折"是元杂剧的一个结构单元,相当于现代话剧的"幕"。 ②鲁肃:字子敬,三国时吴国大夫。他力主抗曹,说服孙权联合刘备共敌曹操,取得赤壁之战的胜利。 ③关公:即关羽,字云长,蒲州解良(今山西解县)人。三国时蜀国大将,爵封汉寿亭侯,是时驻守荆州。 ④荆襄:荆州和襄阳,今属湖北。 合:应该。 ⑤壁衣:室中帷幕。 ⑥舡:同"船"。 ⑦赛村社:旧时农村在春秋社日等节令祭祀土地神时,举行的迎神、演戏活动。 ⑧周郎:三国时东吴年轻的主帅周瑜。赤壁大战时,用火攻烧毁曹军战船,大获全胜。 ⑨黄盖:东吴将领,曾献苦肉计诈降,为赤壁之战火攻曹军立下大功。 伤嗟:伤感悲叹。 本剧作者认为黄盖战死,故云"可怜",与后世小说所言不同。《三国志·黄盖传》云其系病卒。 ⑩鏖兵:激烈战斗。由:同"犹"。 ⑪报伏:即"报复",报告。 ⑫洞里之长春:指仙界美酒。 ⑬尘中之菲艺:指人间低拙的技艺。 ⑭猥劳:谦词,委屈劳驾。 ⑮舜五人:舜帝的五位贤臣禹、弃、契、皋陶、后夔。 ⑯汉三杰:西汉三位开国功臣张良、韩信、萧何。 ⑰不付能:宋元时俗语,一作"不甫能",刚刚能之意。 ⑱"以德报德":句语出《论语·宪问》。意为应以恩德报答别人对己的恩德,以公正道义对待别人对己的仇怨。 ⑲济拔颠危:将人从艰难困危中解救出来。 ⑳挂印封金:指关羽在许昌获知刘备的消息,即把曹操所授"汉寿亭侯"之印及曹操所赠金银留归曹操之事。 ㉑于禁:曹操麾下大将,驻樊城。被关羽用汉水灌城打败俘获。 ㉒止:同"只"。 ㉓夏口:今湖北武昌。 ㉔贤昆玉:旧时对他人兄弟的美称。 ㉕台鉴:敬辞,审察。 ㉖豁口截舌:剖口割舌。 ㉗吴、越:春秋时两诸侯国名,世为仇敌。 ㉘傲物轻信:对人傲慢,不守信用。 ㉙二句语出《论语·学而》,意为守信就接近了义,所说的话能经受事实的验证。 ㉚二句语本《论语·颜渊》,意为粮食、军队这些重要的东西都可舍去,但却不可失去信用。 ㉛此句语出《论语·为政》。輗(ní)、軏(yuè)是将车杠与衡木固定的部件,缺之车不能行。比喻没有信用就不能立足人世。 ㉜剑界:传说宝剑在将杀人前会发出响声,称剑界。 ㉝文醜:袁绍部下猛将,被关羽在曹军时所杀。 ㉞蔡阳:曹操部将。关羽离曹营奔归刘备,遇蔡阳追赶,杀之。 ㉟汉高皇:指汉高祖刘邦。 ㊱汉光武:指光武帝刘秀。 秉正除邪:指除去王莽,恢复汉朝江山。 ㊲汉皇叔:指刘备。吕布爵封温侯,被刘备、曹操所灭。 ㊳不克己:不肯吃亏。 ㊴庙堂之器:国家宝物。 ㊵蛰:此指隐藏。 ㊶踅(xué):盘旋。 ㊷间别:分离,对立。 ㊸乔怯:害怕。 ㊹畅好是:真正是。 随邪:歪邪、虚伪。 ㊺攒:聚集。 ㊻菱花:镜子的别称。此指有菱花图案的几案。 ㊼镜:此处谐音鲁子敬的"敬"。 ㊽张仪:战国时魏国人,纵横家的代表。善言辞,为秦相。 蒯(kuǎi)通;汉初谋士,能言善辩。 ㊾伶俐:干净、简单。 ㊿殿后:走在队伍的最后。此处意为相送一程。 51急飐(zhǎn)飐:形容江风劲吹船帆,使帆急剧抖动。 52梢公:即艄公。 53记者:记着。 54趁:同"称",满足。 55急且里:匆忙急迫间。 节:节杖。

【阅读提示】

《关大王独赴单刀会》是元杂剧中一部以三国故事为题材的历史剧。本折是全剧剧情最扣人心弦处，叙述东吴鲁肃预设伏兵，请关羽赴宴，意欲索取荆州。

剧本以浓墨重彩描写了关云长单刀赴会勇闯虎狼穴，唇枪舌剑智斗鲁子敬而凯旋的大智大勇，塑造了关羽英勇神武、履险如夷、胆识非凡的光辉形象。剧中[新水令]、[驻马听]等曲子，内涵丰富，慷慨激越，悲壮豪健。既表现了关羽为蜀汉不顾个人安危单刀赴会的英勇气概，也抒写了对历史人物的赞慕，对周瑜等英雄往矣的伤嗟。关汉卿善于通过激烈的矛盾冲突展现剧中人物的鲜明性格和心理。在关羽这一英雄的身上，也寄托了作者的历史观和人生观，表现了正义与正气终将战胜阴谋的深刻主题。

南吕·一枝花

不伏老[①]（节选）

我是个蒸不烂、煮不熟、捶不扁、炒不爆、响珰珰一粒铜豌豆，恁子弟每[②]，谁教你钻入他锄不断、斫不下、解不开、顿不脱、慢腾腾千层锦套头。我玩的是梁园月[③]，饮的是东京酒[④]，赏的是洛阳花[⑤]，攀的是章台柳[⑥]。我也会围棋、会蹴鞠、会打围、会插科、会歌舞、会吹弹、会嚥作、会吟诗、会双陆[⑦]。你便是落了我牙、歪了我嘴、瘸了我腿、折了我手，天赐与我这几般儿歹症候[⑧]，尚兀自不肯休[⑨]！则除是阎王亲自唤，神鬼自来勾，三魂归地府，七魄丧冥幽[⑩]，天哪，那其间才不向烟花路儿上走[⑪]！

【注释】

①南吕：宫调名。　一枝花：曲调名。“不伏老”是题目。这里系节选原曲之“尾”。　②恁：你们。　每：同“们”。　③梁园：汉代梁孝王经营的兔园，此泛指游乐场所。　④东京：指宋代的汴京，此代指名都。　⑤洛阳花：指洛阳牡丹，与下文的章台柳，均暗指名妓。　⑥章台：汉时长安街道，多居住妓女。唐代诗人韩翃，与住在章台的妓女柳氏相爱。后柳氏为沙吒利所夺，韩翃作《章台柳》词寄之表思念。　⑦蹴鞠：踢球。　打围：打猎。　插科：即插科打诨的省写。　吹弹：指演奏管乐和弦乐。　双陆：古代博戏之一种。　⑧歹症候：坏毛病。　⑨兀自：还自、还是。　⑩冥幽：阴间。　⑪烟花路儿：指眠花卧柳的狎妓生活。

【阅读提示】

蒙古贵族建立的元朝实行民族歧视和愚民政策。“七匠八妓九儒十丐”中的知识分子，特别是汉族知识分子地位低下。他们每每沉沦于勾栏妓院，放浪形骸。关汉卿此曲就比较典型地反映了当时书会才人的生活。这首套数原由四首曲子组成，此处仅节录第四首。作者以明快泼辣、俏皮诙谐、佯狂玩世的文字，表现了不怕压迫与折挠，永远和社会下层的书会才人及烟花艺伎在一起的生活态度，生动表现了这位风趣幽默、多才多艺的戏剧家的叛逆精神和倔强性格。起首“铜豌豆”一句，运用生动的比喻和大量衬字，情调激越，气势豪放，鲜明地表白了作者豪放不羁的个性。

□马致远

马致远，字千里，号东篱，大都（今北京）人。生卒年不详。曾任江浙行省务官，晚年退隐山林。他是元代前期著名的杂剧和散曲作家，散曲成就尤高，被誉为“曲状元”。所作内容较广，以“叹世”一类作品最多，又擅长对山川自然景物的细致描摹。辞采振拔，风格豪放清逸，深为后世文人所推重。散曲有《东篱乐府》一卷一百二十余首；著有杂剧十五种，以《汉宫秋》为代表。

越调·天净沙

秋　思

枯藤老树昏鸦①。小桥流水人家。古道西风瘦马②。夕阳西下，断肠人在天涯。

【注释】

①昏鸦：黄昏时归巢的乌鸦。　②古道：古老而荒凉的道路。　西风：秋风。

【阅读提示】

这是元人描写自然景物的名作，被誉为“秋思之祖”。作者以凝练的语言、清晰的画面，准确而委婉地刻画出旅人漂泊天涯的心境。前三句全用名词，把秋天傍晚九种富有特征的景物集中在一起，进行巧妙的艺术组合，构成鼎足对，渲染出一幅萧瑟凄凉的晚秋夕照图。接着通过后两句个人感受的抒写，将一个飘零他乡的游子在旅途中悲秋思乡的寂寞愁苦情怀，表现得极为深刻。

□王实甫

王实甫，名德信，大都（今北京）人。生平事迹不详。他的创作活动，大体是在元成宗元贞、大德年间（1295—1307）。所作杂剧，以文采藻饰见称。有目可考者有十三种，现存三种，《西厢记》(全名为《崔莺莺待月西厢记》)是他的代表作。《西厢记》本于唐代元稹的传奇小说《莺莺传》(又名《会真记》)。故事经数百年流传增衍，由王实甫创为元代最优秀的杂剧作品之一。全剧五本二十一折，突破一般杂剧一本四折一楔子的体制，演变为长篇戏曲。全剧曲词清丽华美，情节曲折，形象鲜明，意境浓郁，尤长于人物心理刻画。

西 厢 记

赖 婚[1]

(夫人排桌子上云)红娘去请张生，如何不见来？(红见夫人云)张生着红娘先行，随后便来也。(末上见夫人施礼科[2])(夫人云)前日若非先生，焉得有今日；我一家之命，皆先生所活也。聊备小酌，非为报礼，勿嫌轻意。(末云)"一人有庆，兆民赖之[3]"，此贼之败，皆夫人之福。万一杜将军不至[4]，我辈皆无免死之术。此皆往事，不必挂齿。(夫人云)将酒来，先生满饮此杯。(末云)"长者赐，少者不敢辞。"[5](末做饮酒科)(末把夫人酒了)(夫人云)先生请坐！(末云)小子侍立座下，尚然越礼，焉敢与夫人对坐。(夫人云)道不得个"恭敬不如从命"[6]。(末谢了，坐)(夫人云)红娘，去唤小姐来，与先生行礼者！(红朝鬼门道唤云[7])老夫人后堂待客，请小姐出来哩！(旦应云)我身子有些不停当[8]，来不得。(红云)你道请谁哩？(旦云)请谁？(红云)请张生哩！(旦云)若请张生，扶病也索走一遭(红发科了[9])(旦上)免除崔氏全家祸，尽在张生半纸书。

【双调五供养】若不是张解元识人多，别一个怎退干戈。排着酒果，列着笙歌。篆烟微[10]，花香细，散满东风帘幕。救了咱全家祸，殷勤呵正礼，钦敬呵当合[11]。

【新水令】恰才向碧纱窗下画了双蛾，拂拭了罗衣上粉香浮涴[12]，则将指尖儿轻轻的贴了钿窝[13]。若不是惊觉人呵，犹压着绣衾卧。

(红云)觑俺姐姐这个脸儿吹弹得破，张生有福也呵！(旦唱)

【幺篇】没查没利谎偻㑩[14]，你道我宜梳妆的脸儿吹弹得破。

(红云)俺姐姐天生的一个夫人的样儿。(旦唱)

你那里休聒[15]，不当一个信口开合[16]。知他命福是如何？我做一个夫人也做得过。

(红云)往常两个都害，今日早则喜也！(旦唱)

【乔木查】我相思为他，他相思为我，从今后两下里相思都较可[17]。酬贺间礼当酬贺，俺母亲也好心多。

(红云)敢着小姐和张生结亲呵！怎生不做大筵席，会亲戚朋友？安排小酌为何？(旦云)红娘，你不知夫人意。

【搅筝琶】他怕我是赔钱货[18]，两当一便成合[19]。据着他举将除贼，也消得家缘过活。费了甚？一股那便待要结丝萝[20]。休波[21]，省人情的奶奶忒虑过[22]，恐怕张罗[23]。

(末云)小子更衣咱。(做撞见旦科)(旦唱)

【庆宣和】门儿外，帘儿前，将小脚儿那[24]。我恰待目转秋波，谁想那识空便的灵心儿早瞧破[25]。唬得我倒趓[26]，倒趓。

(末见旦科)(夫人云)小姐近前拜了哥哥者[27]！(末背云)

呀，声息不好了也！(旦云)呀，俺娘变了卦也！(红云)这相思又索害也。(旦唱)

【雁儿落】荆棘剌怎动那[28]！死没腾无回豁[29]！措支剌不对答[30]！软兀剌难存坐[31]！

【得胜令】谁承望这即即世世老婆婆[32]，着莺莺做妹妹拜哥哥。白茫茫溢起蓝桥水[33]，赤邓邓点着祆庙火[34]。碧澄澄清波，扑剌剌将比目鱼分破。急攘攘因何，扢搭地把双眉锁纳合[35]。

(夫人云)红娘看热酒，小姐与哥哥把盏者！(旦唱)

【甜水令】我这里粉颈低垂，蛾眉频蹙，芳心无那[36]，俺可甚"相见话偏多"；星眼朦胧，檀口嗟咨[37]，攧窨不过[38]，这席面儿畅好是乌合[39]！

(旦把酒科)(夫人央科)(末云)小生量窄。(旦云)红娘，接了台盏者！

【折桂令】他其实咽不下玉液金波。谁承望月底西厢，变做了梦里南柯[40]。泪眼偷淹，酩子里揾湿香罗[41]。他那里眼倦开，软瘫做一垛[42]；我这里手难抬，称不起肩窝[43]。病染沉疴[44]，断然难活。则被你送了人呵，当甚么喽啰。

(夫人云)再把一盏者！(红递盏了)

【月上海棠】一杯闷酒尊前过，低首无言自摧挫。不甚醉颜酡，却早嫌玻璃盏大。从因我，酒上心来觉可。

(红背与旦云)姐姐，这烦恼怎生是了！(旦唱)

【幺篇】而今烦恼犹闲可[45]，久后思量怎奈何？有意诉衷肠，争奈母亲侧坐，成抛趓[46]，咫尺间如间阔[47]。

(夫人云)红娘，送小姐卧房里去者！(旦辞末出科)(旦云)俺娘好口不应心也呵！

【乔牌儿】老夫人转关儿没定夺[48]，哑谜儿怎猜破；黑阁落甜话儿将人和[49]，请将来着人不快活。

【江儿水】佳人自来多命薄，秀才每从来懦。闷杀没头鹅[50]，撇下赔钱货；下场头那答儿发付我！

【殿前欢】恰才个笑呵呵，都做了江州司马泪痕多[51]。若不是一封书将半万贼兵破，俺一家儿怎得存活。他不想结姻缘想甚么？到如今难着莫[52]。老夫人谎到天来大；当日成也是恁个母亲，今日败也是恁个萧何[53]。

【离亭宴带歇拍煞】从今后玉容寂寞梨花朵[54]，胭脂浅淡樱桃颗，这相思何时是可？昏邓邓黑海来深，白茫茫陆地来厚，碧悠悠青天来阔，太行山般高仰望，东洋海般深思渴[55]。毒害的恁么。俺娘呵，将颤巍巍双头花蕊搓，香馥馥同心缕带割，长搀搀连理琼枝挫。白头娘不负荷，青春女成担阁，将俺那锦片也似前程蹬脱[56]。俺娘把甜句儿落空了他，虚名儿误赚了我。（下）

（末云）小生醉也，告退。夫人跟前，欲一言以尽意，未知可否？前者贼寇相迫，夫人所言："能退贼者，以莺莺妻之。"小生挺身而出，作书与杜将军，庶几得免夫人之祸。今日命小生赴宴，将谓有喜庆之期，不知夫人何见，以兄妹之礼相待？小生非图哺啜而来，此事果若不谐，小生即当告退。（夫人云）先生纵有活我之恩，奈小姐先相国在日，曾许下老身侄儿郑恒。即日有书赴京唤去了，未见来。如若此子至，其事将如之何？莫若多以金帛相酬，先生拣豪门贵宅之女，别为之求，先生台意若何？（末云）既然夫人不与，小生何慕金帛之资？却不道"书中有女颜如玉"[57]？则今日便索告辞。（夫人云）你且住者，今日有酒也，红娘，扶将哥哥去书房中歇息，到明日咱别有话说。（下）（红扶末科）（末念）有分只熬萧寺夜[58]，无缘难遇洞房春。（红云）张生，少吃一盏却不好。（末云）我吃什么来？（末跪红科）小生为小姐昼夜忘餐废寝，魂劳梦断，常忽忽如有所失。自寺中一见，隔墙酬和，迎风待月，受无限之苦楚。甫能得成就婚姻[59]，夫人变了卦，使小生智竭思穷，此事几时是了？小娘子怎生可怜见小生，将此意申与小姐，知小生之心。就小娘子前解下腰间之带，寻个自尽。（末念）可怜刺股悬梁志[60]，险作离乡背井魂。（红）街上好贱柴，烧你个傻角[61]！你休慌，妾当与君谋之。（末云）计将安在？小生当筑坛拜将。（红云）妾见先生有囊琴一张，必善于此。俺小姐深慕于琴。今夕妾与小姐同至花园内烧夜香，但听咳嗽为令，先生动操[62]；看小姐听得时，说什么言语，却将先生之言达知。若有话说，明日妾来回报；这早晚怕夫人寻我，回去也。（下）

【注释】

①《赖婚》为《西厢记》中第二本第三折（有的版本也作第二本第四折）。　②科：元杂剧里表示动作、表情、舞台效果的术语。　③二句语出《尚书·吕刑》。　④杜将军：指统兵十万镇守蒲关的白马将军杜确，系张生故友。在此前第二折中写张生请惠明和尚送信给杜将军，带兵前来杀退贼兵，活捉了贼将孙飞虎，解了普救寺之围。　⑤两句话本《礼记·曲礼》："长者赐，幼者贱者不敢辞。"　⑥道不得：犹云可不道、岂不有这话。　⑦鬼门道：舞台的上下场门。⑧不停当：不舒服。　⑨发科：元杂剧术语，演员装作种种可笑情态以娱悦观众。　⑩篆烟：指香烟缭绕曲折，像篆文一样。　⑪当合：即合当。　⑫浮沤：浮尘。　⑬钿窝：贴在面颊上的花钿。一说是衣服上的装饰品。　⑭没查没利：也作"没查利"，指言语不实、无凭准。偻

㑩:本能干之意,此处指红娘。一说同"楼罗",形容言语难懂、不清楚。 ⑮聒:聒噪的省称。⑯信口开合:即信口开河。 ⑰较可:较,减轻,多指病减轻。可,语助词。 ⑱赔钱货:旧时轻贱女子,把女儿叫作赔钱货。 ⑲两当一便成合:以两个当一个成交,意指廉价出卖。 ⑳一股那:匆匆忙忙、一下子的意思。 丝萝:古代用兔丝和女萝的缠绕不分,比喻男女婚配。㉑休波:算了。波,助词。 ㉒省人情:懂得人情。 忒:太。 ㉓张罗:筹措,尽力营办。㉔那:通"挪",移动。 ㉕识空(kòng)便:知机、抓住机会,推而言聪明、机灵。 ㉖趓:同"躲"。倒趓:倒退着躲避。 ㉗拜了哥哥:要崔、张兄妹相称,即不欲他们成婚。 ㉘荆棘剌:形容惊慌。棘剌,语助词。一说为"惊急里"之借音。 ㉙死没腾:形容呆呆地没有生气。没腾,语助词。 无回豁:无反应。 ㉚措支剌:慌张失态。 支剌:语助词。 ㉛软兀剌:软瘫无力。兀剌:语助词。 存坐:稳坐。 ㉜即即世世:阅世甚深之意。 ㉝蓝桥:传说,尾生和恋人约定在蓝桥会面,不管河水涨溢,他守信用不肯挪动,终被淹死。见《战国策·燕策》和《汉书·东方朔传》注。 ㉞祆(xiān)庙:传说蜀帝的公主与乳母之子陈生青梅竹马,分离六载后约定在祆庙(拜火教寺院)相见。公主去见陈生熟睡,留下玉环就回去了。陈生醒,见玉环,怨气顿成火焰,把庙宇连同自己都烧毁了。见《渊鉴类函》卷五八所引《蜀志》。 ㉟圪搭:象声词,形容动作快速。古人把皱眉比作锁眉。纳合,上锁。 ㊱无那(nuò):无奈。 ㊲檀口:形容红艳的嘴唇。 嗟咨:即"咨嗟",叹息。 ㊳攧窨(diān yìn):亦作"迭窨",元代方言。顿足忍气之意。 ㊴畅好是:正好是。 乌合:比喻像鸦群的暂时聚合。 ㊵南柯:唐李公佐《南柯太守传》云:淳于棼在梦中任南柯郡太守,遍尝荣华富贵、悲欢离合的滋味,醒来才知是梦。 ㊶酩子里:暗地里。 揾(wèn):揩拭。 ㊷一垛:一堆。 ㊸称:支撑。 ㊹沉疴:久治不愈的病。㊺闲可:犹如说小事。可,助辞。 ㊻抛趓:撇开、回避。 ㊼间阔:远别之意。 ㊽转关儿:变计。 ㊾黑阁落:暗地里。 和:和哄、哄骗。 ㊿没头鹅:比喻摸不着头脑、被弄得莫名其妙的人。这里指张生。 (51)江州司马泪痕多:《琵琶行》:"座中泣下谁最多?江州司马青衫湿。""江州司马",白居易自称。这里是指张生和莺莺自己。 (52)着莫:捉摸、揣测。 (53)败也是恁个萧何:俗语"成也萧何,败也萧何"。韩信因萧何推荐而拜将,又以萧何参与决策而被杀。这里萧何是喻老夫人。 (54)玉容寂寞梨花朵:白居易《长恨歌》:"玉容寂寞泪阑干,梨花一枝春带雨。"这里莺莺比喻自己今后的青春寂寞。 (55)两句意为望之如太行山般高,思之如东洋海般深。 (56)蹬脱:踢开、拆散。 (57)书中有女颜如玉:出自宋真宗《劝学诗》。 (58)萧寺:佛寺。《释氏要览》:"今多称僧居为萧寺者,是用梁武造寺,以姓为题也。" (59)甫能:方才。(60)刺股:战国苏秦发愤读书,瞌睡时用锥子刺大腿。见《战国策·秦策》。 悬梁:汉代孙敬,决心苦读,用绳系发于梁,免得打瞌睡。见《楚国先贤传》。 (61)街上好贱柴,烧你个傻角:元代盛行火葬。此用以讽刺张生。 (62)动操:开始弹琴。

【阅读提示】

王实甫的《西厢记》是元杂剧中一颗璀璨的明珠。它反映了封建社会中男女青年争取婚姻自主的强烈愿望与封建礼教之间的深刻矛盾,热烈歌颂了男女青年为争取婚姻自由追求纯洁爱情而与封建礼教展开的斗争。作品"愿普天下有情的都成了眷属"的主题,具有反封建的进步意义。

《赖婚》叙述老夫人在贼兵被退、普救寺解围之后,却背信弃义赖婚,让张生与莺莺兄妹相称。本折戏生动描绘了张生、莺莺由满怀喜悦到失望痛苦、怨怼愤懑的心理变化，体现了《西厢记》善于细腻生动刻画人物心理的特色。另外，作者擅长白描，善于通过人物的言语、行动来展现性格；曲词则既能融化诗词佳句，又能提炼民间的口语、俗语，使之典雅华美，雅俗共赏。

□张养浩

张养浩（1270—1329），字希孟，号云庄，山东历城（今济南）人。历任监察御史、礼部尚书等职。他直言敢谏，晚年因上疏批评时政获罪，遂弃官隐居。后关中大旱，被征召为陕西行台中丞，治旱赈灾，到官四月，积劳成疾，死于任所。他是元代著名的散曲作家，部分作品反映了民生疾苦。有散曲集《云庄休居自适小乐府》。

山坡羊

潼关怀古[①]

峰峦如聚，波涛如怒，山河表里潼关路[②]。望西都[③]，意踌躇[④]。伤心秦汉经行处[⑤]，宫阙万间都做了土。兴，百姓苦；亡，百姓苦！

【注释】

①元文宗天历二年（1329），作者被任命为陕西行台中丞。此曲为赴任途中所作。 ②山河表里：《左传·僖公二十八年》：“子犯曰：‘若其不捷，表里山河，必无害也。’”子犯劝晋文公与楚决战，言晋国内有山，外有河，即使被击败亦足固守。此处引喻潼关内有华山，外有黄河，形势险要。 ③西都：泛指长安（今陕西西安）和咸阳一带，秦朝、西汉建都于此。 ④踌躇（chóu chú）：犹豫、徘徊。这里意为思潮起伏不平。 ⑤此句意为行经秦汉故都，见历史遗迹，倍觉伤心。

【阅读提示】

这首小令的作者跳出了一般文人怀古作品的窠臼，喊出了“兴，百姓苦；亡，百姓苦”的振聋发聩之声。作品揭示了封建统治阶级剥削欺压人民的罪恶本质，对人民的疾苦表现了深切的同情。散曲意境开阔，情调沉郁，气势雄浑，熔写景、抒情、议论于一炉。语言简练通俗，句句押韵，不露斧凿痕，显示了散曲的本色，结句尤为警拔。

□宋　濂

宋濂(1310—1381),字景濂,号潜溪,浦江(今属浙江)人。年少时勤奋读书,以文章闻名于时。明初任江南儒学提举,以后又历任《元史》纂修总裁等职。晚年辞官归家,后因长孙犯法受牵连,全家被流放到茂州(今四川汶川),病死途中。他是元末明初著名的散文大家,被誉为“开国文臣之首”。他的散文宗法唐宋,从容简洁,善于变化,尤其长于叙事记传,笔下的人物栩栩如生。著有《宋文宪公全集》。

王冕传[①]

王冕者,诸暨人。七八岁时,父命牧牛陇上,窃入学舍听诸生诵书,听已辄默记。暮归,忘其牛。或牵牛来责蹊田[②],父怒,挞之,已而复如初。母曰:“儿痴如此,曷不听其所为[③]?”冕因去,依僧寺以居。夜潜出,坐佛膝上,执策映长明灯读之[④],琅琅达旦。佛像多土偶,狞恶可怖,冕小儿,恬若不见[⑤]。

安阳韩性闻而异之[⑥],录为弟子,学遂为通儒。性卒,门人事冕如事性。时冕父已卒,即迎母入越城就养。久之,母思还故里,冕买白牛驾母车,自被古冠服随车后。乡里小儿竞遮道讪笑,冕亦笑。

著作郎李孝光欲荐之为府史[⑦],冕骂曰:“吾有田可耕,有书可读,肯朝夕抱案立庭下备奴使哉!”每居小楼上,客至,僮入报,命之登乃登。部使者行郡[⑧],坐马上求见,拒之去,去不百武[⑨],冕倚楼长啸,使者闻之惭。

冕屡应进士举不中,叹曰:“此童子羞为者,吾可溺是哉!”竟弃去,买舟下东吴,渡大江,入淮楚,历览名山川。或遇奇才、侠客,谈古豪杰事,即呼酒共饮,慷慨悲吟,人斥为狂奴。

北游燕都,馆秘书卿泰不花家[⑩]。泰不花荐以馆职,冕曰:“公诚愚人哉!不满十年,此中狐兔游矣,何以禄仕为!”即日将南辕,会其友武林卢生死滦阳,唯两幼女、一童留燕,伥伥无所依[⑪]。冕知之,不远千里走滦阳,取生遗骨,且挈二女还生家。

冕既归越,复大言天下将乱。时海内无事,或斥冕为妄。冕曰:“妄人非我,谁当为妄哉!”乃携妻孥隐于九里山,种豆三亩,粟倍之,树梅花千,桃杏居其半,芋一区,薤韭各百本,引水为池,种鱼千余头,结茅庐三间,自题为“梅花屋”。尝仿《周礼》著书一卷,坐卧自随,秘不使人观。更深人寂,辄挑灯朗讽,既而抚卷曰:“吾未即死,持此以遇明主,伊、吕事业不难致也[⑫]。”当风日佳时,操觚赋诗,千百不休，皆鹏骞海怒[13]，读者毛发为耸。人至，不为宾主礼，清谈竟日不倦。食至辄食，都不必辞谢。善画梅，不减杨补之[14]，求者肩背相望，以缯幅短长为得米之差。人讥之，冕曰："吾藉是以养口体，岂好为人家作画师哉！"

未几，汝颍兵起，一如冕言。皇帝取婺州，将攻越，物色得冕，置幕府，授以咨议参军，一夕，以病死。冕状貌魁伟，美须髯，磊落有大志，不得少试以死，君子惜之。

史官曰：予受学城南时，见孟寀言越有狂生，当天大雪，赤足上潜岳峰，四顾大呼曰："遍天地间皆白玉合成，使人心胆澄澈，便欲仙去！"及入城，戴大帽如簁[15]，穿曳地袍翩翩行，两袂轩翥[16]，哗笑溢市中，予甚疑其人，访识者问之，即冕也。冕真怪民哉！马不覂驾[17]，不足以见其奇才，冕亦类是夫！

【注释】

①王冕，元末名士，工诗善画，亦狂亦狷。元明清三朝都有人写其传记，吴敬梓《儒林外史》第一回即叙王冕。 ②蹊（xī）：践踏。 ③曷（hé）：何。 ④策：通"册"。 长明灯：佛像前的灯昼夜不灭，故名。 ⑤恬：安然。 ⑥韩性：字明善，绍兴人，隐居讲学，弟子众多，卒谥庄节先生。 ⑦李孝光：字季和，温州乐清人，博学，隐居雁荡山。元至正七年（1347），以秘书监著作郎召。 ⑧部使者：按察官员。 行郡：巡视府属各地。 ⑨武：古代以六尺为步，半步为武。 ⑩泰不花：《元史》作"泰不华"，姓伯牙吾台氏，字兼善。第进士，授集贤修撰。历秘书卿、绍兴路总管、礼部尚书。死于方国珍之乱，谥忠介。《元史》有传。 ⑪伥（chāng）伥：迷茫不知所措的样子。 ⑫伊、吕：伊尹、吕望。前者是商汤的贤相，后者即辅佐周武王伐纣的姜太公。 ⑬鹏骞（xiān）海怒：像大鹏飞举，海涛怒吼。骞，振翼而飞。 ⑭杨补之：杨无咎，字补之。南宋画家，尤善画梅。 ⑮簁（shāi）：同"筛"。 ⑯轩翥（zhù）：高高飞扬。 ⑰覂（fěng）驾：翻车。指马有逸气，不受控御。覂，翻覆。

【阅读提示】

宋濂认为"纪事之文，当本之司马迁、班固"（《文原》）。故其传记文在刻画人物时，用笔细致精练，善于通过一些具体细节来表现人物的鲜明个性，并能寄寓自身的襟怀抱负和爱憎。本文重点刻画王冕的种种"怪"行"奇"事。首写幼时之奇，牧牛诵书，长夜苦读。次写事母之孝，披古冠服迎母归故里。继写不屑为府吏，拒见部使者。再写其屡试进士不中，广为游历，结交奇才侠客。然后写拒绝泰不花举荐，笑其为愚人；又不远千里取亡友骸骨，挈其二女还。接着写隐居九里山，著书以待明主，欲致伊吕之业。此后写王冕终被朱元璋授以官职，却不幸病亡。最后再补写耳闻的一段王冕轶事，仿照《史记》，以"马不覂驾，不足以见其奇才，冕亦类是夫"，表达了作者对王冕这位嵚崎磊落的奇才的高度评价。

□刘　基

刘基(1311—1375),字伯温,青田(今浙江青田)人。元至顺间进士,曾任江西高安县丞、江浙儒学副提举等职,有廉直声。上陈匡时长策,当局抑而不行,因此弃官隐居青田山中,著《郁离子》以见志。元至正二十年(1360)后受邀出山,辅佐朱元璋统一天下,为明开国功臣之一。官至御史中丞兼太史令,封诚意伯。其诗古朴雄放,其文“气昌而奇,与宋濂并为一代之宗”(《明史·刘基传》)。有《诚意伯文集》。

卖柑者言

杭有卖果者,善藏柑,涉寒暑不溃①。出之烨然②,玉质而金色③。置于市,贾十倍,人争鬻之④。予贸得其一⑤,剖之,如有烟扑口鼻。视其中,则干若败絮⑥。予怪而问之曰:“若所市于人者⑦,将以实笾豆⑧,奉祭祀,供宾客乎?将衒外以惑愚瞽也⑨?甚矣哉为欺也⑩!”

卖者笑曰:“吾业是有年矣⑪。吾赖是以食吾躯⑫。吾售之,人取之,未尝有言,而独不足子所乎⑬?世之为欺者不寡矣,而独我也乎?吾子未之思也。今夫佩虎符、坐皋比者⑭,洸洸乎干城之具也⑮,果能授孙吴之略耶⑯?峨大冠、拖长绅者⑰,昂昂乎庙堂之器也⑱,果能建伊皋之业耶⑲?盗起而不知御,民困而不知救,吏奸而不知禁,法斁而不知理⑳,坐糜廪粟而不知耻㉑。观其坐高堂,骑大马,醉醇醴而饫肥鲜者㉒,孰不巍巍乎可畏㉓、赫赫乎可象也㉔?又何往而不金玉其外、败絮其中也哉!今子是之不察,而以察吾柑!”

予默默无以应。退而思其言,类东方生滑稽之流㉕。岂其愤世嫉邪者耶?而托于柑以讽耶?

【注释】

①杭:杭州。　涉:经过。　②烨(yè)然:色泽鲜艳的样子。　③此句形容橘子质地光润如玉,外表黄亮似金。　④贾:同“价”。　鬻(yù):买。　⑤贸:购,交易。　⑥败絮:破旧的棉絮。　⑦若:你。　市:交易,买卖。　⑧实:装满、充实。　笾(biān)豆:古代祭祀或宴饮时盛食物的容器。　⑨衒:同炫,夸耀。　愚瞽:傻子和瞎子。　⑩此句意谓你骗人的手段太高明了。　为欺:进行欺骗。　⑪业是:以此为职业。　⑫食(sì):供养,养活。　⑬此句意谓却唯独不能满足你的心意吗。　⑭皋比(pí):虎皮。此指虎皮交椅。这句指武将。　⑮洸(guāng)洸:威武的样子。　干城之具:捍卫城池的人才。　⑯孙吴:孙武和吴起,春秋战国时著名军事家。　略:韬略,即兵法。　⑰峨:高耸地戴着。　绅:古代士大夫束在腰间的带子。

⑱昂昂：轩昂。形容风度威严的样子。　庙堂：指朝廷。　器：才能、器具。　⑲伊皋：伊尹和皋陶（yáo）。伊尹，商汤时大臣；皋陶，虞舜时大臣。两人皆为贤臣。　⑳斁（dù）：败坏。　㉑坐糜廪（lǐn）粟：不劳而获地消耗俸米。糜，同"靡"，浪费。廪，国家的粮仓。　㉒饫（yù）：饱吃。　㉓巍巍：高不可攀的样子。　㉔赫赫：显贵的样子。　象：效法，作表率。　㉕东方生：东方朔，字曼倩，汉武帝时人，常以滑稽的言谈讽谏皇帝。

【阅读提示】

刘基散文善于借助寓言故事来阐发深刻的道理，揭露社会弊端。本文借卖柑者之口，揭露了封建官僚"金玉其外、败絮其中"的腐朽本质。文章短小隽永，由卖柑这一生活小事引发问答诘难和议论，由表及里，层层深入，设想新奇，寓意深刻，讽刺辛辣，鞭辟入里，读之发人深省。《古文观止》评曰："青田此言为世人盗名者发，而借卖柑影喻。满腔愤世之心，而以痛哭流涕出之。士之金玉其外而败絮其中者，闻卖柑之言，亦可以少愧矣。"

□高　启

高启（1336—1374），字季迪，长洲（今江苏苏州）人。元末隐居吴淞青丘，自号青丘子。与杨基、张羽、徐贲齐名，称"吴中四杰"。明洪武初，召修《元史》，为翰林院国史编修。授户部右侍郎，固辞不就。后被朱元璋加罪，腰斩于南京。诗歌体制不一，风格多样，学习汉、魏、晋、唐诸体，诗风清新秀逸，为明代最著名的诗人。有诗集《缶鸣集》、文集《凫藻集》和词集《扣舷集》，后人合刻为《高太史大全集》。

登金陵雨花台望大江[①]

大江来从万山中，山势尽与江流东。钟山如龙独西上[②]，欲破巨浪乘长风。江山相雄不相让[③]，形势争夸天下壮[④]。秦皇空此瘗黄金[⑤]，佳气葱葱至今王[⑥]。我怀郁塞何由开？酒酣走上城南台[⑦]。坐觉苍茫万古意[⑧]，远自荒烟落日之中来！石头城下涛声怒[⑨]，武骑千群谁敢渡？黄旗入洛竟何祥[⑩]？铁锁横江未为固[⑪]。前三国，后六朝[⑫]，草生宫阙何萧萧！英雄乘时务割据，几度战血流寒潮。我今幸逢圣人起南国[⑬]，祸乱初平事休息。从今四海永为家，不用长江限南北。

【注释】

①金陵：今江苏南京市别称。　雨花台：在南京城南。　②钟山：即紫金山。　③相雄：互相争雄。　④形势：一本作"形胜"。　⑤瘗（yì）：埋藏。　瘗黄金：据《丹阳记》载，秦始皇

因怕别人为王，而在金陵钟山埋下金玉杂宝以镇压天子气。 ⑥王（wàng）：通"旺"，旺盛。⑦城南台：指雨花台。 ⑧坐：遂，因而。 ⑨石头城：故址在南京清凉山。 ⑩黄旗入洛：《三国志·吴书·孙皓传》注引《江表传》说，吴主孙皓迷信"黄旗紫盖见于东南"的谣言，以为自己是真命天子，就携带母亲、妻子及后宫千人，前往洛阳。不料遇雪受阻，被迫中途而返。至公元280年，晋举兵伐吴，孙皓成了俘虏，全家西迁洛阳。 ⑪铁锁横江：《晋书·王濬传》说，晋举兵伐吴时，吴人在长江险要处用铁锁横截，又作铁锥暗置江中，以阻拦战舰东下，但都被王濬扫除、烧断，吴于是灭亡。 ⑫三国：魏、蜀、吴；这里专指吴。 六朝：吴、东晋、宋、齐、梁、陈，均建都于金陵。 ⑬圣人：此指明太祖朱元璋。 南国：南方，这里指钟离（今安徽凤阳）。

【阅读提示】

这诗作于明太祖洪武二年（1369），当时作者正在南京编修《元史》。他曾写《石射堋》诗道："人安四海清，自此万年无战争。"这首登临之作，抒发同一情怀，以歌颂祖国统一为题旨。篇首八句写景，赞美新都金陵形胜；篇中十二句怀古，愤恨割据混战局势；篇末四句感今，庆幸朱明统一南北。全诗起势雄杰，用典贴切，颂扬得体，是高启豪宕奔放的歌行体的代表作。

□方孝孺

方孝孺（1357—1402），字希直，一字希古，明代宁海（今属浙江）人，曾任汉中府教授、翰林侍讲学士，总裁《太祖实录》、《类要》等书，"时当世文章，共推先生为第一"（《明儒学案》）。建文四年（1402）六月，燕王朱棣篡取帝位，命方孝孺起草登基诏书。方严词拒绝，书以"燕贼篡位"，被撕口割舌，磔杀弃市，除夷灭九族外，连朋友、学生也一并被杀，株连坐死者多达八百七十余人。方孝孺是宋濂学生，自觉地把明王道、振纲常、辅君德、起民瘼作为自己文学创作的根本目的，主张"文之为用，明道立政"，务必切于实用，反对形式主义。其文醇深雄迈，纵横豪放，理明辞达，生动明快；部分作品善以物喻理，意蕴深远。著有《逊志斋集》。

蚊　对

天台生困暑[①]，夜卧绨帷中[②]，童子持翣扬于前[③]，适甚，就睡。久之，童子亦睡，投翣倚床，其音如雷。生惊寤，以为风雨且至也，抱膝而坐。

俄而耳旁闻有飞鸣声，如歌如诉，如怨如慕，拂肱刺肉[④]，扑股噆面[⑤]，毛发尽竖，肌肉欲颤。两手交拍，掌湿如汗，引而嗅之，赤血腥然也。大愕，不知所为。蹴童子[⑥]，呼曰："吾为物所苦，亟起索烛照！"烛至，绨帷尽张，蚊数千皆集帷旁，见烛乱散，如蚁如蝇，利嘴饫腹[⑦]，充赤圆红。生骂童子曰："此非噆吾血者耶？皆尔不谨，褰帷而放之入[⑧]！且彼异类也，防之苟至[⑨]，乌能为人害？"童子拔蒿束之[⑩]，置火于端，其烟勃郁[⑪]，左麾右旋[⑫]，绕床数匝，逐蚊出门。复于生曰："可以寝矣，蚊已去矣！"

生乃拂席[⑬]，将寝，呼天而叹曰："天胡产此微物而毒人乎[⑭]？"童子闻之，哑尔笑曰："子何待己之太厚，而尤天之太固也[⑮]！夫覆载之间，二气细缊[⑯]，赋形受质，人物是分。大之为犀象，怪之为蛟龙，暴之为虎豹，驯之为麋鹿与庸狨[⑱]，羽毛而为禽为兽，裸身而为人为虫，莫不皆有所养。虽巨细修短之不同，然寓形于其中[⑲]，则一也。自我而观之，则人贵而物贱；自天地而观之，果孰贵而孰贱耶？今人乃自贵其贵，号为长雄[⑳]；水陆之物，有生之类，莫不高罗而卑网[㉑]，山贡而海供，蛙黾莫逃其命[㉒]，鸿雁莫匿其踪。其食乎物者，可谓泰矣[㉓]，而物独不可食于人耶？兹夕蚊一举喙，即号天而诉之；使物为人所食者，亦皆呼号告于天，则天之罚人，又当何如耶？且物之食于人，人之食于物，异类也，犹可言也。而蚊且犹畏谨恐惧，白昼不敢露其形，瞰人之不见[㉔]，乘人之困怠，而后有求焉[㉕]。今有同类者，啜粟而饮汤，同也；畜妻而育子，同也；衣冠仪貌，无不同者。白昼俨然乘其同类之间而陵之[㉖]，吮其膏而盬其脑[㉗]，使其饿踣于草野[㉘]，离流于道路[㉙]，呼天之声相接也，而且无恤之者。今子一为蚊所噆，而寝辄不安；闻同类之相噆，而若无闻。岂君子先人后身之道耶？"

天台生于是投枕于地，叩心太息[㉚]，披衣出户，坐以终夕。

【注释】

①天台生：作者自称。宁海县旧属台州府，境内有天台山，故自称天台生。②絺帷(chī wéi)：细葛布做成的帐子。③翣(shà)：古代仪仗所用大掌扇。此指大扇。④拂肱(gōng)：在胳膊上掠过。⑤噆(zǎn)：叮，咬。⑥蹴(cù)：踢。⑦饫(yù)：饱。⑧褰(qiān)：拉开。⑨苟至：如果周到。⑩蒿(hāo)：草名，有特殊气味，可以驱蚊。⑪勃郁：烟味浓重的意思。⑫麾(huī)：挥舞。⑬拂：拂拭。⑭胡：为什么。⑮尤：怨恨。固：坚决。⑯覆载之间：天地之间。⑰二气：指阴阳二气。细缊(yīn yūn)：同氤氲。⑱庸：大牛。狨(róng)：金丝猴。⑲寓形：寄托身体。⑳长(zhǎng)雄：称雄于万物，为万物之长。㉑罗：捕鸟的网，这里用作动词。卑：低。㉒黾(měng)：蛙的一种。㉓泰：极。㉔瞰(kàn)：窥视。㉕有求：此指吸饮人血。㉖陵：同凌，欺压。㉗盬(gǔ)：吮吸。㉘踣(bó)：跌倒。㉙离流：离散、流浪。㉚叩：敲。

【阅读提示】

作者借童子的议论，把社会上的剥削压迫者和吸人血的蚊子进行类比，指出前者要比后者更为凶残无耻。文章运用形象的比喻和对比，借事生议，以物喻理，大胆揭示了当时社会人剥削人、人压迫人的现象，揭露了那些衣冠禽兽们对人民“吮其膏而盬其脑”的吸血鬼罪行,有很强的针对性。虽然,作者没有也不可能运用阶级分析的观点和方法来剖析人剥削人这种社会现象的本质,但这篇短文确实涵蓄深远,发人深思,读之令人“叩心太息”。

□于　谦

于谦(1398—1457),字廷益,钱塘(今浙江杭州)人。明永乐进士,迁兵部右侍郎,任山西、河南等地巡抚,兴利除弊,颇得民心。英宗正统十四年(1449)秋,蒙古瓦剌部进犯,英宗亲征被俘。于谦被任为兵部尚书,反对迁都南逃。他拥立景帝,并亲自督战,击败瓦剌军,平息边患。英宗复位后,他以“谋逆罪”被诬杀。万历间昭雪,谥忠肃。其诗作多忧国忧民,或表述自己的忠贞情操,诗风质朴刚健。著有《于忠肃公集》。

咏煤炭

凿开混沌得乌金①,藏蓄阳和意最深②。爝火燃回春浩浩③,洪炉照破夜沉沉。鼎彝元赖生成力④,铁石犹存死后心⑤。但愿苍生俱饱暖,不辞辛苦出山林。

【注释】

①混沌:原指古人想象中天地形成以前的状态,此指未开发的煤矿。　②阳和:阳光般的温暖。　③爝(jué)火:小火。　④“鼎彝”句:鼎彝这些铜器,原本靠煤炭烧铸而成。鼎彝,古代宗庙常用礼器的总称。　元:通“原”。　⑤“铁石”句:那些用煤炭冶炼出来的铁石,仍保存着煤炭的精神。

【阅读提示】

这首咏物诗,是《石灰吟》的姐妹篇,借咏煤炭以言志,表现了诗人勇于献身的高尚情操和为民造福的赤诚之心。作者继承了我国咏物诗“不粘不脱”、“不即不离”的传统手法,兼顾“物性”和“情志”两个方面,既切合煤炭的外形、内质、来源和用途,又不单单滞留在煤炭本身,而是亦煤亦人,煤人兼指,处处融入人的思想品格。由于恰到好处地运用了双关、拟人手法,使煤炭获得了灵性和生命。这首诗选择了极平凡的、人人常见的煤炭作为吟咏的对象,不事雕琢,不尚藻饰,一派自然本色。

□归有光

归有光（1507—1571），字熙甫，号震川，江苏昆山人。他仕途坎坷，六十岁始中进士，授浙江长兴县令，后官至南京太仆寺丞。在任期间，体恤民艰，政绩卓著。他是“唐宋派”的代表作家，为文反对前后七子“文必秦汉，诗必盛唐”的拟古作风，主张以唐宋八大家为榜样，强调实见真情。他的散文素材平凡，语言淡朴，感情深挚，长于即事抒情。但生活面较狭窄，文章缺乏深刻反映社会现实的力作。著有《震川文集》。

先妣事略

先妣周孺人[①]，弘治元年二月二十一日生[②]。年十六来归[③]。逾年生女淑静，淑静者，大姊也；期而生有光[④]；又期而生女、子，殇一人[⑤]；期而不育者一人；又逾年生有尚，妊十二月；逾年，生淑顺；一岁，又生有功。

有功之生也，孺人比乳他子加健。然数颦蹙顾诸婢曰[⑥]：“吾为多子苦！”老妪以杯水盛二螺进，曰：“饮此后妊不数矣。”孺人举之尽，喑不能言[⑦]。

正德八年五月二十三日[⑧]，孺人卒。诸儿见家人泣，则随之泣。然犹以为母寝也，伤哉！

于是家人延画工画，出二子命之曰：鼻以上画有光，鼻以下画大姊。以二子肖母也[⑨]。

孺人讳桂[⑩]。外曾祖讳明。外祖讳行，太学生[⑪]。母何氏。世居吴家桥，去县城东南三十里；由千墩浦而南，直桥并小港以东[⑫]，居人环聚，尽周氏也。外祖与其三兄皆以资雄，敦尚简实；与人姁姁说村中语[⑬]，见子弟甥侄无不爱。

孺人之吴家桥，则治木绵；入城则缉纑[⑭]，灯火荧荧，每至夜分。外祖不二日使人问遗[⑮]。孺人不忧米盐，乃劳苦若不谋夕。冬月炉火炭屑，使婢子为团，累累曝阶下。室靡弃物[⑯]，家无闲人。儿女大者攀衣，小者乳抱，手中纫缀不辍，户内洒然[⑰]。遇僮奴有恩，虽至箠楚，皆不忍有后言[⑱]。吴家桥岁鱼蟹饼饵，率人人得食，家中人闻吴家桥人至皆喜。有光七岁，与从兄有嘉入学，每阴风细雨，从兄辄留[⑲]，有光意恋恋，不得留也。孺人中夜觉寝，促有光暗诵《孝经》，即熟读无一字龃龉[⑳]，乃喜。

孺人卒，母何孺人亦卒。周氏家有羊狗之痾[㉑]。舅母卒，四姨归顾氏，又卒，死三十人而定。惟外祖与二舅存。

孺人死十一年，大姊归王三接，孺人所许聘者也。十二年，有光补学官弟子[22]，十六年而有妇，孺人所聘者也。期而抱女，抚爱之，益念孺人，中夜与其妇泣。追惟一二[23]，仿佛如昨，馀则茫然矣。世乃有无母之人，天乎，痛哉！

【注释】

①孺人：明清时七品官的母亲或妻子的封号，也可用作对妇人的尊称。 ②弘治：明孝宗年号。弘治元年为公元1488年。 ③归：古时谓女子出嫁为归。 ④期(jī)：一周年。 ⑤殇(shāng)：未成年而死。 ⑥数(shuò)：屡次，一再。 颦蹙：皱眉。 ⑦喑：哑。 ⑧正德：明武宗年号。正德八年为公元1513年。 ⑨以：因。 肖：相像。 ⑩讳：古代不能直呼尊长的名字，故不得不提名字时，冠以"讳"字。 ⑪太学生：京城国子监的学生。 ⑫吴家桥：江苏昆山地名。 千墩浦：在昆山县东南三十六里。 直桥：对着桥。 并：傍，靠着。 ⑬姁姁(xǔ)：即煦煦，此指和气的样子。 ⑭缉纑(lú)：搓麻线。 ⑮问遗(wèi)：慰问和馈赠。 ⑯靡：无。 ⑰洒然：干干净净。 ⑱后言：背后非议。 ⑲从兄：堂兄。 留：指留家不上学。 ⑳龃龉(jǔ yǔ)：原指上下齿不能相合，此指背书不流利。 ㉑羊狗之痾(ē)：指瘟疫。《晋书·五行志》："六畜谓之祸，及人谓之痾。" ㉒学官弟子：即秀才。童生考取秀才后，便入县学，受学官管教，故称学官弟子。 ㉓追惟：追思、追念。

【阅读提示】

归有光的散文长于即事抒情，善用清新自然、细腻朴实的笔调记叙日常生活中的小事琐语，写来纡徐平淡，真切感人。本文乃为亡母所作之传状。作者一反时尚，通过琐事、琐语，真切地表现了母亲的俭德慈行，自然地叙写了她的家世兴衰，既不离传状要求，又不落前人窠臼。全文通过育子、搓麻、馈食、课读等几件小事，栩栩如生地塑造了一个具有传统美德的妇女形象。叙事记言，看似平淡琐屑、散漫无章，然不露情词而深情自显，不事雕饰而韵味自致。

□唐顺之

唐顺之(1507—1560)，字应德，一字义修，号荆川，武进(今属江苏常州)人。嘉靖八年(1529)举会试第一，授翰林院庶吉士，后调兵部主事。与王慎中等被称为"嘉靖八才子"。曾协同胡宗宪抗倭，屡建功勋，升右佥都御史、凤阳巡抚。嘉靖三十九年(1560)春，抱病泛海巡视，卒于通州。他是"唐宋派"的重要作家。著有《荆川先生文集》，还编撰了《文编》、《右编》等书。

答茅鹿门知县书[①]

熟观鹿门之文，及鹿门与人论文之书，门庭路径[②]，与鄙意殊有契合；虽中间小小异同,异日当自融释[③],不待喋喋也[④]。

至如鹿门所疑于我本是欲工文字之人,而不语人以求工文字者,此则有说[⑤]。鹿门所见于吾者,殆故吾也,而未尝见夫槁形灰心之吾乎[⑥]?吾岂欺鹿门者哉!其不语人以求工文字者,非谓一切抹杀,以文字绝不足为也。盖谓学者先务[⑦],有源委本末之别耳[⑧]。文莫犹人,躬行未得[⑨],此一段公案,姑不敢论,只就文章家论之。虽其绳墨布置[⑩],奇正转折[⑪],自有专门师法[⑫],至于中一段精神命脉骨髓[⑬],则非洗涤心源[⑭],独立物表[⑮],具今古只眼者[⑯],不足以与此。今有两人,其一人心地超然,所谓具千古只眼人也,即使未尝操纸笔呻吟[⑰],学为文章,但直据胸臆,信手写出,如写家书,虽或疏卤[⑱],然绝无烟火酸馅习气[⑲],便是宇宙间一样绝好文字;其一人犹然尘中人也[⑳],虽其专专学为文章[㉑],其于所谓绳墨布置,则尽是矣,然翻来覆去,不过是这几句婆子舌头语,索其所谓真精神与千古不可磨灭之见,绝无有也,则文虽工而不免为下格[㉒]。此文章本色也。即如以诗为谕,陶彭泽未尝较声律,雕句文,但信手写出,便是宇宙间第一等好诗。何则?其本色高也。自有诗以来,其较声律,雕句文,用心最苦而立说最严者,无如沈约[㉓],苦却一生精力,使人读其诗,只见其捆缚龌龊[㉔],满卷累牍,竟不曾道出一两句好话。何则?其本色卑也。本色卑,文不能工也,而况非其本色者哉!

且夫两汉而下,文之不如古者,岂其所谓绳墨转折之精之不尽如哉?秦汉以前,儒家者有儒家本色,至如老庄家有老庄本色,纵横家有纵横本色,名家、墨家、阴阳家皆有本色,虽其为术也驳,而莫不皆有一段千古不可磨灭之见。是以老家必不肯剿儒家之说,纵横必不肯借墨家之谈,各自其本色而鸣之为言。其所言者,其本色也。是以精光注焉[㉕],而其言遂不泯于世。唐宋而下,文人莫不语性命[㉖],谈治道[㉗],满纸炫然[㉘],一切自托于儒家,然非其涵养畜聚之素[㉙],非真有一段千古不可磨灭之见,而影响剿说[㉚],盖头窃尾[㉛],如贫人借富人之衣,庄农作大贾之饰,极力装做,丑态尽露。是以精光枵焉[㉜],而其言遂不久湮废。然则秦汉而上,虽其老、墨、名、法、杂家之说而犹传,今诸子之书是也。唐宋而下,虽其一切语性命、谈治道之说而亦不传,欧阳永叔所见唐四库书目百不存一焉者是也[㉝]。后之文人,欲以立言为不朽计者[㉞],可以知所用心矣。

然则吾之不语人以求工文字者,乃其语人以求工文字者也,鹿门其可以信我矣。虽然,吾槁形而灰心焉久矣,而又敢与知文乎?今复纵言至此,吾过矣,吾过矣。此后鹿门更见我之文,其谓我之求工于文者耶,非求工于文者耶?鹿门当自知我矣,一笑。

鹿门东归后,正欲待使节西上时得一面晤,倾倒十年衷曲,乃乘夜过此,不已急乎?仆三年积下二十余篇文字债,许诺在前,不可负约,欲待秋冬间病体稍苏[㉟],一切涂抹,更不敢计较工拙,只是了债。此后便得烧却毛颖[㊱],碎却端溪[㊲],兀然作一不识字人矣。而鹿门之文方将日进,而与古人为徒未艾也[㊳]。异日吾倘得而观之，老耄尚能识其用意处否耶[39]？并附一笑。

【注释】

①茅鹿门：明代散文家茅坤，号鹿门，是唐宋派的重要作家，曾任青阳、丹徒知县。本文选自《荆川先生文集》卷七，原有二信，此处系第二封。 ②门庭路径：此指文学思想、观点。 ③融释：融解消失。 ④喋(dié)喋：啰嗦。 ⑤有说：有说明的必要。 ⑥槁形灰心：身像枯木，心如死灰。比喻十分消沉冷淡。此处作者借以形容改变了原来旧主张的"新我"("新我"重精神，"旧我"工文字)。 ⑦先务：最要紧的事。 ⑧源委：同原委。原指水的发源和归宿，引申为事情的本末。 ⑨"文莫犹人"二句：语本《论语·述而》："文，莫吾犹人也。躬行君子，则吾未之有得。"孔子之言大意是：书本上的学问，大约我同别人差不多；在生活实践中做一个君子，我还没有做到。这里作者引以为自谦之辞。 ⑩绳墨：木工打直线的工具。此处比喻写文章的规矩、法则。 ⑪奇正：指文章作法的异常和正常。奇，指变化。 ⑫师法：师承的方法。 ⑬精神命脉骨髓：指能体现文章价值的最重要的东西。 ⑭洗涤心源：把心灵洗净，指排除旧思想的影响。 ⑮独立物表：超脱于事物表象之外。 ⑯具古今只眼：具有和古今一般人不同的独到见解。 ⑰呻吟：此指诵读。 ⑱疏卤(lǔ)：疏陋粗糙。 ⑲烟火酸馅习气：指俗气和迂腐味。 ⑳犹然：仍然。 尘：尘世。 ㉑专专：形容谨慎专一的样子。 ㉒下格：下等。 ㉓沈约：南北朝时梁朝著名文学家，提倡"四声八病"说。 ㉔捆缚龌龊(wò chuò)：受到过多约束而拘谨局促。 ㉕精光：精华、光采。 ㉖性命：中国古代哲学范畴。古代一些唯心主义哲学家认为，人与物之性都是天生的，人性是天命或天理在人身上的体现。 ㉗治道：研究理学。 ㉘炫然：光彩耀眼的样子。 ㉙素：此指本质、本色。 ㉚影响：追随、附和。 ㉛盖头窃尾：指抄袭剽窃。 ㉜枵(xiāo)：空虚。 ㉝欧阳永叔：欧阳修，字永叔。语见其《新唐书·艺文志序》。 ㉞立言：发表一些重要的文章和言论，死后仍可流传，叫立言。古人认为立德、立功、立言三者都可不朽。 ㉟苏：恢复。 ㊱毛颖：毛笔。因韩愈《毛颖传》得称。 ㊲端溪：本为溪名，在广东高要县，所产端砚，为砚中上品。此代指砚台。 ㊳未艾：未止。 ㊴老耄(mào)：古代指七十以上的老人，后泛指老年。

【阅读提示】

这篇书信是明代"唐宋派"重要作家唐顺之写给茅坤的，因而也是唐宋派文论的代表作之一。文章尖锐抨击了以李梦阳、何景明为首的"前七子"的拟古文风，强调作文要有"真精神与千古不可磨灭之见"，而不能只"工文字"，只讲究"绳墨布置，奇正转折"。主张"直据胸臆，信手写出"，反对"影响剿说，盖头窃尾"，模仿、抄袭的形式主义文学风气，表现了积极的批判精神。这对当时反对"七子"的拟古文风，有着积极的作用。

□茅　坤

茅坤(1512—1601)，字顺甫，号鹿门，浙江归安(今湖州)人。明嘉靖十七年

(1538)进士。历知青阳、丹徒，后官至大名兵备副使，因忤逆权贵，中年落职乡居。茅坤和唐顺之、归有光等人皆为“唐宋派”的代表作家。他曾选编《唐宋八大家文钞》，批驳“七子”“文必秦汉”的偏见，影响较大。在推崇唐宋八大家文的同时，也不抹煞秦汉古文，主张博采众家之长，学习他们的优良传统，“得其神理”，然后“随吾所之”。为文主张必求万物之情而得其致，体察物情而莫逆于心。其优秀之作，慷慨悲激，辞气颇壮。著有《茅鹿门先生文集》和《白华楼藏稿》、《续稿》、《吟稿》、《玉芝山房稿》、《耄年录》等。

青霞先生文集序[①]

青霞沈君，由锦衣经历上书诋宰执[②]，宰执深疾之，方力构其罪，赖天子仁圣，特薄其谴，徙之塞上。当是时，君之直谏之名满天下。

已而君累然携妻子，出家塞上。会北敌数内犯[③]，而帅府以下，束手闭垒，以恣敌之出没，不及飞一镞以相抗；甚且及敌之退，则割中土之战没者与野行者之馘以为功[④]。而父之哭其子、妻之哭其夫、兄之哭其弟者，往往而是，无所控吁。君既上愤疆埸之日弛[⑤]，而又下痛诸将士日菅刈我人民以蒙国家也[⑥]，数呜咽欷歔；而以其所忧郁发之于诗歌文章，以泄其怀：即集中所载诸什是也。

君故以直谏为重于时，而其所著为诗歌文章，又多所讥刺，稍稍传播，上下震恐，始出死力相煽构[⑦]，而君之祸作矣。君既没，而一时阃寄所相与谗君者[⑧]，寻且坐罪罢去。又未几，故宰执之仇君者亦报罢。而君之门人给谏俞君[⑨]，于是裒辑其生平所著若干卷[⑩]，刻而传之；而其子以敬，来请予序之首简。

茅子受读而题之曰：若君者，非古之志士之遗乎哉？孔子删《诗》，自《小弁》之怨亲、《巷伯》之刺谗以下[⑪]，其忠臣、寡妇、幽人、怼士之什，并列之为“风”，疏之为“雅”，不可胜数，岂皆古之中声也哉[⑫]？然孔子不遽遗之者，特悯其人、矜其志，犹曰“发乎情，止乎礼义”，“言之者无罪，闻之者足以为戒”焉耳[⑬]。予尝按次春秋以来[⑭]：屈原之《骚》疑于怨，伍胥之谏疑于胁[⑮]，贾谊之疏疑于激，叔夜之诗疑于愤[⑯]，刘蕡之对疑于亢[⑰]，然推孔子删《诗》之旨而裒次之，当亦未必无录之者。

君既没，而海内之荐绅大夫[⑱]，至今言及君，无不酸鼻而流涕。呜呼！集中所载《鸣剑》、《筹边》诸什，试令后之人读之，其足以寒贼臣之胆而跃塞垣战士之马，而作之忾也固矣[⑲]！他日国家采风者之使出而览观焉，其能遗之也乎？予谨识之[⑳]。至于文词之工不工，及当古作者之旨与否，非所以论君之大者也，予故不著。

【注释】

①青霞先生:即明会稽人沈錬,字纯甫,号青霞山人。嘉靖十七年(1538)进士,为人刚直,嫉恶如仇。官锦衣卫经历时,曾上疏弹劾严嵩父子,斥其十大罪状,被谪佃保安。后遭严嵩党羽总督杨顺、巡按路楷诬陷,被杀。《明史》有传。 ②锦衣经历:锦衣卫是明代的禁卫军,掌侍卫、缉捕、刑狱等事。主管官是指挥使,“经历”是其属官,掌公文出纳。 宰执:此指严嵩。③北敌:指嘉靖年间鞑靼(即蒙古)酋长俺答,曾领兵屡扰诸边。 ④“甚且”二句:据《明史·沈錬传》载,严嵩党羽杨顺为宣、大总督时,被俺答攻破应州四十余堡,杨顺惧罪,便屠杀百姓以冒功。沈錬写信严厉斥责杨顺的罪恶行径;又写祭文,悼念死者。 馘(guó):古代战时割取所杀敌人的左耳,用以计功。 ⑤疆埸(yì):边界。 ⑥菅刈(jiān yì):割草。比喻杀害百姓如同割草。 蒙:欺骗。 ⑦煽构:同“构煽”,勾结煽动。 ⑧阃(kǔn)寄:阃,门槛。后特指郭门的门槛,亦以指阃外负责军事的人。阃寄,谓托以阃外之事,即任以重要的军职。此指当时担任宣(府)、大(同)总督的严嵩党羽杨顺等人。 ⑨给谏:给事中的尊称,职责为纠正及规谏。 ⑩裒(póu)辑:搜集编辑。 ⑪小弁:《诗·小雅》篇名。 巷伯:《诗·小雅》篇名。⑫中声:中和之声。 《荀子·劝学》:“《诗》者,中声之所止也。” ⑬两句均见《诗·周南·关雎·毛诗序》。 ⑭按次:考查。 ⑮伍胥:即伍子胥。春秋吴大夫。谏吴王夫差灭越,夫差听信谗言而杀伍子胥。 ⑯叔夜:三国时嵇康,字叔夜。被司马氏集团诬杀。有《幽愤诗》。⑰刘蕡(fén):唐昌平人,擢进士第;沉健有谋,浩然有救世意。时宦官专横,蕡常痛疾。太和初举贤良方正,殿上对策时能直言极谏。士人读其词,至感激流涕。后被宦官诬陷,贬死任上。 ⑱荐绅:同“缙绅”,借指官宦。 ⑲忾(kài):愤恨、愤怒。作之忾,意谓激发起战士们对敌人的愤恨。 ⑳识(zhì):记。

【阅读提示】

沈錬虽然位卑职微,但疾恶如仇,敢于上疏痛斥气焰熏天的严嵩父子;被流放陕北后,又写文章揭露严贼党羽玩忽职守,屠杀无辜的罪恶行径,以致被迫害惨死。茅坤是沈錬挚友,他在文章中歌颂了沈錬不畏权势、刚正不阿的忠贞气节,控诉了严嵩死党残害忠良的罪行,为沈錬的蒙难屈死愤恨不平。作者突破了一般序文拘于评价篇章结构、遣词造句、艺术特点的窠臼,而集中写沈錬“古之志士之遗”的风范,使人读其文,慨然思慕沈錬之为人。文章短小精悍,言简意赅,跌宕激射,寄慨深沉,堪称古代序文之精品。

□徐　渭

徐渭(1521—1593),字文长,号天池,又号青藤,山阴(今浙江绍兴)人,明代杰出的文学家、艺术家。在诗文、戏曲、书法、绘画方面均颇有成就。但科举不利,豪放不羁,蔑视传统,不拘“礼法”。37岁时应浙江总督胡宗宪之请,担任书记,兼参机要,为平定倭寇多出谋划策。后胡宗宪受弹劾,牵连下狱。获释后绝意功名，恣情山水，以卖书画度日，穷困而终。著有《四声猿》杂剧、《南词叙录》和《徐文长集》30卷、《逸稿》24卷等。

叶子肃诗序①

人有学为鸟言者，其音则鸟也，而性则人也；鸟有学为人言者，其音则人也，而性则鸟也。此可以定人与鸟之衡哉②！今之为诗者，何以异于是？不出于己之所自得，而徒窃于人之所尝言，曰某篇是某体，某篇则否；某句似某人，某句则否。此虽极工逼肖，而已不免于鸟之为人言矣。

若吾友子肃之诗，则不然。其情坦以直，故语无晦③；其情散以博，故语无拘；其情多喜而少忧，故语虽苦而能遣④；其情好高而耻下，故语虽俭而实丰。盖所谓出于己之所自得，而不窃于人之所尝言者也。就其所自得，以论其所自鸣⑤，规其微疵⑥，而约于至纯⑦，此则渭之所献于子肃者也。若曰某篇不似某体，某句不似某人，是乌知子肃者哉！

【注释】

①叶子肃：诗人，明代叶雍，字子肃，徐渭挚友。后曾为戚继光幕客。 ②衡：标准。 ③无晦：不隐晦。 ④遣：发泄。 ⑤自鸣：表述。 ⑥规：同“窥”。这里谓规范其缺点亦通。 ⑦约：约束。 至纯：最纯正。

【阅读提示】

徐渭为人狂放不羁，“雅不与时调合，当时所谓骚坛主盟者，文长皆叱而奴之”(袁宏道《徐文长传》)。其论述诗歌，主张独创，反对“前后七子”的拟古。这篇书序抨击了明代诗坛一味模仿抄袭的不良风气，辛辣讽刺了当时那些只知邯郸学步的作家，哪怕模仿得极工逼肖，也不免是鸟之学人言。文章将叶子肃的诗与当时拟古派作家对比，高度赞扬了叶诗“出于己之所自得”、“就其所自得，以论其所自鸣”的独创精神，从而旗帜鲜明地表明了自己主张独创、反对拟古的文学艺术观。

□宗　臣

宗臣(1525—1560)，字子相，号方城山人，扬州兴化(今江苏兴化)人。嘉靖二十九年(1550)进士，任刑部主事，再迁吏部员外郎。性耿介，不附权贵，因作文祭杨继盛，得罪权奸严嵩，出为福建布政参议；后因抗御倭寇有功，迁提学副使，卒于任上，年仅36岁。宗臣与李攀龙、王世贞等齐名，合称“后七子”。他的文章较少模拟习气，成就在“后七子”中较为突出。著有《宗子相集》。

报刘一丈书①

数千里外，得长者时赐一书②，以慰长想，即亦甚幸矣；何至更辱馈遗③，则不才益将何以报焉④？书中情意甚殷⑤，即长者之不忘老父，知老父之念长者深也⑥。至以“上下相孚，才德称位”语不才⑦，则不才有深感焉。夫才德不称，固自知之矣；至于不孚之病，则尤不才为甚⑧。

且今世之所谓“孚”者何哉？日夕策马⑨，候权者之门。门者故不入⑩，则甘言媚词⑪，作妇人状，袖金以私之⑫。即门者持刺入⑬，而主者又不即出见。立厩中仆马之间，恶气袭衣裾⑭，即饥寒毒热不可忍⑮，不去也。抵暮，则前所受赠金者出，报客曰：“相公倦，谢客矣。客请明日来。”即明日，又不敢不来。夜披衣坐，闻鸡鸣，即起盥栉⑯，走马抵门。门者怒曰：“为谁？”则曰：“昨日之客来。”则又怒曰：“何客之勤也！岂有相公此时出见客乎？”客心耻之，强忍而与言曰：“亡奈何矣⑰，姑容我入。”门者又得所赠金，则起而入之。又立向所立厩中。幸主者出，南面召见⑱，则惊走匍匐阶下⑲。主者曰：“进！”则再拜，故迟不起；起则上所上寿金。主者故不受，则固请；主者故固不受，则又固请；然后命吏内之⑳。则又再拜，又故迟不起，起则五六揖，始出。出，揖门者曰：“官人幸顾我㉑！他日来，幸亡阻我也！”门者答揖，大喜，奔出。马上遇所交识㉒，即扬鞭语曰：“适自相公家来，相公厚我㉓，厚我！”且虚言状㉔。即所交识，亦心畏相公厚之矣。相公又稍稍语人曰：“某也贤，某也贤。”闻者亦心计交赞之㉕。此世所谓“上下相孚”也。长者谓仆能之乎？

前所谓权门者，自岁时伏腊一刺之外㉖，即经年不往也㉗。间道经其门㉘，则亦掩耳闭目，跃马疾走过之，若有所追逐者。斯则仆之褊哉㉙，以此常不见悦于长吏㉚，仆则愈益不顾也。每大言曰：“人生有命，吾惟守分尔矣㉛！”长者闻此，得无厌其为迂乎㉜？

乡园多故㉝，不能不动客子之愁。至于长者之抱才而困，则又令我怆然有感。天之与先生者甚厚，亡论长者不欲轻弃之㉞，即天意亦不欲长者之轻弃之也，幸宁心哉㉟！

【注释】

①报：答复。刘一丈：名玠，字国珍，排行第一，宗臣父亲的老友。　丈：对男性长者的尊称。　②长者：指刘一丈。　③辱：谦词，意为屈辱了对方。　馈遗(kuì wèi)：赠送物品。　④不才：不成才的人，自谦的称呼。　报：报答。　⑤殷：深切。　⑥二句意为：就您对我父亲

念念不忘来看,也可知我父亲思念您的深切了。 老父:宗臣的父亲宗周。 ⑦上下相孚:上级与下级彼此信任。孚,融洽,信任。 ⑧甚:厉害,严重。 ⑨策:马鞭。此用作动词,意为鞭打。 ⑩门者:守门人。 ⑪甘言媚词:说些动听讨好的话。 ⑫"袖金"句:把钱藏在袖子里偷偷送给他。 ⑬刺:名帖。 ⑭袭:熏染。 ⑮毒热:酷热。 ⑯盥栉(guàn zhì):洗脸梳头。 ⑰亡:无。 ⑱南面:面向南。古代以坐北朝南为尊位。 ⑲匍匐(pú fú):双手着地膝行。 ⑳内:通"纳",接受。 ㉑官人:此处是对守门人的敬称。 ㉒交识:交游认识的人。㉓厚:厚待,看重。 ㉔虚言状:捏造了相公厚待他的情况。 ㉕心计交赞:心领神会地一齐称赞。 ㉖岁时伏腊:泛指逢年过节。岁时,一年四季。伏腊,夏天伏日与冬天腊日,古时两个祭祀日。 一刺:指拜谒一次。 ㉗经年:终年。 ㉘间(jiàn):偶或。 ㉙褊(biǎn):气量狭窄。这里用作自谦之词,实则表示不愿巴结权贵。 ㉚长吏:指上司。 ㉛守分:守本分。 ㉜得无:只怕。 ㉝故:变故。 ㉞亡论:不要说。 ㉟幸宁心哉:希望能心情平静。

【阅读提示】

明嘉靖年间,严嵩父子把持朝政,贪赃枉法,卖官鬻爵,结党营私,一些趋炎附势之徒奔走钻营于严嵩门下。朝廷纲纪败坏,乌烟瘴气。本文通过干谒者行贿权门的生动描写,揭露并抨击了当时官场的腐败现象:权贵贪赃受贿,贪婪虚伪;门者狐假虎威,仗势欺诈;干谒者奴颜婢膝,摇尾乞怜;闻者趋炎附势,心计交赞,昭示了当时所谓"上下相孚"的真实内情及其丑恶本质,有着深刻的社会意义。文章善于选择具有典型意义的细节,用简练的语言刻画人物,采用漫画式的夸张和幽默笔法,形象化地描写了权贵及其爪牙的丑态。笔墨不多,却能画龙点睛,对封建官场的揭露,可谓入木三分。文末陈说自己之气骨,两相对比,更显清浊异质。

□李　贽

李贽(1527—1602),字宏甫,号卓吾,别号温陵居士,泉州晋江(今福建晋江)人,明代进步思想家、文学家。乡试中举后,曾任南京刑部员外郎、云南姚安知府等职。晚年辞官,先后在湖北黄安、麻城著书讲学。他公开以"异端"自居,反对礼教,激烈抨击孔孟之道,批评宋明理学,主张"穿衣吃饭,即是人伦物理"。在文学方面,反对复古主义者的剽窃模拟,主张抒发己见,提倡"童心说"。李贽一生屡遭迫害而始终顽强不屈,最后终以"敢倡乱道,惑世诬民"的罪名系狱,被迫害致死。著有《焚书》、《续焚书》、《藏书》、《续藏书》、《初谭集》等,还曾评点过《水浒传》、《西厢记》、《琵琶记》等小说、戏曲,堪称明代最负盛名的通俗文学研究者和批评家。

童心说[1]

龙洞山农叙《西厢》[2]，末语云："知者勿谓我尚有童心可也。"夫童心者，真心也。若以童心为不可，是以真心为不可也。夫童心者，绝假纯真[3]，最初一念之本心也。若失却童心，便失却真心；失却真心，便失却真人。人而非真，全不复有初矣[4]。

童子者，人之初也；童心者，心之初也。夫心之初，曷可失也[5]，然童心胡然而遽失也[6]？盖方其始也，有闻见从耳目而入，而以为主于其内[7]，而童心失；其长也，有道理从闻见而入，而以为主于其内，而童心失；其久也，道理闻见日以益多，则所知所觉日以益广，于是焉又知美名之可好也，而务欲以扬之，而童心失；知不美之名之可丑也，而务欲以掩之，而童心失。夫道理闻见，皆自多读书识义理而来也[8]。古之圣人，曷尝不读书哉！然纵不读书，童心固自在也；纵多读书，亦以护此童心而使之勿失焉耳，非若学者反以多读书识义理而反障之也。夫学者既以多读书识义理障其童心矣，圣人又何用多著书立言以障学人为耶？童心既障，于是发而为言语，则言语不由衷；见而为政事，则政事无根柢；著而为文辞，则文辞不能达。非内含以章美也[9]，非笃实生辉光也[10]，欲求一句有德之言，卒不可得。所以者何？以童心既障，而以从外入者闻见道理为之心也。

夫既以闻见道理为心矣，则所言者皆闻见道理之言，非童心自出之言也。言虽工，于我何与？岂非以假人言假言，而事假事、文假文乎？盖其人既假，则无所不假矣。由是而以假言与假人言，则假人喜；以假事与假人道，则假人喜；以假文与假人谈，则假人喜。无所不假，则无所不喜。满场是假，矮人何辩也？然则虽有天下之至文，其湮灭于假人而不尽见于后世者，又岂少哉！何也？天下之至文，未有不出于童心焉者也。苟童心常存，则道理不行，闻见不立，无时不文，无人不文，无一样创制体格文字而非文者。诗何必古《选》，文何必先秦。降而为六朝，变而为近体[11]，又变而为传奇[12]，变而为院本[13]，为杂剧[14]，为《西厢曲》，为《水浒传》，为今之举子业，大贤言圣人之道皆古今至文，不可得而时势先后论也。故吾因是而有感于童心者之自文也，更说甚么六经，更说甚么《语》、《孟》乎？

夫六经、《语》、《孟》，非其史官过为褒崇之词，则其臣子极为赞美之语。又不然，则其迂阔门徒、懵懂弟子，记忆师说，有头无尾，得后遗前，随其所见，笔之于书。后学不察，便谓出自圣人之口也，决定目之为经矣，孰知其大半非圣人之言乎？纵出自圣人，要亦有为而发，不过因病发药，随时处方，以救此一等懵懂弟子、迂阔门徒云耳。药医假病，方难定执[15]，是岂可遽以为万世之至论乎？然则六经、《语》、《孟》，乃道学之口实，假人之渊薮也[16]，断断乎其不可以语于童心之言明矣。呜呼！吾又安得真正大圣人、童心未曾失者而与之一言文哉！

【注释】

①本篇选自《焚书》卷三。 ②龙洞山农：当是李贽别号。此句下引龙洞山农语，实乃李贽的反语。 ③绝假：与假隔绝。 ④初：指人的自然淳朴的本来状态。 ⑤曷：何。 ⑥胡：为什么。 遽(jù)：突然。 ⑦内：内心。 ⑧义理：旧指儒家讲求经义、探究名理的学问。此指宋明理学。 ⑨章：同"彰"，显扬。 ⑩笃实：敦厚朴实。 ⑪近体：唐代形成的律诗和绝句。 ⑫传奇：唐宋传奇小说。 ⑬院本：金元时艺人演剧时所用脚本。 ⑭杂剧：通常指元杂剧。 ⑮方：药方。 定执：固定。 ⑯渊薮(sǒu)：聚集的处所。

【阅读提示】

李贽在《童心说》中，鲜明地表现了自己反封建、反传统的批判精神。他以"童心"为标准，对文学进行了全新的评价，认为"六经、《语》、《孟》，乃道学之口实，假人之渊薮"；而诗文、辞赋、传奇、院本、杂剧，只要有童心，都可成为至文。李贽大胆抨击了孔孟之道和宋明理学，一反传统的文学观，对"以假人言假言，而事假事、文假文"的一味模拟剽窃、贵古贱今的拟古主义文学作了彻底否定，高度肯定了小说戏曲等通俗文学。尽管"童心说"深受王阳明心学的影响，有明显的唯心成分，但在当时，无疑具有振聋发聩、惊世骇俗的重大意义。本文纵论古今，见解深刻，"不阡不陌，攄其胸中之独见"（袁中道《李温陵传》）。四个自然段作为四个层次，有紧密的内在联系，文字简洁而明快，气势磅礴而酣畅，观点鲜明，尖锐泼辣，令人耳目一新。

□汤显祖

汤显祖(1550—1616)，字义仍，号海若，又号若士，别署清远道人，江西临川(今江西抚州)人，明代杰出的戏曲家。早有文名，中进士，先后任南京太常寺博士、詹事府主簿、礼部祠祭司主事等。因上奏《论辅臣科臣疏》，激烈抨击朝政，谪广东徐闻县典史。两年后调任浙江遂昌知县，抑制豪强，关心民生疾苦，颇多善政。49岁弃官还乡，致力戏曲创作。汤显祖深受"左派王学"影响，反对程朱理学，批判拟古主义的文学，追求个性解放。其创作成就主要在戏曲，代表作有《牡丹亭》(一名《还魂记》)、《紫钗记》、《南柯记》、《邯郸记》，合称"玉茗堂四梦"(又名"临川四梦")。诗文有《玉茗堂诗文集》等。

牡丹亭

惊　梦①

【绕池游】(旦上)梦回莺啭,乱煞年光遍②。人立小庭深院。(贴)炷尽沉烟③,抛残绣线,恁今春关情似去年④?

【乌夜啼】(旦)晓来望断梅关⑤,宿妆残。(贴)你侧着宜春髻子⑥,恰凭栏。(旦)翦不断,理还乱⑦,闷无端。(贴)已分付催花莺燕借春看。(旦)春香,可曾叫人扫除花径?(贴)分咐了。(旦)取镜台衣服来。(贴取镜台衣服上)"云髻罢梳还对镜,罗衣欲换更添香⑧。"镜台衣服在此。

【步步娇】(旦)袅晴丝吹来闲庭院⑨,摇漾春如线⑩。停半晌,整花钿⑪。没揣菱花⑫,偷人半面,迤逗的彩云偏⑬。(行介)步香闺怎便把全身现!

(贴)今日穿插的好。

【醉扶归】(旦)你道翠生生出落的裙衫儿茜⑭,艳晶晶花簪八宝填⑮,可知我常一生儿爱好是天然⑯。恰三春好处无人见⑰。不提防沉鱼落雁鸟惊喧⑱,则怕的羞花闭月花愁颤⑲。

(贴)早茶时了,请行。(行介)你看:画廊金粉半零星,池馆苍苔一片青。踏草怕泥新绣袜,惜花疼煞小金铃⑳。(旦)不到园林,怎知春色如许!

【皂罗袍】原来姹紫嫣红开遍㉑,似这般都付与断井颓垣。良辰美景奈何天㉒,赏心乐事谁家院㉓!恁般景致,我老爷和奶奶再不提起。(合)朝飞暮卷㉔,云霞翠轩;雨丝风片,烟波画船,——锦屏人忒看的这韶光贱㉕!

(贴)是花都放了㉖,那牡丹还早。

【好姐姐】(旦)遍青山啼红了杜鹃㉗,荼蘼外烟丝醉软㉘。春香呵,牡丹虽好,他春归怎占的先㉙!(贴)成对儿莺燕呵。(合)闲凝眄㉚,生生燕语明如翦㉛,呖呖莺歌溜的圆㉜。

(旦)去罢。(贴)这园子,委是观之不足也。(旦)提他怎的!(行介)

【隔尾】观之不足由他缱㉝,便赏遍了十二亭台是枉然。到不如兴尽回家闲过遣。

(作到介)(贴)"开我西阁门,展我东阁床。瓶插映山紫㉞,炉添沉水香。"小姐,你歇息片时,俺瞧老夫人去也。(下)

【注释】

①《牡丹亭》全剧共五十五出,这里节选的是第十出《惊梦》中的前半出。　②旦:传奇中主要女角的名称,相当于元杂剧中的正旦。此指小姐杜丽娘。　梦回:梦醒。　乱煞年光遍:

使人眼花缭乱的春光到处都是。 ③贴：贴旦，扮演次要女角。此指丫环春香。 炷：焚烧。沉烟：借指名贵的熏用香料沉香。 ④恁(nèn)：为什么。 此句意为：为什么今年的春情比去年浓呢？ ⑤梅关：今江西大庾岭，宋代起在此设关。 ⑥侧：歪。 宜春髻子：古时立春日，妇女剪纸为燕形，上贴“宜春”二字戴头上。此指一种发髻式样。 ⑦翦：同“剪”。 李煜《相见欢》：“剪不断，理还乱，是离愁。别是一般滋味在心头。” ⑧二句引自唐代薛逢《宫词》。 ⑨袅(niǎo)晴丝：细长柔软的游丝在晴空中飘荡。 袅：飘忽不定。 ⑩摇漾：摇摆荡漾。 ⑪花钿：古代妇女鬓发边的饰物。 ⑫没揣：不料，不在意。 菱花：镜子。 ⑬迤(tuō)逗：挑逗。 彩云：此指漂亮的发髻。 ⑭翠生生：形容色彩鲜艳。 出落：显得。 茜(qiàn)：旧时常指称大红色。 ⑮艳晶晶：光彩夺目。 花簪八宝填：意为镶嵌有多种珍珠宝石的发簪。 填：镶嵌。 ⑯爱好：爱美。 ⑰三春好处：喻自己的年轻美貌。 ⑱沉鱼落雁：古时形容女子绝色美貌，鱼见了羞愧而沉水底，雁见了从空中而降。 ⑲羞花闭月：古时形容女子绝色美貌，花儿见了含羞不敢开放，月亮见了含羞躲入云中。 ⑳“惜花”句事见《开元天宝遗事》：“天宝初，宁王至春日，于后园中纫红丝为绳，密缀金铃，系于花梢之上，每有鸟鹊翔集，则令园吏掣铃索以惊之。盖惜花之故也。”此句意为因惜花驱鸟而频频掣铃，使小金铃痛得要命。 ㉑姹(chà)紫嫣(yān)红：姹、嫣，本为形容女性娇艳之词。此指各色娇艳的鲜花盛开。 ㉒奈何天：愁闷无聊，伤心抑郁的生活。如晏几道《鹧鸪天》：“欢尽夜，别经年，别多欢少奈何天。” ㉓谁家：哪一家。此句与上句同出谢灵运《拟魏太子邺中集诗序》：“天下良辰、美景、赏心、乐事，四者难并。”两句意为：大好春光明媚，美丽景物宜人，但我杜丽娘却生活在愁闷无聊之中；赏心悦目、快意当前，又在哪家庭院呢？ ㉔朝飞暮卷：语本王勃《滕王阁诗》：“画栋朝飞南浦云，珠帘暮卷西山雨。” ㉕锦屏人：幽居深闺中的女子。此处为丽娘自称。 忒(tè)：太。 韶光：春光。 ㉖是：一切。 ㉗啼红了杜鹃：到处开遍艳丽的鲜花。寇准诗：“杜鹃啼处血成花。” ㉘荼蘼(tú mí)：一种落叶小灌木，白花，晚春开放。此指荼蘼架。 烟丝：即游丝。 ㉙二句意为：牡丹虽美，但它开花太迟，怎能占春花中第一呢？（晚唐皮日休有“独占人间第一春”之句咏牡丹，此处反问之。）句中隐寓了杜丽娘对自己的美好青春在深闺虚度的幽怨和伤感。 ㉚凝眄(miǎn)：注视。 ㉛生生：形容清脆的鸣叫声。 明：明快。 翦：同剪。此句形容燕语声明快清脆。 ㉜呖呖：形容声音清脆流利。 溜的圆：形容莺声婉啭圆润。 ㉝缱(qiǎn)：留恋。 ㉞映山紫：杜鹃花的一种。 ㉟沉水香：即沉香。

【阅读提示】

程朱理学主张“存天理，灭人欲”；对于妇女，更是用“三纲五常”、“三从四德”重重禁锢。《牡丹亭》中的南安太守杜宝，就是个典型的封建礼教卫道者，连女儿游花园、睡午觉，他都认为是不道德的。《牡丹亭》“惊梦”一出戏通过长期幽居深闺的杜丽娘对于美好春色的观赏，以及对春光短暂的感叹，表现了她对大自然的热爱、青春意识的觉醒和对自己美好青春被耽误的不满，深刻地反映了在宋明理学等封建礼教桎梏下青年女子的苦闷，揭露了扼杀人性的封建礼教对青年人的摧残和造成的不幸，表现了鲜明的反封建精神。其中〔步步娇〕、〔皂罗袍〕两曲，成功运用情景交融的方法，刻画了丽娘的娇羞神态和种种微妙的心理，把深闺中女子的苦闷和青春觉醒后的烦恼，描摹得生动细腻，十分动人。《红楼梦》第二十三回描写了林黛玉为“惊梦”所深深吸引并伤感，从中也可窥见杜丽娘对封建时代的女子在反封建礼教斗争中所起的积极作用。

□袁宏道

袁宏道（1568—1610），字中郎，号石公，湖北公安人，明代著名文学家。与其兄宗道、弟中道并称“三袁”，同为“公安派”首领。提倡文学随时代变化而变化，反对拟古主义；又倡“性灵说”，强调诗文要“独抒性灵，不拘格套”。公安派的性灵说及其创作，对于把文学从宋明理学禁锢中解放出来，使之抒写真情实感，提高散文的文学性和创作的个性化，对于打击拟古文风，有着很大作用。三袁中以宏道才学名望为最，他的散文出自胸臆，清新明畅，特别是其传状、书简、序跋和山水游记，大都清丽俊逸，活泼生动，成就较高。有《袁中郎集》。

徐文长传[1]

余一夕坐陶太史楼[2]，随意抽架上书，得《阙编》诗一帙[3]，恶楮毛书[4]，烟煤败黑[5]，微有字形。稍就灯间读之，读未数首，不觉惊跃，急呼周望：“《阙编》何人作者，今邪古邪？”周望曰：“此余乡徐文长先生书也。”两人跃起，灯影下读复叫，叫复读，僮仆睡者皆惊起。盖不佞生三十年[6]，而始知海内有文长先生。噫，是何相识之晚也！因以所闻于越人士者，略为次第，为《徐文长传》。

徐渭，字文长，为山阴诸生[7]，声名藉甚[8]。薛公蕙校越时[9]，奇其才，有国士之目[10]。然数奇[11]，屡试辄蹶[12]。中丞胡公宗宪闻之[13]，客诸幕。文长每见，则葛衣乌巾[14]，纵谈天下事。胡公大喜。是时公督数边兵，威振东南，介胄之士[15]，膝语蛇行[16]，不敢举头，而文长以部下一诸生傲之，议者方之刘真长、杜少陵云[17]。会得白鹿[18]，属文长作表，表上，永陵喜[19]。公以是益奇之，一切疏记[20]，皆出其手。

文长自负才略，好奇计，谈兵多中[21]，视一世士无可当意者，然竟不偶[22]。文长既已不得志于有司[23]，遂乃放浪曲糵[24]，恣情山水，走齐、鲁、燕、赵之地，穷览朔漠，其所见山崩海立，沙起云行，风鸣树偃，幽谷大都，人物鱼鸟，一切可惊可愕之状，一一皆达之于诗。其胸中又有勃然不可磨灭之气，英雄失路托足无门之悲，故其为诗，如嗔如笑[25]，如水鸣峡，如种出土，如寡妇之夜哭，羁人之寒起[26]，虽其体格时有卑者，然匠心独出，有王者气，非彼巾帼而事人者所敢望也[27]。文有卓识，气沉而法严，不以模拟损才，不以议论伤格，韩、曾之流亚也[28]。文长既雅不与时调合[29]，当时所谓骚坛主盟者，文长皆叱而奴之[30]，故其名不出于越，悲夫！喜作书，笔意奔放如其诗，苍劲中姿媚跃出，欧阳公所谓"妖韶女老自有余态"者也[31]。间以其余，旁溢为花鸟[32]，皆超逸有致[33]。卒以疑杀其继室[34]，下狱论死，张太史元汴力解[35]，乃得出。

晚年愤益深，佯狂益甚[36]，显者至门[37]，或拒不纳。时携钱至酒肆，呼下隶与饮[38]。或自持斧击破其头，血流被面[39]，头骨皆折，揉之有声；或以利锥锥其两耳，深入寸余，竟不得死。周望言："晚岁诗文益奇，无刻本，集藏于家。"余同年有官越者，托以抄录，今未至。余所见者，《徐文长集》、《阙编》二种而已。然文长竟以不得志于时，抱愤而卒。

石公曰[40]："先生数奇不已，遂为狂疾；狂疾不已，遂为囹圄[41]。古今文人，牢骚困苦未有若先生者也。虽然，胡公间世豪杰[42]，永陵英主。幕中礼数异等[43]，是胡公知有先生矣；表上[44]，人主悦[45]，是人主知有先生矣。独身未贵耳。先生诗文崛起，一扫近代芜秽之习[46]，百世而下，自有定论，胡为不遇哉？梅客生尝寄余书曰[47]：'文长吾老友，病奇于人，人奇于诗。'余谓文长，无之而不奇者也。无之而不奇，斯无之而不奇也[48]，悲夫！"

【注释】

①徐文长：名渭，字文长，号天池，明代杰出的文学家、艺术家。 ②陶太史：即陶望龄，字周望，号石篑，会稽(今浙江绍兴)人；曾任翰林院编修，故称"太史"。 ③帙(zhì)：古时包书的套子，用布帛制成。因即谓书一套为一帙。 ④恶楮(chǔ)毛书：纸质很差，装订也很粗糙。楮树皮可作造纸原料，所以古人把纸叫作"楮"。 ⑤烟煤败黑：形容书稿的墨质不好。⑥不佞：古人对自己的谦称。 ⑦诸生：明代童生考取生员，称诸生，通称秀才。 ⑧藉甚：显著。 ⑨薛公蕙：薛蕙，字君采。明正德九年(1514)进士。查《浙江通志》、《绍兴府志》等，均无薛蕙在浙任官的记载。故此处"薛蕙"可能是"薛应旂"之误。薛应旂，号西原，正德十二年进士。曾任浙江提学副使，所以有"校越"之说。 ⑩目：称。 ⑪数奇(jī)：运气不好。数，命数，气数。 ⑫蹶：失败。 ⑬胡公宗宪：胡宗宪，字汝贞，号梅林。嘉靖进士。曾任浙江巡抚、右佥都御史，所以尊称他为"中丞"。 ⑭葛衣乌巾：穿布衣，戴黑头巾。表示保持平民身分。 ⑮介胄之士：将士们。 ⑯膝语蛇行：跪着说话，匍匐前行。 ⑰刘真长：晋朝刘惔，字真长，《晋书》卷七五有传。 杜少陵：即大诗人杜甫。两人都曾为幕僚，品格高尚，不屈于权贵，又都富有才华。 ⑱会：适逢。 ⑲永陵：明世宗朱厚熜，葬于永陵，故称之。 ⑳疏记：疏表奏记。 ㉑谈兵多中：议论军事意见大都很中肯。 ㉒不偶：不遇。与"数奇"同义。㉓有司：主管官吏。 ㉔曲糵(niè)：酒。 ㉕嗔(chēn)：怒。 ㉖羁人：在外作客的人。寒起：夜间因孤单寒冷，不能入睡而起床。 ㉗巾帼：古代妇女的头巾和发饰，代指妇女。事：侍奉。 ㉘韩、曾：韩愈和曾巩。 流亚：同一类的人物。 ㉙时调：指当时盛行的"前后七子"的拟古文风。 ㉚叱而奴之：大声斥责，把他们当奴仆看待。 ㉛欧阳公：欧阳修《水谷夜行寄子美圣俞》："作诗三十年，视我犹后辈。文词愈清新，心意虽老大。譬如妖韶女，老自有余态。" ㉜花鸟：此指花鸟画。 ㉝超逸有致：格调高远，富有情趣。 ㉞继室：原配死后

续娶的后妻。徐渭晚年癫狂，精神错乱，因杀死后妻张氏入狱。㉟张太史元汴：张元汴，字子荩，山阴人。隆庆进士，曾任翰林院修撰，故称"太史"。力解：尽力解救。㊱佯狂：此为癫狂、狂放意。㊲显者：有权势地位的人。㊳下隶：地位低贱的人。㊴被：覆盖。㊵石公：作者号石公。㊶囹圄(líng yǔ)：监狱。㊷间世：隔世。此处意为极难遇见。㊸礼数：礼仪的等级。异等：与众不同。㊹表：指徐渭为胡宗宪写的《进白鹿表》。㊺人主：指嘉靖皇帝。㊻芜秽之习：指明代模拟剽窃的形式主义和拟古文风。㊼梅客生：梅国桢，字客生。万历十一年(1583)进士，作者的朋友。㊽奇：数奇之奇。一云通"畸"。旧谓不合于世俗的异人为畸人。徐渭自作年谱曰《畸谱》。

【阅读提示】

这是一篇极具艺术魅力的人物传记。传主徐渭，是明代著名的诗人、戏剧家、画家、书法家。这篇文章紧扣"奇"字落笔，一方面写徐渭的奇才、奇事，描绘他在文学艺术和军事上的才华与成就；另一方面则写徐渭的"数奇"、"雅不与时调合"，刻画他的狂放不羁的性格和敢于蔑视旧传统、旧礼法。作者通过两方面的强烈反差，揭示了徐渭的坎坷遭遇和"抱愤而卒"的悲惨命运。作者对文长惺惺相惜，在传记中倾注了赞赏、钦佩、同情和悲愤，并高度评价徐文长的诗文。前人曰："微中郎，世岂复有文长。"(钱谦益《列朝诗集小传》)《徐文长传》亦可谓奇文矣。

□徐弘祖

徐弘祖(1586—1641)，字振之，别号霞客，江苏江阴人。自幼博览群书，见明末政治黑暗，遂断功名之念，以"问奇于名山大川"为志，是我国以旅行为毕生事业的第一人。22岁时出游，30余年间足迹遍及大半个中国。观察所得，按日记载。逝后友人辑为《徐霞客游记》行世。《游记》一书不仅是优秀的地理学著作，具有重大的科学价值，也是一部文辞优美，具有很高文学价值的日记体游记散文集。所记文笔生动，描绘细致，不仅具有浓厚的生活实感，而且注重抒情。

游雁宕山日记①

十三日，出山门，循麓而右，一路崖壁参差，流霞映彩。高而展者，为板嶂岩②；岩下危立而尖夹者，为小剪刀峰。更前，重岩之上，一峰亭亭插天，为观音岩③。岩侧，则马鞍岭横亘于前。鸟道盘折④，逾坳右转，溪流汤汤⑤，涧底石平如砥⑥。沿涧深入，约去灵岩十余里，过常云峰⑦，则大剪刀峰介立涧旁⑧。剪刀之北，重岩陡起，是名连云峰⑨。从此环绕回合，岩穷矣。龙湫之瀑，轰然下捣潭中。岩势开张峭削，水无所着，腾空飘荡，顿令心目眩怖。潭上有堂，相传为诺讵那观泉之所⑩。堂后层级直上，有亭翼然面瀑。踞坐久之，下饭庵中。雨廉纤不止⑪。然余已神飞雁湖山顶⑫。遂冒雨至常云峰。由峰半道松洞外，攀绝磴三里⑬，趋白云庵。人空庵圮⑭，一道人在草莽中，见客至，望望去。再入一里，有云静庵，乃投宿焉。道人清隐，卧床数十年，尚能与客谈笑。余见四山云雨凄凄，不能不为明晨忧也。

十四日，天忽晴朗，乃强清隐徒为导。清隐谓湖中草满，已成芜田，徒复有他行⑮，但可送至峰顶。余意至顶，湖可坐得⑯，于是人捉一杖⑰，跻攀深草中。一步一喘，数里，始历高巅。四望白云，迷漫一色，平铺峰下；诸峰朵朵，仅露一顶，日光映之，如冰壶瑶界⑱，不辨海陆。然海中玉环一抹⑲，若可俯而拾也。北瞰山坳壁立，内石笋森森，参差不一，三面翠崖环绕，更胜灵岩。但谷幽境绝，惟闻水声潺潺，莫辨何地。望四面峰峦，累累下伏如丘垤⑳，惟东峰昂然独上，最东之常云，犹堪比肩㉑。导者告退，指湖在西腋一峰，尚须越三尖㉒，余从之。及越一尖，路已绝；再越一尖，而所登顶已在天半。自念《志》云㉓："宕在山顶，龙湫之水，即自宕来。"今山势渐下，而上湫之涧，却自东高峰发脉㉔，去此已隔二谷，遂返辙而东㉕，望东峰之高者趋之。莲舟疲不能从㉖，由旧路下。余与二奴东越二岭，人迹绝矣。已而山愈高，脊愈狭，两边夹立，如行刀背。又石片棱棱怒起㉗，每过一脊，即一峭峰，皆从刀剑隙中攀援而上。如是者三；但见境不容足，安能容湖？既而高峰尽处，一石如劈。向惧石峰撩人㉘，至是且无峰置足矣。踌躇崖上，不敢复向故道。俯瞰南面，石壁下有一级，遂脱奴足布四条㉙，悬岩垂空，先下一奴，余次从之，意可得攀援之路。及下，仅容足，无余地，望崖下斗深百丈㉚。欲谋复上，而上崖亦嵌空三丈余，不能飞陟㉛。持布上试，布为突石所勒㉜，忽中断。复续悬之㉝，竭力腾挽㉞，得复登上岩。出险，还云静庵，日已渐西。主仆衣履俱敝，寻湖之兴衰矣。遂别而下，复至龙湫，则积雨之后，怒涛倾注，变幻极势㉟，轰雷喷雪，大倍于昨。坐至暝始出。南行四里，宿能仁寺㊱。

【注释】

①本文节选自《徐霞客游记》卷一。雁宕山又名雁荡山，在浙江乐清境内，面积450平方公里，胜处多达540余处，是我国著名风景区。　②板嶂岩：位于雁荡山著名风景点灵岩寺右上方。　③观音岩：位于雁荡山东谷，形似云髻高耸的观音菩萨。　④鸟道：形容人迹难至的险峻山道。　⑤汤(shāng)汤：水势浩大的样子。　⑥砥：磨刀石。　⑦常云峰：一名灵府山，位于灵岩寺南。因峰上常有云气而得名。　⑧大剪刀峰：位于能仁寺西北。侧面观看，像分开的剪刀，故名之。由后面看，状若航帆，故又名一帆峰。从山谷中观看，则像石柱，故一名小天柱峰。　⑨连云峰：位于天冠峰之南，大龙湫瀑布由此泻下。　⑩诺讵那：佛教十八罗汉中第五尊罗汉名。此指晋代高僧罗尧运。他曾于永和年间(345—356)率众弟子游雁荡，后于大龙湫观瀑时坐化。　⑪廉纤：细小。　⑫雁湖：位于雁荡山顶峰，秋雁常栖息于此，雁荡山即

因此得名。今已干涸。 ⑬绝磴(dèng):极陡的石级。 ⑭圮(pǐ):毁坏。 ⑮他行:到别处去。 ⑯坐得:不用力气就可得到。 ⑰人捉一杖:每人拄一拐杖。 ⑱冰壶瑶界:形容山色洁白晶莹,宛如仙境。 ⑲玉环一抹:形容远望中的玉环岛,如同尺幅上的一笔彩墨。 ⑳丘垤(dié):小土堆。 ㉑犹堪比肩:还可并肩。 ㉒尖:指尖削的山峰。 ㉓志:指《大明一统志》。 ㉔发脉:发源 ㉕返辙而东:掉转车头向东行。此指返身往东走。 ㉖莲舟:同游的僧人名。 ㉗棱(léng)棱:形容石片锋利,高峻突兀的样子。 ㉘向:先前。 撩:撩拨。 ㉙足布:绑腿布。 ㉚斗:通"陡"。 ㉛陟(zhì):升、登。 ㉜勒:磨刻。 ㉝续:把断处连接起来。 ㉞腾挽:挪移向上引体。 ㉟变幻极势:极尽变化。 ㊱能仁寺:在雁荡山西内谷丹芳岭下,宋真宗咸平二年(999)建寺。

【阅读提示】

本文以记游至大龙湫沿途山景为线索,移步换景,山形水态,历历在目;前后左右,凿凿有稽。大龙湫乃"雁荡三绝"之一,作者以"轰然下捣"极写瀑布雷霆万钧之威,以"腾空飘荡"描摹瀑水飞泻如练、轻飏飘洒的景致,更以"顿令心目眩怖"一语使情景水乳交融,体现出驾驭文字的深厚功力。次日所记,也以时间和游踪为线索,写了寻游雁湖的经过。云海、奇峰、幽谷、怪石、飞瀑……这些雁荡奇景,无不生动传神地绘之笔端,让人如临其境。其中作者"从刀剑隙中攀缘而上"峰顶,解足布飞陟悬崖绝壁一节,不但写出了山势的险峻奇异,更刻画出攀登者勇敢无畏的探险精神,令人在惊心动魄之余,不由对徐霞客这位探险家、地理学家由衷地钦佩。文章用词简练准确,条理清晰,记述井然有序。

□张　岱

张岱(1597—1679),字宗子,又字石公,号陶庵,浙江山阴(今绍兴)人。出身仕宦家庭,但一生未仕。明亡后,坚持民族气节,避居剡溪山中。他是晚明小品文大家,不但扩大了小品文的题材,诸如名胜风景、世俗人情、戏曲技艺、古董玩物,几乎无所不记,而且赋予小品文以较深的思想内涵。尤其是入清以后的作品,借写景记胜追怀故国,更富有积极意义。主要著作有《石匮书》、《四书遇》、《夜航船》、《陶庵梦忆》、《西湖梦寻》、《琅嬛文集》等。

西湖七月半

西湖七月半[①],一无可看,止可看看七月半之人。看七月半之人,以五类看之。其一,楼船箫鼓,峨冠盛筵,灯火优傒[②],声光相乱[③],名为看月而实不见月者,看之;其一,亦船亦楼,名娃闺秀[④],携及童娈[⑤],笑啼杂之,环坐露台,左右盼望，身在月下而实不看月者，看之；其一，亦船亦声歌，名妓闲僧，浅斟低唱，弱管轻丝[⑥]，竹肉相发[⑦]，亦在月下，亦看月，而欲人看其看月者，看之；其一，不舟不车，不衫不帻[⑧]，酒醉饭饱，呼群三五，跻入人丛，昭庆、断桥，嘄呼嘈杂，装假醉，唱无腔曲，月亦看，看月者亦看，不看月者亦看，而实无一看者，看之；其一，小船轻幌[⑨]，净几暖炉，茶铛旋煮[⑩]，素瓷静递，好友佳人，邀月同坐，或匿影树下，或逃嚣里湖，看月而人不见其看月之态，亦不作意看月者，看之。

杭人游湖，巳出酉归[⑪]，避月如仇。是夕好名，逐队争出，多犒门军酒钱[⑫]，轿夫擎燎[⑬]，列俟岸上[⑭]。一入舟，速舟子急放断桥[⑮]，赶入胜会。以故二鼓以前[⑯]，人声鼓吹，如沸如撼，如魇如呓，如聋如哑，大船小船，一齐凑岸，一无所见，止见篙击篙，舟触舟，肩摩肩，面看面而已。少刻兴尽，官府席散，皂隶喝道去[⑰]。轿夫叫船上人，怖以关门[⑱]，灯笼火把如列星，一一簇拥而去。岸上人亦逐队赶门[⑲]，渐稀渐薄，顷刻散尽矣。

吾辈始舣舟近岸。断桥石磴始凉，席其上，呼客纵饮。此时月如镜新磨，山复整妆，湖复颒面[⑳]。向之浅斟低唱者出，匿影树下者亦出。吾辈往通声气，拉与同坐。韵友来[㉑]，名妓至，杯箸安，竹肉发。月色苍凉，东方将白，客方散去。吾辈纵舟酣睡于十里荷花之中，香气拍人[㉒]，清梦甚惬。

【注释】

①七月半：农历七月十五日，旧俗乃祭祖之节日，称中元节。佛寺举行盂兰盆会，信徒们念经礼忏，以超度亡魂。所以明代杭城此日夜游者很多。　②优傒(xì)：乐伎和奴仆。傒，同“奚”。　③乱：混杂。　④名娃：出身名门的美女。　⑤童娈：即娈童，美貌的家僮。　⑥弱管轻丝：管乐器低吹，弦乐轻弹。　⑦竹肉：竹指箫、笛之类的管乐；肉指歌喉。　⑧不衫不帻(zé)：不穿长衫，不戴头巾。　⑨轻幌：薄薄的帷幔。　⑩茶铛(chēng)：煮茶的小锅。　旋：即刻。　⑪巳：巳时，上午九时至十一时。　酉：酉时，下午五时至七时。　⑫犒(kào)：赏赐。门军：守城门的军士。　⑬擎燎：举着火把。　⑭列俟：列队等候。　⑮速：催促。　断桥：西湖中白堤最靠近宝石山的一座桥，西湖风景点之一。　⑯二鼓：二更，即晚上九、十时。⑰皂隶：衙役。　喝道：古时官员出行，前面开道的差役喝令行人避让。　⑱怖：恐吓。　关门：关城门。　⑲赶门：赶至城门关闭前回家。　⑳颒(huì)面：洗脸。　㉑韵友：风雅的朋友。　㉒拍：扑。

【阅读提示】

本文选自《陶庵梦忆》。阴历七月十五为中元节，在处处笙歌、自古繁华的杭城，此晚自然更是热闹异常。作者跳出一般写景赏月的俗套，别出心裁地把游湖看月之人作为文章的主要描写对象。故开篇即突发奇语：“西湖七月半，一无可看，止可看看七月半之人。”然后冷眼旁观，把看月之人分为五类，细加描述。第二段写杭人为了“赶门”，大都“巳出酉归，避月如仇”，结果都未能真正观赏月色。

第三段写了众人散尽后始舣舟近岸的“吾辈”——真正能欣赏西湖月色的雅士们。他们饱览如镜新磨的明月,纵舟酣睡于十里荷花之中,何等高雅脱俗,与前面所述芸芸众生,特别是那些达官贵人和“轧闹猛”的市井无赖之流的低级庸俗,形成鲜明对比。文章记事、写景、抒情水乳交融,在客观的描写中寄寓了自己高雅的生活情致和审美情趣。

湖心亭看雪①

崇祯五年十二月,余住西湖。大雪三日,湖中人鸟声俱绝。

是日,更定矣②,余拏一小舟③,拥毳衣炉火④,独往湖心亭看雪。雾凇沆砀⑤,天与云与山与水,上下一白。湖上影子,惟长堤一痕,湖心亭一点,与余舟一芥,舟中人两三粒而已。

到亭上,有两人铺毡对坐,一童子烧酒,炉正沸。见余大喜,曰:“湖中焉得更有此人!”拉余同饮。余强饮三大白而别⑥。问其姓氏,是金陵人,客此。

及下船,舟子喃喃曰:“莫说相公痴,更有痴似相公者⑦。”

【注释】

①本文选自《陶庵梦忆》卷三。 湖心亭:杭州西湖湖中一著名景点。 ②更定:大约晚上九十点钟。 ③拏(ná):这里是划的意思。 ④毳(cuì)衣:一种用鸟兽细毛编织的衣服。 ⑤雾凇:寒冷天,雾凝聚在树枝上形成的白色冰晶。沆砀(hàng dàng):寒天白茫茫的空气。 ⑥大白:大杯。 ⑦相公:原尊称宰相,宋元后也是对主人或地位高者的尊称。

【阅读提示】

张岱的小品文,善于通过生动的记叙和形象的比喻描绘场景,并在山容水态中展现自己的个性。本文即通过夜深更定游湖赏雪显示了高逸之情。文章语言精练,通过“一痕”、“一点”、“一芥”、“两三粒”之细小,来刻画大雪中西湖的堤、亭、舟、人,反衬雪之大。作者把西湖“上下一白”的雪景写得极有诗情画意,让人涤荡心胸。

□陈子龙

陈子龙(1608—1647),字卧子,号轶符,晚年又号大樽,松江华亭(今上海松江)人。明崇祯十年(1637)进士,官至兵科给事中。清兵入关后,福王称帝南京,他多次上书陈防守要策,不用,辞职归乡。清兵破南京后,他在松江起兵。失败后避匿山中，又结集太湖兵抗清。事泄被捕，押送途中投水死。曾与夏允彝等组织“几社”，与“复社”相呼应。其文学主张接受“前后七子”的复古理论，但诗文不盲目拟古。明末的社会危机和腐败现状，使他写了不少感时抚事之作，诗风变得苍凉悲壮，被誉为明诗“殿军”。有《陈忠裕公全集》。

小车行

小车班班黄尘晚①，夫为推，妇为挽②。出门茫然何所之？青青者榆疗吾饥③，愿得乐土共哺糜④。风吹黄蒿，望见垣堵，中有主人当饲汝⑤。叩门无人室无釜⑥，踯躅空巷泪如雨⑦。

【注释】

①班班：车行声。　②挽：牵引，拉。　③青青者榆：青青的榆树叶。　④哺糜：食稀粥。　⑤饲汝：给你食物吃。此句为拉车夫妇的想象之词。　⑥釜：锅。　⑦踯躅（zhí zhú）：徘徊不前的样子。

【阅读提示】

崇祯十年（1637）六月大旱，赤地千里，山东又遭蝗灾，大批百姓背井离乡。此诗系作者于是年中进士后，由京赴惠州（今广东惠阳）途中所作。诗歌以白描手法，描绘了灾民逃往异乡，以榆树叶充饥，在死亡线上挣扎的凄惨情景，表现了诗人对民众困苦的深切同情。

□张煌言

张煌言（1620—1664），字玄著，号苍水，鄞县（今浙江宁波）人。明末举人。清顺治二年（1645），起兵抗清，拥鲁王为监国。后桂王在华南称永历帝，张煌言为大学士兼兵部尚书。顺治十六年与郑成功联军，攻取长江下游二十余城市，并包围南京。郑成功兵败到台湾后，他在舟山一带继续抗清。康熙三年（1664），被迫避居悬岙岛（今浙江象山南），因叛徒出卖，被捕入狱，同年九月在杭州英勇就义。其诗文多反映亲身经历的战斗生活，正气凛然，富有民族气节和战斗豪情。有《张苍水集》。

甲辰八月辞故里①

国亡家破欲何之？西子湖头有我师。日月双悬于氏墓②，乾坤半壁岳家祠③。惭将赤手分三席④，敢为丹心借一枝⑤。他日素车东浙路⑥，怒涛岂必属鸱夷⑦？

【注释】

①这首诗为张煌言抗清被俘，诀别鄞县押解杭州途中而作。　甲辰：清康熙三年(1664)。故里：作者的家乡浙江鄞县。　②日月双悬：是说于谦的功绩永垂不朽，可与日月争辉。　于氏墓：即于谦墓，在杭州西湖三台山麓。　③乾坤半壁：是说岳飞英勇抗金，才使南宋保存下半壁江山。　岳家祠：指岳飞的祠墓，在杭州西湖栖霞岭下。　④赤手：白手、空手，意为无所贡献。　席：席位、座次。这里喻指一块墓地。　⑤敢：一本作"拟"。　一枝：用《庄子·逍遥游》"鹪鹩巢林，不过一枝"之意，表示所占微小，这里喻作一席葬身之地。　⑥素车：灵车。此处借喻江潮汹涌，如同张着帷盖的白色灵车。　⑦鸱(chī)夷：皮革制的口袋。这里借代春秋时的伍子胥。伍子胥被谗致死后，吴王夫差把他的尸体装在鸱夷里面，投入江中。传说伍子胥死后精魂不散，驱水为涛，如素车白马。

【阅读提示】

这首七律，开篇即以设问句式坦陈自己宁死不屈，矢志以身报国的心迹。颔联承上，说明自己的榜样是于谦和岳飞。"日月双悬"与"乾坤半壁"，不但对仗工整，而且高度地赞扬了两位民族英雄的光辉业绩。颈联表明自己不惜身死的决心，以及未能实现抗清复明大业的遗憾。尾联则巧用伍子胥化为潮神的传说，言己身虽死，但抗清之志不灭，如同钱江大潮一般，汹涌澎湃，奔腾不息。本诗抒情明志，慷慨激昂，悲壮苍凉，洋溢着强烈的民族气节和凛然正气，可谓字字血，声声泪，读之令人感奋。

□夏完淳

夏完淳(1631—1647)，原名复，字存古，别号小隐，松江华亭(今上海松江)人。父夏允彝，明亡后起兵抗清，兵败投水自杀。完淳受其父亲和老师陈子龙的影响，从小关心国事。14岁即从军，投身抗清斗争。3年后不幸被捕，慷慨赴死，年仅17岁。他的诗文多壮怀激烈，充满强烈的爱国主义精神和民族意识，清沈德潜赞其"生为才人，死为鬼雄"，"诗格亦高古罕匹"。有《夏完淳集》。

狱中上母书

不孝完淳今日死矣！以身殉父，不得以身报母矣！

痛自严君见背①，两易春秋②。冤酷日深，艰辛历尽。本图复见天日，以报大仇，恤死荣生[③]，告成黄土[④]；奈天不佑我，钟虐先朝[⑤]，一旅才兴，便成齑粉[⑥]。去年之举，淳已自分必死[⑦]，谁知不死，死于今日也。斤斤延此二年之命[⑧]，菽水之养无一日焉[⑨]。致慈君托迹于空门[⑩]，生母寄生于别姓[⑪]。一门漂泊，生不得相依，死不得相问。淳今日又溘然先从九京[⑫]，不孝之罪，上通于天。呜呼！双慈在堂，下有妹女，门祚衰薄[⑬]，终鲜兄弟。淳一死不足惜，哀哀八口，何以为生？虽然已矣，淳之身，父之所遗；淳之身，君之所用。为父为君，死亦何负于双慈！但慈君推干就湿[⑭]，教礼习诗，十五年如一日，嫡母慈惠，千古所难。大恩未酬，令人痛绝！

慈君托之义融女兄[⑮]，生母托之昭南女弟[⑯]。淳死之后，新妇遗腹得雄[⑰]，便以为家门之幸。如其不然，万勿置后[⑱]。会稽大望[⑲]，至今而零极矣！节义文章如我父子者，几人哉？立一不肖后，如西铭先生[⑳]，为人所诟笑，何如不立之为愈耶？呜呼！大造茫茫[㉑]，总归无后。有一日中兴再造[㉒]，则庙食千秋[㉓]，岂止麦饭豚蹄[㉔]，不为馁鬼而已哉！若有妄言立后者，淳且与先文忠在冥冥诛殛顽嚚[㉕]，决不肯舍！兵戈天地[㉖]，淳死后，乱且未有定期，双慈善保玉体，无以淳为念。二十年后，淳且与先文忠为北塞之举矣[㉗]！勿悲勿悲！相托之言，慎勿相负！武功甥将来大器[㉘]，家事尽以委之。寒食盂兰[㉙]，一杯清酒，一盏寒灯，不至作若敖之鬼[㉚]，则吾愿毕矣。新妇结褵二年[㉛]，贤孝素著，武功甥好为我善待之，亦武功渭阳情也[㉜]。

语无伦次，将死言善[㉝]，痛哉痛哉！人生孰无死？贵得死所耳！

父得为忠臣，子得为孝子；含笑归太虚，了我分内事。大道本无生，视身若敝屣；但为气所激，缘悟天人理。恶梦十七年，报仇在来世。神游天地间，可以无愧矣！

【注释】

①严君：对父亲夏允彝的敬称。　见背：弃我而去（婉指去世）。　②两易春秋：已过两年。作者被捕入狱写本文，距夏允彝殉难已两年。　③恤死：对死难者进行赠谥及葬祭等抚慰。　荣生：使活着的亲属得到荣封、表彰。　④告成黄土：以其成功（指恢复明朝）祭告于父亲坟前。黄土，指坟墓。　⑤钟：聚集。　虐：灾难。　先朝：指明朝。　⑥齑（jī）粉：粉末。完淳被捕就义前一年（1646），与老师陈子龙、岳父钱旃（zhān）等再度起兵，参加了吴易（yáng）的太湖义军。不久即被清廷重兵击溃而覆没。　⑦自分（fèn）：自料。　⑧斤斤：犹言明明。《诗·周颂·执竞》："斤斤其明。"　毛传："斤斤，明察也。"一说"仅仅"的意思。　⑨菽（shū）水之养：指孝养父母。菽，豆类。　⑩慈君：慈母。此指作者的嫡母（夏允彝的正妻）盛氏。托迹：寄身。　空门：佛门。夏允彝死后，盛氏削发为尼。　⑪生母：指作者生身之母陆氏。家破后寄居于亲戚家。　寄生：即寄居。　⑫溘（kè）然：忽然。专用于人死。　九京：九原，地下。泛指墓地。　⑬门祚：家运。　⑭推干就湿：把床上干燥处让幼儿睡，自己睡在被孩子尿湿的地方。形容母亲抚育子女的劳苦。　⑮义融女兄：作者的姐姐夏淑吉，别号义融，长于诗。　⑯昭南女弟：作者的妹妹夏惠吉，字昭南，也能诗。　⑰新妇：指作者之妻钱秦篆，嘉善

钱旃之女。时结婚刚两年。完淳死后,削发为尼。 雄:指男孩。 ⑱置后:立嗣子以继承宗祧。 ⑲会稽大望:会稽郡很有声望的大家族。夏氏先人晋朝的夏统出于会稽,见《晋书·隐逸传》。 ⑳西铭先生:即张溥,字天如,号西铭,倡立复社。 ㉑大造:造物主,指天。 茫茫:昏暗不明的样子。此因痛惜明朝的覆亡而指责上天不明。 ㉒中兴再造:指恢复明朝。㉓庙食:有功于国的人,死后为之立庙祭祀。 ㉔麦饭豚蹄:给死者的简单祭品。麦饭,磨麦连皮做成的面食。豚蹄,猪蹄。 ㉕文忠:夏允彝死后,南明鲁王谥为文忠公。 诛殛(jí):诛杀。顽嚚(yín):顽劣而愚恶的人。 ㉖兵戈天地:遍地战乱。 ㉗"淳且"句:按佛家轮回之说,人死于此,复转生于彼,20年后又可长大成人。此言父子二人来世还要重举义军,扫清塞北,完成反清复明的大业。 ㉘武功甥:作者的外甥侯檠,字武功,夏淑吉所生,当时才11岁。按:武功于顺治十年(1653)17岁时夭折。 ㉙寒食:旧时节名。即清明节的前一天。 盂兰:即盂兰盆,梵语,意思是解救倒悬之苦。旧时迷信,于农历七月十五日燃灯祭祀,超度鬼魂,称盂兰盆会。 ㉚若敖之鬼:指断绝后嗣,无人祭祀的饿鬼。 若敖:复姓。若敖氏的后代是楚国令尹子文,因担心其侄越椒行为不端,会给若敖氏家族带来灭族之祸,临死前告诉族人:"鬼犹求食,若敖氏之鬼,不其馁而!"后越椒叛楚,楚王灭若敖氏全族。事见《左传·宣公四年》。㉛结褵(lí):亦作"结缡"。古时女子出嫁,母亲亲手为女儿结佩巾,后遂以指代结婚。 ㉜渭阳情:甥舅之间的情谊。本《诗经·秦风·渭阳》。 ㉝将死言善:《论语·泰伯》:"曾子言曰:鸟之将死,其鸣也哀;人之将死,其言也善。"

【阅读提示】

清顺治四年(1647)夏,夏完淳因上表鲁王谢恩(鲁王曾诏谥夏允彝"文忠",授完淳中书舍人官职)之事被清廷发觉,遭逮捕,押解南京;同年九月因拒降而惨遭杀害。这封书信,是完淳于南京狱中写给他嫡母和生母的诀别信。信中熔国事与家事、骨肉情与民族恨于一炉,抒发了这位少年英雄"家仇未报,臣功未成,赍志重泉,流恨千古"(夏完淳《土室余论》)的满腔悲愤和决志报国、视死如归的英勇气概。全篇发自肺腑,血泪交萦,苍凉悲壮,动人心魄。但由于时代和阶级的局限,文中也带有若干封建色彩。

□黄宗羲

黄宗羲(1610—1695),字太冲,号梨洲,又号南雷,余姚(今浙江余姚)人。明末清初杰出的思想家、文学家。黄宗羲重气节、严操守、明是非,早年就参加"复社"反对宦官和权贵的斗争。清兵南下,他组织义兵积极抗清。明亡后屡拒清廷征召,发愤著述。他学识渊博,著作宏富,主要有《明夷待访录》、《宋元学案》、《明儒学案》、《南雷文定》等。黄宗羲的散文,以政论和传记为佳。其政论文针砭时弊,见识精深,说理透辟,笔锋犀利;其传记文着力记叙"厄运危时"的人物,饱含深情,"坌愤激讦",颇有奇气。

怪　说

梨洲老人坐雪交亭中①，不知日之早晚，倦则出门行塍亩间②，已复就坐，如是而日而月而岁，其所凭之几③，双肘隐然。庆吊吉凶之礼尽废。一女嫁城中④，终年不与往来。一女三年在越⑤，涕泣求归宁⑥，闻之不答。莫不怪老人之不情也⑦。

老人曰："自北兵南下⑧，悬书购余者二⑨，名捕者一⑩，守围城者一，以谋反告讦者二三⑪，绝气沙墠者一昼夜⑫，其它连染逻哨之所及⑬，无岁无之，可谓濒于十死者矣。李斯将腰斩⑭，顾谓其中子曰⑮：'吾欲与若复牵黄犬俱出上蔡东门逐狡兔⑯，岂可得乎！'陆机临死叹曰：'华亭鹤唳，岂可复闻乎！'⑰吾死而不死，则今日者，是复得牵黄犬出上蔡东门，复闻华亭鹤唳之日也。以李斯、陆机所不能得之日，吾得之，亦已幸矣，不自爱惜，而费之于庆吊吉凶之间，九原可作⑱，李斯、陆机其不以吾为怪乎！然则，公之默默而坐⑲，施施而行⑳，吾方傲李斯、陆机以所不如，而又何怪哉！又何怪哉！"

【注释】

①梨洲老人：作者自称。　雪交亭：黄宅中亭名。　②塍(chéng)亩：田野。　③几：小桌子。　④作者长女嫁朱林。　⑤作者次女嫁山阴(今浙江绍兴)刘茂林。　⑥归宁：旧谓已嫁女子回娘家探望父母。　⑦不情：不讲人情。　⑧北兵：指清兵。　⑨此句言张榜悬赏，通缉捉拿我的有两次。　⑩名捕：指名追捕。　⑪告讦(jié)：告发。　⑫沙墠(shàn)：沙地。　⑬连染：意为牵连。这句意谓其他被巡逻兵和岗哨牵连查问到的。　⑭李斯：战国时楚上蔡(今属河南)人。曾任秦国客卿，官至丞相。　⑮中子：第二个儿子。　⑯若：你。　⑰陆机：西晋文学家，吴郡华亭(今上海松江)人。在西晋王室争权夺利的"八王之乱"中，遭谗被杀于太安二年(303)。　鹤唳(lì)：鹤鸣。　⑱九原可作：墓地的死人如能起来。九原，春秋时晋国卿大夫的墓地，后亦泛指墓地。作，起。　⑲疑"公"系"今"字之误。　⑳施(yí)施：慢步行走的样子。

【阅读提示】

《怪说》一文，堪称"说体"散文中的一朵奇葩。文章一反常见俗套，先写自己的绝情怪行和不近人情；然后通过自述，说明原因。作者以"说"言志，控诉了清统治者对民族志士的残酷迫害。梨洲老人"濒于十死者矣"，但铮铮铁骨，宁死不屈。他不愿在贺喜、吊唁等世俗应酬上浪费时间和精力，表现了极其坚强的斗争意志。本文字里行间，饱含愤慨悲壮之情，读来仿佛令人见到这位民族志士孤寂伶仃的晚年岁月和始终不渝、至老弥坚的斗志。黄宗羲认为："凡情之至者，其文未有不至者也。"(《明文案序》上)本篇可为实例。

□李　渔

李渔(1611—1680),字笠鸿,一字谪凡,号笠翁,浙江兰溪人。明末清初戏剧家、戏曲理论家。入清后绝意仕途,从事研究和创作。所著剧本18种,其中《比目鱼》、《蜃中楼》、《风筝误》等十种较常见,称《笠翁十种曲》;小说有《无声戏》、《十二楼》、《回文传》、《肉蒲团》等。其中有关戏曲的论著,存于《闲情偶寄》一书之"词曲部"、"演习部"中。李渔关于戏剧的论述既有保守落后处,也多丰富精到的见解,如"立主脑"、"减头绪"、"密针线"、"贵浅显"、"重机趣"、"脱窠臼"诸说,都很值得重视。

闲情偶寄·脱窠臼①

"人惟求旧,物惟求新。"新也者,天下事物之美称也。而文章一道,较之他物,尤加倍焉。戛戛乎陈言务去②,求新之谓也。至于填词一道,较之诗赋古文,又加倍焉。非特前人所作,于今为旧,即出我一人之手,今之视昨亦有间焉③。昨已见而今未见也,知未见之为新,即知已见之为旧矣。古人呼剧本为"传奇"者,因其事甚奇特,未经人见而传之,是以得名,可见非奇不传。新即奇之别名也,若此等情节业已见之戏场,则千人共见,万人共见,绝无奇矣,焉用传之?(王左车云:此笠翁有本之言,自汤之盘铭得来④。修身作文,同是一理。)是以填词之家,务解传奇二字,欲为此剧,先问古今院本中曾有此等情节与否⑤,如其未有,则急急传之,否则枉费辛勤,徒作效颦之妇⑥。东施之貌未必丑于西施,止为效颦于人,遂蒙千古之诮,使当日逆料至此⑦,即劝之捧心,知不屑矣。吾谓填词之难,莫难于洗涤窠臼⑧,而填词之陋,亦莫陋于盗袭窠臼。吾观近日之新剧,非新剧也,皆老僧碎破之衲衣,医士合成之汤药。取众剧之所有,彼割一段,此割一段,合而成之,即是一种"传奇",但有耳所未闻之姓名,从无目不经见之事实。语云"千金之裘,非一狐之腋",以此赞时人新剧,可谓定评。但不知前人所作,又从何处集来?岂《西厢》以前,别有跳墙之张珙⑨?《琵琶》以上,另有剪发之赵五娘乎⑩?若是则何以原本不传,而传其抄本也?窠臼不脱,难语填词,凡我同心,急宜参酌⑪。

【注释】

①本文选自《闲情偶寄·词曲部上·结构第一》之三。　②戛(jiá)戛:困难的样子。　句本韩愈《答李翊书》:"惟陈言之务去,戛戛乎其难哉!"　③间:距离,差别。　④王左车:清初秀

水(今浙江嘉兴)人,隐居于莫愁湖东,李渔好友。 汤之盘铭:指《商书·盘庚》。其中引用古代贤人迟任之言曰:“人惟求旧;器非求旧,惟新。” ⑤院本:金元时行院演剧所用脚本,体裁与宋杂剧相同。 陶宗仪《辍耕录》云:“院本、杂剧,其实一也。”是北方宋杂剧向元杂剧过渡的形式。 ⑥效颦:语本《庄子·天运》所载丑妇仿效西施捧心皱眉的故事。意谓不适合仿效而仿效,只能更见其丑。颦,皱眉。 ⑦逆料:预料。 ⑧窠(kē)臼:陈旧的格调,老一套。 ⑨跳墙之张珙:《西厢记》第三本第三折写张生月夜跳墙去会莺莺。 ⑩剪发之赵五娘:《琵琶记》第二十四出写赵五娘婆婆死后,公公又亡故。为埋葬公公,赵五娘剪下头发卖钱,作为送终之用。 ⑪宜:应该。 参酌:犹斟酌。

【阅读提示】

“创新是一个民族进步的灵魂,是国家兴旺发达的不竭动力。”(《中共中央国务院关于加强技术创新,发展高科技,实现产业化的决定》)作为戏剧家,李渔对当时“新剧”的盗袭窠臼,提出尖锐的批评;旗帜鲜明地提倡创新,要“脱窠臼”,勇于打破旧传统。这不但是对戏剧创作的金玉良言,对于文学创作和从事科技等其他领域工作的人,也同样有着重要意义。

□顾炎武

顾炎武(1613—1682),初名绛。清兵攻克南京,他志存复明,更名炎武,字宁人,人称亭林先生。江苏昆山人。明末清初杰出的思想家、文学家。青年时曾参加复社,进行反宦官权贵的斗争。清兵南下时,他参加了抗清起义,失败后只身北上,曾致力于边防和中原、西北地理的研究。他学问渊博,反对空谈,开清代朴学风气。清廷多次逼他参加纂修《明史》,都被严词拒绝。顾炎武著作宏富,主要有《日知录》、《天下郡国利病书》、《亭林诗文集》等。

又酬傅处士次韵①

愁听关塞遍吹笳②,不见中原有战车③。三户已亡熊绎国④,一成犹启少康家⑤。苍龙日暮还行雨,老树春深更著花⑥。待得汉庭明诏近⑦,五湖同觅钓鱼槎⑧。

【注释】

①傅处士:即明末清初著名学者傅山(1607—1684),阳曲(今属山西)人。明亡后为道士装,屡拒清廷征召,以医为业,终老山中。康熙二年(1663)顾炎武到山西,傅山以《晤言宁人先生还村途中叹息有诗》相赠,顾酬诗两首,此为其二。因前已有《赠傅处士山》五律一首,故诗

题曰“又酬”。 次韵：和韵之一体，谓和前诗原韵而作诗。 ②此句言城关边塞到处响彻清军的胡笳声，大明灭亡，令人愁绪满怀。 笳：古管乐器。汉时流行于塞北和西域一带，汉魏以后流入北方。 ③此句言见不到中原地区有抗击清兵的武装斗争。 ④三户：《史记·项羽本纪》：“楚虽三户，亡秦必楚也。”指楚国贵族屈、景、昭三大姓。 熊绎国：即楚国。楚武王名熊绎。 ⑤一成：古代计量土地，方十里为一成。 少康：夏代中兴之君，曾凭一成之地、一旅（五百人）之众恢复夏的统治。此句喻抗清复明的希望犹存。 ⑥两句巧用比兴，说自己年纪虽老，但复明斗志不衰。 ⑦汉庭：借指希望恢复的明王朝。 明诏：圣明的诏书。 ⑧末二句言等到复国以后，朝廷下诏任用我们，那时我们将一同退隐江湖。

【阅读提示】

顾炎武之诗学杜甫，多写家国兴亡之感，具有强烈的爱国主义精神。本篇表现了诗人坚贞不屈的民族气节。虽然清军势盛，大明已亡，但顾炎武抗清复明的意志却老而弥坚，期待着恢复的一天。全诗语言质朴，风骨劲健，托物寄兴，深沉悲壮，并能巧用典故，体现了广博的学识。

廉　耻①

《五代史·冯道传》论曰②：“礼义廉耻，国之四维；四维不张，国乃灭亡③。善乎管生之能言也④。礼义治人之大法，廉耻立人之大节。盖不廉则无所不取，不耻则无所不为，人而如此，则祸败乱亡亦无所不至。况为大臣，而无所不取，无所不为，则天下其有不乱，国家其有不亡者乎⑤！”然而四者之中，耻尤为要。故夫子之论士曰：“行己有耻。⑥”孟子曰：“人不可以无耻，无耻之耻，无耻矣⑦！”又曰：“耻之于人大矣！为机变之巧者，无所用耻焉⑧！”所以然者，人之不廉，而至于悖礼犯义，其原皆生于无耻也。故士大夫之无耻，是谓国耻⑨。

吾观三代以下⑩，世衰道微，弃礼义，捐廉耻，非一朝一夕之故。然而松柏后凋于岁寒⑪，鸡鸣不已于风雨⑫，彼昏之日，固未尝无独醒之人也⑬。顷读《颜氏家训》⑭，有云：“齐朝一士夫⑮，尝谓吾曰：‘我有一儿，年已十七，颇晓书疏⑯，教其鲜卑语⑰，及弹琵琶，稍欲通解，以此伏事公卿，无不宠爱。’吾时俯而不答。异哉此人之教子也！若由此业，自致卿相，亦不愿汝曹为之⑱！”嗟乎！之推不得已而仕于乱世，犹为此言，尚有《小宛》诗人之意⑲，彼阉然媚于世者⑳，能无媿哉㉑！

【注释】

①本文节选自《日知录》卷十三《廉耻》。 ②《五代史》：此指《新五代史》，宋欧阳修撰，共75卷。《冯道传》列入该书第五十四卷杂传第四十二中。冯道（882—954），五代景城人（今河北交河）人，字可道。历事唐、晋、汉、周四朝，官皆将相，自号长乐老。 ③礼义廉耻四句：语见《管子·牧民》。维，系物之绳。管仲以礼义廉耻四者比喻维系国家之纲。 ④管生：管仲，

春秋时齐国杰出的政治家，辅佐齐桓公实施政治改革，使齐称霸于诸侯。 ⑤其：同“岂”。 ⑥夫子：即孔子。《论语·子路》云：“子贡问曰：‘何如斯可谓之士矣？’子曰：‘行己有耻。使于四方，不辱君命，可谓士矣！’”行己有耻，指为士者处世行事能知耻而有所不为。 ⑦三句语见《孟子·尽心上》。言人不可以没有羞耻，不知羞耻的那种羞耻，真是不知羞耻。 ⑧三句语见《孟子·尽心上》。机变，巧伪变诈。无所用耻，即不把羞耻放在心上。 ⑨国耻：国家蒙受的耻辱。 ⑩三代：指夏、商、周。 ⑪《论语·子罕》曰：“岁寒，然后知松柏之后凋也。” ⑫《诗经·郑风·风雨》曰：“风雨如晦，鸡鸣不已。”已，止。 ⑬独醒：喻不同于流俗。屈原《渔父》曰：“举世皆浊我独清，众人皆醉我独醒。” ⑭《颜氏家训》：颜之推著，共七卷，分二十篇。主要叙述立身治家之法，文笔朴实平易。颜之推（531—595），字介，琅邪临沂（今山东临沂）人，南北朝时文学家。 ⑮齐朝：此指北齐。 ⑯疏：为注文作注释称疏。 ⑰鲜卑，我国古代的少数民族，居住在今东北、内蒙古一带。 ⑱以上见《颜氏家训·教子》。 ⑲《小宛》：《诗经·小雅》篇名。《诗集传》认为是大夫遭时之乱，兄弟相戒以免祸的诗。 ⑳阉然：昏暗闭塞貌。 ㉑媿：同“愧”。

【阅读提示】

礼义廉耻，是中华民族可贵的道德传统。这篇短文分为两大段。第一段开篇即以《五代史·冯道传》所引管仲名言为全文张本，开宗明义，直接揭示中心论点。作者认为，礼义乃治人之大法，廉耻乃立人之大节，若不廉无耻，则祸败乱亡无所不至。而国家大臣若不讲廉耻，则将导致亡国。继而指出：礼义廉耻四者之中，“耻尤为要”，并用孔子“行己有耻”及孟子“人不可以无耻”的名言为例证，推断出“士大夫之无耻，是谓国耻”的结论。顾炎武目睹明亡后，士大夫们纷纷屈节仕清，所谓“蓟门朝士多狐鼠，旧日须眉化儿女。生女须教出塞妆，生男要学鲜卑语。”（顾炎武《蓟门送子德归关中》）对这种不讲廉耻、士风败坏之丑行深恶痛绝，称之为“国耻”。

第二段中，顾炎武以《颜氏家训》为例，赞扬了颜之推遭时之乱而保持气节的义行，鞭挞了北方士大夫丧失气节、奴颜婢膝、卖身求荣的无耻行径，并由此对明清易代之际那些“阉然媚于世”的大臣们，表示了愤怒的谴责，强调要做“独醒之人”。

越王勾践卧薪尝胆，终于灭吴雪耻；苏武冰天雪地持节牧羊，不辱使命，名扬青史。“知耻”已成为中华民族的一种优良道德传统，成为爱国主义的重要心理基础。那些卖国投敌、认贼作父、伤天害理、奴颜婢膝者，自当为国人所不齿。在改革开放的今天，《廉耻》一文仍有现实意义，它将激励我们自觉加强自身修养，成为“行己有耻”的人。

□侯方域

侯方域（1618—1655），字朝宗，号雪苑，商丘（今属河南）人，明末清初文学家。少年即有才名，与方以智、冒襄、陈贞慧合称明末“四公子”。曾参加复社，与魏忠贤及其党羽阮大铖、马士英等人进行斗争。清顺治八年(1651)应河南乡试，中副榜，后抑郁寡欢，不久即病逝。侯方域与魏禧、汪琬并称“清初三大家”。其散文学习《史记》和韩愈、欧阳修，又能借鉴传奇小说、通俗文学的特长，尤以传记体见长。著有《壮悔堂文集》和《四忆堂诗集》。

马伶传[①]

马伶者，金陵梨园部也[②]。金陵为明之留都[③]，社稷百官皆在[④]，而又当太平盛时，人易为乐，其士女之问桃叶渡、游雨花台者[⑤]，趾相错也[⑥]。梨园以技鸣者[⑦]，无论数十辈[⑧]，而其最著者二：曰“兴化部”，曰“华林部”。

一日，新安贾合两部为大会[⑨]，遍征金陵之贵客文人[⑩]，与夫妖姬静女[⑪]，莫不毕集。列兴化于东肆[⑫]，华林于西肆。两肆皆奏《鸣凤》[⑬]，所谓椒山先生者[⑭]。迨半奏[⑮]，引商刻羽[⑯]，抗坠疾徐[⑰]，并称善也。当两相国论河套[⑱]，而西肆之为严嵩相国者曰李伶，东肆则马伶。坐客乃西顾而叹[⑲]，或大呼命酒[⑳]，或移坐更近之，首不复东。未几更进[㉑]，则东肆不复能终曲[㉒]。询其故，盖马伶耻出李伶下，已易衣遁矣。马伶者，金陵之善歌者也，既去，而“兴化部”又不肯辄以易之，乃竟辍其技不奏[㉓]，而“华林部”独著。

去后且三年[㉔]，而马伶归，遍告其故侣[㉕]，请于新安贾曰：“今日幸为开宴[㉖]，招前日宾客，愿与‘华林部’更奏《鸣凤》[㉗]，奉一日欢[㉘]。”既奏，已而论河套，马伶复为严嵩相国以出。李伶忽失声，匍匐前称弟子。“兴化部”是日遂凌出“华林部”远甚[㉙]。

其夜，“华林部”过马伶曰[㉚]：“子，天下之善技也，然无以易李伶[㉛]。李伶之为严相国至矣[㉜]，子又安从授之而掩其上哉[㉝]？”马伶曰：“固然，天下无以易李伶，李伶即又不肯授我[㉞]。我闻今相国昆山顾秉谦者[㉟]，严相国俦也[㊱]。我走京师，求为其门卒三年，日侍昆山相国于朝房，察其举止，聆其语言[㊲]，久乃得之。此吾之所为师也。”“华林部”相与罗拜而去。

马伶名锦，字云将，其先西域人[㊳]，当时犹称“马回回”云[㊴]。

侯方域曰：异哉，马伶之自得师也！夫其以李伶为绝技，无所于求[㊵]，乃走事昆山，见昆山犹之见分宜也[㊶]。以分宜教分宜，安得不工哉[㊷]？呜呼！耻其技之不若，而去数千里，为卒三年，倘三年犹不得，即犹不归耳。其志如此，技之工又须问耶？

【注释】

①马伶：姓马的演员。古时称从事演戏、歌舞、音乐的人为伶。　②梨园部：戏班、剧团。

梨园，原是唐明皇命乐工教授宫女音乐歌舞的地方，后世因称戏班为梨园。 ③留都：明太祖开国时建都南京，明成祖时迁都北京，南京为“留都”，保留原有的一整套官制。 ④社稷：社指土神，稷指谷神。后用作国家的代称。这里指宗庙。 ⑤桃叶渡：南京名胜之一，相传东晋王献之送其妾桃叶在此渡江，因而得名。 雨花台：在南京中华门外。 ⑥趾相错：脚趾互相交错，形容人多。 ⑦以技鸣：因技艺高而出名。 ⑧无论：即“无虑”，大约。 辈：此处指“个”。 ⑨新安贾：徽州商人。新安，徽州的别名。 ⑩征：招请。 ⑪妖姬静女：艳丽的妇人和娴静文雅的淑女。 ⑫肆：这里指戏台。 ⑬《鸣凤》：指明传奇《鸣凤记》，王世贞作，写明朝嘉靖年间杨继盛等人与权奸严嵩的斗争。 ⑭椒山先生：杨继盛，字仲芳，号椒山，嘉靖进士，官至兵部右侍郎，因弹劾严嵩被害致死。 ⑮迨(dài)：等到。 半奏：演唱到一半。 ⑯引商刻羽：演唱符合节拍，按照曲调。引，发声。商、羽都是古代音乐五声之一。 ⑰抗坠疾徐：高低快慢。 ⑱两相国论河套：大学士夏言(主战派)和严嵩(投降派)争论是否收复河套。当时河套地区被俺答占据。明朝大学士有宰相的职权，所以称为“相国”。这是《鸣凤记》第六出的情节。 ⑲叹：赞叹。 ⑳命酒：吩咐拿酒来。 ㉑进：继续进行。 ㉒终曲：演到终场。 ㉓辍其技不奏：停止演出。 ㉔且：将近。 ㉕故侣：此处指兴化部旧日同伴。 ㉖幸：希望。 ㉗更奏：再演。 ㉘奉：敬献。 ㉙凌出：超出。 ㉚过：前往拜访。 ㉛易：替换。 ㉜为严相国：扮演严嵩。 ㉝此句意谓你又从哪里得到传授而超过他呢？安，哪里。掩，盖过，超过。 ㉞即：意同“则”。 ㉟顾秉谦：明代昆山人，先后任文渊阁大学士、建极阁大学士。为人庸劣无耻，依附魏忠贤，残害忠良。 ㊱俦(chóu)：同类。 ㊲聆：细听。 ㊳西域：指今甘肃西部及以西的新疆、中亚细亚部分地区。 ㊴回回：回族。 ㊵无所于求：无从求取。 ㊶此句意谓见到顾秉谦就像见到了严嵩(分宜人)。两人都是明朝大奸相。 ㊷工：精妙。

【阅读提示】

这篇人物传记生动地记叙了马伶扮演奸相严嵩，由失败到成功的故事。为了演活严嵩，马伶甘为当朝宰相顾秉谦门卒三年，察其举止，聆其言语，“见昆山(顾秉谦)犹之见分宜(严嵩)也”。作者从中对奸佞权臣寄寓了讥贬和讽刺，含意深远。而马伶能够发愤学艺，深入生活，细心观察体验，终于技艺大进。这为读者提供了一个只有刻苦努力，不断实践，方能取得成功的范例。本文既有一般传记文的生动形象性，又具有较强思想性和生活哲理，颇令人回味。文章详略有度，剪裁精当，采用倒叙方法，曲尽其妙。说明作者能注意学习《史记》笔法，又能借鉴传奇小说、通俗文学的特长。

□王夫之

王夫之(1619—1692)，字而农，号薑斋，衡阳(今属湖南)人。明末清初杰出的思想家、文学家，晚年隐居衡阳城外石船山，人称船山先生。明亡时，曾举兵抗清，后任南明桂王政权行人司行人。南明沦亡后隐居深山著述。精于经学、史学、文学，总结和发展了中国传统的唯物主义，反对程朱理学。其诗文表现了强烈的民族思想，表彰忠烈，抒写亡国之痛，气概雄肆，纵横捭阖。一生著作多达一百余种，后人辑为《船山遗书》358 卷。

薑斋诗话(二则)[①]

其　一

无论诗歌与长行文字，俱以意为主。意犹帅也，无帅之兵谓之乌合。李、杜所以称大家者，无意之诗十不得一二也。烟云泉石，花鸟苔林，金铺锦帐，寓意则灵。若齐、梁绮语，宋人抟合成句之处[②](原注：宋人论诗，字字求出处)，役心向彼掇索[③]，而不恤己情之所自发[④]，此之谓小家数，总在圈缋中求活计也[⑤]。

其　二

情、景名为二，而实不可离。神于诗者，妙合无垠[⑥]。巧者则有情中景，景中情。景中情者，如“长安一片月”[⑦]，自然是孤栖忆远之情；“影静千官里”[⑧]，自然是喜达行在之情。情中景尤难曲写，如“诗成珠玉在挥毫”[⑨]，写出才人翰墨淋漓、自心欣赏之景。凡此类，知者遇之；非然，亦鹘突看过[⑩]，作等闲语耳。

【注释】

①薑斋诗话：此书辑录了王夫之的论诗著作，包括《诗译》、《夕堂永日绪论》(包括内编和外编)与《南窗漫记》，共三卷。《清诗话》本则仅两卷，无《夕堂永日绪论外编》和《南窗漫记》。此处两则分别选自《清诗话·薑斋诗话》卷下的第二则、第十四则。　②抟(tuán)合：捏合。“抟合成句”是指宋江西诗派论诗讲究“无一字无来处”，多取古人陈言，“夺胎换骨”以入诗。　③役心：苦心。　掇索：掇拾，寻求。　④恤：忧虑。　⑤圈缋(huì)：犹言圈套。此处指艺术创作中的旧框框。　⑥无垠(yín)：无迹。　⑦句出李白《子夜吴歌》：“长安一片月，万户捣衣声。”　⑧句出杜甫《自京窜至凤翔喜达行在所》：“影静千官里，心苏七校前。”　行在所：天子所在的地方。后专指天子行幸所至之地。　⑨句出杜甫《奉和贾至舍人早朝大明宫》：“朝罢香烟携满袖，诗成珠玉在挥毫。”　⑩鹘(hú)突：犹糊涂。

【阅读提示】

王夫之论诗，主张“以意为主”，“意犹帅也，无帅之兵谓之乌合”。高度强调了“意”的重要作用。此处之“意”，不仅指作品的“立意”，而且也指属于审美意识的“情意”。所以他一方面推崇李、杜，强调文学作品应有作者自身的独特体会，强调感情的真切自然；另一方面反对六朝诗的浮靡和雕琢，反对江西诗派的取古人之陈言，以文字为诗、以才学为诗的主张，把它们视之为“小家数”。关于情和景，王夫之主张两者应该融合，要像李白、杜甫的诗作那样，使得情中有景，景中寓情，情景交融，浑然一体。王夫之的这些论述，在清代和近代都产生了积极的影响。

□陈维崧

陈维崧（1625—1682），字其年，号迦陵，江苏宜兴人。清代词人、骈文作家。清初补诸生，康熙十八年（1679）举博学鸿词，授翰林院检讨，曾参与纂修《明史》。陈维崧学识广博，尤长于词，是清初阳羡词派创始人。特别是明亡后，颠沛流离，浪迹四方，词风大变，一洗早期词的风流豪华多旖旎语，颇多家国之感。其词学苏、辛，风格豪迈雄放，壮浪俊爽。著有《湖海楼诗文词全集》54 卷，其中《湖海楼词》30 卷，1600 余首。词作数量之多，古今称最。

醉落魄

咏　鹰

寒山几堵，风低削碎中原路①。秋空一碧无今古。醉袒貂裘，略记寻呼处②。

男儿身手和谁赌③？老来猛气还轩举④。人间多少闲狐兔，月黑沙黄，此际偏思汝⑤。

【注释】

①削碎：形容鹰的翅膀雄健有力。　②寻呼：指呼鹰出猎。　③赌：比赛。　④轩举：飞扬。　⑤汝：指鹰。

【阅读提示】

“飞扬跋扈，不受羁缚”，这是许多词评家对迦陵词作的共识。本词托物咏怀，借咏鹰来抒发自己虽然年岁已老，却意气未衰，渴望报效国家的壮志。词中以狐兔比喻人世间的邪恶势力和奸佞小人；而“老来猛气还轩举”，则表明了自己盼望像猎鹰搏击狐兔那样，为国为民除邪去恶的理想和豪情。陈廷焯评此词云：“声色俱厉，较杜陵‘安得尔，辈开其群，驱出六合枭鸾分’之句，更为激烈。”（《白雨斋词话》）

□朱彝尊

朱彝尊(1629—1709),字锡鬯(chàng),号竹垞(chá),秀水(今浙江嘉兴)人。康熙十八年(1679)举博学鸿词,以布衣授翰林院检讨,曾参与纂修《明史》。朱彝尊是清初著名学者,诗歌清新雅健,与王士禛南北齐名。尤长于词,以他为代表的浙西词派,与以陈维崧为代表的阳羡词派,在词坛并峙称雄;两人合称“朱陈”,同为词坛盟主。论词标榜南宋,提倡姜夔、张炎一派清空醇雅的词风,崇尚格律技巧,艺术上颇有功力。著有《曝书亭集》等,编有《词综》、《明诗综》。

卖花声

雨花台①

衰柳白门湾②,潮打城还③。小长干接大长干④。歌板酒旗零落尽⑤,剩有渔竿。　　秋草六朝寒⑥,花雨空坛⑦。更无人处一凭栏⑧。燕子斜阳今又去⑨,如此江山!

【注释】

①雨花台:在南京中华门外聚宝山。相传梁武帝时云光法师在此讲经。落花如雨,故名。　②白门:南京之别称。　③用刘禹锡《石头城》“山围故国周遭在,潮打空城寂寞回”诗意。　④长干:古建康城里巷名,有大、小长干巷相连。　⑤歌板:古代唱歌奏乐时用以按节拍的鼓板。歌板、酒旗,象征昔日的繁华。　⑥寒:荒寒。　⑦花雨空坛:意谓从前天落花雨处,现已空空如也。　⑧此句用李煜《浪淘沙》词意:“独自莫凭栏,无限江山,别时容易见时难。流水落花春去也,天上人间。”　⑨此句用刘禹锡《乌衣巷》“朱雀桥边野草花,乌衣巷口夕阳斜。旧时王谢堂前燕,飞入寻常百姓家”诗意。

【阅读提示】

这首词是作者游雨花台的吊古伤今之作。上阕写景,寓兴亡之感。“潮打城还”,让人联想到刘禹锡“山围故国周遭在,潮打空城寂寞回”(《石头城》)的诗句。“剩有渔竿”,更表明昔日繁华已成往事。下阕吊古伤今,化用李后主、刘禹锡诗词,暗寓对大明故国的怀念。本词清雅精巧,以衰柳、江潮、秋草、斜阳等景物构成一幅澹荡空灵的水墨画,把作者生活在明清易代之际,对时移境迁的沧桑兴亡之感和故国之思抒发得委婉深挚,情韵悠长。全词语言幽雅,有着看似平淡,却又韵致深长的意境。

□蒲松龄

蒲松龄(1640—1715),字留仙,号柳泉,世称聊斋先生,山东淄川人。早岁有文名,屡试不第,71岁始成贡生。曾做过两次幕宾,后居乡教私塾。一生贫困潦倒。曾以20年左右时间著文言短篇小说集《聊斋志异》,其中多托笔于虚幻想象,借谈鬼说狐以讽喻现实,影响很大。由于作者思想的局限,有些小说宣扬封建纲常和因果等迷信观念。蒲亦工于诗文,善制俚曲,除《聊斋志异》外,还著有《聊斋诗文集》、《聊斋俚曲集》等。

胭　脂

东昌卞氏[①],业牛医者,有女小字胭脂,才资惠丽。父宝爱之,欲占凤于清门[②],而世族鄙其寒贱,不屑缔盟[③],以故及笄未字[④]。

对户龚姓之妻王氏,佻脱善谑,女闺中谈友也。一日,送至门,见一少年过,白服裙帽,丰采甚都[⑤]。女意似动,秋波萦转之。少年俯其首,趋而去。去既远,女犹凝眺。王窥其意,戏之曰:"以娘子才貌,得配若人[⑥],庶无可恨。"女晕红上颊,脉脉不作一语。王问:"识得此郎否?"答云:"不识。"王曰:"此南巷鄂秀才秋隼,故孝廉之子。妾向与同里,故识之。世间男子,无其温婉。今衣素,以妻服未阕也[⑦]。娘子如有意,当寄语使委冰焉[⑧]。"女无言。王笑而去。数日无耗[⑨],心疑王氏未暇即往,又疑宦裔不肯俯拾。邑邑徘徊[⑩],萦念颇苦;渐废饮食,寝疾惙顿[⑪]。

王氏适来省视,研诘病因。答言:"自亦不知。但尔日别后[⑫],即觉忽忽不快,延命假息[⑬],朝暮人也[⑭]!"王小语曰:"我家男子,负贩未归,尚无人致声鄂郎。芳体违和[⑮],非为此否?"女赪颜良久[⑯]。王戏之曰:"果为此者,病已至此,尚何顾忌?先令夜来一聚,彼岂不肯?"女叹息曰:"事至此,已不能收。但渠不嫌贫贱[⑰],即遣媒来,疾当愈;若私约,则断断不可!"王颔之[⑱],遂去。

王幼时与邻生宿介通[⑲];既嫁,宿侦夫他出,辄寻旧好。是夜宿适来,因述女言为笑,戏嘱致意鄂生。宿久知女美,闻之窃喜,幸其机可乘也。将与妇谋,又恐其妒。乃假无心之词,问女家闺闼甚悉。次夜,逾垣入,直达女所,以指扣窗。内问:"谁何?"答以"鄂生"。女曰:"妾所以念君者,为百年,不为一夕。郎果爱妾,但宜速倩冰人[⑳];若言私合,不敢从命。"宿姑诺之,苦求一握纤腕为信[㉑]。女不忍过拒,力疾启扉[㉒]。宿遽入,即抱求欢。女无力撑拒,仆地上,气息不续。宿急曳之。女曰:"何来恶少,必非鄂郎;果是鄂郎,其人温驯,知妾病由,当相怜恤,何遂狂暴如此！若复尔尔[23]，便当呜呼，品行亏损，两无所益！”宿恐假迹败露，不敢复强，但请后会。女以亲迎为期。宿以为远，又请之。女厌纠缠，约待病愈。宿求信物，女不许。宿捉足解绣履而出。女呼之返，曰：“身已许君，复何吝惜？但恐‘画虎成狗’，致贻污谤。今亵物已入君手[24]，料不可反。君如负心，但有一死！”

宿既出，又投宿王所。既卧，心不忘履，阴揣衣袂，竟已乌有。急起篝灯[25]，振衣冥索[26]。诘之，不应。疑妇藏匿。妇故笑以疑之。宿不能隐，实以情告。言已，遍烛门外，竟不可得，懊恨归寝。窃幸深夜无人，遗落当犹在途也。早起寻之，亦复杳然。

先是，巷中有毛大者，游手无籍[27]，尝挑王氏不得。知宿与洽，思掩执以胁之[28]。是夜过其门，推之未扃[29]，潜入。方至窗外，踏一物，软若絮帛；拾视，则巾裹女舄[30]。伏听之，闻宿自述甚悉，喜极，抽身而出。逾数夕，越墙入女家，门户不悉，误诣翁舍[31]。翁窥窗，见男子，察其音迹，知为女来者。心忿怒，操刀直出。毛大骇，反走。方欲攀垣，而卞追已近；急无所逃，反身夺刃。媪起大呼。毛不得脱，因而杀之。女稍痊，闻喧始起。共烛之，翁脑裂不复能言，俄顷已绝。于墙下得绣履，媪视之，胭脂物也。逼女，哭而实告之；但不忍贻累王氏，言鄂生之自至而已。

天明，讼于邑。邑宰拘鄂。鄂为人谨讷，年十九岁，见客羞涩如童子。被执骇绝，上堂不知置词，惟有战栗。宰益信其情真，横加梏械。书生不堪痛楚，以是诬服。既解郡，敲扑如邑。生冤气填塞，每欲与女面相质；及相遭，女辄诟詈[32]，遂结舌不能自伸。由是论死。往来复讯，经数官无异词。

后委济南府复案。时吴公南岱守济南[33]，一见鄂生，疑不类杀人者，阴使人从容私问之，俾得尽其词。公以是益知鄂生冤。筹思数日，始鞫之[34]。先问胭脂：“订约后，有知者否？”答：“无之。”“遇鄂生时，别有人否？”亦答：“无之。”乃唤生上，温语慰之。生自言：“曾过其门，但见旧邻妇王氏与少女出，某即趋避，过此无一言。”吴公叱女曰：“适言侧无他人，何以有邻妇也？”欲刑之。女惧曰：“虽有王氏，与彼实无关涉。”公罢质，命拘王氏。数日已至。又禁不与女通，立刻出审，便问王：“杀人者谁？”王对：“不知。”公诈之曰：“胭脂供言，杀卞某汝悉知之，胡得隐匿？”妇呼曰：“冤哉！淫婢自思男子，我虽有媒合之言，特戏之耳。彼自引奸夫入院，我何知焉！公细诘之，始述其前后相戏之词。”公呼女上，怒曰：“汝言彼不知情，今何以自供撮合哉？”女流涕曰：“自己不肖，致父惨死，讼结不知何年，又累他人，诚不忍耳。”公问王氏：“既戏后，曾语何人？”王供：“无之。”公怒曰：“夫妻在床，应无不言者，何得云无？”王供：“丈夫久客未归。”公曰：“虽然，凡戏人者，皆笑人之愚，以炫己之慧，更不向一人言，将谁欺？”命梏十指[35]。妇不得已，实供：“曾与宿言。”公于是释鄂拘宿。宿至，自供：“不知。”公曰：“宿妓者必无良士！”严械之。宿自供：“赚女是真[36]。自失履后未敢复往，杀人实不知情。”公怒曰：“逾墙者何所不至!”又械之。宿不任凌籍,遂以自承。招成报上,无不称吴公之神。铁案如山,宿遂延颈以待秋决矣[57]。

然宿虽放纵无行,故东国名士[58]。闻学使施公愚山贤能称最[59],又有怜才恤士之德;因以一词控其冤枉[60],语言怆恻。公讨其招供[61],反复凝思之,拍案曰:“此生冤也!”遂请于院司[62],移案再鞫。问宿生:“鞋遗何所?”供言:“忘之。但扣妇门时,犹在袖中。”转诘王氏:“宿介之外,奸夫有几?”供言:“无有。”公曰:“淫乱之人,岂得专私一人?”供言:“身与宿介,稚齿交合[63],故未能谢绝;后非无见挑者,身实未敢相从。”因使指其人以实之。供云:“同里毛大,屡挑而屡拒之矣。”公曰:“何忽贞白如此?”命搒之。妇顿首出血。力辩无有,乃释之。又诘:“汝夫远出,宁无托故而来者?”曰:“有之,某甲、某乙,皆以借货馈赠,曾一二次入小人家。”盖甲、乙皆巷中游荡子,有心于妇而未发者也。公悉籍其名[64],并拘之。

既集,公赴城隍庙,使尽伏案前。便谓:“曩梦神人相告,杀人者不出汝等四五人中。今对神明,不得有妄言。如肯自首,尚可原宥;虚者,廉得无赦[65]!”同声言无杀人之事。公以三木置地[66],将并加之,括发裸身[67],齐鸣冤苦。公命释之。谓曰:“既不自招,当使鬼神指之。”使人以毡褥悉幛殿窗,令无少隙;袒诸囚背,驱入暗中,始授盆水,一一命自盥讫;系诸壁下,戒令:“面壁勿动。杀人者,当有神书其背。”少间,唤出验视,指毛曰:“此真杀人贼也!”盖公先使人以灰涂壁,又以烟煤濯其手,杀人者恐神来书,故匿背于壁而有灰色;临出以手护背,而有烟色也。公固疑是毛,至此疑信。施以毒刑,尽吐其实。

……[68]

案既结,遐迩传诵焉。自吴公鞫后,女始知鄂生冤。堂下相遇,靦然含涕[69],似有痛惜之词,而未可言也。生感其眷恋之情,爱慕殊切;而又念其出身微,且日登公堂,为千人所窥指,恐娶之为人姗笑。日夜萦回,无以自主。判牒既下,意始安贴。邑令为之委禽[70],送鼓吹焉[71]。

异史氏曰[72]:“甚哉!听讼之不可以不慎也!纵能知李代为冤,谁复思桃僵亦屈[73]?然事虽暗昧,必有其间[74],要非审思研察,不能得也。呜呼!人皆服哲人之折狱明,而不知良工之用心苦矣。世之居民上者,棋局消日,细被放衙[75],下情民艰,更不肯一劳方寸。至鼓动衙开,巍然高坐,彼哓哓者[76],直以桎梏静之,何怪覆盆之下多沉冤哉[77]!”

【注释】

①东昌:府名,府城今山东聊城。 ②占凤:求亲。 清门:书香门庭。 ③缔盟:指联姻。 ④字:订婚。 ⑤都:美貌。 ⑥若人:那个人。 ⑦妻服未阕(què):给妻子戴孝,还未满期。 ⑧冰:冰人,即媒人。 委冰:托媒求婚。 ⑨耗:音信。 ⑩邑邑:不快乐,悒郁。 ⑪惙(chuò)顿:病重。 ⑫尔日:那天。 ⑬假息:依赖一口气。 ⑭朝暮人:早晚就要死

的人。 ⑮违和：不适意、生病。 ⑯赪（chéng）颜：红着脸。 ⑰渠：他。 ⑱颔之：点头应允。 ⑲通：此指私通。 ⑳倩：求托。 ㉑为信：作为凭信。 ㉒力疾：勉强支持病体。 ㉓尔尔：如此这般，这样。 ㉔亵物：指绣履。 ㉕篝灯：点起灯。 ㉖冥索：暗中摸索。 ㉗无籍：指没有正当的职业。 ㉘掩执：暗中伺机捉拿。 ㉙扃（jiǒng）：锁闩。 ㉚舄（xì）：鞋。 ㉛诣（yì）：到。 ㉜诟詈（lì）：恶骂。 ㉝吴南岱：进士出身，江苏武进人，当时为济南知府。 ㉞鞫（jú）：审讯。 ㉟梏指：古代拷枷手指的酷刑。 ㊱赚：欺骗。 ㊲秋决：指秋天行刑处决的日子。古代在秋天处决死囚。 ㊳东国：指山东省。 ㊴施愚山：清代文学家施闰章，号愚山，曾任侍读等官。 ㊵一词：一张呈词、申诉状。 ㊶讨：研讨。 ㊷院：指巡抚。司：臬司，掌管一省司法大权。 ㊸稚齿：少年；幼年。 ㊹籍：记下，登记。 ㊺廉得：查出。 ㊻三木：枷、脚镣和手铐三种刑具。 ㊼括发：把头发扎束起来。 括发裸身：这是行刑的准备。 ㊽此处删去一篇四六骈体的判决书。内容是毛大死刑，革除宿介的秀才身份；判令县官做媒，把胭脂和鄂生配成夫妇。 ㊾靦（miǎn）然：害羞的样子。 ㊿委禽：送聘礼。 51鼓吹：乐队。 52异史氏：蒲松龄自称。 53李代桃僵：成语，此处意为甲代乙受罚。 54间：漏洞。 55细被放衙：盖着缎被睡大觉，让衙门的官吏无事做。 56哓哓者：指陈述冤情的老百姓。 57覆盆：不见天日的意思，比喻蒙冤不白。语出《汉书·司马迁传》：“戴盆何以望天。”

【阅读提示】

这是一篇描写封建官吏判案的著名故事。作者通过曲折的情节和细致的描写，揭露了封建社会各级官吏草菅人命、严刑逼供，致使凶手逍遥法外，无辜者含冤莫白，甚至造成假中有假、冤外有冤。《胭脂》篇最终还是由施愚山审出了实情，申雪了冤屈，但这是少见的事例，所以作者在篇末愤慨地说道：“何怪覆盆之下多沉冤哉！”告诫为官者当执法为民，“不可以不慎”。在表现形式上，这篇小说运用笔记小说传统的纪实手法，但情节曲折离奇，又于偶然中包含着必然；断案折狱的描述，跌宕多姿，结局一再似了未了，难以预料；最后卒章显志，作者的评点颇为深刻有力，深化了主旨。

□廖　燕

廖燕（1644—1705），初名燕生，字人也，号柴舟，广东曲江（今韶关）人。本为诸生，后厌弃科举八股，“因屏去时文，筑室武水西，颜曰‘二十七松堂’，闭户不出，日究心经史，蔬食断烟澹如也”（曾璟《廖燕传》）。他继承发扬了明代李贽的叛逆战斗精神，对程朱理学及儒家的传统观念予以大胆激烈的批判。其文思想解放，识见高超，别出手眼，雄肆奔放，大都一反程朱理学与儒家传统定论，新人耳目。著有《二十七松堂集》等。

选古文小品序

大块铸人[①]，缩七尺精神于寸眸之内[②]，呜呼尽之矣。文非以小为尚[③]，以短为尚；顾小者大之枢[④]，短者长之藏也[⑤]。若言犹远而不及[⑥]，与理已至而思加[⑦]，皆非文之至也。故言及者无繁词，理至者多短调[⑧]。巍巍泰岱[⑨]，碎而为嶙砺沙砾，则瘦漏透皱见矣[⑩]；滔滔黄河，促而为川渎溪涧，则清涟潋滟生矣。盖物之散者多漫，而聚者常敛。照乘粒珠耳[⑪]，而烛物更远[⑫]，予取其远而已；匕首寸铁耳，而刺人尤透，予取其透而已。大狮搏象用全力，搏兔亦用全力，小不可忽也[⑬]。粤西有修蛇[⑭]，蜈蚣能制之，短不可轻也。

【注释】

①大块：大地。一说指大自然。 ②寸眸：眼睛。 ③尚：好。 ④枢：本。 ⑤藏：蓄。如《周易·系辞下》："君子藏器于身。" ⑥犹：同"已"。 及：至，到。此句意谓如果话已说得很多，却离题甚远。 ⑦此句意为道理已说明，却又画蛇添足，节外生枝。 ⑧短调：指言语简短，如词曲短调一样。 ⑨泰岱：即泰山，在山东中部。古称东岳，一称岱山、岱岳。 ⑩瘦漏透皱：瘦，干瘦。漏，孔隙。透，显露。皱，蹙瘪。意指山石破碎之状。 ⑪照乘（shèng）：光芒远照的夜明珠。 ⑫烛：照。 ⑬忽：忽视。 ⑭修蛇：长蛇。

【阅读提示】

作为序言，本文不落俗套，重在说明作者作文和选文的主张。作者把小品视为烛物更远的夜明珠和刺人尤透的匕首，强调了小品文短小精悍的外部形式及其批判、战斗的内在精神。廖燕的这一认识，确实超越前人。文章观点鲜明，说理辩证而透辟，还多处运用比喻和对偶句式，使这篇短文幽深冷峭却又寓意深远，气势逼人。

□纳兰性德

纳兰性德(1655—1685)，原名成德，字容若，号楞伽山人，满族词人。其父是清康熙朝大学士明珠。康熙十五年(1676)举进士，选授三等侍卫，寻晋为一等，深得康熙信任。纳兰性德诗、词俱佳，尤工于词。作词主情致，反对雕饰，善用白描，直抒胸臆；风格清新，颇近南唐李煜，尤以小令见长。著有《通志堂集》，另有《纳兰词》传世。

长相思

山一程，水一程，身向榆关那畔行[①]，夜深千帐灯。　风一更，雪一更，聒碎乡心梦不成[②]，故园无此声。

【注释】

①榆关：山海关，在今河北秦皇岛东北。那畔：那边。　②聒(guō)：喧扰。此指风雪声。

【阅读提示】

纳兰性德曾任康熙皇帝一等侍卫，多次扈从康熙前往江南塞北。本词可能是康熙二十一年(1682)随康熙至关外时所作。词作语句平易质朴，直抒胸臆，用白描手法，借眼前山水、风雪，道出内心的思乡之情。“夜深千帐灯”，写出大军边关夜宿的壮观，别出机杼。王国维评曰：“纳兰容若以自然之眼观物，以自然之舌言情。此由初入中原，未染汉人风气，故能真切如此。北宋以来，一人而已。”(《人间词话》)

□方　苞

方苞(1668—1749)，字凤九，一字灵皋，号望溪，安徽桐城人。清代散文家。康熙四十五年(1706)进士。曾因戴名世《南山集》案牵连下狱，被赦后入值康熙南书房，累官礼部右侍郎，是桐城派散文创始人。提倡“义法说”，“‘义’即《易》之所谓‘言有物’也；‘法’即《易》之所谓‘言有序’也。义以为经，而法纬之，然后为成体之文”(方苞《又书货殖传后》)。其“义法说”一方面宣扬程朱理学和儒家思想，有较多清规戒律；另一方面强调内容与形式的结合，对指导古文写作仍有一定价值。著有《望溪全集》。

狱中杂记

康熙五十一年三月[①]，余在刑部狱[②]，见死而由窦出者[③]，日四三人。有洪洞令杜君者[④]，作而言曰[⑤]：“此疫作也[⑥]。今天时顺正，死者尚希，往岁多至日十数人。”余叩所以[⑦]，杜君曰：“是疾易传染，遘者虽戚属[⑧]，不敢同卧起。而狱中为老监者四[⑨]，监五室[⑩]：禁卒居中央，牖其前以通明[⑪]，屋极有窗以达气[⑫]；旁四室则无之，而系囚常二百余。每薄暮下管键[⑬]，矢溺皆闭其中[⑭]，与饮食之气相薄[⑮]；

又隆冬贫者席地而卧,春气动,鲜不疫矣。狱中成法[16],质明启钥[17]。方夜中,生人与死者并踵顶而卧[18],无可旋避[19],此所以染者众也。又可怪者,大盗积贼[20],杀人重囚,气杰旺[21],染此者十不一二,或随有瘳[22]。其骈死[23],皆轻系及牵连佐证[24],法所不及者。"

余曰:"京师有京兆狱[25],有五城御史司坊[26],何故刑部系囚之多至此?"杜君曰:"迩年狱讼[27],情稍重,京兆、五城即不敢专决;又九门提督所访缉纠诘[28],皆归刑部;而十四司正副郎好事者[29],及书吏、狱官、禁卒[30],皆利系者之多,少有连[31],必多方钩致。苟入狱,不问罪之有无,必械手足[32],置老监,俾困苦不可忍[33],然后导以取保,出居于外,量其家之所有以为剂[34],而官与吏剖分焉。中家以上,皆竭资取保;其次,求脱械居监外板屋,费亦数十金;惟极贫无依,则械系不稍宽,为标准以警其余。或同系,情罪重者,反出在外;而轻者、无罪者罹其毒[35]。积忧愤,寝食违节[36],及病,又无医药,故往往至死。"余伏见圣上好生之德,同于往圣,每质狱辞[37],必于死中求其生。而无辜者乃至此。倘仁人君子为上昌言[38]:"除死刑及发塞外重犯,其轻系及牵连未结正者[39],别置一所以羁之,手足毋械",所全活可数计哉!或曰:"狱旧有室五,名曰现监,讼而未结正者居之。倘举旧典,可小补也。"杜君曰:"上推恩,凡职官居板屋[40],今贫者转系老监,而大盗有居板屋者,此中可细诘哉[41]?不若别置一所,为拔本塞源之道也[42]。"余同系朱翁、余生及在狱同官僧某[43],遘疫死,皆不应重罚。又某氏以不孝讼其子,左右邻械系入老监,号呼达旦。余感焉,以杜君言泛讯之[44],众言同,于是乎书[45]。

凡死刑狱上[46],行刑者先俟于门外,使其党入索财物,名曰"斯罗"[47],富者就其戚属,贫则面语之。其极刑[48],曰:"顺我,即先刺心,否则,四肢解尽,心犹不死。"其绞缢,曰:"顺我,始缢即气绝,否则,三缢加别械,然后得死。"惟大辟无可要[49],然犹质其首[50]。用此[51],富者赂数十百金,贫者罄衣装[52];绝无有者,则治之如所言。主缚者亦然[53],不如所欲,缚时即先折筋骨。每岁大决[54],勾者十四三,留者十六七,皆缚至西市待命[55]。其伤于缚者,即幸留,病数月乃瘳,或竟成痼疾[56]。余尝就老胥而问焉[57]:"彼于刑者、缚者,非相仇也,期有得耳;果无有,终亦稍宽之,非仁术乎[58]?"曰:"是立法以警其余,且惩后也。不如此,则人有幸心[59]。"主梏扑者亦然[60]。余同逮以木讯者三人[61]:一人予三十金,骨微伤,病间月[62];一人倍之,肤伤,兼旬愈[63];一人六倍,即夕行步如平常。或叩之曰:"罪人有无不均,既各有得,何必更以多寡为差?"曰:"无差,谁为多与者?"孟子曰:"术不可不慎[64]。"信夫!

部中老胥,家藏伪章,文书下行直省[65],多潜易之[66],增减要语,奉行者莫辨也;其上闻及移关诸部,犹未敢然[67]。功令[68]:大盗未杀人,及他犯同谋多人者,止主谋一二人立决,余经秋审,皆减等发配。狱辞上,中有立决者,行刑人先俟于门外,命下,遂缚以出,不羁晷刻[69]。有某姓兄弟,以把持公仓,法应立决。狱具矣⑳，胥某谓曰："予我千金，吾生若㉑。"叩其术，曰："是无难，别具本章㉒，狱辞无易，取案末独身无亲戚者二人，易汝名㉓，俟封奏时潜易之而已㉔。"其同事者曰："是可欺死者，而不能欺主谳者㉕。倘复请之㉖，吾辈无生理矣。"胥某笑曰："复请之，吾辈无生理，而主谳者亦各罢去。彼不能以二人之命易其官，则吾辈终无死道也。"竟行之，案末二人立决。主者口呿舌挢㉗，终不敢诘。余在狱，犹见某姓，狱中人群指曰："是以某某易其首者。"胥某一夕暴卒，众皆以为冥谪云㉘。

凡杀人，狱辞无谋、故者㉙，经秋审入矜疑㉚，即免死。吏因以巧法㉛。有郭四者，凡四杀人，复以矜疑减等，随遇赦。将出，日与其徒置酒酣歌达曙。或叩以往事，一一详述之，意色扬扬，若自矜诩㉜。噫！渫恶吏忍于鬻狱㉝，无责也；而道之不明，良吏亦多以脱人于死为功，而不求其情㉞。其枉民也㉟，亦甚矣哉！

奸民久于狱，与胥卒表里㊱，颇有奇羡㊲。山阴李姓，以杀人系狱，每岁致数百金。康熙四十八年，以赦出，居数月，漠然无所事。其乡人有杀人者，因代承之㊳。盖以律非故杀，必久系，终无死法也。五十一年，复援赦减等谪戍。叹曰："吾不得复入此矣！"故例，谪戍者移顺天府羁候㊴。时方冬，停遣，李具状求在狱㊵，候春发遣，至再三，不得所请，怅然而出。

【注释】

①康熙五十一年：1712 年。康熙，清圣祖年号。 ②康熙五十年戴名世因《南山集》获罪，下狱被杀。方苞曾为《南山集》作序，故受牵连，入狱近两年。 刑部：掌管司法的最高政府机构。 ③窦：洞。此指监狱墙上开的小门洞。 ④洪洞(tóng)：今山西洪洞县。 ⑤作：站起。 ⑥作：发作。 ⑦叩所以：问原因。 ⑧遘(gòu)：遭遇。 ⑨为老监：有旧牢房。 ⑩监五室：每个牢房分五室。 ⑪牖(yòu)：窗。此处作动词。 ⑫屋极：屋顶。达气：通气。 ⑬管键：锁。 ⑭矢溺：屎尿。 ⑮相薄：相混杂。 ⑯成法：老规矩。 ⑰质明：天亮时。 ⑱并踵顶：头碰头、脚挨脚并排着。 ⑲旋避：回避。 ⑳积贼：惯偷。 ㉑气杰旺：神气特别旺盛。 ㉒瘳(chōu)：病愈。 ㉓骈死：接连而死。 ㉔佐证：证人。 ㉕京兆狱：此指顺天府监狱。 ㉖五城御史司坊：掌管京城内东西南北中五区治安的五城御史衙门的监狱。 ㉗迩：近。 ㉘九门提督：把守北京九个城门的武官。 访缉纠诘：访查缉捕纠察盘问。 ㉙十四司正副郎：清初刑部按地区设十四司，司的长官叫郎中，副职叫员外郎。 ㉚书吏：管文书的小吏。 ㉛少有连：稍有牵连。 ㉜械：此指刑具，作动词用。械手足，即戴上手铐脚镣。 ㉝俾：使。 ㉞剂：此指交换的条件。 ㉟罹：遭受。 ㊱违节：违反常规。 ㊲质：评断。 狱辞：判决书。 ㊳上：皇上。 昌言：直言。 ㊴结正：结案定罪。 ㊵职官：犯罪的官员。 ㊶细诘：深究。 ㊷拔本塞源：拔除根本，堵塞源头。喻从根本上解决问题。 ㊸朱翁：朱书。 余生：余湛，戴名世的学生。朱、余和方苞皆因《南山集》案而下狱。 同官：县名，在今陕西铜川市北。 ㊹泛讯：广泛询问。 ㊺书：记下来。 ㊻狱：此指判决书。 ㊼斯罗：也作"撕捋"、"撕掳"。这里是纠缠勒索的意思。 ㊽极刑：凌迟处死。即先分解肢体，再割断咽喉。 ㊾大辟：斩首。 要(yāo)：要挟。 ㊿质其首：扣留死者人头作抵押。质：抵押。 (51)用此：因此。 (52)罄(qìng)：尽。 (53)主缚者：负责捆绑囚犯的人。 (54)大决：

即秋决。我国封建时代每年秋天处决犯人。刑部上报拟处决犯人名单,皇帝用朱笔打勾者立即处死,未勾者暂缓处死。 ㊴西市:清朝京城处决死犯的刑场。在今北京宣武区菜市口附近。 ㊵痼疾:久治不愈的病。 ㊶胥:在官府办理文书的小吏。 ㊷仁术:好心、善事。 ㊸幸心:侥幸心理。 ㊹主梏扑者:负责上刑具和拷打犯人的人。 ㊺木讯:用木板、夹棍等木制刑具拷问。 ㊻间月:一个多月。 ㊼兼旬:二十天。 ㊽语见《孟子·公孙丑上》。意谓选择谋生职业不可不谨慎。 ㊾下行直省:下发到直属中央的各省。 ㊿潜易:偷偷更改。 ⑥⑦此句意谓其中上呈皇帝和平行机关通告各部的往来公文,还不敢这样私下更改。 移关:移送公文通告平行机关。 ⑥⑧功令:国家的法令。 ⑥⑨不羁晷(guǐ)刻:不停留片刻。晷,日影,引申为时刻。 ⑦⑩狱具:案子已判决。 ⑦①若:你。 ⑦②本章:奏章。 ⑦③案末:指获罪较轻的从犯。 ⑦④封奏:加封上奏。 ⑦⑤主谳(yàn)者:主审定罪的官员。 ⑦⑥复请:指主审官员发现批文有误,再请示皇上。 ⑦⑦口呿(qū)舌挢(jiǎo):张口结舌。呿,张。挢,伸。 ⑦⑧冥谪:阴间的惩罚。 ⑦⑨此句意为罪犯的口供中不是预谋杀人和故意杀人的。 ⑧⑩矜疑:其情可怜,其罪可疑。清廷判罪,分情实、缓决、可矜、可疑四项。矜疑案可减罪。 ⑧①巧法:玩弄法令舞弊。 ⑧②若自矜诩(xǔ):好像自我夸耀。 ⑧③渫(xiè):污秽。 鬻(yù):卖。 ⑧④情:指真实情况。 ⑧⑤枉民:冤枉百姓。 ⑧⑥表里:里外勾结。 ⑧⑦奇(jī)羡:盈余。 ⑧⑧代承:代为承担。 ⑧⑨羁候:暂时关押,等候遣送。 ⑨⑩具状:写呈文。

【阅读提示】

康熙五十年,方苞因《南山集》案下狱。本文根据他在刑部监狱的亲身经历和耳闻目睹的事实写成。这篇纪实散文深刻揭露了清代监狱和整个司法机构的黑暗内幕,形象描绘了这一人间地狱的种种惨状和丑闻。如拥挤、污秽、阴森的恶劣环境,从"主缚者"、"主梏扑者"、"行刑者",到狱官、老胥和诸部主事者,无不玩弄法令,贪赃舞弊,甚至与奸民、罪犯内外勾结,狼狈为奸;而无辜者却惨遭迫害,死于非命。文章记事以刑部狱为主,而涉及法庭、刑场及有司衙门和司法管理制度等,内容复杂,头绪纷繁。但主线分明,结构严谨,选材典型而有代表性,记事多而不乱,层次清晰,文字简洁有力,体现了"言有序"的特点。

□郑　燮

郑燮(1693—1765),字克柔,号板桥,江苏兴化人。清中叶著名书画家、文学家。少年家贫,雍正年间举人,乾隆元年(1736)进士,曾任山东范县、潍县知县。勤于吏治,能体察民间疾苦。后因为灾民请赈济,得罪豪绅而去职,归居扬州。郑燮系"扬州八怪"之一,擅画兰、竹、石;精于书法,以隶体参入行、楷而自成一格,称"六分半书";又善诗文,主张为文当经世致用,直抒胸臆。其诗文大都言之有物,富于现实主义精神。风格质朴平易,率直自然,不加雕饰。有《郑板桥集》。

板桥题画(二则)[1]

其　一

余家有茅屋二间,南面种竹。夏日新篁初放[2],绿阴照人,置一小榻其中,甚凉适也。秋冬之际,取围屏骨子[3],断去两头,横安以为窗棂;用匀薄洁白之纸糊之。风和日暖,冻蝇触窗纸上,冬冬作小鼓声。于时一片竹影零乱,岂非天然图画乎?凡吾画竹,无所师承,多得于纸窗粉壁、日光月影中耳。

其　二

江馆清秋,晨起看竹,烟光日影露气,皆浮动于疏枝密叶之间。胸中勃勃遂有画意。其实胸中之竹,并不是眼中之竹也。因而磨墨展纸,落笔倏作变相[4],手中之竹又不是胸中之竹也。总之,意在笔先者,定则也;趣在法外者,化机也[5]。独画云乎哉!

【注释】

①板桥题画之作甚多,或诗或文,风格不一。此处所选二则,均录自《郑板桥集》。　②新篁:当年长出来的新竹。　③围屏:可折叠的屏风。　骨子:屏风骨架。　④变相:原为佛家语,有图绘净土或地狱之形相者,称变相。此处泛指图画。　⑤化机:造化的生机。此指天然巧妙、充满灵感与妙趣的艺术境界。

【阅读提示】

好的题跋,能与画相映成趣,珠联璧合。板桥题画,文笔清新秀丽,既生发于画面而又能出乎其外,时具真知灼见而又妙趣横溢,故历来为人所重。文中第一则通过叙写极为普通的日常生活片段,道出"凡吾画竹,无所师承,多得于纸窗粉壁日光月影中耳"的学艺诀窍,生动阐述了应以造化为师的深刻艺理。第二则叙己对"眼中之竹"(竹的自然形态)、"胸中之竹"(酝酿中的竹的审美意象)、"手中之竹"(画稿上竹子的艺术形象)的看法,实际上巧妙论述现实生活、作家的审美观和艺术创作三者间的相互关系和影响,论及文学艺术源于生活而又需高于生活的重要命题。此则题跋正是对艺术创作过程的生动描述,也是板桥绘画经验的精练概括,颇给人启迪。

□全祖望

全祖望(1705—1755),字绍衣,号谢山,自署鲒埼亭长。清代学者、文学家。乾隆元年(1736)进士,选任翰林院庶吉士。次年辞官回乡,绝意仕宦。曾主讲蕺山书院、端溪书院。他博通经史,上承黄宗羲经世致用之学,虽贫病交困却著述不辍。曾用时十载补订黄宗羲的《宋元学案》,还三笺《困学纪闻》、七校《水经注》。另著有《鲒埼亭集》38卷、《外编》50卷、《诗集》10卷和《经史问答》等。他的一些传记与碑铭,歌颂明清之际具有民族气节的仁人志士,无论对文学还是史学,都富有学术价值。

梅花岭记

顺治二年乙酉四月①,江都围急②,督相史忠烈公知势不可为③,集诸将而语之曰:"吾誓与城为殉,然仓皇中不可落于敌人之手以死,谁为我临期成此大节者?"副将军史德威慨然任之。忠烈喜曰:"吾尚未有子,汝当以同姓为吾后,吾上书太夫人④,谱汝诸孙中。"

二十五日城陷,忠烈拔刀自裁⑤,诸将果争前抱持之,忠烈大呼"德威",德威流涕不能执刃,遂为诸将所拥而行。至小东门,大兵如林而至,马副使鸣騄、任太守民育及诸将刘都督肇基等皆死⑥。忠烈乃瞠目曰:"我史阁部也。"被执至南门,和硕豫亲王以"先生"呼之⑦,劝之降,忠烈大骂而死。初,忠烈遗言:"我死,当葬梅花岭上⑧。"至是,德威求公之骨不可得,乃以衣冠葬之。

或曰:"城之破也,有亲见忠烈青衣乌帽,乘白马出天宁门投江死者⑨,未尝殒于城中也。"自有是言,大江南北,遂谓忠烈未死。已而英、霍山师大起⑩,皆托忠烈之名,仿佛陈涉之称项燕⑪。吴中孙公兆奎以起兵不克⑫,执至白下⑬,经略洪承畴与之有旧⑭,问曰:"先生在兵间,审知故扬州阁部史公果死耶?抑未死耶⑮?"孙公答曰:"经略从北来,审知故松山殉难督师洪公果死耶?抑未死耶?"承畴大恚⑯,急呼麾下驱出斩之。呜呼,神仙诡诞之说,谓颜太师以兵解⑰,文少保亦以悟大光明法蝉脱⑱,实未尝死;不知忠义者,圣贤家法⑲,其气浩然,长留天地之间,何必出世入世之面目?神仙之说,所谓为蛇画足。即如忠烈遗骸,不可问矣!百年而后,予登岭上,与客述忠烈遗言,无不泪下如雨,想见当日围城光景。此即忠烈之面目,宛然可遇⑳,是不必问其果解脱否也,而况冒其未死之名者哉?

墓旁有丹徒钱烈女之冢㉑,亦以乙酉在扬,凡五死而得绝,特告其父母火之[22]，无留骨秽地，扬人葬之于此。江右王猷定、关中黄遵岩、粤东屈大均为作传铭哀词[23]。顾尚有未尽表章者[24]：予闻忠烈兄弟自翰林可程下[25]，尚有数人，其后皆来江都省墓。适英、霍山师败，捕得冒称忠烈者，大将发至江都，令史氏男女来认之。忠烈之第八弟已亡，其夫人年少有色，守节，亦出视之，大将艳其色，欲强娶之，夫人自裁而死。时以其出于大将之所逼也，莫敢为之表章者。呜呼。忠烈尝恨可程在北，当易姓之间[26]，不能仗节出疏纠之[27]，岂知身后乃有弟妇以女子而踵兄公之余烈乎[28]？梅花如雪，芳香不染，异日有作忠烈祠者，副使诸公谅在从祀之列[29]，当另为别室以祀夫人，附以烈女一辈也。

【注释】

①顺治：清世祖福临年号。乙酉：即1645年。 ②江都：扬州府治，旧址在今江苏江都县东北。 ③督相史忠烈公：即史可法(1601—1645)，字宪之，一字道邻，祥符(今河南开封)人。崇祯进士，曾官右佥都御史、南京兵部尚书。李自成义军推翻明王朝后，他在南京拥立福王朱由崧为弘光帝，加大学士，称史阁部。因受命督师扬州，故称督相。 ④太夫人：史可法之母。⑤自裁：自杀。 ⑥马副使鸣騄：指扬州兵马副使马鸣騄。 任太守民育：指扬州太守任民育，城陷时着绯衣端坐大堂，被杀，全家投井殉难。 刘都督肇基：指都督刘肇基，坚守扬州北门，率残部巷战至死。 ⑦和硕豫亲王：即多铎，清太祖努尔哈赤第十五子，摄政王多尔衮同母弟。 ⑧梅花岭：在江都广储门外，因多梅花而得名。 ⑨天宁门：江都城门名。 ⑩英霍山师：扬州沦陷后，皖北义士冯宏图、侯应龙等人称史可法未死，托史之名义起兵霍山(今亦属安徽)、英山(清时属安徽，今属湖北)抗清，坚持了十余年。 ⑪陈涉之称项燕：项燕是楚国名将。陈胜、吴广起义时，假借项燕之名以号召民众。事见《史记·陈涉世家》。 ⑫孙公兆奎：孙兆奎，字君昌，吴中(今江苏吴县)人。长兴伯吴日生起义吴江后，孙兆奎亦率众抗清，合兵称"孙吴军"，后兵败被杀。 ⑬白下：古地名，在今南京市西北。唐武德时改金陵为白下，后以白下为南京的别称。 ⑭洪承畴：字彦演，号亨九，福建南安人，明万历进士。崇祯时任兵部尚书、蓟辽总督，松山会战兵败，曾误传其战死。后降清任经略使。 经略：明及清初为重要军事任务特设的职务，位高于总督。 ⑮审知：确实知道。 ⑯恚(huì)：怒，恨。 ⑰颜太师：颜真卿，字清臣，官至吏部尚书、太子太师。唐德宗时淮西节度使李希烈叛乱，他奉旨安抚劝谕，被杀。据《太平广记》载，颜被害十五年后，仆人又见其于洛阳，于是传说他尸解得道。兵解：古代方士的迷信传说，以为学道者死于兵刃，是借兵刃解脱躯体以成仙。 ⑱文少保：即文天祥。相传他遇害数日后颜面如生，因而人传他尸解登仙。 大光明法：道家所谓的一种出世之法。 蝉脱：即蝉蜕，此处喻人脱掉皮囊而成仙。 ⑲家法：此处意为准则。⑳宛然：好像。 ㉑丹徒：今江苏镇江。 冢：坟墓。 ㉒火之：火化尸体。 ㉓江右：江西。王猷定：字于一，南昌人，曾佐史可法，明亡后隐居不仕。 关中：今陕西一带。 黄遵岩：明末名士。 粤东：即广东。 屈大均：字翁山，广东番禺人，著名爱国诗人。 ㉔顾：但，特。表章：即表彰。 ㉕可程：史可法之弟史可程，崇祯进士，曾官翰林院庶吉士。李自成进京后，曾投奔义军，后南归。史可法请治其罪，福王命其归家养母。 ㉖易姓：指改朝换代。此指李自成义军入京，明朝覆亡。 ㉗疏：奏章。 ㉘兄公：弟媳称夫兄，此指史可法。 ㉙副

使诸公：指马副使、任太守等。　从祀：附祭。

【阅读提示】

史可法是明末著名的民族英雄，以兵部尚书、武英殿大学士督师扬州抗击清兵，在中华民族史册上谱写了壮丽的一页。全祖望于百年之后来到梅花岭，缅怀英烈，歌颂了史可法等人忠于职守、视死如归、为国慷慨捐躯的大无畏精神和崇高的民族气节。本文并非记游，而是追记史实，亦史亦文。写人记事以史可法当年英勇殉国前后的感人事迹，及其对人们的巨大感召力为主线，重在写其精神和气节。作者表彰忠义，寓鲜明的爱憎于笔墨之中。如对洪承畴的叛变投敌行为，只用寥寥数语就予以辛辣嘲讽；以“梅花如雪，芳香不染”喻忠烈的浩气长存；而三、四节文后的议论，则饱含对史可法的赞美、崇敬之情，直陈己见。这让读者在受到强烈感染的同时，也由衷敬佩作者的忠肝义胆和民族气节，以及秉笔直书的无畏精神。

□曹雪芹

曹雪芹(1715？—1763？)，名霑，字梦阮，号雪芹、芹圃、芹溪。清代伟大的小说家。曹家祖居辽阳(今属辽宁省)，后入满籍。从曹雪芹曾祖父起，三代相继为江宁织造，深得康熙皇帝宠幸。雍正五年，曹雪芹之父被罢官，家业抄没，曹家从此衰落。乾隆年间，曹雪芹移家北京西郊，生活潦倒，贫病而卒。

曹雪芹“披阅十载，增删五次”而创作的《红楼梦》，是中国古典小说艺术成就的最高峰。小说以贾、王、史、薛四大家族为背景，以贾宝玉的爱情和婚姻悲剧为主要线索，深刻揭示了封建末世的复杂矛盾和斗争，艺术地反映了封建制度必然走向灭亡的历史趋势。《红楼梦》今流行本为一百二十回，一般认为后四十回系高鹗所续。

西厢记妙词通戏语　牡丹亭艳曲警芳心(节选)[①]

那一日，正当三月中浣[②]，早饭后，宝玉携了一套《会真记》[③]，走到沁芳闸桥那边桃花树底下一块石上坐着，展开《会真记》，从头细玩。正看到“落红成阵”，只见一阵风过，把树上桃花吹下一大半来，落得满身满书满地皆是。宝玉要抖将下来，恐怕脚步践踏了，只得兜了那花瓣，来至池边，抖在池内。那花瓣浮在水面，飘飘荡荡，竟流出沁芳闸去了。

回来只见地下还有许多，宝玉正踟蹰间，只听背后有人说道：“你在这里作什么?”宝玉一回头,却是林黛玉来了,肩上担着花锄,锄上挂着花囊,手内拿着花帚。宝玉笑道:“好,好,来罢!把这个花扫起来,撂在那水里。我才撂了好些在那里呢。”黛玉道:“撂在水里不好。你看这里的水干净,只一流出去,有人家的地方脏的臭的混倒,仍旧把花糟蹋了。那畸角上我有一个花冢,如今把它扫了,装在这绢袋里,拿土埋上 ,日久不过随土化了,岂不干净。”

宝玉听了,喜不自禁,笑道:“待我放下书,帮你来收拾。”黛玉道:“什么书?”宝玉见问,慌得藏之不迭,便说道:“不过是《中庸》、《大学》。”黛玉笑道:“你又在我跟前弄鬼。趁早儿给我瞧瞧好多着呢。”宝玉道:“好妹妹,若论你,我是不怕的。你看了,好歹别告诉人去。真真这是好文章!你看了,连饭也不想吃呢。”一面说,一面递了过去。黛玉把花具且都放下,接书来瞧,从头看去,越看越爱看,不过顿饭工夫,将十六出俱已看完,自觉词藻警人,余香满口。虽看完了书,却只管出神,心内还默默的记诵。

宝玉笑道:“妹妹,你说好不好?”黛玉笑道:“果然有趣。”宝玉笑道:“我就是个‘多愁多病身’,你就是那‘倾国倾城貌④’。”黛玉听了,不觉带腮连耳通红,登时直竖起两道似蹙非蹙的眉,瞪了两只似睁非睁的眼,微腮带怒,薄面含嗔,指宝玉道:“你这该死的胡说!好好的把这淫词艳曲弄了来,还学了这些混话来欺负我。我告诉舅舅、舅母去。”说到“欺负”两个字上,早又把眼睛圈儿红了,转身就走。宝玉着了忙,向前拦住说道:“好妹妹,千万饶我这一遭!原是我说错了。若有心欺负你,明儿我掉在池子里,教个癞头鼋吞了去⑤,变个大王八,等你明儿做了一品夫人、病老归西的时候,我往你坟上替你驮一辈子的碑去。”说得黛玉嗤的一声笑了。一面揉着眼,一面笑道:“一般也唬得这个调儿,还只管胡说。‘呸!原来是苗而不秀,是个银样蜡枪头。’⑥”宝玉听了,笑道:“你这个呢?我也告诉去。”黛玉笑道:“你说你会过目成诵,难道我就不能一目十行么?”

宝玉一面收书,一面笑道:“正经快把花埋了罢,别提那个了。”二人便收拾落花,正才掩埋妥协,只见袭人走来,说道:“哪里没找到,摸在这里来。那边大老爷身上不好,姑娘们都过去请安,老太太叫打发你去呢。快回去换衣裳去罢!”宝玉听了,忙拿了书,别了黛玉,同着袭人回房换衣,不提。

这里黛玉见宝玉去了,又听见众姊妹也不在房,自己闷闷的。正欲回房,刚走到梨香院墙角边,只听墙内笛韵悠扬,歌声婉转。黛玉便知是那十二个女孩子演习戏文呢。只因黛玉素习不大喜看戏文,便不留心,只管往前走。偶然两句吹到耳内,明明白白,一字不落,唱道是:“原来姹紫嫣红开遍⑦,似这般都付与断井颓垣。”黛玉听了,倒也十分感慨缠绵,便止住步侧耳细听。又听唱道是:“良辰美景奈何天,赏心乐事谁家院?”听了这两句,不觉点头自叹,心下自思道:“原来戏上也有好文章。可惜世人只知看戏,未必能领略其中的趣味。”想毕,又后悔不该胡想,耽误了听曲子。又侧耳时,只听唱道:“则为你如花美眷,似水流年……”林黛玉听了这两句，不觉心动神摇。又听道“你在幽闺自怜”等句，越发如醉如痴，站立不住，便一蹲身坐在一块山子石上，细嚼“如花美眷，似水流年”八个字的滋味。忽又想起前日见古人诗中有“水流花谢两无情”之句[⑧]，再又有词中有“流水落花春去也，天上人间”之句[⑨]，又兼方才所见《西厢记》中“花落水流红，闲愁万种”之句，都一时想起来，凑聚在一处。仔细忖度，不觉心痛神痴，眼中落泪。正没个开交，忽觉背上击了一下，及回头看时，原来是……且听下回分解。正是

妆晨绣夜心无矣，对月临风恨有之。

【注释】

①本文节选自《红楼梦》第二十三回的后半部分。据浙江文艺出版社蔡义江校注本。②中浣：中旬。 ③会真记：唐代元稹所作传奇小说；但此处乃指元代王实甫所作《西厢记》杂剧。 ④“倾国倾城貌”两句：《西厢记》第一本中张珙唱词：“小子多愁多病身，怎当他倾国倾城貌。”分别指张生和崔莺莺。 ⑤癞头鼋(yuán)：大龟。古代墓道前常用其驮载大石碑。⑥苗而不秀：只长苗不结穗，指中看不中用。银样蜡枪头，喻意相同。两句原为《西厢记》中红娘嘲讽张生语。 ⑦“原来姹紫嫣红开遍”：自此句至后文“你在幽闺自怜”等句，均为汤显祖《牡丹亭·惊梦》中两位主人公杜丽娘、柳梦梅的唱词。 ⑧水流花谢两无情：唐代崔涂《春夕》诗有句云：“水流花谢两无情，送尽东风过楚城。” ⑨“流水落花春去也，天上人间”：句出南唐李后主《浪淘沙》。意谓美好的生活如春去花落一般再难回来，相见之难如同天上人间之相隔。

【阅读提示】

宝玉和黛玉，是两个有着叛逆性格的贵族少年。本文通过宝黛惜花葬花，共读《西厢记》(当时被视为禁书，尤其在封建礼教森严的贾府)的典型事例，说明了他俩有着共同的爱好和情趣。

曹雪芹极善叙事状物和写人，本文借助对话、动作、表情和心理的白描，生动地勾勒出宝黛各自的个性和内心世界，让人如见其人，如闻其声。文中的心理刻画，十分细腻而传神。作者还多次引用了《西厢记》、《牡丹亭》中的词曲和唐代诗词，这不光是情节和人物描写的需要，增添了小说的文采和诗情，更向读者提示了《西厢记》、《牡丹亭》、《红楼梦》三部杰作所贯穿的一条反封建的红线。

□袁　枚

袁枚(1716—1798)，字子才，号简斋，钱塘(今浙江杭州)人。清乾嘉时期代表诗人，与赵翼、蒋士铨并称“乾隆三大家”。乾隆四年(1739)进士，历任溧水、江宁等地知县。乾隆十三年辞官，在南京小仓山修筑随园，吟咏著述其间近五十

年，世称随园先生。他主张诗人要抒写性情，提倡“性灵说”。认为作诗应抒写胸臆，有真性情、真个性；而表现方式要新鲜、灵活，辞贵自然；强调独创，反对盲目拟古。著有《小仓山房诗文集》、《随园诗话》、《子不语》等。

遣　兴（二首）①

其　一

但肯寻诗便有诗，灵犀一点是吾师②。夕阳芳草寻常物，解用都为绝妙词③。

其　二

爱好由来下笔难④，一诗千改始心安。阿婆还似初笄女⑤，头未梳成不许看。

【注释】

①《遣兴》共24首，写于作者76岁时。　②灵犀：旧谓犀牛是灵异之兽，角中有白纹如线，直通两端。　李商隐《无题》诗曰：“心有灵犀一点通。”此处指性灵。　③解用：懂得用，会用。　④由来：从来。　⑤初笄（jī）：古代女子成年称及笄。此为刚成年之意。

【阅读提示】

袁枚论诗主张“性灵说”，认为“自三百篇至今日，凡诗之传者，都是性灵”（《随园诗话》卷五）。他反对用程朱理学束缚诗歌创作，批评盲目拟古，这在当时有着反道学、反传统的积极意义。但另一方面，过分强调性灵也有明显的局限。如诗中强调“灵犀一点是吾师”，即反映了“性灵说”忽视社会生活实践的弊端。

其二则以闺中女子的精心梳妆比喻诗人创作的精益求精，以“阿婆还似初笄女”比喻年老时写诗犹似少时般用心，借助形象的比喻，作者鲜明而生动地表明了自己对于诗歌创作的观点和态度。整首诗显得清新活泼，妙趣横生。

□纪　昀

纪昀（1724—1805），字晓岚，一字春帆，直隶献县（今属河北）人。清代学者、文学家。乾隆十九年（1754）进士，官至礼部尚书、协办大学士。学识渊博，任《四库全书》总纂官，并主持纂定《四库全书总目》二百卷。善诗文，与袁枚合称“南袁北纪”，有《纪文达公遗集》。其书斋名阅微草堂，所作笔记小说集《阅微草堂笔记》，取法魏晋笔记小说而多有发展变化，内容博杂，除鬼怪狐仙外，也较多涉及世态，文笔精练、典雅。鲁迅称之曰：“故凡测鬼神之情状，发人间之幽微，托狐鬼以抒己见者，隽思妙语，时足解颐；间杂考辨，亦有灼见。叙述复雍容淡雅，天趣盎然。故后来无人能夺其席，固非仅借位高望重以传者矣。”（《中国小说史略》）

河中石兽

沧州南一寺临河干[①]，山门圮于河[②]，二石兽并沉焉。阅十余岁[③]，僧募金重修，求二石兽于水中，竟不可得，以为顺流下矣。棹数小舟[④]，曳铁杷，寻十余里无迹。一讲学家设帐寺中[⑤]，闻之，笑曰：“尔辈不能究物理[⑥]，是非木柹[⑦]，岂能为暴涨携之去？乃石性坚重，沙性松浮，湮于沙上，渐沉渐深耳。沿河求之，不亦颠乎[⑧]？”众服为确论。

一老河兵闻之[⑨]，又笑曰：“凡河中失石，当求之于上流。盖石性坚重，沙性松浮，水不能冲石，其反激之力，必于石下迎水处啮沙为坎穴[⑩]。渐激渐深，至石之半，石必倒掷坎穴中。如是再啮，石又再转，转转不已，遂反溯流逆上矣。求之下流，固颠；求之地中，不更颠乎？”如其言，果得于数里外。然则天下之事，但知其一，不知其二者多矣，可据理臆断欤[⑪]？

【注释】

①沧州：今河北沧州。　河干：河岸。　②圮（pǐ）：毁。　③阅：经历。　④棹：船桨。此处用作动词，意为划。　⑤设帐：办私塾教学。　⑥究：推求。　⑦木柹（fèi）：木片。⑧颠：颠倒。　⑨老河兵：治河的老兵。清朝设有专门治河的兵营。　⑩啮：此处意为冲激。坎穴：坑。　⑪臆断：凭主观猜测而下的判断。

【阅读提示】

《阅微草堂笔记》中，纪昀对宋儒的空谈性理和道学家的泥古不化多有讥讽。本文通过僧人、讲学家和老河兵推求沉入河中的石兽的三种结论，告诫人们：对于不同事物应区别不同的环境、对象、条件做具体分析，不能“但知其一，不知其二”就主观臆断；而只有通过实践，才能产生真知。作者文笔简约精练，叙事委曲周至，意味隽永。对以博学自矜，实则迂阔不明事理的道学家给予了辛辣的讽刺。但文章中“凡河中失石，当求之于上流”之结论，未免以偏概全，失之绝对化和简单化。若删去句中“凡”字，则无懈可击矣。

□赵　翼

赵翼（1727—1814），字云崧，也作耘松、耘崧，号瓯北。江苏阳湖（今常州）

人，清代史学家、诗人。乾隆二十六年(1761)举进士，官至贵西兵备道。旋辞官家居，曾主讲安定书院。长于史学，考据精赅。其诗与袁枚、蒋士铨齐名，并称“乾隆三大家”。论诗主张“性灵乃其要”，反对拟古，提倡推陈出新。文学著作有《瓯北诗集》、《瓯北诗话》；史学著作有《廿二史札记》、《陔余丛考》、《皇朝武功纪盛》等。

论　诗[①](二首)

其　一

满眼生机转化钧[②]，天工人巧日争新。预支五百年新意，到了千年又觉陈。

其　二

只眼须凭自主张[③]，纷纷艺苑漫雌黄[④]。矮人看戏何曾见，都是随人说短长。

【注释】

①赵翼有《论诗》多首。这一组原有五首，此选其一、三首。　②化钧：同化境：旧指艺术造诣所达到的自然精妙的境界。　③只眼：指独特的眼光。　④漫：空。　雌黄：本为一种柠檬黄色的矿物，可制作颜料，古人用以涂改书错误处。引申为品评议论是非。

【阅读提示】

作为史学家和诗人，赵翼论诗有其独特的视角。他从中国文化历史发展长河的宏观角度观照文学的演变，认为诗歌应随时代的发展而发展进化，主张立足今天，推陈争新，而不应盲目地崇古、拟古。这两首诗短小精悍，语句平易，而内涵深刻，观点鲜明精辟。对明清诗坛盲目厚古薄今、一味模拟古人的形式主义风气，给予了有力的冲击。赵翼强调“争新”和“只眼须凭自主张”，不能人云亦云，在今天看来，均很有现实意义。

□姚　鼐

姚鼐(1731—1815)，字姬传，世称惜抱先生，安徽桐城人。乾隆进士，官至刑部郎中，曾任《四库全书》纂修官。中年弃官，讲学达40余年。他是桐城派散文理论的集大成者，既扩大了方苞的“义法”说，主张“义理、考据、辞章”三者的统一；又继承发扬了刘大櫆的“神气”说，提出了“神、理、气、味”与“格、律、声、色”相统一的理论;同时,还总结概括历代文章的风格论,发展了"阳刚阴柔"相反相成的美学观。他的散文典雅明洁。著有《惜抱轩全集》等。所编《古文辞类纂》流传极广。

复鲁絜非书[①]

桐城姚鼐顿首,絜非先生足下:相知恨少,晚遇先生。接其人,知为君子矣;读其文,非君子不能也。往与程鱼门、周书昌尝论古今才士[②],惟为古文者最少,苟为之,必杰士也,况为之专且善如先生乎?辱书引义谦而见推过当[③],非所敢任。鼐自幼迄衰,获侍贤人长者为师友,剽取见闻,加臆度为说,非真知文能为文也,奚辱命之哉[④]?盖虚怀乐取者,君子之心;而诵所得以正于君子,亦鄙陋之志也。

鼐闻天地之道,阴阳刚柔而已[⑤]。文者,天地之精英,而阴阳刚柔之发也。惟圣人之言,统二气之会而弗偏[⑥],然而《易》、《诗》、《书》、《论语》所载,亦间有可以刚柔分矣。值其时其人,告语之体各有宜也[⑦]。自诸子而降,其为文无弗有偏者。其得于阳与刚之美者,则其文如霆,如电,如长风之出谷,如崇山峻崖,如决大川,如奔骐骥;其光也,如杲日[⑧],如火,如金镠铁[⑨];其于人也,如冯高视远[⑩],如君而朝万众,如鼓万勇士而战之。其得于阴与柔之美者,则其文如升初日,如清风,如云,如霞,如烟,如幽林曲涧,如沦[⑪],如漾[⑫],如珠玉之辉,如鸿鹄之鸣而入寥廓[⑬];其于人也,漻乎其如叹[⑭],邈乎其如有思[⑮],暖乎其如喜,愀乎其如悲[⑯]。观其文,讽其音[⑰],则为文者之性情形状举以殊焉。

且夫阴阳刚柔,其本二端,造物者糅而气有多寡进绌[⑱],则品次亿万,以至于不可穷,万物生焉。故曰:一阴一阳之为道[⑲]。夫文之多变,亦若是已。糅而偏胜可也[⑳],偏胜之极,一有一绝无,与夫刚不足为刚、柔不足为柔者,皆不可以言文。今夫野人孺子闻乐,以为声歌弦管之会尔;苟善乐者闻之,则五音十二律[㉑],必有一当,接于耳而分矣。夫论文者,岂异于是乎?宋朝欧阳、曾公之文[㉒],其才皆偏于柔之美者也。欧公能取异己者之长而时济之;曾公能避所短而不犯。观先生之文,殆近于二公焉。抑人之学文,其功力所能至者,陈理义必明当,布置取舍繁简廉肉不失法[㉓],吐辞雅驯,不芜而已。古今至此者,盖不数数得[㉔],然尚非文之至;文之至者通乎神明,人力不及施也。先生以为然乎?

惠寄之文,刻本固当见与,抄本谨封还。然抄本不能胜刻者。诸体中书疏赠序为上,记事之文次之,论辨又次之。鼐亦窃识数语于其间[㉕],未必当也。《梅崖集》果有逾人处[㉖],恨不识其人。郎君令甥,皆美才未易量,听所好恣为之,勿拘其途可也。于所寄文,辄妄评说,勿罪勿罪。秋暑惟体中安否?千万自爱。七月朔日[㉗]。

【注释】

①鲁絜非:鲁九皋,原名仕骥,字絜非,江西新城人。乾隆进士,曾任山西夏县知县,慕姚鼐名,遣其甥陈用光等受业。著有《山木集》四卷。 ②程鱼门:程晋芳,字鱼门,号蕺园,安徽歙县人。乾隆进士,部主事,《四库全书》编修。有《戢园诗文集》。 周书昌:名永年,山东历城人。乾隆进士,《四库全书》编修。藏书五万卷,学问渊博。 ③辱:谦词,犹言承蒙。 见推:受到推重。 ④命:命名,指加以能文之名。 ⑤阴阳:中国古代哲学中的一对范畴,用以解释自然和社会中的对立现象。 ⑥二气:指阴阳两气。 ⑦告:诰,指《尚书》的《大诰》、《康诰》等文。 语:指《论语》。 ⑧杲(gǎo):明亮。 ⑨镠(liú):原意是纯美的黄金,此处疑作"鎏"解,指在铁器外面鎏金。 ⑩冯:同"凭"。 ⑪沦:微波。 ⑫漾:水波荡动的样子。 ⑬寥廓:指天空。 ⑭漻(liáo):清深的样子。 ⑮邈(miǎo):深远的样子。 ⑯愀:凄怆的样子。 ⑰讽:诵读。 ⑱糅:揉和,混合。 进绌:指二气的伸屈、消长。 ⑲一阴一阳之谓道:语出《易·系辞上》。 ⑳偏胜:指以阳刚或阴柔一面取胜。 ㉑五音:指宫、商、角、徵、羽。 十二律:古乐的十二调。 即:黄钟、太簇、姑洗、蕤宾、夷则、无射、大吕、夹钟、中吕、林钟、南吕、应钟。 ㉒欧阳、曾公:即欧阳修、曾巩。 ㉓廉肉:指严谨与丰满。 ㉔数数(shuò):屡次。 ㉕识(zhì):记。 ㉖《梅崖集》:朱仕琇的文集。朱仕琇,字斐瞻,福建建宁人。乾隆进士,选庶吉士,曾任山东夏津县知县、福宁府教授,长于古文。 ㉗朔:初一。

【阅读提示】

这是一篇书信体的文学论文,着重阐发了文学风格上的阳刚阴柔之说。文章首先用一系列形象的比喻,生动说明了两种不同风格的特征,即文之雄伟而劲直者为阳刚,温深而徐婉者为阴柔。其次,说明文章阳刚与阴柔之别,是由于作者才性气质的差异。再次,说明阴阳刚柔应该相反相成,相互调剂。"偏胜之极"、"一有一绝无"和"刚不足为刚,柔不足为柔者",皆不足取。本文识见宏通,既吸取了历代文章风格论的精华,又有所发展。长于形象说理,重启发感悟而不重抽象思辨,体现了我国古代文论的典型特色。

□洪亮吉

洪亮吉(1746—1809),字君直,一字稚存,号北江,江苏阳湖(今常州)人。清代经学家、文学家。乾隆进士,授翰林院编修。嘉庆时因上书批评朝政,远戍伊犁。不久赦还,自号"更生斋居士"。精研经史、音韵训诂及地理之学,又工于诗文。诗歌与其友黄景仁并称,骈文也颇享时誉。著述繁富,有《卷施阁诗文甲乙集》、《更生斋诗文甲乙集》等,后人合其其他著作,编为《洪北江全集》。

治平篇

人未有不乐为治平之民者也①,人未有不乐为治平既久之民者也。治平至百余年，可谓久矣，然言其户口[②]，则视三十年以前增五倍焉，视六十年以前增十倍焉，视百年、百数十年以前不啻增二十倍焉[③]。

试以一家计之：高、曾之时[④]，有屋十间，有田一顷，身一人[⑤]，娶妇后不过二人。以二人居屋十间，食田一顷，宽然有余矣。以一人生三计之，至子之世而父子四人，各娶妇即有八人，八人即不能无佣作之助[⑥]，是不下十人矣，以十人而居屋十间，食田一顷，吾知其居仅仅足，食亦仅仅足也。子又生孙，孙又娶妇，其间衰老者或有代谢，然已不下二十余人。以二十余人而居屋十间，食田一顷，即量腹而食，度足而居，吾以知其必不敷矣[⑦]。又自此而曾焉[⑧]，自此而元焉[⑨]，视高、曾时口已不下五六十倍，是高、曾时为一户者，至曾、元时不分至十户不止。其间有户口消落之家，即有丁男繁衍之族[⑩]，势亦足以相敌。

或者曰[⑪]："高、曾之时，隙地未尽辟[⑫]，闲廛未尽居也[⑬]。"然亦不过增一倍而止矣，或增三倍五倍而止矣，而户口则增至十倍二十倍，是田与屋之数常处其不足，而户与口之数常处其有余也。又况有兼并之家，一人据百人之屋，一户占百户之田，何怪乎遭风雨霜露，饥寒颠踣而死者之比比乎[⑭]？

曰：天地有法乎[⑮]？曰：水旱疾疫，即天地调剂之法也。然民之遭水旱疾疫而不幸者，不过十之一二矣。曰：君相有法乎[⑯]？曰：使野无闲田，民无剩力，疆土之新辟者，移种民以居之[⑰]；赋税之繁重者，酌今昔而减之；禁其浮靡，抑其兼并；遇有水旱疾疫，则开仓廪悉府库以赈之。如是而已，是亦君相调剂之法也。

要之，治平之久，天地不能不生人，而天地之所以养人者，原不过此数也；治平之久，君相亦不能使人不生，而君相之所以为民计者，亦不过前此数法也。然一家之中有子弟十人[⑱]，其不率教者常有一二[⑲]，又况天下之广，其游惰不事者何能一一遵上之约束乎[⑳]？一人之居以供十人已不足，何况供百人乎？一人之食以供十人已不足，何况供百人乎？此吾所以为治平之民虑也。

【注释】

①治平：安定太平。 ②户口：户指合居的一家，口指一个人。 ③啻(chì)：止。 ④高曾：高祖、曾祖。 ⑤身：自身。 ⑥佣作：雇工。 ⑦不敷：不够。 ⑧曾：指曾孙一辈。 ⑨元：同"玄"。清代避康熙玄烨讳，改"玄"作"元"。此指玄孙一辈。 ⑩丁男：成年男子。 ⑪或者：有的人。 ⑫隙地：空地。 ⑬闲廛(chán)：空房。 ⑭颠踣：跌倒。 ⑮法：办法。指解决人口与土地矛盾的办法。 ⑯君相：君主和宰相。 ⑰种民：指佃农。 ⑱子弟：指年轻一辈。 ⑲率教：听话。 ⑳不事：不务正业。

【阅读提示】

战国韩非在其《五蠹》中最早反映了人口增多产生的矛盾，但韩非主要着眼于"人民众而货财寡"造成的社会政治危机。而洪亮吉此文则偏重论述人口递增而造成田地房屋常处不足、民众贫困、死者比比的当时现状，主要从经济学角度揭示人口问题带来的社会矛盾。文章高屋建瓴，直陈人口问题的要害，具有重大历史价值，显示了作者的远见卓识和敏锐眼光。

文章主题鲜明，“以一家计之”，举例论证，层层深入，化抽象的论述为具体平实的叙事，富有说服力。尽管由于时代的局限，洪亮吉尚无法提出控制人口以及解决人口问题种种矛盾的有效办法，但《治平篇》确实将日益尖锐的人口问题早早地摆在了国人的面前，其功甚伟。

□黄景仁

黄景仁(1749—1783)，字仲则，一字汉镛，号鹿菲子。江苏武进(今属常州)人。清中叶著名诗人。4岁丧父，家贫。屡应乡试不中，于是四方奔走以谋生。清高宗乾隆东巡，召试，中二等。曾谋为县丞，未补官而卒，年仅35岁。他富有才情，诗名早著。诗学唐人，尤重李白，但能兼融众家之长。多写穷愁不遇、寂寞凄怆之情，也多愤世嫉俗之作。郁达夫说：“要想在乾、嘉两代的诗人之中，求一些语语沉痛、字字辛酸的真正具有诗人气质的诗，自然非黄仲则莫属了。”(《关于黄仲则》)著有《两当轩集》22卷。

后观潮行

海风卷尽江头叶，沙岸千人万人立。怪底山川忽变容①，又报天边海潮入。鸥飞艇乱行云停，江亦作势如相迎。鹅毛一白尚天际②，倾耳已是风霆声。江流不合几回折③，欲折涛头如折铁。一折平添百丈飞，浩浩长空舞晴雪。星驰电激望已遥，江塘十里随低高。此时万户同屏息，想见窗棂齐动摇④。潮头障天天亦暮，苍茫却望潮来处。前阵才平罗刹矶⑤，后来又没西兴树⑥。独客吊影行自愁⑦，大地与身同一浮。乘槎未许到星阙⑧，采药何年傍祖洲⑨？赋罢观潮长太息，我尚输潮归即得⑩。回首重城鼓角哀，半空纯作鱼龙色。

【注释】

①怪底：惊怪。　②尚：犹，还。　③不合：不该。　④窗棂(líng)：窗户。　⑤罗刹矶：钱塘江古时一名罗刹江，《读史方舆纪要》曰：取其风波险恶之意。此泛指钱塘江边的大石。一说为古时钱塘江边巨石，传说五代吴越王钱镠在此张弓射潮，水退，罗刹石化为陆地。　⑥西兴：原浙江萧山市西北一镇名，地处钱塘江南岸，1997年划入新设立的杭州市滨江区。⑦吊影：形影相吊，形容非常孤单。　行：且。　⑧乘槎：神话传说谓乘木筏上天河。　星阙：

天宫。 ⑨祖洲:仙岛。《十洲记》曰:“祖洲近在东海之中,地方五百里,去西岸七万里,上有不死之草,……服之令人长生。” ⑩输:比不上。

【阅读提示】

乾隆三十二年(1767),黄景仁应友人之邀至杭州,观赏到举世闻名的钱江潮之后,写下《观潮行》和《后观潮行》。本诗生动描绘了万人看潮的壮观,艺术再现了钱江潮从“鹅毛一白尚天际”,到星驰电激地澎湃袭来,头潮、后潮相继怒涌的壮丽奇观。作者综合运用了铺陈、夸张、比喻、拟人等多种手法,又采用神话传说和想象,绘声绘色地描摹出钱江潮雷霆万钧、惊心动魄的气势。诗歌打破惯常写法,四句一转韵,而又平仄互相交替,让人读时仿佛感受到钱江潮的波澜起伏。

□张维屏

张维屏(1780—1859),字子树,号南山,又号松心子,番禺(今属广东)人。近代著名诗人。道光二年(1822)进士,历官湖北广济县知县、江西候补同知、署南康府知府。少有诗名,曾与龚自珍、林则徐、魏源等结宣南诗社。鸦片战争爆发,他目睹英帝国主义对中国的侵略,写了不少格调高昂、富有爱国精神的诗篇,与黄培芳、谭敬昭并称为“岭南三大家”(不同于清初之“岭南三大家”)。有《张南山全集》。

三元里①

三元里前声若雷,千众万众同时来;因义生愤愤生勇,乡民合力强徒摧②。家家田庐须保卫,不待鼓声群作气③;妇女齐心亦健儿,犁锄在手皆兵器④。乡分远近旗斑斓⑤,什队百队沿溪山。众夷相视忽变色⑥:黑旗死仗难生还⑦。夷兵所恃惟枪炮⑧,人心合处天心到⑨;晴空骤雨忽倾盆,凶夷无所施其暴。岂特火器无所施,夷足不惯行滑泥⑩;下者田塍苦踯躅⑪,高者冈阜愁颠挤⑫。中有夷酋貌尤丑⑬,象皮作甲裹身厚;一戈已揕长狄喉,十日犹悬郅支首⑭。纷然欲遁无双翅,歼厥渠魁真易事⑮;不解何由巨网开,枯鱼竟得悠然逝⑯。魏绛和戎且解忧⑰,风人慷慨赋同仇⑱;如何全盛金瓯日⑲,却类金缯岁币谋⑳?

【注释】

①三元里:地名。清道光二十一年(1841),三元里人民发动抗英斗争,重创敌军,这是近代中国人民自发进行的第一次大规模的反侵略斗争。 ②强徒:强盗。指英国侵略军。

③作气：士气振作。　④“妇女”二句：据《三元里打仗日记》载，英军到三元里时，人民会集各乡，“不转眼间，来会者众数万，刀斧犁锄，在手即成军器；儿童妇女，喊声亦助兵威。斯时也，重重叠叠，遍野漫山，已将夷兵困在垓心矣”。　⑤旗斑斓：旌旗飘扬，颜色错杂灿烂。　⑥众夷：指英军。　⑦“黑旗”句：原注：“夷打死仗则用黑旗，适有执神庙七星旗者，夷惊曰：‘打死仗者至矣。’”　⑧恃：依仗。　⑨天心：天意。　⑩晴空四句：据《三元里打仗日记》载：英军被围后，“时天色晴明，忽而阴云四起，午刻迅雷烈风，大雨如注，日夜不息。未刻后，逆夷之鸟枪火炮，俱被雨水湿透，施放不响。且夷兵俱穿皮鞋，三元里四面皆田，雨后泥泞土滑，夷兵寸步难行，水勇及乡民，遂分头截杀。”　⑪田塍(chéng)：田埂。　⑫冈阜(fù)：高冈山丘。　颠挤：坠落。挤，“跻”字之误。　⑬夷酋：指英军军官。　⑭“一戈”两句：指英军军官被击毙事。捽：捣。　长狄：古族名，这里借指英侵略军。　郅(zhì)支：古时匈奴的一个部族首领。这里借指“夷酋”。　⑮歼：消灭。　厥：其，那个。　渠魁：巨魁，大头目。　⑯“不解”两句：指广州知府出城为英侵略军解围并保护他们逃跑一事。　枯鱼：干鱼。喻指被围的垂死英军。　⑰“魏绛”句：据《左传》，晋悼公时，山戎向晋国求和，晋大夫魏绛力主和戎。此处借指奕山等向英人屈膝求和。　⑱风人：诗人。这里是作者自指。　同仇：共同的仇敌。这里是齐心御敌的意思。　⑲金瓯：比喻疆土完整牢固。《南史·朱异传》：“我国家犹若金瓯，无一伤缺。”瓯，本指小盆。　⑳类：像。　金缯岁币谋：指以输绢纳银求和的屈辱政策。此处指1841年5月，奕山与英侵略军订立卖国投降的休战条约，答应给英方赎城费六百万元。

【阅读提示】

这首诗真实而生动地描述了三元里人民的英勇斗争，展示了人民群众的巨大威力，是鸦片战争中最具思想光辉的诗篇之一，具有一定的历史价值。其可贵之处，既在于它再现了三元里人民同仇敌忾的声势和气概，刻画了侵略者外强中干的丑态，还在于它揭示了中国人民抗英斗争的正义性，同时也愤怒谴责了清统治者认敌为友、妥协投降、丧权辱国的无耻行径。

□林则徐

林则徐(1785—1850)，字元抚，一字少穆，福建侯官(今福州)人。嘉庆十六年(1811)进士，累官湖广总督。1838年12月，奉命为钦差大臣，赴广东查禁鸦片，给英国侵略者以沉重的打击。鸦片战争爆发后，清王朝媚外卖国，将他革职查办。1842年被遣戍伊犁，1845年释回。林则徐是关心国计民生的政治家，鸦片战争时期地主阶级抵抗派的领袖，近代中国最早注意了解西方资本主义国家情况的先进人物。他不以诗名世，早期诗多为官场酬唱之作，但鸦片战争后写了不少表现爱国激情，倾诉对投降派之愤懑的优秀诗篇。

赴戍登程口占示家人①

力微任重久神疲，再竭衰庸定不支②。苟利国家生死以，岂因祸福避趋之③！谪居正是君恩厚，养拙刚于戍卒宜④。戏与山妻谈故事，试吟断送老头皮⑤。

【注释】

①口占：作诗不起草。本诗原有二首，此选其一。 ②竭：以背任物，这里指担负重任。衰庸：指自己身体衰弱、才能平庸。 ③"苟利"句：《左传·昭公四年》："郑子产作丘赋，国人谤之……子产曰：'何害？苟利社稷（国家），死生以之。'"此用其语，意谓只要事情有利于国家，不管生死，都要去做。 "岂因"句：意谓立身行事，岂能只顾趋福避祸。 ④养拙：犹守拙，安于愚拙之意。 ⑤作者自注："宋真宗闻隐者杨朴能诗，召对，问：'此来有人作诗送卿否？'对曰：'臣妻有一首云：更休落魄耽杯酒，且莫猖狂爱咏诗。今日捉将官里去，这回断送老头皮！'上大笑，放还山。东坡赴诏狱，妻子送出门，皆哭，坡顾谓曰：'子独不能如杨处士妻作一首诗送我乎？'妻子失笑，坡乃去。"按，所引杨朴及苏轼事，见东坡《志林》。 山妻：隐士之妻。这里是作者对自己妻子的谦称。

【阅读提示】

这首诗作于道光二十二年（1842）八月。当时作者于西安辞别家人赴伊犁（清代新疆建省前伊犁将军的辖区，即当时的新疆全境，将军驻惠远城，俗称伊犁大城，在今新疆霍城县东南）。诗中说自己对于因查禁鸦片被革职充军，并不感到后悔，只要有利于国家，个人的生死祸福都可置之度外，反映了诗人坚贞不移的爱国精神。在叙述自己受贬谪一事时，作者表面上说刚好合宜，实际语句中却饱含愤懑和不平。

□龚自珍

龚自珍（1792—1841），一名巩祚，字璱人，号定庵。浙江仁和（今杭州）人。27岁中举，道光九年（1829）进士，历任国史馆校对官、内阁中书、礼部主客司主事。道光十九年（1839）因触犯时忌而愤然辞官南归，不久暴卒于江苏丹阳云阳书院。龚自珍精通经学、小学、史地之属，渊雅博识。曾与林则徐、魏源等结成"宣南诗社，讲求经世之学。力主改革内政、抵御外侮，是近代改良主义运动的先驱。诗、文、词各体兼长：其诗善发抒感慨，纵横议论；其文摹追先秦诸子，气势充沛，笔力遒劲，表现了与桐城派古文迥然不同的风格。有《定庵全集》传世。

咏　史

金粉东南十五州[①]，万重恩怨属名流[②]。牢盆狎客操全算[③]，团扇才人踞上游[④]。避席畏闻文字狱[⑤]，著书都为稻粱谋[⑥]。田横五百人安在[⑦]，难道归来尽列侯[⑧]？

【注释】

①金粉：古时妇女化妆用的铅粉。这里借以形容繁华绮丽的生活。　东南十五州：泛指江南广大地区。　②名流：知名人士。这里指当时的一些沽名钓誉之徒。　③牢盆：煮盐的铁制器具。这里指把持盐政的官僚政客。　操全算：指把持局面。　④团扇才人：指轻薄文人。　⑤避席：离座避开。　⑥稻粱谋：谋求米粮、衣食住行。稻粱，指基本生活资料。　⑦田横：楚汉相争时，曾自立为齐王。此句化用杜甫《同诸公登慈恩寺塔》："君看随阳雁，各有稻粱谋"诗意。　⑧列侯：汉制，群臣异姓有功封侯的，称为列侯。

【阅读提示】

这首咏史诗，直接取材于"金粉东南十五州"的社会现实，仅在尾联以田横抗汉事反激上文，名为咏史，实为讽今，表现了强烈的批判精神，表达了作者对坚持气节者的赞赏和对醉心于功名利禄的"名流"权贵及趋炎附势者的鞭挞。诗歌寓丰富的社会政治内容于高度的艺术概括之中，继承了"咏史"诗托古讽今的优良传统，把诗和史紧密结合。笔锋犀利，讽刺辛辣，寓意深远，洋溢着炽热的爱国情怀，开一代诗风。

己亥杂诗[①]（二首）

其　一

浩荡离愁白日斜，吟鞭东指即天涯[②]。落红不是无情物[③]，化作春泥更护花。

其　二

只筹一缆十夫多[④]，细算千艘渡此河。我亦曾糜太仓粟[⑤]，夜闻邪许泪滂沱[⑥]。

【注释】

①《己亥杂诗》是龚自珍在己亥(1839)年写的七绝组诗，共315首。这年作者48岁，辞去礼部主事的官职，从北京回杭州，后又北上迎取眷属。这组诗就是在旅途往返中陆续写下的。　②吟鞭：鸣鞭。　③落红：落花，作者脱离官场，以落花自况。　④筹：算。　缆：牵拉河船

的缆绳。 夫:纤夫。 ⑤太仓:京城的粮仓。 ⑥邪许(yé hǔ):纤夫拉船行走时的号子声。

【阅读提示】

这是《己亥杂诗》中的两首。第一首"浩荡离愁"是抒写作者辞官归里时的感想。前两句说,自己是带着无限的离愁别绪离开京城的,暗含着目睹纲纪混乱,无可奈何,只好离去的愤懑。后两句用落红化作春泥自喻,表现了他虽遭打击排斥,仍要献身祖国未来的积极精神。

第二首诗自注"五月十二日抵淮浦(今江苏清江附近)作"。淮浦是运河与淮河的交汇处,水闸很多,船只过闸全靠人力拉纤。而运河的船只,装载的多为清王朝从江南征收来的粮食。夜间听着纤夫沉重的拉纤号子声,作者心潮激荡不已,表现了作者对劳动人民的同情和对封建统治者的谴责。

□黄遵宪

黄遵宪(1848—1905),字公度,嘉应州(今广东梅州)人。光绪二年(1876)顺天乡试举人。历任驻日本使馆参赞、驻美国旧金山总领事、驻英国使馆参赞、驻新加坡总领事等。回国后积极参加资产阶级改良派的政治活动,是变法维新活动的重要人物之一。戊戌政变失败后,被清廷放归乡里。他的诗广泛地描写重大的历史事件,是当时"诗界革命"中成就最高的诗人。著有《人境庐诗草》等。

哀旅顺[1]

海水一泓烟九点[2],壮哉此地实天险。炮台屹立如虎阚[3],红衣大将威望俨[4]。下有洼池列巨舰[5],晴天雷轰夜电闪。最高峰头纵远览,龙旗百丈迎风飐[6]。长城万里此为堑,鲸鹏相摩图一啖[7]。昂头侧睨何眈眈[8],伸手欲攫终不敢;谓海可填山易撼,万鬼聚谋无此胆。一朝瓦解成劫灰[9],闻道敌军蹈背来[10]。

【注释】

①旅顺:又称旅顺口,在辽宁辽东半岛最南端。当时为我国重要的军港。光绪二十年(1894)冬,日本侵略军向旅顺口进兵并占领该港。 ②"海水"句:语出李贺《梦天》:"遥望齐州九点烟,一泓海水杯中泻。"九点烟,指中国国土,中国古代分九州。 ③虎阚(hǎn):虎怒貌。语出《诗经·大雅·常武》:"进厥虎臣,阚如虓虎。" 炮台:指设在旅顺口的炮台。 ④红衣大将:大炮名。 ⑤洼池:指船坞。 ⑥龙旗:清朝的国旗,上绣有龙,故称。 ⑦鲸、鹏:喻帝国主义国家。 啖:吃。 ⑧眈眈:垂目注视貌。语出《易·颐》:"虎视眈眈。" ⑨劫灰:劫火余灰。劫火,本是佛家语,此指战火。 ⑩"闻道"句:此句写旅顺因日军从背后偷袭而失守。

【阅读提示】

这首诗以旅顺口失陷为题材，真切表现了作者对清朝统治集团的谴责和对国事的深切忧虑。中日甲午战争爆发后，清朝政府违背广大人民和爱国官兵的愿望，采取投降政策，又加清军腐败不堪，号称“北洋精华”的旅顺军港终于1894年11月落入日军之手。全诗首写旅顺军港的地理位置、险要布局和大炮的威严，而结尾两句报道军港失陷，采用鲜明的对比手法，造成突如其来的悲痛效果。事件仿佛是出于战术原因，而实际是清政府的妥协投降政策和腐败无能所致。

□林　纾

林纾(1852—1924)，字琴南，号畏庐、冷红生，闽县(今福建福州)人。近代文学家、翻译家。光绪举人，曾任教于京师大学堂。善散文，能诗画；依靠他人口述，用古文意译欧美俄日等11国的小说《巴黎茶花女遗事》(即《茶花女》)、《鲁滨逊飘流记》、《伊索寓言》等170余种，文笔流畅，“凄婉有情致”，风行一时，对引进西方文学，及对当时文学特别是翻译小说的发展，都有一定影响。晚年反对五四新文化运动，为守旧派代表之一。有《畏庐文集》、《畏庐诗存》以及传奇、笔记、小说等多种。

记超山梅花①

夏容伯同声②，嗜古士也，隐于栖溪③。余与陈吉士、高啸桐买舟访之④，约寻梅于超山。由溪上易小舟，循浅濑至超山之北⑤。沿岸已见梅花。里许，遵陆至香海楼⑥，观宋梅。梅身半枯，侧立水次，古干诘屈⑦，苔蟠其身，齿齿作鳞甲⑧。年久，苔色幻为铜青。旁列十余树，容伯言即明产也。景物凄黯无可纪，余索然将返。容伯导余过唐玉潜祠下⑨，花乃大盛：纵横交纠，玉雪一色；步武高下⑩，沿梅得径。远馥林麓，近偃陂陀⑪；丛芬积缟⑫，弥满山谷。几四里始出梅窝⑬，阴松列队，下闻溪声，余来船已停濑上矣。余以步，船人以水，沿溪行，路尽适相值也。是晚仍归栖溪。

迟明⑭，复以小舟绕出山南，花益多于山北。野水古木，渺瀰滞翳⑮，小径岐出为八、九道，抵梅而尽。至乾元观⑯，观所谓水洞者⑰。潭水清冽，怪石怒起水上，水附壁而止。石状豁问⑱，阴绿惨淡。石脉直接旱洞⑲。旱洞居观右偏。三十余级，及洞口，深窈沉黑中⑳，有风水荡击之声。同游陈寄湖、涤寮兄弟，爇管入㉑，不竟洞而出。潭之右偏，镌“海云洞”三大字㉒，宋赵清献笔也㉓。寻丁酉轩父子石像，已剥落，诗碣犹隐隐可读㉔。容伯饭我观中，余举觞叹息，以生平所见梅花，咸不如此之多且盛也。容伯言：“冬雪霁后，花益奇丽，过于西溪。”㉕然西溪余两至，均失梅候㉖。今但作《超山梅花记》，一寄容伯，一寄余友陈寿慈于福州，寿慈亦嗜梅者也。

【注释】

①超山：在杭州市北约 40 公里的临平镇境内，自唐以来，即以“十里梅花香雪海”而成为著名的探梅胜地。 ②夏容伯同声：夏同声，字容伯，浙江钱塘(今杭州)人。 ③栖溪：在余杭塘栖镇，离超山约七里。 ④陈吉士：陈希贤，字吉士，福建闽县人，林纾弟子。清光绪壬辰进士，曾历任金华、钱塘、仁和知县。 高啸桐：高凤岐，字啸桐，福建长乐人。光绪举人，系作者好友。 ⑤濑(lài)：从沙石上流过的湍急水流。 ⑥香海楼：超山风景区内古建筑。 ⑦诘屈：曲折，弯曲。 ⑧齿齿：形容排列整齐密集。 ⑨唐玉潜祠：宋代隐士唐珏的祠堂。 ⑩步武：古以六尺为步，半步为武。此处意为跟着前人足迹行走。 ⑪陂陀(pō tuó)：指山坡倾斜不平貌。 ⑫丛芬积缟：比喻茂密的梅花如同白缉积聚，开满技头。 ⑬梅窝：哈梅花盛密繁多。 ⑭迟明：将近天明。 ⑮渺滈(háo)：水面阔远状。 滞翳(yì)：树木枝叶遮蔽。 ⑯乾元观：超山一古建筑。 ⑰水洞：一称湿洞。海云洞之一。 ⑱豁闲(xiā)：开裂。 ⑲旱洞：一称干洞，海云洞之一。 ⑳深窈沉黑：深沉幽暗的样子。 ㉑爇(ruò)管：点燃火把。 ㉒海云洞：《咸淳临安志》云：“海云洞在超山上，有干、湿二洞，黑龙王祠。” ㉓赵清献：宋代赵抃，字阅道，衢州(今属浙江)人，官至资政大学士，谥清献。工书法，笔迹劲丽。 ㉔诗碣：刻有诗句的石碑。 ㉕西溪：杭州西郊风景胜地。田汝成《西湖志》曰：“自古荡而西，并称西溪。曲水弯环，群山四绕；名园古刹，前后接踵。又多芦汀沙溆，重重隔断。”旧时与灵峰、孤山同为杭城探梅胜地。 ㉖梅候：梅花盛开之时节。 候：物候。

【阅读提示】

光绪二十五年(1899)，林纾正应杭州知府林启(1839—1900，于 1897 年创办“求是书院”，是为浙江大学之前身)与仁和知县陈希贤之聘在杭执教。此年正月，前往超山探梅，并写了这篇游记。文章生动记叙了与友人超山探梅的经过，从山北香海楼观宋梅、唐玉潜祠，游梅窝，至山南的乾元观、海云洞，移步换景，层层深入，文笔精练。全文以访友为由开头，以寄文予友作结，充满了对“嗜古”、“嗜梅”之友人的情意，也表达了作者个人的爱好情趣。

□康有为

康有为(1858—1927)，字广厦，号长素，广东南海人，人称南海先生。近代改良派领袖，后为保皇会首领。光绪进士，授工部主事。曾七次上书光绪皇帝，要求变法。1895 年第二次上书时，有 1300 余人署名，要求拒签和约，即有名的“公车上书”。1898年依靠光绪皇帝发动变法维新运动，遭到慈禧太后镇压，逃出国外。后组织保皇会，反对孙中山的民主革命。早期思想强调“变”，认为“变”是“天道”，是“物之理”，提倡“托古改制”，赋予资产阶级改良主义运动以新的内容。著有《康南海先生诗集》等。

出都留别诸公①

天龙作骑万灵从②，独立飞来缥缈峰③。怀抱芳馨兰一握④，纵横宙合雾千重⑤。眼中战国成争鹿⑥，海内人才孰卧龙⑦？抚剑长号归去也，千山风雨啸青锋⑧！

【注释】

①作者在这一组诗题下自注：“吾以诸生（秀才）上书请变法，开国未有。群疑交集，乃行。”作者于1888年趁着在京应试的机会第一次向皇帝上书，为顽固派所阻，并备加嘲笑和攻击，于是在次年9月11日出京，本诗就作于此时。原诗共五首，这里选录其中一首。 ②骑(jì)：这里作名词用，指坐骑。 万灵：众神。 ③飞来缥缈峰：飞来峰，本指杭州灵隐寺前一座小山。相传晋朝和尚慧理曾登上此山叹息说，这是中天竺国灵鹫山的小岭，不知哪一年飞来的。于是就叫它飞来峰。这里借指仙山。 ④芳馨兰一握：比喻志趣高洁，怀揣芳香，手握兰草。 ⑤宙合：《宙合》本《管子》书篇名，原指古往今来无所不包的意思。 雾千重：喻时局混乱昏暗。 ⑥战国：秦统一六国以前，韩、赵、魏、秦、齐、楚、燕七国争雄，史称战国。这里指帝国主义列强。 争鹿：即逐鹿，封建时代争天下的代称，这里指帝国主义列强瓜分中国，竞争不已。 ⑦卧龙：徐庶曾称诸葛亮为卧龙。作者隐以自喻。 ⑧青锋：即剑。这两句说，抚剑长叹，不如归去罢；但宝剑不甘默默无闻，在山雨中长鸣。这是借物拟人，抒发自己内心不能平静，想要有所作为。

【阅读提示】

这首七律表达了康有为上书受阻，抚剑长叹的郁愤情绪；也表达了他面对时局昏暗，心怀革新变法，渴望挺身而出，驱混沌于天下，振兴国家的强烈愿望。全诗壮怀激烈，慷慨悲歌，低徊雄健。

□谭嗣同

谭嗣同（1865—1898），字复生，号壮飞，浏阳（今湖南浏阳）人。父亲谭继洵曾做过湖北巡抚。他年幼时即跟随父亲在外，几乎踏遍了西北东南各省。1894年的中日战争，激起了他的爱国热情，于是发愤钻研和提倡新学，进行改良社会的活动。他曾协助湖南巡抚陈宝箴推行新政，倡办“南学会”，宣传变法维新，救亡图存。1989 年在康、梁领导的百日维新中，他被光绪帝任命为四品卿衔军机章京，参与新政。变法失败，他被捕入狱，慷慨就义。他的诗作现存近两百首。

狱中题壁

望门投止思张俭①，忍死须臾待杜根②。我自横刀向天笑，去留肝胆两昆仑③。

【注释】

①望门投止：看到有人家就去投宿，形容人在逃亡途中的惶急情状。　张俭：东汉人，曾为东部督邮。因弹劾宦官侯览而被侯诬告，被迫逃亡，人们看重他的声望，冒险接纳他。这句设想出亡的康、梁等人必然会受到人们的救护。　②杜根：东汉安帝时郎中。曾上书要求邓太后还政于皇帝，触怒太后，被装进口袋要在殿上摔死。幸而执法人留情，死里逃生。这里作者以忍死的杜根自比。　③去：出奔。指康、梁等。　留：指作者自己。　肝胆两昆仑：比喻去者留者都是光明磊落，肝胆相照，像昆仑山一样的巍峨高大。

【阅读提示】

这是 1898 年 9 月作者被捕后题在狱中墙壁上的一首诗。诗中借两个历史人物的遭遇，表达了对变法维新的坚定信念，对顽固势力的憎恨和蔑视，以及愿为实现自己的理想而献身的英雄气概。当政变发生时，有朋友劝谭嗣同出奔避难，他断然拒绝道：“各国变法无不从流血而成，今中国未闻有因变法而流血者，此国之所以不昌也。有之，请自嗣同始。”（见梁启超《谭嗣同传》）这段话和这首诗相互辉映，充分表现了他以身许国的爱国主义精神。

□孙中山

孙中山（1866—1925），名文，字逸仙，广东香山（今中山）人。曾自号中山樵，世因称中山先生。中国伟大的革命家。1892 年毕业于香港西医书院，当过医生。1894 年赴檀香山组织了“兴中会”，提出“振兴中华”的口号。1905 年在日本东京创立“同盟会”，被推为总理，提出三民主义学说。1911 年领导武昌起义，被推举为中华民国临时大总统。1912 年元旦在南京宣布就职，并建立中华民国临时政府，2 月旋辞职。后起兵讨伐袁世凯，于 1917 年在广州组织护法军政府，当选为大元帅，誓师北伐。次年受挟制去职，1919 年将中华革命党改组为中国国民党。1921年任非常大总统。1924年制定“联俄、联共、扶助农工”三大政策，并改组国民党。1925年3月12日病逝于北京。遗著编有《孙中山选集》、《孙中山全集》等。

遗　嘱[①]

余致力国民革命凡四十年，其目的在求中国之自由平等。积四十年之经验，深知欲达到此目的，必须唤起民众及联合世界上以平等待我之民族，共同奋斗。

现在革命尚未成功，凡我同志，务须依照余所著《建国方略》、《建国大纲》、《三民主义》及《第一次全国代表大会宣言》[②]，继续努力，以求贯彻。最近主张开国民会议及废除不平等条约，尤须于最短期间促其实现。是所至嘱！

中华民国十四年二月二十四日。

孙文　三月十一日补签

【注释】

①孙中山先生因患肝癌于1925年3月12日病逝于北京。这份遗嘱2月24日笔记定稿，3月11日签字。此系据孙中山先生治丧处编《哀思录》初编影印遗嘱原件（见人民出版社《孙中山选集》）。　②《建国方略》：由《孙文学说——行易知难》（心理建设）、《实业计划》（物质建设）、《民权初步》（社会建设）三个部分组成，写于1917至1919年。　《三民主义》：由《民族主义》、《民权主义》、《民生主义》三个部分组成，写于1924年。　《第一次全国代表大会宣言》：即《中国国民党第一次全国代表大会宣言》，作于1924年1月23日。

【阅读提示】

孙中山先生致力革命四十余年，一生戎马倥偬，积劳成疾，花甲之年即早离人世。这篇遗嘱立足于中国革命，放眼整个世界，呼吁“唤起民众及联合世界上以平等待我之民族，共同奋斗”，以求中国之自由平等，体现了孙中山这位革命伟人的博大胸怀及卓越见识。其人彪炳青史，其文光照日月。“革命尚未成功，同志仍须努力。”中华儿女，自当继承中山先生遗志，完成其未竟之伟业，奋力振兴中华。

□梁启超

梁启超（1873—1929），字卓如，号任公，别署饮冰室主人。广东新会人。清末举人，康有为弟子，两人同为维新变法运动主要人物，并称“康梁”。在清末主办《时务报》,介绍西方政治文化思想,为资产阶级改良主义运动进行舆论宣传,在当时很有影响。戊戌变法失败后亡命日本,创办《清议报》、《新民丛报》、《新小说》等报刊,与康有为组织保皇会,宣扬君主立宪,沦为孙中山领导的民主主义革命的反对派。辛亥革命后回国,参加袁世凯政府,任司法总长,后又与蔡锷组织护国军反袁。晚年主讲于清华大学研究院。著述丰富,有《饮冰室合集》。

少年中国说

日本人之称我中国也,一则曰老大帝国,再则曰老大帝国。是语也,盖袭译欧西人之言也。呜呼!我中国其果老大矣乎?梁启超曰:恶[①]!是何言!是何言!吾心目中有一少年中国在。

欲言国之老少,请先言人之老少。老年人常思既往,少年人常思将来。惟思既往也,故生留恋心;惟思将来也,故生希望心。惟留恋也故保守,惟希望也故进取。惟保守也故永旧,惟进取也故日新。惟思既往也,事事皆其所已经者,故惟知照例;惟思将来也,事事皆其所未经者,故常敢破格。老年人常多忧虑,少年人常好行乐。惟多忧也,故灰心;惟行乐也,故盛气。惟灰心也,故怯懦;惟盛气也,故豪壮。惟怯懦也,故苟且;惟豪壮也,故冒险。惟苟且也,故能灭世界;惟冒险也,故能造世界。老年人常厌事,少年人常喜事。惟厌事也,故常觉一切事无可为者;惟好事也,故常觉一切事无不可为者。老年人如夕照,少年人如朝阳。老年人如瘠牛,少年人如乳虎。老年人如僧,少年人如侠。老年人如字典,少年人如戏文。老年人如鸦片烟,少年人如泼兰地酒。老年人如别行星之陨石,少年人如大洋海之珊瑚岛。老年人如埃及沙漠之金字塔,少年人如西比利亚之铁路。老年人如秋后之柳,少年人如春前之草。老年人如死海之潴为泽[②],少年人如长江之初发源。此老年与少年性格不同之大略也。梁启超曰:人固有之,国亦宜然。

梁启超曰:伤哉,老大也!浔阳江头琵琶妇,当明月绕船,枫叶瑟瑟,衾寒于铁,似梦非梦之时,追想洛阳尘中春花秋月之佳趣[③]。西宫南内,白发宫娥,一灯如穗,三五对坐,谈开元天宝间遗事,谱《霓裳羽衣曲》[④]。青门种瓜人[⑤],左对孺人,顾弄孺子[⑥],忆侯门似海[⑦]、珠履杂遝之盛事[⑧]。拿破仑之流于厄蔑[⑨],阿剌飞之幽于锡兰[⑩],与三两监守吏,或过访之好事者,道当年短刀匹马驰骋中原[⑪],席卷欧洲,血战海楼[⑫],一声叱咤,万国震恐之丰功伟烈,初而拍案,继而抚髀[⑬],终而揽镜,呜呼,面皴齿尽,白发盈把,颓然老矣!若是者,舍幽郁之外无心事,舍悲惨之外无天地,舍颓唐之外无日月,舍叹息之外无音声,舍待死之外无事业,美人豪杰且然,而况于寻常碌碌者耶?生平亲友,皆在墟墓;起居饮食,待命于人。今日且过,遑知他日[⑭]?今年且过,遑恤明年[⑮]?普天下灰心短气之事,未有甚于老大者。于此人也，而欲望以挐云之手段[16]，回天之事功[17]，挟山超海之意气[18]，能乎不能？

呜呼！我中国其果老大矣乎？立乎今日以指畴昔[19]，唐虞三代[20]，若何之郅治[21]；秦皇汉武，若何之雄杰；汉唐来之文学，若何之隆盛；康乾间之武功[22]，若何之烜赫[23]。历史家所铺叙，词章家所讴歌，何一非我国民少年时代良辰美景赏心乐事之陈迹哉！而今颓然老矣，昨日割五城，明日割十城，处处雀鼠尽，夜夜鸡犬惊。十八省之土地财产[24]，已为人怀中之肉，四百兆之父兄子弟[25]，已为人注籍之奴[26]，岂所谓"老大嫁作商人妇"者耶[27]？呜呼！"凭君莫话当年事，憔悴韶光不忍看！"楚囚相对[28]，岌岌顾影[29]，人命危浅，朝不虑夕[30]。国为待死之国，一国之民为待死之民，万事付之奈何，一切凭人作弄，亦何足怪！

梁启超曰：我中国其果老大矣乎？是今日全地球之一大问题也。如其老大也，则是中国为过去之国，即地球上昔本有此国，而今渐澌灭[31]，他日之命运殆将尽也。如其非老大也，则是中国为未来之国，即地球上昔未现此国，而今渐发达，他日之前程且方长也。欲断今日之中国为老大耶[32]？为少年耶？则不可不先明国字之意义。夫国也者，何物也？有土地，有人民，以居于其土地之人民，而治其所居土地之事，自制法律而自守之；有主权，有服从，人人皆主权者，人人皆服从者，夫如是，斯谓之完全成立之国。地球上之有完全成立之国也，自百年以来也。完全成立者，壮年之事也。未能完全成立而渐进于完全成立者，少年之事也。故吾得一言以断之曰：欧洲列邦在今日为壮年国，而我中国在今日为少年国……

龚自珍氏之集有诗一章，题曰：《能令公少年行》[33]。吾尝爱读之，而有味乎其用意之所存。我国民而自谓其国之老大也，斯果老大矣；我国民而自知其国之少年也，斯乃少年矣。西谚有之曰："有三岁之翁，有百岁之童。"然则国之老少，又无定形，而实随国民之心力以为消长者也。吾见乎玛志尼之能令国少年也[34]，吾又见乎我国之官吏士民能令国老大也。吾为此惧！夫以如此壮丽浓郁翩翩绝世之少年中国，而使欧西日本人谓我为老大者，何也？则以握国权者，皆老朽之人也。非哦几十年八股[35]，非写几十年白折[36]，非当几十年差，非捱几十年俸[37]，非递几十年手本[38]，非唱几十年诺[39]，非磕几十年头，非请几十年安，则必不能得一官，进一职。其内任卿贰以上[40]、外任监司以上者[41]，百人之中，其五官不备者，殆九十六七人也。非眼盲，则耳聋，非手颤，则足跛，否则半身不遂也。彼其一身，饮食步履视听言语，尚且不能自了[42]，须三四人在左右扶之捉之，乃能度日，于此而乃欲责之以国事，是何异立无数木偶而使之治天下也！且彼辈者，自其少壮之时，既已不知亚细、欧罗为何处地方[43]，汉祖唐宗是那朝皇帝，犹嫌其顽钝腐败之未臻其极，又必搓磨之，陶冶之，待其脑髓已涸，血管已塞，气息奄奄，与鬼为邻之时，然后将我二万里山河，四万万人命，一举而畀于其手[44]。呜呼！老大帝国，诚哉其老大也！而彼辈者，积其数十年之八股、白折、当差、捱俸、手本、唱诺、磕头、请安，千辛万苦，千苦万辛，乃始得此红顶花翎之服色[45]，中堂大人之名号[46]，乃出其全副精神，竭其毕生力量，以保持之。如彼乞儿拾金一锭，虽轰雷盘旋其顶上，而两手犹紧抱其荷包，他事非所顾也，非所知也，非所闻也。于此而告之以亡国也，瓜分也，彼乌从而听之[47]，乌从而信之？即使果亡矣，果分矣，而吾今年既七十矣，八十矣，但求其一两年内，洋人不来，强盗不起，我已快活过了一世矣。若不得已，则割三头两省之土地，奉申贺敬，以换我几个衙门，卖三几百万之人民作仆为奴，以赎我一条老命，有何不可？有何难办？呜呼！今以所谓老后、老臣、老将、老吏，其修身齐家治国平天下之手段[48]，皆具于是矣[49]。"西风一夜催人老，凋尽朱颜白尽头。"使走无常当医生[50]，携催命符以祝寿。嗟乎痛哉！以此为国，是安得不老且死，且吾恐其未及岁而殇也[51]。

梁启超曰：造成今日之老大中国者，则中国老朽之冤业也[52]，制出将来之少年中国者，则中国少年之责任也。彼老朽者何足道，彼与此世界作别之日不远矣，而我少年乃新来而与世界为缘。如僦屋者然[53]，彼明日将迁居他方，而我今日始入此室处。将迁居者，不爱护其窗栊[54]，不洁治其庭庑，俗人恒情[55]，亦何足怪。若我少年者，前程浩浩，后顾茫茫。中国而为牛为马为奴为隶，则烹脔鞭箠之惨酷[56]，惟我少年当之；中国如称霸宇内，主盟地球，则指挥顾盼之尊荣，惟我少年享之；于彼气息奄奄、与鬼为邻者何与焉[57]？彼而漠然置之，犹可言也；我而漠然置之，不可言也。使举国之少年而果为少年也，则吾中国为未来之国，其进步未可量也。使举国之少年而亦为老大也，则吾中国为过去之国，其澌亡可翘足而待也[58]。故今日之责任，不在他人，而全在我少年。少年智则国智，少年富则国富，少年强则国强，少年独立则国独立，少年自由则国自由，少年进步则国进步，少年胜于欧洲则国胜于欧洲，少年雄于地球则国雄于地球。红日初升，其道大光。河出伏流，一泻汪洋。潜龙腾渊，鳞爪飞扬。乳虎啸谷，百兽震惶。鹰隼试翼，风尘吸张。奇花初胎，矞矞皇皇[59]。干将发硎[60]，有作其芒[61]。天戴其苍，地履其黄。纵有千古，横有八荒[62]。前途似海，来日方长。美哉我少年中国，与天不老！壮哉我中国少年，与国无疆！

【注释】

①恶：叹词。　②死海：在西南亚地区的大咸水湖，没有生物，故称死海。　潴(zhū)：积水。　③"浔阳"六句：用白居易《琵琶行》诗意。　尘中：风尘之中，指妓女生活。　④"西宫"六句：用白居易《长恨歌》、元稹《行宫》诗意。　西宫：唐时太极宫。　南内：唐时兴庆宫。　⑤青门种瓜人：指汉人邵平。邵本秦东陵侯，秦亡后种瓜于长安青门外。　⑥"左对"两句：江淹《恨赋》："左对孺人，顾弄稚子。"　⑦侯门似海：语出唐崔郊诗："侯门一入深如海。"此以指王侯门庭之深广、威严。　⑧珠履杂遝(tà)：形容繁盛。珠履，缀珠的鞋。杂遝，即"杂沓"，众多纷杂的样子。　⑨厄蔑：通译厄尔巴，地名，在地中海，法国拿破仑曾放逐于此。　⑩阿剌飞，通译阿拉比帕沙，埃及人，曾任陆军部长，为英军所败，流放于锡兰岛。　幽：囚禁。

⑪中原：借指疆场。 ⑫海楼：疑即海船。 ⑬髀(bì)：大腿。 ⑭遑：何，怎么。 ⑮恤：顾念，忧虑。 ⑯拏云之手段：犹言追风捉月的本领。 拏：即“拿”，捉持。 ⑰回天：扭转局势。 ⑱挟山超海：比喻极为困难的事。语出《孟子·梁惠王》。 ⑲畴昔：从前。 ⑳唐虞：陶唐氏尧和有虞氏舜。 三代：指夏、商、周三代。 ㉑郅(zhì)治：极乎治，犹言盛世。 ㉒康乾间：清康熙帝和乾隆帝时期。 ㉓烜赫：声势很盛的样子。 ㉔十八省：指代全国。清康熙时曾划分全国为十八省。 ㉕四百兆：四亿，这是当时全国人口的约数。 ㉖注籍之奴：记载在名册上的奴隶。 ㉗老大嫁作商人妇：语出白居易《琵琶行》诗。 ㉘楚囚：原指楚国的囚犯，这里比喻处境窘迫者。 ㉙岌岌：危殆的样子。 ㉚“人命”两句：语出李密《陈情表》。 ㉛澌灭：消灭。 ㉜断：判明。 ㉝《能令公少年行》：见《定庵全集》，意谓：一个人不要因老而自馁，只要放宽胸怀，便能长葆青春。 ㉞玛志尼：意大利近代革命党人，几经磨难，最终统一了意大利。 ㉟哦：吟诵。 八股：明清时代的科举考试文体。 ㊱白折：清代考卷的一种。 ㊲捱(ái)：受。 ㊳手本：明清时下级官吏进见上级官吏所用的名帖。 ㊴唱诺：古人相见时作揖问好的礼节。 ㊵卿贰：此指尚书、侍郎。旧时六部尚书为六卿，侍郎为卿之贰，合称卿贰。 ㊶监司：清代布政使、按察使、道员的通称。 ㊷自了：自理。 ㊸亚细、欧罗：亚洲、欧洲。 ㊹畀(bì)：给予。 ㊺红顶花翎：清代高官都是红顶，以孔雀翎为饰。 ㊻中堂：宰相的别称。 ㊼乌：怎么。 ㊽“其修身”句：语出《礼记·大学》。 ㊾具：具备。 ㊿无常：旧时迷信说法，阴间专勾摄应死者魂魄的人。 51殇：夭折。 52冤业：罪孽。 53僦屋：租屋。 54窗栊：窗户。 55恒情：常情。 56脔：切成块状的鱼肉。 鞭箠：鞭打。 57何与：有何相关。 58翘足：举足，喻迅速。 59矞(yù)矞皇皇：美盛的样子。 60干将：古剑名，相传为春秋时吴人干将所铸。 发硎：刀刃刚磨。 硎：磨刀石。 61有作其芒：发出光芒。有，语助词，无义。 62八荒：八方荒远之地。

【阅读提示】

清朝末期，政治腐败，内外交困，到了气息奄奄的境地。中国被帝国主义讥为“老大帝国”。梁启超以忧国忧民的爱国情怀，注目于少年，注目于将来，起而大声疾呼，以“少年中国”之说激励国人，特别是中国之少年，立志振兴中华。该文在当时曾经起过很大的宣传鼓动作用，今天读来仍觉耳目振动，令人震撼。这篇政论已用“新文体”写作，抛弃了僵化的“古文”。文章流利畅达，感情奔放，极富特色。

□秋　瑾

秋瑾(1875—1907)，字璿卿，号竞雄，又号鉴湖女侠，浙江绍兴人。清末杰出的女革命家。擅长诗词。八国联军入侵中国后，她目睹清廷腐败，民族危机严重，为寻求革命真理，于1904年东渡日本留学，第二年加入孙中山领导的同盟会。1906年回国后创办《中国女报》，鼓吹革命。1907年回绍兴与徐锡麟共谋起义，事泄被捕，同年七月慷慨就义。有《秋瑾集》。

鹧鸪天

祖国沉沦感不禁①，闲来海外觅知音②。金瓯已缺总须补③，为国牺牲敢惜身④？　嗟险阻，叹飘零，关山万里作雄行⑤。休言女子非英物，夜夜龙泉壁上鸣⑥！

【注释】

①感不禁：感愤之情不能抑制。　②海外：指日本。秋瑾于1904年4月从上海首次赴日，次年2月回国，6月再次赴日。　③金瓯：古代金属酒器，常用以比喻国家疆土的完固。　④敢：犹言"岂敢"。　⑤雄行：此指像男儿一样为拯救国难而勇赴海外。　⑥龙泉：名剑名。据王嘉《拾遗记》，古代颛顼帝有曳影之剑，未用时常在剑匣中发出声音，如龙虎之吟。此句意谓自己日夜思念为国杀敌立功。

【阅读提示】

此词系秋瑾于1904年至1905年留学日本时所作，充溢着满腔的爱国热忱以及排除艰难险阻，勇于为国牺牲的壮志豪情。诚如作者自己所言："身不得，男儿列；心却比，男儿烈。"词作气势雄健奔放，情感炽烈，慷慨激昂，体现了鉴湖女侠的英雄本色。秋瑾起义事泄被捕后，此词原稿被清廷列为"罪状"之一，足见这首词当时所起的积极战斗作用。在将近一个世纪以后的今天读来，依然豪气逼人，动人心魄。

□王国维

王国维（1877—1927），字静安，一字伯隅，初号礼堂，晚号观堂，浙江海宁人，近代著名学者。早年追求新学，受康德、叔本华、尼采等西方哲学和文艺思想影响较深。1900年12月赴日本东京物理学校学习，次年因病返沪。曾任罗振玉办的《教育世界》主笔，又先后任教于南通师范学校、江苏师范学堂等。1907年起任学部图书局编辑。辛亥革命后，侨居日本四年余。1916年回国，在上海哈同所办《学术丛编》任职，兼在仓圣明智大学执教。1925年任清华国学研究院教授，1927年6月2日，自沉于北京颐和园昆明湖。

王国维是近代中国最早运用西方哲学、美学观点和方法研究中国古典文学的学者，又是在史学研究上将历史学与考古学相结合的开创者。王国维学识博大精深，曾从事中国戏曲史、词曲、小说和中国古代史、古器物、音韵学等研究，尤致力于甲骨文、金文等考释。著述宏富，有《观堂集林》、《宋元戏曲考》、《人间词话》等62种，大都收录于《海宁王静安先生遗书》(一称《王国维遗书》)。

人间词话(一则)①

古今之成大事业、大学问者，必经过三种之境界："昨夜西风凋碧树。独上高楼，望尽天涯路。"②此第一境也。"衣带渐宽终不悔，为伊消得人憔悴。"③此第二境也。"众里寻他千百度，回头蓦见(当作'蓦然回首')，那人正在(当作'却在')，灯火阑珊处。"④此第三境也。此等语非大词人不能道。然遽以此意解释诸词，恐为晏、欧诸公所不许也⑤。

【注释】

①《人间词话》是王国维文学批评的代表作，有六十四则，发表于1908年。本篇系其中第二十六则。后人又辑有《人间词话删稿》、《人间词话附录》。　②晏殊《蝶恋花》："槛菊愁烟兰泣露。罗幕轻寒，燕子双飞。明月不谙离恨苦，斜光到晓穿朱户。　昨夜西风凋碧树。独上高楼，望尽天涯路。欲寄彩笺兼尺素，山长水阔知何处？"　③柳永《凤栖梧》："伫倚危楼风细细。望极春愁，黯黯生天际。草色烟光残照里。无言谁会凭栏意。　拟把疏狂图一醉。对酒当歌，强乐还无味。衣带渐宽终不悔，为伊消得人憔悴。"　④辛弃疾《青玉案·元夕》："东风夜放花千树。更吹落、星如雨。宝马雕车香满路。凤箫声动，玉壶光转，一夜鱼龙舞。　蛾儿雪柳黄金缕。笑语盈盈暗香去。众里寻他千百度。蓦然回首，那人却在，灯火阑珊处。"　⑤晏、欧：指北宋词人晏殊、欧阳修。

【阅读提示】

《人间词话》熔中国古代文论和西方哲学、美学于一炉，虽为论词而作，但涉及广泛，"可以作为王氏一家的艺术论读"(夏承焘《词论十评》)。在这则词话中，王国维巧妙地引用三段宋词，借以表达古今成大事业、大学问之人的三种境界。第一境，是形容在学海或人生寻觅求索，要站得高，望得远；第二境，是形容学习、做事当刻苦勤奋，要有坚定的决心和顽强的毅力；第三境是形容经过寻觅求索、苦苦追求和多次周折后，突然有所顿悟、有所发现。王国维以诗词的意境，生动表达了自己对成大事业、大学问者三个阶段的见解，可谓匠心独运。三种境界不只是针对学术研究或艺术创造，也是对人生奋斗历程的艺术综述与概括，有着丰富的内涵。

【相关链接】

明清诗文研究三人谈：http://www.guxiang.com/xueshu/others/wenxue/

200106/200106060015.htm 上

http://www.guxiang.com/xueshu/others/wenxue/200106/200106080008.htm 下

明清诗词赏析：http://www.fjsnow.com/nvxing/ArticleShow.asp? ArticleID = 4703

明清小说：http://www.guoxue.com/minqingstory/mqstoryml.htm

红楼梦全文检索：http://cls.admin.yzu.edu.tw/HLM/retrieval/database/database.htm

三国演义全文检索：http://cls.admin.yzu.edu.tw/san/bin/s-full.HTM

水浒传全文检索：http://cls.admin.yzu.edu.tw/shz/bin/s-full.HTM

中国近代文学与文化研究中心：http://cla.shu.edu.cn/deptMess/jdwx/index.htm

王国维：http://www.guoxue.com/master/wangguowei/wangguowei.htm

现代文学概述

本书所说的中国现代文学的概念，有两层含义：第一，它是一个时间概念，指从 1917 年 1 月《新青年》杂志发表胡适的《文学改良刍议》为开端，到 1949 年 7 月第四届全国文学艺术工作者代表大会在北京召开为结束的这样一个文学历史阶段。第二，它是一个文学性质概念，指用现代文学语言与文学形式，表达现代中国人的思想、感情、心理等的文学。

新文学的诞生是与新文化运动密不可分的。新文化运动本质上是一场思想启蒙运动。在总结了晚清以来历次社会变革的经验教训后，先进的知识分子认识到，要使中华民族重新强盛起来，必须进行文化领域的全面革新，打破以"三纲五常"为核心的专制主义文化的束缚。1915 年 9 月，陈独秀在上海创办《青年杂志》(第二卷起易名为《新青年》)，1917 年迁到北京，成为新文化运动的策源地。《新青年》同人认为对封建文化的总清算，必须同时去除那些作为封建载道工具的旧文学和文言文。文学革命就是在这样的背景下发展起来的，它把中国文学从古典推进到了现代。文学革命是我国历史上前所未有的一次伟大而彻底的文学革新运动，它所带来的是包括文学观念、内容形式等各方面全方位的大革新、大解放。

中国现代文学前后共三十年。这一时期的文学又可分成三个阶段，即第一个十年(1917—1927)；第二个十年(1928—1937 年 6 月)；第三个十年(1937 年 7 月—1949 年 9 月)。

第一个十年为文学革命期。新文学在与旧文学的战斗中逐步成长。在文学观念上，它将"文以载道"、游戏消遣等种种传统的文学思想作为封建制度及其思想体系的产物加以否定，而表现人生、反映时代的文学思想，成为一般新文学工作者的共同倾向。在文学内容上，体现着现代民主主义、人道主义思想，充溢着觉醒的时代精神；在语言和形式上，使用白话写作，广泛吸收和运用外国的多样化的文学样式和手法，创造了既有浓郁现代色彩，又有鲜明的民族特色的现代文学语言与文学形式。这一时期，除了以积极入世、改造社会的姿态进行创作的主流文学作家外，还存在另外两类文学。一类是以纯文学为理想的"高雅文学"，另一类是以娱乐读者为主要目的的“通俗文学”。这一时期的重要作家有鲁迅、郁达夫、叶圣陶、茅盾、郭沫若、冯至、闻一多、徐志摩、周作人、林语堂、冰心、朱自清、俞平伯、丰子恺、田汉、欧阳予倩、丁西林、徐枕亚、李涵秋等。

第二个十年为革命文学期。1927 年,蒋介石发动“四·一二”政变,使中国进入了一个新的历史阶段,这极大地影响了中国新文学发展的进程。鲁迅、茅盾和创造社的部分作家先后转移到上海进行文学活动,上海的特殊社会环境(租界的存在使得国民党势力无法完全控制上海、报纸杂志和印刷业发达)也吸引了许多从武装斗争中撤下来的革命文学青年。他们在上海结成了统一战线,与国民党进行文化斗争。左翼文学正是这一斗争的产物,鲁迅、茅盾、周扬、夏衍、柔石、殷夫等人是左翼作家的杰出代表。除此之外,这一时期民主主义作家的创作也收获很大,涌现了如老舍、巴金、曹禺、沈从文、梁实秋、施蛰存、戴望舒、穆时英等著名作家。在通俗文学方面,张恨水、还珠楼主等人的创作引人注目。

第三个十年为战争文学期。1937 年的“卢沟桥事变”,又一次改变了中国历史的进程。中国的绝大部分作家在抗日的旗帜下,尽释前嫌,团结一致,用手中的笔投入抗战。这时候的中国国土被划分为三块,即解放区、国统区和敌占区,相应的也出现了三种文学。解放区文学涌现了丁玲、艾青、周立波、赵树理、孙犁,国统区有郭沫若、茅盾、老舍、巴金、曹禺、沈从文、钱锺书等,张爱玲则是上海(1941 年后成为沦陷区)孤岛文学的代表作家。抗战胜利后,三年解放战争继续影响着中国文学的发展。

总之,中国现代文学成就巨大,涌现出了很多优秀的作家和作品。虽然动荡不定的社会给予了这一时期的文学作品浓郁的尘世印痕,但作家们的灵感、智慧、气质和胸襟还是令这些佳作具备了极强的艺术美感,经得住人们的反复阅读。

□鲁　迅

鲁迅(1881—1936),原名周树人,字豫才,浙江绍兴人。中国现代文学的奠基人。1918 年,首次用“鲁迅”为笔名,发表中国现代文学史上第一篇白话小说《狂人日记》,奠定了新文学运动的基石。鲁迅的主要作品有小说集《呐喊》、《彷徨》、《故事新编》,散文诗集《野草》,散文集《朝花夕拾》,杂文集《坟》、《热风》、《华盖集》、《二心集》、《伪自由书》、《且介亭杂文》等。

在酒楼上

我从北地向东南旅行，绕道访了我的家乡，就到S城。这城离我的故乡不过三十里，坐了小船，小半天可到，我曾在这里的学校里当过一年的教员。深冬雪后，风景凄清，懒散和怀旧的心绪联结起来，我竟暂寓在S城的洛思旅馆里了；这旅馆是先前所没有的。城圈本不大，寻访了几个以为可以会见的旧同事，一个也不在，早不知散到那里去了，经过学校的门口，也改换了名称和模样，于我很生疏。不到两个时辰，我的意兴早已索然，颇悔此来为多事了。

我所住的旅馆是租房不卖饭的，饭菜必须另外叫来，但又无味，入口如嚼泥土。窗外只有渍痕斑驳的墙壁，贴着枯死的莓苔；上面是铅色的天，白皑皑的绝无精采，而且微雪又飞舞起来了。我午餐本没有饱，又没有可以消遣的事情，便很自然的想到先前有一家很熟识的小酒楼，叫一石居的，算来离旅馆并不远。我于是立即锁了房门，出街向那酒楼去。其实也无非想姑且逃避客中的无聊，并不专为买醉。一石居是在的，狭小阴湿的店面和破旧的招牌都依旧；但从掌柜以至堂倌却已没有一个熟人，我在这一石居中也完全成了生客。然而我终于跨上那走熟的屋角的扶梯去了，由此径到小楼上。上面也依然是五张小板桌；独有原是木棂的后窗却换嵌了玻璃。

"一斤绍酒。——菜？十个油豆腐，辣酱要多！"

我一面说给跟我上来的堂倌听，一面向后窗走，就在靠窗的一张桌旁坐下了。楼上"空空如也"，任我拣得最好的坐位：可以眺望楼下的废园。这园大概是不属于酒家的，我先前也曾眺望过许多回，有时也在雪天里。但现在从惯于北方的眼睛看来，却很值得惊异了：几株老梅竟斗雪开着满树的繁花，仿佛毫不以深冬为意；倒塌的亭子边还有一株山茶树，从暗绿的密叶里显出十几朵红花来，赫赫的在雪中明得如火，愤怒而且傲慢，如蔑视游人的甘心于远行。我这时又忽地想到这里积雪的滋润，著物不去，晶莹有光，不比朔雪的粉一般干，大风一吹，便飞得满空如烟雾。……

"客人，酒。……"

堂倌懒懒的说着，放下杯，筷，酒壶和碗碟，酒到了。我转脸向了板桌，排好器具，斟出酒来。觉得北方固不是我的旧乡，但南来又只能算一个客子，无论那边的干雪怎样纷飞，这里的柔雪又怎样的依恋，于我都没有什么关系了。我略带些哀愁，然而很舒服的呷一口酒。酒味很纯正；油豆腐也煮得十分好；可惜辣酱太淡薄，本来S城人是不懂得吃辣的。

大概是因为正在下午的缘故罢，这虽说是酒楼，却毫无酒楼气，我已经喝下三杯酒去了，而我以外还是四张空板桌。我看着废园，渐渐的感到孤独，但又不愿有别的酒客上来。偶然听得楼梯上脚步响,便不由的有些懊恼,待到看见是堂倌,才又安心了,这样的又喝了两杯酒。

我想,这回定是酒客了,因为听得那脚步声比堂倌的要缓得多。约略料他走完了楼梯的时候,我便害怕似的抬头去看这无干的同伴,同时也就吃惊的站起来。我竟不料在这里意外的遇见朋友了,——假如他现在还许我称他为朋友。那上来的分明是我的旧同窗,也是做教员时代的旧同事,面貌虽然颇有些改变,但一见也就认识,独有行动却变得格外迂缓,很不像当年敏捷精悍的吕纬甫了。

"阿,——纬甫,是你么?我万想不到会在这里遇见你。"

"阿阿,是你?我也万想不到……"

我就邀他同坐,但他似乎略略踌躇之后,方才坐下来。我起先很以为奇,接着便有些悲伤,而且不快了。细看他相貌,也还是乱蓬蓬的须发;苍白的长方脸,然而衰瘦了。精神很沉静,或者却是颓唐;又浓又黑的眉毛底下的眼睛也失了精采,但当他缓缓的四顾的时候,却对废园忽地闪出我在学校时代常常看见的射人的光来。

"我们,"我高兴的,然而颇不自然的说,"我们这一别,怕有十年了罢。我早知道你在济南,可是实在懒得太难,终于没有写一封信。……"

"彼此都一样。可是现在我在太原了,已经两年多,和我的母亲。我回来接她的时候,知道你早搬走了,搬得很干净。"

"你在太原做什么呢?"我问。

"教书,在一个同乡的家里。"

"这以前呢?"

"这以前么?"他从衣袋里掏出一支烟卷来,点了火衔在嘴里,看着喷出的烟雾,沉思似的说:"无非做了些无聊的事情,等于什么也没有做。"

他也问我别后的景况;我一面告诉他一个大概,一面叫堂倌先取杯筷来,使他先喝着我的酒,然后再去添二斤。其间还点菜,我们先前原是毫不客气的,但此刻却推让起来了,终于说不清那一样是谁点的,就从堂倌的口头报告上指定了四样菜:茴香豆,冻肉,油豆腐,青鱼干。

"我一回来,就想到我可笑。"他一手擎着烟卷,一只手扶着酒杯,似笑非笑的向我说,"我在少年时,看见蜂子或蝇子停在一个地方,给什么来一吓,即刻飞去了,但是飞了一个小圈子,便又回来停在原地点,便以为这实在很可笑,也可怜。可不料现在我自己也飞回来了,不过绕了一点小圈子。又不料你也回来了。你不能飞得更远些么?"

"这难说,大约也不外乎绕点小圈子罢。"我也似笑非笑的说,"但是你为什么飞回来的呢?"

"也还是为了无聊的事。"他一口喝干了一杯酒,吸几口烟,眼睛略为张大了。

"无聊的。——但是我们就谈谈罢。"

堂倌搬上新添的酒菜来，排满了一桌，楼上又添了烟气和油豆腐的热气，仿佛热闹起来了；楼外的雪也越加纷纷的下。

"你也许本来知道，"他接着说，"我曾经有一个小兄弟，是三岁上死掉的，就葬在这乡下。我连他的模样都记不清楚了，但听母亲说，是一个很可爱念的孩子，和我也很相投，至今她提起来还似乎要下泪。今年春天，一个堂兄就来了一封信，说他的坟边已经渐渐的浸了水，不久怕要陷入河里去了，须得赶紧去设法。母亲一知道就很着急，几乎几夜睡不着，——她又自己能看信的。然而我能有什么法子呢？没有钱，没有工夫：当时什么法也没有。

"一直挨到现在，趁着年假的闲空，我才得回南给他来迁葬。"他又喝干一杯酒，看着窗外，说，"这在那边那里能如此呢？积雪里会有花，雪地下会不冻。就在前天，我在城里买了一口小棺材，——因为我豫料那地下的应该早已朽烂了，——带着棉絮和被褥，雇了四个土工，下乡迁葬去。我当时忽而很高兴，愿意掘一回坟，愿意一见我那曾经和我很亲睦的小兄弟的骨殖：这些事我生平都没有经历过。到得坟地，果然，河水只是咬进来，离坟已不到二尺远。可怜的坟，两年没有培土，也平下去了。我站在雪中，决然的指着他对土工说，'掘开来！'我实在是一个庸人，我这时觉得我的声音有些希奇，这命令也是一个在我一生中最为伟大的命令。但土工们却毫不骇怪，就动手掘下去了。待到掘着圹穴，我便过去看，果然，棺木已经快要烂尽了，只剩下一堆木丝和小木片。我的心颤动着，自去拨开这些，很小心的，要看一看我的小兄弟，然而出乎意外！被褥，衣服，骨骼，什么也没有。我想，这些都消尽了，向来听说最难烂的是头发，也许还有罢。我便伏下去，在该是枕头所在的泥土里仔仔细细的看，也没有。踪影全无！"

我忽而看见他眼圈微红了，但立即知道是有了酒意。他总不很吃菜，单是把酒不停的喝，早喝了一斤多，神情和举动都活泼起来，渐近于先前所见的吕纬甫了，我叫堂倌再添二斤酒，然后回转身，也拿着酒杯，正对面默默的听着。

"其实，这本已可以不必再迁，只要平了土，卖掉棺材，就此完事了的。我去卖棺材虽然有些离奇，但只要价钱极便宜，原铺子就许要，至少总可以捞回几文酒钱来。但我不这样，我仍然铺好被褥，用棉花裹了些他先前身体所在的地方的泥土，包起来，装在新棺材里，运到我父亲埋着的坟地上，在他坟旁埋掉了。因为外面用砖墩，昨天又忙了我大半天：监工。但这样总算完结了一件事，足够去骗骗我的母亲，使她安心些。——阿阿，你这样的看我，你怪我何以和先前太不相同了么？是的，我也还记得我们同到城隍庙里去拔掉神像的胡子的时候，连日议论些改革中国的方法以至于打起来的时候。但我现在就是这样子，敷敷衍衍，模模胡胡。我有时自己也想到，倘若先前的朋友看见我，怕会不认我做朋友了。——然而我现在就是这样。"

他又掏出一支烟卷来，衔在嘴里，点了火。

“看你的神情，你似乎还有些期望我，——我现在自然麻木得多了，但是有些事也还看得出。这使我很感激，然而也使我很不安：怕我终于辜负了至今还对我怀着好意的老朋友。……”他忽而停住了，吸几口烟，才又慢慢的说，“正在今天，刚在我到这一石居来之前，也就做了一件无聊事，然而也是我自己愿意做的。我先前的东边的邻居叫长富，是一个船户。他有一个女儿叫阿顺，你那时到我家里来，也许见过的，但你一定没有留心，因为那时她还小。后来她也长得并不好看，不过是平常的瘦瘦的瓜子脸，黄脸皮；独有眼睛非常大，睫毛也很长，眼白又青得如夜的晴天，而且是北方的无风的晴天，这里的就没有那么明净了。她很能干，十多岁没了母亲，招呼两个小弟妹都靠她，又得服侍父亲，事事都周到；也经济，家计倒渐渐的稳当起来了。邻居几乎没有一个不夸奖她，连长富也时常说些感激的活。这一次我动身回来的时候，我的母亲又记得她了，老年人记性真长久。她说她曾经知道顺姑因为看见谁的头上戴着红的剪绒花，自己也想有一朵，弄不到，哭了，哭了小半夜，就挨了她父亲的一顿打，后来眼眶还红肿了两三天。这种剪绒花是外省的东西，S城里尚且买不出，她那里想得到手呢？趁我这一次回南的便，便叫我买两朵去送她。

“我对于这差使倒并不以为烦厌，反而很喜欢；为阿顺，我实在还有些愿意出力的意思的。前年，我回来接我母亲的时候，有一天，长富正在家，不知怎的我和他闲谈起来了。他便要请我吃点心，荞麦粉，并且告诉我所加的是白糖。你想，家里能有白糖的船户，可见决不是一个穷船户了，所以他也吃得很阔绰。我被劝不过，答应了，但要求只要用小碗。他也很识世故，便嘱咐阿顺说，‘他们文人，是不会吃东西的。你就用小碗，多加糖！’然而等到调好端来的时候，仍然使我吃一吓，是一大碗，足够我吃一天。但是和长富吃的一碗比起来，我的也确乎算小碗。我生平没有吃过荞麦粉，这回一尝，实在不可口，却是非常甜。我漫然的吃了几口，就想不吃了，然而无意中，忽然间看见阿顺远远的站在屋角里，就使我立刻消失了放下碗筷的勇气。我看她的神情，是害怕而且希望，大约怕自己调得不好，愿我们吃得有味，我知道如果剩下大半碗来，一定要使她很失望，而且很抱歉。我于是同时决心，放开喉咙灌下去了，几乎吃得和长富一样快。我由此才知道硬吃的苦痛，我只记得还做孩子时候的吃尽一碗拌着驱除蛔虫药粉的沙糖才有这样难。然而我毫不抱怨，因为她过来收拾空碗时候的忍着的得意的笑容，已尽够赔偿我的苦痛而有余了。所以我这一夜虽然饱胀得睡不稳，又做了一大串恶梦，也还是祝赞她一生幸福，愿世界为她变好。然而这些意思也不过是我的那些旧日的梦的痕迹，即刻就自笑，接着也就忘却了。

“我先前并不知道她曾经为了一朵剪绒花挨打，但因为母亲一说起，便也记得了荞麦粉的事，意外的勤快起来了。我先在太原城里搜求了一遍，都没有；一

直到济南……”

窗外沙沙的一阵声响，许多积雪从被他压弯了的一枝山茶树上滑下去了，树枝笔挺的伸直，更显出乌油油的肥叶和血红的花来。天空的铅色来得更浓，小鸟雀啾唧的叫着，大概黄昏将近，地面又全罩了雪，寻不出什么食粮，都赶早回巢来休息了。

“一直到了济南，”他向窗外看了一回，转身喝干一杯酒，又吸几口烟，接着说。“我才买到剪绒花。我也不知道使她挨打的是不是这一种，总之是绒做的罢了。我也不知道她喜欢深色还是浅色，就买了一朵大红的，一朵粉红的，都带到这里来。

“就是今天午后，我一吃完饭，便去看长富，我为此特地耽搁了一天。他的家倒还在，只是看去很有些晦气色了，但这恐怕不过是我自己的感觉。他的儿子和第二个女儿——阿昭，都站在门口，大了。阿昭长得全不像她姊姊，简直像一个鬼，但是看见我走向她家，便飞奔的逃进屋里去。我就问那小子，知道长富不在家。‘你的大姊呢？’他立刻瞪起眼睛，连声问我寻她什么事，而且恶狠狠的似乎就要扑过来，咬我。我支吾着退走了，我现在是敷敷衍衍……

“你不知道，我可是比先前更怕去访人了。因为我已经深知道自己之讨厌，连自己也讨厌，又何必明知故犯的去使人暗暗地不快呢？然而这回的差使是不能不办妥的，所以想了一想，终于回到就在斜对门的柴店里。店主的母亲，老发奶奶，倒也还在，而且也还认识我，居然将我邀进店里坐去了。我们寒暄几句之后，我就说明了回到S城和寻长富的缘故。不料她叹息说：

“‘可惜顺姑没有福气戴这剪绒花了。’

“她于是详细的告诉我，说是‘大约从去年春天以来，她就见得黄瘦，后来忽而常常下泪了，问她缘故又不说；有时还整夜的哭，哭得长富也忍不住生气，骂她年纪大了，发了疯。可是一到秋初，起先不过小伤风，终于躺倒了，从此就起不来。直到咽气的前几天，才肯对长富说，她早就像她母亲一样，不时的吐红和流夜汗。但是瞒着，怕他因此要担心，有一夜，她的伯伯长庚又来硬借钱，——这是常有的事，——她不给，长庚就冷笑着说：你不要骄气，你的男人比我还不如！她从此就发了愁，又怕羞，不好问，只好哭。长富赶紧将她的男人怎样的挣气的话说给她听，那里还来得及？况且她也不信，反而说：好在我已经这样，什么也不要紧了。’

“她还说，‘如果她的男人真比长庚不如，那就真可怕呵！比不上一个偷鸡贼，那是什么东西呢？然而他来送殓的时候，我是亲眼看见他的，衣服很干净，人也体面；还眼泪汪汪的说，自己撑了半世小船，苦熬苦省的积起钱来聘了一个女人，偏偏又死掉了。可见他实在是一个好人，长庚说的全是诳。只可惜顺姑竟会相信那样的贼骨头的诳话，白送了性命。——但这也不能去怪谁，只能怪顺姑自己没有这一份好福气。’

"那倒也罢,我的事情又完了。但是带在身边的两朵剪绒花怎么办呢?好,我就托她送了阿昭。这阿昭一见我就飞跑,大约将我当作一只狼或是什么,我实在不愿意去送她。——但是我也就送她了,对母亲只要说阿顺见了喜欢的了不得就是。这些无聊的事算什么?只要模模胡胡。模模胡胡的过了新年,仍旧教我的'子曰诗云'去。"

"你教的是'子曰诗云'么?"我觉得奇异,便问。

"自然。你还以为教的是ABCD么?我先是两个学生,一个读《诗经》,一个读《孟子》。新近又添了一个,女的,读《女儿经》。连算学也不教,不是我不教,他们不要教。"

"我实在料不到你倒去教这类的书,……"

"他们的老子要他们读这些,我是别人,无乎不可的。这些无聊的事算什么?只要随随便便,……"

他满脸已经通红,似乎很有些醉,但眼光却又消沉下去了。我微微的叹息,一时没有话可说。楼梯上一阵乱响,拥上几个酒客来:当头的是矮子,拥肿的圆脸;第二个是长的,在脸上很惹眼的显出一个红鼻子;此后还有人,一叠连的走得小楼都发抖。我转眼去看吕纬甫,他也正转眼来看我,我就叫堂倌算酒账。

"你借此还可以支持生活么?"我一面准备走,一面问。

"是的。——我每月有二十元,也不大能够敷衍。"

"那么,你以后豫备怎么办呢?"

"以后?——我不知道。你看我们那时豫想的事可有一件如意?我现在什么也不知道,连明天怎样也不知道,连后一分……"

堂倌送上账来,交给我;他也不像初到时候的谦虚了,只向我看了一眼,便吸烟,听凭我付了账。

我们一同走出店门,他所住的旅馆和我的方向正相反,就在门口分别了。我独自向着自己的旅馆走,寒风和雪片扑在脸上,倒觉得很爽快。见天色已是黄昏,和屋宇和街道都织在密雪的纯白而不定的罗网里。

一九二四年二月一六日。

【阅读提示】

《在酒楼上》写于五四新文化运动退潮后,后来收入《彷徨》。这是鲁迅继《呐喊》之后,审视和解剖知识分子的重要作品。

知识分子是鲁迅小说中十分重要的一类人物形象。在《彷徨》里,鲁迅把知识分子当做一种革命力量,从革命的角度来考察他们的优点和弱点。《彷徨》里描写的知识分子有两类,第一类如《在酒楼上》的主人公吕纬甫和《孤独者》中的

主人公魏连殳，他们都是在辛亥革命前就接受了进步思想，有了一些觉悟，可是到辛亥革命后，他们就消沉下去了。鲁迅写了他们沉沦的过程。《彷徨》中另一类知识分子的代表是《伤逝》中的子君和涓生。《伤逝》塑造的是五四以后的青年知识分子。

吕纬甫本来是个很敏捷精悍的人，青年时候为了破除迷信，曾到城隍庙去拔掉神像的胡子，辛亥革命以后，他经过多年的辗转流离和生活的打击，革命意志慢慢地消沉下去，青年时代的理想消逝了，现在生活里一点目标也没有，只是"敷敷衍衍，模模胡胡"地过日子。他原来提倡科学，反对封建文化，后来竟教起"子曰诗云"之类的旧东西。生活逼得他走投无路，只能做些无聊的事情，用他自己的话说，就是"无非做了些无聊的事情，等于什么也没有做"。小说中吕纬甫在顺姑家吃荞麦粉的情节很有深意。面对着如做孩子时候拌着驱除蛔虫药粉的沙糖那样的食物，为了不让别人难过，他居然强逼着自己吞了下去！可见，儒家传统中的"仁"——李泽厚称之为中国古代的人道主义——是如何影响着吕纬甫这样的中国知识分子的深层心理，影响着他们的日常行为。因此，革命高潮一过，他们便会失去前进的目标，不得不回到原来的生活中来。吕纬甫对自己现在的生活也不满，但又无力自拔，鲁迅用形象的比喻来说明这种生活，像苍蝇飞了一个圈子，又回到原来的地方了。当时很多知识分子都经历了这种苍蝇似的悲剧。

在艺术上，小说采用了第一人称手法，在一个紧凑的现在进行时的故事氛围中，简洁地刻画了主人公的一生，塑造出具有典型意义的人物形象。白描手法的运用，使得人物形象和社会、自然环境都非常传神。

□郭沫若

郭沫若（1892—1978），原名郭开贞，号鼎堂。四川乐山人。作家、诗人、剧作家、历史学家、考古学家、古文字学家、社会活动家。出版的诗集有《女神》（1921）、《瓶》（1927）、《前茅》（1928）、《战声》（1938）、《凤凰》（1944）等。1941 年皖南事变后，创作了《屈原》、《棠棣之花》、《虎符》、《孔雀胆》等历史剧和战斗诗篇《战声集》。

炉中煤
——眷念祖国的情绪

一

啊,我年青的女郎!
我不辜负你的殷勤,
你也不要辜负了我的思量。
我为我心爱的人儿,
燃到了这般模样!

二

啊,我年青的女郎!
你该知道了我的前身?
你该不嫌我黑奴卤莽?
要我这黑奴底胸中,
才有火一样的心肠。

三

啊,我年青的女郎!
我想我的前身
原本是有用的栋梁,
我活埋在地底多年,
到今朝才得重见天光

四

啊,我年青的女郎!
我自从重见天光,
我常常思念我的故乡,
我为我心爱的人儿
燃到了这般模样!

【阅读提示】

1921年8月,郭沫若的《女神》问世,引起了诗坛革命性的震撼。这部诗集,以《凤凰涅槃》、《地球,我的母亲》、《立在地球边上放号》、《晨安》、《天狗》……为代表,表现出前所未有的激荡情绪,以诗歌为那个"狂飙突进"的时代吹响嘹亮的号角,传达出"五四"时期彻底的、不妥协的除旧革新精神。郭沫若也是一个出色的抒情诗人。这里选录的《炉中煤》,就是一首富有新意的爱国主义抒情诗。

诗人曾经说过:"五四以后的中国,在我心目中就像一位聪俊的有进取心的姑娘,她简直就和我的爱人一样。"《炉中煤》就是诗人表达眷念祖国情绪的抒情诗。它采取拟人的手法,抒发了对祖国的强烈热爱之情,表达了甘愿为祖国献身的愿望。全诗充满了浪漫主义的独特想象,香草美人是自屈原开始中国古代诗人常用的政治抒情的象征方法。诗人自比为埋藏在地下刚重见天光的黑煤,把祖国比作年青的女郎,这样的表达委婉而意蕴深藏,寄寓了诗人以身许国、积极进取的爱国情怀,表现了当时知识分子的自我觉醒,也体现了诗人与时代精神的统一。

□闻一多

闻一多(1899—1946),原名家骅,又名亦多,湖北浠水人。新月社诗人。诗人、学者、民主斗士,被称为他的三重人格。新诗集《红烛》、《死水》是现代诗坛经典之作。他对《周易》、《诗经》、《庄子》、《楚辞》四大古籍的整理研究,被郭沫若称为前无古人,后无来者。他一身正气,抗战蓄髯八年。20世纪40年代积极参加民主运动,1946年夏在昆明遭国民党特务暗杀。

七子之歌

邶有七子之母不安其室。七子自怨自艾,冀以回其母心。诗人作《凯风》以愍之。吾国自尼布楚条约迄旅大之租让,先后丧失之土地,失养于祖国,受虐于异类,臆其悲哀之情,盖有甚于《凯风》之七子,因择其与中华关系最亲切者七地,为作歌各一章,以抒其孤苦亡告,眷怀祖国之哀忱,亦以励国人之奋兴云尔。国疆崩丧,积日既久,国人视之漠然。不见夫法兰西之 Alsace-Lorraine① 耶?"精诚所至,金石能开。"诚如斯,中华"七子"之归来其在旦夕乎?

---

① Alsace-Lorraine 通译为洛林地区,位于法国东部浮士山脚下,普法战争中割让给德国,凡尔赛和约后归还。

澳　门

你可知"妈港"不是我的真名姓？……
我离开你的襁褓太久了，母亲！
但是他们掳去的是我的肉体，
你依然保管着我内心的灵魂。
三百年来梦寐不忘的生母啊！
请叫儿的乳名，叫我一声"澳门"！
　　母亲！我要回来，母亲！

香　港

我好比凤阁阶前守夜的黄豹，
母亲呀，我身分虽微，地位险要。
如今狞恶的海狮扑在我身上，
啖着我的骨肉，咽着我的脂膏；
母亲呀，我哭泣号啕，呼你不应。
母亲呀，快让我躲入你的怀抱！
　　母亲！我要回来，母亲！

台　湾

我们是东海捧出的珍珠一串，
琉球是我的群弟我就是台湾。
我胸中还氲氤着郑氏的英魂，
精忠的赤血点染了我的家传。
母亲，酷炎的夏日要晒死我了；
赐我个号令，我还能背城一战。
　　母亲！我要回来，母亲！

威海卫

再让我看守着中华最古的海，
这边岸上原有圣人的丘陵在。
母亲，莫忘了我是防海的健将，
我有一座刘公岛作我的盾牌。
快救我回来呀，时期已经到了！
我背后葬的尽是圣人的遗骸！

母亲！我要回来，母亲！

广州湾

东海和硇州[①] 是我的一双管钥，
我是神州后门上的一把铁锁。
你为什么把我借给一个盗贼？
母亲，你千万不该抛弃了我！
母亲呀，让我快回到你的膝前来，
我要紧紧地拥抱着你的脚踝。
　母亲！我要回来，母亲！

九　龙

我的胞兄香港在诉他的苦痛，
母亲呀，可记得你的幼女九龙？
自从我下嫁给那镇海的魔王，
我何曾有一天不在泪涛汹涌！
母亲，我天天数着归宁的吉日，
我只怕希望要变作一场空梦！
　母亲！我要回来，母亲！

旅顺大连

我们是旅顺，大连，孪生的兄弟。
我们的命运——强邻脚下的烂泥，
母亲呀，我们的昨日不堪回首，
我们的今日更值得痛哭流涕。
母亲，归期到了，快领我们回来。
你不知道儿们如何的想念你！
　母亲！我们要回来，母亲！

【阅读提示】

这篇组诗作于1925年3月，当时闻一多正在纽约。在诗中，闻一多以拟人的手法，将我国当时被列强掠去的七处"失地"比作远离母亲的七个孩子，哭诉他们受尽异族欺凌、渴望回到母亲怀抱的强烈情感。诗歌一方面抒发了对祖国的

① 硇州，岛屿名，在广东雷州湾外。

怀念和赞美,一方面表达了对帝国主义列强的诅咒。

此时正值中国人民反帝反封建斗争的高潮,因此《七子之歌》一问世就引起强烈共鸣。一位署名吴嚷的青年读后,将其推荐在《清华周刊》第30卷第11、12期合刊上转载,并撰写附识说:“读《出师表》不感动者,不忠;读《陈情表》不下泪者,不孝;古人言之屡矣。余读《七子之歌》信口悲鸣一阕复一阕,不知清泪之盈眶,读《出师》、《陈情》时,固未有如是之感动也。今录出聊使读者一沥同情之泪,毋忘七子之哀呼而已。”

《七子之歌》形象生动,语言简练,情感充沛,七节诗音节相同,具有极强的艺术感染力。

□叶圣陶

叶圣陶(1894—1988),原名叶绍钧,江苏苏州人。现代著名作家、教育家。1912年毕业于苏州公立第一中学,1914年开始文学创作。1919年参加新潮社,1921年1月与沈雁冰、郑振铎等人发起成立文学研究会。其文学创作涉及童话、散文、小说等领域。他写作态度严肃认真,风格朴素自然、语言洗练优美,有“优秀的语言艺术家”之称。主要著作有:短篇小说集《隔膜》、长篇小说《倪焕之》、童话集《稻草人》、散文集《未厌居习作》等。

五月三十一日急雨中

从车上跨下,急雨如恶魔的乱箭,立刻打湿了我的长衫。满腔的愤怒,头颅似乎戴着紧紧的铁箍。我走,我奋疾地走。

路人少极了,店铺里仿佛也很少见人影。哪里去了!哪里去了!怕听昨天那样的排枪声,怕吃昨天那样的急射弹,所以如小鼠如蜗牛般蜷伏在家里,躲藏在柜台底下么?这有什么用!你蜷伏,你躲藏,枪声会来找你的耳朵,子弹会来找你的肉体,你看有什么用?

猛兽似的张着巨眼的汽车冲驰而来,泥水溅污我的衣服,也溅及我的项颈,我满腔的愤怒。

一口气赶到“老闸捕房”门前,我想参拜我们的伙伴的血迹,我想用舌头舔尽所有的血迹,咽入肚里。但是,没有了,一点儿没有了!已经给仇人的水龙头冲得光光,已经给烂了心肠的人们踩得光光,更给恶魔的乱箭似的急雨洗得光光!

不要紧,我想。血曾经淌在这块地方,总有渗入这块土里的吧。那就行了。这块土是血的土,血是我们的伙伴的血,还不够是一课严重的功课么?血灌溉着，血滋润着，将会看到血的花开在这里，血的果结在这里。

我注视这块土，全神地注视着，其余什么都不见了，仿佛自己整个儿躯体已经融化在里头。

抬起眼睛，那边站着两个巡捕：手枪在他们的腰间；泛红的脸上的肉，深深的颊纹刻在嘴的周围，黄色的睫毛下闪着绿光，似乎在那里狞笑。

手枪，是你么？似乎在那里狞笑的，是你么？

"是的，是的，就是我，你便怎样！"——我仿佛看见无量数的手枪在点头，仿佛听见无量数的张开的大口在那里狞笑。

我舔着嘴唇咽下去，把看见的听见的一齐咽下去，如同咽一块粗糙的石头，一块烧红的铁。我满腔的愤怒。

雨越来越急，风把我的身体卷住，全身湿透了，伞全然不中用。我回转身走刚才来的路，路上有人了。三四个，六七个，显然可见是青布大褂的队伍，中间也有穿洋服的，也有穿各色衫子的短发的女子。他们有的张着伞，大部分却直任狂雨乱泼。

他们的脸使我感到惊异。我从来没有见到过这么严肃的脸，有如昆仑之耸峙；我从来没有见到过这么郁怒的脸，有如雷电之将作。青年的清秀的颜色退隐了，换上了北地壮士的苍劲。他们的眼睛将要冒出焚烧一切的火焰，抿紧的嘴唇里藏着咬得死敌人的牙齿……

佩弦的诗道："笑将不复在我们唇上！"用来歌咏这许多张脸正适合。他们不复笑，永远不复笑！他们有的是严肃与郁怒，永远是严肃的郁怒的脸。

青布大褂的队伍纷纷投入各家店铺，我也跟着一队跨进一家，记得是布匹庄。我听见他们开口了，差不多掏出整个的心，涌起满腔的血，真挚地热烈地讲着。他们讲到民族的命运，他们讲到群众的力量，他们讲到反抗的必要；他们不惮郑重叮咛的是"咱们一伙儿！"我感动，我心酸，酸得痛快。

店伙的脸比较地严肃了；他们没有话说，暗暗点头。

我跨出布匹庄。"中国人不会齐心呀！如果齐心，吓，怕什么！"听到这句带有尖刺的话，我回头去看。

是一个三十左右的男子，粗布的短衫露着胸，苍暗的肤色标记他是在露天出卖劳力的。他的眼睛里放射出英雄的光。

不错呀，我想，露胸的朋友，你喊出这样简要精炼的话来，你伟大！你刚强！你是具有解放的优先权者！——我虔诚地向他点头。

但是，恍惚有蓝袍玄褂小髭须的影子在我眼前晃过，玩世的微笑，又仿佛鼻子里轻轻的一声"嗤"。接着又晃过一个袖手的，漂亮的嘴脸，漂亮的衣着，在那里低吟，依稀是"可怜无补费精神！"袖手的幻化了，抖抖地，显出一个瘠瘦的中年人，如鼠的觳觫的眼睛，如兔的颤动的嘴唇，含在喉际，欲吐又不敢吐的是一声

"怕……"

我如受奇耻大辱，看见这种种的魔影，我愤怒地张大眼睛。什么魔影都没有了，只见满街恶魔的乱箭似的急雨。

微笑的魔影，漂亮的魔影，惶恐的魔影，我咒诅你们！你们灭绝！你们消亡！永远不存一丝儿痕迹于这块土上！

有淌在路上的血，有严肃的郁怒的脸，有露胸朋友那样的意思，"咱们一伙儿"，有救，一定有救，——岂但有救而已。

我满腔的愤怒。再有露胸朋友那样的话在路上吧？我向前走去。

依然是满街恶魔的乱箭似的急雨。

一九二五年五月三十一日作

【阅读提示】

此文写于1925年"五卅"惨案的第二天。1925年5月15日，上海日本纱厂枪杀工人顾正红，打伤工人十余人。5月30日上午，上海大学、大夏大学等20所学校3000多学生和部分工人组成演讲队，分头在公共租界各马路散发传单和演讲，抗议日商的暴行。下午2时后，巡捕开始大逮捕，南京路老闸捕房即拘押100余名学生。各路演讲队万余人齐集南京路，要求释放被捕学生。英国捕头爱活生下令向人群开枪，当场打死13人，打伤40人，被捕49人。"五卅"惨案让平素宽厚平和的叶圣陶义愤填膺，写出了与他的文风反差极大的《五月三十一日急雨中》。

文章按照作者那天在南京路的行程展开。暴行者的水龙头和急雨冲刷掉了前一日的血迹，但中国人并没有被吓垮，又一次勇敢地上街宣传，要与帝国主义继续战斗。文章采取了对比的手法，把穿青布大衫的青年、剪短发的女子和露胸的朋友与"微笑的魔影"、"漂亮的魔影"、"惶恐的魔影"对照着描写，以表现作者的褒贬。全文愤怒的情绪贯穿始终，篇末又特别点明团结起来斗争就"一定有救的希望"。文章语速峻急，充满激情，极具艺术的感染力。

□周作人

周作人(1885—1967)，原名櫆寿，又名遐寿，字启明，浙江绍兴人。文学研究会发起人之一，语丝社主要成员。主要作品有散文集《自己的园地》、《雨天的书》、《谈龙集》、《谈虎集》等。

乌篷船

子荣君[①]：

接到手书，知道你要到我的故乡去，叫我给你一点什么指导。老实说，我的故乡，真正觉得可怀恋的地方，并不是那里；但是因为在那里生长，住过十多年，究竟知道一点情形，所以写这一封信告诉你。

我所要告诉你的，并不是那里的风土人情，那是写不尽的，但是你到那里一看也就会明白的，不必啰唆地多讲。我要说的是一种很有趣的东西，这便是船。你在家乡平常总坐人力车、电车，或是汽车，但在我的故乡那里这些都没有，除了在城内或山上是用轿子以外，普通代步都是用船。船有两种，普通坐的都是"乌篷船"，白篷的大抵作航船用，坐夜航船到西陵去也有特别的风趣，但是你总不便坐，所以我就可以不说了。乌篷船大的为"四明瓦"（Sy-menngoa），小的为脚划船（划读 uoa）亦称小船。但是最适用的还是在这中间的"三道"，亦即三明瓦。篷是半圆形的，用竹片编成，中夹竹箬，上涂黑油，在两扇"定篷"之间放着一扇遮阳，也是半圆的，木作格子，嵌着一片片的小鱼鳞，径约一寸，颇有点透明，略似玻璃而坚韧耐用，这就称为明瓦。三明瓦者，谓其中舱有两道，后舱有一道明瓦也。船尾用橹，大抵两支，船首有竹篙，用以定船。船头着眉目，状如老虎，但似在微笑，颇滑稽而不可怕，惟白篷船则无之。三道船篷之高大约可以使你直立，舱宽可以放下一顶方桌，四个人坐着打马将，——这个恐怕你也已学会了罢？小船则真是一叶扁舟，你坐在船底席上，篷顶离你的头有两三寸，你的两手可以搁在左右的舷上，还把手都露出在外边。在这种船里仿佛是在水面上坐，靠近田岸去时泥土便和你的眼鼻接近，而且遇着风浪，或是坐得稍不小心，就会船底朝天，发生危险，但是也颇有趣味，是水乡的一种特色。不过你总可以不必去坐，最好还是坐那三道船罢。

你如坐船出去，可是不能像坐电车的那样性急，立刻盼望走到。倘若出城，走三四十里路（我们那里的里程是很短，一里才及英里三分之一），来回总要预备一天。你坐在船上，应该是游山的态度，看看四周物色，随处可见的山，岸旁的乌桕，河边的红蓼和白蘋，渔舍，各式各样的桥，困倦的时候睡在舱中拿出随笔来看，或者冲一碗清茶喝喝。偏门外的鉴湖一带，贺家池，壶觞左近，我都是喜欢

---

① 子荣，是周作人的笔名，始用于 1923 年 8 月 26 日《晨报副刊》发表的《医院的阶陛》一文。以后，1923 年、1925 年均用过此笔名，在本文之后，1927 年 9、10 月所作《诅咒》、《功臣》等文中，也用过"子荣"的笔名。一说"子荣"此笔名系从周作人在日本时的恋人"乾荣子"的名字点化而来。本文收信人与写信人是同一人，可以看作是作者寂寞的灵魂的内心对白。

的，或者往娄公埠骑驴去游兰亭（但我劝你还是步行，骑驴或者于你不很相宜），到得暮色苍然的时候进城上都挂着薜荔的东门来，倒是颇有趣味的事。倘若路上不平静，你往杭州去时可于下午开船，黄昏时候的景色正最好看，只可惜这一带地方的名字我都忘记了。夜间睡在舱中，听水声橹声，来往船只的招呼声，以及乡间的犬吠鸡鸣，也都很有意思。雇一只船到乡下去看庙戏，可以了解中国旧戏的真趣味，而且在船上行动自如，要看就看，要睡就睡，要喝酒就喝酒，我觉得也可以算是理想的行乐法。只可惜讲维新以来这些演剧与迎会都已禁止，中产阶级的低能人别在“布业会馆”等处建起“海式”的戏场来，请大家买票看上海的猫儿戏。这些地方你千万不要去。——你到我那故乡，恐怕没有一个人认得，我又因为在教书不能陪你去玩，坐夜船，谈闲天，实在抱歉而且惆怅。川岛君夫妇现在偁山下，本来可以给你绍介，但是你到那里的时候他们恐怕已经离开故乡了。初寒，善自珍重，不尽。

十五年十一月十八日夜于北京

【阅读提示】

《乌篷船》采用了书信体形式，刻画细致，文章开始是介绍乌篷船的特点，在“四明瓦”和“脚划船”的对比中，极写“三明瓦”的好处。接着描述船中见到的沿岸风光，从岸旁的乌柏、红蓼和白蘋，到稍远处时时可见的山，各式各样迎面而来的桥，从舷下的水声橹声，到岸上的犬吠鸡鸣，还有十分写意的船里“理想行乐法”，显示出一种不慌不忙、娓娓道来的从容心境，一种故意用轻描淡写掩盖起来的思乡感情。同时也充分表露了他对生活和艺术的情趣。周作人追求平和冲淡的格调，文字苍劲有力，素朴自然，信笔所至，舒卷自如，作品扣住乌篷船这一典型事物，于娓娓细谈中，既写出绍兴水乡的风趣，又传递了自己的悠游闲适之情。

□冯　至

冯至(1905—1993)，原名冯承植，字君培，河北涿州人。现代诗人。早年即开始诗歌创作和翻译。1923 年曾与林如稷、陈翔鹤、陈炜谟等创办浅草社，出版《浅草季刊》。1925 年又与人成立沉钟社，出版《沉钟周刊》。浅草和沉钟都是五四后曾发生较大影响的文学团体。冯至在 20 世纪 20 年代以创作抒情诗著称，诗情含蓄深沉，风致幽婉动人，曾被鲁迅誉为“中国最为杰出的抒情诗人”。主要著作有诗集《昨日之歌》、《北游及其他》、《十四行集》，中篇小说《伍子胥》，散文集《东欧杂记》，译著《德国，一个冬天的童话》。

我是一条小河

我是一条小河，
我无心由你的身边绕过——
你无心把你彩霞般的影儿
投入了我软软的柔波。

我流过一座森林，
柔波便荡荡地
把那些碧翠的叶影儿
裁剪成你的裙裳。

我流过一座花丛，
柔波便粼粼地
把那些凄艳的花影儿
编织成你的花冠。

无奈呀，我终于流入了，
流入那无情的大海——
海上的风又厉，浪又狂，
吹折了花冠，击碎了裙裳！

我也随着海潮漂漾，
漂漾到无边的地方——
你那彩霞般的影儿，
也和幻散了的彩霞一样！

一九二五年

【阅读提示】

冯至早期的一些爱情诗，是以对理想中或想象中的恋人的倾诉式形式表达的。这些诗歌以格调委婉、韵味浓烈著称。写于 1925 年的《我是一条小河》，便是这样一首抒情诗。这首小诗采用以人拟物的手法，把“我”比作柔波微漾的“小河”，然后以“我”流过森林、流过花丛和流入大海的途径为抒情线索，表达出对恋人一往情深的忆念和忠心不二的情意，于委婉中见执著。

这首诗构思新颖，想象奇特。借着“小河”与“影子”之间的自然联系写出一对恋人的心心相印。两个“无心”把“小河”与“影子”间自然和谐的感情表现得富有神韵。

□戴望舒

戴望舒(1905—1950)，浙江杭县(即余杭，现已划入杭州城区)人，中国现代著名诗人。1925年入上海震旦大学学习法文，开始受到法国象征派的影响。1926年参加共青团。1928年后成为水沫社和其后的《现代》杂志的作者之一，创作现代派诗歌。1932年后留学法国、西班牙。1938年赴香港，主编《星岛日报》副刊。1941年底香港沦陷，被日军以抗日罪名下狱，在狱中保持了民族气节，次年春被营救出狱。抗战胜利后回上海教书，1949年春北上至解放区。1950年因病逝世。诗集有《我底记忆》、《望舒草》、《望舒诗稿》和《灾难的岁月》。

雨　巷

撑着油纸伞，独自
彷徨在悠长，悠长
又寂寥的雨巷，
我希望逢着
一个丁香一样地
结着愁怨的姑娘。

她是有
丁香一样的颜色，
丁香一样的芬芳，
丁香一样的忧愁，
在雨中哀怨，
哀怨又彷徨；

她彷徨在这寂寥的雨巷，
撑着油纸伞
像我一样，
像我一样地

默默彳亍着，
冷漠、凄清，又惆怅。

她静默地走近
走近，又投出
太息一般的眼光，
她飘过
像梦一般地，
像梦一般地凄婉迷茫。

像梦中飘过
一枝丁香地，
我身旁飘过这女郎；
她静默地远了，远了，
到了颓圮的篱墙，
走尽这雨巷。

在雨的哀曲里，
消了她的颜色，
散了她的芬芳，
消散了，甚至她的
太息般的眼光，
丁香般的惆怅。

撑着油纸伞，独自
彷徨在悠长，悠长
又寂寥的雨巷，
我希望飘过
一个丁香一样地
结着愁怨的姑娘。

【阅读提示】

《雨巷》是戴望舒早期的成名作和代表作。诗歌发表后产生了较大影响，诗人也因此被人称为"雨巷诗人"。诗歌描绘了一幅梅雨时节江南小巷的阴沉图景，借此构成了一个富有浓重象征色彩的抒情意境。在这里，诗人把当时黑暗阴沉的社会现实喻为悠长狭窄而寂寥的“雨巷”，没有阳光，也没有生机和活力。而抒情主人公“我”就是在这样的雨巷中孤独地彳亍着的彷徨者。“我”在孤寂中仍怀着对美好理想的憧憬与追求。诗中“丁香一样的姑娘”就是这种美好理想的象征。但是，这种美好的理想又是渺茫的、难以实现的。这种心态，正是大革命失败后一部分有所追求的青年知识分子在政治低压下因找不到出路而陷于惶惑迷惘心境的真实写照。

戴望舒深受法国象征派和我国古典诗词的影响，强调表现自我的感觉，喜欢追求意象的朦胧，擅长于用象征手法抒情。这首诗鲜明地体现了戴望舒早期诗歌的创作特色。它既采用了象征派重暗示、重象征的手法，又展示出格律派对于音乐美的追求。诗中的“我”、“雨巷”、“姑娘”并非是对生活的具体写照，而是充满了象征意味的抒情形象。全诗还回荡着一种流畅的节奏和旋律。旋律感主要来自诗韵，除每节大体在第3、6行押韵外，每节的诗行中选用了许多与韵脚呼应的音组。诗中重叠反复手法的运用也强化了音乐效果。正如叶圣陶所说，《雨巷》是“替新诗的音节开了一个新的纪元”。

□徐志摩

徐志摩(1896—1931)，浙江海宁人，新月派的代表诗人。1916年考入北京大学，毕业后先后到美国、英国留学。历任北京大学、清华大学教授。历任《诗刊》增刊、《新月》月刊等主编。著有诗集《志摩的诗》、《翡冷翠的一夜》、《猛虎集》、《云游》，散文集《落叶》、《巴黎的鳞爪》、《自剖》、《秋》，译著《曼殊斐尔小说集》等。

再别康桥

轻轻的我走了，
正如我轻轻的来；
我轻轻的招手，
作别西天的云彩。

那河畔的金柳，
是夕阳中的新娘；
波光里的艳影，
在我的心头荡漾。

软泥上的青荇，
油油的在水底招摇；
在康河的柔波里，
我甘心做一条水草！

那榆荫下的一潭，
不是清泉，是天上虹；
揉碎在浮藻间，
沉淀着彩虹似的梦。

寻梦？撑一枝长篙，
向青草更青处漫溯；
满载一船星辉，
在星辉斑斓里放歌。

但我不能放歌，
悄悄是别离的笙箫；
夏虫也为我沉默，
沉默是今晚的康桥！

悄悄的我走了，
正如我悄悄的来；
我挥一挥衣袖，
不带走一片云彩。

十一月六日中国海上

【阅读提示】

1928年秋，徐志摩重到英国，本诗记下了诗人再别康桥的情感体验。康桥，即剑桥，英国著名剑桥大学所在地。徐志摩曾在1921—1922年在英国留学两年，大部分时间在此度过。这是他一生最美好的时光。康桥的一切，早就给他留下了美好的印象，1922年徐志摩回国前夕，曾作长诗《康桥再会吧》，在诗中称康桥为“永为我精神依恋之乡”。如今又要和它告别了，自然千缕柔情、万种感触涌上心头。

徐志摩十分注意艺术技巧。在《再别康桥》里，他敏锐地抓住“金柳”、“波光”、“青荇”、“星辉”等具体而生动的形象，勾勒出无比美丽的康河晚景，巧妙地把气氛、感情、景象三者融会在一起，创造了耐人寻味的意境，表露了自己对过去憧憬的留恋和眼前的离愁别绪。诗篇格调轻盈柔和，有一种无可奈何的梦幻般的情调。诗行齐整，声调回环往复，语言轻倩柔美，意象明丽流转，富有音乐性与动态美。

□朱自清

朱自清(1898—1948)，原名自华，字佩弦，号秋实，祖籍浙江绍兴，生于江苏东海县，因祖父、父亲都定居扬州，故又自称扬州人。现代散文家、诗人。在北京大学哲学系读书期间，参加五四运动，毕业后曾在中学任教，1925 年起任清华大学教授，1931 年到英国留学，次年归国。1921 年参与发起文学研究会，在新诗、散文创作与古典文学研究中均有建树。主要作品有长诗《毁灭》，诗和散文集《踪迹》，散文集《背影》、《欧游杂记》、《伦敦杂记》等。

给亡妇

谦，日子真快，一眨眼你已经死了三个年头了。这三年里世事不知变化了多少回，但你未必注意这些个，我知道。你第一惦记的是你几个孩子，第二便轮着我。孩子和我平分你的世界，你在日如此；你死后若还有知，想来还如此的。告诉你，我夏天回家来着：迈儿长得结实极了，比我高一个头。闰儿，父亲说是最乖，可是没有先前胖了。采芷和转子都好。五儿全家夸她长得好看；却在腿上生了湿疮，整天坐在竹床上不能下来，看了怪可怜的。六儿，我怎么说好，你明白，你临终时也和母亲谈过，这孩子是只可以养着玩儿的，他左挨右挨，去年春天，到底没有挨过去。这孩子生了几个月，你的肺病就重起来了。我劝你少亲近他，只监督着老妈子照管就行。你总是忍不住，一会儿提，一会儿抱的。可是你病中为他操的那一份儿心也够瞧的。那一个夏天他病的时候多，你成天儿忙着，汤呀，药呀，冷呀，暖呀，连觉也没有好好儿睡过。那里有一分一毫想着你自己。瞧着他硬朗点儿你就乐，干枯的笑容在黄蜡般的脸上，我只有暗中叹气而已。

从来想不到做母亲的要像你这样。从迈儿起，你总是自己喂乳，一连四个都这样。你起初不知道按钟点儿喂，后来知道了，却又弄不惯；孩子们每夜里几次将你哭醒了，特别是闷热的夏季。我瞧你的觉老没睡足。白天里还得做菜，照料孩子，很少得空儿。你的身子本来坏，四个孩子就累你七八年。到了第五个，你自己实在不成了，又没乳，只好自己喂奶粉，另雇老妈子专管她。但孩子跟老妈子睡，你就没有放过心；夜里一听见哭，就竖起耳朵听，工夫一大就得过去看。十六年初，和你到北京来，将迈儿、转子留在家里；三年多还不能去接他们，可真把你惦记苦了。你并不常提，我却明白。你后来说你的病就是惦记出来的；那个自然也有份儿，不过大半还是养育孩子累的。你的短短的十二年结婚生活，有十一年耗费在孩子们身上；而你一点不厌倦，有多少力量用多少，一直到自己毁灭为止。你对孩子一般儿爱，不问男的女的，大的小的。也不想到什么“养儿防老，积谷防饥”，只拼命的爱去。你对于教育老实说有些外行，孩子们只要吃得好玩得好就成了。这也难怪你，你自己便是这样长大的。况且孩子们原都还小，吃和玩本来也要紧的。你病重的时候最放不下的还是孩子。病得只剩皮包着骨头了，总不信自己不会好；老说：“我死了，这一大群孩子可苦了。”后来说送你回家，你想着可以看见迈儿和转子，也愿意；你万想不到会一去不返的。我送车的时候，你忍不住哭了，说：“还不知能不能再见？”可怜，你的心我知道，你满想着好好儿带着六个孩子回来见我的。谦，你那时一定这样想，一定的。

除了孩子，你心里只有我。不错，那时你父亲还在；可是你母亲死了，他另有个女人，你老早就觉得隔了一层似的。出嫁后第一年你虽还一心一意依恋着他老人家，到第二年上我和孩子可就将你的心占住，你再没有多少工夫惦记他了。你还记得第一年我在北京，你在家里。家里来信说你待不住，常回娘家去。我动气了，马上写信责备你。你教人写了一封复信，说家里有事，不能不回去。这是你第一次也可以说第末次的抗议，我从此就没给你写信。暑假时带了一肚子主意回去，但见了面，看你一脸笑，也就拉倒了。打这时候起，你渐渐从你父亲的怀里跑到我这儿。你换了金镯子帮助我的学费，叫我以后还你；但直到你死，我没有还你。你在我家受了许多气，又因为我家的缘故受你家里的气，你都忍着。这全为的是我，我知道。那回我从家乡一个中学半途辞职出走。家里人讽你也走。哪里走！只得硬着头皮往你家去。那时你家像个冰窖子，你们在窖里足足住了三个月。好容易我才将你们领出来了，一同上外省去。小家庭这样组织起来了。你虽不是什么阔小姐，可也是自小娇生惯养的，做起主妇来，什么都得干一两手；你居然做下去了，而且高高兴兴地做下去了。菜照例满是你做，可是吃的都是我们；你至多夹上两三筷子就算了。你的菜做得不坏，有一位老在行大大地夸奖过你。你洗衣服也不错，夏天我的绸大褂大概总是你亲自动手。你在家老不乐意闲着；坐前几个“月子”，老是四五天就起床，说是躺着家里事没条没理的。其实你起来也还不是没条理；咱们家那么多孩子，哪儿来条理？在浙江住的时候，逃过两回兵难，我都在北平。真亏你领着母亲和一群孩子东藏西躲的；末一回还要走多少里路，翻一道大岭。这两回差不多只靠你一个人。你不但带了母亲和孩子们，还带了我一箱箱的书；你知道我是最爱书的。在短短的十二年里，你操的心比人家一辈子还多；谦，你那样身子怎么经得住！你将我的责任一股脑儿担负了去，压死了你；我如何对得起你！

你为我的劳什子书也费了不少神：第一回让你父亲的男佣人从家乡捎到上海去。他说了几句闲话，你气得在你父亲面前哭了。第二回是带着逃难，别人都说你傻子。你有你的想头："没有书怎么教书？况且他又爱这个玩意儿。"其实你没有晓得，那些书丢了也并不可惜；不过教你怎么晓得，我平常从来没和你谈过这些个！总而言之，你的心是可感谢的。这十二年里你为我吃的苦真不少，可是没有过几天好日子。我们在一起住，算来也还不到五个年头。无论日子怎么坏，无论是离是合，你从来没对我发过脾气，连一句怨言也没有。——别说怨我，就是怨命也没有过。老实说，我的脾气可不大好，迁怒的事儿有的是。那些时候你往往抽噎着流眼泪，从不回嘴，也不号啕。不过我也只信得过你一个人，有些话我只和你一个人说，因为世界上只你一个人真关心我，真同情我。你不但为我吃苦，更为我分苦；我之有我现在的精神，大半是你给我培养着的。这些年来我很少生病。但我最不耐烦生病，生了病就呻吟不绝，闹那伺候病的人。你是领教过一回的，那回只一两点钟，可是也够麻烦了。你常生病，却总不开口，挣扎着起来；一来怕搅我，二来怕没人做你那份儿事。我有一个坏脾气，怕听人生病，也是真的。后来你天天发烧，自己还以为南方带来的疟疾，一直瞒着我。明明躺着，听见我的脚步，一骨碌就坐起来。我渐渐有些奇怪，让大夫一瞧，这可糟了，你的一个肺已烂了一个大窟窿了！大夫劝你到西山去静养，你丢不下孩子，又舍不得钱；劝你在家里躺着，你也丢不下那份儿家务。越看越不行了，这才送你回去。明知凶多吉少，想不到只一个月工夫你就完了！本来盼望还见得着你，这一来可拉倒了。你也何尝想到这个？父亲告诉我，你回家独住着一所小住宅，还嫌没有客厅，怕我回去不便哪。

前年夏天回家，上你坟上去了。你睡在祖父母的下首，想来还不孤单的。只是当年祖父母的坟太小了，你正睡在圹底下。这叫做"抗圹"，在生人看来是不安心的；等着想办法哪。那时圹上圹下密密地长着青草，朝露浸湿了我的布鞋。你刚埋了半年多，只有圹下多出一块土，别的全然看不出新坟的样子。我和隐今夏回去，本想到你的坟上来；因为她病了没来成。我们想告诉你，五个孩子都好，我们一定尽心教养他们，让他们对得起死了的母亲——你！谦，好好儿放心安睡吧，你。

一九三二年十月十一日作

【阅读提示】

朱自清的散文以清新细腻、活泼生动、真挚深刻、感人至深著称，《背影》如此，《荷塘月色》如此，这篇《给亡妇》也是如此。

本文采用第二人称叙述手法，对着已死去三年的妻子倾诉，抒发思念之情。文章回顾十几年的婚姻生活，虽琐细平常，但平常中显示出妻子的高尚人格。妻子虽然没有受过多少教育，但相夫育子，倾注了全部的心血，她对家庭的忠诚和献身精神，堪称楷模。作者从妻子对孩子的热爱开始，继写她对自己的关心，以及为家庭作出的巨大牺牲，直至生病、去世和安葬，在事件、场面、细节中寄寓感情。文章结构严谨，调度有法。尤其值得注意的是，因为采用与妻子直接对话的方式写作，文章使用了与《荷塘月色》那种典雅的书面语体完全不同的口语，但在传情达意的效果上与书面语同样出色，这在中国现代白话文的初创时期，其意义是不言自喻的。

□郁达夫

郁达夫(1896—1945)，原名郁文，字达夫。浙江富阳人。创造社主要成员。代表作有小说《沉沦》、《春风沉醉的晚上》、《薄奠》、《迟桂花》等。郁达夫也是五四以来重要的散文作家之一。代表作有《闲书》、《屐痕处处》、《达夫游记》等。

钓台的春昼

因为近在咫尺，以为什么时候要去就可以去，我们对于本乡本土的名区胜景，反而往往没有机会去玩，或不容易下一个决心去玩的。正唯其是如此，我对于富春江上的严陵，二十年来，心里虽每在记着，但脚却没有向这一方面走过。一九三一，岁在辛未，暮春三月，春服未成，而中央党帝，似乎又想玩一个秦始皇所玩过的把戏了，我接到了警告，就仓皇离去了寓居。先在江浙附近的穷乡里，游息了几天，偶而看见了一家扫墓的行舟，乡愁一动，就定下了归计。绕了一个大弯，赶到故乡，却正好还在清明寒食的节前。和家人等去上了几处坟，与许久不曾见过面的亲戚朋友，来往热闹了几天，一种乡居的倦怠，忽而袭上心来了，于是乎我就决心上钓台访一访严子陵的幽居。

钓台去桐庐县城二十余里，桐庐去富阳县治九十里不足，自富阳溯江而上，坐小火轮三小时可达桐庐，再上则须坐帆船了。

我去的那一天，记得是阴晴欲雨的养花天，并且系坐晚班轮去的，船到桐庐，已经是灯火微明的黄昏时候了，不得已就只得在码头近边的一家旅馆的楼上借了一宵宿。

桐庐县城，大约有三里路长，三千多烟灶，一二万居民，地在富春江西北岸，从前是皖浙交通的要道，现在杭江铁路一开，似乎没有一二十年前的繁华热闹了。尤其要使旅客感到萧条的，却是桐君山脚下的那一队花船的失去了踪影。说起桐君山，却是桐庐县的一个接近城市的灵山胜地，山虽不高，但因有仙，自然是灵了。以形势来论,这桐君山,也的确是可以产生出许多口音生硬,别具风韵的桐严嫂来的生龙活脉。地处在桐溪东岸,正当桐溪和富春江合流之所,依依一水,西岸便瞰视着桐庐县市的人家烟树。南面对江,便是十里长洲;唐诗人方干的故居,就在这十里桐洲九里花的花圈深处。向西越过桐庐县城,更遥遥对着一排高低不定的青峦,这就是富春山的山子山孙了。东北面山下,是一片桑麻沃地,有一条长蛇似的官道,隐而复现,出没盘曲在桃花杨柳洋槐榆树的中间,绕过一支小岭,便是富阳县的境界,大约去程明道的墓地程坟,总也不过一二十里地的间隔。我的去拜谒桐君,瞻仰道观,就在那一天到桐庐的晚上,是淡云微月,正在作雨的时候。

鱼梁渡头,因为夜渡无人,渡船停在东岸的桐君山下。我从旅馆踱了出来,先在离轮埠不远的渡口停立了几分钟。后来向一位来渡口洗夜饭米的年轻少妇,弓身请问了一回,才得到了渡江的秘诀。她说:“你只须高喊两三声,船自会来的。”先谢了她教我的好意,然后以两手围成了播音的喇叭,“喂,喂,渡船请摇过来!”地纵声一喊,果然在半江的黑影当中,船身摇动了。渐摇渐近,五分钟后。我在渡口,却终于听出了咿呀柔橹的声音。时间似乎已经入了酉时的下刻,小市里的群动,这时候都已经静息,自从渡口的那位少妇,在微茫的夜色里,藏去了她那张白团团的面影之后,我独立在江边,不知不觉心里头却兀自感到了一种他乡日暮的悲哀。渡船到岸,船头上起了几声微微的水浪清音,又铜东的一响,我早已跳上了船,渡船也已经掉过头来了。坐在黑影沈沈的舱里,我起先只在静听着柔橹划水的声音,然后却在黑影里看出了一星船家在吸着的长烟管头上的烟火,最后因为被沈默压迫不过,我只好开口说话了:“船家!你这样的渡我过去,该给你几个船钱?”我问。“随你先生把几个就是。”船家的说话冗慢幽长,似乎已经带着些睡意了,我就向袋里摸出了两角钱来。“这两角钱,就算是我的渡船钱,请你候我一会,上山去烧一次夜香,我是依旧要渡过江来的。”船家的回答,只是恩恩乌乌,幽幽同牛叫似的一种鼻音,然而从继这鼻音而起的两三声轻快的咳声听来,他却似已经在感到满足了,因为我也知道,乡间的义渡,船钱最多也不过是两三枚铜子而已。

到了桐君山下,在山影和树影交掩着的崎岖道上,我上岸走不上几步,就被一块乱石拌倒,滑跌了一次。船家似乎也动了恻隐之心了,一句话也不发,跑将上来,他却突然交给了我一盒火柴。我于感谢了一番他的盛意之后,重整步武,再摸上山去,先是必须点一枝火柴走三五步路的,但到得半山,路既就了规律,而微云堆里的半规月色,也朦胧地现出一痕银线来了,所以手里还存着的半盒火柴,就被我藏入了袋里。路是从山的西北,盘曲而上,渐走渐高,半山一到,天也开朗了一点,桐庐县市上的灯火,也星星可数了。更纵目向江心望去,富春江两岸的船上和桐溪合流口停泊着的船尾船头,也看得出一点一点的火来。走过半山，桐君观里的晚祷钟鼓，似乎还没有息尽，耳朵里仿佛听见了几丝木鱼钲钹的残声。走上山顶，先在半途遇着了一道道观外围的女墙，这女墙的栅门，却已经掩上了。在栅门外徘徊了一刻，觉得已经到了此门而不进去，终于是不能满足我这一次暗夜冒险的好奇怪僻的。所以细想了几次，还是决心进去，非进去不可，轻轻用手往里面一推，栅门却呀的一声，早已退向了后方开开了，这门原来是虚掩在那里的。进了栅门，踏着为淡月所映照的石砌平路，向东向南的前走了五六十步，居然走到了道观的大门之外，这两扇朱红漆的大门，不消说是紧闭在那里的。到了此地，我却不想再破门进去了，因为这大门是朝南向着大江开的，门外头是一条一丈来宽的石砌步道，步道的一旁是道观的墙，一旁便是山坡，靠山坡的一面，并且还有一道二尺来高的石墙筑在那里，大约是代替栏杆，防人倾跌下山去的用意，石墙之上，铺的是二三尺宽的青石，在这似石栏又似石凳的墙上，尽可以坐卧游息，饱看桐江和对岸的风景，就是在这里坐它一晚，也很可以，我又何必去打开门来，惊起那些老道的恶梦呢！

空旷的天空里，流涨着的只是些灰白的云，云层缺处，原也看得出半角的天，和一点两点的星，但看起来最饶风趣的，却仍是欲藏还露，将见仍无的那半规月影。这时候江面上似乎起了风，云脚的迁移，更来得迅速了。而低头向江心一看，几多散乱着的船里的灯光，也忽阴忽灭地变换了一变换位置。

这道观大门外的景色，真神奇极了。我当十几年前，在放浪的游程里，曾向瓜州京口一带，消磨过不少的时日。那时觉得果然名不虚传的，确是甘露寺外的江山，而现在到了桐庐，昏夜上这桐君山来一看，又觉得这江山之秀而且静，风景的整而不散，却非那天下第一江山的北固山所可与比拟的了。真也难怪得严子陵，难怪得戴征士，倘使我若能在这样的地方结屋读书，以养天年，那还要什么的高官厚禄，还要什么的浮名虚誉哩？一个人在这桐君观前的石凳上，看看山。看看水，看看城中的灯火和天上的星云，更做做浩无边际的无聊的幻梦，我竟忘记了时刻，忘记了自身，直等到隔江的击声传来，向西一看，忽而觉得城中的灯影微茫地减了，才跑也似地走下了山来，渡江奔回了客舍。

第二日侵晨，觉得昨天在桐君观前做过的残梦正还没有续完的时候，窗外面忽而传来了一阵吹角的声音。好梦虽被打破，但因这同吹筚篥似的商音哀咽，却很含着些荒凉的古意，并且晓风残月，杨柳岸边，也正好候船待发，上严陵去；所以心里虽怀着了些儿怨恨，但脸上却只观出了一痕微笑，起来梳洗更衣，叫茶房去雇船去。雇好了一只双桨的渔舟，买就了些酒菜鱼米，就在旅馆前面的码头上上了船，轻轻向江心摇出去的时候，东方的云幕中间，已现出了几丝红晕，有八点多钟了。舟师急得利害，只在埋怨旅馆的茶房，为什么昨晚上不预先告诉，好早一点出发。因为此去就是七里滩头，无风七里，有风七十里，上钓台去玩一趟回来，路程虽则有限，但这几日风雨无常，说不定要走夜路，才回来得了的。

过了桐庐，江心狭窄，浅滩果然多起来了。路上遇着的来往的行舟，数目也是很少，因为早晨吹的角，就是往建德去的快班船的信号，快班船一开，来往于两岸之间的船就不十分多了。两岸全是青青的山，中间是一条清浅的水，有时候过一个沙洲，洲上的桃花菜花，还有许多不晓得名字的白色的花，正在喧闹着春暮，吸引着蜂蝶。我在船头上一口一口的喝着严东关的药酒，指东话西地问着船家，这是什么山，那是什么港，惊叹了半天，称颂了半天，人也觉得倦了，不晓得什么时候，身子却走上了一家水边的酒楼，在和数年不见的几位已经做了党官的朋友高谈阔论。谈论之余，还背诵了一首两三年前曾在同一的情形之下做成的歪诗：

不是尊前爱惜身，
佯狂难免假成真，
曾因酒醉鞭名马，
生怕情多累美人。
劫数东南天作孽，
鸡鸣风雨海扬尘，
悲歌痛哭终何补，
义士纷纷说帝秦。

直到盛筵将散，我酒也不想再喝了，和几位朋友闹得心里各自难堪，连对旁边坐着的两位陪酒的名花都不愿意开口。正在这上下不得的苦闷关头，船家却大声的叫了起来说：

“先生，罗芷过了，钓台就在前面，你醒醒罢，好上山去烧饭吃去。”

擦擦眼睛，整了一整衣服，抬起头来一看，四面的水光山色又忽而变了样子了。清清的一条浅水，比前又窄了几分，四围的山包得格外的紧了，仿佛是前无去路的样子。并且山容峻削，看去觉得格外的瘦格外的高。向天上地下四围看看，只寂寂的看不见一个人类。双桨的摇响，到此似乎也不敢放肆了，钩的一声过后，要好半天才来一个幽幽的回响，静，静，静，身边水上，山下岩头，只沈浸着太古的静，死灭的静，山峡里连飞鸟的影子也看不见半只。前面的所谓钓台山上，只看得见两大个石垒，一间歪斜的亭子，许多纵横芜杂的草木。山腰里的那座祠堂，也只露着些废垣残瓦，屋上面连炊烟都没有一丝半缕，象是好久好久没有人住了的样子。并且天气又来得阴森，早晨曾经露一露脸过的太阳，这时候早已深藏在云堆里了，余下来的只是时有时无从侧面吹来的阴飕飕的半箭儿山风。船靠了山脚，跟着前面背着酒菜鱼米的船夫走上严先生祠堂的时候，我心里真有点害怕，怕在这荒山里要遇见一个干枯苍老得同丝瓜筋似的严先生的鬼魂。

在祠堂西院的客厅里坐定，和严先生的不知第几代的裔孙谈了几句关于年岁水旱的话后，我的心跳也渐渐儿的镇静下去了，嘱托了他以煮饭烧菜的杂务，我和船家就从断碑乱石中间爬上了钓台。

东西两石垒，高各有二三百尺，离江面约两里来远，东西台相去只有一二百步，但其间却夹着一条深谷。立在东台，可以看得出罗芷的人家，回头展望来路，风景似乎散漫一点，而一上谢氏的西台，向西望去，则幽谷里的清景，却绝对的不象是在人间了。我虽则没有到过瑞士，但到了西台，朝西一看，立时就想起了曾在照片上看见过的威廉退儿的祠堂。这四山的幽静，这江水的青蓝，简直同在画片上的珂罗版色彩，一色也没有两样，所不同的就是在这儿的变化更多一点，周围的环境更芜杂不整齐一点而已，但这却是好处，这正是足以代表东方民族性的颓废荒凉的美。

从钓台下来，回到严先生的祠堂——记得这是洪杨以后严州知府戴槃重建的祠堂——西院里饱啖了一顿酒肉，我觉得有点酩酊微醉了。手拿着以火柴柄制成的牙签，走到东面供着严先生神像的龛前，向四面的破壁上一看，翠墨淋漓，题在那里的，竟多是些俗而不雅的过路高官的手笔。最后到了南面的一块白墙头上，在离屋檐不远的一角高处，却看到了我们的一位新近去世的同乡夏灵峰先生的四句似邵尧夫而又略带感慨的诗句。夏灵峰先生虽则只知崇古，不善处今，但是五十年来，象他那样的顽固内容的亡清遗老，也的确是没有第二个人。比较起现在的那些官迷的南满尚书和东洋宦婢来，他的经术言行，姑且不必去论它，就是以骨头来称称，我想也要比什么罗三郎郑太郎辈，重到好几百倍。慕贤的心一动，熏人臭技自然是难熬了，堆起了几张桌椅，借得了一枝破笔，我也向高墙上在夏灵峰先生的脚后放上了一个陈屁，就是在船舱的梦里，也曾微吟过的那一首歪诗。

从墙头上跳将下来，又向龛前天井去走了一圈，觉得酒后的干喉，有点渴痒了，所以就又走回到了西院，静坐着喝了两碗清茶。在这四大无声，只听见我自己的啾啾喝水的舌音冲击到那座破院的败壁上去的寂静中间，同惊雷似地一响，院后的竹园里却忽而飞出了一声闲长而又有节奏似的鸡啼的声来。同时在门外面歇着的船家，也走进了院门，高声的对我说：

"先生，我们回去罢，已经是吃点心的时候了，你不听见那只鸡在后山啼么？我们回去罢！"

一九三二年八月在上海写

【阅读提示】

《钓台的春昼》是著名作家郁达夫的游记散文。郁达夫与郭沫若的散文有相似之处，相当篇幅是本人经历的袒露，只是郁达夫更为坦诚，更为直率，因此郭沫若说他"自我暴露在达夫仿佛是成为一种病态"。对此，郁达夫也坦然自承："文学作品都是作家的自传"，散文当然更是如此。1931 年初，国民党加剧了对左翼文艺运动的文化围剿，柔石、殷夫等“左联五烈士”被秘密杀害。郁达夫也进入了国民党特务的黑名单，只得离沪避难浙江，所谓“乡愁一动”，回到了家乡。这篇游记就是写了到桐庐严子陵钓台和桐君山游览的经历和心境。

文章以游踪为线索，在寄情山水中，透露出身处社会动荡年代的一缕忧思。散文虽然没有介绍渲染严子陵的事迹，尤其是他不愿出仕，不愿与统治者合作的高风亮节，但和郁达夫在文中表露的对国民党“中央党帝”的愤慨和对“文化高压”政策的抨击，以及对东北沦陷后，“罗三郎郑太郎辈”为了满足一己之私欲而不惜卖国的行径的痛斥联系起来看，这篇游记的主题是非常鲜明的，它充分表现了作者率真的爱国主义和革命民主主义思想。

□茅　盾

茅盾(1896—1981)，原名沈鸿，又名沈德鸿，字雁冰。生于浙江桐乡。现当代小说家、散文家。1920年开始文学活动，曾与郑振铎、叶圣陶等人一起组织文学研究会。1921年接编《小说月报》，倡导现实主义，翻译介绍外国文艺，对我国新文学运动产生了巨大的影响。1927年发表第一部中篇小说《幻灭》，它与相继问世的《动摇》(1928)、《追求》(1928)合为总名《蚀》的三部曲，引起强烈反响。1933年的长篇小说《子夜》是他最重要的代表作。主要作品还有短篇小说《春蚕》、《秋收》、《残冬》，中篇小说《林家铺子》、长篇小说《腐蚀》、《霜叶红似二月花》、《锻炼》，散文集《速写与随笔》、《白杨礼赞》、《见闻杂记》，文艺评论《夜读偶记》、《鼓吹集》、《关于历史和历史剧》等。

香　市

“清明”过后，我们镇上照例有所谓“香市”，首尾大约半个月。

赶“香市”的群众，主要是农民。“香市”的地点，在社庙。从前农村还是“桃源”的时候，这“香市”就是农村的“狂欢节”。因为从“清明”到“谷雨”这二十天内，风暖日丽，正是“行乐”的时令，并且又是“蚕忙”的前夜，所以到“香市”来的农民一半是祈神赐福(蚕花二十四分)，一半也是预酬蚕节的辛苦劳作。所谓“借佛游春”是也。

于是“香市”中主要的节目无非是“吃”和“玩”。临时的茶棚，戏法场，弄缸弄甏，走绳索，三上吊的武技班，老虎，矮子，提线戏，髦儿戏，西洋镜，——将社庙前五六十亩地的大广场挤得满满的。庙里的主人公是百草梨膏糖，花纸，各式各样泥的纸的金属的玩具，灿如繁星的“烛山”，熏得眼睛流泪的檀香烟，木拜垫上成排的磕头者。庙里庙外,人声和锣鼓声,还有孩子们手里的小喇叭、哨子的声音,混合成一片骚音,三里路外也听得见。

我幼时所见的“香市”,就是这样热闹的。在这“香市”中,我不但赏鉴了所谓“国技”,我还认识了老虎,豹,猴子,穿山甲。所以“香市”也是儿童们的狂欢节。

“革命”以后,据说为的要“破除迷信”,接连有两年不准举行“香市”。社庙的左屋被“公安分局”借去做了衙门,而庙前广场的一角也筑了篱笆,据说将造公园。社庙的左起殿上又有什么“蚕种改良所”的招牌。

然而从去年起,这“迷信”的香市忽又准许举行了。于是我又得机会重温儿时的旧梦,我很高兴地同三位堂妹子(她们运气不好,出世以来没有见过像样的热闹的“香市”),赶那“香市”去。

天气虽然很好,“市面”却很不好。社庙前虽然比平日多了许多人,但那空气似乎很阴惨。居然有锣鼓的声音。可是那声音单调。庙前的乌龙潭一泓清水依然如昔,可是潭后那座戏台却坍塌了,屋椽子像瘦人的肋骨似的暴露在“光风化日”之下。一切都不像我儿时所见的“香市”了!

那么姑且到惟一的锣鼓响的地方去看一看罢。我以为这锣鼓响的是什么变把戏的,一定也是瘪三式的玩意了。然而出乎意料,这是“南洋武术班”,上海的《良友画报》六十二期揭载“卧钉床”的大力士就是其中的一员。那不是无名的“江湖班”。然而他们只售平价十六枚铜元。

看客却也很少,不满二百(我进去的时候,大概只有五六十)。武术班的人们好像有点失望,但仍认真地表演了预告中的五六套:马戏,穿剑门,穿火门,走铅丝,大力士……他们说:“今天第一回,人少,可是把式不敢马虎,——”他们三条船上男女老小总共有到三十个!

在我看来,这所谓“南洋武术班”的几套把式比起从前“香市”里的打拳头卖膏药的玩意来,委实是好看得多了。要是放在十多年前,怕不是挤得满场没个空隙儿么?但是今天第一天也只得二百来看客。往常“香市”的主角——农民,今天差不多看不见。

后来我知道,镇上的小商人是重兴这“香市”的主动者;他们想借此吸引游客“振兴”市面,他们打算从农民的干瘪的袋里榨出几文来。可是他们也失望!

【阅读提示】

20世纪30年代初的中国,随着帝国主义对中国的经济和军事侵略日益严重,中国的农村正处在破产的边缘。茅盾在这一时期创作的“农村三部曲”和《林家铺子》就是,这一社会现象的艺术表现。这篇随笔《香市》,也从一个侧面反映了农村的破产景象。茅盾在文章开始,先巧妙地用他儿时记忆中的“香市”热闹景象作铺垫,来反衬眼前的飘零景象:“天气虽然很好,‘市面’却很不好。社庙前虽然比平日多了许多人，但那空气似乎很阴惨。居然有锣鼓的声音。可是那声音单调。庙前的乌龙潭一泓清水依然如昔，可是潭后那座戏台却坍塌了，屋椽子像瘦人的肋骨似的暴露在‘光风化日’之下。一切都不像我儿时所见的‘香市’了！”即使赶来演出的是在上海滩都有名气的“南洋武术班”，观赏者也是寥寥无几，因为往常“香市”的主角农民，在街上几乎都看不见！这样的惨象，必然使这“香市”的幕后组织者——镇上的小商人们十分失望。看到这里，令我们想起茅盾在《林家铺子》中林老板的形象。从某种意义上来说，《香市》是茅盾在创作水墨画《春蚕》和《林家铺子》之前作的简笔速写。

在艺术上，《香市》笔墨简洁，作者善于抓细节，寥寥几笔就写活了乡镇集市景象。作者注意突出民间风俗特色，巧妙地使用对比的方法，这一切，都使这篇《香市》充满了艺术的活力。

□老　舍

老舍（1899—1966），原名舒庆春，字舍予。满族，生于北京。现当代作家。主要著作有：长篇小说《离婚》、《牛天赐传》、《骆驼祥子》、《四世同堂》、《正红旗下》（未完），中篇小说《月牙儿》、《我这一辈子》，剧本《龙须沟》、《茶馆》等。

断魂枪

生命是闹着玩，事事显出如此；从前我这么想过，现在我懂得了。

沙子龙的镳局已改成客栈。

东方的大梦没法子不醒了。炮声压下去马来与印度野林中的虎啸。半醒的人们，揉着眼，祷告着祖先与神灵；不大会儿，失去了国土、自由与权利。门外立着不同面色的人，枪口还热着。他们的长矛毒弩，花蛇斑彩的厚盾，都有什么用呢；连祖先与祖先所信的神明全不灵了啊！龙旗的中国也不再神秘，有了火车呀，穿坟过墓地破坏着风水。枣红色多穗的镳旗，绿鲨皮鞘的钢刀，响着串铃的口马，江湖上的智慧与黑话，义气与声名，连沙子龙，他的武艺、事业，都梦似的变成昨夜的。今天是火车、快枪、通商与恐怖。听说，有人还要杀下皇帝的头呢！

这是走镳已没有饭吃，而国术还没被革命党与教育家提倡起来的时候。

谁不晓得沙子龙是短瘦、利落，硬棒，两眼明得像霜夜的大星？可是，现在他身上放了肉。镳局改了客栈，他自己在后小院占着三间北房，大枪立在墙角，院子里有几只楼鸽。只是在夜间，他把小院的门关好，熟习熟习他的“五虎断魂枪”。这条枪与这套枪，二十年的工夫，在西北一带，给他创出来“神枪沙子龙”五个字，没遇见过敌手。现在，这条枪与这套枪不会再替他增光显胜了；只是摸摸这凉、滑、硬而发颤的杆子，使他心中少难过一些而已。只有在夜间独自拿起枪来，才能相信自己还是“神枪沙”。在白天，他不大谈武艺与往事；他的世界已被狂风吹了走。

在他手下创练起来的少年们还时常来找他。他们大多数是没落子的，都有点武艺，可是没地方去用。有的在庙会上去卖艺：踢两趟腿，练套家伙，翻几个跟头，附带着卖点大力丸，混个三吊两吊的。有的实在闲不起了，去弄筐果子，或挑些毛豆角，赶早儿在街上论斤吆喝出去。那时候米贱肉贱，肯卖膀子力气本来可以混个肚儿圆；他们可是不成：肚量既大，而且得吃口管事儿的；干饽饽、辣饼子咽不下去。况且他们还时常去走会：五虎棍，开路，太狮少狮……虽然算不了什么——比起走镖来——可是到底有个机会活动活动，露露脸。是的，走会捧场是买脸的事，他们的打扮得像个样儿，至少得有条青洋绉裤子，新漂白细市布的小褂，和一双鱼鳞洒鞋——顶好是青缎子抓脚虎靴子。他们是神枪沙子龙的徒弟——虽然沙子龙并不承认——得到处露脸，走会得赔上俩钱，说不定还得打场架。没钱，上沙老师那里去求。沙老师不含糊，多少不拘，不让他们空着手儿走。可是，为打架或献技去讨教一个招数，或是请给说个对子——什么空手夺刀，或虎头钩进枪——沙老师有时说句笑话，马虎过去：“教什么？拿开水浇吧！”有时直接把他们逐出去。他们不大明白沙老师是怎么了，心中也有点不乐意。

可是，他们到处为沙老师吹腾，一来是愿意使人知道他们的武艺有真传授，受过高人的指教；二来是为激动沙老师：万一有人不服气而找上老师来，老师难道还不露一两手真的么？所以：沙老师一拳就砸倒了个牛！沙老师一脚把人踢到房上去，并没使多大的劲！他们谁也没见过这种事，但是说着说着，他们相信这是真的了，有年月，有地方，千真万确，敢起誓！

王三胜——沙子龙的大伙计——在土地庙拉开了场子，摆好了家伙。抹了一鼻子茶叶末色的鼻烟，他抡了几下竹节钢鞭，把场子打大一些。放下鞭，没向四围作揖，叉着腰念了两句：“脚踢天下好汉，拳打五路英雄！”向四围扫了一眼：“乡亲们，王三胜不是卖艺的；玩艺儿会几套，西北路上走过镖，会过绿林中的朋友。现在闲着没事，拉个场子陪诸位玩玩。有爱练的尽管下来，王三胜以武会友，有赏脸的，我陪着。神枪沙子龙是我的师傅；玩艺地道！诸位，有愿下来的没有？”他看着，准知道没人敢下来，他的话硬，可是那条钢鞭更硬，十八斤重。

王三胜，大个子，一脸横肉，努着对大黑眼珠，看着四围。大家不出声。他脱了小褂，紧了紧深月白色的腰里硬，把肚子杀进去。给手心一口吐沫，抄起大刀来：

“诸位，王三胜先练趟瞧瞧。不白练，练完了，带着的扔几个；没钱，给喊个好，助助威。这儿没生意口。好，上眼！”

大刀靠了身，眼珠努出多高，脸上绷紧，胸脯子鼓出像两块老桦木根子。一跺脚，刀横起，大红缨子在肩前摆动。削砍劈拨，蹲越闪转，手起风生，忽忽直响。忽然刀在右手心上旋转，身弯下去，四围鸦雀无声，只有缨铃轻叫。刀顺过来，猛的一个跺泥，身子直挺，比众人高着一头，黑塔似的。收了势："诸位！"一手持刀，一手叉腰，看着四围。稀稀的扔了几个铜钱，他点点头。"诸位！"他等着，等着，地上依旧是那几个亮而削薄的铜钱，外层的人偷偷散去。他咽了口气："没人懂！"他低声的说，可是大家全听见了。

"有功夫！"西北角上一个黄胡子老头儿答了话。

"啊？"王三胜好似没听明白。

"我说：你——有——功——夫！"老头子的语气很不得人心。

放下大刀，王三胜随着大家的头往西北看。谁也没看重这个老人：小干巴个儿，披着件粗蓝布大衫，脸上窝窝瘪瘪，眼陷进去很深，嘴上几根细黄胡，肩上扛着条小黄草辫子，有筷子那么细，而绝对不像筷子那么直顺。王三胜可是看出这老家伙有功夫，脑门亮，眼睛亮——眼眶虽深，眼珠可黑得像两口小井，深深的闪着黑光。王三胜不怕：他看得出别人有功夫没有，可更相信自己的本事，他是沙子龙手下的大将。

"下来玩玩，大叔！"王三胜说得很得体。

点点头，老头儿往里走。这一走，四外全笑了。他的胳臂不大动；左脚往前迈，右脚随着拉上来，一步步地向前拉扯，身子整着，像是患过瘫痪病。蹭到场中，把大衫扔在地上，一点没理会四围怎样笑他。

"神枪沙子龙的徒弟，你说？好，让你使枪吧；我呢？"老头子非常的干脆，很像久想动手。

人们全回来了，邻场耍狗熊的无论怎么敲锣也不中用了。

"三截棍进枪吧？"王三胜要看老头子一手，三截棍不是随便就拿得起来的家伙。

老头子又点点头，拾起家伙来。

王三胜努着眼，抖着枪，脸上十分难看。

老头子的黑眼珠更深更小了，像两个香火头，随着面前的枪尖儿转，王三胜忽然觉得不舒服，那俩黑眼珠似乎要把枪尖吸进去！四外已围得风雨不透，大家都觉出老头子确是有威。为躲那对眼睛，王三胜要了个枪花。老头子的黄胡子一动："请！"王三胜一扣枪，向前躬步，枪尖奔了老头子的喉头去，枪缨打了一个红旋。老人的身子忽然活展了，将身微偏，让过枪尖，前把一挂，后把撩王三胜的手。拍，拍，两响，王三胜的枪撒了手。场外叫了好。王三胜连脸带胸口全紫了，抄起枪来，一个花子，连枪带人滚了过来，枪尖奔了老人的中部。老头子的眼亮得发着黑光；腿轻轻一屈，下把掩裆，上把打着刚要抽回的枪杆；拍，枪又落在地上。

场外又是一片喝彩声。王三胜流了汗，不再去拾枪，努着眼，木在那里。老头子扔下家伙，拾起大衫，还是拉拉着腿，可是走得很快了。大衫搭在臂上，他过来拍了王三胜一下："还得练哪，伙计！"

"别走！"王三胜擦着汗："你不离，姓王的服了！可有一样，你敢会会沙老师？"

"就是为会他才来的！"老头子的干巴脸上皱起点来，似乎是笑呢。"走；收了吧；晚饭我请！"

王三胜把兵器拢在一处，寄放在变戏法二麻子那里，陪着老头子往庙外走。后面跟着不少人，他把他们骂散。

"你老贵姓？"他问。

"姓孙哪，"老头子的话与人一样，都那么干巴。"爱练；久想会会沙子龙。"

沙子龙不把你打扁了！王三胜心里说。他脚底下加了劲，可是没把孙老头落下。他看出来，老头子的腿是老走着查拳门中的连跳步；交起手来，必定很快。但是，无论他怎么快，沙子龙是没对手的。准知道孙老头要吃亏，他心中痛快了些，放慢了些脚步。

"孙大叔贵处？"

"河间的，小地方。"孙老者也和气了些："月棍年刀一辈子枪，不容易见功夫！说真的，你那两手就不坏！"

王三胜头上的汗又回来了，没言语。

到了客栈，他心中直跳，惟恐沙老师不在家，他急于报仇。他知道老师不爱管这种事，师弟们已碰过不少回钉子，可是他相信这回必定行，他是大伙计，不比那些毛孩子；再说，人家在庙会上点名叫阵，沙老师还能丢这个脸么？

"三胜，"沙子龙正在床上看着本《封神榜》，"有事吗？"

三胜的脸又紫了，嘴唇动着，说不出话来。

沙子龙坐起来，"怎么了，三胜？"

"栽了跟头！"

只打了个不甚长的哈欠，沙老师没别的表示。

王三胜心中不平，但是不敢发作；他得激动老师："姓孙的一个老头儿，门外等着老师呢；把我的枪，枪，打掉了两次！"他知道"枪"字在老师心中有多大分量。没等吩咐，他慌忙跑出去。

客人进来，沙子龙在外间屋等着呢。彼此拱手坐下，他叫三胜去泡茶。三胜希望两个老人立刻交了手，可是不能不沏茶去。孙老者没话讲，用深藏着的眼睛打量沙子龙。沙很客气：

"要是三胜得罪了你，不用理他，年纪还轻。"

孙老者有些失望，可是看出沙子龙的精明。他不知怎样好了，不能拿一个人的精明断定他的武艺。“我来领教领教枪法!”他不由地说出来。

沙子龙没接碴儿。王三胜提着茶壶走进来——急于看二人动手,他没管水开了没有,就沏在壶中。

“三胜,”沙子龙拿起个茶碗来,“去找小顺们去,天汇见,陪孙老者吃饭。”

“什么?”王三胜的眼珠几乎掉出来。看了看沙老师的脸,他敢怒而不敢言地说了声“是啦!”走出去,撅着大嘴。

“教徒弟不易!”孙老者说。

“我没收过徒弟。走吧,这个水不开! 茶馆去喝,喝饿了就吃。”沙子龙从桌子上拿起缎子褡裢,一头装着鼻烟壶,一头装着点钱,挂在腰带上。

“不,我还不饿!”孙老者很坚决,两个“不”字把小辫从肩上抡到后边去。

“说会子话儿。”

“我来为领教领教枪法。”

“功夫早搁下了,”沙子龙指着身上,“已经放了肉!”

“这么办也行,”孙老者深深地看了沙老师一眼:“不比武,教给我那趟五虎断魂枪。”

“五虎断魂枪?”沙子龙笑了:“早忘净了! 早忘净了! 告诉你,在我这儿住几天,咱们逛逛各处,临走,多少送点盘缠。”

“我不逛,也用不着钱,我来学艺!”孙老者立起来,“我练趟给你看看,看够得上学艺不够!”一屈腰已到了院中,把楼鸽都吓飞起去。拉开架子,他打了趟查拳:腿快,手飘洒,一个飞脚起去,小辫儿飘在空中,像从天上落下来一个风筝;快之中,每个架子都摆得稳,准,利落;来回六趟,把院子满都打到,走得圆,接得紧,身子在一处,而精神贯串到四面八方。抱拳收势,身儿缩紧,好似满院乱飞的燕子忽然归了巢。

“好! 好!”沙子龙在台阶上点着头喊。

“教给我那趟枪!”孙老者抱了抱拳。

沙子龙下了台阶,也抱着拳:“孙老者,说真的吧;那条枪和那套枪都跟我入棺材,一齐入棺材!”

“不传?”

“不传!”

孙老者的胡子嘴动了半天,没说出什么来。到屋里抄起蓝布大衫,拉拉着腿:“打搅了,再会!”

“吃过饭走!”沙子龙说。

孙老者没言语。

沙子龙把客人送到小门,然后回到屋中,对着墙角立着的大枪点了点头。

他独自上了天汇,怕是王三胜们在那里等着。他们都没有去。

王三胜和小顺们都不敢再到土地庙去卖艺,大家谁也不再为沙子龙吹腾;反之,他们说沙子龙栽了跟头,不敢和个老头儿动手;那个老头子一脚能踢死个牛。不要说王三胜输给他,沙子龙也不是“个儿”。不过呢,王三胜到底和老头子见了个高低,而沙子龙连句硬话也没敢说。“神枪沙子龙”慢慢似乎被人们忘了。

夜静人稀,沙子龙关好了小门,一气把六十四枪刺下来;而后,拄着枪,望着天上的群星,想起当年在野店荒林的威风。叹一口气,用手指慢慢摸着凉滑的枪身,又微微一笑:“不传!不传!”

【阅读提示】

《断魂枪》写了老镖头沙子龙保镖事业的没落和心境的悲凉,小说最成功处在于将这种悲凉心境渲染得恰到好处。这位老镖头心如明镜:保镖业不行了,这碗饭不能吃了,自己已到了英雄末路,自己的绝活儿“五虎断魂枪”也已无用武之地而只能收起了。

老舍先生通过寥寥几笔写出了当时的社会状态,那是一个传统的社会规则都不再灵验,一切固有的规律与传统在外来的武力以及文明的撞击下都不复存在的年代。透过表面的物质上的冲撞和否定,更深层次的,便是对中国人传统价值观、社会观的冲撞和否定。所以说这个时代所造就的,绝不仅仅是沙子龙镖局改客栈的悲剧,更是处在这个动荡不安的年代里的中国老百姓所共同面对的悲剧。作为一个知识者,老舍对于现代中国的现代化进程有着深刻的反思与忧虑,而这恰恰是他对文化的反思与重建构想中极为重要的方面。

《断魂枪》叙事简练,形象生动,以作者擅长使用的北京方言,为我们讲述了一个意味深长的故事。尤其是结尾时主人公孤独练习五虎断魂枪的情景,让人回味无穷。

□艾　青

艾青(1910—1996),原名蒋海澄,浙江金华人。现当代诗人。1932 年初在上海加入中国左翼美术家联盟,从事革命文艺活动,不久被捕,在狱中写了《大堰河——我的保姆》,发表后引起轰动,一举成名。抗日战争爆发后,他在遍地抗日烽火中深切地感染到时代的精神,汲取了诗情,抗战期间成为他创作的第一个高潮期。1957 年被错划为右派。1979 年平反后,艾青迎来了第二个创作高潮。主要著作有诗集《大堰河》、《北方》、《归来的歌》,长诗《他死在第二次》、《光的赞歌》,论著《诗论》等。

雪落在中国的土地上

雪落在中国的土地上，
寒冷在封锁着中国呀……

风，
像一个太悲哀了的农妇，
紧紧地跟随着
伸出寒冷的指爪
拉扯着行人的衣襟，
用着像土地一样古老的话
一刻也不停地絮聒着……

那从林间出现的，
赶着马车的
你中国的农夫
戴着皮帽
冒着大雪
你要到哪儿去呢？

告诉你
我也是农人的后裔——
由于你们的
刻满了痛苦的皱纹的脸
我能如此深深地
知道了
生活在草原上的人们的
岁月的艰辛。

而我也并不比你们快乐啊
——躺在时间的河流上
苦难的浪涛
曾经几次把我吞没而又卷起——
流浪与监禁

已失去了我的青春的
最可贵的日子，
我的生命
也像你们的生命
一样的憔悴呀

雪落在中国的土地上，
寒冷在封锁着中国呀……

沿着雪夜的河流，
一盏小油灯在徐缓地移行，
那破烂的乌篷船里
映着灯光，垂着头
坐着的是谁呀？

——啊，你
蓬发垢面的少妇，
是不是
你的家
——那幸福与温暖的巢穴——
已被暴戾的敌人
烧毁了么？
是不是
也像这样的夜间，
失去了男人的保护，
在死亡的恐怖里
你已经受尽了敌人刺刀的戏弄？

咳，就在如此寒冷的今夜，
无数的
我们的年老的母亲，
都蜷伏在不是自己的家里，
就像异邦人
不知明天的车轮
要滚上怎样的路程……

——而且
中国的路
是如此的崎岖
是如此的泥泞呀。

雪落在中国的土地上，
寒冷在封锁着中国呀……

透过雪夜的草原
那些被烽火所啮啃着的地域，
无数的，土地的垦殖者
失去了他们所饲养的家畜
失去了他们肥沃的田地
拥挤在
生活的绝望的污巷里：
饥馑的大地
朝向阴暗的天
伸出乞援的
颤抖的两臂。

中国的苦痛与灾难
像这雪夜一样广阔而又漫长呀！
雪落在中国的土地上，
寒冷在封锁着中国呀……

中国，
我的在没有灯光的晚上
所写的无力的诗句
能给你些许的温暖么？

一九三七年十二月二十八日夜间

【阅读提示】

艾青20世纪30年代以一首《大堰河——我的保姆》而蜚声文坛，被誉为“吹芦笛的诗人”。随着抗日战争的爆发，他又成了时代的“吹号者”，用他那支彩色的芦笛，为我们苦难深重的民族的重新崛起而放声歌唱。

《雪落在中国的土地上》创作于抗战开始不久。日本帝国主义在发动全面的侵华战争后，叫嚣在三个月里灭亡中国。祖国大片的土地沦陷了，多灾多难的祖国，又一次面临着生死存亡的抉择。诗人带着自己的笔投入了民族解放战争的救亡运动，那段时间，他前往北方前线采访，目睹人民在这场战争中遭受的苦难。艾青的诗歌一向以忧郁著称，这首诗更突出了这一点。当他辗转于中国的"北方"时，不仅理解了"载负了土地的痛苦的重压"的北方农民的现实苦难，而且对这"古老的国土"所"养育"的"世界上最艰苦与最古老的种族"的感时愤世、忧国忧民的传统产生了心灵的契合。他的这首诗表达了对祖国、对人民的极其深沉的爱，也表现出对生活的忠实与思索。

艾青的诗以散文化、色彩与意象著称，《雪落在中国的土地上》也充分表现了这一点。全诗基本不押韵，用重叠的诗句或诗节反复咏叹，使诗篇既明朗单纯而又多姿多彩。借助联想进行铺叙，构成生动的画面。结构自由、舒展，但具有内在的韵律，音调和谐，色彩鲜丽，余味无穷。而"雪"、"风"、"寒冷的指爪"等意象则把当时严酷的战争环境渲染得非常真切。

□沈从文

沈从文(1902—1988)，原名沈岳焕，湖南凤凰(今属湘西土家族苗族自治州)人。苗族，现代作家、历史文物研究专家，"京派小说"代表作家。1924 年后开始发表作品。从 1926 年出版第一本创作集《鸭子》开始，沈从文出版了 70 余种作品集，被人称为多产作家。他的小说取材广泛，描写了从乡村到城市各色人物的生活，其中以反映湘西下层人民生活的作品最具特色。代表作《边城》以兼具抒情诗和小品文的优美笔触，表现自然、民风和人性的美，提供了富于诗情画意的乡村风俗画幅，充满牧歌情调和地方色彩，形成别具一格的抒情乡土小说。主要著作有：短篇小说集《神巫之爱》、《旅店及其他》、《虎雏》、《阿黑小史》、《月下小景》、《八骏图》，中篇小说《边城》，长篇小说《长河》，散文集《从文自传》、《湘行散记》、《湘西》等。

萧　萧

乡下人吹唢呐接媳妇，到了十二月是成天会有的事情。

唢呐后面一顶花轿，两个夫子平平稳稳地抬着。轿中人被铜锁锁在里面，虽穿了平时没上过身的体面红绿衣裳，也仍然得荷荷大哭。在这些小女人心中，做新娘子，从母亲身边离开，且准备做他人的母亲，从此必然有许多新事情等待发生。像做梦一样，将同一个陌生男子汉在一个床上睡觉，做这承宗接祖的事情。这些事想起来，当然有些害怕，所以照例觉得要哭哭，于是就哭了。

也有做媳妇不哭的人，萧萧做媳妇就不哭。这小女子没有母亲，从小寄养到伯父种田的庄子上，终日提着个小竹兜萝，在路旁田坎捡狗屎挑野菜。出嫁只是从这家转到那家。因此到那一天，这女人还只是笑。她又不害羞，又不怕。她是什么事也不知道，就做了人家的新媳妇了。

萧萧做媳妇时年纪十二岁，有一个小丈夫，年纪还不到三岁。丈夫比她年少九岁，断奶还不多久。按地方规矩，过了门，她喊他作弟弟。她每天应做的事是抱弟弟到村前柳树下去玩，到溪边去玩，饿了，喂东西吃，哭了，就哄他，摘南瓜花或狗尾草戴到小丈夫头上，或者亲嘴，一面说："弟弟，哪，啵，再来，啵。"在那肮脏的小脸上亲了又亲，孩子于是便笑了。孩子一欢喜兴奋，行动粗野起来，会用短短的小手乱抓萧萧的头发。那是平时不太能收拾蓬蓬松松在头上的黄发。有时候，垂到脑后那条小辮儿被拉得太久，把红绒线结也弄松了，生了气，就打那弟弟几下，弟弟自然哇地哭出声来。萧萧于是也装成要哭的样子，用手指这弟弟的哭脸，说："哪，人不讲理，可不行！"

天晴落雨日子混下去，每日抱抱丈夫，也帮家中做点杂事，能动手就动手，又时常到溪沟里去洗衣，搓尿片，一面还捡拾有花纹的田螺给坐在身边的小丈夫玩。到了夜里睡觉，便常常做这种年龄的人所做的梦，梦到后门角落或别的什么地方捡得大把大把铜钱，吃好东西，爬树，自己变成鱼到水中各处溜。或一时仿佛身子很轻，飞到天上众星中，没有一个人，只是一片白，一片金光，于是大喊"妈！"人就吓醒了。醒来心还只是跳。吵了隔壁的人，不免骂着："疯子，你想什么！白天玩得疯，晚上就做梦！"萧萧听着却不作声，只是咕咕地笑。也有很好很爽快的梦，为丈夫哭醒的事情。那丈夫本来晚上在自己母亲身边睡，有时吃多了，或因另外情形，半夜大哭，起来放水拉稀是常有的事。丈夫哭得婆婆无可奈何，于是萧萧轻手轻脚爬起床来，睡眼朦胧走到床边，把人抱起，给他看月亮，看星光；或者仍然啵啵地亲嘴，互相觑着，孩子气地"嗨，嗨，看猫呵！"那样喊着哄着，于是丈夫笑了。玩一会会，困倦起来，慢慢地合上眼。人睡定后，放上床，站在床边看着，听远处一传一递地鸡叫，知道天快到什么时候了，于是仍然蜷到小床上睡去。天亮后，虽不做梦，却可以无意中闭眼开眼，看一阵在面前空中变幻无端的黄边紫心葵花，那是一种真正的享受。

萧萧嫁过了门，做了拳头大丈夫的小媳妇，一切并不比先前受苦，这只看她一年来身体的发育就可明白。风里雨里过日子，像一株长在园角落不为人注意的蓖麻，大叶大枝，日增茂盛。这小女人简直是全不为丈夫设想那么似的，一天比一天长大起来了。

夏夜光景说来如做梦。大家饭后坐到院中心歇凉，挥摇蒲扇，看天上的星同屋角的萤，听南瓜棚上纺织娘子咯咯咯拖长声音纺车，远近声音繁密如落雨。禾花风悠悠吹到脸上，正是让人在各种方便中说笑话的时候。

萧萧好高，一个人常常爬到草料堆上去，抱了已经熟睡的丈夫在怀里，轻轻地轻轻地随意唱着自编的四句头山歌。唱来唱去却把自己也催眠起来，快要睡去了。

在院坝中，公公婆婆，祖父祖母，另外还有帮工汉子两个，散乱地坐在小板凳上，摆龙门阵学古，轮流下去打发上半夜。

祖父身边有个烟包，在黑暗中放光。这用艾蒿做成的烟包，是驱逐长脚蚊得力东西，蜷在祖父脚边，犹如一条乌梢蛇。间或又拿起来晃那么几下。

想起白天场上的事情，祖父开口说话：

"我听三金说，前天又有女学生过身。"

大家就哄然大笑了。

这笑的意义何在？只因为大家印象中，都知道女学生没有辫子，留个鹌鹑尾巴，像个尼姑，又不完全像。穿的衣服像洋人，又不是洋人。吃的，用的，……总而言之，事事不同，一想起来就觉得怪可笑！

萧萧不大明白，她不笑。所以老祖父又说话了。他说：

"萧萧，你长大了，将来也会做女学生！"

大家于是更哄然大笑起来。

萧萧为人并不愚蠢，觉得这一定是不利于己的一件事，所以接口便说：

"爷爷，我不做女学生。"

"你像个女学生，不做可不行。"

"我不做。"

众人有意取笑，异口同声说："萧萧，爷爷说得对，你非做女学生不行！"

萧萧急得无可如何，"做就做，我不怕。"其实做女学生有什么不好，萧萧全不知道。

女学生这东西，在乡下的确永远是奇闻。每年一到六月天，据说放"水假"日子一到，照例便有三三五五女学生，由一个荒谬不经的热闹地方来，到另一个远地方去，取道从本地过身。从乡下人眼中看来，这些人都近于另一世界中活下的人，装扮奇奇怪怪，兴味更不可思议。这种女学生过身时，使一村人都可以说一整天的笑话。

祖父是当地一个人物，因为想起所知道的女学生在大城中的生活情形，所以说笑话要萧萧去做女学生。一面听到这话，就感觉一种打哈哈趣味，一面还有那被说的萧萧感觉一种惶恐，说这话的不为无意义了。

女学生由祖父方面所知道的是这样的一种人：她们穿衣服不管天气冷热，吃东西不问饥饱，晚上交到子时才睡觉，白天正经事全不做，只知唱歌打球，读洋书。她们会花钱，一年用的钱可以买十六只水牛。她们在省里京里想往什么地方去时，不必走路，只要钻进一个大匣子中，那匣子就可以带她到地。城市中还有各种各样大小不同匣子，都用机器开动。她们在学校，男女在一处上课读书，人熟了，就随意同那男子睡觉，也不要媒人，也不要财礼，名叫"自由"。她们也做做州县官，带家眷上任，男子仍喊作"老爷"，小孩子叫"少爷"。她们自己不养牛，却吃牛奶羊奶，如小牛小羊；买那奶时是用铁罐子盛的。她们无事时到一个唱戏地方去，那地方完全像个大庙，从衣袋中取出一块洋钱来(那洋钱在乡下可买五只母鸡)，买了一小方纸片儿，拿了那纸片到里面去，就可以坐下看洋人扮演影子戏。她们被冤了，不赌咒，不哭。她们年纪有老到二十四岁还不肯嫁人的，有老到三十四十居然还好意思嫁人的。她们不怕男子，男子不能使她们受委屈，一受委屈就上衙门打官司，要官罚男子的款，这笔钱她们有时独占自己花用，有时和官平分。她们不洗衣煮饭，也不养猪喂鸡；有了小孩子，也只花五块钱或十块钱一月，雇个人专管小孩，自己仍然整天看戏打牌，或者读那些没有用处的闲书。……

总而言之，说来事事都希奇古怪，和庄稼人不同，有的简直还可说岂有此理。这时经祖父一为说明，听过这话的萧萧，心中却忽然有了一种模模糊糊的愿望，以为倘若她也是个女学生，她是不是照祖父说的女学生一个样子去做那些事情？不管好歹，女学生并不可怕，因此一来，却已为这乡下姑娘初次体念到了。

因为听祖父说起女学生是怎样的人物，到后萧萧肚子笑得特别久。笑够了时，她说：

"爷爷，明天有女学生过路，你喊我，我要看看。"

"你看，她们捉你去做丫头。"

"我不怕她们。"

"她们读洋书念经你也不怕？"

"念观音菩萨消灾经，念紧箍咒，我都不怕。"

"她们咬人，和做官的一样，专吃乡下人，吃人骨头渣渣也不吐，你不怕？"

萧萧肯定地回答说："也不怕。"

可是这时节萧萧手上所抱的丈夫，不知为什么，在睡梦中哭了，媳妇于是用做母亲的声势，半哄半吓地说：

"弟弟，弟弟，不许哭，女学生咬人来了。"

丈夫仍然哭着，得抱起到处走走。萧萧抱着丈夫离开了祖父，祖父同人说另外一样古话去了。

萧萧从此以后心中有个"女学生"。做梦也便常常梦到女学生，且梦到同这些人并排走路。仿佛也坐过会走路的匣子，她又觉得这匣子不比自己跑路更快。在梦中那匣子的形体同谷仓差不多，里面有小小灰色老鼠，眼珠红红的，各处乱跑，有时钻到门缝里去，把个尾巴露在外边。

因为有这样一段经过，祖父从此喊萧萧不喊“小丫头”，不喊“萧萧”，却唤作“女学生”。在不经意中萧萧答应得很好。

乡下的日子也如世界上一般日子，时时不同。世界上的人把日子糟蹋，和萧萧一类人家把日子吝惜是同样的，各有所得，各属分定。许多城市中文明人，把一个夏天完全消磨到软绸衣服、精美饮料以及种种好事情上面。萧萧的一家，因为一个夏天的劳作，却得了十多斤细麻，二三十担瓜。

做小媳妇的萧萧，一个夏天中，一面照料丈夫，一面还绩了细麻四斤。到秋八月工人摘瓜，在瓜间玩，看硕大如盆、上面满是灰粉的大南瓜，成排摆在地上，很有趣味。时间到摘瓜，秋天真的已来了，院子中各处有从屋后林子里树上吹来的大红大黄木叶。萧萧在瓜旁站定，手拿木叶一束，为丈夫编小小笠帽玩。

工人中有个名叫花狗，年纪二十三岁，抱了萧萧的丈夫到枣树下去打枣子。萧萧竹竿打在枣树上，落枣满地。

“花狗大[①]，莫打了，太多了吃不完。”

虽听到这样喊，还不歇手。到后，仿佛完全因为丈夫要枣子，花狗才不听话。萧萧于是又警告她那小丈夫：

“弟弟，弟弟，来，不许捡了。吃多了生东西肚子痛！”

丈夫听话，兜了大堆枣子向萧萧身边走来，请萧萧吃枣子。

“姐姐吃，这是大的。”

“我不吃。”

“要吃一颗！”

她两手哪里有空！木叶帽正在制边，工夫要紧，还正要个人帮忙！

“弟弟，把枣子喂我口里。”

丈夫照她的命令做事，做完了觉得有趣，哈哈大笑。

她要他放下枣子帮忙捏紧帽边，便于添加新木叶。

丈夫照她吩咐做事，但老是顽皮地摇动，口中唱歌。这孩子原来像一只猫，欢喜时就得捣乱。

“弟弟，你唱的是什么？”

“我唱花狗大告我的山歌。”

“好好地唱一个给我听。”

丈夫于是帮忙拉着帽边，一面就唱下去，照所记到的歌唱：

---

① 花狗大的“大”字，即大哥简称。

天上起云云起花，
包谷林里种豆荚，
豆荚缠坏包谷树，
娇妹缠坏后生家。

天上起云云重云，
地下埋坟坟冲坟，
娇妹洗碗碗重碗，
娇妹床上人重人。

歌中的意义丈夫全不明白，唱完了就问萧萧好不好。萧萧说好，并且问跟谁学来的。她知道是花狗教他的，却故意盘问他。

“花狗大告我，他说还有好多歌，长大了再教我唱。”

听说花狗会唱歌，萧萧说：

“花狗大，花狗大，你唱一个好听的歌我听听。”

那花狗，面如其心，生长得不很整齐，知道萧萧要听歌，人也快到听歌的年龄了，就给她唱“十岁娘子一岁夫”。那故事说的是妻年大，可以随便到外面做一点不规矩的事；丈夫年纪小，只知吃奶，让他吃奶。这歌丈夫完全不懂，懂到一点儿的是萧萧。把歌听过后，萧萧装成“我全明白”那种神气，她用生气的样子，对花狗说：

“花狗大，这个不行，这是骂人的歌！”

花狗分辩说：“不是骂人的歌。”

“我明白，是骂人的歌。”

花狗难得说多话，歌已经唱过了，错了赔礼，只有不再唱。他看她已经有点懂事了，怕她回头告祖父，会挨顿臭骂，就把话支吾开，扯到“女学生”上头去。他问萧萧，看没看女学生习体操唱洋歌的事情。

若不是花狗提起，萧萧几乎忘却了这事情。这时又提到女学生，她问花狗近来有没有女学生过路，她想看看。

花狗一面把南瓜从棚架边抱到墙角去，告她女学生唱歌的事，这些事的来源还是萧萧的那个祖父，他在萧萧面前说了点大话，说他曾经到官路上见过四个女学生，她们都拿得有旗子，走长路流汗喘气中仍然唱歌，同军人所唱的一模一样。不消说，这自然完全是胡诌的。可是那故事把萧萧可乐坏了。因为花狗说这个就叫作“自由”。

花狗是起眼动眉毛，一打两头翘，会说会笑的一人。听萧萧带着羡慕口气说：“花狗大，你膀子真大。”他就说：“我不只膀子大。”

"你身个子也大。"

"我全身无处不大。"

萧萧还不大懂得这个话的意思,只觉得憨而好笑。

到萧萧抱了她丈夫走去以后,同花狗一起摘瓜,取名字叫哑巴的,开了平时不常开的口。

"花狗,你少坏点。人家是十三岁黄花女,还要等十二年后才圆房!"

花狗不作声,打了那伙计一巴掌,走到枣树下捡落地枣去了。

到摘瓜的秋天,日子计算起来,萧萧过丈夫家有一年半了。

几次降雪落雪,几次清明谷雨,一家中人都说萧萧是大人了。天保佑,喝冷水,吃粗粝饭,四季无疾病,倒发育得这样快。婆婆虽生来像一把剪子,把凡是给萧萧暴长的机会都剪去了,但乡下的日头同空气都帮助人长大,却不是折磨可以阻拦得住。

萧萧十五岁时已高如成人,心却还是糊糊涂涂的心。

人大了一点,家中做的事也多了一点。绩麻、纺车、洗衣、照料丈夫以外,打猪草推磨一些事情也要做,还有浆纱织布。凡事都学,学学就会了。乡下习惯凡是行有余力的都可以从劳作中攒点本分私房,两三年来仅仅萧萧个人份上所聚集的粗细麻和纺就的棉纱,也够萧萧坐到土机上抛三个月的梭子了。

丈夫早断了奶。婆婆有了新儿子,这五岁的儿子就像归萧萧独有了。不论做什么,走到什么地方去,丈夫总跟在身边。丈夫有些方面很怕她,当她如母亲,不敢多事。他们俩实在感情不坏。

地方稍稍进步,祖父的笑话转到"萧萧你也把辫子剪去好自由"那一类事上去了。听着这话的萧萧,某个夏天也看过了一次女学生,虽不把祖父笑话认真,可是每一次在祖父说过这个笑话以后,她到水边去,必不自觉地用手捏着辫子末梢,设想着没有辫子的人的那种神气,那点趣味。

打猪草,带丈夫上螺狮山的山阴是常有的事。

小孩子不知事,听别人唱歌也唱歌。一开腔唱歌,就把花狗引来了。

花狗对萧萧生了另外一种心,萧萧有点明白了,常常觉得惶恐不安。但花狗是男子,凡是男子的美德恶德都不缺少,劳动力强,手脚勤快,又会玩会说,所以一面使萧萧的丈夫非常喜欢同他玩,一面一有机会即缠在萧萧身边,且总是想方设法把萧萧那点惶恐减去。

山大人小,到处是树林蒙茸,平时不知道萧萧所在,花狗就站在高处唱歌逗萧萧身边的丈夫;丈夫小口一开,花狗穿山越岭就来到萧萧面前了。

见了花狗,小孩子只有欢喜,不知其他。他原要花狗为他编草虫玩,做竹哨子玩,花狗想方法支使他到一个远处去找材料,便坐到萧萧身边来,要萧萧听他唱那使人开心脸红的歌。她有时觉得害怕，不许丈夫走开；有时又像有了花狗在身边，打发丈夫走去反倒好一点。终于有一天，萧萧就这样给花狗把心窍子唱开，变成个妇人了。

那时节，丈夫走到山下采刺莓去了，花狗唱了许多歌，到后却向萧萧唱：

娇家门前一冲坡，
别人走少郎走多，
铁打草鞋穿烂了，
不是为你为那个？

末了却向萧萧说："我为你睡不着觉。"他又说他赌咒不把这事情告给人。听了这些话仍然不懂什么的萧萧，眼睛只注意到他那一对粗粗的手膀子，耳朵只注意到他最后一句话。末了花狗大便又唱了许多歌给她听。她心里乱了。她要他当真对天赌咒，赌过了咒，一切好像有了保障，她就一切尽了他。到丈夫返身时，手被毛毛虫螫伤，肿了一大片，走到萧萧身边。萧萧捏紧这一只小手，且用口去呵它，想到刚才的糊涂，才仿佛明白自己做了一点不大好的糊涂事。

花狗诱她做坏事是麦黄四月，到六月，李子熟了，她欢喜吃生李子。她觉得身体有点特别，在山上碰到花狗，就将这事情告给他，问他怎么办。

讨论了多久，花狗全无主意。虽以前自己当天赌得有咒，也仍然无主意。原来这家伙子个子大，胆子小。个子大容易做错事，胆量小做错了事就想不出办法。

到后，萧萧捏着自己那条乌梢蛇似的大辫子，想起城里了，她说：

"花狗大，我们到城里去自由，帮帮人过日子，不好么？"

"那怎么行？到城里去做什么？"

"我肚子大了，那不成。"

"我们找药去。场上有郎中卖药。"

"你赶快找药来，我想……"

"你想逃到城里去自由，不成的。人生面不熟，讨饭也有规矩，不能随便！"

"你这没有良心的，你害了我，我想死！"

"我赌咒不辜负你。"

"负不负我有什么用，帮我个忙，赶快拿去肚子里这块肉吧。我害怕！"

花狗不再作声，过了一会，便走开了。不久丈夫从他处拿了大把山里红果子回来，见萧萧一个人坐在草地上眼睛红红的。丈夫心中纳罕。看了一会，问萧萧：

"姐姐，为甚么哭？"

“不为甚么，灰尘落到眼睛窝里，痛。”

“我吹吹吧。”

“不要吹。”

“你瞧我，得这些这些。”

他把手中拿的和从溪中捡来放在衣口袋里的小蚌、小石头全部陈列到萧萧面前，萧萧眼泪婆娑看了一会，勉强笑着说：“弟弟，我们要好，我哭你莫告家中。告家中我可要生气！”到后这事情家中当真就无人知道。

过了半个月，花狗不辞而行，把自己所有的衣裤都拿去了。祖父问同住的长工哑巴，知不知道他为什么走路，走哪儿去？是上山落草，还是做薛仁贵投军？哑巴只是摇头，说花狗还欠了他两百钱，临走时话都不留一句，为人少良心。哑巴说他自己的话，并没有把花狗走的理由说明。因此这一家希奇一整天，谈论一整天。不过这工人既不偷走物件，又不拐带别的，这事情过后不久，自然也就把他忘掉了。

萧萧仍然是往日的萧萧。她能够忘记花狗就好了。但是肚子真有些不同了，肚子中有东西总在动，使她常常一个人干着急，尽做怪梦。

她脾气坏了一点，这坏处只有丈夫知道，因为她对丈夫似乎严厉苛刻了好些。仍然每天同丈夫在一处，她的心，想到的事自己也不十分明白。她常想，我现在死了，什么都好了。可是为什么要死？她还很高兴活下去，愿意活下去。

家中不拘谁在无意中提起关于丈夫弟弟的话，提起小孩子，提起花狗，都像使这话如拳头，在萧萧胸口上重重一击。

到九月，她担心人知道更多了，引丈夫庙里去玩，就私自许愿，吃了一大把香灰。吃香灰被她丈夫看见了，丈夫问这是做甚么，萧萧就说肚子痛，应当吃这个。萧萧自然说谎，虽说求菩萨保佑，菩萨当然没有如她的愿望，肚子中长大的东西依旧在慢慢地长大。

她又常常往溪里去喝冷水，给丈夫看见时，丈夫问她，她就说口渴。

一切她所想到的方法都没有能够使她同自己不喜欢的担心分开。大肚子只有丈夫一人知道，他却不敢告这件事给父母晓得。因为时间长久，年龄不同，丈夫有些时候对于萧萧的怕同爱，比对父母还深切。

她还记得花狗赌咒那一天里的事情，如同记着其他事情一样。到秋天，屋前屋后的毛毛虫都结茧，成了各种好看蝶蛾。丈夫像故意折磨她一样，常常提起几个月前被毛毛虫螫手的旧话，使萧萧心里难过。她因此恨毛毛虫，见了那小虫就用脚去踹。

有一天，又听人说有好些女学生过路，听过这话的萧萧，睁了眼做过一阵梦，愣愣地对日头出处痴了半天。

萧萧步花狗后尘，也想逃走，收拾一点东西预备跟了女学生走的那条路上城去自由。但没有动身,就被家里人发觉了。这种打算照乡下人说来是一件大事,于是把她两手捆了起来,丢在灶屋边,饿了一天。

家中追究这逃走的根源,才明白这个十年后预备给小丈夫生儿子继香火的萧萧肚子已经被另一个人抢先下了种。这在一家人生活中真是了不得的一件大事!一家人平静的生活,为这件新事全弄乱了。生气的生气,流泪的流泪,骂人的骂人,各按本分乱下去。悬梁、投水、吃毒药,被困着的萧萧,诸事漫无边际地全想到了,究竟是年纪太小,舍不得死,却不曾做。于是祖父从现实出发,想出个聪明主意,把萧萧关在房里,派人好好看守着,请萧萧本族的人来说话,照规矩是"沉潭"还是"发卖"?萧萧家中人要面子,就沉潭淹死了她,舍不得死就发卖。萧萧只有一个伯父,在近处庄子里为人种田,去请他时先还以为是吃酒,到了才知是这样丢脸的事,弄得这老实忠厚的家长手足无措。

大肚子作证,什么也没有可说。照习惯,沉潭多是读过"子曰"的族长爱面子才作出的蠢事。伯父不读"子曰",不忍把萧萧当牺牲,萧萧当然应当嫁人做"二路亲"了。

这是一种处罚,好像极其自然,照习惯受损失的是丈夫家里,然而却可以在改嫁上收回一笔钱,当做赔偿损失的数目。那伯父把这事情告给了萧萧,就要走路。萧萧拉着伯父衣角不放,只是幽幽地哭。伯父摇了一会头,一句话不说,仍然走了。

一时没有相当的人家来要萧萧,送到远处自然也得有人,因此暂时就仍然在丈夫家中住下。这件事既经说明白,照乡下规矩,倒又像不甚么要紧,只等待处分,大家反而释然了。先是小丈夫不能再同萧萧在一处,到后又仍然如月前情形,姐弟一般有说有笑地过日子了。

丈夫知道了萧萧肚子中有儿子的事情,又知道因为这样萧萧才应当嫁到远处去。但是丈夫并不愿意萧萧去,萧萧自己也不愿意去。大家莫名其妙,只是照规矩像逼到要这样做,不得不做。究竟是谁定的规矩,是周公还是周婆,也没有人说得清楚。

在等候主顾来看人,等到十二月,还没有人来,萧萧只好在这人家过年。

萧萧次年二月间,十月满足,坐草生了一个儿子,团头大眼,声响洪壮。大家把母子二人,照料得好好的,照规矩吃蒸鸡同江米酒补血,烧纸谢神。一家人都喜欢那儿子。生下的既是儿子,萧萧不嫁别处了。

到萧萧正式同丈夫拜堂圆房时,儿子已经年纪十岁,有了半劳动力,能看牛割草,成为家中生产者的一员了。平时喊萧萧丈夫作大叔,大叔也答应,从不生气。

这儿子名叫牛儿,牛儿十二岁时也接了亲,媳妇年长六岁。媳妇年纪大,方能诸事做帮手,对家中有帮助。唢呐到门前时,新娘在轿中呜呜地哭着,忙坏了那个祖父，曾祖父。

这一天，萧萧刚坐月子不久，孩子才满三月，抱了自己新生的毛毛，在屋前榆蜡树篱笆间看热闹，同十年前抱丈夫一个样子。小毛毛哭了，唱歌一般地哄着他：

"哪，毛毛，看，花轿来了。看，新娘子穿花衣，好体面！啵，啵，啵，不许闹，不讲道理不成的！不讲理我要生气的！看看，女学生也来了！明天长大了，我们讨个女学生媳妇！"

一九二九年作

一九五七年二月校改字句

【阅读提示】

沈从文的小说从题材上可分为两大类，一类是城市题材，另一类是农村题材。沈从文自称是一个"乡下人"，他总是用一种疑惧不安和挑剔的眼光看待现代文明的演进，尤其对城市文明持相当严厉的批判态度。与此同时，他对农村生活却往往是肯定的。这样一种文化立场，使他的城市题材小说具有鲜明的批判现实主义色彩，而以湘西农村生活为题材的小说，却大多具有浪漫主义的特征。《边城》如此，《三三》如此，这篇《萧萧》也如此。

《萧萧》以湘西农村的童养媳习俗生活为背景，讲述了一个故事：一名短工诱奸了家中的童养媳，使她怀了孕。短工害怕得逃走了，留下这名童养媳顶罪。按习俗这女孩应该受到严厉的惩罚，但善良的婆家却让她生下了孩子，最终还是与小丈夫做了夫妻。整篇小说没有常见的农村童养媳题材那种凄清悲伤的悲剧内涵，反而充满了温馨的气氛，以及沈从文小说独有的迷人的湘西风俗画特色。

小说语言质朴清新、含蓄自然，对女主人公的内心世界把握得很准确。整篇小说回荡着作者对故乡的风土人情的眷恋和挚爱，是一首湘西农村生活的牧歌。

□朱光潜

朱光潜(1897—1986)，笔名孟实、孟石。现代美学家、文艺理论家。安徽桐城人。1925年入英国爱丁堡大学学习，1929年毕业，转入伦敦大学，同时在法国巴黎大学注册，后又入法国斯特拉斯堡大学，以论文《悲剧心理学》获文学博士学位。著有《悲剧心理学》、《文艺心理学》、《西方美学史》，译有[德]黑格尔《美学》等。另外还有《给青年的十二封信》、《变态心理学派别》、《变态心理学》、《谈修养》、《克罗齐哲学述评》、《美学批判论文集》、《谈美书简》、《美学拾穗集》、《艺文杂谈》等。

谈读诗与趣味的培养

据我的教书经验来说，一般青年都欢喜听故事而不欢喜读诗。记得从前在中学里教英文，讲一篇小说时常有别班的学生来旁听；但是遇着讲诗时，旁听者总是瞟着机会逃出去。就出版界的消息看，诗是一种滞销货。一部大致不差的小说就可以卖钱，印出来之后一年中可以再版三版。但是一部诗集尽管很好，要印行时须得诗人自己掏腰包作印刷费，过了多少年之后，藏书家如果要买它的第一版，也用不着费高价。

从此一点，我们可以看出现在一般青年对于文学的趣味还是很低。在欧洲各国，小说固然也比诗畅销，但是没有在中国的这样大的悬殊，并且有时诗的畅销更甚于小说。据去年的统计，法国最畅销的书是波德莱尔的《病之花》[①]。这是一部诗，而且并不是容易懂的诗。

一个人不欢喜诗，何以文学趣味就低下呢？因为一切纯文学都要有诗的特质。一部好小说或是一部好戏剧都要当做一首诗看。诗比别类文学较严谨，较纯粹，较精致。如果对于诗没有兴趣，对于小说戏剧散文等等的佳妙处也终不免有些隔膜。不爱好诗而爱好小说戏剧的人们大半在小说和戏剧中只能见到最粗浅的一部分，就是故事。所以他们看小说和戏剧，不问他们的艺术技巧，只求它们里面有有趣的故事。他们最爱读的小说不是描写内心生活或者社会真相的作品，而是《福尔摩斯侦探案》之类的东西。爱好故事本来不是一件坏事，但是如果要真能欣赏文学，我们一定要超过原始的童稚的好奇心，要超过对于《福尔摩斯侦探案》的爱好，去求艺术家对于人生的深刻的观照以及他们传达这种观照的技巧。第一流小说家不尽是会讲故事的人，第一流小说中的故事大半只像枯树搭成的花架，用处只在撑持住一园锦绣灿烂生气蓬勃的葛藤花卉。这些故事以外的东西就是小说中的诗。读小说只见到故事而没有见到它的诗，就像看到花架而忘记架上的花。要养成纯正的文学趣味，我们最好从读诗入手。能欣赏诗，自然能欣赏小说戏剧及其他种类文学。

如果只就故事说，陈鸿的《长恨歌传》未必不如白居易的《长恨歌》或洪升的《长生殿》，元稹的《会真记》未必不如王实甫的《西厢记》，兰姆(Lamb)的《莎士比亚故事集》未必不如莎士比亚的剧本。但是就文学价值说，《长恨歌》、《西厢记》和莎士比亚的剧本都远非它们所根据的或脱胎的散文故事所可比拟。我们读

---

① 诗集《病之花》，通译《恶之花》，法国作家波德莱尔的代表作。1857年初版。诗集歌唱醇酒、美人，强调官能陶醉，以愤世嫉俗的姿态表达对现实生活的不满和反抗。他揭露生活的阴暗面，歌唱丑恶事物，对资产阶级的传统美学观点带来了极大的冲击。

诗，须在《长恨歌》、《西厢记》和莎士比亚的剧本之中寻出《长恨歌传》、《会真记》和《莎士比亚故事集》之中所寻不出来的东西。举一个很简单的例来说，比如贾岛的《寻隐者不遇》：

> 松下问童子，言师采药去。
> 只在此山中，云深不知处。

或是崔颢的《长干行》：

> 君家何处住？妾住在横塘。
> 停舟暂借问，或恐是同乡。

里面也都有故事，但是这两段故事多么简单平凡！两首诗之所以为诗，并不在这两个故事，而在故事后面的情趣，以及抓住这种简朴而隽永的情趣，用一种恰如其分的简朴而隽永的语言表现出来的艺术本领。这两段故事你和我都会说，这两首诗却非你和我所做得出，虽然从表面看起来，它们是那么容易。读诗就要从此种看来虽似容易而实在不容易做出的地方下功夫，就要学会了解此种地方的佳妙。对于这种佳妙的了解和爱好就是所谓"趣味"。

各人的天资不同，有些人生来对于诗就感觉到趣味，有些人生来对于诗就丝毫不感觉到趣味，也有些人只对于某一种诗才感觉到趣味。但是趣味是可以培养的。真正的文学教育不在读过多少书和知道一些文学上的理论和史实，而在培养出纯正的趣味。这件事实在不很容易。培养趣味好比开疆辟土，须逐渐把本非我所有的变为我所有的。记得我第一次读外国诗，所读的是《古舟子咏》，简直不明白那位老船夫因射杀海鸟而受天谴的故事有什么好处，现在回想起来，这种蒙昧真是可笑，但是在当时我实在不觉到这诗有趣味。后来明白作者在意象音调和奇思幻想上所做的工夫，才觉得这真是一首可爱的杰作。这一点觉悟对于我便是一层进益，而我对于这首诗所觉到的趣味也就是我所征服的新领土。我学西方诗是从十九世纪浪漫派诗人入手，从前只觉得这派诗有趣味，讨厌前一个时期的假古典派的作品，不了解法国象征派和现代美国的诗：因为这些诗都和浪漫派诗不同。后来我多读一些象征派诗和英国现代诗，对它们逐渐感到趣味，又觉得我从前所爱好的浪漫派诗有好些毛病，对于它们的爱好不免淡薄了许多。我又回头看看假古典派的作品，逐渐明白作者的环境立场和用意，觉得它们也有不可抹煞处，对于他们的嫌恶也不免减少了许多。在这种变迁中我又征服了许多新领土，对于已得的领土也比从前认识较清楚。对于中国诗我也经过了同样的变迁。最初我由爱好唐诗而看轻宋诗，后来我又由爱好魏晋诗而看轻唐诗。

现在觉得各朝诗都各有特点，我们不能以衡量魏晋诗的标准去衡量唐诗和宋诗。它们代表几种不同的趣味，我们不必强其同。

对于某一种诗，从不能欣赏到能欣赏，是一种新收获；从偏嗜到和他种诗参观互校而重新加以公平的估价，是对于已征服的领土筑了一层更坚固的壁垒。学文学的人们的最坏的脾气是坐井观天，依傍一家门户，对于口胃不合的作品一概藐视。这种人不但是近视，在趣味方面不能有进展；就连他们自己所偏嗜的也很难真正地了解欣赏，因为他们缺乏比较资料和正确观照所应有的透视距离。文艺上的纯正的趣味必定是广博的趣味；不能同时欣赏许多派别诗的佳妙，就不能充分地正确地欣赏任何一派诗的佳妙。趣味很少生来就广博，好比开疆辟土，要不厌弃荒原瘠壤，一分一寸地逐渐向外伸张。

趣味是对于生命的彻悟和留恋。生命时时刻刻都在进展和变化，趣味也就要时时刻刻在进展和变化。水停蓄不流便腐化，趣味也是如此。从前私塾冬烘学究以为天下之美尽在八股文、试帖诗、《古文观止》和《了凡纲鉴》。他们对于这些乌烟瘴气何尝不津津有味？这算是文学的趣味么？习惯的势力之大往往不是我们所能想象的。我们每个人多少都有几分冬烘学究气，都把自己围在习惯所画成的狭小圈套中，对于这个圈套以外的世界都视而不见，听而不闻。沉溺于风花雪月者以为只有风花雪月中才有诗，沉溺于爱情者以为只有爱情中才有诗，沉溺于阶级意识者以为只有阶级意识中才有诗。风花雪月本来都是好东西，可是这四个字联在一起，引起多么俗滥的联想！联想到许多吟风弄月的滥调，多么令人作呕！“神圣的爱情”、“伟大的阶级意识”之类大概也有一天都归于风花雪月之列吧？这些东西本来是佳丽，是神圣，是伟大，一旦变成冬烘学究所赞叹的对象，就不免成了八股文和试帖诗。道理是很简单的。艺术和欣赏艺术的趣味都必有创造性，都必时时刻刻在开发新境界。如果让你的趣味围在一个狭小圈套里，它无机会可创造开发，自然会僵死，会腐化。一种艺术变成僵死腐化的趣味的寄生之所，它怎能有进展开发？怎能不随之僵死腐化？

艺术和欣赏艺术的趣味都与滥调是死对头。但是每件东西都容易变成滥调，因为每件东西和你熟悉之后，都容易在你的心理上养成习惯反应。像一切其他艺术一样，诗要说的话都必定是新鲜的。但是世间哪里有许多新鲜话可说？有些人因此替诗危惧，以为关于风花雪月、爱情、阶级意识等等的话或都已被人说完，或将有被人说完的一日，那一日恐怕就是诗的末日了。抱这种顾虑的人们根本没有了解诗究竟是怎么一回事。诗的疆土是开发不尽的，因为宇宙生命时时刻刻在变动进展中，这种变动进展的过程中每一时每一境都是个别的，新鲜的，有趣的。所谓“诗”并无深文奥义，它只是在人生世相中见出某一点特别新鲜有趣而把它描绘出来。这句话中“见”字最吃紧。特别新鲜有趣的东西本来在那里，我们不容易“见”着，因为我们的习惯蒙蔽住我们的眼睛。我们如果沉溺于风花雪月，也就见不着阶级意识中的诗；我们如果沉溺于油盐柴米，也就见不着风花雪月中的诗。谁没有看见过在田里收获的农夫农妇！但是谁——除非是米勒（Millet）、陶渊明和华兹华斯（Wordsworth）——在这中间见着新鲜有趣的诗？诗人的本领就在见出常人之所不能见，读诗的用处也就在随着诗人所指点的方向，见出我们所不能见；这就是说，觉到我们所素认为平凡的实在新鲜有趣。我们本来不觉得乡村生活中有诗，从读过陶渊明、华兹华斯诸人的作品之后，便觉得它有诗，我们本来不觉得城市生活和工商业文化之中有诗，从读过美国近代小说和俄国现代诗之后，便觉得它也有诗。莎士比亚教我们会在罪孽灾祸中见出庄严伟大，伦勃朗（Rambrandt）和罗丹（Rodin）教我们会在丑陋中见出新奇。诗人和艺术家的眼睛是点铁成金的眼睛。生命生生不息，他们的发现也生生不息。如果生命有末日，诗才会有末日。到了生命的末日，我们自无容顾虑到诗是否还存在。但是有生命而无诗的人虽未到诗的末日，实在是早已到生命的末日了，那真是一件最可悲哀的事。"哀莫大于心死"，所谓"心死"就是对于人生世相失去解悟和留恋，就是对于诗无兴趣。读诗的功用不仅在消愁遣闷，不仅是替有闲阶级添一件奢侈；它在使人到处都可以觉到人生世相新鲜有趣，到处可以吸收维持生命和推展生命的活力。

诗是培养趣味的最好的媒介，能欣赏诗的人们不但对于其他种种文学可有真确的了解，而且也决不会觉到人生是一件干枯的东西。

【阅读提示】

作为美学家和文学批评家的朱光潜，对于青年文学爱好者寄予了很大的期望。先生将文学理论娓娓道来，深入浅出，目的在于培养一般读者的一种纯正的文学趣味。他以美学家的眼光，对文学艺术的深厚体味，以及对文学爱好者的深切同情，写出了很多这类短小精妙、雅俗共赏的文学原理短文。

在本文中，作者强调了两点：第一，对文学应该有高尚的纯正的趣味，第二，对文学应该有广博的趣味。文学作品不仅仅是给你讲一个情节曲折的故事，我们应该突破这表层故事的，"去求艺术家对于人生的深刻的观照以及他们传达这种观照的技巧"，求"故事后面的情趣，以及抓住这种简朴而隽永的情趣，用一种恰如其分的简朴而隽永的语言表现出来的艺术本领"。其次，文学欣赏的口味应该杂，要学会能够欣赏各种风格的文学作品。文学趣味是可以培养的，在趣味上千万不要作茧自缚，拘泥于一种风格。

朱光潜是一个中西学养都非常深厚的大学问家，但他又非常善于深入浅出地谈理论，语言明快简洁，通俗易懂。这篇《谈读诗与趣味的培养》就具有这样的特点。

□曹禺

曹禺(1910—1996),原名万家宝。祖籍湖北潜江,生于天津一个封建官僚家庭。中国现当代剧作家。1933年创作处女作四幕剧《雷雨》,暴露了具有浓厚封建性的资产阶级家庭的腐朽和罪恶,揭示旧制度必将灭亡的历史趋势,并以高度的艺术成就和现实主义的艺术力量震动了当时的戏剧界,标志着中国话剧艺术开始走向成熟。其后创作了剧本《日出》、《原野》、《北京人》,并将巴金的小说《家》改编成剧本,还译有《柔密欧与幽丽叶》等。建国后历任北京人民艺术剧院院长、中国作家协会书记处书记、中央戏剧学院名誉院长、中国戏剧家协会主席等职。著有话剧《明朗的天》、历史剧《胆剑篇》(执笔)、《王昭君》等。他的一些剧作已被译成日、俄、英等国文字出版。

日　出(存目)

【阅读提示】

曹禺在发表《雷雨》之后,成了文坛的一颗新星。然而,他自己却对这部处女作不满意,认为"太像戏了","技巧上,我用的过分"。他渴望着"试探一次新路"。在创作视野上,他也把眼光从家庭转向社会,试图对现代都市的"损不足以奉有余"的"人之道"进行抗争。这就是发表于1936年的《日出》。

《日出》用两个场景——高级大旅馆与三等妓院——来表现当时的社会。作者把人群分为"不足者"与"有余者"。翠喜、"小东西"、黄省三,这些生活在社会最底层的被压迫、被侮辱的人们,他们的悲惨人生遭遇都能引起观众的巨大同情。而那些"有余者"却具有十分明显的喜剧色彩。顾八奶奶、胡四、潘月亭、乔治张,都是那样的装腔作势,他们仗着有钱,自以为是生活的主宰,整天过着醉生梦死的生活,岂不料在他们的身后,还有更大的、连他们自己也弄不清的力量在支配着他们。最终,他们都陷入了不曾预料的困境,在观众中引起的,却是鄙弃的情感。

陈白露是这出戏的主角。她曾经是一个单纯的女孩,有着美好的憧憬。但进入城市后,很快就被异化。她成了上流社会的交际花,用美貌和肉体交换着奢侈的生活需求。在戏的开场,她的年轻时的朋友方达生来看她,勾起了她对"过去的我"及对"我的过去的故事"的回忆。但是,当方达生要带着她离开这里时,她却"回不去"了,她被"自己所习惯的种种生活方式""桎梏"了。也就是说,她已经离不开这个都市了。在曹禺的笔下,陈白露是一个悲剧主人公,他是怀着深深的同情塑造这个戏剧形象的。正如田本相先生所说:"他听到过,看到过像艾霞、阮玲玉的悲剧,以及像翠喜那样妓女的悲剧。他不是写陈白露、翠喜堕落的悲剧,而是写她们这样一些纯洁善良的女人是怎样走进悲剧深渊的,他穷追猛打的正是那个社会制度。作家的心像洁白的玉石,他的神圣而崇高的道德感情,使他对自己的人物永远是同情,是悲悯,是怜惜。"在曹禺的形象系列中,陈白露是继蘩漪之后第二个具有曹禺印记的成功文学典型形象。

《日出》在戏剧结构上也与《雷雨》有很大的不同。《雷雨》在结构上具有古典主义的特色,而《日出》借鉴了印象派绘画的散点技法,用片段的方法,用多少人生的零碎来阐明一个观念。诗意的潜流在主题、结构、背景和人物身上流淌着:"太阳升起来了,黑暗留在后面。但是太阳不是我们的,我们要睡了。"虽然,它还不能明确指出太阳是什么,但他的确"写出了希望,一种令人兴奋的希望","暗示出一个伟大的未来"。曹禺在第二幕的开头和全剧的结尾,都精心设置了打夯的小工和他们的歌声,作为"日出"的象征。剧作家显然把代表着未来的劳动者看作是这个社会的希望,因而刻意强化了这种象征。这种写实和写意的交错,是曹禺戏剧的一个十分明显的艺术特点。

□钱锺书

钱锺书(1910—1998),江苏无锡人。现、当代著名学者、作家。自幼受传统经史教育,国学根基深厚,后入清华大学、英国牛津大学、法国巴黎大学学习,广泛接触了世界各国的文化学术成果,学贯中西,博古通今。曾任西南联大、上海暨南大学、清华大学等校教授。1953 年起任文学研究所研究员,1982 年起任中国社会科学院副院长。主要著作有《谈艺录》、《管锥编》、《宋诗选注》、《也是集》等论著,长篇小说《围城》,短篇小说集《人·兽·鬼》,散文集《写在人生边上》等文学作品。

论快乐

在旧书铺里买回来维尼(Vigny)的《诗人日记》(Journal d' un poète),信手翻开,就看见有趣的一条。他说,在法语里,喜乐(bonheur)一个名词是"好"和"钟点"两字拼成,可见好事多磨,只是个把钟头的玩意儿(Si le bonheur n'était qu'une bonne denie!)。我们联想到我们本国话的说法,也同样的意味深永,譬如快活或快乐的快字,就把人生一切乐事的飘瞥难留,极清楚地指示出来。所以我们又慨叹说:“欢娱嫌夜短!”因为人在高兴的时候,活得太快,一到困苦无聊,愈觉得日脚像跛了似的,走得特别慢。德语的沉闷(langweil)一词,据字面上直译,就是“长时间”的意思。《西游记》里小猴子对孙行者说:“天上一日,下界一年。”这种神话,确反映着人类的心理。天上比人间舒服欢乐,所以神仙活得快,人间一年在天上只当一日过。从此类推,地狱里比人间更痛苦,日子一定愈加难度;段式成《酉阳杂俎》[①] 就说:“鬼言三年,人间三日。”嫌人生短促的人,真是最快活的人;反过来说,真快活的人,不管活到多少岁死,只能算是短命夭折。所以,做神仙也并不值得,在凡间已经三十年做了一世的人,在天上还是个未满月的小孩。但是这种“天算”,也有占便宜的地方:譬如戴君孚《广异记》载崔参军捉狐妖,“以桃枝决五下”,长孙无忌说罚得太轻,崔答:“五下是人间五百下,殊非小刑。”可见卖老祝寿等等,在地上最为相宜,而刑罚呢,应该到天上去受。

“永远快乐”这句话,不但渺茫得不能实现,并且荒谬得不能成立。快乐的决不会永久;我们说永远快乐,正好像说四方的圆形、静止的动作同样地自相矛盾。在高兴的时候,我们空对瞬息即逝的时间喊着说:“逗留一会儿罢! 你太美了!”那有什么用? 你要永久,你该向痛苦里去找。不讲别的,只要一个失眠的晚上,或者有约不来的下午,或者一课沉闷的听讲——这许多,比一切宗教信仰更有效力,能使你尝到什么叫做“永生”的滋味。人生的刺,就在这里,留恋着不肯快走的,偏是你所不留恋的东西。

快乐在人生里,好比引诱小孩子吃药的方糖,更像跑狗场里引诱狗赛跑的电兔子。几分钟或者几天的快乐赚我们活了一世,忍受着许多痛苦。我们希望它来,希望它留,希望它再来——这三句话概括了整个人类努力的历史。在我们追求和等候的时候,生命又不知不觉地偷度过去。也许我们只是时间消费的筹码,活了一世不过是为那一世的岁月充当殉葬品,根本不会想到快乐。但是我们到死也不明白是上了当,我们还理想死后有个天堂,在那里——谢上帝,也有这一天! 我们终于享受到永远的快乐。你看,快乐的引诱,不仅像电兔子和方糖,使我们忍受了人生,而且仿佛钓钩上的鱼饵,竟使我们甘心去死。这样说来,人生虽痛苦,却不悲观,因为它终抱着快乐的希望;现在的账,我们预支了将来去付。为了快活,我们甚至于愿意慢死。

穆勒曾把“痛苦的苏格拉底”和“快乐的猪”比较。假使猪真知道快活,那么猪和苏格拉底也相去无几了。猪是否能快乐得像人,我们不知道;但是人会容易满足得像猪,我们是常看见的。把快乐分肉体的和精神的两种,这是最糊涂的分析。一切快乐的享受都属于精神的,尽管快乐的原因是肉体上的物质刺激。小

① 《酉阳杂俎》,笔记,唐代段成式撰。前集20卷,续集10卷。所记有仙佛、鬼怪、人事、动物等,包罗甚广,多有寓意。

孩子初生了下来,吃饱了奶就乖乖地睡,并不知道什么是快活,虽然它身体感觉舒服。缘故是小孩子时的精神和肉体还没有分化,只是混沌的星云状态。洗一个澡,看一朵花,吃一顿饭,假使你觉得快活,并非全因为澡洗得干净,花开得好,或者菜合你口味,主要因为你心上没有挂碍,轻松的灵魂可以专注肉体的感觉,来欣赏,来审定。要是你精神不痛快,像将离别时的宴席,随它怎样烹调得好,吃来只是土气息,泥滋味。那时刻的灵魂,仿佛害病的眼怕见阳光,撕去皮的伤口怕接触空气,虽然空气和阳光都是好东西。快乐时的你一定心无愧怍。假如你犯罪而真觉快乐,你那时候一定和有道德、有修养的人同样心安理得。有最洁白的良心,跟全没有良心或有最漆黑的良心,效果是相等的。

发现了快乐由精神来决定,人类文化又进一步。发现这个道理,和发现是非善恶取决于公理而不取决于暴力,一样重要。公理发现以后,从此世界上没有可被武力完全屈服的人。发现了精神是一切快乐的根据,从此痛苦失掉它们的可怕,肉体减少了专制。精神的炼金术能使肉体痛苦都变成快乐的资料。于是,烧了房子,有庆贺的人;一箪食,一瓢饮,有不改其乐的人;千灾百毒,有谈笑自若的人。所以我们前面说,人生虽不快乐,而仍能乐观。譬如从写《先知书》的所罗门直到做《海风》诗的马拉梅(Mallarmé),都觉得文明人的痛苦,是身体困倦。但是偏有人能苦中作乐,从病痛里滤出快活来,使健康的消失有种赔偿。苏东坡诗就说:“因病得闲殊不恶,安心是药更无方。”王丹麓《今世说》也记毛稚黄善病,人以为忧,毛曰:“病味亦佳,第不堪为躁热人道耳!”在着重体育的西洋,我们也可以找着同样达观的人。工愁善病的诺凡利斯(Novallis)在《碎金集》里建立一种病的哲学,说病是“教人学会休息的女教师”。罗登巴煦(Rodenbach)的诗集《禁锢的生活》(Les Vies Encloses)里有专咏病味的一卷,说病是“灵魂的洗涤(épuration)”。身体结实、喜欢活动的人采用了这个观点,就对病痛也感到另有风味。顽健粗壮的十八世纪德国诗人白洛柯斯(B. H. Brockes)第一次害病,觉得是一个“可惊异的大发现(Eine bewunderungswürdige Erfindung)”。对于这种人,人生还有什么威胁?这种快乐,把忍受变为享受,是精神对于物质的最大胜利。灵魂可以自主——同时也许是自欺。能一贯抱这种态度的人,当然是大哲学家,但是谁知道他不也是个大傻子?

是的,这有点矛盾。矛盾是智慧的代价。这是人生对于人生观开的玩笑。

【阅读提示】

钱锺书的作品以睿智、风趣、知识广博见长,不用说《管锥编》、《谈艺录》、《围城》这样的鸿篇巨制,就是这篇短小的随笔也让我们管中窥豹,可见一斑。

《论快乐》广征博引,阐发的是一个人生哲理:快乐是短暂的,但对快乐的追求和期望正是人生永不悲观的精神源泉;快乐是由人的精神来决定的,因而人能够战胜环境带来的肉体的痛苦。考虑到作者创作此文时日本帝国主义正在大半个中国肆虐，其积极意义不言而喻。

本文看社会眼光冷峻，说人生体味独到。联想丰赡，征引繁富；思路开阔，见解深湛；行文跳荡，趣味横生；语言洗练，结构严谨。

□张爱玲

张爱玲(1920—1995)，原名张瑛煐，出生于上海，现代著名作家。1939 年考进香港大学，1941 年太平洋战争爆发，投入文学创作。其处女作《沉香屑——第一炉香》在上海《紫罗兰》杂志发表，引起了上海文坛的注目。两年后，发表《倾城之恋》和《金锁记》等作品，反响更为强烈。其小说拥有女性的细腻与古典的美感，对人物心理的把握令人惊异，作者独特的人生态度在当时亦是极为罕见的。20 世纪 50 年代初她辗转经香港至美国，在此期间曾经创作带有明显政治偏见的小说《秧歌》与《赤地之恋》。1973 年定居洛杉矶；两年后，完成英译清代长篇小说《海上花列传》。

金锁记(节选)

三十年前的上海，一个有月亮的晚上……我们也许没赶上看见三十年前的月亮。年轻的人想着三十年前的月亮该是铜钱大的一个红黄的湿晕，像朵云轩信笺上落了一滴泪珠，陈旧而迷糊。老年人回忆中的三十年前的月亮是欢愉的，比眼前的月亮大，圆，白；然而隔着三十年的辛苦路往回看，再好的月色也不免带点凄凉。

……

众人低声说笑着，榴喜打起帘子，报道："二奶奶来了。"兰仙云泽起身让坐，那曹七巧且不坐下，一只手撑着门，一只手撑了腰，窄窄的袖口里垂下一条雪青洋绉手帕，身上穿着银红衫子，葱白线香滚，雪青闪蓝如意小脚裤子，瘦骨脸儿，朱口细牙，三角眼，小山眉，四下里一看，笑道："人都齐了。今儿想必我又晚了！怎怪我不迟到——摸着黑梳的头！谁教我的窗户冲着后院子呢？单单就派了那么间房给我，横竖我们那位眼看是活不长的，我们净等着做孤儿寡妇了——不欺负我们，欺负谁？"玳珍淡淡的并不接口，兰仙笑道："二嫂住惯了北京的屋子，怪不得嫌这儿憋闷得慌。"云泽道："大哥当初找房子的时候，原该找个宽敞些的，不过上海像这样的，只怕也算敞亮的了。"兰仙道："可不是！家里人实在多，挤是挤了点——"七巧挽起袖口，把手帕子掖在翡翠镯子里，瞟了兰仙一眼，笑道："三妹妹原来也嫌人太多了。连我们都嫌人多,像你们没满月的自然更嫌人多了!"兰仙听了这话,还没有怎么,玳珍先红了脸,道:"玩是玩,笑是笑,也得有个分寸,三妹妹新来乍到的,你让她想着咱们是什么样的人家?"七巧扯起手绢子的一角遮住了嘴唇道:"知道你们都是清门净户的小姐,你倒跟我换一换试试,只怕你一晚上也过不惯。"玳珍啐道:"不跟你说了,越说你越上头上脸的。"七巧索性上前拉住玳珍的袖子道:"我可以赌得咒——这三年里头我可以赌得咒!你敢赌么?"玳珍也撑不住噗嗤一笑,咕哝了一句道:"怎么你孩子也有了两个?"七巧道:"真的,连我也不知道这孩子是怎么生出来的!越想越不明白!"玳珍摇手道:"够了,够了,少说两句罢。就算你拿三妹妹当自己人,没什么避讳,现放着云妹妹在这儿呢,待会儿老太太跟前一告诉,管叫你吃不了兜着走!"

……

七巧自己也知道这屋子里的人都瞧不起她,因此和新来的人分外亲热些,倚在兰仙的椅背上问长问短,携着兰仙的手左看右看,夸赞了一回她的指甲,又道:"我去年小拇指上养的比这个足足还长半寸呢,掐花给弄断了。"兰仙早看穿了七巧的为人和她在姜家的地位,微笑尽管微笑着,也不大答理她。七巧自觉无趣,趸到阳台上来,拎起云泽的辫梢来抖了一抖,搭讪着笑道:"哟!小姐的头发怎么这样稀朗朗的?去年还是乌油油的一头好头发,该掉了不少吧?"云泽闪过身去护着辫子,笑道:"我掉两根头发,也要你管!"七巧只顾端详她,叫道:"大嫂你来看看,云妹妹的确瘦多了,小姐莫不是有了心事了?"云泽啪的一声打掉了她的手,恨道:"你今儿个真的发了疯了!平日还不够讨人嫌的?"七巧把两手筒在袖子里,笑嘻嘻地道:"小姐脾气好大!"

……

兰仙坐着嗑核桃,玳珍和云泽便顺着脚走到阳台上来,虽不是存心偷听正房里的谈话,老太太上了年纪,有点聋,喉咙特别高些,有意无意之间不免有好些话吹到阳台上的人的耳朵里来。云泽把脸气得雪白,先是握紧了拳头,又把两只手使劲一撒,便向走廊的另一头跑去。跑了两步,又站住了,身子向前伛偻着,捧着脸呜呜哭了起来。玳珍赶上去扶着劝道:"妹妹快别这么着!快别这么着!不犯着跟她这样的人计较!谁拿她的话当桩事!"云泽甩开了她,一径往自己屋里奔去。玳珍回到起坐间里来,一拍手道:"这可闯出祸来了!"兰仙忙道:"怎么了?"玳珍道:"你二嫂去告诉了老太太,说女大不中留,让老太太写信给彭家,叫他们早早把云妹妹娶过去吧。你瞧,这算什么话!"兰仙也怔了一怔道:"女家说出这种话来,可不是自己打脸么?"玳珍道:"姜家没面子,还是一时的事,云妹妹将来嫁了过去,叫人家怎么瞧得起她?她这一辈子还要做人呢!"兰仙道:"老太太是明白人,不见得跟那一位一样的见识。"玳珍道:"老太太起先自然是不爱听,说咱们家的孩子,决不会生这样的心。她就说:'哟!您不知道现在的女孩子跟您从前做女孩子时候的女孩子，哪儿能够打比呀？时世变了，人也变了，要不怎么天下大乱呢？'你知道，年岁大的人就爱听这一套，说得老太太也有点疑疑惑惑起来。"兰仙叹道："好端端怎么想起来的，造这样的谣言！"玳珍两肘支在桌子上，伸着小指剔眉毛，沉吟了一会，嗤的一笑道："她自己以为她是特别地体贴云妹妹呢！要她这样体贴我，我可受不了！"兰仙拉了她一把道："你听——不能是云妹妹吧？"后房似乎有人在那里大放悲声，蹬得铜床柱子一片响。嘈嘈杂杂还有人在那里解劝，只是劝不住。玳珍站起身来道："我去看看。别瞧这位小姐好性儿，逼急了她，也不是好惹的。"

玳珍出去了，那姜三爷姜季泽却一路打着呵欠进来了。季泽是个结实小伙子，偏于胖的一方面，脑后拖一根三股油松大辫，生得天圆地方，鲜红的腮颊，往下坠着一点，青湿眉毛，水汪汪的黑眼睛里永远透着三分不耐烦，穿一件竹根青窄袖长袍，酱紫芝麻地一字襟珠扣小坎肩，问兰仙道："谁在里头喊喊喳喳跟老太太说话？"兰仙道："二嫂。"季泽抿着嘴摇摇头。兰仙笑道："你也怕了她？"季泽一声儿不言语，拖过一把椅子，将椅背抵着桌面，把袍子高高地一撩，骑着椅子坐了下来，下巴搁在椅背上，手里只管把核桃仁一个一个拈来吃。兰仙睨了他一眼道："人家剥了这一晌午，是专诚孝敬你的么？"正说着，七巧掀着帘子出来了，一眼看见了季泽，身不由主地就走了过来，绕到兰仙椅子背后，两手兜在兰仙脖子上，把脸凑了下去，笑道："这么一个人才出众的新娘子！三弟你还没谢谢我哪！要不是我催着他们早早替你办了这件事，这一耽搁，等打完了仗，指不定要十年八年呢！可不把你急坏了！"兰仙生平最大的憾事便是出阁的日子正赶着非常时期，潦草成了家，诸事都欠齐全，因此一听见这不入耳的话，她那小长挂子脸便往下一沉。季泽望了兰仙一眼，微笑道："二嫂，自古好心没有好报，谁都不承你的情！"七巧道："不承情也罢！我也惯了。我进了你姜家的门，别的不说，单只守着你二哥这些年，衣不解带地服侍他，也就是个有功无过的人——谁见我的情来？谁有半点好处到我头上？"季泽笑道："你一开口就是满肚子的牢骚！"七巧长长地吁了一口气，只管拨弄兰仙衣襟上扣着的金三事儿和钥匙。半晌，忽道："总算你这一个来月没出去胡闹过。真亏了新娘子留住了你。旁人跪下地来求你也留你不住！"季泽笑道："是吗？嫂子并没有留过我，怎见得留不住？"一面笑，一面向兰仙使了个眼色。七巧笑得直不起腰道："三妹妹，你也不管管他！这么个猴儿崽子，我眼看他长大的，他倒占起我的便宜来了！"

她嘴里说笑着，心里发烦，一双手也不肯闲着，把兰仙揣着捏着，捶着打着，恨不得把她挤得走了样才好。兰仙纵然有涵养，也忍不住要恼了，一性急，嗑核桃使差了劲，把那二寸多长的指甲齐根折断。七巧哟了一声道："快拿剪刀来修一修。我记得这屋里有一把小剪子的。"便唤："小双！榴喜！来人哪！"兰仙立起身来道："二嫂不用费事，我上我屋里铰去。"便抽身出去。七巧就在兰仙的椅子上坐下了，一手托着腮，抬高了眉毛，斜睐着季泽道："她跟我生了气么？"季泽笑道："她干吗生你的气？"七巧道："我正要问呀——我难道说错了话不成？留你在家倒不好？她倒愿意你上外头逛去？"季泽笑道："这一家子从大哥大嫂起，齐了心管教我，无非是怕我花了公账上的钱罢了。"七巧道："阿弥陀佛，我保不定别人不安着这个心，我可不那么想。你就是闹了亏空，押了房子卖了田，我若皱一皱眉头，我也不是你二嫂了。谁叫咱们是骨肉至亲呢？我不过是要你当心你的身子。"季泽嗤的一笑道："我当心我的身子，要你操心？"七巧颤声道："一个人，身子第一要紧。你瞧你二哥弄得那样儿，还成个人吗？还能拿他当个人看？"季泽正色道："二哥比不得我，他一下地就是那样儿，并不是自己作践的。他是个可怜的人，一切全仗二嫂照护他了。"七巧直挺挺地站了起来，两手扶着桌子，垂着眼皮，脸庞的下半部抖得像嘴里含着滚烫的蜡烛油似的，用尖细的声音逼出两句话道："你去挨着你二哥坐坐！你去挨着你二哥坐坐！"她试着在季泽身边坐下，只搭着他的椅子的一角，她将手贴在他腿上，道："你碰过他的肉没有？是软的、重的，就像人的脚有时发了麻，摸上去那感觉……"季泽脸上也变了色，然而他仍旧轻佻地笑了一声，俯下腰，伸手去捏她的脚道："倒要瞧瞧你的脚现在麻不麻！"七巧道："天哪，你没挨着他的肉，你不知道没病的身子是多好的……多好的……"她顺着椅子溜下去，蹲在地上，脸枕着袖子，听不见她哭，只看见发髻上插的风凉针，针头上的一粒钻石的光，闪闪掣动着。发髻的心子里扎着一小截粉红丝线，反映在金刚钻微红的光焰里。她的背影一挫一挫，俯伏了下去。她不像在哭，简直像在翻肠搅胃地呕吐。

季泽先是愣住了，随后就立起来道："我走。我走就是了。你不怕人，我还怕人呢。也得给二哥留点面子！"七巧扶着椅子站了起来，呜咽道："我走。"她扯着衫袖里的手帕子揾了揾脸，忽然微微一笑道："你这样卫护你二哥！"季泽冷笑道："我不卫护他，还有谁卫护他？"七巧向门走去，哼了一声道："你又是什么好人？趁早不用在我跟前假撇清！且不提你在外头怎样荒唐，单只在这屋里……老娘眼睛是揉不下沙子去！别说我是你嫂子了，就是我是你奶妈，只怕你也不在乎。"季泽笑道："我原是个随随便便的人，哪禁得你挑眼儿？"七巧待要出去，又把背心贴在门上，低声道："我就不懂，我有什么地方不如人？我有什么地方不好……"季泽笑道："好嫂子，你有什么不好？"七巧笑了一声道："难不成我跟了个残废的人，就过上了残废的气，沾都沾不得？"她睁着眼直勾勾朝前望着，耳朵上的实心小金坠子像两只铜钉把她钉在门上——玻璃匣子里蝴蝶的标本，鲜艳而凄怆。

季泽看着她，心里也动了一动。可是那不行，玩尽管玩，他早抱定了宗旨不惹自己家里人，一时的兴致过去了，躲也躲不掉，踢也踢不开，成天在面前，是个累赘。何况七巧的嘴这样敞，脾气这样躁，如何瞒得了人？何况她的人缘这样坏，上上下下谁肯代她包涵一点？她也许是豁出去了，闹穿了也满不在乎。他可是年纪轻轻的，凭什么要冒这个险？他侃侃说道："二嫂，我虽年纪小，并不是一味胡来的人。"

仿佛有脚步声。季泽一撩袍子，钻到老太太屋子里去了，临走还抓了一大把核桃仁。七巧神志还不很清楚，直到有人推门，她方才醒了过来，只得将计就计，藏在门背后，见玳珍走了进来，她便夹脚跟出来，在玳珍背上打了一下。玳珍勉强一笑道："你的兴致越发好了！"又望了望桌上道："咦？那么些个核桃，吃得差不多了。再也没有别人，准是三弟。"七巧倚着桌子，面向阳台立着，只是不言语。玳珍坐了下来，嘟哝道："害人家剥了一早上，便宜他享现成的！"七巧捏着一片锋利的核桃壳，在红毡条上狠命刮着，左一刮，右一刮，看看那毡子起了毛，就要破了。她咬着牙道："钱上头何尝不是一样？一味地叫咱们省，省下来让人家拿出去大把地花！我就不服这口气！"玳珍看了她一眼，冷冷地道："那可没有办法。人多了，明里不去，暗里也不见得不去。管得了这个，管不了那个。"七巧觉得她话中有刺，正待反唇相讥，小双进来了，鬼鬼祟祟走到七巧跟前，嗫嚅道："奶奶，舅爷来了。"七巧骂道："舅爷来了，又不是背人的事，你嗓子眼里长了疔是怎么着？蚊子哼哼似的！"小双倒退了一步，不敢言语。玳珍道："你们舅爷原来也到上海来了。咱们这儿亲戚倒都全了。"七巧移步出房道："不许他到上海来？内地兵荒马乱的，穷人也一样的要命呀！"她在门槛上站住了，问小双道："回过老太太没有？"小双道："还没呢。"七巧想了一想，毕竟不敢进去告诉一声，只得悄悄下楼去了。

……

【阅读提示】

曹七巧为了生存，为了生活，为了金钱，甘愿侍候一个残废男子，正常的心理需求得不到满足，精神上也变成了残废。她一生都为"金钱"而奋斗，沉重的黄金枷锁压得她心理畸形，她容不得任何人染指她的财产，为此她宁可牺牲哪怕短暂的快乐。她也曾得到过爱的光辉，沐浴在"细细的音乐，细细的喜悦"中，但她的人性已被黄金枷锁所扭曲、摧残，她自己已被黄金蚕食了，她的青春和爱情也被黄金枷锁给扼杀了。她是担当不起情欲的人，这最终也使她从一个曾有青春的温情回忆的曹大姑娘变成了阴鸷、凶狠、残酷的近乎精神分裂或心理变态的姜老太太。"三十年来，她戴着黄金的枷锁，她用那沉重的枷角劈杀了几个人，没死的也送了半条命。"她残酷地扼杀了自己的情欲和希望，也无法容忍儿女的生命乐趣。儿女的幸福，在她眼里全变成了恶毒的嘲笑，她嫉妒所有人的和睦婚姻，亲手扼杀了儿子和女儿的爱情和家庭。她诱使儿女吸毒，以求锁住他们，她逼儿子供出床笫之事折磨死媳妇，用她那"平扁而尖利的喉咙"割断了儿女的婚姻。七巧"一级一级，走进了没有光的所在"，走进了"被食、自食、食人"的怪圈。她在原欲的折磨下，毁掉了自己的生命，又拉上了子女作为自己的陪葬品，成了"遗老家庭里一种牺牲品，没落的宗法社会里微不足道的渣滓"(傅雷语)。七巧的变态令人毛骨悚然。张爱玲围绕着欲望的沉沦把人性心理的暗角揭示得恐怖不堪，令人不寒而栗，展示了一出"人类古老记忆中的罪恶"。

【相关链接】

名家作品：http://www.novelscape.com/xdwx/zpj.htm

当代文学史料系统：http://lit.ncl.edu.tw/

香港文学资料库：http://hklitpub.lib.cuhk.edu.hk/

中国文联：http://www.cflac.org.cn/

中国作家网：http://www.chinawriter.com.cn/

华文网络小说联盟：http://www.cnlu.net/

当代文学概述

中国当代文学是中国现代文学在当代的延伸。从时间上，它是从1949年7月开始，延续到今天；从空间上，包括内地、台湾、香港和澳门的所有文学创作成果；从本质上看，中国当代文学致力于中国文学的现代化，即通过现代社会与人的意识情感的加入，以改变中国古典文学造成的封闭和隔绝，使文学在内容和表达上与当代中国人的实际有更多的联系和契合。

内地的当代文学可以分为三个阶段。第一阶段从1949年7月开始，至“文革”结束前后。第二阶段以《班主任》的发表为标志，至20世纪80年代末。20世纪最后十年是中国当代文学的第三阶段。

第一阶段在文坛上唱主角的，主要是从解放区走出来的作家，如赵树理、周立波、孙犁、李季、贺敬之、郭小川、杨朔、刘白羽等，也有一些青年作家如王蒙、茹志鹃、刘绍棠、李準、杨沫等刚刚崭露头角。从国统区过来的一些老作家，因为创作心理定势的影响，无法适应新中国的社会现实，除老舍、巴金、曹禺等作家外，多数作家都渐渐停止了创作。应该承认，建国后十七年的文学，取得了一定成绩。但是，由于我们沿用了战争时期的文艺政策，过分强调文艺作为政治工具的作用，规定文学作品不能暴露黑暗，不能写悲剧，不能抒发带有所谓“小资情调”的个人情感等等，种种清规戒律，使文学失去了往日的活力，这时的文学作品，总体质量不如中国现代文学。

“文革”的爆发，不仅是中国政治和经济的大灾难，也是中国文学的一场大灾难。“文革”首先是在文学界发动起来的，文学受到的冲击自然最大。当时，几乎所有的文学作品都被当做“封资修”的毒草遭受批判，文艺界只剩下几个所谓的样板戏和一部长篇小说《艳阳天》。然而，文学创作是人类的一种精神创造活动，即使动用政治的力量，也无法彻底予以禁止。“文革”时期涌动在民间的地下文学创作活动，再一次证明了这一点。

“文革”结束后，与揭批“四人帮”和思想解放运动同步，文学创作进入了一个长期压抑状态之后的井喷期。刘心武的《班主任》带出了伤痕文学和反思文学的兴盛，文学在社会学层面上的杰出思考充分体现了作家们在政治上的敏感和对改革的热切期望。朦胧诗和王蒙小说艺术的变革在文艺理论界引起了激烈的争论，汪曾祺短篇小说《受戒》在小说创作上的散文化、风俗化和唯美化的特点，对20世纪80年代小说创作的潜在影响更是十分巨大。老作家巴金、孙犁、艾青、姚雪垠、徐迟宝刀未老，中年作家邵燕祥、公刘、徐怀中、茹志鹃、宗璞、柯岩、黄宗英、从维熙、高晓声、陆文夫、蒋子龙、黎汝清梅开二度，青年作家北岛、舒婷、贾平凹、王安忆、张承志、张炜、韩少功、阿城、刘恒、马原、路遥、莫言、王朔、残雪、余华、苏童、叶兆言青春勃发，20世纪80年代的文坛因了他们的努力而热闹非凡。

20世纪80年代末，国内外政治形势的变化，宣告了具有启蒙主义和浪漫主义色彩的新时期走向终结，所谓新时期文学也随之结束。1992年邓小平南行谈话，再次掀起了改革开放的热潮，与20世纪80年代相比，20世纪90年代的市场化程度要高得多，文学也因此发生了十分深刻的变化。1993年，以贾平凹、陈忠实为代表的陕西作家群异军突起，6位陕西作家在这一年出版了8部长篇小说，尤其是《废都》和《白鹿原》，引起了读书界的广泛注意。以王蒙和王朔为一方，张炜和张承志为另一方，对整个社会的市场化以及因此给中国文化带来的冲击和变化，发表了截然不同的观感。上海学人在这一年也展开了关于人文精神问题的讨论，这场讨论后来蔓延到了全国的文化界。北京一些学者在编辑20世纪中国文学大师丛书时，把茅盾排除在20世纪文学大师的行列之外，取代他的是香港新武侠小说的代表作家金庸，这一做法也引起了文学界的强烈反应。各种报纸副刊的激增，导致了散文随笔的创作热。从陈染、林白、徐小斌到卫慧、棉棉，她们大胆而又细腻的女性体验，在笔下得到了前所未有的倾诉。已经入了法国籍的原中国作家高行健，因为他用中文写成的《灵山》而获得20世纪最后一项诺贝尔文学奖，以及藏族作家阿来那部成稿4年无人愿意出版的《尘埃落定》夺取茅盾文学奖，成为20世纪中国文学富有意味的句号。

□孙　犁

孙犁(1913—2002)，原名孙树勋，河北安平县人。现当代小说家、散文家。1944年在延安发表小说《荷花淀》等作品，受到广泛赞扬。孙犁的小说皆为诗化小说，毛泽东曾称赞他是“一位有风格的作家”。主要作品有长篇小说《风云初记》、小说与散文集《白洋淀纪事》、中篇小说《铁木前传》。

山地回忆

从阜平乡下来了一位农民代表，参观天津的工业展览会。我们是老交情，已经快有十年不见面了。我陪他去参观展览，他对于中纺的织纺，对于那些改良的新农具特别感到兴趣。临走的时候，我一定要送点东西给他，我想买几尺布。

为什么我偏偏想起买布来？因为他身上穿的还是那样一种浅蓝的土靛染的粗布裤褂。这种蓝的颜色，不知道该叫什么蓝，可是它使我想起很多事情，想起在阜平穷山恶水之间度过的三年战斗的岁月，使我记起很多人。这种颜色，我就叫它"阜平蓝"或是"山地蓝"吧。

他这身衣服的颜色，在天津是很显得突出，也觉得土气。但是在阜平，这样一身衣服，织染既是不容易，穿上也就觉得鲜亮好看了。阜平土地很少，山上都是黑石头，雨水很多很暴，有些泥土就冲到冀中平原上来了——冀中是我的家乡。阜平的农民没有见过大的地块，他们所有的，只是像炕台那样大，或是像锅台那样大的一块土地。在这小小的、不规整的，有时是尖形的，有时是半圆形的，有时是梯形的小块土地上，他们费尽心思，全力经营。他们用石块垒起，用泥土包住，在边沿栽上枣树，在中间种上玉黍。

阜平的天气冷，山地不容易见到太阳。那里不种棉花，我刚到那里的时候，老大娘们手里搓着线锤。很多活计用麻代线，连袜底也是用麻纳的。

就是因为袜子，我和这家人认识了，并且成了老交情。那是个冬天，该是一九四一年的冬天，我打游击打到了这个小村庄，情况缓和了，部队决定休息两天。

我每天到河边去洗脸，河里结了冰，我登在冰冻的石头上，把冰砸破，浸湿毛巾，等我擦完脸，毛巾也就冻挺了。有一天早晨，刮着冷风，只有一抹阳光，黄黄的落在河对面的山坡上。我又登在那块石头上去，砸开那个冰口，正要洗脸，听见在下水流有人喊：

"你看不见我在这里洗菜吗？洗脸到下边洗去！"

这声音是那么严厉，我听了很不高兴。这样冷天，我来砸冰洗脸，反倒妨碍了人。心里一时挂火，就也大声说：

"离着这么远，会弄脏你的菜！"

我站在上风头，狂风吹送着我的愤怒，我听见洗菜的人也恼了，那人说：

"菜是下口的东西呀！你在上流洗脸洗屁股，为什么不脏？"

"你怎么骂人？"我站立起来转过身去，才看见洗菜的是个女孩子，也不过十六七岁。风吹红了她的脸，像带霜的柿叶，水冻肿了她的手，像上冻的红萝卜。她穿的衣服很单薄，就是那种蓝色的破袄裤。

十月严冬的河滩上，敌人往返烧毁过几次的村庄的边沿，在寒风里，她抱着一篮子水沤的杨树叶，这该是早饭的食粮。

不知道为什么，我一时心平气和下来。我说：

"我错了，我不洗了，你在这块石头上来洗吧！"

她冷冷地望着我，过了一会才说：

“你刚在那石头上洗了脸,又叫我站上去洗菜!”

我笑着说:

“你看你这人,我在上水洗,你说下水脏,这么一条大河,哪里就能把我脸上的泥土冲到你的菜上去?现在叫你到上水来,我到下水去,你还说不行,那怎么办哩?”

“怎么办?我还得往上走!”

她说着,扭着身子逆着河流往上去了。登在一块尖石上,把菜篮浸进水里,把两手插在袄襟底下取暖,望着我笑了。

我哭不得,也笑不得,只好说:

“你真讲卫生呀!”

“我们是真卫生,你们是装卫生!你们尽笑话我们,说我们山沟里的人不讲卫生,住在我们家里,吃了我们的饭,还刷嘴刷牙,我们的菜饭再不干净,难道还会弄脏了你们的嘴?为什么不连肠子肚子都刷刷干净!”说着就笑得弯下腰去。

我觉得好笑。可也看见,在她笑着的时候,她的整齐的牙齿洁白得放光。

“对,你卫生,我们不卫生。”我说。

“那是假话吗?你们一个饭缸子,也盛饭,也盛菜,也洗脸,也洗脚,也喝水,也尿泡,那是讲卫生吗?”她笑着用两手在冷水里刨抓。

“这是物质条件不好,不是我们愿意不卫生。等我们打败了日本,占了北平,我们就可以吃饭有吃饭的家伙,喝水有喝水的家伙了,我们就可以一切齐备了。”

“什么时候,才能打败鬼子吗?”女孩子望着我,“我们的房,叫他们烧过两三回了!”

“也许三年,也许五年,也许十年八年。可是不管三年五年,十年八年,我们总是要打下去,我们不会悲观的。”我这样对她讲,当时觉得这样讲了以后,心里很高兴了。

“光着脚打下去吗?”女孩子转脸望了我脚上一下,就又低下头去洗菜了。

我一时没弄清是怎么回事,就问:

“你说什么?”

“说什么?”女孩子也装没有听见,“我问你为什么不穿袜子,脚不冷吗?也是卫生吗?”

“咳!”我也笑了,“这是没有法子么,什么卫生!从九月里就反‘扫荡’,可是我们八路军,是非到十月底不发袜子的。这时候,正在打仗,哪里去找袜子穿呀?”

“不会买一双?”女孩子低声说。

“哪里去买呀,尽住小村,不过镇店。”我说。

“不会求人做一双?”

"哪里有布呀？就是有布，求谁做去呀？"

"我给你做。"女孩子洗好菜站起来，"我家就住在那个坡子上，"她用手一指，"你要没有布，我家里有点，还够做一双袜子。"

她端着菜走了，我在河边上洗了脸。我看了看我那只穿着一双"踢倒山"的鞋子，冻得发黑的脚，一时觉得我对于面前这山，这水，这沙滩，永远不能分离了。

我洗过脸，回到队上吃了饭，就到女孩子家去。她正在烧火，见了我就说：

"你这人倒实在，叫你来你就来了。"

我既然摸准了她的脾气，只是笑了笑，就走进屋里。屋里蒸气腾腾，等了一会，我才看见炕上有一个大娘和一个四十多岁的大伯，围着一盆火坐着。在大娘背后还有一位雪白头发的老大娘。一家人全笑着让我炕上坐。女孩子说：

"明儿别到河里洗脸去了，到我们这里洗吧，多添一瓢水就够了！"

大伯说：

"我们妞儿刚才还笑话你哩！"

白发老大娘瘪着嘴笑着说：

"她不会说话，同志，不要和她一样呀！"

"她很会说话！"我说，"要紧的是她心眼儿好，她看见我光着脚，就心疼我们八路军！"

大娘从炕角里扯出一块白粗布，说：

"这是我们妞儿纺了半年线赚的，给我做了一条棉裤，剩下的说给她爹做双袜子，现在先给你做了穿上吧。"

我连忙说：

"叫大伯穿吧！要不，我就给钱！"

"你又装假了，"女孩子烧着火抬起头来，"你有钱吗？"

大娘说：

"我们这家人，说了就不能改移。过后再叫她纺，给她爹赚袜子穿。早先，我们这里也不会纺线，是今年春天，家里住了一个女同志，教会了她。还说再过来了，还教她织布哩！你家里的人，会纺线吗？"

"会纺！"我说，"我们那里是穿洋布哩，是机器织纺的。大娘，等我们打败日本……"

"占了北平，我们就有洋布穿，就一切齐备！"女孩子接下去，笑了。

可巧，这几天情况没有变动，我们也不转移。每天早晨，我就到女孩子家里去洗脸。第二天去，袜子已经剪裁好，第三天她已经纳底子了，用的是细细的麻线。她说：

"你们那里是用麻用线？"

"用线。"我摸了摸袜底，"在我们那里，鞋底也没有这么厚！"

"这样坚实。"女孩子说,"保你穿三年,能打败日本不?"

"能够。"我说。

第五天,我穿上了新袜子。

和这一家人熟了,就又成了我新的家,这一家人身体都健壮,又好说笑,女孩子的母亲,看起来比女孩子的父亲还要健壮。女孩子的姥姥九十岁了,还那么结实,耳朵也不聋,我们说话的时候,她不插言,只是微微笑着,她说:她很喜欢听人们说闲话。

女孩子的父亲是个生产的好手,现在地里没活了,他正计划贩红枣到曲阳去卖,问我能不能帮他的忙。部队重视民运工作,上级允许我帮老乡去作运输,每天打早起,我同大伯背上一百多斤红枣,顺着河滩,爬山越岭,送到曲阳去。女孩子早起晚睡给我们做饭,饭食很好,一天,大伯说:

"同志,你知道我是沾你的光吗?"

"怎么沾了我的光?"

"往年,我一个人背枣,我们妞儿是不会给我吃这么好的!"

我笑了。女孩子说:

"沾他什么,他穿了我们的袜子,就该给我们做活了!"

又说:

"你们跑了快半月,赚了多少钱?"

"你看,她来查账了,"大伯说,"真是,我们也该计算计算了!"他打开放在被垒底下的一个小包袱,"我们这叫包袱账,赚了赔了,反正都在这里面。"

我们一同数了票子,一共赚了五千多块钱,女孩子说:

"够了。"

"够干什么了?"大伯问。

"够给我买张织布机子了！这一趟,你们在曲阳给我买架织布机子回来吧!"

无论姥姥、母亲、父亲和我,都没人反对女孩子这个正义的要求。我们到了曲阳,把枣卖了,就去买了一架机子。大伯不怕多花钱,一定要买一架好的,把全部盈余都用光了。我们分着背了回来,累得浑身流汗。

这一天,这一家人最高兴,也该是女孩子最满意的一天。这像要了几亩地,买回一头牛;这像制好了结婚前的陪送。

以后,女孩子就学习纺织的全套手艺了:纺,拐,浆,落,经,镶,织。

当她卸下第一匹布的那天,我出发了。从此以后,我走遍山南塞北,那双袜子,整整穿了三年也没有破绽。一九四五年,我们战胜了日本强盗,我从延安回来,在碛口地方,跳到黄河里去洗了一个澡,一时大意,奔腾的黄水,冲走了我的全部衣物,也冲走了那双袜子。黄河的波浪激荡着我关于敌后几年生活的回忆,激荡着我对于那女孩子的纪念。

开国典礼那天，我同大伯一同到百货公司去买布，送他和大娘一人一身蓝士林布，另外，送给女孩子一身红色的。大伯没见过这样鲜艳的红布，对我说：

“多买上几尺，再买点黄色的！”

“干什么用？”我问。

“这里家家门口挂着新旗，咱那山沟里准还没有哩！你给了我一张国旗的样子，一块带回去，叫妞儿给做一个，开会过年的时候，挂起来！”

他说妞儿已经有两个孩子了，还像小时那样，就是喜欢新鲜东西，说什么也要学会。

1949 年 12 月

【阅读提示】

孙犁是抗日战争时期从解放区涌现出来的一名作家。他擅长于通过日常生活的侧面反映时代的风貌。作者以细腻的笔触，描绘出多种人物在战争中心理变化的轨迹。孙犁的小说对美有一种特殊的追求，他着力描写、赞扬故乡的风光美和人情美。孙犁特别擅长描写农村的青年女性，不仅有一种描写她们的美丽容貌的特殊素养，而且更具有深入她们丰富、复杂的感情世界，从她们命运的变化反映时代风云变幻的过硬本领。

《山地回忆》通过“我”和妞儿的“不打不相识”，在平易亲切的叙述中，表现了子弟兵与老百姓之间的鱼水深情。妞儿的鲜明性格，是这篇小说的最大亮点。作家只用几句对白，就把这名女孩子的淳朴爽直的性格表现了出来，体现了孙犁高超的白描功力。孙犁小说的一大特点是通过描写儿女情、家务事反映时代的变化。在本文中，作者选择了“送袜子”和“做国旗”两个细节，它们不仅反映了时代更替的历史进程，也表现了翻身后的农民对新社会的热爱。

□流沙河

流沙河（1931—），当代诗人。原名余勋坦。生于四川省金堂县城。1955 年在《西南文艺》上发表《寄黄河》等优秀诗篇，受到好评。1956 年出版短篇小说集《窗》，诗歌集《农村夜曲》。1957 年出版诗集《告别火星》，发表组诗《草木篇》，但却因此被错划为右派。1978 年复出后发表了不少诗作，《故园六咏》荣获 1979—1980 年全国优秀新诗奖。

草木篇

寄言立身者
勿学柔弱苗
——(唐)白居易

白　杨

她，一柄绿光闪闪的长剑，孤零零地立在平原，高指蓝天。也许，一场暴风会把她连根拔去。但，纵然死了吧，她的腰也不肯向谁弯一弯！

藤

他纠缠着丁香，往上爬，爬，爬……终于把花挂上树梢。丁香被缠死了，砍作柴烧了。他倒在地上，喘着气，窥视着另一株树……

仙人掌

她不想用鲜花向主人献媚，遍身披上刺刀。主人把她逐出花园，也不给她水喝。在野地里，在沙漠中，她活着，繁殖着儿女……

梅

在姐姐妹妹里，她的爱情来得最迟。春天，百花用媚笑引诱蝴蝶的时候，她却把自己悄悄地许给了冬天的白雪。轻佻的蝴蝶是不配吻她的，正如别的花不配被白雪抚爱一样。在姐姐妹妹里，她笑得最晚，笑得最美丽。

毒　菌

在阳光照不到的河岸，他出现了。白天，用美丽的彩衣，黑夜，用暗绿的磷火，诱惑人类。然而，连三岁的孩子也不去睬他。因为，妈妈说过，那是毒蛇吐的唾液……

1956 年 10 月 30 日成都

【阅读提示】

《草木篇》是一组咏物言志诗，作品以白杨、藤、仙人掌、梅、毒菌为赋，抒发爱憎之情，寓意颇深。诗人以拟人化的手法，热烈地赞颂了白杨树的孤傲、仙人掌的顽强和梅花的脱俗。同时，又以藤和毒菌作比，尖锐地抨击了那种寄生性的、居心叵测的攀附现象，以及那种用漂亮的外衣包裹自己以毒害人类的鬼蜮行为。

整组诗主题鲜明，形象生动，极好地表达了诗人那强烈的善恶之心和刚直的性格。

□茹志鹃

茹志鹃(1925—1998)，曾用笔名阿如、初旭。祖籍浙江杭州，出生于上海，当代小说家。1943年随兄参加新四军，先在苏中公学读书，以后一直在部队文工团工作，任过演员、组长、分队长、创作组组长等职。1955年从南京军区转业到上海，在《文艺月报》做编辑。1960年起从事专业文学创作。她的主要作品有小说集《百合花》、《静静的产院》、《高高的白杨树》等。新时期以来发表的主要作品有《剪辑错了的故事》、《草原上的小路》等。

百合花

一九四六年的中秋。

这天打海岸的部队决定晚上总攻。我们文工团创作室的几个同志，就由主攻团的团长分派到各个战斗连去帮助工作。大概因为我是个女同志吧！团长对我抓了半天后脑勺，最后才叫一个通讯员送我到前沿包扎所去。

包扎所就包扎所吧！反正不叫我进保险箱就行。我背上背包，跟通讯员走了。

早上下过一阵小雨，现在虽放了晴，路上还是滑得很，两边地里的秋庄稼，却给雨水冲洗得青翠水绿，珠烁晶莹。空气里也带有一股清鲜湿润的香味。要不是敌人的冷炮，在间歇地盲目地轰响着，我真以为我们是去赶集的呢！

通讯员撒开大步，一直走在我前面。一开始他就把我撩下几丈远。我的脚烂了，路又滑，怎么努力也赶不上他。我想喊他等等我，却又怕他笑我胆小害怕；不叫他，我又真怕一个人摸不到那个包扎所。我开始对这个通讯员生起气来。

嗳！说也怪，他背后好像长了眼睛似的，倒自动在路边站下了。但脸还是朝着前面。没看我一眼。等我紧走慢赶地快要走近他时，他又蹬蹬蹬地自个向前走了，一下又把我摔下几丈远。我实在没力气赶了，索性一个人在后面慢慢晃。不过这一次还好，他没让我撩得太远，但也不让我走近，总和我保持着丈把远的距离。我走快，他在前面大踏步向前；我走慢，他在前面就摇摇摆摆。奇怪的是，我从没见他回头看我一次，我不禁对这通讯员发生了兴趣。

刚才在团部我没注意看他，现在从背后看去，只看到他是高挑挑的个子，块头不大，但从他那副厚实实的肩膀看来，是个挺棒的小伙，他穿了一身洗淡了的黄军装，绑腿直打到膝盖上。肩上的步枪筒里，稀疏地插了几根树枝，这要说是伪装，倒不如算作装饰点缀。

没有赶上他，但双脚胀痛得像火烧似的。我向他提出了休息一会后，自己便在做田界的石头上坐了下来。他也在远远的一块石头上坐下，把枪横搁在腿上，背向着我，好像没我这个人似的。凭经验，我晓得这一定又因为我是个女同志的缘故。女同志下连队，就有这些困难。我着恼地带着一种反抗情绪走过去，面对着他坐下来。这时，我看见他那张十分年轻稚气的圆脸，顶多有十八岁。他见我挨他坐下，立即张惶起来，好像他身边埋下了一颗定时炸弹，局促不安，掉过脸去不好，不掉过去又不行，想站起来又不好意思。我拼命忍住笑，随便地问他是哪里人。他没回答，脸涨得像个关公，讷讷半晌，才说清自己是天目山人。原来他还是我的同乡呢！

"在家时你干什么？"

"帮人拖毛竹。"

我朝他宽宽的两肩望了一下，立即在我眼前出现了一片绿雾似的竹海，海中间，一条窄窄的石级山道，盘旋而上。一个肩膀宽宽的小伙，肩上垫了一块老蓝布，扛了几枝青竹，竹梢长长地拖在他后面，刮打得石级哗哗作响。……这是我多么熟悉的故乡生活啊！我立刻对这位同乡，越加亲热起来。

我又问："你多大了？"

"十九。"

"参加革命几年了？"

"一年。"

"你怎么参加革命的？"我问到这里自己觉得这不像是谈话，倒有些像审讯。不过我还是禁不住地要问。

"大军北撤时我自己跟来的。"

"家里还有什么人呢？"

"娘、爹、弟弟妹妹，还有一个姑姑也住在我家里。"

"你还没娶媳妇吧？"

"……"他飞红了脸，更加忸怩起来，两只手不停地数摸着腰皮带上的扣眼。半晌他才低下了头，憨憨地笑了一下，摇了摇头。我还想问他有没有对象，但看到他这样子，只得把嘴里的话，又咽了下去。

两人闷坐了一会，他开始抬头看看天，又掉过来扫了我一眼，意思是在催我动身。

当我站起来要走的时候，我看见他摘了帽子，偷偷地在用毛巾拭汗。这是我的不是，人家走路都没出一滴汗，为了我跟他说话，却害他出了这一头大汗，这都怪我了。

我们到包扎所，已是下午两点钟了。这里离前沿有三里路，包扎所设在一个小学里，大小六个房子组成品字形，中间一块空地长了许多野草，显然，小学已有多时不开课了。我们到时屋里已有几个卫生员在弄着纱布棉花，满地上都是用砖头垫起来的门板，算作病床。

我们刚到不久，来了一个乡干部，他眼睛熬得通红，用一片硬拍纸插在额前的破毡帽下，低低地遮在眼睛前面挡光。

他一肩背枪，一肩挂了一杆秤；左手挎了一篮鸡蛋，右手提了一口大锅，呼哧呼哧地走来。他一边放东西，一边对我们又抱歉又诉苦，一边还喘息地喝着水，同时还从怀里掏出一包饭团来嚼着。我只见他迅速地做着这一切。他说的什么我就没大听清。好像是说什么被子的事，要我们自己去借。我问清了卫生员，原来因为部队上的被子还没发下来，但伤员流了血，非常怕冷，所以就得向老百姓去借。哪怕有一二十条棉絮也好。我这时正愁工作插不上手，便自告奋勇讨了这件差事，怕来不及就顺便也请了我那位同乡，请他帮我动员几家再走。他踌躇了一下，便和我一起去了。

我们先到附近一个村子，进村后他向东，我往西，分头去动员。不一会，我已写了三张借条出去，借到两条棉絮，一条被子，手里抱得满满的，心里十分高兴，正准备送回去再来借时，看见通讯员从对面走来，两手还是空空的。

“怎么，没借到?”我觉得这里老百姓觉悟高，又很开通，怎么会没有借到呢?我有点惊奇地问。

“女同志，你去借吧！……老百姓死封建。……”

“哪一家？你带我去。”我估计一定是他说话不对，说崩了。借不到被子事小，得罪了老百姓影响可不好。我叫他带我去看看。但他执拗地低着头，像钉在地上似的，不肯挪步，我走近他，低声地把群众影响的话对他说了。他听了，果然就松松爽爽地带我走了。

我们走进老乡的院子里，只见堂屋里静静的，里面一间房门上，垂着一块蓝布红额的门帘，门框两边还贴着鲜红的对联。我们只得站在外面向里“大姐、大嫂”地喊，喊了几声，不见有人应，但响动是有了。一会，门帘一挑，露出一个年轻媳妇来。这媳妇长得很好看，高高的鼻梁，弯弯的眉，额前一溜蓬松松的留海。穿的虽是粗布，倒都是新的。我看她头上已硬挠挠地挽了髻，便大嫂长大嫂短地向她道歉，说刚才这个同志来，说话不好别见怪等等。她听着，脸扭向里面，尽咬着嘴唇笑。我说完了，她也不作声，还是低头咬着嘴唇，好像忍了一肚子的笑料没笑完。这一来，我倒有些尴尬了，下面的话怎么说呢！我看通讯员站在一边，眼睛一眨不眨的看着我，好像在看连长做示范动作似的。我只好硬了头皮，讪讪地向她开口借被子了，接着还对她说了一遍共产党的部队，打仗是为了老百姓的道理。这一次，她不笑了，一边听着，一边不断向房里瞅着。我说完了，她看看我，看看通讯员，好像在掂量我刚才那些话的斤两。半晌，她转身进去抱被子了。

通讯员乘这机会，颇不服气地对我说道："我刚才也是说的这几句话，她就是不借，你看怪吧！……"

我赶忙白了他一眼，不叫他再说。可是来不及了，那个媳妇抱了被子，已经在房门口了。被子一拿出来，我方才明白她刚才为什么不肯借的道理了。这原来是一条里外全新的新花被子，被面是假洋缎的，枣红底，上面撒满白色百合花。

她好像是在故意气通讯员，把被子朝我面前一送，说："抱去吧。"

我手里已捧满了被子，就一努嘴，叫通讯员来拿。没想到他竟扬起脸，装作没看见。我只好开口叫他，他这才绷了脸，垂着眼皮，上去接过被子，慌慌张张地转身就走。不想他一步还没有走出去，就听见"嘶"的一声，衣服挂住了门钩，在肩膀处，挂下一片布来，口子撕得不小。那媳妇一面笑着，一面赶忙找针拿线，要给他缝上。通讯员却高低不肯，挟了被子就走。

刚走出门不远，就有人告诉我们，刚才那位年轻媳妇，是刚过门三天的新娘子，这条被子就是她惟一的嫁妆。我听了，心里便有些过意不去，通讯员也皱起了眉，默默地看着手里的被子。我想他听了这样的话一定会有同感吧！果然，他一边走，一边跟我嘟哝起来了。

"我们不了解情况，把人家结婚被子也借来了，多不合适呀！……"我忍不住想给他开个玩笑，便故作严肃地说："是呀！也许她为了这条被子，在做姑娘时，不知起早熬夜，多干了多少零活，才积起了做被子的钱，或许她曾为了这条花被，睡不着觉呢。可是还有人骂她死封建。……"

他听到这里，突然站住脚，呆了一会，说："那！……那我们送回去吧！"

"已经借来了，再送回去，倒叫她多心。"我看他那副认真、为难的样子，又好笑，又觉得可爱。不知怎么的，我已从心底爱上了这个傻呼呼的小同乡。

他听我这么说，也似乎有理，考虑了一下，便下了决心似的说："好，算了。用了给她好好洗洗。"他决定以后，就把我抱着的被子，统统抓过去，左一条、右一条地披挂在自己肩上，大踏步地走了。

回到包扎所以后，我就让他回团部去。他精神顿时活泼起来了，向我敬了礼就跑了。走不几步，他又想起了什么，在自己挂包里掏了一阵，摸出两个馒头，朝我扬了扬，顺手放在路边石头上，说："给你开饭啦！"说完就脚不点地地走了。我走过去拿起那两个干硬的馒头，看见他背的枪筒里不知在什么时候又多了一枝野菊花，跟那些树枝一起，在他耳边抖抖地颤动着。

他已走远了，但还见他肩上撕挂下来的布片，在风里一飘一飘。我真后悔没给他缝上再走。现在，至少他要裸露一晚上的肩膀了。

包扎所的工作人员很少。乡干部动员了几个妇女，帮我们打水，烧锅，做些零碎活。那位新媳妇也来了，她还是那样，笑眯眯地抿着嘴，偶然从眼角上看我一眼，但她时不时地东张西望，好像在找什么。后来她到底问我说：“那位同志弟到哪里去了？”我告诉她同志弟不是这里的，他现在到前沿去了。她不好意思地笑了一下说：“刚才借被子，他可受我的气了！”说完又抿了嘴笑着，动手把借来的几十条被子、棉絮，整整齐齐地分铺在门板上、桌子上（两张课桌拼起来，就是一张床）。我看见她把自己那条白百合花的新被，铺在外面屋檐下的一块门板上。

天黑了，天边涌起一轮满月。我们的总攻还没发起。敌人照例是忌怕夜晚的，在地上烧起一堆堆的野火，又盲目地轰炸，照明弹也一个接一个地升起，好像在月亮下面点了无数盏的汽油灯，把地面的一切都赤裸裸地暴露出来了。在这样一个“白夜”里来攻击，有多困难，要付出多大的代价啊！我连那一轮皎洁的月亮，也憎恶起来了。

乡干部又来了，慰劳了我们几个家做的干菜月饼。原来今天是中秋节了。

啊，中秋节，在我的故乡，现在一定又是家家门前放一张竹茶几，上面供一副香烛，几碟瓜果月饼。孩子们急切地盼那炷香快些焚尽，好早些分摊给月亮娘娘享用过的东西，他们在茶几旁边跳着唱着：“月亮堂堂，敲锣买糖，……”或是唱着：“月亮嬷嬷，照你照我，……”我想到这里，又想起我那个小同乡，那个拖毛竹的小伙，也许，几年以前，他还唱过这些歌吧！……我咬了一口美味的家做月饼，想起那个小同乡大概现在正趴在工事里，也许在团指挥所，或者是在那些弯弯曲曲的交通沟里走着哩！……

一会儿，我们的炮响了，天空划过几颗红色的信号弹，攻击开始了。不久，断断续续地有几个伤员下来，包扎所的空气立即紧张起来。

我拿着小本子，去登记他们的姓名、单位，轻伤的问问，重伤的就得拉开他们的符号，或是翻看他们的衣襟。我拉开一个重彩号的符号时，“通讯员”三个字使我突然打了个寒战，心跳起来。我定了下神才看到符号上写着×营的字样。啊！不是，我的同乡他是团部的通讯员。但我又莫名其妙地想问问谁，战地上会不会漏掉伤员。通讯员在战斗时，除了送信，还干什么，——我不知道自己为什么要问这些没意思的问题。

战斗开始后的几十分钟里，一切顺利，伤员一次次带下来的消息，都是我们突破第一道鹿砦，第二道铁丝网，占领敌人前沿工事打进街了。但到这里，消息忽然停顿了，下来的伤员，只是简单地回答说：“在打。”或是“在街上巷战。”但从他们满身泥泞，极度疲乏的神色上，甚至从那些似乎刚从泥里掘出来的担架上，大家明白，前面在进行着一场什么样的战斗。

包扎所的担架不够了，好几个重彩号不能及时送后方医院，耽搁下来。我不能解除他们任何痛苦，只得带着那些妇女，给他们拭脸洗手，能吃得的喂他们吃一点，带着背包的，就给他们换一件干净衣裳，有些还得解开他们的衣服，给他们拭洗身上的污泥血迹。

做这种工作，我当然没什么，可那些妇女又羞又怕，就是放不开手来，大家都要抢着去烧锅，特别是那新媳妇。我跟她说了半天，她才红了脸，同意了。不过只答应做我的下手。

前面的枪声，已响得稀落了。感觉上似乎天快亮了，其实还只是半夜。外边月亮很明，也比平日悬得高。前面又下来一个重伤员。屋里铺位都满了，我就把这位重伤员安排在屋檐下的那块门板上。担架员把伤员抬上门板，但还围在床边不肯走。一个上了年纪的担架员，大概把我当做医生了，一把抓住我的膀子说："大夫，你可无论如何要想办法治好这位同志呀！你治好他，我……我们全体担架队员给你挂匾……"他说话的时候，我发现其他的几个担架员也都睁大了眼盯着我，似乎我点一点头，这伤员就立即会好了似的。我心想给他们解释一下，只见新媳妇端着水站在床前，短促地"啊"了一声。我急拨开他们上前一看，我看见了一张十分年轻稚气的圆脸，原来棕红的脸色，现已变得灰黄。他安详地合着眼，军装的肩头上，露着那个大洞，一片布还挂在那里。

"这都是为了我们，……"那个担架员负罪地说道，"我们十多副担架挤在一个小巷子里，准备往前运动，这位同志走在我们后面，可谁知道狗日的反动派不知从哪个屋顶上撂下颗手榴弹来，手榴弹就在我们人缝里冒着烟乱转，这时这位同志叫我们快趴下，他自己就一下扑在那个东西上了。……"

新媳妇又短促地"啊"了一声。我强忍着眼泪，给那些担架员说了些话，打发他们走了。我回转身看见新媳妇已轻轻移过一盏油灯，解开他的衣服，她刚才那种忸怩羞涩已经完全消失，只是庄严而虔诚地给他拭着身子，这位高大而又年轻的小通讯员无声地躺在那里。……我猛然醒悟地跳起身，磕磕绊绊地跑去找医生，等我和医生拿了针药赶来，新媳妇正侧着身子坐在他旁边。

她低着头，正一针一针地在缝他衣肩上那个破洞。医生听了听通讯员的心脏，默默地站起身说："不用打针了。"我过去一摸，果然手都冰冷了。新媳妇却像什么也没看见，什么也没听到，依然拿着针，细细地、密密地缝着那个破洞。我实在看不下去了，低声地说："不要缝了。"她却对我异样地瞟了一眼，低下头，还是一针一针地缝。我想拉开她，我想推开这沉重的氛围，我想看见他坐起来，看见他羞涩的笑。但我无意中碰到了身边一个什么东西，伸手一摸，是他给我开的饭，两个干硬的馒头。……

卫生员让人抬了一口棺材来，动手揭掉他身上的被子，要把他放进棺材去。新媳妇这时脸发白，劈手夺过被子，狠狠地瞪了他们一眼。自己动手把半条被子平展展地铺在棺材底，半条盖在他身上。卫生员为难地说："被子……是借老百姓的。"

"是我的——"她气汹汹地嚷了半句，就扭过脸去。在月光下，我看见她眼里晶莹发亮，我也看见那条枣红底色上洒满白色百合花的被子，这象征纯洁与感情的花，盖上了这位平常的、拖毛竹的青年人的脸。

1958 年 3 月

【阅读提示】

《百合花》讲述的是解放战争时期，我军一个前沿包扎所发生的故事。小说通过对小通讯员和新媳妇两位人物的精心塑造，从一个侧面热情讴歌了子弟兵对人民的忠诚和人民对子弟兵的敬爱，表现了军民团结，生死与共的深刻主题，在选材的角度和刻画的侧重上，都独具特色。

小说结构严谨，层次清晰。以“我”为小说情节的叙述者，贯穿整部作品，使情节的发展连贯自然。这篇小说最可称道的是细节的运用，衣袖上的破洞、新婚的百合花被子、野菊花、馒头等一系列细节，成为小说塑造人物性格、推进情节发展、表现作品主题的有效工具。小说语言流畅自然，令全文颇具抒情诗的韵味。

□金　庸

金庸(1924—)，本名查良镛，浙江海宁人。当代著名学者、文学家。1946 年起，先后在《东南日报》、《大公报》及《新晚报》任职。1948 年创办香港《明报》，新加坡和马来西亚《新明日报》。现任香港明河集团公司、明河出版公司董事长，英国牛津大学汉学研究所高级研究员，从事中国通史的学术研究。1999 年原浙江大学、杭州大学、浙江农业大学、浙江医科大学合并为新的浙江大学之际，金庸出任新组建的人文学院首任院长。著有《射雕英雄传》、《笑傲江湖》、《鹿鼎记》等 15 部新武侠小说，蜚声中外。另撰有《莎士比亚悲剧论》、《中国民间艺术论》等学术论著及大量国际政治、时事评论文章。

天龙八部(节选)

第五十章　教单于折箭　六军辟易　奋英雄怒

雁门关两侧双峰夹峙，高耸入云，这关所以名为“雁门”，意思说鸿雁南飞之时，也须从双峰之间通过，以喻地势之险。群豪中虽不乏轻功高强之士，尽可翻山越岭逃走，但其余人众难逾天险，不免要被辽军聚歼于关下了。

只见辽军限于山势，东西两路渐渐收缩，都从正面压境而来，但除了马蹄声、铁甲声、大风吹旗声外，却无半点人声喧哗，的是军纪严整的精锐之师。一队队辽军逼关为阵，驰到弩箭将及之处，便即退住。一眼望去，东西北三方旌旗招展，实不知有多少人马。

萧峰朗声道:“众位请各在原地稍候,不可移动,待在下与辽帝分说。”不等段誉、阿紫等劝止,已单骑纵马而出。他双手高举过顶,示意手中并无兵刃弓箭,大声叫道:“大辽国皇帝陛下,萧峰有几句话跟你说,请你出来。”说这几句话时,鼓足了内力,声音远远传了出去。辽军十余万将士没一个不听得清清楚楚,不由得人人变色。

过得半晌,猛听得辽军阵中鼓角声大作,千军万马如波浪般向两侧分开,八面金黄色大旗迎风招展,八名骑士执着驰出阵来。八面黄旗之后,一队队长矛手、刀斧手、弓箭手、盾牌手疾奔而前,分列两旁,接着是十名锦袍铁甲的大将簇拥着耶律洪基出阵。

辽军大呼:“万岁,万岁,万万岁!”声震四野,山谷鸣响。

关上宋军见到敌人如此军威,无不栗然。

耶律洪基右手宝刀高高举起,辽军立时肃静,除了偶有战马嘶鸣之外,更无半点声息。耶律洪基放下宝刀,大声笑道:“萧大王,你说要引辽军入关,怎么关门还不大开?”

此言一出,关上通译便传给镇守雁门关指挥使张将军听了。关上宋军立时大噪,指着萧峰指手画脚地大骂。

萧峰知道耶律洪基这话是行使反间计,要使宋兵不敢开关放自己入内,心中微微一酸,当即跳下马来,走上几步,说道:“陛下,萧峰有负厚恩,重劳御驾亲临,死罪,死罪。”

刚说了这几句话,突然两个人影从旁掠过,当真如闪电一般,猛向耶律洪基欺了过去,正是虚竹和段誉。他二人眼见情势不对,知道今日之事,惟有擒住辽帝作为要胁,才能保持大伙周全,一打手势,便分从左右抢去。

耶律洪基出阵之时,原已防到萧峰重施当年在阵上擒杀楚王父子的故技,早有戒备。亲军指挥使一声吆喝,三百名盾牌手立时聚拢,三百面盾牌犹如一堵城墙,挡在辽帝面前。长矛手、刀斧手又密密层层地排在盾牌之前。

这时虚竹既得天山童姥的真传,又尽窥灵鹫宫石壁上武学的秘奥,武功之高,实已到了随心所欲、无往而不利的地步;而段誉在得到鸠摩智的毕生修为后,内力之强,亦是震古铄今,他那“凌波微步”施展开来,辽军将士如何阻拦得住?

段誉东一晃、西一斜,便如游鱼一般,从长矛手、刀斧手相距不逾一尺的缝隙之中硬生生地挤将过去。众辽兵挺长矛攒刺,非但伤不到段誉,反因相互挤得太近,兵刃多半招呼在自己人身上。

虚竹双手连伸,抓住辽兵的胸口背心,不住掷出阵来,一面向耶律洪基靠近。两员大将纵马冲上,双枪齐至,向虚竹胸腹刺来。虚竹忽然跃起,双足分落二将枪头。两员辽将齐声大喝，抖动枪杆，要将虚竹身子震落。虚竹乘着双枪抖动之势，飞身跃起，半空中便向洪基头顶扑落。

一如游鱼之滑，一如飞鸟之捷，两人双双攻到，耶律洪基大惊，提起宝刀，疾向身在半空的虚竹砍去。

虚竹左手手掌一探，已搭住他宝刀刀背，乘势滑落，手掌翻处，抓住了他右腕。便在此时，段誉也从人丛中钻将出来，抓住了耶律洪基左肩。两人齐声喝道："走罢！"将耶律洪基魁伟的身子从马背上提落，转身急奔。

四下里辽将辽兵眼见皇帝落入敌手，大惊狂呼，一时都没了主意。几十名亲兵奋不顾身地扑上来想救皇帝，都被虚竹、段誉飞足踢开。

二人擒住辽帝，心中大喜，突见萧峰飞身赶来，齐声叫道："大哥！"哪知萧峰双掌骤发，呼呼两声，分袭二人。二人都是大吃一惊，眼见掌力袭来，犹如排山倒海般，只得举掌挡架，砰砰两声，四掌相撞，掌风激荡，萧峰向前一冲，已乘势将耶律洪基拉了过去。

这时辽军和中土群豪分从南北涌上，一边想抢回皇帝，一边要作萧峰、虚竹、段誉三人的接应。

萧峰大声叫道："谁都别动，我自有话向大辽皇帝说。"辽军和群豪登时停了脚步，双方都怕伤到自己人，只远远呐喊，不敢冲杀上前，更不敢放箭。

虚竹和段誉也退开三分，分站耶律洪基身后，防他逃回阵中，并阻契丹高手前来相救。

这时耶律洪基脸上已无半点血色，心想："这萧峰的性子甚是刚烈，我将他囚于狮笼之中，折辱得他好生厉害。此刻既落在他手中，他定要尽情报复，再也不肯饶我性命了。"却听萧峰道："陛下，这两位是我的结义兄弟，不会伤害于你，你可放心。"耶律洪基哼了一声，回头向虚竹看了一眼，又向段誉看了一眼。

萧峰道："我这个二弟虚竹子，乃灵鹫宫主人，三弟是大理段公子。臣也曾向陛下说起过。"耶律洪基点了点头，说道："果然了得。"

萧峰道："我们立时便放陛下回阵，只是想求陛下赏赐。"

耶律洪基几乎不相信自己的耳朵，心想："天下哪有这样的便宜事？啊，是了，萧峰已然回心转意，求我封他三人为官。"登时满面笑容，说道："你们有何求恳，我自是无有不允。"他本来语音发颤，这两句话中却又有了皇帝的尊严。

萧峰道："陛下已是我两个兄弟的俘虏，照咱们契丹人的规矩，陛下须得以彩物自赎才是。"耶律洪基眉头微皱，问道："要什么？"萧峰道："微臣斗胆代两个兄弟开口，只是要陛下金口一诺。"洪基哈哈一笑，说道："普天之下，我当真拿不出的物事却也不多，你尽管狮子大开口便了。"

萧峰道："是要陛下答允立即退步，终陛下一生，不许辽军一兵一卒越过宋辽疆界。"

段誉一听，登时大喜，心想："辽军不逾宋辽边界，便不能插翅来犯我大理了。"忙道："正是，你答应了这句话，我们立即放你回去。"转念一想："擒到辽帝，二哥出力比我更多，却不知他有何求？"向虚竹道："二哥，你要契丹皇帝什么东西赎身？"虚竹摇了摇头，道："我也只要这一句话。"

耶律洪基脸色甚是阴森，沉声道："你们胆敢胁迫于我？我若不允呢？"

萧峰朗声道："那么臣便和陛下同归于尽，玉石俱焚。咱二人当年结义，也曾有过但愿同年同月同日死的誓言。"

耶律洪基一凛，寻思："这萧峰是个天不怕、地不怕的亡命之徒，向来说话一是一，二是二，我若不答允，只怕要真的出手向我冒犯。死于这莽夫之手，那可大大的不值得。"当下哈哈一笑，朗声道："以我耶律洪基一命，换得宋辽两国数十年平安。好兄弟，你可把我的性命瞧得挺重哪！"

萧峰道："陛下乃大辽之主。普天之下，岂有比陛下更贵重的？"

耶律洪基又是一笑，道："如此说来，当年女真人向我要黄金三十车、白银三百车、骏马三千匹，眼界忒也浅了？"萧峰略一躬身，不再答话。

耶律洪基回过头来，只见手下将士最近的也在百步之外，无论如何不能救自己脱险，权衡轻重，世上更无比性命更贵重的事物，当即从箭壶中抽出一枝雕翎狼牙箭，双手一弯，拍的一声，折为两段，投在地下，说道："答允你了。"

萧峰躬身道："多谢陛下。"

耶律洪基转过头来，举步欲行，却见虚竹和段誉四目炯炯地望着自己，并无让路之意，回头再向萧峰瞧去，见他也默不作声，登时会意，知他三人是怕自己食言，当即拔出宝刀，高举过顶，大声说道："大辽三军听令。"

辽军中鼓声擂起，一通鼓罢，立时止歇。

耶律洪基说道："大军北归，南征之举作罢。"他顿了一顿，又道："于我一生之中，不许我大辽国一兵一卒，侵犯大宋边界。"说罢，宝刀一落，辽军中又擂起鼓来。

萧峰躬身道："恭送陛下回阵。"

虚竹和段誉往两旁一站，绕到萧峰身后。

耶律洪基又惊又喜，又是羞惭，虽急欲身离险境，却不愿在萧峰和辽军之前示弱，当下强自镇静，缓步走回阵去。

辽军中数十名亲兵飞骑驰出，抢来迎接。耶律洪基初时脚步尚缓，但禁不住越走越快，只觉双腿无力，几欲跌倒，双手发颤，额头汗水更是涔涔而下。待得侍卫驰到身前，滚鞍下马而将坐骑牵到他身前，耶律洪基已是全身发软，左脚踏入脚镫，却翻不上鞍去。两名侍卫扶住他后腰，用力一托，耶律洪基这才上马。

众辽兵见皇帝无恙归来，大声欢呼："万岁，万岁，万万岁！"

这时雁门关上的宋军、关下的群豪听到辽帝下令退兵，并说终他一生不许辽军一兵一卒犯界，也是欢声雷动。众人均知契丹人虽然凶残好杀，但向来极是守信，与大宋之间有何交往，极少背约食言，何况辽帝在两军阵前亲口颁令，倘若日后反悔，大辽举国上下都要瞧他不起，他这皇帝之位都怕坐不安稳。

耶律洪基脸色阴郁，心想我这次为萧峰这厮所胁，许下如此重大诺言，方得脱身以归，实是丢尽了颜面，大损大辽国威。可是从辽军将士欢呼万岁之声中听来，众军拥戴之情却又似乎出自至诚。他眼光从众士卒脸上缓缓掠过，只见一个个容光焕发，欣悦之情见于颜色。

众士卒想到即刻便可班师，回家与父母妻儿团聚，既无万里征战之苦，又无葬身异域之险，自是大喜过望。契丹人虽然骁勇善战，但兵凶战危，谁都难保一定不死，今日得能免去这场战祸，除了少数想在征战中升官发财的悍将之外，尽皆欢喜。

耶律洪基心中一凛："原来我这些士卒也不想去攻打南朝，我若挥军南征，也却未必便能一战而克。"转念又想："那些女真蛮子大是可恶，留在契丹背后，实是心腹大患。我派兵去将这些蛮子扫荡了再说。"当即举起宝刀，高声说道："北院大王传令下去，后队变前队，班师南京！"

军中皮鼓号角响起，传下御旨，但听得欢呼之声，从近处越传越远。

耶律洪基回过头来，只见萧峰仍是一动不动地站在当地。耶律洪基冷笑一声，朗声道："萧大王，你为大宋立下如此大功，高官厚禄，指日可待。"

萧峰大声道："陛下，萧峰是契丹人，今日威迫陛下，成为契丹的大罪人，此后有何面目立于天地之间？"拾起地下的两截断箭，内功运处，双臂一回，噗的一声，插入了自己的心口。

耶律洪基"啊"的一声惊叫，纵马上前几步，但随即又勒马停步。

虚竹和段誉只吓得魂飞魄散，双双抢近，齐叫："大哥，大哥！"却见两截断箭插正了心脏，萧峰双目紧闭，已然气绝。

虚竹忙撕开他胸口的衣衫，欲待施救，但箭中心脏，再难挽救，只见他胸口肌肤上刺着一个青郁郁的狼头，张口露齿，神情极是狰狞。虚竹和段誉放声大哭，拜倒在地。

丐帮中群丐一齐拥上来，团团拜伏。吴长风捶胸叫道："乔帮主，你虽是契丹人，却比我们这些不成器的汉人英雄万倍！"

中原群豪一个个围拢，许多人低声议论："乔帮主果真是契丹人吗？那么他为什么反而来帮助大宋？看来契丹人中也有英雄豪杰。"

"他自幼在咱们汉人中间长大，学到了汉人大仁大义。"

"两国罢兵，他成了排解难纷的大功臣，却用不着自寻短见啊。"

"他虽于大宋有功，在辽国却成了叛国助敌的卖国贼。他这是畏罪自杀。"

"什么畏不畏的？乔帮主这样的大英雄，天下还有什么事要畏惧？"

耶律洪基见萧峰自尽，心下一片茫然，寻思："他到底于我大辽是有功还是有过？他苦苦劝我不可伐宋，到底是为了宋人还是为了契丹？他和我结义为兄弟，始终对我忠心耿耿，今日自尽于雁门关前，自然决不是贪图南朝的功名富贵，那……那却又为了什么？”他摇了摇头，微微苦笑，拉转马头，从辽军阵中穿了过去。

蹄声响处，辽军千乘万骑又向北行。众将士不住回头，望向地下萧峰的尸体。

只听得呜声哇哇，一群鸿雁越过众军的头顶，从雁门关飞了过去。

辽军渐去渐远，蹄声隐隐，又化作了山后的闷雷。

虚竹、段誉等一干人站在萧峰的遗体之旁，有的放声号哭，有的默默垂泪。

忽听得一个少女的声音尖声叫道：“走开，走开！大家都走开。你们害死了我姊夫，在这里假惺惺地洒几点眼泪，又有什么用？”她一面说，一面伸手猛力推开众人，正是阿紫。虚竹等自不和她一般见识，被她一推，都让了开去。

阿紫凝视着萧峰的尸体，怔怔地瞧了半晌，柔声说道：“姊夫，这些都是坏人，你别理睬他们，只有阿紫，才真正地待你好。”说着俯身下去，将萧峰的尸体抱了过来。萧峰身子长大，上半身被她抱着，两脚仍是垂在地下。阿紫又道：“姊夫，你现在才真的乖了，我抱着你，你也不推开我。是啊，要这样才好。”

虚竹和段誉对望了一眼，均想：“她伤心过度，有些神志失常了。”段誉垂泪道：“小妹，萧大哥慷慨就义，人死不能复生，你……你……”走上几步，想去抱萧峰的尸体。

阿紫厉声道：“你别来抢我姊夫，他是我的，谁也不能动他。”

段誉回过头来，向木婉清使了个眼色。木婉清会意，走到阿紫身畔，轻轻说道：“小妹子，萧大哥逝世，咱们商量怎地给他安葬……”

突然阿紫尖声大叫，木婉清吓了一跳，退开两步，阿紫叫道：“走开，走开！你再走近一步，我一剑先杀了你。”

木婉清皱了眉头，向段誉摇了摇头。

忽听得关门左侧的群山中有人长声叫道：“阿紫，阿紫，我听到你声音了，你在哪里？你在哪里？”叫声甚是凄厉，许多人认得是做过丐帮帮主、化名为庄聚贤的游坦之。

各人转过头向叫声来处望去，只见游坦之双手各持一根竹杖，左杖探路，右杖搭在一个中年汉子的肩头上，从山坳里转了出来。那中年汉子却是留守灵鹫宫的乌老大。但见他脸容憔悴，衣衫褴褛，一副无可奈何的神情，虚竹等登时明白，游坦之是逼着他领路来寻阿紫，一路之上，想必乌老大吃了不少苦头。

阿紫怒道：“你来干什么？我不要见你，我不要见你。”

游坦之喜道：“啊，你果然在这里，我听见你声音了，终于找到你了！”右杖上运劲一推，乌老大不由主地向前飞奔。两人来得好快，顷刻之间，便已到了阿紫身边。

虚竹和段誉等正在无法可施之际,见游坦之到来,心想此人甘愿以双目送给阿紫,和她渊源极深,或可劝得她明白,当下又退开了几步,不欲打扰他二人说话。

游坦之道:“阿紫姑娘,你很好吗?没人欺侮姑娘吧?”一张丑脸之上,现出了又是喜悦、又是关切的神色。

阿紫道:“有人欺侮我了,你怎么办?”游坦之忙道:“是谁得罪了姑娘?姑娘快跟我说,我去跟他拼命。”阿紫冷笑一声,指着身边众人,说道:“他们个个都欺侮了我,你一古脑儿将他们杀了吧!”

游坦之道:“是。”问乌老大道:“老乌,是些什么人得罪了姑娘?”乌老大道:“人多得很,你杀不了的。”游坦之道:“杀不了也要杀,谁教他们得罪了阿紫姑娘。”

阿紫怒道:“我现下和姊夫在一起,此后永远不会分离了。你给我走得远远的,我再也不要见你。”

游坦之伤心欲绝,道:“你……你再也不要见我……”

阿紫高声道:“啊,是了,我的眼睛是你给我的。姊夫说我欠了你的恩情,要我好好待你。我可偏不喜欢。”蓦地里右手伸出,往自己眼中一插,竟然将两颗眼珠子挖了出来,用力向游坦之掷去,叫道:“还你!还你!从今以后,我再也不欠你什么了。免得我姊夫老是逼我,要我跟你在一起。”

游坦之虽不能视物,但听到身周众人齐声惊呼,声音中带着惶惧,也知是发生了惨祸奇变,嘶声叫道:“阿紫姑娘,阿紫姑娘!”

阿紫抱着萧峰的尸身,柔声叫道:“姊夫,咱们再也不欠别人什么了。以前我用毒针射你,便是要你永远和我在一起,今日总算如了我的心愿。”说着抱着萧峰,迈步便行。

群豪见她眼眶中鲜血流出,掠过她雪白的脸庞,人人心下惊怖,见她走来,便都让开了几步。只见她笔直向前走去,渐渐走近山边的深谷。众人都叫了起来:“停步,停步!前面是深谷!”

段誉飞步追来,叫道:“小妹,你……”

但阿紫向前直奔,突然间足下踏一个空,竟向万丈深谷中摔了下去。

段誉伸手抓时,嗤的一声,只抓到她衣袖的一角,突然身旁风声劲急,有人抢过,段誉向左一让,只见游坦之也向谷中摔落。段誉叫声:“啊哟!”向谷中望去,但见云封雾锁,不知下面究竟有多深。

群豪站在山谷边上,尽皆唏嘘叹息。武功较差者见到山谷旁尖石嶙峋,有如锐刀利剑,无不心惊,玄渡等年长之人,知道当年玄慈、汪帮主等在雁门关外伏击契丹武士的故事,知道萧峰之母的尸身便葬在这深谷之中。

……

【阅读提示】

金庸的武侠小说，在曲折迷离、回肠荡气的武侠故事之后，还蕴涵着丰富的传统文化与现代意识，这是金庸小说让人百读不厌的重要原因。

《天龙八部》以萧峰、段誉、虚竹三人的故事为主线，反映北宋年间中华大地上各民族之间的争斗，着力塑造了萧峰这样的超越民族仇恨、不惜以个人生命为代价排解民族纠纷的英雄豪杰。本书节选的是《天龙八部》最后一章的一部分，身为契丹人但又在大宋长大的萧峰，多次劝说大辽皇帝耶律洪基停止南征大宋，但都被耶律洪基拒绝，萧峰因而被关入大牢。幸亏段誉、虚竹、阿紫和众多豪杰相救，萧峰才能够冲出大牢，逃到雁门关下。耶律洪基闻讯，率领大军紧追其后，并欲乘机攻进关内。危急关口，萧峰和段誉、虚竹用武力胁迫耶律洪基答应有生之年不进入大宋一步的要求，虽暂时缓解了两国间的矛盾，但萧峰终因觉得犯了欺君大罪而在阵前自尽。金庸前几部小说尚未脱离旧武侠小说的狭隘民族主义、爱国主义窠臼，在《天龙八部》，作家的历史观有了很大的变化，不再以正统与否评价中国历史上的少数民族政权，而是站在中华民族的立场上，倡导富有现代意识的人道主义和民族和解精神。萧峰这一文学形象的美学价值，正在于此。

小说情节波澜曲折，场面惊心动魄，武功打斗扣人心弦，人物性格丰富鲜明，美学风格上极具阳刚之气。

□余光中

余光中(1928—)，福建永春人，当代诗人、散文家。台湾大学外文系毕业，美国爱荷华大学硕士。历任台湾师范大学、政治大学，香港中文大学等校教授。为蓝星诗社的发起人之一。除写诗外，也写散文、写评论，从事翻译、创作生涯至今已达四十余年。主要著作有诗集《舟子的悲歌》、《蓝色的羽毛》、《钟乳石》、《万圣节》、《白玉苦瓜》，散文集《左手的缪思》、《望乡的牧神》、《听听那冷雨》、《青青边愁》、《记忆像铁轨一样长》、《日不落家》，评论集《分水岭上》、《从徐霞客到梵高》、《井然有序》、《蓝墨水的下游》等，另外还有译著多部。

五陵少年[①]

台风季,巴士峡的水族很拥挤
我的水系中有一条黄河的支流
黄河太冷,需要掺大量的酒精
浮动在杯底的是我的家谱
喂!再来杯高粱!
我的怒中有燧人氏,泪中有大禹
我的耳中有涿鹿的鼓声
传说祖父射落了九只太阳
有一位叔叔的名字能吓退单于
听见没有?来一瓶高粱!

千金裘在拍卖行的橱窗里挂着
当掉五花马只剩下关节炎
再没有周末在西门町等我
于是枕头下孵一窝武侠小说
来一瓶高粱哪,店小二!

重伤风能造成英雄的幻觉
当咳嗽从蛙鸣进步到狼嗥
肋骨摇响疯人院的铁栅
一阵龙卷风便自肺中拔起
没关系,我起码再三杯!

末班巴士的幽灵在作祟
雨衣!我的雨衣呢?六席的
榻榻米上,失眠在等我

① 唐朝大诗人白居易在他著名的《琵琶行》中有这样一句诗"五陵年少争缠头,一曲红绡不知数"。诗中的"五陵年少",泛指那些有钱有势的纨袴子弟,即富贵人家的后代。李白《少年行》中"五陵年少金市东,银鞍白马度春风"的"五陵年少",也同样是作为纨绔子弟的同义语。余光中在这首诗中借用这一古典诗词中的专用名词。

等我闯六条无灯的长街
不要扶，我没醉！

一九六〇年十月

【阅读提示】

被人称为“乡愁诗人”的余光中，一生中诗风数变。有人说他诗风变化的轨迹基本上可以说是台湾整个诗坛三十多年来的一个走向，即先西化后回归。如他自己所述，“少年时代，笔尖所染，不是希顿克灵的余波，便是泰晤士的河水。所酿也无非一八四二年的葡萄酒”。不过，余光中并未在这条路上走太久，随着1958年他赴美进修，真正沉浸在现代派的世界中时，他重新认同了中国传统文化。于是，他的创作自觉进入了对恶性西化的告别和重认传统的新古典主义时期。回台后，他在1961年发表《再见，虚无》，对自己的创作进行了第二次修正。这个时期的诗集结集为《莲的联想》、《五陵少年》等。以后的余光中，基本上是沿着这样一条路在走，即以现代派的技巧来表现诗作中深厚的传统意识。同时，他的诗中也保存了中国旧诗的一些优点，正如余光中自谓“有深厚‘古典’背景的‘现代’，和受过‘现代’洗礼的‘古典’一样，往往加倍地繁富而且具有弹性”。

这首写于1960年的《五陵少年》，那句式和表现手法是何等现代派，而在这很现代派的诗行中，却又透露着一股浓厚的故国意识，一种难以消融的中国情结。所谓“五陵少年”，是唐代诗歌经常出现的一个意象，但余光中在这里主要借以表现他的故国之思，与“黄河”、“燧人氏”、“大禹”、“五花马”、“千金裘”一样。一个在现代社会里买醉的青年，血液里流淌着的是五千年古国的遗传。抒情主人公在这里表达的是对祖先、对传统文化的某种认同。在与大陆分离的台湾，这是十分耐人寻味的。而这些意象与“周末”、“巴士”和“榻榻米”混杂在一起，也令此诗别有风味。

□巴　金

巴金(1904—2005)，原名李尧棠，字芾甘，发表《灭亡》时始用笔名巴金。出生于四川成都的一个封建大家庭中，原籍浙江嘉兴。现当代作家。早年信仰无政府主义，1929年发表小说《灭亡》。后以《激流三部曲》(《家》、《春》、《秋》)蜚声文坛。建国后创作较少，但“文革”后重新拿起笔创作，著有五卷本《随想录》，在海内外有很大影响。主要代表作还有:《灭亡》、《新生》，《爱情三部曲》(《雾》、《雨》、《电》)、《寒夜》、《憩园》、《第四病室》等。出版有《巴金全集》十六卷。

怀念萧珊

一

今天是萧珊逝世的六周年纪念日。六年前的光景还非常鲜明地出现在我的眼前。那天我从火葬场回到家中，一切都是乱糟糟的，过了两三天我渐渐地安静下来了，一个人坐在书桌前，想写一篇纪念她的文章。在五十年前我就有了这样一种习惯：有感情无处倾吐时，我经常求助于纸笔。可是一九七二年八月里那几天，我每天坐三四个小时望着面前摊开的稿纸，却写不出一句话。我痛苦地想，难道给关了几年的“牛棚”，真的就变成“牛”了？头上仿佛压了一块大石头，思想好像冻结了一样。我索性放下笔，什么也不写了。

六年过去了。林彪、“四人帮”及其爪牙们的确把我搞得很“狼狈”，但我还是活下来了。而且偏偏活得比较健康，脑子也并不糊涂，有时还可以写一两篇文章。最近我经常去龙华火葬场，参加老朋友们的骨灰安放仪式。在大厅里我想起许多事情。同样地奏着哀乐，我的思想却从挤满了人的大厅转到只有二三十个人的中厅里去了，我们正在用哭声向萧珊的遗体告别。我记起了《家》里面觉新说过的一句话：“好像珏死了，也是一个不祥的鬼。”四十七年前我写这句话的时候，怎么想得到我是在写自己！我没有流眼泪，可是我觉得有无数锋利的指甲在搔我的心。我站在死者遗体旁边，望着那张惨白色的脸，那两片咽下了千言万语的嘴唇，我咬紧牙齿，在心里唤着死者的名字。我想，我比她大十三岁，为什么不让我先死？我想，这是多么不公平！她究竟犯了什么罪？她也给关进“牛棚”，挂上“牛鬼”的小纸牌，还扫过马路。究竟为什么？理由很简单，她是我的妻子。她患了病，得不到治疗，也因为她是我的妻子，想尽办法一直到逝世前三个星期，靠开后门她才住进了医院。但是癌细胞已经扩散，肠癌变成了肝癌。

她不想死，她要活，她愿意改造思想，她愿意看到社会主义建成。这个愿望总不能说是痴心妄想吧。她本来可以活下去，倘使她不是“黑老K”的“臭婆娘”。一句话，是我连累了她，是我害了她。

在我靠边的几年中间，我所受到的精神折磨她也同样受到。但是我并未挨过打，她却挨了“北京来的红卫兵”的铜头皮带，留在她左眼上的黑圈好几天以后才褪尽。她挨打只是为了保护我，她看见那些年轻人深夜闯进来，害怕他们把我揪走，便溜出大门，到对面派出所去，请民警同志出来干预，那里只有一人值班，不敢管。当着民警的面她被他们用铜头皮带狠狠地抽了一下，给押了回来，同我一起关在马桶间里。

她不仅分担了我的痛苦，还给了我不少的安慰和鼓励。在“四害”横行的时候，我在原单位（中国作家协会上海分会）给人当作“罪人”和“贱民”看待，日子十分难过，有时到晚上九十点钟才能回家。我进了门看到她的面容，满脑子的乌云都消散了。我有什么委屈、牢骚都可以向她尽情倾吐。有一个时期我和她每晚临睡前服两粒眠尔通才能够闭眼，可是天刚刚发白就都醒了。我唤她，她也唤我。我诉苦般地说：“日子难过啊！”她也用同样声音回答：“日子难过啊！”但是她马上加一句：“要坚持下去。”或者再加一句：“坚持就是胜利。”我说“日子难过”，因为在那一段时间里我每天在“牛棚”里面劳动、学习、写交代、写检查、写思想汇报。任何人都可以责骂我、教训我、指挥我，从外地到作协来串联的人可以随意点名叫我出去“示众”，还要自报罪行。上下班不限时间，由管“牛棚”的“监督组”随意决定。任何人都可以闯进我家里来，高兴拿什么就拿走什么。这个时候大规模的群众性批斗和电视批斗大会还没有开始，但已经越来越逼近了。

她说“日子难过”，因为她给两次揪到机关，靠边劳动，后来也常常参加陪斗。在淮海中路“大批判专栏”上张贴着批判我的罪行的大字报，我一家人的名字都给写出来“示众”，不用说“臭婆娘”的大名占着显著的地位。这些文字像虫子一样咬痛她的心。她让上海戏剧学院“狂妄派”学生突然袭击、揪到“作协分会”去的时候，在我家大门上还贴了一张揭露她的所谓罪行的大字报。幸好当天夜里我儿子把它撕毁，否则这一张大字报就会要了她的命！

人们的白眼、人们的冷嘲热骂蚕食着她的身心，我看出来她的健康逐渐遭到损害，表面上的平静是虚假的。内心的痛苦像一锅煮沸的水，她怎么能遮盖住！怎么能使它平静！她不断地给我安慰，对我表示信任，替我感到不平。然而她看到我的问题一天天地变得严重，上面对我的压力一天天地增加，她又非常担心。有时同我一起上班或者下班，走近巨鹿路口，快到“作协分会”，或者走到湖南路口，快到我们家，她总是抬不起头。我理解她，同情她，也非常担心她经受不起沉重的打击。我还记得有一天到了平常下班的时间，我们没有受到留难，回到家里，她比较高兴，到厨房去烧菜。我翻看当天的报纸，在第三版上看到当时做了“作协分会”的“头头”的两个工人作家写的文章《彻底揭露巴金的反革命真面目》。真是当头一棒！我看了两三行，连忙把报纸藏起来，我害怕让她看见。她端着烧好的菜出来，脸上还带笑容，吃饭时她有说有笑。饭后她要看报，我企图把她的注意力引到别处。但是没有用，她找到了报纸。她的笑容一下子完全消失。这一夜她再没有讲话，早早地进了房间。我后来发现她躺在床上小声哭着。一个安静的夜晚给破坏了。今天回想当时的情景，她那张满是泪痕的脸还历历在我眼前。我多么愿意让她的泪痕消失，笑容在她那憔悴的脸上重现，即使减少我几年的生命来换取我们家庭生活中一个宁静的夜晚，我也心甘情愿！

二

我听周信芳同志的媳妇说，周的夫人在逝世前经常被打手们拉出去当做皮球推来推去，打得遍体鳞伤，有人劝她躲开，她说："我躲开，他们就要这样对付周先生了。"萧珊并未受到这种新式体罚。可是她在精神上给别人当皮球打来打去。她也有这样的想法：她多受一点精神折磨，可以减轻对我的压力。其实这是她一片痴心，结果只苦了她自己。我看见她一天天地憔悴下去，我看见她的生命之火逐渐熄灭，我多么痛心。我劝她，安慰她，我想把她拉住，一点也没有用。

她常常问我："你的问题什么时候才解决呢？"我苦笑地说："总有一天会解决的。"她叹口气说："我恐怕等不到那个时候了。"后来她病倒了，有人劝她打电话找我回家，她不知从哪里得来的消息，她说："他在写检查，不要打岔他，他的问题大概可以解决了。"等到我从五·七干校回家休假，她已经不能起床。她还问我检查写得怎样，问题是否可以解决。我当时的确在写检查，而且已经写了好多次了。他们要我写，只是为了消耗我的生命。但她怎么能理解呢？

这时离她逝世不过两个多月，癌细胞已经扩散。可是我们不知道，想找医生给她认真检查一次，也毫无办法。平日去医院挂号看门诊，等了许久才见到医生或者实习医生，随便给开个药方就算解决问题。只有在发烧到三十九摄氏度才有资格挂急诊号，或者还可以在病人拥挤的观察室里待上一天半天。当时去医院看病找交通工具也很困难，常常是我女婿借了自行车来，让她坐在车上，他慢慢地推着走。有一次她雇到小三轮卡去，看好门诊回家，雇不到车，只好同陪她看病的朋友一起慢慢地走回来，走走停停，走到街口，她快要倒下了，只得请求行人到我们家通知。她一个表侄正好来探病，就由他去背了她回家。她希望拍一张X光片子查一查肠子有什么病，但是办不到。后来靠了她一位亲戚帮忙，开后门两次拍片，才查出她患肠癌。以后又靠朋友设法开后门住进了医院。她自己还很高兴，以为得救了。只有她一个人不知真实的病情。她在医院里只活了三个星期。

我休假回家，假期满了，我又请过两次假。留在家里照料病人，最多也不到一个月。我看见她病情日趋严重，实在不愿意把她丢开不管，我要求延长假期的时候，我们那个单位一个"工宣队"头头逼着我第二天就回干校去。我回到家里，她问起来，我无法隐瞒，她叹了一口气，说："你放心去吧。"她把脸掉过去，不让我看她。我女儿、女婿看到这种情景自告奋勇跑到巨鹿路去向那位"工宣队"头头解释，希望他同意我在市区多留些日子照料病人。可是那个头头"执法如山"，还说："他不是医生，留在家里，有什么用处！留在家里对他改造不利。"他们气愤地回到家中，只说机关不同意，后来才对我传达这句"名言"，我还能讲什么呢？明天回干校去！

整个晚上她睡不好，我更睡不好。出乎意外，第二天一早我那个插队落户的儿子在我们房间里出现了，他是昨天半夜里到的。他得到了家信，请假回家看母亲，却没有想到母亲病成这样。我见了他一面，把他母亲交给他，就回干校去了。

在车上我的情绪很不好。我实在想不通为什么会有这样的事情。我在干校待了五天，无法同家里通消息。我已经猜到她的病不轻了。可是人们不让我过问她的事情。这五天是多么难熬的日子！到第五天晚上在干校的造反派头头通知我们全体第二天一早回市区开会。这样我才又回到了家，见到了我的爱人。靠了朋友帮忙，她可以住进中山医院肝癌病房，一切都准备好，她第二天就要住院了。她多么希望住院前见我一面，我终于回来了，连我也没有想到她的病情发展得这么快。我们见了面，我一句话也讲不出来。她说了一句："我到底住院了。"我答说："你安心治疗吧。"她父亲也来看她，老人家双目失明，去医院探病有困难，可能是来同他的女儿告别了。

我吃过中饭就去参加给别人戴上反革命帽子的大会，受批判、戴帽子的人不止一个，其中有一个我的熟人王若望同志，他过去也是作家，不过比我年轻。我们一起在"牛棚"里关过一个时期，他的罪名是"摘帽右派"。他不服，不肯听话，他贴出大字报，声明"自己解放自己"，因此罪名越搞越大，给捉去关了一个时期不算，还戴上了反革命的帽子监督劳动。在会场里我一直像在做怪梦。开完会回家，见到萧珊我感到格外亲切，仿佛重回人间。可是她不舒服，不想讲话，偶尔讲一句半句，我还记得她讲了两次："我看不到了。"我连声问她看不到什么？她后来才说："看不到你解放了。"我还能回答什么呢？

我儿子在旁边，垂头丧气，精神不好，晚饭只吃了半碗，像是患感冒。她忽然指着他小声说："他怎么办呢？"他当时在安徽山区农村插队落户已经待了三年半，政治上没有人管，生活上不能养活自己，而且因为是我的儿子，给剥夺了好些公民权利。他先学会沉默，后来又学会抽烟。我怀着内疚的心情看看他，我后悔当初不该写小说，更不该生儿育女。我还记得前两年在痛苦难熬的时候她对我说："孩子们说爸爸做了坏事，害了我们大家。"这好像用刀子在割我身上的肉，我没有出声，我把泪水全吞在肚里。她睡了一觉醒过来忽然问我："你明天不去了？"我说："不去了。"就是那个"工宣队"头头在今天通知我不用再去干校，就留在市区。他还问我："你知道萧珊是什么病吗？"我答说："知道。"其实家里瞒住我，不给我知道真相，我还是从他这句问话里猜到的。

三

第二天早晨她动身去医院，一个朋友和我女儿、女婿陪她去。她穿好衣服等候车来。她显得急躁，又有些留恋，东张张西望望，她也许在想是不是能再看到这里的一切。我送走她，心上反而加了一块大石头。

将近二十天里，我每天去医院陪她大半天，我照料她，我坐在病床前守着她，同她短短地谈几句话，她的病情恶化，一天天衰弱下去，肚子却一天天大起来，行动越来越不方便。当时病房里没有人照料，生活方面除饮食外一切都必须自理。后来听同病房的人称赞她"坚强"，说她每天早晚都默默地挣扎着下了床，走到厕所。医生对我们谈起，病人的身体受不住手术，最怕她的肠子堵塞，要是不堵塞，还可以拖延一个时期。她住院后的半个月是一九六六年八月以来我既感痛苦又感到幸福的一段时间，是我和她在一起度过的最后的平静的时刻，我今天还不能将它忘记。但是半个月以后，她的病情又有了发展，一天吃中饭的时候，医生通知我儿子找我去谈话。他告诉我：病人的肠子给堵住了，必须开刀。开刀不一定有把握，也许中途出毛病，但是不开刀，后果更不堪设想，他要我决定，并且要我劝她同意。我做了决定，就去病房对她解释，我讲完话，她只说了一句："看来，我们要分别了。"她望着我，眼睛里全是泪水。我说："不会的……"我的声音哑了。接着护士长来安慰她，对她说："我陪你，不要紧的。"她回答："你陪我就好。"时间很紧迫。医生护士们很快作好了准备，她给送进手术室去了，是她的表侄把她推到手术室门口的。我们就在外面廊上等候了好几个小时，等到她平安地给送出来，由儿子把她推回到病房去，儿子还在她的身边守过一个夜晚。过两天他也病倒了，查出来他患肝炎，是从安徽农村带回来的。本来我们想瞒住他的母亲，可是无意间让他母亲知道了。她不断地问："儿子怎么样？"我自己也不知道儿子怎么样，我怎么能使她放心呢？晚上回到家，走进空空的、静静的房间，我几乎要叫出声来："一切都朝我的头打下来吧，让所有的灾祸都来呢。我受得住！"

我应当感谢那位热心而又善良的护士长，她同情我的处境，要我把儿子的事情完全交给她办。她作好安排，陪他看病、检查，让他很快住进别处的隔离病房，得到及时的治疗和护理。他在隔离病房里苦苦地等候母亲病情的好转。母亲躺在病床上，只能有气无力地说几句短短的话，她经常问："棠棠怎么样？"从她那双含泪的眼睛里我明白她多么想看见她最爱的儿子。但是她已经没有精力多想了。

她每天给输血，打盐水针。她看见我去，就断断续续地问我："输多少 CC 的血？该怎么办？"我安慰她："你只管放心，没有问题，治病要紧。"她不止一次地说："你辛苦了。"我有什么苦呢？我能够为我最亲爱的人做事情，哪怕做一件小事，我也高兴！后来她的身体更不行了。医生给她输氧气，鼻子里整天插着管子。她几次要求拿开，这说明她感到难受。但是听了我们的劝告她终于忍受下去了。开刀以后她只活了五天，谁也想不到她会去得这么快！五天中间我整天守在病床前，默默地望着她在受苦（我是设身处地感觉到这样的），可是她除了两三次要求搬开床前巨大的氧气筒，三四次表示担心输血较多、付不出医药费之外，并没有抱怨过什么，见到熟人她常有这样一种表情：请原谅我麻烦了你们。她非常安静，但并未昏睡，始终睁大两只眼睛。眼睛很大，很美，很亮。我望着，望着,好像在望快要燃尽的烛火。我多么想让这对眼睛永远亮下去!我多么害怕她离开我!我甚至愿意为我那十四卷"邪书"受到千刀万剐,只求她能安静地活下去。

不久前我重读梅林写的《马克思传》,书中引用了马克思给女儿的信里的一段话,讲到马克思夫人的死。信上说:"她很快就咽了气。……这个病具有一种逐渐虚脱的性质,就像由于衰老所致一样,甚至在最后几小时也没有临终的挣扎,而是慢慢地沉入睡乡,她的眼睛比任何时候都更大、更美、更亮!"这段话我记得很清楚,马克思夫人也死于癌症。我默默地望着萧珊那对很大、很美、很亮的眼睛,我想起这段话,稍微得到一点安慰。听说她的确也"没有临终的挣扎",她也是"慢慢地沉入睡乡"。我这样说,是因为她离开这个世界的时候,我不在她的身边,那天是星期天,卫生防疫站因为我们家发现了肝炎病人,派人上午来做消毒工作。她的表妹有空愿意到医院去照料她,讲好我们吃过中饭就去接替。没有想到我们刚刚端起饭碗,就得到传呼电话,通知我女儿去医院,说是她妈妈"不行"了。真是晴天霹雳!我和我女儿、女婿赶到医院。她那张病床上连床垫也给拿走了。别人告诉我她在太平间。我们又下了楼赶到那里,在门口遇见表妹,还是她找人帮忙把"咽了气"的病人抬进来的。死者还不曾给放进铁匣子里送进冷库,她躺在担架上,但已经给白布床单包得紧紧的,看不到面容了。我只看到她的名字。我弯下身子,把地上那个还有点人形的白布拍了好几下,一面哭着唤她的名字。不过几分钟的时间。这算是什么告别呢?

据表妹说,她逝世的时刻,表妹也不知道。她曾经对表妹说:"找医生来。"医生来过,并没有什么。后来她就渐渐"沉入睡乡"。表妹还以为她在睡眠。一个护士来打针才发觉她的心脏已经停止跳动了。我没有能同她诀别,我有许多话没有能向她倾吐,她不能没有留下一句遗言就离开我!我后来常常想,她对表妹说:"找医生来,"很可能不是"找医生",是"找李先生"(她平日这样称呼我)。为什么那天上午偏偏我不在病房呢?家里人都不在她身边,她死得这样凄凉!

我女婿马上打电话给我们仅有的几个亲戚,她的弟媳赶到医院,马上晕了过去。三天以后在龙华火葬场举行告别仪式。她的朋友一个也没有来,因为一则我们没有通知,二则我是一个审查了将近七年的对象。没有悼词,没有吊客,只有一片伤心的哭声。我衷心感谢前来参加仪式的少数亲友和特地来帮忙的我女儿的两三个同学。最后我跟她的遗体告别,女儿望着遗容哀哭,儿子在隔离病房,还不知道把他当做命根子的妈妈已经死亡。值得提说的是她当做自己儿子照顾了好些年的一位亡友的男孩从北京赶来,只为了看见她的最后一面。这个整天同钢铁打交道的技术员,他的心倒不像钢铁那样。他得到电报以后,他爱人对他说:"你去吧,你不去一趟,你的心永远安定不了。"我在变了形的她的遗体旁边站了一会。别人给我和她照了像。我痛苦地想:这是最后一次了,即使给我们留下来很难看的形象，我也要珍视这个镜头。

一切都结束了。过了几天我和女儿、女婿再去火葬场，领到了她的骨灰盒，在存放室里寄存了三年之后，我按期把骨灰盒接回家里，有人劝我把她的骨灰安葬，我宁愿让骨灰盒放在我的寝室里，我感到她仍然和我在一起。

四

梦魇一般的日子终于过去了。六年仿佛一瞬间似的远远地落在后面了。其实哪里是一瞬间！这段时间里有多少流着血和泪的日子啊。不仅是六年，从我开始写这篇短文到现在又过去了半年，这半年中间我经常在火葬场的大厅里默哀，行礼，为了纪念给“四人帮”迫害致死的朋友。想到他们不能把个人的智慧和才华献给社会主义祖国，我万分惋惜。每次戴上黑纱、插上纸花的同时，我也想我自己最亲爱的朋友，一个普通的文艺爱好者，一个成绩不大的翻译工作者，一个心地善良的好人。她是我的生命的一部分，她的骨灰里有我的泪和血。

她是我的一个读者。一九三六年我在上海第一次同她见面，一九三八年和一九四一年我们两次在桂林像朋友似地住在一起。一九四四年我们在贵阳结婚。我认识她的时候，她还不到二十，对她的成长我应当负很大的责任。她读了我的小说，后来见到了我，对我发生了感情。她在中学念书。看见我之前，因为参加学生运动被学校开除，回到家乡住了一个短时期，又出来进另一所学校。倘使不是为了我，她三七、三八年可能去了延安。她同我谈了八年的恋爱，后来到贵阳旅行结婚，只印发了一个通知，没有摆过一桌酒席。从贵阳我们先后到重庆，住在民国路文化生活出版社门市部楼梯下七八个平方米的小屋里。她托人买了四只玻璃杯开始组织我们的小家庭。她陪着我经历了各种艰苦生活。在抗日战争紧张的时期，我们一起在日军进城以前十多个小时逃离广州，我们从广东到广西，从昆明到桂林，从金华到温州，我们分散了，又重见，相见后又别离。在我那两册《旅途通讯》中就有一部分这种生活的记录。四十年前有一位朋友批评我：“这算什么文章！”我的《文集》出版后，另一位朋友认为我不应当把它们也收进去。他们都有道理，两年来我对朋友、对读者讲过不止一次，我决定不让《文集》重版。但是为我自己，我要经常翻看那两小册《通讯》。在那些年代每当我落在困苦的境地里、朋友们各奔前程的时候，她总是亲切地在我的耳边说：“不要难过，我不会离开你，我在你的身边。”的确，只有在她最后一次进手术室之前她才说过这样一句：“我们要分别了。”

我同她一起生活了三十多年。但是我并没有好好地帮助过她。她比我有才华，却缺乏刻苦钻研的精神。我很喜欢她翻译的普希金和屠格涅夫的小说。虽然译文并不恰当，也不是普希金和屠格涅夫的风格，它们却是有创造性的文学作品，阅读它们对我是一种享受。她想改变自己的生活，不愿作家庭妇女，却又缺少吃苦耐劳的勇气。她听从一个朋友的劝告，得到后来也是给“四人帮”迫害致死的叶以群同志的同意，到《上海文学》“义务劳动”，也做了一点点工作，然而在运动中却受到批判，说她专门向老作家、反动权威组稿，又说她是我派去的“坐探”。她为了改造思想，想走捷径，要求参加“四清”运动，找人推荐到某铜厂的工作组工作，工作相当繁重、紧张，她却精神愉快。但是到我快要靠边的时候，她也被叫回“作协分会”参加运动。她第一次参加这种急风暴雨般的斗争，而且是以反动权威家属的身份参加，她不知道该怎么办才好。她张皇失措、坐立不安，替我担心，又为儿女的前途忧虑。她盼望什么人向她伸出援助的手，可是朋友们离开了她，“同事们”拿她当做箭靶，还有人想通过整她来整我。她不是“作协分会”或者刊物的正式工作人员，可是仍然被“勒令”靠边劳动、站队挂牌，放回家以后，又给揪到机关。过一个时期她写了认罪的检查、第二次给放回家的时候，我们机关的造反派头头却通知里弄委员会罚她扫街。她怕人看见，每天大清早起来，拿着扫帚出门，扫得精疲力尽，才回到家里，关上大门，吐了一口气。但有时她还是碰到上学去的小孩，对她叫骂：“巴金的臭婆娘。”我偶尔看见她拿着扫帚回来，不敢正眼看她，我感到负罪的心情。这是对她的一个致命的打击。不到两个月，她病倒了，以后就没有再出去扫街（我妹妹继续扫了一个时期），但是也没有完全恢复健康。尽管她还继续拖了四年，但一直到死，她并不曾看到我恢复自由。这就是她的最后，然而绝不是她的结局。她的结局将和我的结局连在一起。

我绝不悲观。我要争取多活。我要为我们社会主义祖国工作到生命的最后一息。在我丧失工作能力的时候，我希望病榻上有萧珊翻译的那几本小说。等到我永远闭上眼睛，就让我的骨灰和她的骨灰搀和在一起。

1979 年 1 月 16 日写完

【阅读提示】

《怀念萧珊》是巴金在“文革”以后出版的散文集《随想录》中的一篇。《随想录》由《随想录》、《探索集》、《真话集》、《病中集》、《无题集》五个集子组成。这部大书是用真话建立起来的揭露“文革”的“博物馆”，是作者毕生阅历和经验的总结。

巴金散文多感怀之作。正如他在《怀念萧珊》一文中所说：“五十多年前我就有了这样一种习惯：有感情无处倾吐时，我经常求助于纸笔。”作者的这篇悼念亡妻的散文，记述了妻子在“文革”中因受自己的牵连而遭罪，身患绝症得不到及时治疗，最后连诀别的话也没留下一句就默默离开人世的悲惨遭遇，描写了夫妻俩在那段日子里患难与共、相濡以沫的深厚感情，以及互相鼓励着希望摆脱厄运的深切愿望。作者对亡妻的怀念之情，对林彪、“四人帮”迫害无辜的愤恨之情，对夫妻受难中善良的人们给予帮助的感激之情，充溢于字里行间。这正是这一作品充满感情色彩，从而“打动读者的心”的重要艺术因素。

跟这种平实、朴素的写法相联系，巴金采用白描手法描写人物。夫妻俩的一个姿态，两三动作，几句话语，在作品中稍加勾勒和点染，言笑颦蹙便顿时跃然纸上。当然，这些人物不同于叙事作品中的完整典型，但他们同样能激荡人心，在读者头脑里留下清晰难忘的印象。“求助于纸笔”吐露绝无伪饰的情感。这是作者对语言的运用达到熟练自如、炉火纯青的表现。

□北　岛

北岛（1949—），原名赵振开，祖籍浙江湖州，生于北京。当代诗人。著有诗集《太阳城札记》、《北岛诗选》、《北岛顾城诗选》等。

回　答

卑鄙是卑鄙者的通行证，
高尚是高尚者的墓志铭。
看吧，在那镀金的天空中，
飘满了死者弯曲的倒影。

冰川纪过去了，
为什么到处都是冰凌？
好望角发现了，
为什么死海里千帆相竞？

我来到这个世界上，
只带着纸、绳索和身影，
为了在审判前，
宣读那些被判决的声音。

告诉你吧，世界
我——不——相——信！
纵使你脚下有一千名挑战者，
那就把我算作第一千零一名。

我不相信天是蓝的，
我不相信雷的回声；
我不相信梦是假的，
我不相信死无报应。

如果海洋注定要决堤，
就让所有的苦水都注入我心中，
如果陆地注定要上升，
就让人类重新选择生存的峰顶。

新的转机和闪闪的星斗，
正在缀满没有遮拦的天空。
那是五千年的象形文字，
那是未来人们凝视的眼睛。

【阅读提示】

北岛的诗歌创作开始于"十年动乱"后期，反映了从迷惘到觉醒的一代青年的心声。"十年动乱"的荒诞现实，造成了诗人独特的"冷抒情"的方式——出奇的冷静和深刻的思辨性。他在冷静的观察中，发现了"那从蝇眼中分裂的世界"如何造成人的价值的全面崩溃、人性的扭曲和异化。他想"通过作品建立一个自己的世界，这是一个真诚而独特的世界，正直的世界，正义和人性的世界"。在这个世界中，北岛建立了自己的"理性法庭"，以理性和人性为准绳，重新确定人的价值，恢复人的本性；悼念烈士，审判刽子手；嘲讽怪异和异化的世界，反思历史和现实。这首《回答》，是他最有代表性的诗歌。在诗里，诗人塑造了一个对现实充满怀疑和否定的青年形象。面对充斥这个世界的罪恶与谎言，诗人大胆喊出了"我不相信"的宣言。然而，他对未来充满着希望。因为这"新的转机"就像缀满天空的星星一样，向着我们眨眼呢。

清醒的思辨与直觉思维产生的隐喻、象征意象相结合，是北岛诗歌显著的艺术特征，具有高度概括力的悖论式警句，造成了北岛诗歌独有的振聋发聩的艺术力量。

□王　蒙

王蒙(1934—)，河北南皮人，生于北京。当代作家。1953 年创作长篇小说

《青春万岁》。1956年发表短篇小说《组织部新来的年轻人》，由此被错划为右派。1963年起赴新疆生活、工作十多年。1978年调北京市作协工作。后任《人民文学》主编、中国作协副主席、中共中央委员、文化部长、国际笔会中心中国分会副会长等职。主要著作有长篇小说《活动变人形》、《恋爱的季节》、《失态的季节》、《踌躇的季节》、《狂欢的季节》，中篇小说《布礼》、《蝴蝶》、《杂色》、《相见时难》、《名医梁有志传奇》、《在伊犁》系列小说，小说集《冬雨》、《坚硬的稀粥》、《加拿大的月亮》，诗集《旋转的秋千》，专著《红楼启示录》，十卷本《王蒙文集》等。

春之声

咣地一声，黑夜就到来了。一个昏黄的、方方的大月亮出现在对面墙上。岳之峰的心紧缩了一下，又舒张开了。车身在轻轻地颤抖。人们在轻轻地摇摆，多么甜蜜的童年的摇篮啊！夏天的时候，把衣服放在大柳树下，脱光了屁股的小伙伴们一跃跳进故乡的清凉的小河里，一个猛子扎出十几米，谁知道谁在哪里露出头来呢？谁知道被他慌乱中吞下的一口水里，包含着多少条蛤蟆蝌蚪呢？闭上眼睛，熟睡在闪耀着阳光和树影的涟漪之上，不也是这样轻轻地、轻轻地摇晃着的吗？失却了的和没有失去的童年和故乡，责备我么？欢迎我么？母亲的坟墓和正在走向坟墓的父亲！

方方的月亮在移动，消失，又重新诞生。惟一的小方窗里透进了光束，是落日的余辉还是站台的灯？为什么连另外三个方窗也遮严了呢？黑咕隆咚，好像紧接着下午便是深夜。门咣地一关，就和外界隔开了。那愈来愈响的声音是下起了冰雹吗？是铁锤砸在铁砧上？在黄土高原的乡下，到处还靠人打铁，我们祖国的胳膊有多么发达的肌肉！啊，当然，那只是车轮撞击铁轨的噪音，来自这一节铁轨与那一节铁轨之间的缝隙。目前不是正在流行一支柔柔的歌曲吗，叫做什么来着——《泉水叮咚响》。如果火车也叮咚叮咚地响起来呢？广州人可真会生活，不像这西北高原上，人的脸上和房屋的窗玻璃上到处都蒙着一层厚厚的黄土。广州人的凉棚下面，垂挂着许许多多三角形的瓷板，它们伴随着清风，发出叮叮咚咚的清音，愉悦着心灵。美国的抽象派音乐却叫人发狂。真不知道基辛格听我们的杨子荣咏叹调时有什么样的感受。京剧锣鼓里有噪音，所有的噪音都是令人不快的吗？反正火车开动以后的铁轮声给人以鼓舞和希望。下一站，或者下一站的下一站，或者许多许多的下一站以后的下一站，你所寻找的生活就在那里，母亲或者孩子，友人或者妻子，温热的澡盆或者丰盛的饮食正在那里等待着你。都是回家过年的。过春节，我们的古老的民族的最美好的节日，谢天谢地，现在全国人民都可以快快乐乐地过年了。再不会用“革命化”的名义取消春节了。

这真有趣。在出国考察三个月回来之后，在北京的高级宾馆里住了一阵——总结啦，汇报啦，接见啦，报告啦……之后，岳之峰接到了八十多岁的刚刚摘掉地主帽子的父亲的信。他决定回一趟阔别二十多年的家乡。这是不是个错误呢？他怎么也没想到要坐两个小时零四十七分钟的闷罐子车呀。三个小时以前，他还坐在从北京飞往X城的三叉戟客机的宽敞、舒适的座位上。两个月以前，他还坐在驶向汉堡的易北河客轮上。现在呢，他和那些风尘仆仆的、在黑暗中看不清面容的旅客们挤在一起，就像沙丁鱼挤在罐头盒子里。甚至于他辨别不出火车到底是在向哪个方向行走。眼前只有那月亮似的光斑在飞速移动，火车的行驶究竟是和光斑方向相同抑或相反呢？他这个工程物理学家竟为这个连小学生都答得上来的、根本算不上是几何光学的问题伤了半天脑筋。

他已经有二十多年没有回过家乡了。谁让他错投了胎？地主，地主！一九五六年他回过一次家，一次就够用了——回家呆了四天，却检讨了二十二年！而伟人的一句话，也够人们学习贯彻一百年。使他惶惑的是，难道人生一世就是为了作检讨？难道他生在中华，就是为了作一辈子检讨的么？好在这一切都过去了。斯图加特的奔驰汽车工厂的装配线在不停地转动，车间洁净敞亮，没有多少噪音。西门子公司规模巨大，具有一百三十年的历史。我们才刚刚起步。赶上，赶上！不管有多么艰难。哞，哞，哞，快点开，快点开，快开，快开，快，快，快，车轮的声音从低沉的三拍一小节变成两拍一小节，最后变成高亢的呼号了。闷罐子车也罢，正在快开。何况天上还有三叉戟？

尘土和纸烟的雾气中出现了旱烟叶发出的辣味，像是在给气管和肺做针灸。梅花针大概扎在肺叶上了。汗味就柔和得多了。方言的浓度在旱烟与汗味之间，既刺激，又亲切。还有南瓜的香味哩！谁在吃南瓜？X城火车站前的广场上，没有见卖熟南瓜的呀。别的小吃和土特产倒是都有。花生、核桃、葵花籽、柿饼、酸枣、绿豆糕、山药、蕨麻……全有卖的。就像变戏法，举起一块红布，向左指上两指，这些东西就全没了，连火柴、电池、肥皂都跟着短缺。现在呢，一下子又都变了出来，也许伸手再抓两抓，还能抓出更多的财富。柿饼和枣朴质无华，却叫人甜到心里。岳之峰咬了一口上火车前买的柿饼，细细地咀嚼着儿时的甜香。辣味总是一下子就能尝到，甜味却埋得很深很深。要有耐心，要有善意，要有经验，要知觉灵敏。透过辛辣的烟草和热烘烘的汗味儿，岳之峰闻到了乡亲们携带的绿豆香。绿豆苗是可爱的，灰兔子也是可爱的，但是灰色的野兔常常要毁坏绿豆。为了追赶野兔，他和小柱子一口气跑了三里，跑得连树木带田垄都摇来摆去。在中秋的月夜，他亲眼见过一只银灰色的狐狸，走路悄无声息，像仙人，像梦。

车声小了，车声息了。人声大了，人声沸了。咣——哧，铁门打开了，女列车员——一个高个子、大骨架的姑娘正在洒利地用家乡方言指挥下车和上车的乘客。“没有地方了,没有地方了,到别的车厢去吧。”已经在车上获得了自己的位置的人发出了这种无效的、也是自私的呼吁。上车的乘客正在拥上来,熙熙攘攘。到哪里都是熙熙攘攘。与我们的王府井相比,汉堡的街道上简直可以说是看不见人,而且市区的人口还在减少。岳之峰从飞机场来到 X 城火车站的时候吓了一跳——黑压压的人头,压迫得白雪不白,冬青也不绿了。难道是出了什么事情?一九四六年学生运动,人们集合在车站广场,准备拦车去南京请愿,也没有这么多人!岳之峰上大学的时候在北平,有一次他去逛故宫博物院,刚刚下午四点就看不见人影了,阴森森的大殿使他的后脊背冒凉气。他小跑着离开了故宫,上了拥挤的有轨电车才放心了一点。如果跑慢了,说不定珍妃会从井里钻出来把他拉下去哩!

但是现在,故宫南门和北门前买入场券的人排着长队。而且不是星期天。X 城火车站前的人群令人晕眩。好像全中国有一半人要在春节前夕坐火车。到处都是团聚,相会,团圆饺子,团圆元宵,对于旧谊,对于别情,对于天伦之乐,对于故乡和童年的追寻。卖刚出屉的肉馅包子的,盖包子的白色棉褥子上净是油污。卖烧饼、锅盔、油条、大饼的。卖整盒整盒的点心的。卖面包和饼干的。X 车站和 X 城饮食服务公司倾全力到车站前露天售货。为了买两个烧饼也要挤出一身汗。岳之峰出了多少汗啊!他混饱了(环境和物质条件的急骤改变已使他分辨不出饥和饱了)肚子,又买到了去家乡的短途客车的票。找给钱的时候使他一怔,写的是一块二,怎么只收了六角呢?莫非是自己没有报清站名?他想再问一问,但是排在他后面的人已经占据了售票窗口前的有利阵地,他挤不回去了。

他怏怏地看着手中的火车票。火车票上黑体铅字印的是 1.20 元,但是又用双虚线勾上了两个占满票面的大字:陆角。这使他百思不得其解,简直像是一种生物学上的密码。“这是怎么回事?为什么我买一块二角的票她却给了我六角钱的?”他自言自语。他问别人。没有人回答他。等待上车的人大多是一些忙碌得可以原谅的利己主义者。

各种信息在他的头脑里撞击。黑压压的人群,遮盖热气腾腾的肉包子的油污的棉被。候车室里张贴着的大字通告:关于春节期间增添新车次的情况。临时增添的新车次的时刻表。男女厕所门前排着等待小便的人的长队。陆角的双勾虚线。大包袱和小包袱,大篮筐和小篮筐,大提兜和小提兜……他得出了这最后一段行程会是艰难的结论,他有了思想准备。终于他从旅客们的闲谈中听到了“闷罐子车”这个词儿,他恍然了。人脑毕竟比电脑聪明得多。

上到列车上的时候,他有点垂头丧气。在二十世纪八十年代的第一个春节即将来临之时,正在梦寐以求地渴望实现四个现代化的人们,却还要坐瓦特和史蒂文森时代的闷罐子车!事实如此。事实就像宇宙,就像地球,华山和黄河,水和土，氢和氧，钛和铀。既不像想象那样温柔，也不像想象那么冷酷，不是么，闷罐子车里坐满了人，而且还在一个两个，十个二十个地往人与人的缝隙，分子与分子，原子与原子的空隙之中嵌进。奇迹般地难以思议，已经坐满了人的车厢里又增加了那么多人。没有人叫苦。

有人叫苦了："这个箱子不能压。"一个包着头巾、抱着孩子的妇女试探着能不能坐到一只箱子上。"您到这边来，您到这边来。"岳之峰连忙站起身，把自己的靠边的位置让了出来。坐在靠边的地方，身子就能倚在车壁上，这就是最优越的"雅座"了。那女人有点不好意思。但终于抱着小孩子挪动了过来，她要费好大的力气才能不踩着别人。"谢谢您！"妇女用流利的北京话说。她抬起头。岳之峰好像看到一幅炭笔的素描。题目应该叫《微笑》。

叮铃叮铃的铃声响了，铁门又咣地一声关上了，是更深沉的黑夜，车外的暮色也正在浓重起来嘛。大骨架的女列车员点起了一支白蜡，把蜡烛放到了一个方形的玻璃罩子里。为什么不点油灯呢？大概是怕煤油摇洒出来。偌大的车厢，就靠这一支蜡烛照亮。些微的亮光，照得乘客变成了一个又一个的影子。车身又摇晃了，对面车壁上的方形的光斑又在迅速移动了。离家乡又近一些了。摘了帽子，又见到了儿子，父亲该可以瞑目了吧？不论是他的罪恶或者忏悔，不论是他的眼泪还是感激，也不论是他的狰狞丑恶还是老实善良，这一切都快要随着他的消失而云消雾散了。老一辈人正在一个又一个地走向河的那边。咚咚咚，噔噔噔，嘭嘭嘭，是在过桥了吗？联结着过去和未来，中国和外国，城市和乡村，此岸和彼岸的桥啊！

靠得很近的蜡灯把黑白分明的光辉和阴影印制在女列车员的脸上。女列车员像是一尊全身的神像。"旅客同志们，春节期间，客运拥挤，我们的票车[①] 去支援长途……提高警惕……"她说得挺带劲，每吐出一个字就像拧紧了一个螺母。她有一种信心十足、指挥若定的气概，以小小的年纪，靠一支蜡烛的光亮，领导着一车的乌合之众。但是她的声音也淹没在轰轰轰，嗡嗡嗡，隆隆隆，不仅是七嘴八舌，而且是七十嘴八十舌的喧嚣里了。

自由市场。百货公司。香港电子石英表。豫剧片《卷席筒》。羊肉泡馍。醪糟蛋花。三接头皮鞋。三片瓦帽子。包产到组。收购大葱。中医治癌。差额选举。结婚筵席……在这些温暖的闲言碎语之中，岳之峰轮流把体重从左腿转移到右腿，再从右腿转移到左腿。幸好人有两条腿，要不然，无依无靠地站立在人和物的密集之中，可真不好受。立锥之地，岳之峰现在对于这句成语才有了形象的理解。莫非古代也有这种拥挤的、没有座位和灯光的旅行车辆吗？但他给一个女同志让了"座位"。不，没有座，只有位，想不到她讲一口北京话。这使岳之

① 票车，铁路人员一般称客车为票车。

峰兴致似乎高了一些。“谢谢”,“对不起”,在国外到处是这种礼貌的用语。虽然有一个装着坚硬的铁器的麻袋正在挤压他右腿的小腿肚子,而另一个席地面坐的人的脊背干脆靠到了他的酸麻难忍的左腿上。

简直是神奇。不仅在慕尼黑的剧院里观看演出的时候,而且在北京,在研究所、部里和宾馆里,在二十三平方米的住房和一〇三和三三二路公共汽车上,他也想不到人们还要坐闷罐子车。这不是运货和运牲畜的车吗?倒霉!可又有什么倒霉的呢?咒骂是最容易不过的。咒骂闷罐子车比起制造新的美丽舒适的客运列车来,既省力又出风头。无所事事而又怨气冲天的人的口水,正在淹没着忍辱负重、埋头苦干的人的劳动。人们时而用高调,时而又用低调冲击着、替代着那些一件又一件,一天又一天,一年又一年的坚韧不拔的工作。

“给这种车坐,可真缺德!”

“你凑合着吧,过去,还没有铁路哩!”

“运兵都是用闷罐子车,要不,就暴露了。”

“要赶上拉肚子的就麻烦了,这种车上没有厕所。”

“并没有一个人拉到裤子里么。”

“有什么办法呢?每逢春节,有一亿多人要坐火车……”

黑暗中听到了这样一些交谈。岳之峰的心平静下来了。是的,这里曾经没有铁路,没有公路,连自行车走的路也没有。阔人骑毛驴,穷人靠两只脚。农民挑着一千五百个鸡蛋,从早晨天不亮出发,越过无数的丘陵和河谷,黄昏时候才能赶到X城。我亲爱的美丽而又贫瘠的土地,你也该富饶起来了吧?过往的记忆,已经像烟一样,雾一样地淡薄了,但总不会被彻底地忘却吧?历史,历史;现实,现实;理想,理想;哞——哞——咣气咣气……喀郎喀郎……沿着莱茵河的高速公路。山坡上的葡萄。暗绿色的河流。飞速旋转。

这不就是法兰克福的孩子们吗?男孩子和女孩子,黄眼睛和蓝眼睛,追逐着的,奔跑着的,跳跃着的,欢呼着的。喂食小鸟的,捧举鲜花的,吹响铜号的,扬起旗帜的。那欢乐的生命的声音。那友爱的动人的呐喊。那红的、粉的和白的玫瑰。那紫罗兰和蓝蓝的毋忘我。

不。那不是法兰克福。那是西北高原的故乡。一株巨大的白丁香把花开在了屋顶的灰色的瓦瓴上。如雪,如玉,如飞溅的浪花。摘下一条碧绿的柳叶,卷成一个小筒,仰望着蓝天白云,吹一声尖厉的哨子,惊得两个小小的黄鹂飞起。挎上小篮,跟着大姐姐,去采撷灰灰菜。去掷石块,去追逐野兔,去捡鹌鹑的斑斓彩蛋。连每一条小狗,每一只小猫,每一头牛犊和驴驹都在嬉戏。连每一根小草都在跳舞。

不,那不是西北高原。那是解放前的北平。华北局城工部(它的部长是刘仁同志)所属的学委组织了平津学生大联欢。营火晚会。“太阳下山明朝依旧爬上来……我的青春小鸟一去不回来，”“山上的荒地是什么人来开？地上的鲜花是什么人来栽?”一支又一支的歌曲激荡着年轻人的心。最后，大家发出了使国民党特务胆寒的强音:“团结就是力量……让一切不民主的制度死亡！”信念和幸福永远不能分离。

不，那不是逝去了的、遥远的北平。那是解放了的、飘扬着五星红旗的首都。那是他青年时代的初恋，是第一次吹动他心扉的和煦的风。春节刚过，忽然，他觉察到了，风已经不那么冰冷，不那么严厉了。二月的风就带来了和暖的希望，带来了早春的消息。他跑到北海，冰还没有化哩。还没有什么游人哩。他摘下帽子，他解开上衣领下的第一个扣子。还是冬天吗？当然，还是冬天。然而是已经联结着春天的冬天，是冬与春的桥。有风为证，风已经不冷！风会愈来愈和煦，如醉，如酥……他欢迎着承受着别人仍然觉得凛冽、但是他已经为之雀跃的“春”风，小声叫着他悄悄地爱着的女孩子的名字。

那，那……那究竟是什么呢？是金鱼和田螺吗？是荸荠和草莓吗？是孵蛋的芦花鸡吗？是山泉，榆钱，返了青的麦苗和成双的燕子吗？他定了定神。那是春天，是生命，是青年时代。在我们的生活里，在我们每个人的心房里，在猎户星座和仙后星座里，在每一颗原子核，每一个质子、中子、介子里，不都包含着春天的力量，春天的声音吗?

他定了定神，揉了揉眼睛。分明是法兰克福的儿童在歌唱，当然，是德语。在欢快的童声合唱旁边，有一个顽强的、低哑的女声伴随着。

他再定了定神，再揉了揉眼睛，分明是在从 X 城到 N 地的闷罐子车上。在昏暗和喧嚣当中，他听到了德语的童声合唱，和低哑的、不熟练的、相当吃力的女声伴唱。

什么？一台录音机。在这个地方听起了录音。一支歌以后又是一支歌，然后是一支成人的歌。三支歌放完了，是叭啦叭啦的揿动键钮的声音，然后三支歌重新开始。顽强的、低哑的、不熟练的女声也重新开始。这声音盖过了一切喧嚣。

火车悠长的鸣笛。对面车壁上的移动着的方形光斑减慢了速度，加大了亮度。在昏暗中变成了一个个的影子的乘客们逐渐显出了立体化的形状和轮廓。车身一个大晃，又一个大晃，大概是通过了岔道。又到站了。咣——哧，铁门打开了，站台的聚光灯的强光照进了车厢。岳之峰看清楚了，录音机就放在那个抱小孩子的妇女的膝头。开始下人和上人，录音机接受了女主人的指令，“叭”地一声，不唱了。

“这是……什么牌子的?”岳之峰问。

“三洋牌。这里人们开玩笑地叫它做‘小山羊’。”妇女抬起头来，大大方方地回答。岳之峰仿佛看到了她的经历过风霜的、却仍然是年轻而又清秀的脸。

“从北京买的么？”岳之峰又问，不知为什么这么有兴趣。本来，他并不是一个饶舌的人。

“不，就从这里。”

这里？不知是指X城还是火车正在驶向的某一个更小的县镇。他盯着“三洋”商标。

“你在学外国歌吗？”岳之峰又问。

妇女不好意思地笑了：“不，我在学外国语。”她的笑容既谦逊，又高贵。

“德语吗？”

“噢，是的。我还没学好。”

“这都是些什么歌儿呀？”一个坐在岳之峰脚下的青年问。岳之峰的连续提问吸引了更多的人。

“它们是……《小鸟，你回来了》、《五月的轮转舞》和《第一株烟草花》，”女同志说，“欣梅尔——天空，福格尔——鸟儿，布鲁米——花朵……”她低声自语。

他们的话没有再继续下去。车厢里充满了的照旧是“别挤！”“这个箱子不能坐！”“别踩着孩子！”“这边没有地方了！”……之类的喊叫。

“大家注意啦！”一个穿着民警服装的人上了车，手里拿着半导体扬声喇叭，一边喘着气一边宣布道：“刚才，前一节车厢里上去了两个坏蛋，混水摸鱼，流氓扒窃。有少数坏痞，专门到闷罐子车上偷东西。那两个坏蛋我们已经抓住了。希望各位旅客提高警惕，密切配合，向刑事犯罪分子作坚决的斗争。大家听清楚了没有？”

“听清楚了！”车上的乘客像小学生一样地齐声回答。

乘务警察满意地、匆匆地跳了下去，手提扩音喇叭，大概又到别的车厢做宣传去了。

岳之峰不由得也摸了摸自己携带的两个旅行包，摸了摸上衣的四个和裤子的三个口袋。一切都健在无恙。

车开了。经过了短暂的混乱之后，人们又已经各得其所，各就其位。各人说着各人的闲话，各人打着各人的瞌睡，各人嗑着各人的瓜子，各人抽着各人的烟。“小山羊”又响起来了，仍然是《小鸟，你回来了》、《五月的轮转舞》和《第一株烟草花》。她仍然在学着德语。仍然低声地歌唱着欣梅尔——天空，福格尔——鸟儿和布鲁米——花朵。

她是谁？她年轻吗？抱着的是她的孩子吗？她在哪里工作？她是搞科学技术的吗？是夜大学的新学员吗？是“老三届”的毕业生吗？她为什么学德语学得这样起劲？她在追赶那失去了的时间吗？她做到了一分钟也不耽搁了吗？她有机会见到德国朋友或者到德国去或者已经到德国去过了吗？她是北京人还是本地人呢？她常常坐火车吗？有许多个问题想问啊。

“您听音乐吧。”她说。好像是在对他说。是的，三支歌曲以后，她没有揿键钮。在《第一株烟草花》后面，是约翰·斯特劳斯的《春之声圆舞曲》。闷罐子车正随着这春天的旋律而轻轻地摇摆着，醺醺地陶醉着，袅袅地前行着。

车到了岳之峰的家乡。小站，停车一分钟。响过了到站的铃，又立刻响起了发车的铃。岳之峰提着两个旅行包下了车，小站没有站台，闷罐子车又没有阶梯。每节车厢放着一个普通木梯，临时支上。岳之峰从这个简陋的木梯上终于下得地来，他长出了一口气。他向那位女同志道了再见。那位女同志也回答了他的再见。他有点依依不舍。他刚下车，还没等着验票出站，列车就开动了。他看到了闷罐子车的破烂寒伧的外表：有的地方已经掉了漆，灯光下显得白一块、花一块的。但是，下车以后他才注意到，火车头是蛮好的，火车头是崭新的、清洁的、轻便的内燃机车。内燃机车绿而显蓝，瓦特时代毕竟没有内燃机车。内燃机车拖着一长列闷罐子车向前奔驶。天上升起了月亮。车站四周是薄薄的一层白雪。天与雪都泛着连成一片的青光。可以看到远处墓地上的黑黑的、永远长不大的松树。有一点风。他走在了坑坑洼洼的故乡土地上。他转过头，想再多看一眼那一节装有小鸟、五月、烟草花和约翰·斯特劳斯的神妙的春之声的临时代用的闷罐子车。他好像从来还没有听过这么动人的歌。他觉得如今每个角落的生活都在出现转机，都是有趣的，有希望的和永远不应该忘怀的。春天的旋律，生活的密码，这是非常珍贵的。

写于 1980 年 4 月

【阅读提示】

王蒙 19 岁就创作了长篇小说《青春万岁》，22 岁以《组织部新来的年轻人》赢得文坛的关注。1978 年复出后，又连续以《最宝贵的》和《悠悠寸草心》获两届全国优秀短篇小说奖。然而，他并没有就此止步，而是一直不懈地在艺术上追求与探索。他以一种敢为天下先的精神，努力开拓艺术空间和精神空间，大胆进行了包括意识流等在内的现代派小说实验与探索，写出了《春之声》、《海的梦》、《风筝飘带》等探索小说，使他成为中国文坛上空一只翩翩的蝴蝶，一只高扬的风筝！

《春之声》写的是工程物理学家岳之峰在乘火车回家探亲时，在车上两个多小时的思想活动和心理变化，情节非常简单，具有一般小说截取生活某一片段的特点，但它又与一般小说不同，摆脱了情节小说的常规写法，主要是通过主人公的联想来进行时间和空间的对比，体现了作家的艺术创新精神。放射性结构、跳跃式语句、内视角的使用，都使这部小说具备了现代主义的色彩。但是，小说仍然关注社会的变化及其给普通人带来的心理影响，这与王蒙以前的小说创作是一致的。

□汪曾祺

汪曾祺(1920—1997),江苏高邮人。现当代作家。1940年起在《文学杂志》、《文艺复兴》和《文艺春秋》上发表《戴车匠》、《复仇》、《绿猫》、《鸡鸭名家》等短篇小说,引起文坛注目。1950年后在北京文联、中国民间文学研究会工作,编辑《北京文艺》和《民间文学》等刊物。1962年调北京京剧团(后改北京京剧院)任编剧。著有小说集《邂逅集》、《羊舍的夜晚》、《汪曾祺短篇小说选》、《晚饭花集》、《寂寞与温暖》、《茱萸集》,散文集《蒲桥集》、《塔上随笔》,文学评论集《晚翠文谈》,以及《汪曾祺自选集》等。

受　戒

明海出家已经四年了。

他是十三岁来的。

这个地方的地名有点怪,叫庵赵庄。赵,是因为庄上大都姓赵。叫做庄,可是人家住得很分散,这里两三家,那里两三家。一出门,远远可以看到,走起来得走一会,因为没有大路,都是弯弯曲曲的田埂。庵,是因为有一个庵。庵叫菩提庵,可是大家叫讹了,叫成荸荠庵。连庵里的和尚也这样叫。"宝刹何处?"——"荸荠庵。"庵本来是住尼姑的。"和尚庙"、"尼姑庵"嘛。可是荸荠庵住的是和尚。也许因为荸荠庵不大,大者为庙,小者为庵。

明海在家叫小明子。他是从小就确定要出家的。他的家乡不叫"出家",叫"当和尚"。他的家乡出和尚。就像有的地方出劁猪的,有的地方出织席子的,有的地方出箍桶的,有的地方出弹棉花的,有的地方出画匠,有的地方出婊子,他的家乡出和尚。人家弟兄多,就派一个出去当和尚。当和尚也要通过关系,也有帮。这地方的和尚有的走得很远。有到杭州灵隐寺的、上海静安寺的、镇江金山寺的、扬州天宁寺的。一般的就在本县的寺庙。明海家田少,老大、老二、老三,就足够种的了。他是老四。他七岁那年,他当和尚的舅舅回家,他爹、他娘就和舅舅商议,决定叫他当和尚。他当时在旁边,觉得这实在是在情在理,没有理由反对。当和尚有很多好处。一是可以吃现成饭,哪个庙里都是管饭的。二是可以攒钱。只要学会了放瑜伽焰口,拜梁皇忏,可以按例分到辛苦钱。积攒起来,将来还俗娶亲也可以;不想还俗,买几亩田也可以。当和尚也不容易,一要面如朗月,二要声如钟磬,三要聪明记性好。他舅舅给他相了相面,叫他前走几步,后走几步,又叫他喊了一声赶牛打场的号子:"格当嘚——",说是"明子准能当个好和尚，我包了！”要当和尚，得下点本——念几年书。哪有不认字的和尚呢！于是明子就开蒙入学，读了《三字经》、《百家姓》、《四言杂字》、《幼学琼林》、《上论、下论》、《上孟、下孟》，每天还写一张仿。村里都夸他字写得好，很黑。

舅舅按照约定的日期又回了家，带了一件他自己穿的和尚领的短衫，叫明子娘改小一点，给明子穿上。明子穿了这件和尚短衫，下身还是在家穿的紫花裤子，赤脚穿了一双新布鞋，跟他爹、他娘磕了一个头，就随舅舅走了。

他上学时起了个学名，叫明海。舅舅说，不用改了。于是“明海”就从学名变成了法名。

过了一个湖。好大一个湖！穿过一个县城。县城真热闹：官盐店，税务局，肉铺里挂着成边的猪，一个驴子在磨芝麻，满街都是小磨香油的香味，布店，卖茉莉粉、梳头油的什么斋，卖绒花的，卖丝线的，打把式卖膏药的，吹糖人的，耍蛇的，……他什么都想看看。舅舅一劲地推他：“快走！快走！”

到了一个河边，有一只船在等着他们。船上有一个五十来岁的瘦长瘦长的大伯，船头蹲着一个跟明子差不多大的女孩子，在剥一个莲蓬吃。明子和舅舅坐到舱里，船就开了。明子听见有人跟他说话，是那个女孩子。

“是你要到荸荠庵当和尚吗？”

明子点点头。

“当和尚要烧戒疤呕！你不怕？”

明子不知道怎么回答，就含含糊糊地摇了摇头。

“你叫什么？”

“明海。”

“在家的时候？”

“叫明子。”

“明子！我叫小英子！我们是邻居。我家挨着荸荠庵。——给你！”

小英子把吃剩的半个莲蓬扔给明海，小明子就剥开莲蓬壳，一颗一颗吃起来。

大伯一桨一桨地划着，只听见船桨拨水的声音：“哗——许！哗——许！”

……

荸荠庵的地势很好，在一片高地上。这一带就数这片地势高，当初建庵的人很会选地方。门前是一条河。门外是一片很大的打谷场。三面都是高大的柳树。山门里是一个穿堂。迎门供着弥勒佛。不知是哪一位名士撰写了一副对联：

大肚能容容天下难容之事

开颜一笑笑世间可笑之人

弥勒佛背后，是韦驮。过穿堂，是一个不小的天井，种着两棵白果树。天井两边各有三间厢房。走过天井，便是大殿，供着三世佛。佛像连龛才四尺来高。大殿东边是方丈，西边是库房。大殿东侧，有一个小小的六角门，白门绿字，刻着一副对联：

一花一世界
三藐三菩提

进门有一个狭长的天井，几块假山石，几盆花，有三间小房。

小和尚的日子清闲得很。一早起来，开山门，扫地。庵里的地铺的都是箩底方砖，好扫得很，给弥勒佛、韦驮烧一炷香，正殿的三世佛面前也烧一炷香、磕三个头、念三声"南无阿弥陀佛"，敲三声磬。这庵里的和尚不兴做什么早课、晚课，明子这三声磬就全都代替了。然后，挑水，喂猪。然后，等当家和尚，即明子的舅舅起来，教他念经。

教念经也跟教书一样，师父面前一本经，徒弟面前一本经，师父唱一句，徒弟跟着唱一句。是唱哎。舅舅一边唱，一边还用手在桌上拍板。一板一眼，拍得很响，就跟教唱戏一样。是跟教唱戏一样，完全一样哎。连用的名词都一样。舅舅说，念经：一要板眼准，二要合工尺。说：当一个好和尚，得有条好嗓子。说：民国二十年闹大水，运河倒了堤，最后在清水潭合龙，因为大水淹死的人很多，放了一台大焰口，十三大师——十三个正座和尚，各大庙的方丈都来了，下面的和尚上百。谁当这个首座？推来推去，还是石桥——善因寺的方丈！他往上一坐，就跟地藏王菩萨一样，这就不用说了；那一声"开香赞"，围看的上千人立时鸦雀无声。说：嗓子要练，夏练三伏，冬练三九，要练丹田气！说：要吃得苦中苦，方为人上人！说：和尚里也有状元、榜眼、探花！要用心，不要贪玩！舅舅这一番大法要说得明海和尚实在是五体投地，于是就一板一眼地跟着舅舅唱起来：

"炉香乍爇——"

"炉香乍爇——"

"法界蒙熏——"

"法界蒙熏——"

"诸佛现金身……"

"诸佛现金身……"

……

等明海学完了早经，——他晚上临睡前还要学一段，叫做晚经，——荸荠庵的师父们就都陆续起床了。

这庵里人口简单，一共六个人。连明海在内，五个和尚。有一个老和尚，六十几了，是舅舅的师叔，法名普照，但是知道的人很少，因为很少人叫他法名，都称之为老和尚或老师父，明海叫他师爷爷。这是个很枯寂的人，一天关在房里，就是那“一花一世界”里。也看不见他念佛，只是那么一声不响地坐着。他是吃斋的，过年时除外。

下面就是师兄弟三个，仁字排行：仁山、仁海、仁渡。庵里庵外，有的称他们为大师父、二师父；有的称之为山师父、海师父。只有仁渡，没有叫他“渡师父”的，因为听起来不像话，大都直呼之为仁渡。他也只配如此，因为他还年轻，才二十多岁。仁山，即明子的舅舅，是当家的。不叫“方丈”，也不叫“住持”，却叫“当家的”，是很有道理的，因为他确确实实干的是当家的职务。他屋里摆的是一张账桌，桌子上放的是账簿和算盘。账簿共有三本。一本是经账，一本是租账，一本是债账。和尚要做法事，做法事要收钱，——要不，当和尚干什么？常做的法事是放焰口。正规的焰口是十个人。一个正座，一个敲鼓的，两边一边四个。人少了，八个，一边三个，也凑合了。荸荠庵只有四个和尚，要放整焰口就得和别的庙里合伙。这样的时候也有过，通常只是放半台焰口。一个正座，一个敲鼓，另外一边一个。一来找别的庙里合伙费事；二来这一带放得起整焰口的人家也不多。有的时候，谁家死了人，就只请两个，甚至一个和尚咕噜咕噜念一通经，敲打几声法器就算完事。很多人家的经钱不是当时就给，往往要等秋后才还。这就得记账。另外，和尚放焰口的辛苦钱不是一样的。就像唱戏一样，有份子。正座第一份。因为他要领唱，而且还要独唱。当中有一大段“叹骷髅”，别的和尚都放下法器休息，只有首座一个人有板有眼地曼声吟唱。第二份是敲鼓的。你以为这容易呀！哼，单是一开头的“发擂”，手上没功夫就敲不出迟疾顿挫！其余的，就一样了。这也得记上：某月某日、谁家焰口半台，谁正座，谁敲鼓……省得到年底结账时赌咒骂娘。……这庵里有几十亩庙产，租给人种，到时候要收租。庵里还放债。租、债一向倒很少亏欠，因为租佃借钱的人怕菩萨不高兴。这三本账就够仁山忙的了。另外香烛灯火、油盐“福食”，这也得随时记记账呀。除了账簿之外，山师父的方丈的墙上还挂着一块水牌，上漆四个红字：“勤笔免思”。

仁山所说当一个好和尚的三个条件，他自己其实一条也不具备。他的相貌只要用两个字就说清楚了：黄，胖。声音也不像钟磬，倒像母猪。聪明么？难说，打牌老输。他在庵里从不穿袈裟，连海青直裰也免了。经常是披着件短僧衣，袒露着一个黄色的肚子。下面是光脚趿拉着一对僧鞋，——新鞋他也是趿拉着。他一天就是这样不衫不履地这里走走，那里走走，发出母猪一样的声音：“哼——哼——”。

二师父仁海。他是有老婆的。他老婆每年夏秋之间来住几个月，因为庵里凉快。庵里有六个人，其中之一，就是这位和尚的家眷。仁山、仁渡叫她嫂子，明海叫她师娘。这两口子都很爱干净，整天的洗涮。傍晚的时候，坐在天井里乘凉。白天，闷在屋里不出来。

三师父是个很聪明精干的人。有时一笔账大师兄扒了半天算盘也算不清，他眼珠子转两转，早算得一清二楚。他打牌赢的时候多，二三十张牌落地，上下家手里有些什么牌，他就差不多都知道了。他打牌时，总有人爱在他后面看歪头胡。谁家约他打牌，就说"想送两个钱给你。"他不但经忏俱通（小庙的和尚能够拜忏的不多），而且身怀绝技，会"飞铙"。七月间有些地方做盂兰会，在旷地上放大焰口，几十个和尚，穿绣花袈裟，飞铙。飞铙就是把十多斤重的大铙钹飞起来。到了一定的时候，全部法器皆停，只几十副大铙紧张急促地敲起来。忽然起手，大铙向半空中飞去，一面飞，一面旋转。然后，又落下来，接住。接住不是平平常常地接住，有各种架势，"犀牛望月"、"苏秦背剑"……这哪是念经，这是耍杂技。也许是地藏王菩萨爱看这个，但真正因此快乐起来的是人，尤其是妇女和孩子。这是年轻漂亮的和尚出风头的机会。一场大焰口过后，也像一个好戏班子过后一样，会有一个两个大姑娘、小媳妇失踪，——跟和尚跑了。他还会放"花焰口"。有的人家，亲戚中多风流子弟，在不是很哀伤的佛事——如做冥寿时，就会提出放花焰口。所谓"花焰口"就是在正焰口之后，叫和尚唱小调，拉丝弦，吹管笛，敲鼓板，而且可以点唱。仁渡一个人可以唱一夜不重头。仁渡前几年一直在外面，近二年才常住在庵里。据说他有相好的，而且不止一个。他平常可是很规矩，看到姑娘媳妇总是老老实实的，连一句玩笑话都不说，一句小调山歌都不唱。有一回，在打谷场上乘凉的时候，一伙人把他围起来，非叫他唱两个不可。他却情不过，说："好，唱一个。不唱家乡的。家乡的你们都熟，唱个安徽的。"

> 姐和小郎打大麦，
> 一转子讲得听不得。
> 听不得就听不得，
> 打完了大麦打小麦。

唱完了，大家还嫌不够，他就又唱了一个：

> 姐儿生得漂漂的，
> 两个奶子翘翘的。
> 有心上去摸一把，
> 心里有点跳跳的。

…………

这个庵里无所谓清规，连这两个字也没人提起。

仁山吃水烟，连出门做法事也带着他的水烟袋。

他们经常打牌。这是个打牌的好地方。把大殿上吃饭的方桌往门口一搭，斜放着，就是牌桌。桌子一放好，仁山就从他的方丈里把筹码拿出来，哗啦一声倒在桌上。斗纸牌的时候多，搓麻将的时候少。牌客除了师兄弟三人，常来的是一个收鸭毛的，一个打兔子兼偷鸡的，都是正经人。收鸭毛的担一副竹筐，串乡串镇，拉长了沙哑的声音喊叫："鸭毛卖钱——!"

偷鸡的有一件家什——铜蜻蜓。看准了一只老母鸡，把铜蜻蜓一丢，鸡婆子上去就是一口。这一啄，铜蜻蜓的硬簧绷开，鸡嘴撑住了，叫不出来了。正在这鸡十分纳闷的时候，上去一把薅住。

明子曾经跟这位正经人要过铜蜻蜓看看。他拿到小英子家门前试了一试，果然！小英的娘知道了，骂明子："要死了！儿子！你怎么到我家来玩铜蜻蜓了！"小英子跑过来：

"给我！给我!"

她也试了试，真灵，一个黑母鸡一下子就把嘴撑住，傻了眼了！

下雨阴天，这二位就光临荸荠庵，消磨一天。

有时没有外客，就把老师叔也拉出来，打牌的结局，大都是当家和尚气得鼓鼓的："×妈妈的！又输了！下回不来了!"

他们吃肉不瞒人。年下也杀猪。杀猪就在大殿上。一切都和在家人一样，开水、木桶、尖刀。捆猪的时候，猪也是没命地叫。跟在家人不同的，是多一道仪式，要给即将升天的猪念一道"往生咒"，并且总是老师叔念，神情很庄重："……一切胎生、卵生、息生，来从虚空来，还归虚空去，往生再世，皆当欢喜。南无阿弥陀佛!"

三师父仁渡一刀子下去，鲜红的猪血就带着很多沫子喷出来。

…………

明子老往小英子家里跑。

小英子的家像一个小岛，三面都是河，西面有一条小路通到荸荠庵。独门独户，岛上只有这一家。岛上有六棵大桑树，夏天都结大桑椹，三棵结白的，三棵结紫的；一个菜园子，瓜豆蔬菜，四时不缺。院墙下半截是砖砌的，上半截是泥夯的。大门是桐油油过的，贴着一副万年红的春联：

向阳门第春常在

积善人家庆有余

门里是一个很宽的院子。院子里一边是牛屋、碓棚;一边是猪圈、鸡窠,还有个关鸭子的栅栏。露天地放着一具石磨。正北面是住房,也是砖基土筑,上面盖的一半是瓦,一半是草。房子翻修了才三年,木料还露着白茬。正中是堂屋,家神菩萨的画像上贴的金还没有发黑。两边是卧房。槅扇窗上各嵌了一块一尺见方的玻璃,明亮亮的,——这在乡下是不多见的。房檐下一边种着一棵石榴树,一边种着一棵栀子花,都齐房檐高了。夏天开了花,一红一白,好看得很。栀子花香得冲鼻子。顺风的时候,在荸荠庵都闻得见。

这家人口不多,他家当然是姓赵。一共四口人:赵大伯、赵大妈,两个女儿,大英子、小英子。老两口没得儿子。因为这些年人不得病,牛不生灾,也没有大旱大水闹蝗虫,日子过得很兴旺。他们家自己有田,本来够吃的了,又租种了庵上的十亩田。自己的田里,一亩种了荸荠,——这一半是小英子的主意,她爱吃荸荠,一亩种了茨菇。家里喂了一大群鸡鸭,单是鸡蛋鸭毛就够一年的油盐了。赵大伯是个能干人。他是一个"全把式",不但田里场上样样精通,还会罩鱼、洗磨、凿砻、修水车、修船、砌墙、烧砖、箍桶、劈篾、绞麻绳。他不咳嗽,不腰疼,结结实实,像一棵榆树。人很和气,一天不声不响。赵大伯是一棵摇钱树,赵大娘就是个聚宝盆。大娘精神得出奇。五十岁了,两个眼睛还是清亮亮的。不论什么时候,头都是梳得滑溜溜的,身上衣服都是格挣挣的。像老头子一样,她一天不闲着。煮猪食,喂猪,腌咸菜,——她腌的咸萝卜干非常好吃,春粉子,磨小豆腐,编蓑衣,织芦篚。她还会剪花样子。这里嫁闺女,陪嫁妆,磁坛子、锡罐子,都要用梅红纸剪出吉祥花样,贴在上面,讨个吉利,也才好看:"丹凤朝阳"呀、"白头到老"呀、"子孙万代"呀、"福寿绵长"呀。二三十里的人家都来请她:"大娘,好日子是十六,你哪天去呀?"——"十五,我一大清早就来!"

"一定呀!"——"一定!一定!"

两个女儿,长得跟她娘像一个模子里托出来的。眼睛长得尤其像,白眼珠鸭蛋青,黑眼珠棋子黑,定神时如清水,闪动时像星星。浑身上下,头是头,脚是脚。头发滑溜溜的,衣服格挣挣的。——这里的风俗,十五六岁的姑娘就都梳上头了。这两个丫头,这一头的好头发!通红的发根,雪白的簪子!娘女三个去赶集,一集的人都朝她们望。

姐妹俩长得很像,性格不同。大姑娘很文静,话很少,像父亲。小英子比她娘还会说,一天咭咭呱呱地不停。大姐说:"你一天到晚咭咭呱呱——"

"像个喜鹊!"

"你自己说的!——吵得人心乱!"

"心乱?"

"心乱!"

"你心乱怪我呀!"

二姑娘话里有话。大英子已经有了人家。小人她偷偷地看过,人很敦厚,也不难看,家道也殷实,她满意。已经下过小定,日子还没有定下来。她这二年,很少出房门,整天赶她的嫁妆。大裁大剪,她都会。挑花绣花,不如娘。她可又嫌娘出的样子太老了。她到城里看过新娘子,说人家现在绣的都是活花活草。这可把娘难住了。最后是喜鹊忽然一拍屁股:"我给你保举一个人!"

这人是谁? 是明子。明子念"上孟下孟"的时候,不知怎么得了半套《芥子园》,他喜欢得很。到了荸荠庵,他还常翻出来看,有时还把旧账簿子翻过来,照着描。小英子说:

"他会画! 画得跟活的一样!"

小英子把明海请到家里来,给他磨墨铺纸,小和尚画了几张,大英子喜欢得了不得:

"就是这样! 就是这样! 这就可以乱孱!"——所谓"乱孱"是绣花的一种针法:绣了第一层,第二层的针脚插进第一层的针缝,这样颜色就可由深到淡,不露痕迹,不像娘那一代绣的花是平针,深浅之间,界限分明,一道一道的。小英子就像个书童,又像个参谋:

"画一朵石榴花!"

"画一朵栀子花!"

她把花掐来,明海就照着画。

到后来,凤仙花、石竹子、水蓼、淡竹叶、天竺果子、腊梅花,他都能画。

大娘看着也喜欢,搂住明海的和尚头:"你真聪明! 你给我当一个干儿子吧!"

小英子捺住他的肩膀,说:"快叫! 快叫!"

小明子跪在地下磕了一个头,从此就叫小英子的娘做干娘。

大英子绣的三双鞋,三十里方圆都传遍了。很多姑娘都走路坐船来看。看完了,就说:"啧啧啧,真好看! 这哪是绣的,这是一朵鲜花!"她们就拿了纸来央大娘求了小和尚来画。有求画帐檐的,有求画门帘飘带的,有求画鞋头花的。每回明子来画花,小英子就给他做点好吃的,煮两个鸡蛋,蒸一碗芋头,煎几个藕团子。

因为照顾姐姐赶嫁妆,田里的零碎生活小英子就全包了。她的帮手,是明子。

这地方的忙活是栽秧、车高田水、薅头遍草,再就是割稻子、打场子。这几茬重活,自己一家是忙不过来的。这地方兴换工。排好了日期,几家顾一家,轮流转。不收工钱,但是吃好的。一天吃六顿,两头见肉,顿顿有酒。干活时,敲着锣鼓,唱着歌,热闹得很。其余的时候,各顾各,不显得紧张。

薅三遍草的时候，秧已经很高了，低下头看不见人。一听见非常脆亮的嗓子在一片浓绿里唱：

> 栀子哎开花哎六瓣头哎……
> 姐家哎门前哎一道桥哎……

明海就知道小英子在哪里，三步两步就赶到，赶到就低头薅起草来，傍晚牵牛“打汪”，是明子的事。——水牛怕蚊子。这里的习惯，牛卸了轭，饮了水，就牵到一口和好泥水的“汪”里，由它自己打滚扑腾，弄得全身都是泥浆，这样蚊子就咬不透了。低田上水，只要一挂十四轧的水车，两个人车半天就够了。明子和小英子就伏在车杠上，不紧不慢地踩着车轴上的拐子，轻轻地唱着明海向三师父学来的各处山歌。打场的时候，明子能替赵大伯一会，让他回家吃饭。——赵家自己没有场，每年都在荸荠庵外面的场上打谷子。他一扬鞭子，喊起了打场号子：

“格当嘚——”

这打场号子有音无字，可是九转十三弯，比什么山歌号子都好听。赵大娘在家，听见明子的号子，就侧起耳朵：“这孩子这条嗓子！”

连大英子也停下针线：“真好听！”

小英子非常骄傲地说：“一十三省数第一！”

晚上，他们一起看场。——荸荠庵收来的租稻也晒在场上。他们并肩坐在一个石磙子上，听青蛙打鼓，听寒蛇唱歌，——这个地方以为蝼蛄叫是蚯蚓叫，而且叫蚯蚓叫“寒蛇”，听纺纱婆子不停地纺纱，“唦——”，看萤火虫飞来飞去，看天上的流星。

“呀！我忘了在裤带上打一个结！”小英子说。

这里的人相信，在流星掉下来的时候在裤带上打一个结，心里想什么好事，就能如愿。

…………

𨁈荸荠，这是小英最爱干的生活。秋天过去了，地净场光，荸荠的叶子枯了，——荸荠的笔直的小葱一样的圆叶子里是一格一格的，用手一捋，哔哔地响，小英子最爱捋着玩，——荸荠藏在烂泥里。赤了脚，在凉浸浸滑滑溜的泥里踩着，——哎，一个硬疙瘩！伸手下去，一个红紫红紫的荸荠。她自己爱干这生活，还拉了明子一起去。她老是故意用自己的光脚去踩明子的脚。

她挎着一篮子荸荠回去了，在柔软的田埂上留了一串脚印。明海看着她的脚印，傻了。五个小小的趾头，脚掌平平的，脚跟细细的，脚弓部分缺了一块。明海身上有一种从来没有过的感觉，他觉得心里痒痒的。这一串美丽的脚印把小和尚的心搞乱了。

…………

明子常搭赵家的船进城,给庵里买香烛,买油盐。闲时是赵大伯划船;忙时是小英子去,划船的是明子。

从庵赵庄到县城,当中要经过一片很大的芦花荡子。芦苇长得密密的,当中一条水路,四边不见人。划到这里,明子总是无端端地觉得心里很紧张,他就使劲地划桨。

小英子喊起来:

"明子!明子!你怎么啦?你发疯啦?为什么划得这么快?"

…………

明海到善因寺去受戒。

"你真的要去烧戒疤呀?"

"真的。"

"好好的头皮上烧十二个洞,那不疼死啦?"

"咬咬牙。舅舅说这是当和尚的一大关,总要过的。"

"不受戒不行吗?"

"不受戒的是野和尚。"

"受了戒有啥好处?"

"受了戒就可以到处云游,逢寺挂褡。"

"什么叫'挂褡'?"

"就是在庙里住。有斋就吃。"

"不把钱?"

"不把钱。有法事,还得先尽外来的师父。"

"怪不得都说'远来的和尚会念经'。就凭头上这几个戒疤?"

"还要有一份戒牒。"

"闹半天,受戒就是领一张和尚的合格文凭呀!"

"就是!"

"我划船送你去。"

"好。"

小英子早早就把船划到荸荠庵门前。不知是什么道理,她兴奋得很。她充满了好奇心,想去看看善因寺这座大庙,看看受戒是个啥样子。

善因寺是全县第一大庙,在东门外,面临一条水很深的护城河,三面都是大树,寺在树林子里,远处只能隐隐约约看到一点金碧辉煌的屋顶,不知道有多大。

树上到处挂着“谨防恶犬”的牌子。这寺里的狗出名的厉害。平常不大有人进去。放戒期间，任人游看，恶狗都锁起来了。

好大一座庙！庙门的门坎比小英子的肐膝都高。迎门矗着两块大牌，一边一块，一块写着斗大两个大字：“放戒”，一块是：“禁止喧哗”。这庙里果然是气象庄严，到了这里谁也不敢大声咳嗽。明海自去报名办事，小英子就到处看看。好家伙，这哼哈二将、四大天王，有三丈多高，都是簇新的，才装修了不久。天井有二亩地大，铺着青石，种着苍松翠柏。“大雄宝殿”，这才真是个“大殿”！一进去，凉嗖嗖的。到处都是金光耀眼。释迦牟尼佛坐在一个莲花座上，单是莲座，就比小英子还高。抬起头来也看不全他的脸，只看到一个微微闭着的嘴唇和胖敦敦的下巴。两边的两根大红蜡烛，一搂多粗。佛像前的大供桌上供着鲜花、绒花、绢花，还有珊瑚树、玉如意、整根的大象牙。香炉里烧着檀香。小英子出了庙，闻着自己的衣服都是香的。挂了好些幡。这些幡不知是什么缎子的，那么厚重，绣的花真细。这么大一口磬，里头能装五担水！这么大一个木鱼，有一头牛大，漆得通红的。她又去转了转罗汉堂，爬到千佛楼上看了看。真有一千个小佛！她还跟着一些人去看了看藏经楼。藏经楼没有什么看头，都是经书！妈吔！逛了这么一圈，腿都酸了。小英子想起还要给家里打油，替姐姐配丝线，给娘买鞋面布，给自己买两个坠围裙飘带的银蝴蝶，给爹买旱烟，就出庙了。

等把事情办齐，晌午了。她又到庙里看了看，和尚正在吃粥。好大一个“膳堂”，坐得下八百个和尚。吃粥也有这样多讲究：正面法座上摆着两个锡胆瓶，里面插着红绒花，后面盘膝坐着一个穿了大红满金绣袈裟的和尚，手里拿了戒尺。这戒尺是要打人的。哪个和尚吃粥吃出了声音，他下来就是一戒尺。不过他并不真的打人，只是做个样子。真稀奇，那么多的和尚吃粥，竟然不出一点声音！他看见明子也坐在里面，想跟他打个招呼又不好打。想了想，管他禁止不禁止喧哗，就大声喊了一句：“我走啦！”她看见明子目不斜视地微微点了点头，就不管很多人都朝自己看，大摇大摆地走了。

第四天一大清早小英子就去看明子。她知道明子受戒是第三天半夜，——烧戒疤是不许人看的。她知道要请老剃头师傅剃头，要剃得横摸顺摸都摸不出头发茬子，要不然一烧，就会“走”了戒，烧成了一片。她知道是用枣泥子先点在头皮上，然后用香头子点着。她知道烧了戒疤就喝一碗蘑菇汤，让它“发”，还不能躺下，要不停地走动，叫做“散戒”。这些都是明子告诉她的。明子是听舅舅说的。

她一看，和尚真在那里“散戒”，在城墙根底下的荒地里。一个一个，穿了新海青，光光的头皮上都有十二个黑点子。——这黑疤掉了，才会露出白白的、圆圆的“戒疤”。和尚都笑嘻嘻的，好像很高兴。她一眼就看见了明子。隔着一条护城河，就喊他：

“明子！”
“小英子！”
“你受了戒啦？”
“受了。”
“疼吗？”
“疼。”
“现在还疼吗？”
“现在疼过去了。”
“你哪天回去？”
“后天。”
“上午？下午？”
“下午。”
“我来接你！”
“好！”
…………

小英子把明海接上船。

小英子这天穿了一件细白夏布上衣，下边是黑洋纱的裤子，赤脚穿了一双龙须草的细草鞋，头上一边插着一朵栀子花，一边插着一朵石榴花。她看见明子穿了新海青，里面露出短褂子的白领子，就说：“把你那外面的一件脱了，你不热呀！”

他们一人一把桨。小英子在中舱，明子扳艄，在船尾。

她一路问了明子很多话，好像一年没有看见了。

她问，烧戒疤的时候，有人哭吗？喊吗？

明子说，没有人哭，只是不住地念佛。有个山东和尚骂人：“俺日你奶奶！俺不烧了！”

她问善因寺的方丈石桥是相貌和声音都很出众吗？

“是的。”

“说他的方丈比小姐的绣房还讲究？”

“讲究。什么东西都是绣花的。”

“他屋里很香？”

“很香。他烧的是伽楠香，贵得很。”

“听说他会做诗，会画画，会写字？”

“会。庙里走廊两头的砖额上，都刻着他写的大字。”

“他是有个小老婆吗？”

"有一个。"

"才十九岁?"

"听说。"

"好看吗?"

"都说好看。"

"你没看见?"

"我怎么会看见?我关在庙里。"

明子告诉她,善因寺一个老和尚告诉他,寺里有意选他当沙弥尾,不过还没有定,要等主事的和尚商议。

"什么叫'沙弥尾'?"

"放一堂戒,要选出一个沙弥头,一个沙弥尾。沙弥头要老成,要会念很多经。沙弥尾要年轻,聪明,相貌好。"

"当了沙弥尾跟别的和尚有什么不同?"

"沙弥头,沙弥尾,将来都能当方丈。现在的方丈退居了,就当。石桥原来就是沙弥尾。"

"你当沙弥尾吗?"

"还不一定哪。"

"你当方丈,管善因寺?管这么大一个庙?!"

"还早呐!"

划了一气,小英子说:"你不要当方丈!"

"好,不当。"

"你也不要当沙弥尾!"

"好,不当。"

又划了一气,看见那一片芦花荡子了。

小英子忽然把桨放下,走到船尾,趴在明子的耳朵旁边,小声地说:

"我给你当老婆,你要不要?"

明子眼睛鼓得大大的。

"你说话呀!"

明子说:"嗯。"

"什么叫'嗯'呀!要不要,要不要?"

明子大声地说:"要!"

"你喊什么!"

明子小小声说:"要——!"

"快点划!"

英子跳到中舱,两只桨飞快地划起来,划进了芦花荡。芦花才吐新穗。紫灰色的芦穗,发着银光,软软的,滑溜溜的,像一串丝线。有的地方结了蒲棒,通红的,像一枝一枝小蜡烛。青浮萍,紫浮萍。长脚蚊子,水蜘蛛。野菱角开着四瓣的小白花。惊起一只青桩(一种水鸟),擦着芦穗,扑鲁鲁鲁飞远了。

……………

一九八〇年八月十二日,写四十三年前的一个梦

【阅读提示】

《受戒》是汪曾祺的小说代表作之一,作品通过一个世俗化的佛门故事,描写了普通人的人生欢乐,表达了作者对原始淳朴的民间日常生活的肯定与赞美,同时也含蓄地表现出对清规戒律的否定和批判。小说讲述了农家孩子明子剃度当和尚及其朦胧的爱情故事。其中的所有人物都没有将出家看作一个异常的事件。在庵赵庄的人们看来,做和尚和种地、经商、画画一样,不过是一种职业;而佛门中人也和常人一样,娶妻生子,吃荤赌钱,率性随意地过着日复一日的生活,就是对待佛事,态度也很随和,只把这当做一种谋生的日常劳作。

作品用散淡的笔触,勾勒了明子、小英子的纯朴可爱、乐观开朗的性格,赞美了他们对爱情的大胆追求。在文体风格上追求小说与散文、诗歌的融合,淡化情节和人物性格心理,将散文笔调和诗歌意境的营造手法引入小说创作,以纯朴淡雅的语言,描绘了一幅原始浑朴的南方水乡生活的诗意化图景,形成了清新独特的田园抒情风格。

□贾平凹

贾平凹(1952—),原名贾平娃,陕西丹凤人。当代小说家、散文家。于西北大学中文系毕业,曾在出版社、杂志社从事多年文学编辑工作,后到西安市文联工作,现为专业作家。主要著作有:长篇小说《浮躁》、《废都》、《高老庄》、《怀念狼》,中短篇小说集《山地笔记》、《腊月·正月》、《天狗》,散文集《月迹》、《爱的踪迹》等。

静虚村记

如今,找热闹的地方容易,寻清静的地方难;找繁华的地方容易,寻拙朴的地方难,尤其在大城市的附近,就更其为难的了。

前年初,租赁了农家民房借以栖身。

村子南九里是城北门楼,西五里是火车西站,东七里是火车东站,北去二十

里地，又是一片工厂，素称城外之郭。奇怪台风中心反倒平静一样，现代建筑之间，偏就空出这块乡里农舍来。

常有友人来家吃茶，一来就要住下，一住下就要发一通讨论，或者说这里是一首古老的民歌，或者说这里是一口出了鲜水的枯井，或者说这里是一件出土的文物，如宋代的青瓷，质朴，浑拙，典雅。

村子并不大，屋舍仄仄斜斜，也不规矩，像一个公园，又比公园来得自然，只是没花，被高高低低绿树、庄稼包围。在城里，高楼大厦看得多了，也便腻了，陡然到了这里，便活泼泼地觉得新鲜。先是那树，差不多没了独立形象，枝叶交错，像一层浓重的绿云，被无数的树桩撑着。走近去，绿里才见村子，又尽被一道土墙围了，土有立身，并不苫瓦，却完好无缺，生了一层厚厚的绿苔，像是庄稼人剃头以后新生的青发。

拢共两条巷道，其实连在一起，是个"U"形。屋舍相对，门对着门，窗对着窗；一家鸡叫，家家鸡都叫，单声儿持续半个时辰；巷头家养一条狗，巷尾家养一条狗，贼便不能进来。几乎都是茅屋，并不是人家寒酸，茅屋是他们的讲究：冬天暖，夏天凉，又不怕被地震震了去。从东往西，从西往东，茅屋撑得最高的，人字形搭得最起的，要算是我的家了。

村人十分厚诚，几乎近于傻昧，过路行人，问起事来，有问必答，比比划划了一通，还要领到村口指点一番。接人待客，吃饭总要吃得剩下，喝酒总要喝得昏醉，才觉得惬意。衣着朴素，都是农民打扮，眉眼却极清楚。当然改变了吃浆水酸菜，顿顿油锅煎炒，但没有坐在桌前用餐的习惯，一律集在巷中，就地而蹲。端了碗出来，却蹲不下，站着吃的，只有我一家，其实也只有我一人。

我家里不栽花，村里也很少有花。曾经栽过多次，总是枯死，或是萎琐。一老汉笑着说：村里女儿们多啊，瞧你也带来两个！这话说得有理。是花嫉妒她们的颜色，还是她们羞得它们无容？但女儿们果然多，个个有桃花水色。巷道里，总见她们三五成群，一溜儿排开，横着往前走，一句什么没盐没醋的话，也会惹得她们笑上半天。我家来后，又都到我家来，这个帮妻剪个窗花，那个为小女染染指甲。什么花都不长，偏偏就长这种染指甲的花。

啥树都有，最多的，要数槐树。从巷东到巷西，三搂粗的十七棵，盆口粗的家家都有，皮已发皱，有的如绳索匝缠，有的如渠沟排列，有的扭了几扭，根却委屈得隆出地面。槐花开放，一片嫩白，家家都做槐花蒸饭。没有一棵树是属于我家的，但我要吃槐花，可以到每一棵树上去采。虽然不敢说我的槐树上有三个喜鹊窠、四个喜鹊窠，但我的茅屋梁上燕子窝却出奇地有了三个。春天一暖和燕子就来，初冬逼近才去，从不撒下粪来，也不见在屋里落一根羽毛，从此倒少了蚊子。

最妙的是巷中一眼井，水是甜的，生喝比熟喝味长。水抽上来，聚成一个池，一抖一抖地，随巷流向村外，凉气就沁了全村。村人最爱干净，见天有人洗衣。

巷道的上空，即茅屋顶与顶间，拉起一道一道铁丝，挂满了花衣彩布。最艳的，最小的，要数我家：艳者是妻子衣，小者是女儿裙。吃水也是在那井里的，须天天去担。但宁可天天去担这水，不愿去拧那自来水。吃了半年，妻子小女头发愈是发黑，肤色愈是白皙，我也自觉心脾清爽，看书作文有了精神、灵性了。

当年眼羡城里楼房，如今想来，大可不必了。那么高的楼，人住进去，如鸟悬案，上不着天，下不踏地，可怜怜掬得一抔黄土，插几株花草，自以为风光宜人了。殊不知农夫有农夫得天独厚之处。我不是农夫，却也有一庭土院，闲时开垦耕耘，种些白菜青葱。菜收获了，鲜者自吃，败者喂鸡，鸡有来杭、花豹、翻毛、疙瘩，每日里收蛋三个五个。夜里看书，常常有蝴蝶从窗缝钻入，大如小女手掌，五彩斑斓。一家人喜爱不已，又都不愿伤生，捉出去放了。那蛐蛐就在台阶之下，彻夜鸣叫，脚一跺，噤声了，隔一会儿，声又起。心想若是有个儿子，儿子玩蛐蛐就不用跑蛐蛐市掏高价购买了。

门前的那棵槐树，唯独向横里发展，树冠半圆，如裁剪过一般。整日看不见鸟飞，却鸟鸣声不绝，尤其黎明，犹如仙乐，从天上飘了下来似的。槐下有横躺竖蹲的十几个碌碡，早年碾场用的，如今有了脱粒机，便集在这里，让人骑了，坐了。每天这里人群不散，谈北京城里的政策，也谈家里婆娘的针线，谈笑风生，乐而忘归。直到夜里十二点，家家喊人回去。回去者，扳倒头便睡的，是村人，回来捻灯正坐，记下一段文字的，是我呢。

来求我的人越来越多了，先是代写书信，我知道了每一家的状况，鸡多鸭少，连老小的小名也都清楚。后来，更多的是携儿来拜老师，一到高考前夕，人来得最多，提了点心，拿了水酒。我收了学生，退了礼品，孩子多起来，就组成一个组，在院子里辅导作文。村人见得喜欢，越发器重起我。每次辅导，门外必有家长坐听，若有孩子不安生了，进来张口就骂，举手便打。果然两年之间，村里就考中了大学生五名，中专生十名。

天旱了，村人焦虑，我也焦虑，抬头看一朵黑云飘来了，又飘去了，就咒天骂地一通，什么粗话野话也骂了出来。下雨了，村人在雨地里跑，我也在雨地跑，疯了一般，有两次滑倒在地，磕掉了一颗门牙。收了庄稼，满巷竖了玉米架，柴火更是塞满了过道，我骑车回来，常是扭转不及，车子跌倒在柴堆里，吓一大跳，却并不疼。最香的是鲜玉米棒子，煮能吃，烤能吃，剥下颗粒熬稀饭，粒粒如栗，其汤有油汁。在城里只道粗粮难吃，但鲜玉米面做成的漏鱼儿，搅团儿，却入味开胃，再吃不厌。

小女来时刚会翻身，如今行走如飞，咿哑学语，行动可爱，成了村人一大玩物，常在人掌上旋转，吃过百家饭菜。妻也最好人缘，一应大小应酬，人人称赞，以至村里红白喜事，必邀她去，成了人面前走动的人物。而我，是世上最呆的人，喜欢静静地坐着，静静地思想，静静地作文。村人知我脾性，有了新鲜事，跑来对我叙说，说毕了，就退出让我写，写出了，嚷着要我念。我念得忘我，村人听得忘归；看着村人忘归，我一时忘乎所以，邀听者到月下树影，盘脚而坐，取清茶淡酒，饮而醉之。一醉半天不醒，村人已沉睡入梦，风止月暝，露珠闪闪，一片蛐蛐鸣叫。我称我们村是静虚村。

鸡年八月，我在此村为此村记下此文，复写两份，一份加进我正在修订的村史前边，作为序，一份则附在我的文集之后，却算是跋了。

【阅读提示】

现代社会中的人其实很矛盾，一方面，大家向往现代化，向往高品质的生活，对科技进步带来的新生活欣然接受。另一方面，又对逝去的天人合一的自然生存状态缅怀不已，稍有机会，便想着名目往乡村跑，往山野跑。如果有人从现代都市回到乡村居住，与大自然亲密接触，常常会受到朋友同事的羡慕。贾平凹此文写得就是这样的生活感受，透露出作家对生活的某种出世的道家情怀。

文章语言凝练，文笔平静从容，写活了旧式乡居生活中人与人、人与自然之间的融洽关系。

□余　华

余华（1960—），浙江海盐人，出生于浙江杭州，后来随父母迁居海盐县。当代小说家。中学毕业后从事五年的牙医工作，后弃医从文，进入县文化馆和嘉兴文联，从此与创作结下不解之缘。1984 年开始发表小说，被视为中国内地先锋派小说的代表作家，与叶兆言和苏童等人齐名。著有短篇小说集《十八岁出门远行》、《世事如烟》、《河边的错误——跨世纪文丛》和长篇小说《活着》、《许三观卖血记》、《在细雨中呼喊》等。

活　着（节选）

我比现在年轻十岁的时候，获得了一个游手好闲的职业——去乡间收集民间歌谣。那一年的整个夏天，我如同一只乱飞的麻雀，游荡在知了和阳光充斥的村舍田野。我喜欢喝农民那种带有苦味的茶水，他们的茶桶就放在田埂的树下，我毫无顾忌地拿起漆满茶垢的茶碗舀水喝，还把自己的水壶灌满，与田里干活的男人说上几句废话，在姑娘因我而起的窃窃私笑里扬长而去。我曾经和一位守着瓜田的老人聊了整整一个下午，这是我有生以来瓜吃得最多的一次，当我站起来告辞时，突然发现自己像个孕妇一样步履艰难了。然后我与一位当上了祖母的女人坐在门槛上，她编着草鞋为我唱了一支《十月怀胎》。我最喜欢的是傍晚来到时，坐在农民的屋前，看着他们将提上的井水泼在地上，压住蒸腾的尘土，夕阳的光芒在树梢上微微摇晃，拿一把他们递过来的扇子，尝尝他们和盐一样咸的咸菜，看看几个年轻女人，和男人们说着话。

我头戴宽边草帽，脚上穿着拖鞋，一条毛巾挂在身后的皮带上，让它像尾巴似的拍打着我的屁股。我整日张大嘴巴打着呵欠，散漫地走在田间小道上，我的拖鞋吧哒吧哒，把那些小道弄得尘土飞扬，仿佛是车轮滚滚而过时的情景。

我到处游荡，已经弄不清楚哪些村庄我曾经去过，哪些我没有去过。我走近一个村子时，常会听到孩子的喊叫：

"那个老打呵欠的人又来啦。"

于是村里人就知道那个会讲荤故事会唱酸曲的人又来了。其实所有的荤故事所有酸曲都是从他们那里学来的，我知道他们全部的兴趣在什么地方，自然这也是我的兴趣。我曾经遇到一个哭泣的老人，他鼻青眼肿地坐在田埂上，满腹的悲哀使他变得十分激动，看到我走来他仰起脸哭声更为响亮。我问他是谁把他打成这样的？他手指挖着裤管上的泥巴，愤怒地告诉我是他那不孝的儿子，当我再问为何打他时，他支支吾吾说不清楚了，我就立刻知道他准是对儿媳干了偷鸡摸狗的勾当。还有一个晚上我打着手电赶夜路时，在一口池塘旁照到了两段赤裸身体，一段压在另一段上面，我照着的时候两段身体纹丝不动，只是有一只手在大腿上轻轻搔痒，我赶紧熄灭手电离去。在农忙的一个中午，我走进一家敞开大门的房屋去找水喝，一个穿短裤的男人神色慌张地挡住了我，把我引到井旁，殷勤地替我打上来一桶水，随后又像耗子一样窜进了屋里。这样的事我屡见不鲜，差不多和我听到的歌谣一样多，当我望着到处都充满绿色的土地时，我就会进一步明白庄稼为何长得如此旺盛。

那个夏天我还差一点谈情说爱，我遇到了一位赏心悦目的女孩，她黝黑的脸蛋至今还在我眼前闪闪发光。我见到她时，她卷起裤管坐在河边的青草上，摆弄着一根竹竿在照看一群肥硕的鸭子。这个十六七岁的女孩，羞怯地与我共同度过了一个炎热的下午，她每次露出笑容时都要深深地低下头去，我看着她偷偷放下卷起的裤管，又怎样将自己的光脚丫子藏到草丛里去。那个下午我信口开河，向她兜售如何带她外出游玩的计划，这个女孩又惊又喜。我当初情绪激昂，说这些也是真心实意。我只是感到和她在一起身心愉快，也不去考虑以后会是怎样。可是后来，当她三个强壮如牛的哥哥走过来时，我才吓一跳，我感到自己应该逃之夭夭了，否则我就会不得不娶她为妻。

我遇到那位名叫福贵的老人时，是夏天刚刚来到的季节。

那天午后，我走到了一棵有着茂盛树叶的树下，田里的棉花已被收起，几个包着头巾的女人正将棉秆拔出来，她们不时抖动着屁股摔去根须上的泥巴。我摘下草帽，从身后取过毛巾擦起脸上的汗水，身旁是一口在阳光下泛黄的池塘，我就靠着树干面对池塘坐了下来，紧接着我感到自己要睡觉了，就在青草上躺下来，把草帽盖住脸，枕着背包在树阴里闭上了眼睛。

这位比现在年轻十岁的我，躺在树叶和草丛中间，睡了两个小时。其间有几只蚂蚁爬到了我的腿上，我沉睡中的手指依然准确地将它们弹走。后来仿佛是来到了水边，一位老人撑着竹筏在远处响亮地吆喝。我从睡梦里挣脱而出，吆喝声在现实里清晰地传来，我起身后，看到近旁田里一个老人正在开导一头老牛。

犁田的老牛或许已经深感疲倦，它低头伫立在那里，后面赤裸着脊背扶犁的老人，对老牛的消极态度似乎不满，我听到他嗓音响亮地对牛说道：

“做牛耕田，做狗看家，做和尚化缘，做鸡报晓，做女人织布，哪只牛不耕田？这可是自古就有的道理，走呀，走呀。”

疲倦的老牛听到老人的吆喝后，仿佛知错般地抬起了头，拉着犁往前走去。

我看到老人的脊背和牛背一样黝黑，两个进入垂暮的生命将那块古板的田地耕得哗哗翻动，犹如水面上掀起的波浪。随后，我听到老人粗哑却令人感动的嗓音，他唱起了旧日的歌谣，先是口咿呀啦呀唱出长长的引子，接着出现两句歌词——

皇帝招我做女婿，路远迢迢我不去。

因为路途遥远，不愿去做皇帝的女婿。老人的自鸣得意让我失声而笑。可能是牛放慢了脚步，老人又吆喝起来：

“二喜、有庆不要偷懒；家珍、凤霞耕得好；苦根也行啊。”

一头牛竟会有这么多名字？我好奇地走到田边，问走近的老人：

“这牛有多少名字？”

老人扶住犁站下来，他将我上下打量一番后问：

“你是城里人吧？”

“是的。”我点点头。

老人得意起来，“我一眼就看出来了。”

我说：“这牛究竟有多少名字？”

老人回答：“这牛叫福贵，就一个名字。”

“可你刚才叫了几个名字。”

“噢——”老人高兴地笑起来，他神秘地向我招招手，当我凑过去时，他欲说又止，他看到牛正抬着头，就训斥它：

“你别偷听，把头低下。”

牛果然低下了头，这时老人悄声对我说：

“我怕它知道只有自己在耕田，就多叫出几个名字去骗它，它听到还有别的牛也在耕田，就不会不高兴，耕田也就起劲啦。”

老人黝黑的脸在阳光里笑得十分生动，脸上的皱纹欢乐地游动着，里面镶满了泥土，就如布满田间的小道。

这位老人后来和我一起坐在了那棵茂盛的树下，在那个充满阳光的下午，他向我讲述了自己。

四十多年前，我爹常在这里走来走去，他穿着一身黑颜色的绸衣，总是把双手背在身后，他出门时常对我娘说：

“我到自己的地上去走走。”

我爹走在自己的田产上，干活的佃户见了，都要双手握住锄头恭敬地叫一声：

“老爷。”

我爹走到了城里，城里人见了都叫他先生。我爹是很有身份的人，可他拉屎时就像个穷人了。他不爱在屋里床边的马桶上拉屎，跟牲畜似的喜欢到野地里去拉屎。每天到了傍晚的时候，我爹打着饱嗝，那声响和青蛙叫唤差不多，走出屋去，慢吞吞地朝村口的粪缸走去。

走到了粪缸旁，他嫌缸沿脏，就抬脚踩上去蹲在上面。我爹年纪大了，屎也跟着老了，出来不容易，那时候我们全家人都会听到他在村口嗷嗷叫着。

几十年来我爹一直这样拉屎，到了六十多岁还能在粪缸上一蹲就是半晌，那两条腿就和鸟爪一样有劲。我爹喜欢看着天色慢慢黑下来，罩住他的田地。我女儿凤霞到了三四岁，常跑到村口去看她爷爷拉屎，我爹毕竟年纪大了，蹲在粪缸上腿有些哆嗦，凤霞就问他：

“爷爷，你为什么动呀？”

我爹说：“是风吹的。”

那时候我们家境还没败落，我们徐家有一百多亩地，从这里一直到那边工厂的烟囱，都是我家的。我爹和我，是远近闻名的阔老爷和阔少爷，我们走路时鞋子的声响，都像是铜钱碰来撞去的。我女人家珍，是城里米行老板的女儿，她也是有钱人家出生的。有钱人嫁给有钱人，就是把钱堆起来，钱在钱上面哗哗地流，这样的声音我有四十年没有听到了。

我是我们徐家的败家子，用我爹的话说，我是他的孽子。我念过几年私塾，穿长衫的私塾先生叫我念一段书时，是我最高兴的。我站起来，拿着本线装的《千字文》，对私塾先生说：

“好好听着，爹给你念一段。”

年过花甲的私塾先生对我爹说：

"你家少爷长大了准能当个二流子。"

我从小就不可救药,这是我爹的话。私塾先生说我是朽木不可雕也。现在想想他们都说对了,当初我可不这么想,我想我有钱啊,我是徐家仅有的一根香火,我要是灭了,徐家就得断子绝孙。

上私塾时我从来不走路,都是我家一个雇工背着我去,放学时他已经恭恭敬敬地弯腰蹲在那里了,我骑上去后拍拍雇工的脑袋,说一声:

"长根,跑呀。"

雇工长根就跑起来,我在上面一颠一颠的,像是一只在树梢上的麻雀。我说一声:

"飞呀。"

长根就一步一跳,做出一副飞的样子。

我长大以后喜欢往城里跑,常常是十天半月不回家。我穿着白色的丝绸衣衫,头发抹得光滑透亮,往镜子前一站,我看到自己满脑袋的黑油漆,一副有钱人的样子。

我爱往妓院钻,听那些风骚的女人整夜叽叽喳喳和哼哼哈哈,那些声音听上去像是在给我挠痒痒。做人呵,一旦嫖上以后,也就免不了要去赌。这个嫖和赌,就像是胳膊和肩膀连在一起,怎么都分不开。后来我更喜欢赌博了,嫖妓只是为了轻松一下,就跟水喝多了要去方便一下一样,说白了就是撒尿。赌博就完全不一样了,我是又痛快又紧张,特别是那个紧张,有一股叫我说不出来的舒坦。以前我是过一天算一天,整天有气无力,每天早晨醒来犯愁的就是这一天该怎么打发。我爹常常唉声叹气,训斥我没有光耀祖宗。我心想光耀祖宗也不是非我莫属,我对自己说:"凭什么让我放着好端端的日子不过,去想光耀祖宗这些累人的事。再说我爹年轻时也和我一样,我家祖上有两百多亩地,到他手上一折腾就剩下一百多亩了。"我对爹说:

"你别犯愁啦,我儿子会光耀祖宗的。"

总该给下一辈留点好事吧。我娘听了这话吃吃笑,她偷偷告诉我:我爹年轻时也这么对我爷爷说过。我心想就是嘛,他自己干不了的事硬要我来干,我怎么会答应。那时候我儿子有庆还没出来,我女儿凤霞刚好四岁。家珍怀着有庆有六个月了,自然有些难看,走路时裤裆里像是夹了个馒头似的一撇一撇,两只脚不往前往横里跨,我嫌弃她,对她说:

"你呀,风一吹肚子就要大上一圈。"

家珍从不顶撞我,听了这糟蹋她的话,她心里不乐意也只是轻轻说一句:

"又不是风吹大的。"

自从我赌博上以后,我倒还真想光耀祖宗了,想把我爹弄掉的一百多亩地挣回来。那些日子爹问我在城里鬼混些什么,我对他说:

“现在不鬼混啦，我在做生意。”

他问：“做什么生意？”

我说：“做铜钱买卖。”

他一听就火了，他年轻时也这么回答过我爷爷。他知道我是在赌博，脱下布鞋就朝我打来，我左躲右藏，心想他打几下就该完了吧。可我这个平常只有咳嗽才有力气的爹，竟然越打越凶了。我又不是一只苍蝇，让他这么拍来拍去。我一把捏住他的手，说道：

“爹，你他娘的算了吧，老子看在你把我弄出来的份上让让你，你他娘的就算了吧。”

我捏住爹的右手，他又用左手脱下右脚的布鞋，还想打我。我又捏住了他的左手，这样他就动弹不得了，他气得哆嗦了半晌，才喊出一声：

“孽子。”

我说：“去你娘的。”

双手一推，他就跌坐到墙角里去了。

我年轻时吃喝嫖赌，什么浪荡的事都干过。我常去的那家妓院是单名，叫青楼。里面有个胖胖的妓女很招我喜爱，她走路时两片大屁股就像挂在楼前的两只灯笼，晃来晃去。她躺到床上一动一动时，压在上面的我就像睡在船上，在河水里摇呀摇呀。我经常让她背着我去逛街，我骑在她身上像是骑在一匹马上。

我的丈人，米行的陈老板，穿着黑色的绸衫站在柜台后面。我每次从那里经过时，都要揪住妓女的头发，让她停下，脱帽向丈人致礼：

“近来无恙？”

我丈人当时的脸就和松花蛋一样，我呢，嘻嘻笑着过去了。后来我爹说我丈人几次都让我气病了，我对爹说：

“别哄我啦，你是我爹都没气成病。他自己生病凭什么往我身上推？”

他怕我，我倒是知道的。此后我骑在妓女身上经过他的店门时，我丈人身手极快，像只耗子呼地一下蹿到里屋去了。他不敢见我，可当女婿的路过丈人店门总该有个礼吧。我就大声嚷嚷着向逃窜的丈人请安。

最风光的那次是小日本投降后，国军准备进城收复失地。

那天可真是热闹，城里街道两旁站满了人，手里拿着小彩旗，商店都斜着插出来青天白日旗，我丈人米行前还挂了一幅两扇门板那么大的蒋介石像，米行的三个伙计都站在蒋介石左边的口袋下。

那天我在青楼里赌了一夜，脑袋昏昏沉沉像是肩膀上扛了一袋米，我想着自己有半个来月没回家了，身上的衣服一股酸臭味，我就把那个胖大妓女从床上拖起来，让她背着我回家，叫了抬轿子跟在后面，我到了家好让她坐轿子回青楼。

那妓女嘟嘟哝哝背着我往城门走，说什么雷公不打睡觉人，才睡下就被我叫醒，说我心肠黑。我把一个银元往她胸口灌进去，就把她的嘴堵上了。走近了城门，一看到两旁站了那么多人，我的精神一下子上来了。

我丈人是城里商会的会长，我很远就看到他站在街道中央喊：

“都站好了，都站好了，等国军一到，大家都要拍手，都要喊。”

有人看到了我，就嘻嘻笑着喊：

“来啦，来啦。”

我丈人还以为是国军来了，赶紧闪到一旁。我两条腿像是夹马似的夹了夹妓女，对她说：

“跑呀，跑呀。”

在两旁人群的哄笑里，妓女呼哧呼哧背着我小跑起来，嘴里骂道：

“夜里压我，白天骑我，黑心肠的，你是逼我往死里跑。”

我咧着嘴频频向两旁哄笑的人点头致礼，来到丈人近前，我一把扯住妓女的头发：

“站住，站住。”

妓女哎唷叫了一声站住脚，我大声对丈人说：

“岳父大人，女婿给你请个早安。”

那次我实实在在地把我丈人的脸丢尽了，我丈人当时傻站在那里，嘴唇一个劲地哆嗦，半晌才沙哑地说一声：

“祖宗，你快走吧。”

那声音听上去都不像是他的了。

我女人家珍当然知道我在城里这些花花绿绿的事，家珍是个好女人，我这辈子能娶上这么一个贤惠的女人，是我前世做狗吠叫了一辈子换来的。家珍对我从来都是逆来顺受，我在外面胡闹，她只是在心里打鼓，从不说我什么，和我娘一样。

我在城里闹腾得实在有些过分，家珍心里当然有一团乱麻，乱糟糟的不能安分。有一天我从城里回到家中，刚刚坐下，家珍就笑盈盈地端出四样菜，摆在我面前，又给我斟满了酒，自己在我身旁坐下来侍候我吃喝。她笑盈盈的样子让我觉得奇怪，不知道她遇上了什么好事，我左思右想也想不出这天是什么日子。我问她，她不说，就是笑盈盈地看着我。

那四样菜都是蔬菜，家珍做得各不相同，可吃到下面都是一块差不多大小的猪肉。起先我没怎么在意，吃到最后一碗菜，底下又是一块猪肉。我一愣，随后我就嘿嘿笑了起来。

我明白了家珍的意思，她是在开导我：女人看上去各不相同，到下面都是一样的。我对家珍说：

“这道理我也知道。”

道理我也知道，看到上面长得不一样的女人，我心里想的就是不一样，这实在是没办法的事。

家珍就是这样一个女人，心里对我不满，脸上不让我看出来，弄些转弯抹角的点子来敲打我。我偏偏是软硬不吃，我爹的布鞋和家珍的菜都管不住我的腿，我就爱往城里跑，爱往妓院钻。还是我娘知道我们男人心里想什么，她对家珍说：

"男人都是馋嘴的猫。"

我娘说这话不只是为我开脱，还揭了我爹的老底。我爹坐在椅子里，一听这话眼睛就眯成了两条门缝，嘿嘿笑了一下。我爹年轻时也不检点，他是老了干不动了才老实起来。

我赌博时也在青楼，常玩的是麻将、牌九和骰子。我每赌必输，越输我越想把我爹年轻时输掉的一百多亩地赢回来。

刚开始输了我当场给钱，没钱就去偷我娘和家珍的首饰，连我女儿凤霞的金项圈也偷了去。后来我干脆赊账，债主们都知道我的家境，让我赊账。自从赊账以后，我就不知道自己输了有多少，债主也不提醒我，暗地里天天都在算计着我家那一百多亩地。

一直到解放以后，我才知道赌博的赢家都是做了手脚的，难怪我老输不赢，他们是挖了个坑让我往里面跳。那时候青楼里有一位沈先生，年纪都快到六十岁了，眼睛还和猫眼似的贼亮，穿着蓝布长衫，腰板挺着笔直，平常时候总是坐在角落里，闭上眼睛像是在打盹。等到牌桌上的赌注越下越大，沈先生才咳嗽几声，慢悠悠地走过来，选一位置站着看，看了一会便有人站起来让位：

"沈先生，这里坐。"

沈先生撩起长衫坐下，对另三位赌徒说：

"请。"

青楼里的人从没见到沈先生输过，他那双青筋突暴的手洗牌时，只听到哗哗的风声，那副牌在他手中忽长忽短，唰唰地进进出出，看得我眼睛都酸了。

有一次沈先生喝醉了酒，对我说：

"赌博全靠一双眼睛一双手，眼睛要练成爪子一样，手要练成泥鳅那样滑。"

【阅读提示】

余华是中国20世纪80年代先锋小说的代表作家之一。余华的早期小说，用纯净细密的叙述，打破日常的语言秩序，组织起自足的话语系统，并且以此为基点，建构了一个又一个奇异、怪诞、隐秘和残忍的独立于外部世界的真实的文本世界及文本真实。进入20世纪90年代后，先锋小说开始退潮，许多先锋小说家开始把眼光投向当前的现实生活，并使用写实的艺术手法表现这种现实。

《活着》写了一个名叫徐福贵的农村老人，当年曾经是一个地主的纨袴子弟，在一次次赌博中输掉了100多亩家产后，沦落为佃农，佃种着曾经属于自己的五亩田地。他的父亲当时就被气死了，此后的日子里，他亲手埋葬了自己的儿子、女儿、妻子、女婿和年仅7岁的外孙苦根。他身边的人一个个死去了，而他却没有这种"幸运"，他只能活着，因为这是他的命运，犹如一头牛必须犁完所有该犁的地，一个人在挑足他应挑的担子之前，上天是不会让他的生命提前逃离的。福贵由一头十年前就该被杀死的老牛陪伴着，走着他的最后的人生之路。

我们发觉，在这部小说里，余华仍然是一个先锋小说家。他使用写实手法给我们描述的，仍然是一幅现代派绘画。你会发现这部小说的一些细节近于失真，但却具有极大的艺术穿透力。小说在告诉我们什么呢？是人生的无奈？抑或表现福贵老人历经苦难后对生活和生命的超越？好像是，好像又不完全是。作者余华曾这样解释"活着"：活着，在我们中国的语言中充满了力量，它的力量不是来自于叫喊，也不是来自于进攻，而是忍受，去忍受生命赋予我们的责任，去忍受现实给予我们的幸福和苦难、无聊和平庸。所以《活着》的主人公徐福贵在谈到死去的亲人时候，"眼睛里流出了奇妙的神色，分不清是悲伤，还是欣慰"。这样的小说不免会勾起读者的思考，而这个恰恰是《活着》胜过许多热热闹闹的作品的地方。

【相关链接】

名家作品：http://www.novelscape.com/xdwx/zpj.htm

当代文学史料系统：http://lit.ncl.edu.tw/

香港文学资料库：http://hklitpub.lib.cuhk.edu.hk/

中国文联：http://www.cflac.org.cn/

中国作家网：http://www.chinawriter.com.cn/

华文网络小说联盟：http://www.cnlu.net/

主要参考书目

1. 吴楚材,吴调侯选.古文观止.北京:文学古籍刊行社,1957.

2. 中国社科院文学研究所编.唐诗选.北京:人民文学出版社,1978.

3. 胡云翼选注.宋词选.上海:上海古籍出版社,1978.

4. 朱东润主编.中国历代文学作品选.上海:上海古籍出版社,2001.

5. 徐中玉主编.古文鉴赏大辞典.杭州:浙江教育出版社,1989.

6. 北京师院中文系古典文学教研室.古代散文选注.北京:北京出版社,1981.

7. 吴熊和主编.唐宋诗词评析词典.杭州:浙江人民出版社,1991.

8. 张梦新主编.古文苑精萃.杭州:浙江教育出版社,1999.

图书在版编目(CIP)数据

中国文学 / 张梦新主编. —2 版. —杭州:浙江大学出版社， 2004.5(2021.8 重印)
ISBN 978-7-308-03681-8

Ⅰ.中... Ⅱ.张... Ⅲ.文学史—中国—高等学校—教材 Ⅳ.I209

中国版本图书馆 CIP 数据核字(2004)第 041821 号

中国文学(修订版)
主编 张梦新

责任编辑 王 晴
出版发行 浙江大学出版社
(杭州市天目山路 148 号 邮政编码 310007)
(网址:http://www.zjupress.com)
排　　版 浙江时代出版服务有限公司
印　　刷 杭州良诸印刷有限公司
开　　本 710mm×1000mm 1/16
印　　张 28.25
字　　数 618 千字
版 印 次 2010 年 5 月第 2 版 2021 年 8 月第 12 次印刷
印　　数 22501—23500
书　　号 ISBN 978-7-308-03681-8
定　　价 68.00 元

浙江大学出版社市场运营中心联系方式:(0571)88925591;http://zjdxcbs.tmall.com